Pratiche Teoriche

collana diretta da *Adone Brandalise* e *Fabio Raimondi*

*Confesso che il grande e tanto altisonante compito "conosci te stesso"
mi è sempre parso sospetto, come un'astuzia di preti segretamente alleati,
che volevano confondere l'uomo con pretese irrealizzabili e
deviarlo dall'attività nel mondo esterno verso una falsa contemplazione interiore.
L'uomo conosce se stesso solo nella misura in cui conosce il mondo
che gli accade di intravedere in sé e nel quale intravede se stesso.
Ogni nuovo oggetto, ben contemplato,
dischiude in noi un nuovo organo.*

J. W. Goethe

ISBN 978-88-97172-00-0

Prima edizione in italiano ottobre 2010

© Copyright 2010 BARDIN ANDREA

EDIZIONI FUORIREGISTRO srl
Via Dalmazia, 41
36078 VALDAGNO (Vicenza)
Tel. 0445/430999 - Fax 0445/431200
Responsabile Editoriale: Nicola Bevilacqua

In copertina: particolare della bibliografia della tesi di dottorato di Gilbert Simondon *L'individuation à la lumière des notions de forme et d'information* (1958)

Andrea Bardin

Epistemologia e politica in Gilbert Simondon

Individuazione, tecnica e sistemi sociali

NuoFRegistro
EDIZIONI

a Bianca e Davide

INDICE

PREFAZIONE
di *Adone Brandalise*

L'opera di Simondon si irraggia da un progetto di impresa filosofica: affondare al cuore del problema, così essenziale per la modernità, dell'individuo. La costruzione di una teoria che sappia al suo interno articolare i vari saperi che nella storia scientifica e culturale di questi ultimi secoli hanno contribuito a determinare il campo semantico della nozione di individuo, costituisce il progetto di Simondon al momento della stesura de L'individuation à la lumière des notions de forme et d'information. *Un progetto che egli serve con una sorta di umile ma implacabile oltranzismo, sino a incrociare dimensioni del pensiero che difficilmente potrebbero essere immediatamente riconoscibili a partire dal paniere di risorse dell'orizzonte scientifico "duro" che caratterizza la sua partenza, e dal cui implicito di desiderio e di obiettivi non si separerà mai. Si può senz'altro affermare che Simondon rimane, per tutto l'arco della sua parabola, fedele alla sua ispirazione originaria, ed è essenzialmente per fedeltà al nucleo forte di questa che non esita di fronte a varcamenti di confine che probabilmente per altri, più legati a una qualsivoglia auto-identificazione scientifica e scientista, sarebbero sembrati temerari o insensati. Sotto questo profilo si può sottolineare che una dimensione del pensare filosofico, un campo di possibilità aperto a un tale operare, è presente sin dall'inizio nel lavoro di Simondon e gli detta il sentimento della vastità degli sviluppi possibili del suo pensiero. In questi termini va considerata, ed è l'occasione per ribadirla una volta di più, l'importanza complessiva di Merleau-Ponty per alcuni momenti forti e ricchi di potenziali sviluppi della cultura francese del suo tempo; ovverosia la prestazione di un pensiero che sa rendere visibile la necessità di una dimensione filosofica all'interno di percorsi che apparentemente non si configurano nella forma "tecnica" della filosofia. Filosofo che non a caso attende per così dire ad alcuni essenziali appuntamenti: l'evoluzione, appunto, di quei percorsi che non si sono ritratti rispetto al campo di evidenze e interrogativi che il suo lavoro è sempre riuscito a suscitare.*

Probabilmente, una volta che si sia evocato il termine "individuo" ricavando da questo la nozione di "individuazione" a definire il nucleo generatore del lessico di Simondon - lessico ovviamente costituito da un vocabolario che è quello delle scienze e di alcuni aspetti del pensiero filosofico proprio della sua epoca, ma che egli a suo modo rigorizza e risemantizza con una grande forza centripeta - è necessario aggiungere a questi due termini la nozione di "tecnica". Qui tocchiamo probabilmente uno degli aspetti che comunicano il timbro particolare e la ricchezza di potenzialità dell'opera di Simondon, dove la tecnica non è né il soggetto glorioso in cui si compie una razionalizzazione dell'organizzazione materiale del mondo, né ciò che in Heidegger si pone come spegnimento della luce di pensiero della filosofia e nello stesso tempo come luogo destinale di un compimento di questa. Anche se, proprio per ragioni che questo

I

volume analizza con particolare e per certi versi inedita efficacia, si potrebbe forse utilizzare l'opera di Simondon al fine di leggere ciò che nella diagnosi di Heidegger andrebbe portato oltre la prospettiva filosofico-estetica dell'heideggerismo, ovverosia ciò che in qualche modo, anche nel discorso heideggeriano sulla tecnica, registra un complesso di eventi che possono essere utilmente interpretati al di là della loro pura annessione alla messa in campo del simbolo del nichilismo.

Così, se per Simondon la scienza certo non si risolve in tecnica, d'altra parte la tecnica non è riconducibile a mera dimensione pratico-applicativa della scienza, né costituisce in alcun modo l'ultimo episodio della sua parabola, il suo sviluppo potentemente alimentato dall'oblio della dimensione dei principi. È semmai altra cosa, segnata dai rapporti del pensiero simondoniano con alcune emergenze della tradizione antropologica e sociologica francese rimesse in gioco attraverso il magistero di Canguilhem. In Simondon "tecnica" è il nome di ciò in cui si manifesta l'originaria dimensione dell'esperienza scientifica e del pensiero scientifico. Attraverso la tecnica emerge infatti nella scienza un aspetto pratico che non è ovviamente quello della pratica come applicazione, come ricavato generico di una teoria, ma quello del concreto inserimento dell'esperienza conoscitiva all'interno del complesso delle relazioni interumane e ambientali che la rendono possibile e che la promuovono. Quindi, paradossalmente, quel movimento che per molti versi riaffiora in tanti percorsi del pensiero novecentesco cercando di mettere in relazione gli aspetti metodologici e gli impianti epistemologici del sapere scientifico con la dimensione socioculturale e storica in cui essi si producono, trova qui un'intuizione che coglie il problema in uno dei suoi punti più alti: quello cioè in cui non si tratta di mescolare o incrociare degli apparati concettuali che restano separati (ad esempio producendo una teoria sociologica della conoscenza), ma piuttosto di suscitare un orizzonte complessivo in cui sia esattamente la dimensione del sapere e della pratica scientifica ad essere dispiegata in tutta la complessità dei nessi che attraverso di essa si sviluppano. Quindi, nel risolversi storicamente in tecnica, la scienza da un lato può sembrare perdere l'orizzonte della sua interrogazione originaria, ma dall'altro si ricongiunge a quella sua dimensione più propria che la tradizione scientifica-filosofica non ha mai saputo dire compiutamente.

Sotto questo aspetto abbiamo a che fare con una tecnica che per un verso si rivela da un punto di vista storico interpretativo o, per dirla foucaultianamente, "archeologico", come luogo originario della scienza, ma che per un altro verso può essere compresa in questo modo solo attraverso il suo effettivo sviluppo sino alle più elevate forme di autocomprensione, e che infine, per essere compiutamente realizzata, non può affidarsi esclusivamente alla dimensione della storia della scienza o della storia del pensiero, perché solo la sua concreta produttività storico-scientifica costituisce il quadro in cui questa origine diventa evidente proprio perché pienamente dispiegata nella realtà del suo esito. La forza di Simondon sta dunque nell'intuire, al fondo dell'impresa del sapere, un desiderio che va al di là della produzione di un saputo: desiderio profondo della scienza che oltrepassa quanto è possibile fissare nel complesso dei suoi statuti puramente scientifici e del quale la nozione di tecnica tende invece a dare pieno dispiegamento. La tecnica rappresenta infatti, in questo senso, la dimensione in cui la scienza supera la sua definizione tutto sommato ottocentesca e novecentesca, emancipandosi da uno sguardo tutto filosofico sulla scienza in cui il pensiero dà il peggio di sé nascondendo la propria natura filosofica sotto la presunta obbiettività di definizioni della scienza e della scientificità che paradossalmente poco o nulla restituiscono dell'intrinseco operare delle scienze.

Ed è invece esattamente all'operare delle scienze al di là della loro ideologia che si rivolge Simondon: la modalità con cui nella sua esperienza egli passa da un apparato scientifico all'altro per coerenza alla necessità interna della domanda da cui parte e che intende sostenere, indica una modalità di esercizio della filosofia che, irriducibile a un tecnicismo accademico, si alimenta costantemente di una necessità che ha poco a che vedere con l'intrattenimento filosofico che a volte si inscena a ridosso dell'edificio delle scienze. Ci troviamo infatti di fronte a un pensiero come fedeltà al proprio desiderio: fedeltà al desiderio di andare al nucleo dell'individuo sino al dissolvimento di un ipotetico nucleo, di andare al cuore della scienza al di là di una qualsiasi riduttiva configurazione della specificità scientifica, di andare al cuore della tecnica al di là di ciò che in essa si riduce a strumento. Quindi un percorso che sviluppa a tal segno i simboli e i concetti dei bisogni iniziali, da realizzarli al di là di una soglia oltre la quale ciò che si richiede è effettivamente una diversa configurazione del pensiero.

Un percorso di questo tipo può essere colto una volta di più attraverso la vicissitudine della nozione di individuo, nel senso che in Simondon ciò che progressivamente viene in luce è come quella sorta di mattone o di atomo che poteva stare alla base ad esempio della rappresentazione scientifico-politica moderna, e per quel tramite diventare l'oggetto di un'osservazione scientifico-sociale o scientifica tout court - un oggetto tutto sommato delimitato e offerto al sezionamento dell'impresa intellettuale proprio attraverso la moltiplicazione dei piani in cui si può scomporre il suo fenomeno - si dimostra un'entità che, per essere compresa, va sempre meno contenuta negli immediati confini empirici grazie ai quali è stata inizialmente identificata. L'individuo, in altri termini, diventa processo di individuazione, processo che non può mai essere adeguatamente compreso se ci si riduce alla comodità perversa di sospenderlo in una fotografia di stato, e se il pensiero che lo indaga acconsente di rappresentarsi come in sé estraneo a un percorso d'individuazione, ovvero a una relazione - che all'osservatore esterno apparirebbe osmotica - tra gli aspetti dell'analisi oggettiva e gli aspetti di una discussione epistemologica sugli occhiali che la rendono possibile.

Il pensiero di Simondon muove invece nella direzione della crescente risoluzione dell'individuo in un complesso di piani che hanno una loro definizione irriducibile a una geometria unica e che, nello stesso tempo, convergono effettivamente in una peculiarità individuale, che quanto più viene compresa tanto meno affida il proprio riconoscimento all'identificazione di confini certi. In questo percorso si produce evidentemente un mutamento nella modalità del conoscere. Sotto questo aspetto l'Individuation riprende e indaga il rapporto tra metodiche e stili, in altri termini tra i diversi modi di investire saperi molto collaudati e iperesigenti dal punto di vista del loro formalismo, all'interno di un modus operandi che si affida pochissimo ai loro tratti più cementati e codificati, per coinvolgerli invece in una rete di domande nella quale essi danno il meglio di sé emancipandosi progressivamente dal sistema delle loro certezze apparenti. Per questo anche il percorso di Simondon si presenta per un verso, in coerenza con quella che potrebbe essere una grande immaginazione positivistica, come un percorso che va dal fisico-biologico al complesso del sociale, del politico e dello speculativo, ma che in realtà si scopre progressivamente come possibile proprio perché queste dimensioni per così dire "finali" sono anche iniziali e perché, in altri termini, un esercizio che voglia davvero essere storico e che preveda in senso storico un'evoluzione, tende anche finalmente a dissolvere il fantasma di una filosofia della storia affidata ad una rappresentazione filosofico-storica dell'individuazione e dei processi culturali che consentono ora di pensarla. Un pensiero di questo tipo ha sempre schivato, non a caso, il rischio di disporsi troppo docilmente all'interno di una serie di quadri problematici costruiti sul non coglimento di ciò che costituisce la sua intuizione essenziale: Simondon rifiuterà sempre di muoversi nello spazio di domande la cui formulazione prevede la non messa in questione di ciò che per lui è il vero motivo della ricerca, ovvero tutto ciò che interferisce con le cose che stanno all'interno di quanto il pensiero moderno ha chiamato lo spazio della politica.

Questo fa sì che il suo percorso si rifletta lateralmente in una serie di radicali complicazioni poste a tutta una varietà di ambiti della riflessione relativa - in piena coerenza con quanto detto riguardo la nozione di tecnica - alla dimensione della relazione interumana e delle relazioni tra l'uomo e il complesso dei sistemi a cui egli dà vita nel suo relazionarsi ad altro; ed è quanto sembra alimentare il recente interesse per l'opera di Simondon, sempre più caratterizzato in direzione non solo epistemologica ma anche, come messo in particolare evidenza dal lavoro di Andrea Bardin, filosofica e in particolare filosofico-politica. Proprio in questa prospettiva il pensiero di Simondon sembra offrire alcuni elementi, o quanto meno l'esempio, di una radicalità forse necessaria (che magari non potrà essere interamente e linearmente sviluppata a partire dalla sua proposta) di ciò che può significare andar oltre le categorie del pensiero scientifico-politico moderno. Si tratta di un esempio, cioè, del tipo di pensiero che può affrontare la complessità con cui si mostra l'esito storico della vicenda della scienza politica moderna nel suo rendersi ormai incomprensibile attraverso le categorie che pure hanno cooperato in maniera così decisiva al suo stesso prodursi, ma senza che questo comporti automaticamente e necessariamente la disgiunzione tra tutto ciò che là si intendeva per "scienza" e per "politica". Ciò che interessa in Simondon è infatti la dimensione tecnica - e non strumentale - della scienza immediatamente presente in tutti i processi su cui agisce la politica, innanzitutto quei processi che attraversano la dimensione dei fondamentali della scienza politica. Così, se risulta difficile riuscire a concepire l'orizzonte della scienza politica moderna sino al grande quadro costituzionale in cui ancora si muovono i suoi risultati più maturi senza la nozione così centrale di individuo, è esattamente una nozione come questa che il percorso di

Simondon rende tendenzialmente indisponibile nei modi in cui essa continua a operare nelle forme della scienza politica moderna. Simondon viene infatti a trasferire tutta una serie di problemi, che nella logica tradizionale sarebbero inerenti ai rapporti tra l'individuo e le dimensioni sociali altre, all'interno dello stesso processo di individuazione, con la conseguenza che tutti i partner concettuali dell'individuo risultano radicalmente ripensati.

Considerando lo sviluppo della riflessione sulla politica degli ultimi decenni è allora possibile cogliere il profilarsi di un nuovo piano problematico: tutta quella dimensione, in senso ampio, "sociale" che un tempo sottostava all'autosufficienza delle categorie più propriamente giuridico-politiche, viene ad emergere in primo piano dettando le caratteristiche di un sapere relativo a ciò che invece in quella visione risultava scomparso. Si tratta della dimensione foucaultiana della biopolitica, che si potrebbe anche tutto sommato descrivere così: che cosa fa sì che il vivente accetti per qualche tempo (e per qualche secolo) d'essere di fatto organizzato attraverso l'artificio di tradizione giusnaturalista? Quante cose diverse dal funzionamento concettuale dell'artificio accadono nello spazio di questo perché tutto ciò possa continuare a vivere? Ecco, potremmo dire che Simondon tende progressivamente a creare le condizioni per cogliere tutte le dimensioni che normalmente vengono affidate a saperi distinti dentro un continuum nel quale essi siano intrecciati nella descrizione di un prodursi dell'individualità che è al tempo stesso il prodursi dei molti piani in cui questa vive concretamente. Viene dunque riproposta da Simondon una relazione tra scienza e politica dove non c'è una scienza che fissi dogmaticamente i canoni della politica per ridurla in definitiva ad una dimensione poi "applicabile" tecnicamente; ma non c'è neanche un'antipolitica, quale potrebbe essere quella che invochi una supposta immediatezza del movimento spontaneo: casomai una scienza-tecnica che operando produce, non più nella forma di una grande realizzazione neutralizzante di stato, i modi della relazione politica.

Simondon, potremmo dire, propone che si prenda atto della complessità del vivente e che questa diventi, proprio attraverso la sua comprensione, anche il modo di un operare nelle relazioni interumane. Questo implica l'abbandono dell'idea di un ordine politico realizzato attraverso la produzione di un'invarianza pro tempore di elementi dell'ordine, ovvero di ciò che conosciamo come "neutralizzazione": lo stato di eccezione si risolve in un arco temporale indefinito durante il quale le cose stanno in un certo modo e in cui il variare del tempo, delle situazioni, degli accadimenti non è tale da mettere in questione gli elementi essenziali dell'ordine, per cui le caratteristiche di questo possono essere quotidianamente applicate al governo di una realtà mutante che, però, per effetto della neutralizzazione, non muterà tanto da cambiare l'ordine che le viene imposto. Si tratta di congedarsi da una nozione d'ordine di questo tipo, e pensare al di là del filtro proposto dai soggetti che si producono all'interno di tale immaginazione: un radicale rimescolamento di carte, insomma, nella relazione tra soggetto singolo e soggetto collettivo, dove tra i due non vige più alcuna forma di analogia, ma il rapporto diretto, il continuum che fa sì che ciò che era il soggetto singolo sia l'individuo nella sua multidimensionalità, e il soggetto collettivo sia ciò che esso diviene nel momento in cui si mostri nella pluralità di queste relazioni.

A quest'altezza si potrebbe allora affermare che Simondon propone una funzione scientifica ad una filosofia che sia però l'esito del suo discorso sulla tecnica, cioè una filosofia che non tanto costruisce dei sistemi, ma direttamente opera come il livello più alto dell'autoconsapevolezza della propria tecnica e dunque produce non il modello politico che va applicato e reso stabile per un arco temporale quanto si voglia lungo, ma il modo in cui il gioco dei saperi interviene concretamente nell'organizzare le relazioni, nel farle salire di tono, nel rendere evidente la possibilità che ciò che è immerso e non saputo - se riconosciuto - si potenzi e si sviluppi: in sostanza l'esplosione della parte immersa della costituzione. Da questo punto di vista si può forse cercare in Simondon un pensiero della governance in un senso abbastanza lontano dal modo in cui questa viene intesa nella forma corrente: un pensiero che renda evidente tutto quel complesso di nessi che spesso intrecciano decisione politica e neutralizzazione giuridica, applicazione della legge e trasformazione della legge; un pensiero che riesca a rimettere in primo piano appunto processi ormai non più definibili, secondo una tradizione sociologica anche di stampo marxista, come ciò che si oppone a dimensioni di carattere sovrastrutturale, ma senza con questo consegnarli al lussureggiare dei gerghi specialistici e agli ideologismi da consumo mediatico che ne vieterebbero una effettiva lettura.

IPC	L'individuation psychique et collective. À la lumière des notions de forme, information, potentiel et métastabilité (1989)
IPM	Initiation à la psychologie moderne (1966-67)
IT	L'invention dans les techniques (1971)
LPH	Les limites du progrès humain (1959)
LTE	Sur la techno-esthétique (1982)
ME1	Discussion *in* Colloque sur la Mécanologie (IT) (1971)
ME2	Discussion *in* Colloque sur la Mécanologie 2 (MEC) (1976)
MEC	Le relais amplificateur (1976)
MEOT	Du mode d'existence des objets techniques (1958)
MT	Mentalité technique (1970)
NC	Note complémentaire sur les conséquences de la notion d'individuation (1958)
NOT	Note sur l'objet technique (1954)
OP	Revue critique su Oparin (1969)
PC	L'individuazione psichica e collettiva (1989)
PIT	Place d'une initiation technique dans une formation humaine complète (1953-54)
PLD	La perception de longue durée. Plan du cours (1969-70)
PR	«Prospectus». Du mode d'existence des objets techniques (1958)
PST	Psycho-sociologie de la technicité. Aspects psycho-sociaux de la genèse de l'objet d'usage (1960-61)
RO	Résumé de la séance de travail sur «L'amplification dans le processus d'information» (1962)
ROa	Présentation *di* Wiener (1962)
ROh	Discussion *su* De Possel (1962)
RP	La résolution des problèmes (1974)
RPE	Réflexions préalables à une refonte de l'enseignement (1954)
SD	Pour une notion de situation dialectique (1959)
SE	La sensibilité. Plan du cours (1966-67)
SO	Préface *a* Sophia (1970)
SOT	Sauver l'objet technique (1983)
TA	Théorie de l'acte analogique (1957)

INTRODUZIONE

> L'anthropologie ne peut être principe de l'étude de
> l'Homme; ce sont au contraire les activités relationnelles
> humaines [...] qui peuvent être prises pour principe d'une
> anthropologie à édifier.
>
> Simondon, *L'individuation*

Il presente lavoro ricava dall'opera di Gilbert Simondon alcuni elementi di filosofia politica. Il pensiero di Simondon, elaborato tra gli anni '50 e '60, vi è indagato attraverso una ricostruzione storico-filosofica delle fonti che permette di tracciarne l'evoluzione e individuarne le strutture portanti. Si rilevano innanzitutto il debito fenomenologico nei confronti di Merleau-Ponty e quello epistemologico nei confronti di Canguilhem, ma senza dimenticare il legame, attraverso l'opera di Leroi-Gourhan, con la tradizione sociologica francese, nonché il riferimento costante e determinante a Bergson.

La prima sezione analizza il tentativo di riconfigurare l'apparato concettuale della filosofia in ordine ad alcuni strumenti ad esso offerti dal pensiero scientifico ed epistemologico, in particolare dalla fisica dei *quanta*, dalla termodinamica e dalla cibernetica. Ne risulta una critica diretta contro il sostanzialismo e il determinismo che, basandosi sull'esportazione di paradigmi ricavati dalle scienze della natura, investe la filosofia del compito di stabilire le condizioni di un progetto di unificazione delle scienze umane la cui chiave è la riforma del concetto di individuo.

La seconda sezione mostra in particolare l'incidenza di modelli biologici nella teorizzazione dei processi di genesi e funzionamento dei sistemi sociali e ne analizza la matrice bergsoniana. Alla luce di quest'operazione, la particolare soglia che definisce l'ambito dell'umano risulta fortemente problematizzata ed apre lo spazio per una riflessione di indiscutibile rilevanza filosofico-politica. Il dibattito rispetto al quale il pensiero di Simondon ha recentemente funto da catalizzatore in Francia e parzialmente in Italia, dimostra infatti come la sua "filosofia dell'individuazione" sia ricca di implicazioni e di strumenti interpretativi ancora validi per interrogare il campo socio-politico, in cui si gioca il rapporto tra regolazione ed innovazione sociale. Nel confrontarsi con tale dibattito si stabilirà innanzitutto un'interpretazione che consideri l'intero *corpus* dell'opera di Simondon, sviluppando in seguito le implicazioni filosofico-politiche di un percorso lungo il quale il problema della tecnica rivela le sue radici antropologiche e socio-politiche, nel suo doppio legame con la storia naturale e con l'accelerazione caratterizzante la società tecnologica avanzata.

La terza sezione segue invece Simondon nella costruzione di una teoria della funzione politica quale intervento istituzionale di tipo strutturale capace di produrre un cambiamento nella configurazione delle sovrastrutture: dove in ogni caso per "struttura" si intendono i rapporti di produzione, e dove la possibilità di un intervento implica una concezione dinamica di ciò che costituisce il legame sociale e, in modo più o meno consapevole, la problematizzazione del concetto stesso di natura umana. La programmazione di un intervento sulle infrastrutture tecnologiche, che tocchi direttamente le nervature costitutive del sistema sociale, implica, oltre a un questionamento dello statuto ontologico della società, una discussione sullo statuto epistemologico e in particolare sulla forza predittiva delle scienze che si occupano di essa. Ma soprattutto, pone il problema dell'efficacia effettiva dell'universo culturale all'interno del quale tali scienze sono elaborate e l'intervento è programmato. Su questo punto si innesta anche la domanda sull'effettualità politica del pensiero filosofico, posta in questi termini: qual è e come si esplica la forza del potere simbolico?

Nel corso di tutta l'opera di Simondon la produzione di una "cultura tecnica" è l'obiettivo dominante attorno al quale egli costruisce il proprio universo concettuale: si tratta di un obiettivo intrinsecamente politico in quanto un'innovazione nella cultura implica, nel suo linguaggio, un'individuazione transindividuale, ovvero porta con sé degli elementi di innovazione e strutturazione sociale. Il pensiero di Simondon muove dalla consapevolezza che "l'evoluzione tecnica" ha superato una soglia oltre la quale non è possibile un ritorno alla comunità se non di tipo catastrofico o comunque regressivo, e dall'ipotesi che le energie intellettuali vadano incanalate nella direzione di un investimento del sociale da parte delle scienze. Il suo progetto punta così sull'efficacia politica della formazione di una "cultura tecnica", sottendendo l'ipotesi di un "potere" simbolico della filosofia che, attraverso un impatto essenzialmente pedagogico, sarebbe in grado di produrre una "presa di coscienza" capace di attivare una prassi politica collettiva ed efficace.

Gli evidenti limiti di una riflessione dai tratti a volte utopici non impedisce di considerare i meriti di un pensiero capace di cogliere con largo anticipo (e in netta controtendenza rispetto al fantasma heideggeriano e al suo doppio cibernetico) il problema posto da una tecnica planetaria, riportandolo sulla giusta scala: quella di un intervento politico che in ogni caso - proprio in quanto necessariamente anche "tecnico" - deve farsi carico dell'assetto valoriale che sottende, e della propria inevitabile implicazione nei meccanismi di produzione e riproduzione sociale. Soprattutto, il merito indiscutibile dell'opera di Simondon, in particolare della stessa *Individuation*, sta nel variegato apparato concettuale che essa mette a disposizione per un'analisi delle linee di intervento di una tale politica, piuttosto che nelle sue strategie. Tale apparato è costruito ed organizzato a stretto contatto con una filosofia della storia che non ammette riferimenti a miti fondativi e, contro ogni politica ad essi ispirata, promuove una concezione radicalmente aperta della natura umana. È così possibile osservare la matrice inventiva dell'atto politico soprattutto attraverso la relazione istituita da Simondon tra tecnicità e sacralità, che permette di focalizzare lo statuto "misto" di ogni operare politico, in particolare in relazione ai temi classici del governo e della giustizia. In chiusura si analizzano le due operazioni più ampie e conseguenti in questo senso: quelle di M. Combes e B. Stiegler, che legano il problema della tecnica rispettivamente al concetto di vita ed a quello di memoria. Su queste basi diviene infine possibile situare il pensiero politico di Simondon in relazione al progetto bergsoniano di costruzione di una mistica all'altezza della configurazione dei rapporti sociali nella congiuntura della società tecnologica avanzata.

L'insieme del percorso mostra insomma come in Simondon un problema all'origine prevalentemente epistemologico e pedagogico divenga immediatamente politico a causa di una duplice scomparsa (dovuta all'assunzione di una prospettiva antisostanzialista e antideterminista): scompare il presupposto ontologico di una realtà fisica e sociale composta da individui che interagiscono tra loro secondo leggi invarianti, così come scompare il presupposto gnoseologico di un pensiero garantito tanto dall'universalità del proprio soggetto (leggi di ragione) quanto dalla stabilità del proprio oggetto (leggi di natura). Scompaiono insomma le basi ontologiche e gnoseologiche della scienza politica moderna. Non si tratta però di stabilire un nuovo fondamento. In particolare, per Simondon, non si tratta di tentare una rifondazione ontologica della conoscenza e dell'azione a partire da nuovi presupposti (ad esempio il presunto *reale* al quale avrebbe accesso la fisica quantistica). Tentare di dedurre in modo coerente una politica a partire da una teoria dell'essere e da un'epistemologia significherebbe infatti ripetere il gesto moderno, e installarsi precisamente nella prospettiva che si pretendeva abbandonare.

PARTE PRIMA

NATURA E CONOSCENZA

> Nulle part la confusion n'est aussi visible que dans les discussions sur l'individualité [...] Concluons donc que l'individualité n'est jamais parfaite, qu'il est souvent difficile, parfois impossible de dire ce qui est individu et ce qui ne l'est pas, mais que la vie n'en manifeste pas moins une recherche de l'individualité et qu'elle tend à constituer des systèmes naturels isolés, naturellement clos.
>
> Bergson, *L'évolution créatrice*
>
> The individuality of the body is that of a flame rather than that of a stone, of a form rather than of a bit of substance.
>
> Wiener, *The Human Use of Human Beings*

Per definire i paradigmi e stabilire i principi di ciò che Simondon intende per "filosofia dell'individuazione" prenderemo in considerazione, oltre alla sua tesi di dottorato *L'individuation à la lumière des notions de forme et d'information*, alcuni scritti nei quali è evidente un'istanza di carattere programmatico e metodologico, tutti prodotti nel breve arco temporale che va dalla stesura della tesi di dottorato, difesa nel 1958, fino al 1962, anno del convegno di Royaumont sulla cibernetica del quale Simondon fu uno dei più attivi organizzatori[1].

1. ELEMENTI DI UNA FILOSOFIA DELL'INDIVIDUAZIONE

Fin dal titolo, nell'*Individuation à la lumière des notions de forme et d'information* i concetti di forma e informazione indicano chiaramente la progressione teorica che dovrebbe far scaturire la necessità del concetto di individuazione[2]. Le nozioni di forma e informazione implicano un riferimento diretto agli ambiti epistemologici rispettivamente della *Gestalt* e della *Cibernetica*, in relazione ai quali Simondon costruisce la propria argomentazione; ma davvero centrali dell'*Individuation* sono proprio le nozioni di "individuo" e di "individuazione" che, estese ad ogni dominio dell'essere, si propongono quale cifra di una vera e propria ontologia, che egli declina come "ontogenesi".

INDIVIDUO COME SISTEMA

Alla centralità della nozione di individuazione fa da contrappunto nell'*Individuation* la critica serrata dei concetti tradizionali di sostanza, forma e materia. La tesi si apre con la critica della distinzione aristoteli-

7

ca di materia e forma, nell'intento di mostrare l'inadeguatezza dell'apparato concettuale "classico" della filosofia rispetto ai risultati cui è giunto il pensiero scientifico del '900. Per questo, se è vero che quella di "individuo" è una nozione che si estende su tutti i domini che si potrebbero classicamente dire "dell'essere", è vero anche che per "individuo" Simondon intende tutt'altro da ciò che la tradizione filosofica può avere indicato attraverso i concetti di sostanza, essenza o altro. Ovviamente anche "individuo" è un termine pesantemente stratificato e va perciò ridefinito con attenzione. Per farlo partiremo da due definizioni successive e contraddittorie offerte da Simondon, al fine di ricavarne le condizioni di compatibilità. La prima definizione compare in *Analyse des critères de l'individualité*: «non ci può essere scienza che dell'individuo, questa sarà la conseguenza epistemologica della nostra ricerca» (AI 554); la seconda invece appare nella tesi principale, dove Simondon afferma che «non si può, a rigore, parlare di individuo, ma di individuazione» (I 191). È chiaro che a quest'altezza solo una rideterminazione del concetto di "individuo" può permettere a Simondon di affrontare il problema della costruzione di una filosofia dei processi di individuazione, sebbene possiamo già anticipare che questa fedeltà gli costerà un uso equivoco del termine "individuo" lungo tutta l'*Individuation*.

Per formalizzare lo statuto complesso dell'individuo Simondon utilizza, in particolare nei tre brevi scritti programmatici, i termini struttura e operazione. Dal punto di vista *strutturale* l'individuo è un sistema "sfasato": Simondon prende a prestito il termine "fase" dalla fisica delle onde per indicare come processualità differenti, parallele, divergenti o convergenti, siano contemporaneamente in atto in ciò che si intende per individuo[3]. In quanto *operazione* (il termine in Simondon è sinonimo di *processo*, o meglio simultaneità di processi che sono appunto le "fasi" della struttura) l'individuo è momento di un processo "trasduttivo": il concetto di "trasduzione" è di derivazione biologica (contaminazione) e tecnologica (amplificazione), e indica una modalità di propagazione che è una sequenza di tipo non deterministico, presenta dei "salti", delle discontinuità. L'individuo è dunque definito da una spazialità sfasata e da una temporalità trasduttiva, è sempre costituito dalla strutturazione di relazioni parzialmente stabili di una serie sfasata di processualità trasduttive: è, nel linguaggio di Simondon, un sistema più o meno "metastabile", cioè più o meno capace di ulteriori trasformazioni di sé e della propria relazione con il proprio ambiente o *"milieu"* (la nozione di "metastabilità", di derivazione termodinamica, definisce un sistema non a partire dalla sua "forma", dalle sue componenti strutturali, ma a partire dai potenziali energetici che esso implica). Torneremo analiticamente su ognuno di questi termini, che come sempre Simondon ricava dalle scienze della natura costringendo il lettore ad uno sforzo non indifferente di riconfigurazione dell'immaginario filosofico[4]. Ciò che per ora ci preme sottolineare è come questo "doppio" statuto dell'individuo - strutturale e processuale - metta fondamentalmente in crisi l'idea di una sua identità: il concetto di "sistema metastabile" riformula infatti la nozione di individuo in termini compatibili con una concezione dell'individuazione quale processo complesso e discontinuo e stravolge la possibilità di un riferimento eminente all'identità non solo per caratterizzare l'individuo, ma anche per la stessa definizione dell'essere: «la relazione dell'essere in rapporto a se stesso è infinitamente più ricca dell'identità. L'identità, relazione povera, è la sola relazione dell'essere a se stesso che si possa concepire secondo una dottrina che consideri l'essere come costituito da una sola fase» (I 318).

L'identità non è dunque nient'altro che un caso limite puramente ideale di cui il termine individuo è la traduzione corrente nell'immaginario filosofico, mentre l'operazione propriamente filosofica che Simondon intende attuare è la disgiunzione del concetto di individuo da quello di identità al fine di cogliere così lo statuto proprio dell'essere *in quanto* divenire[5]. La nozione di "individuo" diviene insomma centrale nell'*Individuation* solo a condizione di essere radicalmente rideterminata alla luce delle acquisizioni delle scienze della natura e in particolare, come vedremo, della fisica quantistica. Il concetto classico di individuo dunque è assorbito come caso limite all'interno del concetto di individuo elaborato alla luce della nozione di "sistema metastabile": l'individuo (stabile) diviene l'impossibile caso limite di un sistema immobile, dunque di un'individuazione pienamente compiuta, mentre in tutti gli ambiti dell'essere si ha a rigore sempre e soltanto a che fare con "processi di individuazione", in quanto «*l'essere è più che unità, più che identità*» (I 26). In questo modo l'utilizzo del termine individuo conserva nel testo dell'*Individuation* tutta l'ambiguità dovuta al suo doppio significato: quello prevalente con cui indica l'aspetto stabilmente strutturato di un processo di individuazione in corso, e quello secondario e spesso implicito che si riferisce all'individuo in quanto sistema che si può ulteriormente sfasare. Ma va notata innanzitutto l'estensione del termine a tutti i "regimi di individuazione" di cui Simondon produce l'analisi: fisico[6], biologico e psichico-collettivo; estensione tale da suscitare in seguito l'osservazione di Canguilhem, suo *directeur de thèse*, secondo il quale «si tratterebbe, da un punto di vista filosofico, di una nuova forma di aristotelismo, con riserva, beninteso, di non confondere la psicobiologia aristotelica e la moderna tecnologia delle trasmissioni (Ruyer 1954; Simondon 1964, pp. 22-24)» (Canguilhem 1943, p. 240)[7].

Ebbene, proprio sul concetto di individuo le scienze umane fondano il proprio statuto epistemologico. Le "scienze umane" o "scienze sociali" che noi possediamo sono scienze di strutture e di processi certo, ma che si occupano di individui concepiti come stabili, strutturati, e di processi che li attraversano o costituiscono. Sono scienze di individui in relazione con altri individui o presi all'interno di processi che li

oltrepassano: in ogni caso si tratta di scienze che non considerano simultaneamente gli individui *in quanto* processi e *in quanto* relazioni,
mentre per la "teoria dell'individuazione" ipotizzata da Simondon si
tratta da un lato di non ridurre i processi all'esito di una interazione tra
individui, ma dall'altro anche di non dissolvere gli individui nei processi. Le due riduzioni sono speculari. Se la psicologia sociale riduce
l'individuo ad elemento ultimo costitutivo della società, simmetrica-
mente la sociologia, considerando gli individui come parti dell'insieme
sociale a cui appartengono, toglie statuto di realtà all'individuo e finisce per considerare i processi stessi come individui di scala superiore
rispetto ai quali gli individui "di scala inferiore" sarebbero elementi da
essi interamente determinati. Il problema epistemologico che Simondon si trova ad affrontare potrebbe essere formulato allora in questi
termini: quali sono le condizioni di una scienza dell'individuo non
pensato alla luce di un'identità interamente auto- o etero- referenziale?
Ovvero, con quale apparato concettuale è possibile fondare una scienza di processi costitutivi di sistemi metastabili?

È evidente come per Simondon una scienza dell'individuo inteso
come sistema metastabile implichi una rifondazione metodologica radicale delle scienze umane, un tentativo di unificazione sul modello di
quello operato nelle scienze naturali proprio a partire dal medesimo
problema relativo alla sostanzialità del proprio oggetto[8]. Per una scienza il cui oggetto è l'individuazione intesa come simultaneità di processi
e coesistenza di relazioni, è necessario un metodo capace di estendersi
su ogni dominio dell'individuazione per consentire l'analisi sia della
sua componente strutturale che di quella energetica; una scienza
all'altezza di questa concezione dell'individuo deve essere insomma
una scienza di strutture metastabili *e* di processi trasduttivi: una scienza che integri l'aspetto sincronico e quello diacronico. Per riprendere il
problema nei termini di Simondon diremo che, proprio perché «non ci
può essere scienza che dell'individuo» e l'individuo è strutturalmente
costituito da processi, la scienza dell'individuo è in realtà «una teoria
dell'operazione di individuazione»: appunto una teoria dell'operazione di strutturazione e non una scienza topologica[9]. Come vedremo la
doppia faccia del problema metodologico in Simondon dipende dallo
statuto dell'oggetto stesso di una filosofia dell'individuazione: se da un
lato si tratta di costruire una scienza delle strutture intesa come scienza
di relazioni differenziali (fasi) costitutive di ciò che è l'essere individuato, d'altra parte è necessario almeno porre il problema di una scienza
delle operazioni costitutive o dissolutive di tali strutture; prendere posizione, insomma, rispetto ad una (possibile o impossibile, comunque
paradossale) scienza della contingenza. Problema di fronte al quale
Simondon non solo non indietreggia, ma che trasforma nel *focus* stesso
della propria riflessione all'interno dell'*Individuation*, facendo dell'a-
spetto aleatorio dei processi il centro dell' "ontogenesi", che definiremo
provvisoriamente una filosofia dell'emergenza di strutture.[10]

METASTABILITÀ, STRUTTURA E OPERAZIONE

La nozione di "metastabilità" è, come detto, di derivazione termodinamica, sebbene Simondon dichiari esplicitamente il proprio debito teorico nei confronti di Norbert Wiener[11]. Si tratta tecnicamente di una condizione di equilibrio di sistema che, a differenza dell'equilibrio stabile, non corrisponde ad un minimo relativo di energia. Il sistema risulta per così dire in tensione, e si mantiene in equilibrio finché gli viene fornito un quantitativo anche minimo di energia o informazione in grado di spezzarne la condizione di inerzia. Un "sistema metastabile" è dunque disomogeneo, costituito da distribuzioni asimmetriche di potenziali, e la sua "tenuta" *non* può mai essere garantita dalla sola struttura, ma necessita di un continuo apporto energetico interno e/o esterno: così, se all'interno del sistema è la tensione derivante dalla distribuzione asimmetrica di potenziali a garantirne il "funzionamento", d'altra parte solo il costante scambio energetico con l'ambiente ne contrasta la tendenza entropica. La distribuzione asimmetrica di potenziali fa sì che la struttura del sistema risulti immediatamente legata alle processualità che ne sono la condizione costitutiva. Tuttavia, astraendo dalle dinamiche processuali e limitandosi a considerare la struttura, è sempre possibile definire un sistema a partire dalle relazioni differenziali dalle quali risulta costituito: infatti, a qualunque scala lo si voglia considerare (fisica, chimica, biologica, psichica, sociale) un sistema non ha altra "sostanza" che i rapporti differenziali di cui è fatto: «l'essere è essere della relazione» (I 29), cosicché, quando si considerino i termini di un sistema di una relazione come anteriori e indipendenti rispetto ad essa, si opera un'astrazione che rende impossibile la conoscenza e della relazione e del sistema nel quale essa è implicata.

L'assunto che «*ogni vera relazione* [abbia] *statuto d'essere*» (I 28-29) ha conseguenze radicali sul piano epistemologico *come* sul piano ontologico. Non solo ogni conoscenza, ad ogni livello di elaborazione - dalla percezione al concetto - risulta essenzialmente costituita da relazioni[12], ma anche il suo stesso oggetto: «l'oggetto fisico è un fascio di relazioni differenziali, e la sua percezione come individuo è il coglimento della coerenza di questo fascio di relazioni» (I 239). È importante notare come "coglimento" qui non abbia soltanto il senso di una produzione di coerenza a livello dell'immagine mentale, come accade nell'*insight* gestaltico, perché l'oggetto fisico è *già* dotato di una sua forma di coerenza metastabile: "cogliere" per Simondon significa piuttosto produrre relazione (cioè essere) proprio a partire da quella coerenza densa di potenziali che consente all'oggetto e al soggetto di costituirsi in sistema, e solo all'interno di tale "sistema metastabile" l'operazione percettiva si manifesta come l'inizio di un processo conoscitivo di cui "l'immagine mentale" sarà a sua volta soltanto un momento, quanto ogni eventuale azione da essa innescata[13]. Così struttura "logica" e "ontologica" di un sistema non sono per Simondon che "casi limite" della struttura differenziale reale (si direbbe "mista", se dire "misto" non presupponesse proprio l'anteriorità dei "casi limite" rispetto alla struttura entro la quale si costituiscono come tali), dove "reale" è appunto il sistema entro il quale l'operazione conoscitiva, il suo soggetto e il suo oggetto si strutturano in modo parzialmente stabile: ovvero ciò che "resiste" ad ogni tentativo di deriva immaginaria e offre una base per la conoscenza scientifica[14]. In questo senso riteniamo sia lecito affermare che nel pensiero di Simondon l'essere ha statuto relazionale e differenziale, ed è definito da una componente strutturale e una componente energetica. In *Allagmatique* il termine struttura delimita il campo di «un insieme sistematico di conoscenze particolari: astronomia, fisica, chimica, biologia», che Simondon chiama appunto «teoria delle strutture» (A, 559). I limiti delle scienze che si occupano di strutture dipendono dalla difficoltà a considerare le strutture come sistemi metastabili, cioè come prodotti parziali e provvisori di un'operazione, ovvero nella loro processualità costitutiva. Ma se una "teoria delle strutture" sarebbe insomma incapace di comprendere le operazioni «che fanno apparire una struttura o che modificano una struttura» (A 559), e quindi di cogliere la realtà di un sistema nell'interezza del suo divenire, tuttavia anche trattare *a parte* il problema delle operazioni (o processi) risulta particolarmente complesso, proprio perché quella che Simondon chiama "operazione" è - secondo una tesi di evidente matrice bergsoniana - ciò che risulta inaccessibile alla ricerca scientifica. Per questo nell'*Individuation*, in chiusura di ognuna delle tre sezioni dedicate rispettivamente all'individuazione fisica, degli esseri viventi e psichico-collettiva, ritroviamo sempre, riformulato nei termini di "rapporto tra topologia e cronologia" e di "zona operativa centrale", il tentativo di ricapitolare le modalità di massima della relazione tra struttura e operazione all'interno del dominio analizzato.

Ma leggiamo innanzitutto lo scritto *Théorie de l'acte analogique*, dove Simondon affronta in maniera diretta il problema dello statuto teorico di una scienza delle operazioni, e proprio nei termini del rapporto struttura-operazione. Per definire l'operazione in maniera, diciamo, "pura", Simondon presenta due "intuizioni di base" che fungono da paradigmi per la spiegazione dell'operazione: uno ricavato dalla chimica-fisica (la cristallizzazione) e uno ricavato dalla cibernetica e dalla teoria tecnologica della trasmissione dell'informazione (la modulazione). Si possono immaginare così. Considerando un sistema metastabile ci sono due tipi di operazione: quella che costituisce l'individuo come sistema metastabile e quella che ne esplica le potenzialità energetiche costituendo un sistema (relativamente) stabile e differenziato in individuo e *milieu*. In queste due operazioni risulta evidente il doppio senso del termine "individuo": la modulazione , o *"prise de forme"* è l'operazione in cui consiste «il passaggio dallo stato analitico allo stato sincretico» (TA 566) grazie alla quale si costituisce appunto un individuo metastabile, sfasato, carico di energia potenziale ecc.; la cristallizzazione invece è il processo attraverso il quale un sistema metastabile produce delle strutture relativamente più stabili rispetto a quelle del suo stato iniziale, così come accade appunto nella formazione di cristalli dove, a partire dall' "incontro" di un germe cristallino e di una "soluzione sovrasatura", si innesca un processo i cui esiti sono una struttura cristallina e un *milieu* di soluzione a bassa percentuale, stabile perché relativamente priva di potenziali. Si tratta di due operazioni che Simondon considera simmetriche, inverse ed equivalenti. Va però chiarito che simmetria ed equivalenza dei due processi non implicano una perfetta reversibilità. Simondon pensa sempre l'energetica dei sistemi a partire dal concetto di entropia: un'operazione simmetrica alla precedente non può mai riportare allo stato iniziale, ma sempre ad un nuovo stato. Perciò non esistono *mai* nella realtà due processi tra loro simmetrici, ma piuttosto processi differenti che costituiscono differenti classi di operazioni, la cui modalità è però da considerarsi simmetrica. L'opposizione tra questi due processi solleva parecchi problemi, tanto che nella tesi principale si presenta con molta meno nettezza, ma ci permette tuttavia di fissare da subito l'attenzione su due temi fondamentali che attraversano e complicano tutto il lavoro di Simondon: la riformulazione del rapporto causa-effetto e la "doppiezza" del concetto di individuo come sistema e come parte di un sistema.

Innanzitutto in entrambi i "paradigmi" dell'operazione il rapporto causa-effetto non è riducibile a una formulazione strettamente deterministica. Il processo di cristallizzazione, nonostante sia un processo meccanico nel suo svolgimento sequenziale, ha un'origine assolutamente irriducibile a tale sequenza: l'incontro del sistema con la singolarità costituita dal germe cristallino (sia introdotto dall'esterno, sia già presente nel sistema, sia costituitosi in un incontro casuale di molecole, cfr. FIP 550) è incalcolabile all'interno del sistema ed è assolutamente irriducibile alla sequenza che esso innesca. Il processo di modulazione consiste nell'«ordinarsi di un'operazione temporale secondo una struttura morfologica» a partire dalla convergenza di sistemi differenti. Tale convergere potrebbe essere calcolabile solamente all'interno di un ipotetico sistema di processi, ma sarebbe necessario allora cambiare scala. Su una scala più ampia però i processi in questione non sarebbero più colti nel loro incontro, ma *internamente* ad un sistema, con due possibili modalità: o si tratterebbe di "fasi" di un sistema metastabile *già* costituito, dunque in relazione discontinua tra loro all'interno di un sistema, o si tratterebbe di "parti strutturate" di un sistema, nel qual caso si ritornerebbe al processo di cristallizzazione, cioè al modo in cui un (macro)sistema si differenzia al suo interno determinandosi strutturalmente. Bisogna però guardarsi bene dall'interpretare il rapporto tra sistemi di scale differenti come un gioco di scatole cinesi riducibile ad un rapporto tra sottoinsiemi ed insiemi, fino ad un'ipotetica "natura-tutto" intesa come "sistema di tutti i sistemi": questo è proprio ciò che Simondon contesta esplicitamente a Kurt Goldstein[15] affermando di contro la sua concezione del sistema come mai stabile in quanto sfasato (dunque incompleto nel senso di non-pienamente determinato) che esclude senz'altro l'ipotesi di un individuo-tutto. La "Natura" come insieme completo sarebbe piuttosto per Simondon l'universo silenzioso e perfettamente stabile - morto - della massima entropia, mentre si deve pensare piuttosto a un sistema "non totalizzato": «i sistemi non possono essere *totalizzati*, giacché se li si intende come la somma dei loro elementi, si dimentica ciò che li rende sistemi: la relativa separazione degli insiemi che contengono, la struttura analogica, la disparazione e, in generale, l'attività relazionale e di informazione» (I 234, n. 1)[16].

Il riferimento al cambio di scala spinge ad ipotizzare che modulazione e cristallizzazione possano essere considerate due modalità di comprensione e descrizione dello stesso processo su scale differenti, che permettono di intendere anche l'individuo in modo diverso a seconda della scala a cui lo si considera: l'individuo nel processo di cristallizzazione è colto come esito stabilmente strutturato di un processo - tutto interno al sistema - di *déphasage* in individuo e *milieu*, mentre l'individuo nel processo di modulazione è colto come sistema costituito grazie ad un'operazione di *couplage* di processi originariamente indipendenti. Nell'*Individuation* è il concetto di "trasduzione" a ereditare questa serie di problemi. Il tentativo di riassorbire i due paradigmi all'interno di un'unica nozione fa sì che questi smettano di indicare due operazioni inverse e simmetriche, e descrivano invece aspetti differenti e contemporanei dello stesso processo di individuazione su due scale differenti: il paradigma della modulazione permette di cogliere l'incontro di differenti sistemi e il costituirsi di un unico individuo metastabile strutturato secondo soglie quantiche, mentre le sequenze di puro determinismo interne a un sistema, il cui innesco è però indeterminato, vanno lette attraverso la lente del paradigma della cristallizzazione. Nel tentativo di tenere insieme questi due lati in un'unica concettualità sembra esservi un ripensamento che porterebbe Simondon, dagli scritti programmatici *Allagmatique* e *Théorie de l'acte analogique* all'*Individuation*, grazie all'introduzione del concetto di "operazione trasduttiva" (che in essi invece non compare[17]), all'unificazione dei paradigmi di modulazione e cristallizzazione, salvo che - proprio per questo - in tutta l'*Individuation* l'uso del termine "individuo" rimane comunque equivoco, poiché finisce per dover indicare contemporaneamente l'individuo come sistema metastabile e l'individuo come parte, divenuta stabile, di un sistema. La nozione di "trasduzione" sembrerebbe insomma abbandonare la pretesa di cogliere l'operazione di costituzione (modulazione) di un sistema metastabile come inversa rispetto all'individuazione (cristallizzazione). Chi ritenesse che nell'*Individuation* sia esclusivamente il paradigma della cristallizzazione ad assorbire in sé il senso dell'operazione (trasduttiva) di individuazione citando il paragrafo intitolato *L'individuazione come genesi di forme cristalline a partire da uno stato amorfo*, si troverebbe perlomeno in imbarazzo nel giustificare l'affermazione di Simondon secondo cui «l'individuazione è una modulazione» (I 220). Ci riserviamo comunque di discutere i problemi sollevati da questo tentativo di unificazione dei differenti paradigmi trattando della questione del "preindividuale" nella quale sembra concentrarsi tutta l'aporeticità del discorso di Simondon sulle relazioni di trasformazione tra struttura e operazione e sulla possibilità di una scienza di tali trasformazioni.

Ma sarà prima di tutto necessario analizzare tale modalità di propagazione e riconfigurazione di strutture metastabili, che Simondon chiama "operazione trasduttiva", o "processo trasduttivo", o "trasduzione": la sola concezione della processualità compatibile con l'ipotesi di una struttura intesa come sistema metastabile. E per farlo partiamo dall'assunto che le prospettive degli scritti programmatici e dell'*Individuation* siano concordi sulla natura dell'operazione, in quanto concepiscono il rapporto causa-effetto come irriducibile a una formulazione strettamente deterministica, cioè alla concezione della natura come tutto meccanicamente organizzato tipica dell'immaginario meccanicista, ciò che comporta conseguenze determinanti nella critica ad ogni sostanzialismo. Va rilevato come il debito nei confronti del fisico Louis De Broglie sia nel lavoro di Simondon, sebbene solo a volte esplicito, costante e fondamentale[18]: soprattutto perché la scoperta di elementi di indeterminazione in microfisica pone problemi di tipo filosofico che investono lo statuto teorico non solo della fisica deterministica classica, ma di tutte le scienze che lavorano ad una scala sulla quale quei fattori continuano ad operare, pur rimanendo invisibili e perciò non tematizzati[19]. Rimane in questo senso sicuramente invariato tra i brevi scritti programmatici e l'*Individuation* l'intento di Simondon di proporre - attraverso la riforma del concetto di causa - una nuova concezione dell'individuo: «al termine di questo doppio studio, [sui concetti di modulazione e cristallizzazione, n.d.a.] la nozione filosofica di causalità si troverà arricchita e la nozione di individuo definita» (TA 566).

TRASDUZIONE, CAMPO E RELAZIONE

L'operazione è nell'*Individuation* eminentemente trasduttiva, cioè caratterizzata da una discontinuità di fondo e da continui passaggi di scala, in conformità con il paradigma metodologico che ispira tutta l'*Individuation*: la fisica quantistica (cfr. Barthélémy 2005b, p. 46). A quest'altezza la nozione di "sistema metastabile" si lega a quella di "operazione trasduttiva": «il fondamento dell'individuazione ai suoi diversi livelli» (I 35). Il processo di destrutturazione e ristrutturazione di un "campo metastabile" è infatti "innescato" dall'ingresso di un "germe strutturale", ovvero di un "individuo" inteso come "potenziale energetico strutturato", che attiva una reazione la cui sequenza dipende: a) dalla distribuzione delle tensioni interne della struttura-campo (metastabile) che destabilizza; b) dalla configurazione della struttura-matrice (stabile) in cui consiste il "germe". Si tratta di un processo il cui innesco è legato alla casualità di un "incontro" e il cui procedere è una progressiva "amplificazione" dell' "origine" singolare (l'incontro di *quella* struttura singolare con *quel* campo di forza in *quel* momento della sua "risonanza interna"[20]) che ha come esito la possibile produzione di un ulteriore sistema metastabile e/o di un altro germe strutturale, a sua volta possibile innesco di un nuovo processo. In questo senso la singolarità può essere "origine" quanto "esito" del processo, ma il processo è comunque da considerarsi singolare nel senso di "unico"[21]. Tale processo si chiama appunto "trasduzione". Va sottolineato come il percorso di un tale processo risulti incalcolabile non solo per la casualità dell'incontro, ma anche in quanto l'innesco (*amorce*) simultaneamente *rivela e costituisce* le tensioni interne al campo metastabile entro il quale agisce. La nozione di "trasduzione" diviene così il mediatore concettuale che permette a Simondon di leggere il problema dell'ontogenesi nei termini di un'operazione di individuazione mai riducibile ad uno dei termini dell'antinomia determinismo/contingenza. Infatti non è possibile pensare l'operazione di individuazione se non a partire da una condizione strutturale determinata (il sistema metastabile) e *insieme* da una "condizione evenemenziale" costituita da una singolarità strutturata. Ogni sistema-individuo è allora concepibile come "centro di attività trasduttiva", e tale trasduzione non è sottoposta ad alcuna necessità, né naturale né storica, poiché «le leggi quantiche sembrano indicare che questa operazione opera di livello in livello [*de degré en degré*] e non in modo continuo» (I 143). In questa prospettiva, in cui «la sostanza cessa di costituire il modello dell'essere» (I 32), diviene allora necessario concepire l'essere come "relazione" «secondo un'ipotesi, analoga a quella dei *quanta* in fisica, nonché a quella della relatività dei livelli di energia potenziale [...] Secondo questa ipotesi, *si può ritenere che ogni autentica relazione ha il rango dell'essere e si sviluppa all'interno di una nuova individuazione*; la relazione non insorge tra due termini già individuati, ma è un aspetto della *risonanza interna di un sistema di individuazione*; fa parte di uno stato di sistema» (I 28). L'essere è in questo senso il divenire di una relazione i cui termini non precedono affatto l'operazione che la costituisce, anzi l'essere individuato «per essere esatti, non è né in relazione con se stesso né con altre individualità: è l'essere *della* relazione, e non essere *in* relazione, poiché la relazione è operazione intensiva, centro attivo» (I 61-63)[22]. Lo stesso concetto kantiano di "noumeno" va riformulato in questa direzione: «i noumeni non sono una pura sostanza, ma consistono anche in relazioni (come scambi energetici, o passaggi di strutture da un dominio di realtà all'altro)» che hanno «*lo stesso grado di realtà*» dei loro termini, poiché la relazione «non è un *accidente* in rapporto ad una sostanza, ma una *condizione costitutiva, energetica e strutturale, che si prolunga nell'esistenza degli esseri costituiti*» (I 83). Il modello che permette di concepire l'essere come relazione è offerto secondo Simondon dalla nozione di campo:

un regalo che le scienze della natura hanno fatto alle scienze umane. La nozione di campo *stabilisce una reciprocità di statuti ontologici e di modalità operative tra il tutto e il singolo elemento*. Infatti, in un campo qualsivoglia - elettrico, elettromagnetico, di gravità o di qualsiasi altra specie - l'elemento ha un duplice statuto e assolve a una duplice funzione: 1) in quanto subisce l'influenza del campo esso è sottoposto alle forze del campo; è in un certo punto del gradiente mediante cui si può rappresentare la ripartizione del campo; 2) interviene nel campo con indole attiva e creatrice, modificando le linee di forza del campo stesso e la ripartizione del gradiente; non si può definire il gradiente di un campo senza definire ciò che vi è in quel punto (FIP 538)[23].

Il fatto che, come afferma la *Gestalt*, il campo psichico e il campo fisico siano isomorfi, spiega come sia possibile riconoscere le stesse forme di organizzazione in entrambi e come la nozione di campo possa essere programmaticamente estesa all'ambito delle scienze sociali. Tuttavia, proprio questa concezione dell'essere come "relazione reale" risulta limitante in quanto rischia di ridurre il sistema ad una rete complessa di cause ed effetti la cui compattezza come "tutto" non intacca, in ultima analisi, il paradigma deterministico[24]. Ma proprio su questa base il concetto di trasduzione dimostra la propria forza, permettendo di pensare l'individuazione come, potremmo dire, relazionalità aleatoria: contro il concetto moderno, deterministico di scienza, attraverso e oltre l'olismo implicito nel concetto di campo ricavato dalla *Gestalt*[25], Simondon pensa la relazione in termini di processualità che presentano sequenze deterministiche a partire da incontri sempre singolari la cui calcolabilità non è mai completa, ma la cui aleatorietà non è assoluta. In tale prospettiva, ad ogni livello, compreso quello di una scienza della società, per ogni processo (operazione) considerato è sempre possibile determinare le condizioni di stato (con gli effetti che queste implicano e altri che esse escludono), ma è altrettanto sempre presente anche un margine di indeterminazione che esclude una relazione uniforme e continua tra cause ed effetti: insomma, se c'è sempre una direzione (non prevedibile ma tendenziale) dello sviluppo, dovuta all'irreversibilità costitutiva dei processi che implicano alcuni possibili esiti e non altri, tuttavia la configurazione effettiva del processo non è mai deducibile dallo stato iniziale di sistema. Questa prospettiva esclude una scienza integralmente predittiva e implica invece una scienza "doppia", che si occupi da un lato di condizioni di stato e tendenze strutturali e dall'altro dell'ontogenesi delle singole operazioni di individuazione. Ad una scienza di questo tipo Simondon fa riferimento in maniera massiccia negli scritti programmatici e nell'*Individuation*[26] con l'infelice nome di "allagmatica".

TOPOLOGIA, CRONOLOGIA E ALLAGMATICA

Simondon prende le mosse dall'ipotesi tutta bergsoniana che le scienze oggettive siano scienze di strutture, perciò incapaci di cogliere la temporalità trasduttiva dell'operazione, ma ritiene possibile - in senso radicalmente antibergsoniano - la costruzione di una teoria "allagmatica" (dal greco *allagma*, che significa mutamento, cambiamento) dell'operazione. Proprio gli scritti *Allagmatique* e *Théorie de l'acte analogique* tematizzano esplicitamente la possibilità di una tale scienza, con una serie di complicazioni che possono essere facilmente schematizzate dal confronto tra le due definizioni di essa offerte, che riportiamo di seguito: «l'allagmatica è una teoria delle operazioni. Essa è, nell'ordine delle scienze, simmetrica alla teoria delle strutture costituita da un insieme sistematico di conoscenze particolari: astronomia, fisica, chimica, biologia» (A 559); «la teoria allagmatica è lo studio dell'essere individuo [*de l'être individu*]. Essa organizza e definisce la relazione della teoria delle operazioni (cibernetica applicata) e della teoria delle strutture (scienze deterministe e analitiche)» (TA 565). Ora, l'evidente contraddittorietà delle due definizioni potrebbe facilmente essere ricondotta al fatto che si tratta di scritti molto schematici e provvisori, pensati in vista di ulteriori elaborazioni. Tuttavia il loro inserimento nell'edizione del 1995 dell'*Individuation et sa genèse physico-biologique* ci autorizza perlomeno a prenderli sul serio[27]. Si tratta dunque di discutere le due affermazioni secondo cui l'allagmatica sarebbe rispettivamente una teoria delle operazioni (dunque opposta alle scienze delle strutture), oppure uno studio dell'individuo attraverso l'organizzazione del rapporto tra scienze "analitiche" delle strutture e scienze "analogiche" delle operazioni (cfr. TA 565): lo faremo attraversando brevemente i luoghi dell'*Individuation* nei quali il problema metodologico di una "teoria delle operazioni" ritorna con regolarità, e proprio in relazione diretta con la discussione dei limiti di un tentativo di formalizzazione puramente topologica. Ciò che nell'*Individuation* Simondon intende e critica come topologia, escludente la dimensione (o le dimensioni) del tempo, può essere identificato con una serie di approcci che intendono la dimensione temporale come inclusa in quelle spaziali, come la topologia dinamica di Kurt Lewin e la teoria delle catastrofi di René Thom[28]. Se la topologia di Thom è «uno strutturalismo che include l'aspetto dinamico», è forse ipotizzabile che la critica di Simondon al determinismo possa essere estesa anche ad essa, come sembra concedere J. Petitot, allievo dello stesso Thom: «una tale prospettiva [...] sviluppa, di fatto, un neomeccanicismo» (Petitot 1975, p. 146)[29].

Sta di fatto che nell'*Individuation* Simondon è molto chiaro: «ciò che manca alla topologia è la considerazione dei potenziali; i potenziali, proprio perché sono dei potenziali e non delle strutture, non possono essere rappresentati come elementi grafici della situazione» (I 238). Questa netta presa di posizione spiega la regolare ripresa della sua critica nelle conclusioni di ciascuna sezione dell'*Individuation*: al termine dell'individuazione fisica nel paragrafo *Topologia e cronologia*, alla fine dell'individuazione biologica nel paragrafo *Topologia e ontogenesi* e, a livello di individuazione psichica e collettiva, nel porre rispettivamente i problemi del tempo e dell'emozione. Ci limiteremo qui a trattare del paragrafo *Topologia e cronologia* (I 148-53), situato all'interno della sezione relativa all'individuazione fisica, perché ci sembra paradigmatico (come peraltro tutta la trattazione dell'individuazione fisica) e perché utilizzeremo in seguito gli altri riferimenti approfondendo i temi dell'individuazione biologica e psichico-collettiva. Struttura e operazione, dunque, così come continuo e discontinuo, come materia e energia, sono casi-limite dell'individuazione, il cui centro attivo è il sistema reale del quale noi cogliamo solo gli aspetti complementari estremi, cronologia e topologia, secondo due modalità che ne costituiscono i casi limite, quello di un determinismo assoluto e quello di un'assoluta indeterminazione: «il determinismo e l'indeterminismo non sono che dei casi limite, poiché vi è un divenire di sistemi: tale divenire è quello della loro individuazione» (I 148). Ebbene, per Simondon: «l'essere fisico individuato non è totalmente simultaneo in rapporto a se stesso. La sua topologia e la sua cronologia sono separate da un certo scarto, variabile a seconda del divenire dell'insieme individuato» (I 149). Solo una risonanza interna completa sarebbe allora il caso limite dell'assenza di scambi energetici interni al sistema, in cui «nessun cambiamento quantico sarebbe possibile e si potrebbe conoscere il divenire di un sistema per mezzo di una teoria del continuo, o secondo le leggi dei grandi numeri, come fa la Termodinamica» (I 148-49). Invece la natura stessa dell'essere fisico, «insieme crono-topologico il cui divenire complesso è fatto di crisi successive di individuazione» (I 149), obbliga ad una scienza di processi discontinui, rispetto alla quale le nozioni di struttura e di operazione rivelano il proprio limite euristico:

> da questo punto di vista sembra possibile comprendere perché le *rappresentazioni* antagoniste del continuo e del discontinuo, della materia e dell'energia, della struttura e dell'operazione, non siano utilizzabili altrimenti che nella forma di coppie complementari: poiché queste nozioni definiscono gli aspetti opposti ed estremi di ordini di realtà *tra* i quali si istituisce l'individuazione; ma l'operazione di individuazione è il centro attivo di questa relazione (I 151, sott. ns.).

Nell'*Individuation* Simondon fa dunque corrispondere le nozioni di topologia e cronologia ai due versanti dell'individuazione sempre tra loro in relazione di "scarto quantico" nel reale: struttura e operazione. In relazione ad un sistema si parla infatti astrattamente sia quando ci si riferisce ad un'indipendenza assoluta di topologia e cronologia, sia quando si ipotizza una "risonanza interna" completa di topologia e cronologia (sostanza identica a se stessa e tempo unico). Questo porta Simondon ad escludere la possibilità di una scienza puramente topologica dell'individuazione *tanto quanto* la possibilità di una "pura" scienza delle operazioni, entrambe volte a cogliere "casi limite" astratti del processo reale e dunque singolarmente insufficienti a renderne conto. E tuttavia l'aspetto dell'operazione e quello della struttura non sono mai simmetrici. Infatti, sebbene all'interno della tesi principale l'allagmatica compaia come "teoria della metastabilità", cioè dei «processi di scambio tra configurazioni spaziali e sequenze temporali» (I 238), e mai come scienza delle sole operazioni, tuttavia l'aspetto processuale rimane comunque sempre dominante e chiaramente prevalente rispetto a quello strutturale: «al fondamento dell'ontogenesi degli individui fisici esiste una teoria generale degli scambi e delle modificazioni di stato, che si potrebbe chiamare *allagmatica*» (I 328). Nell'*Individuation*, certo, sembra scomparsa la contraddizione che esplicitamente distingueva un'allagmatica intesa come "teoria delle operazioni" da un'allagmatica intesa come teoria degli "scambi" tra struttura e operazione, ma ancora una volta ci troviamo ad avere a che fare con l'ipotesi di una teoria che, se si occupa sempre di strutture *e* operazioni, tuttavia non può considerare i due lati del proprio oggetto come equivalenti o simmetrici, non foss'altro per la ragione che esistono *già* delle scienze delle strutture mentre non possono esistere delle scienze delle operazioni.

Ritorniamo allora alla "doppia" ipotesi degli scritti programmatici e proviamo a leggerne il senso nella prospettiva dell'*Individuation*, ovvero di una filosofia dell'individuazione in cui l'aspetto strutturale non è mai escluso eppure va sempre letto in relazione con l'aspetto processuale della sua ontogenesi. Secondo quanto Simondon scrive in *Allagmatique*, una teoria dell'operazione non può riferirsi direttamente a domini oggettivi come fanno le scienze delle strutture, ma deve occuparsi degli spazi che le scienze costituite lasciano aperti come "intervalli" tra di esse[30]. Simondon afferma infatti che una scienza delle operazioni «può prodursi solo se la scienza delle strutture sente dall'interno i limiti del suo ambito di esercizio» (A 561): la possibilità di un'*allagmatica*, cioè, rimane in ultima analisi sospesa proprio alla costituzione di una «sistematica delle strutture» (A 561). La tesi di Simondon è insomma questa: esistono, già costituite, delle scienze che indagano le strutture (appunto: le scienze); è necessario produrre, a partire da queste, delle scienze che studino le operazioni ontogenetiche che costituiscono e legano i domini d'essere di cui quelle scienze si occupano (altrimenti si rischia di sostanzializzare l'essere, perdere di vista i processi di individuazione entro cui l'essere "consiste", e costruirne una rappresentazione inadeguata); ma sarà forse possibile costituire una scienza delle operazioni solamente dopo che si sia prodotta una "sistematica" delle strutture. Simondon si chiede a questo punto se una "teoria generale delle operazioni" debba limitarsi a definire e classificare le «grandi categorie di operazioni, dei differenti tipi di dinamismi trasformatori che lo studio oggettivo rivela», oppure debba arrivare a cogliere «un solo tipo fondamentale di operazione da cui tutte le operazioni particolari deriverebbero come casi più semplici: questi gradi di semplicità definirebbero allora una gerarchia che fungerebbe da rigoroso principio di classificazione» (A 559).

Ebbene, è probabile che Simondon ritenga di aver trovato un paradigma del "tipo fondamentale di operazione" incrociando fisica quantistica e termodinamica[31], e che l'*Individuation* sia il tentativo di giocarlo attraverso le nozioni di "metastabilità" e di "trasduzione" per estenderlo su tutti i domini dell'essere, contro il paradigma sostanzialista "ilomorfico" che a suo parere ha dominato l'intera metafisica occidentale, scienza moderna compresa. Tale "acquisizione" rimane tuttavia sempre problematica e problematizzata: l'opera di Simondon è in questo senso una vera e propria sperimentazione della tenuta di un'operazione di pensiero attraverso il confronto diretto con lo stato attuale delle conoscenze scientifiche: «siffatta rappresentazione dell'essere richiede una riforma concettuale, realizzabile solo con una revisione degli schemi fondamentali; è necessario l'uso di un certo numero di paradigmi per sostituire lo schema ilomorfico, culturalmente egemone [...] noi abbiamo tentato di ricavare un paradigma dalle scienze fisiche» (I 319). L'*Individuation* mostra in funzione gli "schemi" di metastabilità, fase, risonanza interna, modulazione, cristallizzazione, trasduzione, come strumenti di analisi dei diversi domini dell'essere, delle loro condizioni strutturali di massima e del loro statuto processuale: strumenti utili a definire le soglie tra un dominio e l'altro, a stabilire le modalità di passaggio, a problematizzare i confini. Non si tratta più di "luoghi" - la materia, il vivente, lo psichico, il collettivo - attraverso cui transitano individui, o sostanze delle quali gli individui sarebbero composti: si tratta di fasi, processi nella cui dinamica interna o nel cui incrocio si costituiscono individui modificandone la configurazione, come accade in un "campo" magnetico o gravitazionale, nel quale forze e processi differenti costituiscono uno spazio irregolare e instabile, carico di tensioni, che può modificare, costituire o essere costituito da ciò che, materia-energia, ne entri a far parte. Nessuna garanzia di stabilità ontologica di un dominio dunque, e nessuna scienza che possa definirne una presunta caratterizzante processualità senza passare attraverso la descrizione delle singole strutture che abitano quel dominio, del loro funzionamento e della loro ontogenesi.

È ovvio insomma che per Simondon una filosofia dei processi di individuazione dovrà sempre partire da scienze di strutture che non ne confermino "l'identità", ma ne mostrino piuttosto la non tenuta: rimandando così necessariamente a un'ipotesi ontogenetica che colga le processualità, le tensioni attuali che rendono di volta in volta una struttura "metastabile", facendone un individuo "in corso di individuazione". Ciò è dimostrato dal procedere della sua analisi: ognuna delle tre macro-sezioni dell'*Individuation* si occupa di uno dei tre domini o "regimi" dell'individuazione, cioè dei "processi di individuazione» (fisica/biologica/psichico-collettiva). Nella chiusura di tutti e tre i "movi-

menti" si alternano il tentativo di una definizione topologico-struttura-
le e una formulazione del problema della sua insufficienza. Nella chiusura di ogni ambito di ricerca, dopo aver indicato quale sia la strutturazione di massima dell'individuazione all'interno di quel campo,
quando cioè ha parlato di struttura e topologia dell'individuo, Simondon fa intervenire sempre il problema del tempo, ovvero sottolinea e
argomenta come una topologia *non* sia in grado di rendere conto
dell'aspetto processuale costitutivo della struttura analizzata. Ci si può
allora chiedere: è possibile una conoscenza delle operazioni di strutturazione[32]? La risposta dovrà essere: sì, ma solo come conoscenza
dell'eccedenza dell'operazione sulla struttura, ovvero attraverso scienze di strutture che mostrino il loro carattere quantico e processuale,
dunque la singolarità delle loro storie trasduttive e dei loro potenziali
di trasformazione. Solo intendendo l'individuo come struttura in questo senso si può comprendere finalmente l'affermazione di Simondon
sopra riportata: «secondo la dottrina che presenterò [...] non ci può
essere scienza che dell'individuo, questa sarà la conseguenza epistemologica della nostra ricerca» (AI 554). Siamo infatti ora in grado di
scegliere tra le due definizioni offerte in *Allagmatique* e *Théorie de l'acte
analogique*. La prima ipotesi («l'allagmatica è una teoria delle operazioni») ci appare provvisoria: corretta, nel senso che ciò che difetta alle
scienze delle strutture è proprio l'elemento aleatorio e genuinamente
processuale, ma insufficiente in quanto lascia spazio all'immaginazione di una teoria "pura" delle operazioni; mentre una "scienza dell'individuo" come processo di individuazione è una teoria delle soglie di
tenuta delle strutture, delle zone di transizione tra strutture, il cui coglimento *passa necessariamente* attraverso una scienza di strutture, ma
per superarla nella direzione di una scienza della loro ontogenesi, come conferma Simondon nella già citata conclusione dell'*Individuation*:
«esiste una teoria generale degli scambi e delle modificazioni di stato,
che si potrebbe chiamare *allagmatica*» (I 328)[33]. Secondo Simondon per
elaborare una tale teoria è necessaria una radicale rifondazione metodologica delle scienze come scienze "allagmatiche", progetto che - come vedremo - ha la sua prosecuzione naturale nel tentativo di estendere l'ipotesi allagmatica ad ogni campo del sapere: «resterà da precisare
il modo in cui si legano l'atto di cristallizzazione e l'atto di modulazione nel divenire dei sistemi fisici, biologici, psicologici, sociali. Questo
sarà il ruolo dell'ipotesi allagmatica sulla natura del divenire» (A 566).
A questo scopo nell'*Individuation* Simondon si impegnerà nell'elaborazione di una chiave universale che, «sulla base di una nuova concezione dell'individuo e della causalità», leghi direttamente la nozione di
trasduzione a quella che egli riterrà la sua traduzione metodologica più
adeguata: il concetto di informazione.

2. RIFORMA DEI CONCETTI DI FORMA E INFORMAZIONE

Nel periodo immediatamente precedente la stesura dell'*Individuation*, Simondon cura la voce *La psicologie moderne* per l'*Encyclopédie de la Pléiade*. *Histoire de la science* (1957), nelle cui conclusioni si legge: «una unificazione generale delle scienze comincia a profilarsi. Il linguaggio della cibernetica, già applicabile alla fisiologia del sistema nervoso, potrebbe permettere di descrivere i rapporti dell'uomo con il suo ambiente naturale e sociale, superando l'alternativa della libertà o del determinismo, che sembra essere l'ostacolo fondamentale ad ogni scienza psicologica» (ENC 1701). Come già detto Simondon eredita l'uso del concetto di informazione dalla cibernetica, in particolare da uno dei suoi "padri fondatori": N. Wiener. L'informazione negli anni '50 non è ancora il paradigma fondamentale della ricerca biologica, almeno non in Francia, poiché lo diverrà soltanto in seguito al successo eclatante della biologia molecolare, ma è già un concetto potenzialmente pluridisciplinare[1] che la cibernetica offre a Simondon per stabilire il fondamento metodologico del proprio filosofare e che, a differenza dei termini "trasduzione", "allagmatica" e persino "individuazione" - inutilizzati al di fuori delle due tesi, se si eccettua qualche sporadica apparizione di quest'ultimo - non abbandonerà mai per tutto l'arco della sua produzione successiva.

Tutti i problemi fino ad ora sollevati sembrano precipitare, all'interno dell'*Individuation*, nell'elaborazione della nozione di informazione: se la conoscenza allagmatica dei processi di scambio energetico e strutturale deve potersi estendere ad ogni dominio dell'essere e - ma è lo stesso - del pensare, l'allagmatica dovrà allora «essere in rapporto con la teoria dell'informazione, che ha a che fare con la traduzione di sequenze temporali in organizzazioni spaziali» (I 238), poiché quella di informazione è una nozione che, proprio in ragione del suo «carattere puramente operatorio, non legato a tale o tal'altra disciplina, e che si definisce solamente in rapporto a un regime energetico e strutturale» (I 220), risponde perfettamente all'esigenza posta. Ma per arrivare ad un'adeguata elaborazione e fondazione della nozione di informazione, è necessario passare attraverso la riformulazione di una serie di problemi che ruotano attorno al concetto di "forma": «una volta liberata dallo schema ilomorfico, la nozione di forma può adeguarsi al carattere polifasico dell'essere strutturandosi in modo relazionale, come indica la direzione di ricerca dei teorici della Forma; questo significato relazionale della Forma è meglio messo a fuoco nella teoria dell'informazione, purché si intenda per informazione il significato relazionale di una disparazione» (I 318). Seguiremo dunque la strada indicata da Simondon: ovvero passeremo innanzitutto attraverso la critica del concetto di forma, nel suo duplice aspetto, aristotelico e gestaltico, per approdare infine alla critica del concetto cibernetico di informazione.

CRITICA ALLO "SCHEMA ILOMORFICO" E AL CONCETTO DI FORMA (GESTALT)

Il primo e principale "nemico concettuale" ha un nome antico: ilomorfismo. Simondon ne organizza la critica nella prima parte della testi. Lo "schema ilomorfico", come lo chiama Simondon, impedisce un approccio ontogenetico alla questione dell'essere e, conseguentemente, anche alla questione del soggetto, continuando a dominare latente e incontrastato non solo il senso comune ma anche il pensiero filosofico e scientifico:

> il senso di questo studio è il seguente : per pensare l'individuazione, occorre abbandonare lo schema ilomorfico [...] Lo schema ilomorfico implica e accetta una zona oscura, che è precisamente la zona operativa centrale. Esso è l'esempio e il modello di tutti i processi logici con cui si attribuisce un ruolo fondamentale ai casi limite, ai termini estremi di una realtà organizzata in serie [...] Lo schema ilomorfico rimpiazza abusivamente la conoscenza della genesi di un reale; impedisce la conoscenza dell'*ontogenesi* (I 312).

Simondon avanza un'ipotesi di tipo sociologico sull'affermarsi e il prevalere dello "schema ilomorfico": «se non ci fossero che l'individuo vivente e l'operazione tecnica, lo schema ilomorfico non potrebbe forse costituirsi [...] Ciò che lo schema ilomorfico riflette in primo luogo è una rappresentazione socializzata del lavoro e una rappresentazione ugualmente socializzata dell'individuo vivente» (I 51). Sviluppa parte della sua argomentazione a partire dal differente rapporto del signore [maître] e dell'artigiano [artisan] con l'operazione tecnica, mediato rispettivamente dalla relazione (astratta) di proprietà e dalla (concreta) immersione nel processo di lavorazione, nel quale tra le mani dell'artigiano prende forma in maniera sempre differente la materia (cfr. I 57-60)[2]. Ma infine dichiara insufficiente un tale approccio: «il condizionamento psico-sociale del pensiero, se è capace di spiegare le vicissitudini dello schema ilomorfico, non può tuttavia spiegare la sua permanenza e la sua universalità nella riflessione» (I 52). La soluzione al problema va infatti ricercata «nell'analisi fisica della "presa di forma"» (ossia dell'individuazione): sarà infatti la stessa ontogenesi a dare ragione dell'inerenza strutturale del paradigma ilomorfico al conoscere, poiché anche l'operazione conoscitiva, come *ogni* operazione di individuazione, istituisce e rende compatibile un'opposizione binaria di termini asimmetricamente polarizzati.

Ma ciò che prima di tutto occorre comprendere è perché lo schema ilomorfico impedisca la conoscenza dell'ontogenesi. Ebbene, lo schema ilomorfico sostanzializza forma e materia non cogliendone lo statuto processuale poiché le presuppone già individuate (strutturate) all'inizio di quello che invece è il vero e proprio processo di individuazione (di strutturazione). Non solo non esiste in natura materia "inerte" che non sia già coinvolta in un qualche divenire particolare, dunque parzialmente individuata, ma, anche nella stessa operazione tecnica, sia forma che materia sono soltanto due modalità descrittive incomplete dell'unico processo reale di "presa di forma", cioè di individuazione: se la materia non è mai pura potenza informe ma, come nel caso delle nervature del legno, presenta sempre delle "forme implicite" che la rendono già parzialmente strutturata, così la forma non è mai pura attualità in sé compiuta (e certo non una qualche idea perfetta nella mente dell'artigiano), ma una vera e propria sequenza operativa, un processo complesso - entro il quale interagiscono fattori psicosociali e fisici - che ha una storia, dunque una "forma" sempre particolare. In questo senso "ilomorfismo" diviene, nell'*Individuation*, sinonimo di un "dualismo sostanzialista" a causa del quale la conoscenza finisce per essere conoscenza di individui costituiti anziché conoscenza di processi di individuazione mentre, «secondo il metodo proposto per sostituire lo schema ilomorfico, bisogna cogliere l'essere nel suo insieme, ben sapendo che l'ambiente [*milieu*] di un reale ordinato non è meno importante dei suoi termini estremi. La zona oscura insita nello schema ilomorfico getta la propria ombra su ogni realtà conosciuta mediante tale schema» (I 312). Se la conoscenza ha normalmente bisogno di applicare lo schema ilomorfico, cioè di costruire coppie di nozioni chiare che racchiudono una relazione oscura, a tale tendenza si deve allora contrapporre, secondo Simondon, proprio il tentativo di cogliere l'essere «nel suo centro di attività» (I 313). Il concetto aristotelico di forma, interamente asservito al sostanzialismo dominante della tradizione filosofica e scientifica occidentale, può essere insomma soltanto criticato, mentre nel concetto gestaltico di forma è possibile secondo Simondon rintracciare indicazioni utili a fondare un approccio alternativo alla "zona operativa centrale", a condizione di svelarne l'aspetto operatorio in quanto "presa di forma".

I limiti del concetto di forma elaborato dalla teoria della *Gestalt* derivano dallo "psicologismo implicito" nella sua ipotesi centrale - la stabilità della "buona forma" - che ne inficia la programmatica estensione ad ogni ambito d'indagine. Nella prospettiva di una psicologia della percezione la "buona forma" dovrebbe servire a spiegare l'evidenza e stabilità della figura nella sua relazione dialettica con lo sfondo: l'evidenza spiega il suo imporsi all'attenzione e alla percezione (la superiorità gerarchica rispetto allo sfondo) e la stabilità ne spiega la permanenza nella memoria (la durata nel tempo). Non solo Simondon contesta l'ipotesi della "buona forma" a livello di teoria della percezione[3], ma soprattutto gli interessa sottolineare come superiorità gerarchica di una forma (o struttura) e sua continuazione nel tempo *non* possano coincidere, qualora per stabilità si intenda la fissazione di un'identità che, pur persistendo nel tempo, divenga trasduttivamente "sterile". È chiaro che qui entrano in conflitto due diverse concezioni della stabilità di un sistema, dunque due diverse valutazioni della sua superiorità gerarchica. Secondo Simondon infatti l'unica "stabilità" possibile è quella di uno stato privo di energia potenziale, ovvero stabile perché incapace di ulteriori trasformazioni (a rigore dunque inconoscibile perché per esso non è possibile alcun processo trasduttivo, neanche il "conoscere"), mentre gli stati di sistema gerarchicamente superiori sono quelli carichi di energie potenziali, in quanto capaci di trasformarsi e di apportare trasformazioni, ovvero di partecipare-a o di innescare ulteriori processi trasduttivi.

Secondo Simondon la *Teoria della forma* è dunque insufficiente perché finisce per presentare dei processi di degradazione come processi di genesi della buona forma (cfr. FIP 540-41): ciò che ad essa manca è appunto la capacità di concepire la modalità realmente negentropica[4] della forma, cioè la "metastabilità", che è capacità di produrre divenire anziché garanzia di durata nel tempo (ma di una durata - per così dire - "senza effetti"). La teoria dell'informazione gli permette invece di pensare la "forma" come sistema dinamico, perché il concetto di informazione, al contrario di quello di forma, è un concetto relazionale e soprattutto processuale. Per la cibernetica un sistema (fisico, biologico, sociale) ad *autoregolazione omeostatica*, è un sistema complesso in cui ogni elemento è in relazione con gli altri e con il sistema come tutto, all'interno di una struttura che garantisce la continua circolazione di informazioni e che garantisce, potremmo dire, una stabilità attiva, un equilibrio appunto sempre dinamico: non stabile ma omeostatico. In questo senso se la nozione di forma è definibile in termini di identità ed ogni suo operare è l'operare di una struttura, l'informazione è invece definibile in termini di relazione differenziale e di operazione. È evidente allora come la nozione di informazione debba divenire per Simondon il riferimento privilegiato per la ricerca di un paradigma all'altezza di una scienza dei rapporti tra operazioni e strutture.

CRITICA AL CONCETTO "TECNOLOGICO" D'INFORMAZIONE (*CIBERNETICA*)

Per Simondon tuttavia omeostasi e metastabilità sono condizioni molto differenti, e il modo in cui la cibernetica elabora il concetto di informazione e dunque concepisce il funzionamento di un sistema complesso è ancora insufficiente: l'origine tecnologica della nozione di informazione utilizzata dalla cibernetica ne costituisce anche il limite. Il "paradigma tecnologico" dell'informazione viene elaborato dalla cibernetica a partire dal problema tecnico della trasmissione di informazioni[5]: vi sono un emittente (E) e un ricevente (R) che entrano in relazione attraverso uno scambio energetico (un cavo attraverso il quale passa dell'energia a basso potenziale tra una postazione di telegrafista e l'altra ad esempio, o tra due terminali telefonici[6]); l'energia veicola un segnale, nel senso che l'energia trasmessa ha non solo una quantità, ma anche una forma (una "qualità" dovuta alla sua specifica frequenza o tensione, o anche soltanto al modo in cui la quantità è distribuita nel tempo - come nel codice Morse); il segnale è questa energia in quanto modulata (= strutturata) in modo da essere convertibile in altro, ad e-sempio nell'inizio di un'altra procedura o in un significato, a seconda che il segnale in arrivo venga trasmesso ad una macchina o a un uomo. Al di là dei differenti ambiti di applicazione ciò che in ogni caso è necessario perché tutto questo avvenga è la presenza dello stesso codice c in E(mittente) e in R(icevente). Il processo può essere così formalizzato: $Ec^i \rightarrow Rc \Rightarrow Ec \rightarrow Rc^i$. Il codice funge da la garanzia che l'informazione di partenza e quella di arrivo siano la stessa informazione, in altre parole: perché l'informazione conservi la propria identità nel passaggio dall'emittente al ricevente è necessaria una identità di codice. Se poi la linearità è complicata da un meccanismo di *feedback* $Ec \leftarrow Rc^i$, e da una modificazione di c (non eccessiva: c' deve essere riconoscibile come "modificazione" di c, secondo procedure di trasformazione in esso già previste), allora si ha un sistema complesso per cui si può giungere ad uno stato finale Ec'/Rc', e così via. Se lo scambio di i (i', i" e così via) è continuo e ricorrente, ed entrambi i sistemi E' e R' possono continuare a modificare il proprio codice in base all'informazione ricevuta, il tutto può essere considerato un unico sistema complesso ad autoregolazione.

Vediamo invece l'esempio concreto fornito da Simondon, che consente e davvero "innesca" un cambio di paradigma. Due oscillatori[7] che hanno frequenze diverse, posti ad una distanza tale da far sì che le onde prodotte dalle loro oscillazioni (=i loro "campi") si incontrino, finiscono per stabilizzarsi su di una frequenza intermedia in relazione alle rispettive frequenze iniziali. In questo esempio non si possono distinguere un Emittente e un Ricevente, né una relazione monodirezionale $E \rightarrow R$, né una doppia relazione $E \rightarrow R$ e $E \leftarrow R$ come nel meccanismo di *feedback*, ma si hanno direttamente due sistemi A e B in relazione di reciprocità $Ao \leftarrow \rightarrow Bo'$ dove il differenziale o-o' è l'oscillazione, il regime di risonanza interna del macrosistema composto da A, B e dalla loro relazione. A partire dall'istituzione della relazione tra i due oscillatori (il loro avvicinamento) si avrà infatti $Ao+i' \leftarrow \rightarrow Bo'+i$, in cui i' determina la modificazione di oA in o^xA dovuta all'interazione con $o'B$, e i determina la modificazione di $o'B$ in o^yB dovuta all'interazione con oA: modificazioni che contemporaneamente determinano i cambiamenti di Ao in Ao^x e di Bo' in Bo^y, fino alla coincidenza delle due frequenze di A e B: ciò che renderà a tutti gli effetti $Ao^z \leftarrow \rightarrow Bo^z$ un sistema autoregolato e in equilibrio omeostatico. Ora, questo esempio è importante perché permette di spostare il "punto di vista" dai rapporti Emittente-informazione e Ricevente-informazione tipici di una rappresentazione sostanzialista, direttamente al rapporto Emittente-Ricevente in quanto mediato dalla relazione di comunicazione, in modo tale che ciò che si considera "l'identità" del sistema coincide in questa prospettiva con il suo stesso funzionamento.

Il merito dell'esempio è di rendere evidente ciò che è nascosto nello schema (anche complesso) del paradigma tecnologico, ma che sempre caratterizza ugualmente ogni scambio di informazione, fornendo così lo strumento per sovvertire alcune distinzioni classiche. Vediamo quali. 1) *Attivo-passivo.* È evidente una reciprocità perfetta tra emittente e ricevente, tanto che a rigore non risulta possibile distinguere l'una funzione dall'altra: non vi è sequenza lineare, ma relazione sistemica, non intesa però come sequenza di andata e ritorno (*feedback*), bensì come *simultaneità* di invio e ricezione. 2) *Interno-esterno.* In un oscillatore il regime di informazione interno (l'oscillazione) ed esterno (il relativo campo) corrispondono allo stesso funzionamento, sono inseparabili e simultanei. 3) *Informazione-relazione.* A partire dall'innesco del processo (l'avvicinamento dei due sistemi), non ha alcun senso distinguere la "relazione" tra i due codici-sistemi dall'informazione: l'informazione è la relazione stessa in quanto "differenziale tra i codici" che "guida" la sequenza di uniformazione del processo in cui essa stessa si modifica, a partire da un *incontro* che, rispetto al sistema di riferimento è "esterno", dunque non calcolabile. Non vi è un *meta-codice* che permetta la totale calcolabilità dell'esito del processo, ma solo la possibilità di *inserire* nel sistema uno strumento di misurazione, quindi di attuare un'operazione che ha come esito una riconfigurazione del sistema stesso. È soprattutto 4) *Codice-sistema.* Mentre per la cibernetica deve esserci congruenza tra strutturazione del codice nell'emittente e nel ricevente, in una prospettiva in cui il codice è lo stesso regime di funzionamento "normale" del sistema[8], *ogni segnale* in grado di modificare quel regime modificherà anche il codice: e, se il codice *è* il funzionamento stesso del sistema (più o meno metastabile) in quanto capacità di ricevere e produrre segnali, allora si spiega come macchina e uomo (ma anche vespa-orchidea, uomo-virus ecc.)[9] possano comunicare anche con codici diversi. La conversione del segnale in informazione è perciò effetto del costituirsi della relazione tra sistemi, ciò che la cibernetica non può cogliere poiché presuppone l'identità dell'informazione (confusa con il segnale, cfr. I 224) come anteriore alla relazione tra sistemi, presuppone l'identità del codice misconoscendo la sua singolarità costitutiva, e legge lo scambio di informazione come un processo deterministico che lascia sostanzialmente intatta l'identità dei sistemi in esso coinvolti, che diventano parti di un sistema più complesso.

Insomma: l'elaborazione cibernetica del concetto di informazione risente secondo Simondon della propria origine "tecnologica" e di una critica insufficiente al concetto di identità che ne inficia la capacità di cogliere davvero l'aspetto trasduttivo dell'essere, dimostrandosi un approccio ancora troppo legato ad un feticismo dell'identità strutturale (per quanto complessa) concepita in termini di sistema ad autoregolazione omeostatica e ad una concezione deterministica (anche se probabilistica) dei processi, dunque fondamentalmente incapace di pensare la contingenza relativa dei processi di trasformazione. Tale limite della cibernetica è reso evidente da Simondon puntando alla contraddizione, implicita nel concetto cibernetico d'informazione, tra la sua *funzione ordinante*, strutturante, negentropica (in quanto principio di organizzazione che mantiene il sistema stabilmente funzionante secondo il codice determinante che lo costituisce) e la sua *efficacia operazionale*, legata invece all'imprevedibilità e al conseguente impatto sull'organizzazione strutturale del sistema. Si tratta in ultima analisi della contraddizione tra funzione omeostatica e funzione morfogenetica (propriamente "informativa"), che Simondon rileva sottolineando come l'informazione *non* derivi dal determinismo del codice garante dell'omeostasi, ma sia invece esattamente l'evenemenziale *interruzione* del processo di regolazione omeostatica, la crisi della sua regolarità continua e dunque il vettore di una catastrofe e/o di una riconfigurazione strutturale.

RIFORMA DEL CONCETTO DI INFORMAZIONE

Per illustrare il modo in cui Simondon intende riformare il concetto di informazione partiremo dunque dalla nozione di codice. Innanzitutto il codice non è mai arbitrario, né modificabile a partire da un segnale qualunque. La modificazione del codice, ovvero l'effettivo scambio-produzione di informazione, è sottoposta a condizioni di tensione differenziale o "disparazione" che la devono rendere possibile (vi è una soglia oltre la quale non è più possibile una comunicazione: la condizione ideale di comunicazione corrisponde ad un massimo relativo di "disparazione" oltre al quale non vi sarebbe più relazione); ciò significa anche che, come abbiamo visto, la distinzione emittente - ricevente (quanto quella aristotelica forma - materia) non è più a rigore valida, perché lo stato finale di sistema non dipende da uno stato "stabile" del ricevente su cui intervenga la metastabilità dell'emittente: senza metastabilità *anche* del ricevente non vi sarebbe propriamente scambio di informazione, ovvero non vi sarebbe produzione di un nuovo sistema metastabile. Ma non è tutto. Lo scambio-produzione di informazione non può neppure essere l'esito necessario di un processo calcolabile a partire da una descrizione ipoteticamente completa dei due stati metastabili di sistema iniziali, perché la metastabilità iniziale è quantica, dunque sfasata e fatta di soglie sempre più complesse, con la conseguenza che non tutte le fasi di un sistema entrano in relazione con tutte le fasi di un altro sistema negli stessi tempi e modi. La calcolabilità dello stato di sistema esito del processo di scambio di informazione è dunque possibile solo in termini approssimativi, e tanto meno garantita quanto più il sistema è costituito da fasi che funzionano su regimi differenti, come nel caso di un sistema sociale, costituito contemporaneamente da fasi fisiche, biologiche e psichico-collettive. Infine è da notare che la produzione-scambio di informazione (grazie alla teoria delle fasi, della disparazione costitutiva di un sistema metastabile) può essere operazione interna quanto operazione esterna rispetto al sistema: è insomma operazione che avviene nello stesso modo sia tra parti di un sistema sia tra sistemi. Per questo Simondon può trattare l'operazione di scambio di informazione indifferentemente come relazione tra sistemi o, su di un'altra scala, come relazione di risonanza interna di un sistema[10].

Questa posizione teorica consente a Simondon di non ricondurre l'informazione al postulato cibernetico dell'equivalenza di informazione e negentropia, e conseguentemente di risolvere il problema dell'origine dell'informazione. Per quanto riguarda l'equazione informazione = negentropia, la questione va posta nei termini teorici nei quali viene esposta da Wiener: l'informazione è l'unità di misura di un ordine il cui opposto è l'entropia in quanto unità di misura di un disordine; per definizione, dunque, l'informazione è negentropica, si oppone all'entropia ovvero alla degradazione energetica del sistema (cfr. Wiener 1950, p. 33). Simondon riprende l'esempio proposto da Wiener - riguardante, come già detto, la tecnologia delle comunicazioni via cavo - per trarne conseguenze opposte (cfr. I 222-23). Per trasmettere un'informazione è necessario immettere nel sistema dell'energia sotto forma di segnale; per evitare la degradazione del segnale e migliorare la trasmissione dell'informazione è possibile intervenire aumentando l'energia del segnale (dunque aumentando l'energia complessiva presente nel sistema). Ma per le grandi distanze è preferibile intervenire sul "rumore di fondo" diminuendolo: in questo secondo caso si ottiene un miglioramento della trasmissione dell'informazione *grazie alla diminuzione* della quantità di energia presente nel sistema. Ciò significa che non c'è una relazione costante (né diretta né inversa) tra la quantità di energia presente nel sistema e la quantità di informazione trasmessa, poiché è invece la "forma" dell'energia presente, ovvero la sua "qualità", a determinare la "quantità" di informazione effettivamente trasmessa, indipendentemente dalla quantità di energia immessa nel sistema. Simondon parla a questo proposito di "ecceità" dell'informazione, ovvero di «ciò che fa sì che *questo* sia dell'informazione che viene ricevuta come tale, mentre invece *quest'altro* non viene ricevuto come informazione» (I 223). In realtà sia il termine "qualità" (troppo generico) che il termine "ecceità" (troppo concreto) sono, secondo Simondon, incapaci di rendere quell' "attitudine relazionale" - singolare e non "particolare" - che fa sì che in un dato sistema una determinata variazione di stato sia percepita come informazione anziché come rumore di fondo o come disturbo. È importante comprendere come tale "attitudine relazionale", che determina l'informazione a partire dal rapporto tra codice e variazione casuale, abbia statuto proprio, irriducibile tanto alla forma quanto al puro caso:

> l'informazione si situa a metà strada tra il puro caso e la regolarità assoluta [...] l'informazione non è un tipo di forma né un insieme di forme, essa è la variabilità delle forme, l'apporto di una variazione in relazione a una forma. Essa è l'imprevedibilità di una variazione, non la pura imprevedibilità di ogni variazione. Saremo dunque spinti a distinguere tre termini: il puro caso, la forma e l'informazione (MEOT 137).

Perciò la concezione wieneriana dell'informazione come "ordine negentropico", ovvero come opposto complementare alla diminuzione della quantità di energia di un sistema, non può reggere in quanto tiene conto del solo aspetto quantitativo dell'informazione, trattando quest'ultima come una grandezza assoluta. Simondon ritiene dunque di risolvere il problema proprio abbandonando l'equivalenza tra informazione e negentropia: per Simondon *non* c'è relazione univoca tra informazione ed energia, perché la stessa quantità di informazione trasmessa dipende da un rapporto *singolare* tra la quantità e la "forma" dell'energia di un sistema determinato, ovvero dalla distribuzione asimmetrica dei potenziali all'interno di un sistema metastabile. L'informazione deve insomma essere trattata in modo del tutto indipendente dal calcolo della quantità di energia presente in un sistema: la trasmissione di informazione è l'esito di un rapporto differenziale tra sistemi o tra parti di un sistema, e dunque non può mai essere calcolata in modo assoluto.

Ciò permette a Simondon di risolvere anche il problema dell'origine dell'informazione posto da Ruyer in *La cybernétique et l'origine de l'information* (1954). Ruyer sottolinea come la concezione cibernetica dell'informazione non sia grado di spiegare in che modo un sistema possa produrre informazione, e dunque come mai esista in generale dell'informazione. Il problema è formulato nei seguenti termini: «il paradosso risulta chiaramente dall'accostamento di due tesi enunciate da Wiener. Secondo la prima tesi le macchine ad informazione [*à information*] non possono aumentare l'informazione [...] la seconda è che il cervello e i sistemi nervosi sono delle macchine ad informazione [...] combiniamo queste due tesi; diviene impossibile concepire quale sia allora l'origine dell'informazione» (*Ivi*, p. 13). Ruyer, polemizzando con le tesi di Wiener, tenta di scioglierne il paradosso superando il determinismo della cibernetica grazie all'inserimento dell'indeterminismo della microfisica nella falla aperta dai fenomeni di tipo entropico che la termodinamica rende manifesti:

> la cibernetica, malgrado il suo spirito incontestabilmente 'moderno', accoglie prestiti quasi esclusivamente dalla fisica classica e non dalla microfisica [...] rendendo la cibernetica meno meccanicista non la si allontana affatto dal punto di vista di una comprensione scientifica del mondo [...] la termodinamica, sebbene determinista nei suoi postulati, è stata costretta per ragioni tecniche a porre delle questioni d'origine (*Ivi*, pp. 25-26).

Ora, proprio perché lo schema di critica alla cibernetica utilizzato da Ruyer verrà pienamente ereditato da Simondon, è necessario sottolineare ciò che differenzia radicalmente le due posizioni proprio a partire dalla soluzione fornita al problema dell'origine dell'informazione. Per Ruyer, che rimane fortemente ancorato al presupposto fenomenologico di una "coscienza" come «apprensione delle essenze e loro conversione in forme attuali», l'operazione d'ordine che struttura un dominio e genera così informazione è appunto la coscienza: «*anti-casualità* positiva per eccellenza» (*Ivi*, p. 127): solo la coscienza è infatti in grado di trasformare una struttura in forma, cioè in unità significante, informazione (cfr. *Ivi*, p. 11). Tutto il discorso di Ruyer tende a mostrare come il meccanicismo di fondo della cibernetica sia costretto, per mantenere la propria coerenza interna, a negarsi, in una sorta di dialettica che comporta la risoluzione di ciò che sembrava essere originario ("legami" di tipo meccanico) in ciò che invece si dimostra davvero tale: «si può dimostrare che sono i legami della coscienza ad essere primitivi» (*Ivi*, p. 136). La posizione di Ruyer diviene esplicita quando, tentando di estendere analogicamente alcuni paradigmi epistemologici su domini di scala differente da quella di origine, egli non solo utilizza il concetto di organismo per tentare di chiarire il funzionamento delle componenti elementari della materia[11], ma addirittura presenta la possibilità di un'estensione del paradigma del "sorvolo assoluto" della coscienza all'ambito dei sistemi microfisici: «in ogni dominio individualizzato della microfisica, in ogni dominio dei legami primari, dove l'individualità dei costituenti è perduta in parte nell'individualità del sistema, l'esperienza rivela dei *comportamenti* analoghi a quelli che permette, nelle individualità psico-organiche, l'esistenza di campi di coscienza a sorvolo assoluto» (*Ivi*, p. 139-40).

La prospettiva di Simondon appare da subito differente. Secondo Simondon in un certo senso il problema dell'origine dell'informazione è un falso problema. Perché ci sia scambio di informazione non è necessario un intervento "esterno" ai due sistemi (l'operatore - uomo o macchina, e tantomeno "la coscienza") che introduca un'informazione supplementare nell'emittente per il ricevente: perché grazie al loro statuto strutturalmente instabile sono i sistemi stessi a produrre continuamente segnali che possono convertirsi in informazione se incontrano un altro sistema in stato metastabile il cui "codice", ovvero la cui risonanza, sia "relazionalmente" compatibile. Questo vale ovviamente per tutti i regimi di scambio di informazione tra tutti i sistemi, dal fisico al biologico, fino al sociale e anche tra sistemi di ordini diversi. È infatti sempre la "parziale indeterminazione" di un sistema a permettere che si produca informazione, indipendentemente dalla scala e dal regime del suo funzionamento[12]. Simondon può in questo senso affermare che non ogni "segnale" è informazione, ma solo quello che "supera la prova", ovvero entra in relazione strutturante con il codice (qui *forma*) del singolo sistema, e viene così effettivamente integrato nel suo funzionamento: «si può chiamare *segnale* ciò che viene trasmesso, *forma* ciò in rapporto a cui il segnale è ricevuto nel ricevente, e *informazione* propriamente detta ciò che è effettivamente integrato nel funzionamento del ricevente dopo la prova di disparazione portante sul segnale estrinseco e sulla forma intrinseca» (I 224). In questo senso, se il programma della cibernetica è di estendere il paradigma tecnologico ai sistemi biologici e sociali, il tentativo di Simondon sembra piuttosto inverso: estendere un paradigma biologico e/o psico-sociale della comunicazione all'ambito fisico e tecnologico a partire da ciò che la fisica quantistica associata alla termodinamica gli permette di pensare, cioè il carattere quantico di tutti i sistemi e la processualità indeterministica delle operazioni a tutti i livelli, *contro* il fondamentale determinismo (anche probabilistico) della cibernetica[13]. Non sembra un caso allora che all'interno dell'*Individuation* Simondon sviluppi la sua critica al "concetto tecnologico di informazione" proprio in chiusura della seconda sezione, dedicata all'individuazione degli esseri viventi, e alle soglie dell'individuazione psichico-collettiva. Lo studio dell'organismo e del suo rapporto con l'ambiente rende infatti evidente come possa essere problematica la nozione di codice: tale relazione è infatti letta da Simondon nei termini di una relazione di comunicazione interna ad un sistema costituito da individuo e *milieu*. E così come anche la relazione corpo-psiche mostra anche a livello macroscopico la propria "instabilità" relativa, la stessa comunicazione umana, a meno che non sia fortemente formalizzata (come nella logica o nelle matematiche ad esempio, ma questi sono appunto "casi limite" e non la presunta "essenza" della comunicazione), non è comprensibile nei termini di uno scambio di informazione tra sistemi stabilmente strutturati.

Questa nozione "riformata" di informazione consente di descrivere contemporaneamente: a) la struttura "oscillante" di un individuo inteso come sistema metastabile, la cui "risonanza interna" è prodotta da "soglie" quantiche che ne mantengono in tensione le differenti fasi (cfr. I 330); b) l'operazione trasduttiva discontinua, il cui statuto non è "probabilistico" bensì di "indeterminismo relativo", ovvero dipendente da condizioni evenemenziali (incalcolabili) e da condizioni di stato (calcolabili). Ecco dunque la soluzione di Simondon: il concetto di informazione mostra come struttura e operazione siano convertibili l'una nell'altra[14], ma solo in quanto conservano entrambe un margine di indeterminazione; la struttura in quanto costituita da fasi in stato di disparazione, l'operazione in quanto sequenza causale discontinua. Perciò egli intende produrre una teoria "non probabilistica" e "non deterministica" dell'informazione (cfr. FIP 549-50), con la quale isolare e descrivere dei sistemi metastabili, rilevando nel loro funzionamento trasduttivo un'eccedenza irriducibile al loro assetto omeostatico-strutturale: tale eccedenza - incalcolabile (contingente) e singolare (storica) - è ciò che di tali sistemi risulta costitutivo. Quanto detto vale a qualunque scala si consideri l'individuo in quanto sistema.

ROYAUMONT: TUTTI I PARADIGMI DELL'OPERAZIONE

Nel luglio 1962 all'abbazia di Royaumont si tiene uno dei prestigiosi "colloqui filosofici internazionali di filosofia", in quell'occasione espressamente dedicato alla cibernetica, dal titolo *Il concetto di informazione nella scienza contemporanea*[15]. L'intervento di Simondon riguarda *L'amplificazione nei processi d'informazione* e sembra ancora radicalmente orientato, forse per l'ultima volta nella sua produzione, verso la prospettiva di un'unificazione paradigmatica della ricerca scientifica. Purtroppo in fase di edizione degli atti del congresso Simondon decise di sostituire al proprio intervento un breve riassunto, che vale la pena di riportare per intero:

> esistono tre modi principali di amplificazione: la propagazione trasduttiva, la modulazione, l'organizzazione. Il primo [la trasduzione] non possiede in se stesso il proprio limite; è discontinuo, procede per tutto-o-niente e non comporta gradazioni; è irreversibile. Il suo rendimento energetico è molto elevato. Il secondo [la modulazione], continuo e progressivo, suppone una riduzione delle capacità energetiche del sistema; corrisponde all'operazione dei modulatori tecnici impiegati per trattare il segnale di informazione. Infine, l'organizzazione, che si manifesta nei processi biologici, è una sintesi dei due modi precedenti; restituisce un regime quantico e si esercita per ondate successive, principalmente nell'attività di crescita. Questi tre modi forniscono dei paradigmi che permettono di interpretare delle situazioni complesse. Hanno in comune la condizione primordiale di ogni processo di informazione: l'esistenza di uno stato metastabile e di un quasi-sistema in grado di ricevere efficacemente un segnale incidente che modifichi l'equilibrio del sistema ricco di energia potenziale (RO 417).

In questo brevissimo testo Simondon tenta di sintetizzare "modulazione continua" e "trasduzione discontinua", ovvero rispettivamente l'operazione di stabilizzazione e l'operazione di "metastabilizzazione" di un sistema, in un unico paradigma - di origine biologica - che chiama di "amplificazione organizzatrice" e la cui caratterizzazione per ondate successive è simile a ciò che già in *Du mode* chiamava "legge di *relaxation*"[16]. Riteniamo che l'impostazione dell'intervento di Royaumont corrisponda ancora pienamente a quella dell'*Individuation*. Se in *Théorie de l'acte analogique* è esplicito il tentativo di ricavare dai processi di modulazione e cristallizzazione due paradigmi fondamentali, nell'*Individuation* il problema si risolve in una parziale sovrapposizione nell'uso dei paradigmi di modulazione e cristallizzazione nel tentativo di generalizzare la nozione "primitiva" di trasduzione[17]. Royaumont rappresenta in quest'ottica per Simondon un'ulteriore occasione di riformulare il medesimo problema: la descrizione di quella processualità che precede come condizione ogni possibile operazione di strutturazione, ovvero lo stesso costituirsi di un sistema metastabile. E non è certo un caso - alla luce della sua riforma "biologica" del paradigma tecnologico dell'informazione - che lo faccia utilizzando un modello di organizzazione di tipo, appunto, biologico. È forse lecito allora affermare che il processo di scambio d'informazione, così come viene elaborato nell'*Individuation*, ovvero come relazione tra stato metastabile e "segnale incidente", non subisce modificazioni sostanziali neppure a Royaumont, quando è dichiarato comune ai tre paradigmi di "amplificazione", e permette sostanzialmente il mantenimento della prospettiva di un'unificazione di *tutte* le scienze sotto l'egida dell'unica nozione di informazione. Va notato però come, sebbene non si tratti dell'ultima volta in cui l'abbozzo di un tale programma appare in Simondon[18], già a Royaumont la sua ricerca sembra prevalentemente orientata verso ciò che la nozione di informazione può offrire relativamente allo sviluppo delle scienze umane:

> l'idea di organizzare questo convegno era nata dal fatto che la nozione di informazione impiegata all'origine in alcune scienze esatte e, altrettanto, in tecnologia, per la trasmissione per mezzo di cavi sottomarini, è ora una nozione che ha delle *frange*, che è utilizzata al di fuori del proprio dominio di nascita, talvolta metaforicamente, talvolta forse abusivamente; ma il fatto che si prenda a prestito una nozione mostra come ci sia un bisogno d'uso, e l'uso come funzione nascente preesiste qui ad uno strumento pienamente soddisfacente. Detto altrimenti, noi avremmo desiderato che, partendo da quest'uso che è forse abusivo ma che manifesta una tendenza, ci fosse la possibilità di elaborare un percorso di ricerca verso l'ampliamento delle nozioni di informazione o di organizzazione, a partire dalla presa di coscienza di bisogni che esistono nelle scienze esatte, e forse anche in quelle scienze meno esatte che sono le scienze umane in corso di organizzazione; generalizzare questa nozione di informazione, è questo ciò che abbiamo tentato di fare (RO 157).

Tutto il discorso sembra riferirsi ad un bisogno di legittimazione esclusivo delle scienze umane: in questo senso all'obiezione secondo cui «nelle scienze esatte non c'è una nozione di informazione con delle frange ma delle nozioni ben differenti», Simondon può replicare che «le frange sono nelle scienze umane perché proprio là si manifesta un bisogno» (RO 158). Dopo Royaumont il tema dell'unificazione delle scienze umane verrà abbandonato da Simondon, che si dedicherà - forzatamente - soprattutto allo studio e all'insegnamento della psicologia, ma continuando a proporre indirettamente il problema della valenza politica di una scienza della società secondo il taglio della sfasatura tra cultura e "tecnicità". Ma prima di affrontare questi sviluppi è necessario scavare fino al fondo del pensiero espresso nell'*Individuation*, dove l'intreccio dei differenti paradigmi scelti per descrivere l'operazione di individuazione sembra sciogliersi in una nozione che concentra in sé tutta la problematicità irrisolta suscitata dalla tematizzazione del rapporto tra operazione e struttura: la nozione di "preindividuale". Ebbene, se il preindividuale è l'icona, come vedremo, del problema stesso dell'operazione costitutiva di un sistema metastabile, è anche la cifra di una difficile eredità nei confronti della quale Simondon a Royaumont svela il proprio debito quando riassume, in termini di filosofia dell'individuazione, il senso del convegno:

> è necessario risalire all'ontogenesi del convegno per spiegare come si producano delle difficoltà e delle possibilità di incontro. [...] La nozione di *frange* del concetto di informazione è stata proposta dal compianto Merleau-Ponty un anno fa, proprio mentre stavamo organizzando questo convegno (RO 157-58)[19].

3. OGGETTO DI UNA FILOSOFIA DELL'INDIVIDUAZIONE

L'*Individuation* è suddivisa in tre parti: nella prima, che si occupa dell'individuazione fisica, Simondon ricava dalle scienze della natura tutti i paradigmi che concorrono a fondare una filosofia dell'individuazione; nella seconda parte, dedicata all'individuazione degli esseri viventi, stabilisce nella nozione di informazione il punto di convergenza metodologica del suo progetto; nella terza parte elabora i presupposti di una filosofia dell'individuazione psichica e collettiva. Prima di dedicarci interamente all'analisi dei principi e alla discussione delle implicazioni di una filosofia dell'individuazione psichica e collettiva, resta da chiarire quali siano propriamente l'oggetto e il metodo di una conoscenza dell'individuazione, e per farlo attraverseremo innanzitutto la nozione di preindividuale.

Il concetto di preindividuale, così come viene utilizzato nell'*Introduzione* e nelle *Conclusioni* dell'*Individuation*, catalizza tutta una serie di questioni che i vari tentativi di differenziazione e gerarchizzazione paradigmatica delle modalità dell'operazione non riescono a risolvere: come vedremo il problema è in fondo quello della possibilità di una conoscenza del preindividuale. L'*incipit* dell'*Introduzione* è la critica delle filosofie che antepongono la conoscenza dell'individuo a quella dell'individuazione nascondendo così la "zona centrale" dell'ontogenesi. Atomismo e ilomorfismo sono le due modalità classiche con le quali il pensiero filosofico da sempre sostituisce surrettiziamente lo studio dell'individuazione con lo studio dell'essere individuato, ritenendo che la spiegazione dell'individuazione si possa fondare su di un *principium individuationis*. Atomo, forma o materia sono i prototipi di un principio che finisce per riproporre il problema che intendeva risolvere poiché, in quanto prodotti di individuazione, sono sempre derivati rispetto all'operazione che si tratta di cogliere nella sua processualità e non nei suoi esiti: nell'atomismo e nell'ilomorfismo «l'operazione è considerata come cosa da spiegare e non come ciò in cui la spiegazione deve essere trovata». Al contrario, sarà necessario «*conoscere l'individuo attraverso l'individuazione piuttosto che l'individuazione a partire dall'individuo*», ovvero trasformare la ricerca di un principio del quale si possa indicare una volta per tutte la natura, nello studio dell'ontogenesi stessa considerata *come* principio, in questo modo si penserà davvero la «realtà che precede l'individuazione» come tale: cioè in nessun modo "individuata", neppure come principio, ma come «*solamente ontogenesi*» (I 24). Il termine scelto da Simondon per indicare tale realtà che precede l'individuazione è "preindividuale". In corrispondenza con la duplice e problematica caratterizzazione dell'individuo[1], anche la nozione di preindividuale va pensata a partire da una "doppia" definizione:

> l'individuo sarà colto come una realtà relativa, una certa fase dell'essere che suppone prima di essa una realtà preindividuale, e che, anche dopo l'individuazione, non esiste del tutto sola, poiché l'individuazione non e-saurisce in un sol colpo i potenziali della realtà preindividuale, e d'altra parte ciò che l'individuazione fa apparire non è soltanto l'individuo ma la coppia individuo-*milieu*. L'individuo è così relativo in due sensi: perché non è tutto l'essere e perché risulta da uno stato dell'essere in cui non esisteva né come individuo né come principio di individuazione (I 24-25).

Il preindividuale è insomma l'individuazione stessa in quanto realtà che precede l'individuo e *contemporaneamente* continua a sussistere come "fase" carica di potenziali, *milieu* del sistema al quale l'individuo costituito appartiene. Tale realtà è processuale, ed è l'ontogenesi stessa in quanto processo che continua anche dopo ogni - sempre parziale - individuazione. Ma come evitare di ricadere nello schema tecnologico (e deterministico) dell'informazione quando si intende pensare il preindividuale non solo come ciò che è parte della struttura, ma anche come ciò che determina l'operazione di strutturazione?[2]

La strategia di Simondon consiste come sempre nell'accogliere modelli elaborati in campi della ricerca scientifica nei quali è maggiore l'attacco al sostanzialismo. A questo scopo la nozione di "fase dell'essere" diviene il punto cruciale dello studio dei processi di individuazione: «l'ontogenesi è la teoria delle fasi dell'essere» (I 284)[3]. L'uso della nozione di "fase" ha nelle scienze un'ampia estensione: dalla fisica delle onde alla fisico-chimica, all'astronomia. Simondon, come già visto, si occupa spesso di casi di oscillazione legati alle onde elettromagnetiche, dove si possono osservare fenomeni di *discordanza/concordanza di fase*. Ma è soprattutto il fenomeno della cristallizzazione a manifestare nell'*Individuation* il duplice aspetto della nozione di "fase": in una soluzione satura, nello stesso stato di sistema possono *coesistere* diverse fasi (solida e liquida), ma, sotto determinate condizioni di sistema, la presenza "aleatoria" di un germe cristallino può determinare il passaggio (anche parziale) da una fase all'altra (cfr. I, 2, II). Secondo questo modello la nozione di fase assume in Simondon una duplice valenza: da una parte implica una successione di stati che dà l'idea di un processo espansivo (se non addirittura apparentemente "evolutivo" nel passaggio dal fisico al biologico e dal biologico allo psico-sociale); dall'altra la fase indica la presenza simultanea nel medesimo processo di individuazione di più "tendenze" non necessariamente armonizzate, che rendono il sistema sempre metastabile (cfr. Hottois 1993, cap. 6). La nozione fisica di fase serve insomma a Simondon per pensare in generale la presenza, all'interno dell'individuo inteso come sistema metastabile, di molteplici processualità contemporanee e divergenti. Ora, poiché «non bisogna intendere l'esistenza delle fasi dell'essere come una semplice possibilità di successione» (I 323), la nozione di fase è piuttosto da comprendersi in relazione al termine *"déphasage"*, "sfasamento". Nello "sfasamento" consistono appunto le processualità discontinue che caratterizzano la realtà preindividuale. L'individuo è sempre il "lato morto", il "divenuto" di un processo che però, in quanto ancora in atto, conserva una componente (strutturale ed energetica) preindividuale: tale componente lo rende per così dire "incompiuto" (metastabile) e dunque capace di ulteriori individuazioni. Ogni successiva individuazione può essere intesa come soluzione ("assiomatizzazione") dei problemi posti dallo "sfasamento" che caratterizza di volta in volta l'individuo in cui coesistono fasi "disparate". Ogni risoluzione di un problema costituisce un "cambio di scala", un salto quantico innescato dall'emergere di un ulteriore processo di individuazione, ricco delle tensioni che in esso permangono sempre ancora in atto quali "fasi". Perciò Simondon può affermare che il singolo individuo, in quanto "momento" di un processo di individuazione, è costituito da "fasi" che vanno intese come «piani di stabilità che passano bruscamente [*sautant*] di struttura in struttura» (I 327). Ebbene, Simondon pensa il concetto di preindividuale proprio a partire da una "teoria delle fasi dell'essere". Vediamo come.

Il paradigma della fisica quantistica diviene qui davvero centrale, come dimostra il paragrafo *Topologia, cronologia e ordine di grandezza dell'individuazione fisica*, sopravvissuto all'autocensura del terzo capitolo dell'individuazione fisica nell'edizione IPB[4]. Il preindividuale va pensato come una "realtà prima" di cui non vi è mai genesi, ma che è invece «fonte della dimensionalità cronologica e topologica». Di essa

le opposizioni continuo e discontinuo, particella ed energia, esprimerebbero dunque non tanto gli aspetti complementari, ma le dimensioni che sorgono quando essa si individua; la complementarietà al livello della realtà individuata sarebbe la traduzione del fatto che l'individuazione appare da una parte come *ontogenesi* e d'altra parte come *operazione* di una realtà preindividuale che non produce soltanto l'individuo, modello della sostanza, ma anche l'energia o il campo associato all'individuo; solo la coppia individuo-campo associato rende conto del livello di realtà preindividuale (I 149, sott. ns.).

Qui Simondon distingue chiaramente "ontogenesi" e "operazione" come due modalità dell'apparire dell'individuazione: come processo il cui risultato parziale è la strutturazione di un individuo e come processo considerato per così dire "in sé". Il punto è che sebbene la «realtà prima sia preindividuale, più ricca dell'individuo inteso come risultato dell'individuazione» (I 149), il reale tuttavia non si riduce ad essa, ma è costituito sempre da quella processualità e dai sistemi metastabili "crono-topologici" (cioè individui in corso di individuazione) che di essa, con differenti gradi e modalità di prevalenza del "lato" processuale o strutturale, sono la configurazione parziale a partire dalla quale una conoscenza del preindividuale è possibile. Ecco allora in che senso Simondon può affermare che «si può considerare l'essere come un insieme formato da realtà individuata e da realtà preindividuale» (I 317). Così, sebbene il preindividuale nel suo centro sia "prefisico e previtale", tuttavia *si manifesta* sempre in un sistema individuato con modalità differenti a livelli differenti, a seconda di quanto sia stabile la sua strutturazione[5]. Il dominio "fisico" risulta essere quello della massima individuazione (fisica e fisico-chimica), dunque del massimo determinismo (per questo le scienze fisico chimiche risultano le più avanzate nello studio delle relazioni di causa ed effetto). L'individuazione "biologica" invece viene «ad inserirsi nell'individuazione fisica sospendendone il corso, rendendola capace di propagazione allo stato incoativo» (I 152), è cioè un vero e proprio "rallentamento" dell'individuazione fisica[6] che conserva perciò negli esseri viventi un maggior livello di indeterminazione. Infine anche l'individuazione psichica può intervenire come «ulteriore rallentamento dell'individuazione del vivente» (I 165) cui corrisponde un complementare aumento di indeterminazione che apre all'individuazione collettiva. Di volta in volta «dopo l'individuazione il preindividuale diviene una fase» (I 320) e tuttavia permane ancora "preindividuale" nel senso in cui nel sistema individuo-*milieu* il *milieu* è la componente energetica *in quanto* non strutturata, priva di un'identità se non in relazione all'individuo di cui è fase[7]. In questo modo l'individuo - dice Simondon - "riflette" «lo svolgimento, il regime e infine le modalità» di quell'operazione di individuazione a partire dalla quale «viene ad essere» (I 24), ed ogni scienza dell'individuo che non si fermi alla sua struttura implicherà appunto una conoscenza di quel preindividuale che, ad esso associato, conserva i medesimi svolgimento, regime e modalità dell'operazione di individuazione non ancora esaurita che ne costituisce l'ontogenesi. In questo modo Simondon può garantire che il preindividuale associato, sempre operante in ogni individuazione *in quanto ontogenesi*, sia conoscibile come fase dell'essere individuato *senza cessare* di essere *operazione* preindividuale.

E tuttavia, proprio perché rifiuta un'ipotesi riduzionista che consegni alla fisica quantistica le chiavi dell'ontologia *tout court* («la fisica non mostra l'esistenza di una realtà preindividuale, ma mostra che esistono delle genesi di realtà individualizzate a partire da condizioni di stato» I 327), Simondon si ritrova con il problema di chiarire lo statuto ontologico dell'operazione "pura" che il preindividuale sarebbe "in sé". Se infatti «*l'essere preindividuale è l'essere in cui non esistono fasi*» (I 25), neppure una teoria delle fasi dell'essere sarà in grado di produrne una conoscenza (strutturata), perché a rigore il preindividuale non possiede struttura se non come "fase" *sui generis* che si struttura proprio sfasandosi, e cioè smettendo di essere se stessa. Ma se allora «l'essere concreto, o essere completo, cioè l'essere preindividuale, è un essere che è più che un'unità» (I 25) e a cui non si applicano le categorie di "identità" e del "terzo escluso", come può Simondon pensare che se ne possa produrre la conoscenza? Si tratta insomma di capire se e come sia pensabile il preindividuale come fase in sé discontinua sebbene non "sfasata". Ancora una volta Simondon cerca una possibile via di fuga nella fisica quantistica, dove «la teoria dei campi, aggiunta a quella dei corpuscoli, e la teoria dell'interazione tra campi e corpuscoli, sono ancora parzialmente dualiste, ma *s'incamminano verso una teoria del preindividuale*» (I 27). Qui si condensa tutto lo sforzo e la problematicità dell'apparato concettuale elaborato nell'*Individuation*: «forse in questo senso si potrebbero veder convergere le due nuove teorie rimaste fino ad oggi impenetrabili l'una all'altra, quella dei *quanta* e quella della meccanica ondulatoria: potrebbero essere considerate come *due modi di esprimere il preindividuale* attraverso le differenti manifestazioni in cui esso interviene come preindividuale. Al di sotto del continuo e del discontinuo, c'è il quantico e il complementare metastabile (il più che unità), che è il preindividuale vero» (I 27). Proprio l'analisi della nozione di preindividuale dal punto di vista della fisica subatomica svela così il problema concettuale implicito nella posizione di Simondon, che è un problema di tipo epistemologico: il «preindividuale vero» verso cui *converge* la fisica sarebbe infatti «unità sdoppiantesi in aspetti che *per noi* sono complementari mentre nel reale sono associati nell'unità continua e trasduttiva dell'essere che noi chiamiamo qui risonanza interna» (I 151). Il preindividuale non è dunque in sé oggetto di conoscenza se non attraverso le sue "manifestazioni" o "dimensioni": «poiché noi non possiamo cogliere la realtà che attraverso le sue manifestazioni, cioè quando essa cambia, non ne percepiamo che gli aspetti complementari estremi; ma ciò che noi percepiamo sono *le dimensioni del reale* piuttosto che il reale; cogliamo la sua cronologia e la sua topologia di individuazione senza poter cogliere il reale preindividuale che sottende tale trasformazione» (I 151, sott. ns.). Proprio perché ha assunto la radicale impossibilità di una scienza "pura" o intuitiva dell'operazione (ciò a cui solo una deriva bergsoniana l'avrebbe autorizzato)[8] nelle *Conclusioni* dell'*Individuation* Simondon si trova per l'ennesima volta costretto a ritornare sulla propria «ipotesi di uno stato preindividuale dell'essere» per tentare di produrne la giustificazione. E lo fa distinguendo appunto i due piani dei «potenziali latenti e reali» e dell' «attualità strutturale e funzionale» (I 318), piani che *un solo preindividuale* «puro potenziale onnipresente» attraversa, prima e dopo l'individuazione, finendo per identificarsi con due momenti della stessa individuazione. Perciò il preindividuale non può che essere infine descritto da una parte come "essere senza fasi" e dall'altra come "monofase", attraverso un ragionamento che consente di porre il problema dell'originario nei termini di una logica dell'*après coup*: e infatti, come già detto, «dopo l'individuazione, l'essere *ha un passato* e il preindividuale diviene una fase» (I 320).

In questo continuo ritornare sul problema dell'originario riprodu-
cendolo, ad ogni livello di analisi del processo di ontogenesi, nelle sue
diverse epifanie terminologiche (operazione, modulazione, cristallizzazione, trasduzione e, per tutte, individuazione) Simondon si rivela in
parte prigioniero di un'eredità che la sua "filosofia della natura" permette di cogliere solo all'altezza dell'aporeticità propria al concetto di
preindividuale: l'eredità fenomenologica.

L'EREDITÀ FENOMENOLOGICA: MERLEAU-PONTY, NATURA E SENSO

Se si guarda al lavoro di Merleau-Ponty tra *La struttura del comportamento* (1942) e *Fenomenologia della percezione* (1945) - testi pubblicati
negli anni della formazione intellettuale di Simondon - e i corsi sulla
Natura (1956-60)[9] iniziati proprio durante la stesura dell'*Individuation*,
quest'ultima appare sotto una luce inattesa, quasi la continuazione di
una possibile traiettoria del maestro verso la dissoluzione della centralità fenomenologica del concetto di coscienza e una differente posizione del problema del soggetto. Ammesso che la "strana" fenomenologia
del Merleau-Ponty dei corsi sulla natura sia ancora tale, in relazione ad
essa la scelta del termine "preindividuale" non è senza significato né
senza effetti: la scelta di Simondon indica da una parte un tentativo di
uscita dall'orizzonte della fenomenologia con la cancellazione definitiva del problema della coscienza (o meglio: della "percezione" quale
soluzione del problema dell'orizzonte trascendentale) e implica
dall'altra la radicale riformulazione - non la scomparsa - della questione del soggetto[10].

Nella *Struttura del comportamento* Merleau-Ponty mostra come la ricerca sperimentale, una volta resa inadeguata l'ontologia implicita in
una scienza oggettivista, abbia necessariamente portato all'elaborazione della nozione di forma. Tale nozione, che «nega l'individualità nel
senso in cui era affermata dalla fisica classica» (Id. 1942, p. 224), «ci è
stata imposta dai fatti come definizione di un sistema fisico, cioè di un
insieme di forze in stato di equilibrio o di cambiamento costante» (*Ivi*,
p. 223) che permette di evitare la trappola del sostanzialismo. Ma proprio la *Gestalttheorie*, pur intendendo «sbarazzarsi delle antinomie del
sostanzialismo, [ma] in realtà vi ricade a causa della mancanza di
un'analisi filosofica della nozione di forma». Ora, se «la "struttura" è la
verità filosofica del naturalismo e del realismo» (*Ivi*, p. 358), superare il
concetto di "struttura" nella direzione indicata da quello *gestaltico* di
"forma" significa per Merleau-Ponty analizzare la dualità delle nozioni
di struttura e significazione per riportarle al vero baricentro della riflessione filosofica: «se si intende per percezione l'atto che ci fa conoscere delle esistenze, tutti i problemi che abbiamo toccato riportano al
problema della percezione» (*Ivi*, p. 357). Così, quando nella *Premessa*
alla *Fenomenologia della percezione* intende ridefinire che cosa sia la fenomenologia, lo fa ponendo in relazione necessaria il suo statuto di
"scienza esatta" che studia le essenze e ciò che Husserl nelle *Meditazio-*

ni chiama "fenomenologia genetica" o "fenomenologia costruttiva" (Merleau-Ponty 1945, p. 15). Il "campo" della fenomenologia, ricavato dal *Lebenswelt* di Husserl, si determina per Merleau-Ponty a partire dall'implicazione di "percezione" e "reale":

> il reale è un tessuto solido, non attende i nostri giudizi per annettersi i fenomeni più sorprendenti e per respingere le nostre immaginazioni più verosimili. La percezione non è una scienza del mondo, non è nemmeno un atto, una presa di posizione deliberata, ma è lo sfondo sul quale si staccano tutti gli atti ed è da questi presupposta. Il mondo non è un oggetto di cui io posseggo nel mio intimo la legge di costituzione, ma è l'ambiente naturale, il campo di tutti i miei pensieri e di tutte le mie percezioni *esplicite* (*Ivi*, p. 19, sott. ns.).

Ma vi è appunto una percezione "implicita" attraverso la quale si tratta insomma di nominare ciò che precede soggetto e oggetto come loro condizione di possibilità, ovvero la relazionalità originaria a partire dalla quale si costituiscono l'atto conoscitivo e il suo oggetto. Nel primo Merleau-Ponty lo strumento di questa operazione teoretica è appunto la nozione di "percezione". Il terzo capitolo della *Struttura del comportamento* è infatti suddiviso in tre parti, corrispondenti a tre ordini (l'ordine fisico, l'ordine vitale, l'ordine umano), che convergono naturalmente verso il problema della percezione, che sarà sviluppato pienamente, appunto, nella *Fenomenologia della percezione*. Si tratta però di una percezione il cui statuto deve essere insieme attivo e passivo: «un cogito più fondamentale» (Id. 1945, p. 472) nel quale «il cielo si pensa in me» (*Ivi*, p. 291) e che subirà nel corso degli anni '50 una serie di metamorfosi, una delle quali sarà il concetto di "natura"[11].

Il corso del 1956-57 sul *Concetto di natura* è per Merleau-Ponty l'inizio di una ricerca che - progredendo attraverso l'analisi delle scienze che si occupano della "natura fisica", "della vita" e infine "della cultura" - ha l'obiettivo di giungere negli anni successivi a «fissare il significato filosofico del concetto di Natura» (Id. 1952-60, p. 96)[12]. Il problema è così posto: «si può studiare in modo adeguato la nozione di Natura? Essa non si risolve forse nel prodotto di una storia? [...] La Natura è il primordiale, cioè il non-costruito [...] La Natura è un oggetto enigmatico, un oggetto che non è del tutto oggetto; essa non è completamente dinanzi a noi. È il nostro suolo, non ciò che è dinanzi, ma ciò che ci sostiene» (Id. 1956-60, pp. 3-4). Ma come va pensata questa Natura «che sconcerta la riflessone da ogni lato»? Si noti in che modo Merleau-Ponty caratterizza gli organismi o le società animali nel secondo corso sul *Concetto di natura*. *L'animalità, il corpo umano, passaggio alla cultura* (1957-58), contemporaneo alla stesura dell'*Individuation*: «che si tratti di organismi o di società animali, si ha a che fare con cose sottomesse non alla legge del tutto o niente, ma a degli equilibri dinamici instabili, dove ogni superamento riprende delle attività già presenti "sottotraccia", le trasfigura decentrandole» (*Ivi*, pp. 136-37)[13]. Qui la consonanza con i concetti di trasduzione, metastabilità e fase preindividuale, con i quali Simondon affronterà anche la teorizzazione dell'ontogenesi fisica, è palese: Merleau-Ponty e Simondon convergono nell'assegnare alla filosofia il compito di indagare una Natura intesa come «essere primordiale che non è ancora l'essere soggetto né l'essere oggetto» (*Ivi*, p. 95)[14]. In questo stesso senso nell'*Individuation* Simondon si manterrà sostanzialmente fedele alle formule del progetto di una filosofia dell'*entre-deux*, che ha come baricentro il problema della "realtà completa": «la vera filosofia prima non è quella del soggetto, né quella dell'oggetto [...] ma quella di un reale anteriore all'individuazione che non può essere cercato nell'oggetto oggettivato né nel soggetto soggettivato, ma al limite tra l'individuo e ciò che resta fuori di lui, secondo una mediazione sospesa tra trascendenza e immanenza» (I 269-70). Si potrebbe allora ipotizzare che nell'*Individuation* si assista all'estensione di un paradigma di tipo biologico nella direzione di una materia che non può più essere concepita come inerte (e per pensare la quale la fisica classica mostra tutti i suoi limiti). Questa chiave di lettura però, non solo non consente di cogliere il vero punto di divergenza tra i due pensatori, ma rischia di ridurre il pensiero di Simondon a mera prosecuzione di una direzione di ricerca che già in Merleau-Ponty era indicata dal termine greco *physis*, «che allude a ciò che è vegetale» (Id. 1956-60, p. 4). Tuttavia - e qui si tocca il punto di radicale divergenza - l'indiscutibile fedeltà al progetto di Merleau-Ponty passa sempre in Simondon attraverso una radicale critica della «soggettività implicita di tutte le concezioni dell'individuo, fisico o biologico, nelle dottrine correnti» (I 321)[15], di cui il rifiuto della percezione come ambito dell'originario è sintomo evidente. Proprio nel *Cours sur la perception* (1964-65), infatti, la "priorità filosofica" della percezione sarà da Simondon ricondotta ad una matrice di tipo esclusivamente storico-genealogico[16]:

> si deve comprendere in effetti che la situazione della percezione in rapporto alle altre fonti del sapere e della credenza è divenuta privilegiata con la nascita della filosofia occidentale [...] in un certo senso l'aurora della filosofia greca coincide con la scelta incondizionata della percezione come unica fonte di conoscenza [...] questa scelta non è né spontanea, né naif, né primitiva; è stata resa possibile dalla situazione "transculturale" delle città della Ionia (CP 6).

Attraverso il rifiuto della percezione quale "nome" dell'originario Simondon intende cambiare radicalmente prospettiva rispetto alla fenomenologia. E proprio in tale presa di distanza emerge la collocazione del "senso" quale discrimine tra la sua posizione e quella di Merleau-Ponty.

Chiariamo questo punto. Il riferimento alla percezione permette a Merleau-Ponty di fondare l'io-penso sull'io-percepisco, modalità originaria e "ante-predicativa" di relazione, "esperienza vissuta" che il soggetto, necessariamente compromesso con il linguaggio, ha il compito per definizione impossibile di conoscere: «è vero che non si parlerebbe di nulla se non si dovesse parlare che delle esperienze con le quali si coincide, poiché la parola è già separazione [...] Ma *il senso primo* della parola è nonostante ciò in questo *testo di esperienza* che essa tenta di interpretare» (Id. 1945, p. 437, sott. ns.). Ora, sembra chiaro che, se vi è già "un testo di esperienza", non fa nessuna differenza che il suo principio sia una coscienza-soggetto o, attraverso una fondazione del soggetto nell'esistenza, una "relazionalità" originaria che precede soggetto e oggetto. L'alternativa sarebbe comunque tra due forme estreme di idealismo: la prima secondo la quale il soggetto scrive integralmente il testo della sua esperienza e la seconda secondo cui il mondo scrive attraverso il soggetto il testo dell'esperienza; alternativa tra due posizioni che, in ogni caso, finiscono per risultare equivalenti, in quanto presuppongono entrambe l'identità di essere e senso: che sia prodotto dal soggetto o da esso ratificato, a quest'altezza il senso coinciderebbe con il darsi dell'essere[17]. La situazione non sembra affatto ribaltarsi nei *Corsi sulla Natura*, dove il già accennato riferimento alla *physis* non solo non altera la presupposizione del senso fuori e prima della coscienza («c'è natura ovunque ci sia una vita che ha un senso, ma in cui, tuttavia, non c'è pensiero: di qui la parentela con ciò che è vegetale»), ma la estende radicalmente all'essere stesso di una Natura che «ha un senso, senza che questo senso sia stato posto dal pensiero. È l'autoproduzione di senso» (Id. 1956-60, p. 4). Il pensiero di Merleau-Ponty degli anni '40 ha dunque il merito, all'interno della tradizione fenomenologica, di dislocare rispetto al piano trascendentale la posizione del soggetto-coscienza, tanto che la modalità originaria della relazione soggetto-mondo è in esso concepita non più in termini di rappresentazione, ma in termini di struttura del comportamento, di un'attività che, espressa come *attività rappresentativa* della coscienza, si presenta situata - per così dire - al limite tra interno ed esterno: appunto la percezione. Ma neppure gli esiti più avanzati di tale pensiero[18] sembrano capaci, almeno nell'ottica di Simondon, di svincolarsi dal presupporre "il Senso".

La suddivisione del terzo capitolo della *Struttura del comportamento* in *L'ordine fisico*, *l'ordine vitale*, *l'ordine umano*, corrisponde chiaramente alla struttura dell'*Individuation*[19]. Ma se l'analisi di Merleau-Ponty si basa sulla ripresa del concetto gestaltico di forma per giungere a trattare in una *Fenomenologia della percezione* «materia, vita e spirito come tre ordini di *significazioni*» (Id. 1942, p. 223), Simondon, che pure dichiara di ricavare dalla teoria della *Gestalt* il concetto di forma, lo sviluppa come abbiamo visto nella direzione indicata dal concetto di informazione e, soprattutto, ribalta la "gerarchia" fenomenologica relegando l'ambito della percezione e delle *significazioni* all'ordine psichico-collettivo, il cui statuto non fonda, ma *dipende* da quello degli altri livelli dell'ontogenesi: «il pensiero filosofico, prima di porre la questione critica (che precede ogni ontologia), deve porre il problema della realtà completa, anteriore a quell'individuazione da cui sorge il soggetto del pensiero critico e dell'ontologia» (I 269). Il problema della "realtà completa" è, come abbiamo visto, nei termini di una filosofia dell'individuazione, il problema del preindividuale: questa è infatti la parola scelta da Simondon nell'*Individuation* per indicare - se adottiamo un'espressione tipica della fenomenologia - l'originaria "apertura" anteriore al reciproco costituirsi di oggetto e soggetto, mondo e coscienza. Il termine "preindividuale" non equivale certo a "percezione" e non implica dunque alcuna esperienza dotata di senso per quanto implicito, sebbene sembri in parte avvicinarsi all' "essere grezzo" di Merleau-Ponty. Questa *Nota di lavoro* del '59 che Merleau-Ponty dedica a Simondon (unico luogo della sua opera in cui appaia un riferimento diretto ed esplicito a quest'ultimo) ci sembra comunque esemplificativa dei punti di contatto, ma anche della radicale divergenza dei due percorsi di ricerca:

> il punto di vista di Simondon è transpercettivo: la percezione è per lui dell'ordine dell'interindividuale, incapace di rendere conto del vero collettivo - Vi è là qualche cosa di vero [...] Noi non percepiamo costantemente, la percezione non è coestensiva della nostra vita - Ciononostante non si sa più di che cosa si parli se ci si installa nel metapercettivo. È necessaria una filosofia a più entrate, ma vi sono *delle entrate* - Per me, la filosofia dell'essere grezzo [*être brut*] (o percettivo) ci fa uscire dal cogito cartesiano [...] ma attraverso di essa, il fulcro rimane il campo percettivo, in quanto contiene tutto: natura e storia. Semplicemente, anziché dire: essere percepito e percezione, farei meglio a dire: essere grezzo o selvaggio e "fondazione" (*Stiftung*) (Merleau-Ponty 1959b, p. 44, trad. mod.).

Simondon tenterà di distinguere il "testo dell'esperienza" che il soggetto concorre a scrivere (significazione) da ciò che pure opera non essendo un testo (informazione) e che, non coincidendo con il senso, ne è piuttosto la condizione - ma non trascendentale - di possibilità. Così la percezione, sia nell'*Individuation* (cfr. I 233 segg.) che altrove, è sempre trattata da Simondon - integrando *gestalt*, psicologia sociale e psicologia sperimentale - come tema di psicologia generale, e in ogni caso il concetto di "centro attivo" o di "zona operativa centrale" di ogni processo sistemico non può mai essere inteso, nel suo pensiero, in una relazione privilegiata con il soggetto, come avviene invece per il "settore centrale" di cui parla Merleau-Ponty (cfr. Id. 1942, p. 138). Attraverso l'estensione del concetto di informazione Simondon intende infatti legare la produzione di senso a processi nei quali non debba essere necessariamente in gioco un soggetto umano, né tantomeno una coscienza.

LA DISCUSSIONE ALLA *SOCIETE FRANÇAISE DE PHILOSOPHIE*:
SENSO E LINGUAGGIO

Seguendo un rituale iniziatico tipico della filosofia parigina, il 27 febbraio 1960 Simondon, allora professore all'Università di Poitiers, è invitato a presentare alla *Société française de philosophie* un intervento riassuntivo delle sue ricerche che intitola *Forma, informazione e potenzia-li*[20]. La platea è composta da nomi eccellenti, tra i quali spiccano J. Wahl, J. Hyppolite e P. Ricœur, G. Marcel e G. Berger, presidente dell'associazione. Il contesto storico filosofico è quello di una forte tensione tra tradizione fenomenologica ed esistenzialismo (più o meno cristiano) da una parte e strutturalismo dall'altra; ma alla *Société* l'orientamento nettamente prevalente è il primo, e l'unico tra i presenti a trovarsi in una posizione diciamo "intermedia" è Hyppolite, molto vicino a Merleau-Ponty (che all'epoca frequenta assiduamente Lévi-Strauss e Lacan)[21]. Ebbene, nella discussione che segue la sua conferenza, Simondon, che fa parte dell'*entourage* fenomenologico, si trova a difendere una posizione che viene chiaramente percepita come eretica, e nel farlo è costretto a prese di posizione piuttosto nette che ci consentono di leggere meglio ciò che nei suoi scritti rimane a volte sullo sfondo, cioè la sua posizione sui problemi del senso, del linguaggio e del soggetto. Sono emblematici al riguardo gli scambi con Ricœur e Hyppolite, e il modo in cui la discussione precipita nel problema della coscienza-soggetto con Berger[22].

Ricœur rileva come Simondon proponga un'assiomatizzazione delle scienze umane che parte da un dominio ad esse esterno, quello della Natura, senza saper cogliere la coappartenenza originaria dei termini della relazione «Uomo + Natura»[23]. La proposta di ricerca presentata da Simondon implicherebbe infatti tutta una serie di paralogismi causati dal tentativo di «costituire l'universo del discorso a partire dalla regione natura che è essa stessa qualcosa nel discorso». Nella posizione di Ricœur appare evidente l'ipotesi del circolo ermeneutico istituito dalla fenomenologia a partire dall'assunzione dell'imprescindibilità del linguaggio come "universo di discorso" e luogo del senso, prospettiva rispetto alla quale vi sarebbe dunque nella posizione di Simondon «un pericolo di oggettivismo» in quanto «si suppone che la coscienza faccia parte di un campo totale e che le significazioni di chi parla facciano parte esse stesse dell'insieme delle cose». Secondo Ricœur la ricerca di possibilità di assiomatizzazione dovrebbe svolgersi, coerentemente anche ad un assunto fenomenologico, «a partire dal discorso totale, forse a partire dalla significazione nascente, precategoriale». Ebbene, Simondon taglia corto con una nettezza sorprendente: «ma come si potrebbe ammettere che la natura sia una parte del discorso? Questo è il postulato sotteso alla vostra argomentazione, e questo è ciò che rifiuto assolutamente». Cosa ancora più sorprendente, Simondon non sembra affatto negare il quadro "oggettivista" che della sua filosofia ha appena presentato Ricœur, e che può spingere ad interpretare la sua posizione come "pre-critica", o quanto meno estranea alla "dominante" linguistica della filosofia del '900[24]. Ma la sua risposta («Sì, ma attenzione!») contiene un'implicazione fondamentale: egli non può avvallare il "ritratto" offertogli se non precisando il limite che determina a suo parere la debolezza della posizione del suo interlocutore in quanto egli «parte da una concezione delle significazioni che non integra il rapporto trasduttivo». La debolezza della posizione di Ricœur, secondo Simondon, starebbe nell'incapacità di pensare la significazione come indipendente dal discorso, a causa di una "teoria della parola" che risolve interamente nella parola l'operazione di significazione. Se la significazione si risolve interamente nel discorso in cui sempre si parla «presupponendo la parola e le leggi della significazione», ogni significazione è radicata allora in ultima analisi nell'orizzonte di senso che essa presuppone: come ogni cosa di cui è questione nel linguaggio, la significazione «appartiene di diritto all'universo del discorso e si costituisce a partire dalla relazione del senso all'apparire». Se il senso è insomma l'orizzonte a partire da cui si danno problemi, e in cui si risolve integralmente la realtà stessa della natura, in questo modo non si esce dal presupposto di un soggetto trascendentale. Ma il punto è che per Simondon «non c'è universo di discorso» ovvero «non c'è *la* Parola, ma ci sono *le* parole, c'è una moltitudine di tipi di parole; c'è la significazione, sì, ma non la Parola»[25]. Simondon insomma rifiuta categoricamente lo sfondo di un "senso" che funga da garanzia per l'operazione conoscitiva, e in questa prospettiva leggiamo la sua "teoria della natura" come un passaggio al di là del postulato fenomenologico della "presenza" rassicurante di un senso nel discorso *e dunque* nella natura, grazie ad una disgiunzione radicale del problema della significazione da quello del linguaggio: «c'è una teoria della natura in ciò che ho tentato di presentare, che non potrebbe ammettere una tale teoria della significazione come contenuta nella parola».

L'intervento immediatamente successivo di Hyppolite finisce inevitabilmente per riproporre il problema della collocazione del linguaggio e del senso in quella che sembra definitivamente presentarsi come una filosofia della natura. Hyppolite richiama l'*Individuation*[26] per tentare di riportare la discussione sul concetto di informazione distinguendo ciò che esso apporta di positivo (teoria dei segnali, del codice) dai problemi che suscita, che si riducono ad uno: essa «presuppone un senso che non è in grado di fornire», senso che, secondo Hyppolite, va ricercato nell'irriducibilità del "linguaggio naturale" all'informazione. In particolare si tratta di giustificare una genesi del senso di cui la teoria dell'informazione può forse rendere ragione esplicitando «la differenza tra senso e messaggio». Ancora una volta l'argomentazione si basa sull'ipotesi che la trasmissione del messaggio (in cui Hyppolite identifica parola *e* significazione) presupponga il senso, e si conclude con l'affermazione che Simondon non può pretendere di «risolvere il problema del senso per mezzo di una filosofia della natura». Nelle sue repliche ovviamente Simondon non difende affatto il concetto cibernetico di informazione, anzi, ne ripropone brevemente la critica. Motivando la scelta di non averne fatto il perno della propria esposizione dichiara inoltre che il problema del senso non può certo essere risolto da una teoria dell'informazione. Sottolinea però come la sua teoria non

sia affatto incompatibile con una teoria del linguaggio, e a questo scopo afferma di poter spiegare la genesi di quel senso di cui la teoria
dell'informazione non può render conto (a causa della sua incapacità a
distinguere «l'aleatorio significativo» dall'aleatorio non significativo)
attraverso i concetti di equilibrio metastabile e di germe strutturale.
Come già detto per Simondon il linguaggio è composto di segnali, e
come già visto il segnale non è di per sé informazione, ma lo diviene
soltanto sotto certe condizioni di stato ed evenemenziali: «affinché il
linguaggio sia compreso, è necessario vi sia una tensione nel ricevente.
Così, per esempio, un linguaggio che non interessa, un linguaggio che
non apporta un messaggio relativo a un problema che ci occupa, è un
linguaggio morto [...] non serve a niente, non informa su nulla, perché
non è il germe che, cadendo in noi su di un terreno metastabile, in atte-
sa di essere strutturato, lo struttura». In questo senso anche la parola
può essere, come dice Simondon, "germe strutturale", ma solo a condizione di funzionare ad un livello in cui ciò che conta è la sua funzione di significazione, e non il suo statuto linguistico; il suo fungere da
"germe strutturale" insomma non è di pertinenza di una teoria del linguaggio: «l'origine dei germi strutturali è evidentemente un problema
molto delicato, ma non credo che una teoria del linguaggio lo possa
risolvere»[27].

L'equivoco di fondo sul diverso modo di intendere il linguaggio
governa l'intera discussione, per tutto il corso della quale Simondon è
costretto a difendersi dal fatto che il preindividuale finisce immancabilmente per essere ritenuto una metafora[28]. Ma è ovvio che in una
concezione secondo la quale il senso è presupposto all'essere fenomenologicamente concepito e il discorso ha lo statuto privilegiato di ciò
che si svolge nel seno stesso dell'essere, non c'è posto per una "teoria
della natura" che non sia subordinata ad una teoria del discorso come
relazione originaria tra soggetto e oggetto. È anche vero tuttavia che
dal suo canto una "teoria della natura" deve poter rendere conto di
come il senso si costituisca (e con esso la coscienza) a partire dalla natura come sua condizione di possibilità, e per farlo deve spiegare come
il linguaggio emerga a partire da quello che non può essere concepito
come un disordine assoluto. Come intendere allora un ordine svincolato dal soggetto? Il tentativo di Simondon passa appunto attraverso la
sua riforma del concetto di informazione: una teoria del preindividuale
non può infatti dare ragione della genesi del senso e della coscienza se
l'operazione di significazione è pensata come congruente con il linguaggio, dunque già inscritta nell'orizzonte del senso. È da pensare
invece il costituirsi di significazioni prima del costituirsi del senso e, in
esso, del linguaggio. Questa è la strada che Simondon imbocca non
senza un inevitabile attacco al soggetto della fenomenologia.

La discussione termina infatti sul problema posto con sorprendente
chiarezza (o ingenuità?) da Berger: nell'ipotesi che - appunto - «facendo intervenire la coscienza sarebbe forse possibile risolvere le difficoltà

presentate da M. Hyppolite e da M. Ricœur [...] vorrei porre una questione. Dove mettete la coscienza? La si deve supporre dall'inizio?». Nel discorso di Berger l'equivoca unificazione dei concetti di informazione e significazione, ridotti a coscienza del soggetto, è palese: «quando voi dite che l'informazione si trasmette [...] io traduco questo in termini validi per il soggetto: ciò significa che l'informazione non appare che nel momento in cui una coscienza riceve un messaggio e può dargli una significazione», e poco oltre identifica ancora «informazione, cioè coscienza di qualcosa». Insomma la filosofia di Simondon, ad uno sguardo che postuli la co-originarietà della coscienza e del senso, non può che apparire come «un oggettivismo che farebbe uscire una forma più complicata delle altre, una realtà nuova chiamata coscienza». Vale la pena riportare l'ultima risposta di Simondon, dove egli tenta *in extremis* una riformulazione del suo pensiero proprio in relazione differenziale rispetto alla posizione espressa da Berger, secondo formule che riprendono quelle dell'*Individuation*:

> questo non è un oggettivismo; questo sistema vorrebbe essere un transoggettivismo [...] Di fatto il vero reale non è oggettivo; deve essere colto al di là di questa nozione riduttiva. Prima di ogni opposizione di soggetto ed oggetto può esistere un modo d'essere anteriore al modo del soggetto e al modo dell'oggetto. L'operazione di presa di forma apparterrà precisamente a questo modo d'essere [...] Così non credo di poter mantenere il dualismo che oppone soggetto e oggetto ma, al contrario, credo lo si debba considerare come esprimente il risultato di un processo di presa di forma che è, in questo caso, il processo di individuazione. È la parola *ontogenesi* che riassume la questione (DFIP 188).

La chiusura è chiara, certo, e perfettamente congruente con quanto più volte sostenuto nella tesi principale, cioè che «l'ontogenesi precede critica e ontologia» (I 284) e che il vero problema filosofico è quello della «realtà completa, anteriore a quell'individuazione da cui sorge il soggetto del pensiero critico e dell'ontologia» (I 269). Necessariamente allora una filosofia dell'individuazione dovrà produrre *anche* un'ontogenesi del soggetto. Ma questo basta a ratificare un'uscita dalla fenomenologia che non sia una ricaduta in una sorta di scientismo, per quanto avvertito?

L'ONTOGENESI È UNA FENOMENOLOGIA?

Simondon si trova sospeso tra il rifiuto di quella che ritiene ancora una filosofia del soggetto e un naturalismo la cui fecondità critica è pure ampiamente riconosciuta all'interno della tradizione fenomenologica[29] ma che rischia sempre di convertirsi in una semplicistica "filosofia dell'oggetto". Simondon tenta appunto di pensare al di là di questa opposizione, e forse per questo nell'*Individuation* l'uso della nozione di senso è molto raro e quasi prudente, in modo da evitare di ricondurre all'aporia idealista-fenomenologica di un Senso prodotto o anche "istituito" dal soggetto. È necessario notare soprattutto l'assenza del termine "preindividuale" nell'intervento e nella discussione alla *Société* e la sua scomparsa pressoché totale in tutta la produzione successiva di Simondon. Non si tratta tanto di produrre una lettura sintomatica di questo fatto, quanto di capire se si tratti semplicemente della scomparsa di un problema, che era ancora centrale nell'*Individuation*, oppure di una sua riformulazione in altri termini: e per farlo occorre innanzitutto stabilire di che problema si tratta. Ebbene riteniamo che si tratti del problema dell'origine del senso (o del senso come originario), tipico di ogni fenomenologia e rifiutato dallo strutturalismo come falso problema (in quanto l'emergere del senso è là ricondotto al funzionamento del significante). Ci è sembrato che con il concetto di preindividuale Simondon tentasse una riformulazione del problema fenomenologico dell'origine del senso, senza abbandonarlo, ma finendo per trasformarlo nel problema dell' "ontogenesi assoluta", ovvero del preindividuale. Alla domanda se l'ontogenesi sia una fenomenologia risponderemo dunque così: non intende esserlo, anzi, intende svincolarsi dal presupposto fenomenologico del soggetto, ma senza percorrere una strada alternativa[30]. Simondon si muove - come Merleau-Ponty - nello spazio aperto dalle analisi del vivente all'interno della tradizione fenomenologica, ma - diversamente da Merleau-Ponty eppure senza cedere alla sirena strutturalista[31] - trova la propria soluzione del problema dell'origine del senso nell'operazione di significazione, anteriore rispetto al soggetto e radicalmente differenziata dal linguaggio e dall'orizzonte di senso che esso veicola necessariamente in una prospettiva di tipo fenomenologico. Per questo l'interpretazione di Barthélémy, che fa intervenire in maniera massiccia la nozione fenomenologica di "senso" al fine di sostenere l'ipotesi di una "autotrascendenza del senso", ci sembra voler indebitamente riportare Simondon entro i confini di una fenomenologia di cui egli nell'*Individuation* avrebbe sviluppato soltanto l'ontologia regionale (cfr. Barthélémy 2005a, pp. 48-59; Id. 2005b, pp. 231-86)[32].

Riteniamo che il concetto di preindividuale in Simondon rimanga l'indice di un problema, non una soluzione: un'ipotesi la cui configurazione è ancora troppo legata all'eredità fenomenologica per risultare definitiva. Come già anticipato, nel Simondon negli anni '60 il termine "preindividuale" non appare più[33]. Il problema dell'originaria "relazione soggetto-mondo" è tipico di una fenomenologia, e può scomparire solo quando scompare la fenomenologia come problema, dunque in Simondon forse mai del tutto. Ma in questo modo può essere letto il ricorrente riemergere del problema delle diverse modalità della trasduzione: come necessità di ritornare sull'impossibile formalizzazione del processo costitutivo di un sistema metastabile che sia condizione di individuazione, in altri termini sul problema dell'originaria "realtà preindividuale" dell'essere.

Non è possibile negare alcuni passaggi in cui nell'*Individuation* Simondon utilizza il termine "senso", tuttavia è emblematico come esso compaia frequentemente in contesti ad "alto tasso" di fenomenologia (cfr. ad es. I 213-14), ma senza che il suo uso si adegui semplicemente a quella prospettiva. Così, nell'ambito della problematica percettiva il "senso della situazione" è essenzialmente la stessa polarizzazione del mondo *per* il soggetto percipiente: soggetto che però non precede come sua condizione il momento in cui «l'informazione prende un senso intensivo, predominante», ma si costituisce solo nell'operazione di *couplage* (cfr. I 242)[34]. Nelle conclusioni la questione sembra complicarsi quando, discutendo la possibilità di «fare dello studio dell'individuazione una teoria dell'essere», Simondon afferma che «perché l'informazione esista bisogna che abbia un senso» (I 328); ma anche qui il termine indica soltanto un "orientamento" una strutturazione del segnale compatibile con il sistema che lo riceve, che fa sì che esso divenga informazione. Che la nozione di informazione possa effettivamente servire a pensare il senso, o ciò che precede il senso, è cosa - come abbiamo visto - dichiarata altamente problematica dallo stesso Simondon, il quale però non arriva mai ad equiparare informazione e senso, e soprattutto non utilizza mai il termine "Senso" con la lettera maiuscola. In una filosofia dell'individuazione ciò che è "originario" non è il senso ma il costituirsi di un sistema metastabile, l'operazione stessa in cui, come abbiamo visto, si risolve in ultima analisi il preindividuale. Questo non significa tuttavia rifiutare le problematiche tipiche di una fenomenologia, tant'è vero che «una teoria dell'individuazione deve svilupparsi in teoria della sensazione, della percezione, dell'affetto, dell'emozione» (I 321), ma significa spostare tali problemi dal campo di un supposto soggetto-coscienza a quello di una "fase preindividuale" dell'essere che dell'emergere di quel soggetto deve comunque dare ragione, ma *senza* passare attraverso la nozione di senso. Tale strada passa invece nell'*Individuation* attraverso la riforma del concetto cibernetico di informazione, ovvero attraverso un modello che permette di pensare la relazione come originaria modalità dell'ordine che precede l'alternativa tra senso e nonsenso in quanto quest'ultima si produce solamente nel soggetto. È chiaro allora che il problema del soggetto diviene centrale per Simondon *proprio perché* è il problema centrale della fenomenologia e perché da esso non è possibile liberarsi se non al prezzo di lasciar ricadere inconsapevolmente l'essere stesso nel suo orizzonte carico di senso, mentre si tratta esattamente di evitare il rischio di quella sorta di fenomenologia spontanea per la quale «l'individuo è sempre in una certa misura *pensato* come *soggetto*» (I 321). La vera svolta rispetto alla fenomenologia sta insomma nella radicalità con la quale, proprio grazie all'apparato epistemologico di cui dispone una filosofia dell'individuazione, Simondon tenta di rendere conto (anche) del soggetto a partire dal concetto di preindividuale - costruito sulla base di alcuni schemi derivati dalla fisica, attraversando la biologia - ma senza mai ridurre il soggetto all'individuo biologico né d'altra parte alla coscienza. Per comprendere come ciò sia possibile sarà necessario seguire il modo in cui Simondon declina il concetto di informazione in quello di significazione proprio quando nell'*Individuation* sta per iniziare l'analisi del regime di individuazione psichica e collettiva, regime all'interno del quale si configurano le condizioni di stato dell'ontogenesi del soggetto in quell'operazione che Simondon chiama di "individuazione transindividuale". Ritroveremo là anche il posto della coscienza, la cui assenza dal "sistema" di Simondon assillava particolarmente Berger: «secondo questa prospettiva la coscienza non dovrebbe essere considerata per mezzo di uno schema avversativo di "tutto o niente", di soggetto o di oggetto, ma piuttosto a partire da una transcoscienza più primitiva» (DFIP 188). La formulazione del concetto di preindividuale nell'*Individuation*, proprio in quanto segnata da una matrice fenomenologica, obbliga ad attraversare il problema dell'ontogenesi del soggetto: per questa strada, attraverso la nozione "riformata" di informazione declinata come operazione di significazione, saremo infine spinti alle soglie del transindividuale.

4. SOGGETTO E METODO DI UNA FILOSOFIA DELL'INDIVIDUAZIONE

Analizzare il problema del soggetto ci servirà a rendere comprensibile il fondamento metodologico di una filosofia dell'individuazione e a porre le basi per la successiva discussione del concetto di transindividuale. Per fare tutto questo partiremo dall'esplicita differenziazione di *Soggetto e individuo* operata da Simondon all'interno del breve paragrafo così intitolato, dove il soggetto viene presentato come sistema costituito da più "fasi".

ONTOGENESI DEL SOGGETTO: TRANSINDIVIDUALE E *SIGNIFICATION*

Simondon afferma che il soggetto «porta in sé, oltre la realtà individuata, un aspetto non individuato, preindividuale» (I 310). Si tratta di un sistema costituito da una componente individuale, che è il suo aspetto sostanzializzato, visibile, e da una carica energetica preindividuale, "*milieu* associato" che lo rende metastabile e ne determina la tendenza a prodursi continuamente in ulteriori processi di individuazione. Ora, la distinzione *soggetto/individuo* va, secondo Simondon, ribadita ed esplicitamente teorizzata proprio perché risulta tendenzialmente dimenticata: «sembra risultare da queste riflessioni, ancora parziali ed ipotetiche, che il nome di individuo sia attribuito a torto a una realtà più complessa, quella del soggetto completo» (I 310). Per tentare di pensare il soggetto fuori del paradigma sostanzialista, Simondon ricorre alla teoria della fasi dell'essere: il soggetto sarà così costituito da più fasi, cioè strutturalmente "sfasato" in differenti "regimi" di individuazione; non si tratterà di un sistema omeostatico dunque, ma di un sistema metastabile in stato di "sfasamento" o "disparazione"[1]. La metastabilità del soggetto deriva da un'ontogenesi che implica un'individuazione psichica e collettiva successiva all'individuazione biologica. Superata la soglia quantica di quella strutturazione crono-topologica che si chiama vita, l'essere vivente permane infatti parzialmente sfasato (con del "preindividuale associato"); a questo punto può attualizzare il proprio potenziale energetico in un'ulteriore individuazione all'interno di quel divenire psico-sociale in cui si costituisce il collettivo: operazione che Simondon a volte distingue esplicitamente dalle altre modalità di individuazione chiamandola "individualizzazione"[2]. C'è dunque una gerarchia tra individuazione e individualizzazione, ma non una vera "successione", perché, anche se «l'individualizzazione continua l'individuazione», si tratta pur sempre di fasi che, in quanto tali, nel soggetto sono simultanee. L'individualizzazione ha perciò come condizione l'individuazione biologica, ma può avvenire solo a partire dall'attuarsi contemporaneo delle due fasi psichica e collettiva in un particolare "regime di individuazione" che ha la caratteristica di essere costituito da una "serie" di operazioni: individualizzazioni ulteriori e contemporanee a quell'individuazione biologica che Simondon dice "assoluta" (cfr. I 264). Sulla condizione di tale individuazione biologica "assoluta" si "innesta" infatti una "individuazione permanente" in cui «l'assiomatica aperta [dei problemi vitali] trova saturazione solo in una sequenza indefinita di successive individuazioni che coinvolgono sempre più realtà preindividuale, incorporandola nella relazione con l'ambiente» (I 29). Ogni operazione psichica sarà allora un'operazione di "individualizzazione": «ogni pensiero, ogni scoperta concettuale, ogni insorgenza affettiva è una ripresa della prima individuazione: ne sviluppa lo schema, come una rinascita dilazionata e parziale, ma fedele» (I 264). Così le percezioni in quanto unificazioni di serie disparate di sensazioni, le emozioni in quanto unificazioni di serie disparate di affetti, le significazioni in quanto unificazioni di serie disparate di segnali, e così via, sono operazioni - che Simondon definisce di *couplage* o di "compatibilizzazione" - nelle quali il soggetto rende continuamente e "metastabilmente" coerenti fasi diverse. Insomma, a partire dalla soglia del biologico, è possibile un salto quantico nel regime di individuazione psichica e collettiva, dove si susseguono indefinitamente delle operazioni di individualizzazione.

Queste coordinate permettono in prima approssimazione di delimitare il campo dell'umano, indagato da Simondon attraverso il concetto di "significazione"[3]. Della significazione si parla in particolare nell'ultima parte dell'opera, dedicata a *Il collettivo come condizione di significazione*. È necessario comprendere il senso di tale collocazione, e per farlo dovremo anticipare la difficile e dibattuta problematica del "transindividuale". La realtà preindividuale associata all'individuo biologico permette, come si diceva, di "proseguire l'individuazione" nell'indivi-

dualizzazione, processo a sua volta costituito dalle due fasi contemporanee del "vivente psichico" e del "soggetto collettivamente individuato". Ecco cosa dice Simondon:

> le due individuazioni, la psichica e la collettiva, stanno in un rapporto di
> reciprocità e consentono di definire la categoria del transindividuale:
> quest'ultima intende dar conto dell'unità sistematica dell'individuazione
> interna (psichica) e dell'individuazione esterna (collettiva) [...] la relazione
> con il mondo e con il collettivo è una *dimensione dell'individuazione*, cui
> l'individuo partecipa a partire dalla *realtà preindividuale* che si individua
> passo dopo passo (I 29).

La modalità con cui lo "sfasamento" individuo/preindividuale caratterizzante l'individuo biologico viene risolto nell'individualizzazione transindividuale del soggetto è l'istituzione delle "significazioni".
Ma vediamo subito che si tratta di tutt'altro genere di "risoluzione"
rispetto a quella vitale. Simondon infatti chiarisce che il transindividuale non costituisce una "sintesi" dello sfasamento (nel senso di
un'assiomatizzazione della disparazione tra individuale e preindividuale, come avviene nell'individuazione biologica), ma ne è piuttosto
"la significazione". La costituzione transindividuale delle significazioni, dice ancora Simondon, "avvolge" la fasi (preindividuale e individuale) sempre in atto nel soggetto, ma non ne risolve definitivamente
le tensioni, perché il soggetto permane - nell'individuazione transindividuale - "sfasato", appunto "più d'uno" (cfr. I 307): in questo senso
«l'essere soggetto [*l'être sujet*] può concepirsi come sistema più o meno
coerente delle tre fasi successive dell'essere: preindividuale, individuata, transindividuale» (I 310)[4]. Dunque il soggetto, già da sempre biolo-
gico/psichico-collettivo, cioè sfasato tra natura/cultura, è in un certo
senso sistematizzato e sostenuto dalla configurazione transindividuale
delle significazioni, che gli permette di operare successive individualizzazioni. Sarebbe però errato cercare in Simondon l'ipotesi di un linguaggio che "incida" sul biologico determinando l'umano, perché si ha
sempre piuttosto a che fare con un biologico che, non più immaginabi-
le come completo, anzi, proprio perché in sé sfasato, è piuttosto "com-
pensato" dall'emergere di significazioni che hanno statuto transindividuale, Il transindividuale è insomma il regime di individuazione nel
quale gli individui biologici, individuandosi psichicamente e collettivamente tramite operazioni di significazione, si costituiscono come
soggetti.

Ma come va pensato il costituirsi transindividuale della significazione, il modo in cui questa può compensare lo sfasamento del soggetto? La significazione, dice Simondon, è determinata «dalla coerenza di
due ordini di realtà: l'individuazione e l'individualizzazione» (I 267). Si
tratta di concepire una coerenza metastabile che non sia "sintesi". Per
farlo Simondon si riferisce ancora una volta a quell'operazione di *couplage* attraverso la quale il "vivente psichico" tenta di rendere almeno

parzialmente compatibile "una pluralità di segnali" in quella che è una vera e propria attribuzione di senso: «un essere non è mai completamente individualizzato; per esistere deve poter continuare a individualizzarsi, risolvendo i problemi dell'ambiente [*milieu*] che lo circonda e al quale appartiene» (I 263-64). Tuttavia, se ogni *couplage* dello sfasamento individuo/preindividuale si costituisce come significazione a livello del regime transindividuale (dunque delle individuazioni psichica e *contemporaneamente* collettiva), allora la significazione non può essere davvero colta solo come il prodotto di un'operazione adattiva del "vivente psichico", perché deve propriamente riguardare il soggetto in quanto sfasato, dunque anche in quanto collettivamente individuato. Nella prospettiva di Simondon, insomma, non vale né l'ipotesi di un soggetto che produce e/o utilizza arbitrariamente significazioni, né quella di significazioni che determinano i soggetti (sotto forma di discorso che produca soggettivazione): piuttosto una paradossale contemporaneità delle due operazioni, in cui consisterebbe appunto "l'individuarsi delle significazioni". Ogni "individualizzazione" è un'operazione paradossale di "individuazione di significazioni" sotto la condizione di soggetti individuati: operazione rispetto alla quale, si dovrebbe dire - ma sarebbe già sostanzializzarli - tali soggetti sono contemporaneamente attivi e passivi. Occorre perciò affrontare il problema da una prospettiva in cui lo statuto paradossale del soggetto si dimostri l'effetto della proiezione indebita di un pensiero che, incapace di ragionare in termini di individuazione, pensa "lo psichico" o come attività con cui il vivente tenta di dare senso alla sua realtà, o come effetto di un gioco di significazioni transindividuali per le quali il vivente è catturato, attraverso il linguaggio, in un'ulteriore individuazione nell'orizzonte di un senso interamente fornito dal collettivo. In entrambi i casi, preso in un susseguirsi interminabile di operazioni di significazione, il soggetto verrebbe stabilmente "identificato" (da una parte come individuo biologico o dall'altra come gruppo sociale), ma mai davvero pensato nella sua identità "trasduttiva", per nominare la quale il termine soggetto mostra qui la sua evidente insufficienza, legato com'è in un rapporto differenziale costitutivo con quello di oggetto.

Si riaffaccia il problema fenomenologico dell'origine: il punto è che qualunque tentativo di pensare il costituirsi del soggetto e dell'oggetto non può prescindere dalla conoscenza dell'essere preindividuale che li precede come loro condizione. Ma d'altra parte, essendo tale condizione un'operazione, non è possibile ritenere che questa possa essere conosciuta e descritta indipendentemente dal modo in cui *a partire da essa* soggetto e oggetto si costituiscono. A loro volta soggetto e oggetto non si costituiscono *nel* pensiero, ma ne sono condizione: «il pensiero è un certo *modo d'individuazione secondaria* che interviene dopo *l'individuazione fondamentale che costituisce il soggetto*» (I 321). Dunque: l'essere (preindividuale) è condizione della differenziazione di soggetto e oggetto, che a sua volta è condizione di quelle attività che sono il pensiero e la conoscenza. Ma attenzione, tra le condizioni di emergenza del soggetto e perciò del pensiero, vi è anche l'individuazione transindividuale: il pensiero «è secondario in rapporto alla condizione di esistenza del soggetto, ma questa condizione di esistenza del soggetto non è isolata e unica, poiché il soggetto non è un termine isolato che si sia potuto costituire da sé» (I 321). Riassumendo: l'operazione preindividuale in quanto condizione di esistenza di ogni essere individuato, l'individuo biologico in quanto condizione "assoluta" di ogni individualizzazione e il transindividuale come modalità di individuazione propria del soggetto sono fasi che contemporaneamente si costituiscono come condizioni di emergenza di esso, dunque del pensiero e della conoscenza. Ovvio che in questa prospettiva il soggetto non coincida con l'individuo biologico, ma ne sia piuttosto una modalità processuale, e che l'oggetto non sia il contenuto della conoscenza di un soggetto, quanto piuttosto il sistema di potenziali sul quale interviene l'operazione conoscitiva in quanto relazione tra soggetto e oggetto. Perciò, se da un lato dobbiamo allora evitare di farci dell'oggetto «l'idea povera e negativa di ciò che non è il soggetto, un residuo della conoscenza che ne ha il soggetto» (DFIP 188), d'altra parte è necessario non sostanzializzare il soggetto seguendo la tendenza del pensiero a cercare «di identificarsi ad esso in quanto sua condizione di esistenza» (I 321).

Dell'ontogenesi del soggetto torneremo a discutere in relazione alla questione del transindividuale. Per ora ci limiteremo ad affrontare il problema in una prospettiva epistemologica, riformulando le domande "chi conosce?" o "che cos'è conoscere?" in questo modo: a partire dalla relazione soggetto-oggetto, come si producono - *nel campo del soggetto* - quei sistemi di significazioni che chiamiamo saperi? Solo la posizione del problema metodologico consentirà di specificare condizioni e caratteristiche peculiari di una conoscenza dell'individuazione: conoscenza di condizioni di sistema e di singolarità evenemenziali.

TRASDUZIONE E INDIVIDUAZIONE DELLA CONOSCENZA: PROBLEMA DEL METODO

Esplicitiamo la contraddizione che sembra fin qui emergere dalla nostra analisi: se da un lato la filosofia di Simondon rischia di apparire un "dogmatismo" di stampo naturalistico nel quale il conoscere dipende dall'a-priori fortemente strutturato di un'individuazione biologica "assoluta", dall'altro, alla luce della costituzione transindividuale dell'operazione conoscitiva, il suo pensiero sembra invece inclinare verso un relativismo quasi "postmoderno" in cui siano possibili tante "verità" quanti sono i processi di individualizzazione. La filosofia di Simondon si risolverebbe in un naturalismo della complessità nel primo caso e in un'ermeneutica interminabile nel secondo. Analizziamo allora la posizione di Simondon tornando sul concetto di trasduzione. Estesa su tutti i domini dell'individuazione, anche sul conoscere stesso in quanto processo di "individuazione transindividuale di significazioni", la trasduzione infatti «esprime l'individuazione e permette di pensarla; è dunque una nozione tanto metafisica che logica; *si applica all'ontogenesi, è la stessa ontogenesi*» (I 32-33). Proprio sulla "scena" dell'intervento alla *Société française de philosophie* Simondon definisce l'implicazione tra il suo "metodo analogico" e l'operazione trasduttiva reale:

> c'è in qualche modo un'identità tra il metodo che impiego, che è un metodo analogico, e l'ontologia che ipotizzo, che è un'ontologia dell'operazione trasduttiva nell'operazione di strutturazione [*prise de forme*]. Se l'operazione trasduttiva di strutturazione non esiste, l'analogia è un procedimento logico non valido; questo è un postulato. Il postulato è qui contemporaneamente ontologico metodologico (DFIP 179-80).

Ora, proprio perché il pensiero procede in modo trasduttivo, per una sua formalizzazione coerente il principio di identità e il principio del terzo escluso risultano troppo angusti (cfr. I 324). Il problema può essere posto in questi termini: se "l'operazione trasduttiva" è un'operazione sempre singolare la cui origine, il cui corso ed esito non sono sussumibili sotto alcun universale, allora risulta letteralmente impossibile la fondazione di *una* logica della trasduzione. Infatti una «teoria dell'essere anteriore ad ogni logica» secondo la quale vi fossero «molti tipi di individuazione», dovrebbe produrre «molte logiche, una per ogni tipo di individuazione» (I 36), con la conseguenza che, non potendosi costruire *una* logica della trasduzione, risulti piuttosto necessario praticare un «pluralismo dell'individuazione» (I 318)[5] che incorpori e in qualche modo ripeta l'elemento singolare e aleatorio costitutivo del processo trasduttivo. Dunque l'elevazione della trasduzione a paradigma metodologico *in quanto* paradigma ontologico non implica affatto che sia legittimo semplicemente dedurre un metodo da tale "constatazione" ontologica, perché lo studio dell'individuazione implica proprio, come abbiamo visto, l'impossibilità di una qualsiasi riduzione della trasduzione come processo ad una logica formale precostituita. Così, il fatto che si possano ricondurre in ultima analisi il conoscere in generale e la stessa ontogenesi alla trasduttività "reale" dell'individuazione, sembra segnare il limite di un "metodo analogico" che, pur essendo l'unico metodo di conoscenza davvero *fondato* sulla reale processualità dell'essere, non risulta in alcun modo *garantito* da una qualunque formalizzazione possibile. Ma appunto la validità del pensiero analogico sembra presentarsi per Simondon proprio in questo modo: *fondata* sulla trasduttività del reale («la possibilità di impiegare una trasduzione analogica per pensare un ambito di realtà indica che questo ambito è realmente la sede di una strutturazione trasduttiva» I 33)[6] e tuttavia, proprio per questo, mai in alcun modo *garantita* entro una logica definitivamente formalizzabile. Il tentativo di Simondon di stabilire le condizioni di quella conoscenza dell'operazione trasduttiva di individuazione che egli chiama "ontogenesi" pone dunque necessariamente il problema del suo statuto scientifico in quanto si occupa di processi non ripetibili, dunque non universalizzabili né prevedibili nel modo in cui la scienza moderna intende una legge, almeno nell'orizzonte della fisica classica.

Ma cosa può significare una conoscenza *fondata* e non *garantita*? Nei termini di Simondon il problema va così formulato: se ogni pensare, in quanto operazione di individuazione di significazioni, è propriamente trasduttivo, che cosa differenzia un pensiero che si limiti a conoscere l'essere in quanto individuato (atomisticamente od olisticamente) da un pensiero invece capace di cogliere la processualità trasduttiva propria dell'ontogenesi[7]? Ecco la risposta estremamente enigmatica di Simondon, che giunge proprio in chiusura della sua introduzione all'*Individuation*:

> dell'individuazione, dunque, non possiamo avere una conoscenza immediata né una conoscenza mediata, ma una conoscenza che è un'operazione parallela all'operazione conosciuta; non possiamo, nel senso abituale del termine, conoscere l'individuazione; possiamo soltanto individuare, individuarci, individuare in noi [...] Gli esseri possono essere conosciuti mediante la conoscenza del soggetto, ma l'individuazione degli esseri può essere colta solo mediante l'individuazione della conoscenza del soggetto (I 36).

Sappiamo così che per Simondon vi sono due modalità del conoscere, sappiamo che sono entrambe operazioni di individuazione che avvengono come individualizzazioni *del* soggetto (transindividualmente individuato grazie all'emergere di "significazioni"), ma sappiamo anche e soprattutto che si tratta di operazioni radicalmente differenziate, corrispondenti a due differenti "modi" di concepire l'essere, come struttura o come operazione. Disgraziatamente però Simondon non fornisce ulteriori spiegazioni nella sua introduzione, della quale sono queste le parole conclusive. Cercando all'interno del testo dell'*Individuation* si scopre però che l'operazione conoscitiva risulta essere a sua volta sfasata in modo paradossale tra due funzioni. La prima è una funzione che potremmo dire di "stabilizzazione", attraverso la quale le conoscenze vengono ordinate grazie a significazioni elaborate collettivamente all'interno dei diversi saperi: la «conoscenza vera [è la relazione] che corrisponde alla maggiore stabilità possibile entro le relazioni date tra soggetto e oggetto» (I 83), la seconda è piuttosto una funzione di "metastabilizzazione", di mantenimento delle configurazioni di significazioni in stato "metastabile", cioè capaci di ulteriori individuazioni in continuità con il divenire discontinuo dell'essere, ciò che permette di costituire "relazioni conoscitive" propriamente reali e non semplici "rapporti" formali: «la conoscenza vera è una relazione, non un semplice rapporto formale» (I 83). Ebbene, alla luce di questo sfasamento del conoscere si può forse tentare di ritradurre l'opposizione sopra posta da Simondon tra "conoscenza" e "individuazione della conoscenza" nei termini di due funzioni opposte del conoscere stesso: da una parte la "stabilizzazione" di un'operazione già compiuta e strutturata i cui termini individuati sono appunto il soggetto e l'oggetto, e dall'altra la partecipazione ad un operare transindividuale che produce una struttura metastabile di significazioni costitutiva di un (nuovo) soggetto e di un (nuovo) oggetto. In questa prospettiva "l'individuazione della conoscenza" non può dunque essere un'operazione conoscitiva tra le altre, perché in essa quel processo in cui consiste lo "sfasarsi del preindividuale" si determina come oggetto (di conoscenza) per un soggetto (di conoscenza) che in quello stesso processo di sfasamento si costituisce. Dell'operazione conoscitiva il soggetto sarebbe insomma l'altro "caso limite" *simultaneo* all'oggetto. Ma, attenzione: non è possibile accettare una soluzione puramente simmetrica che riservi al soggetto e all'oggetto lo stesso ruolo di "casi limite" di un processo: perché l'operare preindividuale può venire còlto *nel suo farsi* solo come processo per così dire "interno" al soggetto: infatti entrambe le modalità dell'operazione conoscitiva, sia la "conoscenza del soggetto" che l' "individuazione della conoscenza del soggetto", sono definite in relazione al soggetto. Allora per quale ragione un' "individuazione della conoscenza", a differenza di una semplice "conoscenza", permetterebbe di "cogliere" l'ontogenesi? Perché nell' "individuazione della conoscenza" l'operazione conoscitiva "interna" al soggetto è còlta proprio nel suo divenire trasduttivo singolare: ossia come parte del processo di strutturazione "reale" del soggetto e dell'oggetto, che è «un modo d'essere - dice Simondon - anteriore al modo del soggetto e al modo dell'oggetto» (DFIP 188). Da tale processo (preindividuale) derivano sia il divenire-oggetto dell'oggetto sia il divenire-soggetto del soggetto nella loro singolarità di processi trasduttivi[8]. Il *couplage* di soggetto e oggetto è dunque a sua volta un processo: si tratta appunto dell'operazione conoscitiva che, potremmo dire, "coglie in quanto compie" l'individuazione di soggetto e oggetto nel dominio transindividuale delle significazioni: «questo modo di incedere consiste nel seguire *l'essere nella sua genesi*, nel realizzare la genesi del pensiero nel momento stesso in cui si realizza la genesi dell'oggetto» (I 33).

INVENZIONE, ATTO ANALOGICO E INTUIZIONE. TRA BERGSON E
LE SCIENZE

Nel campo del sapere, la trasduzione «definisce l'andamento effettivo dell'invenzione [che] non è induttiva né deduttiva, ma trasduttiva, ossia corrisponde alla scoperta delle dimensioni definitorie di una problematica; è quanto vi è di valido nell'operazione analogica» (I 33). Il tema dell'invenzione, già presente in Simondon fin dal '54 in *Réflexions préalables à une refonte de l'enseignement* (anche se con una connotazione più strettamente pedagogica) e successivamente nelle due tesi, emerge in modo preponderante nei corsi degli anni '60 e '70 declinato non solo in senso tecnico ma anche come modalità del "vivente psichico". In generale la nozione di invenzione consente di nominare il procedere trasduttivo del pensiero: «la vera invenzione supera il suo scopo; l'intenzione iniziale di risolvere un problema non è che un innesco [...] l'oggetto, possedendo proprietà nuove ulteriori a quelle che risolvono il problema, porta a un superamento delle condizioni che erano quelle della posizione del problema» (IMI 173). Così, come di ogni "problema" vitale non vi possono essere soluzioni che a partire da un innesco singolare, anche di ogni problema posto al pensiero vi può essere soluzione solo in quanto questa oltrepassa i "dati" disponibili a livello del sistema (metastabile) soggetto-oggetto, grazie a un'operazione conoscitiva propriamente trasduttiva; appunto: un'invenzione. L'invenzione è insomma la singolarità declinata come procedere (trasduttivo) del pensiero attraverso le significazioni, ma solamente, dice Simondon, come «processo raro e sovente aleatorio» (IT 332).

Se sembra superfluo esplicitare il debito bergsoniano relativamente al concetto di invenzione[9], è forse il caso di soffermarsi per un attimo sul riferimento implicito a Canguilhem, che sembrerebbe porre il problema dell'invenzione all'altezza dell'individuazione biologica. In *Du mode* ad esempio solo il vivente, grazie alla sua struttura a causalità ricorrente, per mezzo di un atto di immaginazione è in grado di proiettare sull'oggetto tecnico una strutturazione analoga alla propria; l'invenzione è questa trasduzione attraverso cui un organismo costituisce un sistema di compatibilità analogo al proprio: «è perché il vivente è un essere individuale che porta con sé il suo *milieu* associato che il vivente può inventare» (MEOT 58). Ma poco più avanti Simondon spiega come l'invenzione sia collocabile solo nella causalità ricorrente in atto tra vita e pensiero, ovvero in quel "fondo del pensiero" presente *nell'uomo* di cui però soltanto nell'*Individuation* avrà cura di precisare la natura intrinsecamente transindividuale, parlando di affettivo-emotività[10]. Ebbene, va senz'altro sottolineato come in Simondon l'invenzione non sia categoria soltanto biologica o comunque eminentemente legata ad una qualche "vita" intesa in senso metafisico. L'invenzione sembra descrivere piuttosto la modalità propriamente umana della trasduzione: processualità discontinua che caratterizza ogni regime di individuazione, ma che nel regime di individuazione transindividuale procede attraverso l'istituzione di significazioni[11].

Grazie alla nozione di "invenzione", si può dunque finalmente provare a rispondere alle questioni poste in precedenza: in che cosa consiste il conoscere colto nel suo "centro" processuale? Come è pensabile una conoscenza fondata ma non garantita dei processi di individuazione? La conoscenza nel suo "centro" sarà un processo di "invenzione" transindividuale, dunque non individuale né intersoggettivo, ma propriamente "soggettivo" nel senso seguente: «non è l'individuo che inventa, è il soggetto, più vasto dell'individuo, più ricco di esso, e che comporta, oltre all'individualità dell'essere individuato, una certa carica di natura, di essere non individuato» (MEOT 248). Tale processo

in grado di risolvere i problemi dati» (I 34). L'intuizione non è un atto in qualche modo "puro" o "originario", ma d'altra parte non è neppure atto di sintesi: come l'invenzione, essa risulta infatti sempre legata ed esposta alle condizioni di soglia del collettivo, dunque alle tensioni determinate che ne costituiscono di volta in volta il "campo".[16] Ancora differenziandosi da Bergson, in *Du mode* Simondon definisce l'intuizione come la forma propria della conoscenza filosofica, ovvero dei processi genetici, che in quanto tale procede in modo analogico:

> l'intuizione non è né sensibile né intellettuale; essa è l'analogia tra il divenire dell'essere conosciuto e il divenire del soggetto, la coincidenza dei due divenire [...], essa è la conoscenza propria dei processi genetici. Bergson ha fatto dell'intuizione il metodo proprio della conoscenza del divenire; ma si può generalizzare il metodo di Bergson senza precludere all'intuizione un dominio come quello della materia [...], di fatto l'intuizione si può applicare a tutti i domini nei quali interviene una genesi, poiché essa segue la genesi degli esseri prendendo ogni essere al suo livello di unità [...] Per l'intuizione il livello di unità non è la totalità, come nella conoscenza attraverso l'idea, né l'elemento, come nella conoscenza concettuale (MEOT 236)[17].

L'intenzione di segnare il distacco da Bergson è resa evidente dal modo in cui Simondon tratta il tempo come una modalità del funzionamento della struttura, la cui contemporaneità di fase con lo spazio ne impedisce un'intuizione nel senso "bergsoniano": «la teoria allagmatica [...] coglie l'essere non al di là dello spazio e del tempo, ma precedentemente alla divisione in sistematica spaziale e schematismo temporale» (A 565). In questo senso l'allagmatica non è una teoria delle strutture, ma neppure una teoria delle operazioni, bensì una teoria della conoscenza analogica di ciò che Simondon chiama "preindividuale" - ovvero delle trasformazioni delle strutture in operazioni e viceversa. Ma poiché la conoscenza analogica non è intuizione immediata, potrà avvenire solo attraverso l'esito concettualmente strutturato[18] (un sapere) di un primo processo di individuazione conoscitiva, perciò nella direzione che va dall'analisi della struttura al coglimento dell'operazione: «il metodo analogico suppone che si possa conoscere *definendo le strutture attraverso le operazioni che le dinamizzano*, anziché conoscere *definendo le operazioni attraverso le strutture tra le quali esse si esercitano*» (TA 562). Se nella prospettiva del concetto si coglierà allora una «individuazione che avvolge [*enveloppant*] gli esseri tra i quali la relazione esiste» (I 313), tuttavia l'unità del sistema così inteso sarà in realtà quella di «un regime di attività che attraversa l'essere, da parte a parte, convertendo struttura in funzione e funzione in struttura» (I 313). Trasformazione in atto della quale si può avere conoscenza solo per mezzo di un pensiero trasduttivo, ovvero di una "intuizione" che si costituisca come fase interna ad essa e non solamente come operazione mentale: «la trasduzione, dunque, non è soltanto un procedimento mentale; è anche intuizione, poiché è ciò che fa comparire in un ambito problematico una struttura in grado di risolvere i problemi dati» (I 34).

I termini "concetto" e "intuizione" acquistano dunque senso solo all'interno dell'operazione analogica in cui consiste quell' «individuazione della conoscenza del soggetto» che sola permette di cogliere «l'individuazione degli esseri» (I 36). Appare così chiaro come il "metodo analogico" sia la forma di conoscenza che permette di cogliere il "centro processuale" dell'essere grazie all'invenzione di un *couplage* di soggetto e oggetto. Tale *couplage* risulta fondato sul procedere soggettivo di una trasduzione reale, e autorizza il rischio di una "soluzione" singolare: di un pensiero capace insomma - nelle parole già citate - di «realizzare la propria genesi nel momento stesso in cui si realizza la genesi dell'oggetto» (I 33). In questo senso la conoscenza dell'individuazione va considerata il modo in cui, a partire dalla *reciproca* individuazione di soggetto e oggetto, si costituisce la riflessione *nel* soggetto come ritorno del pensiero sull'operazione che di entrambi è (stata) costitutiva: «per sapere *come l'essere possa essere pensato*, bisogna sapere come si individua, poiché è questa individuazione ad essere il supporto di validità di ogni operazione logica che gli voglia essere conforme» (I 321). Evidentemente tale ritorno non potrà mai essere in alcun modo garantito da una definitiva formalizzazione metodologica: in questo senso «inventare è far funzionare il proprio pensiero [...] secondo il dinamismo di un funzionamento vissuto, colto perché prodotto, accompagnato nella sua genesi» (MEOT 138), operazione, insieme teoretica e pratica, la cui mancanza di garanzie sarà sottolineata dallo stesso Simondon nel definire la propria filosofia «una teoria drammatica del divenire dell'essere» (DFIP 177). Così il soggetto, nell' "individuazione della conoscenza", può ritornare sulle proprie "condizioni" di possibilità e coglierle come coincidenti con le "cause" dell'esistenza dell'individuazione in generale, e della propria individuazione in quanto soggetto in particolare. In quest'operazione il soggetto simultaneamente trova e produce, ossia "inventa", il fondamento (pre-individuale) dell'universalità del proprio conoscere:

se la conoscenza traccia le linee che consentono di interpretare il mondo secondo leggi stabili, non è perché nel soggetto vi siano forme *a priori* della sensibilità, di cui sarebbe inspiegabile la congruenza con i rozzi dati di fatto provenienti dal mondo attraverso la sensazione; piuttosto è perché l'essere come soggetto e l'essere come oggetto provengono dalla stessa realtà originaria, e perché il pensiero, che ora sembra istituire un'inspiegabile relazione tra soggetto e oggetto, si limita in realtà a prolungare quella individuazione iniziale. Le *condizioni di possibilità* della conoscenza sono, in effetti, le *cause di esistenza* dell'essere individuato. [...] La conoscenza è effettivamente universale perché universale è l'individuazione in quanto fondamento della relazione tra soggetto e oggetto (I 264).

RELATIVITÀ DI SCALA E RISONANZA INTERNA. SCIENZA E FILOSOFIA

In apertura dell'ultimo capitolo dell'*Individuation*, mentre indaga l'emergere del collettivo, Simondon pone il problema di una possibile scienza del preindividuale: «vi sono, forse, diverse modalità dell'indeterminato [...] si potrebbero forse definire classi di *a priori* nei significati possibili, categorie di potenziali. Mancano però i concetti per realizzare uno studio siffatto» (I 310)[19]. A queste affermazioni, che sembrano, almeno in prospettiva, annunciare una scienza del preindividuale, Simondon fa seguire però nelle conclusioni la sua ultima parola su tale ipotesi: «a che cosa serve rigettare in un inconoscibile stato dell'essere preindividuale le forze destinate a rendere conto dell'ontogenesi, se non si conosce tale stato che attraverso ciò che lo segue?» (I 327). Ebbene la sua risposta passa attraverso l'iperbole dello scenario creazionista e la posizione del problema etico della teodicea, per giungere ad affermare che l'ipotesi del preindividuale, al contrario di tutte le spiegazioni che si reclamano a un principio, è l'unica a riuscire davvero ad *evitare* l'assunto implicitamente creazionista di ogni filosofia che «concentri tutto il divenire nelle sue origini» (I 327). La forza dell'ipotesi del preindividuale è insomma nella *Conclusione* dell'*Individuation* interamente funzionale a sostenere una concezione del divenire come non derivato rispetto ad un essere comunque inteso:

> una tale teoria non ha soltanto lo scopo di spiegare la genesi degli esseri individuati e di proporre una visione dell'individuazione; essa tende a fare dell'individuazione il fondamento di un divenire amplificante, e pone così l'individuazione *tra* uno stato primitivo dell'essere non risolto e l'entrata nella via risolutrice del divenire; l'individuazione non è il risultato del divenire, né qualcosa che si produce nel divenire, ma il divenire stesso in quanto è divenire dell'essere (I 325).

Comprendiamo forse allora in che senso Simondon possa affermare, quando tratta dell'individuazione biologica, che proprio l'esistenza di due modalità dell'indeterminato preindividuale («l'indeterminato nativo è poco a poco rimpiazzato con dell'indeterminato passato») permette di cogliere il divenire proprio dell'individuo vivente in corso di individuazione: «le strutture e le funzioni individuate fanno comunicare i due indeterminati tra i quali la vita si inserisce» (I 216). In quanto l'individuazione (in questo caso la vita) si colloca "tra due indeterminati", può essere colta nella sua massima purezza come struttura che opera con funzione trasduttiva *nell'individuo*: «l'individuo non è un essere ma un atto [...] è relazione trasduttiva di un'attività» (I 191), o come spesso afferma Simondon, l'individuo è "amplificatore". Grazie a tale ipotesi infatti «l'individualità diviene in qualche misura funzionale; essa non è l'unico aspetto della realtà, ma una certa funzione di essa». È in questo senso che «l'ontogenesi si inscrive nel divenire dei sistemi»: poiché «l'apparire di un individuo corrisponde ad un certo stato di sistema», l'individuo ha uno statuto di realtà relativo alla scala del sistema in cui appare, e può essere descritto in termini di informazione solo se questa è trattata non «come una grandezza assoluta, calcolabile e quantificabile in un numero limitato di circostanze tecniche», ma come «legata all'individuazione» (cfr. I 328). Una tale ottica di "relatività di scala" permette finalmente di risolvere il problema della doppia operazione di costituzione di un sistema metastabile e della sua sfasatura (in *Théorie de l'acte analogique* presentate rispettivamente come modulazione e cristallizzazione) in cui consisterebbe in senso ampio l'individuazione. Questa è caratterizzata infatti da entrambe le modalità operative considerate su diverse scale: dato un sistema si possono osservare contemporaneamente sia i processi di differenziazione ad esso interni, sia, sulla scala di un secondo sistema rispetto al quale il primo è componente parzialmente individuata, si possono osservare i processi che continuano a operarne l'individuazione. Tutto ciò è possibile grazie al fatto che l'individuazione è sempre in corso e la relazione e interazione tra scale diverse è sempre in atto, pur sottoposta, come visto, a condizioni di soglia di tipo quantico. Per questo Simondon può arrivare a considerare «la nozione di comunicazione come identica alla risonanza interna di un sistema in corso di individuazione» (I 330), e di conseguenza affermare che in un certo senso «l'informazione è sempre interna» in quanto «informazione scambiata tra esseri già individuati all'interno di una sistematica dell'essere che è una nuova individuazione» (I 328, *passim*).

È davvero incredibile come in dodici delle tredici note presenti nell'*Introduzione* all'*Individuation* appaiano problemi di relazione tra "ordini di grandezza", "scale di realtà" e "strati"[20], come se Simondon avesse ritenuto di inserire tali note in un secondo momento, o come se soltanto alla conclusione del suo lavoro i problemi così presentati gli fossero apparsi davvero centrali. In effetti nelle note dell'introduzione si concentra la maggior parte della trattazione teorica dei problemi di scala all'interno dell'*Individuation*, così come nelle note della conclusione si concentrano i riferimenti ai concetti di "preindividuale" e di "amplificazione". All'interno del testo il luogo nel quale i concetti di soglia, scala e ordine di grandezza divengono paradigmatici per concepire l'individuazione è invece senz'altro il capitolo *Topologia, cronologia e ordine di grandezza*, conclusivo della sezione dedicata all'individuazione psichica e unico sopravvissuto all'epurazione della terza parte nell'edizione de *L'individuation et sa genèse physico-biologique* (1964)[21]. Infine, "tradendo" la distinzione da lui stesso esplicitamente formulata di insieme e «sistema non totalizzato» (I 234, n. 1)[22], Simondon nella *Conclusione* pone la questione in questi termini:

si potrebbe affermare che l'informazione è contemporaneamente interna ed esterna; esprime i limiti di un sottoinsieme; è mediazione tra ogni sottoinsieme e l'insieme. L'informazione è *risonanza interna dell'insieme in quanto esso comporta dei sottoinsiemi*: essa realizza l'individuazione dell'insieme come percorso di soluzioni tra i sottoinsiemi che lo costituiscono; essa è risonanza interna delle strutture dei sottoinsiemi all'interno dell'insieme: questo scambio è interno in rapporto all'insieme ed esterno in rapporto a ciascuno dei sottoinsiemi. L'informazione esprime l'immanenza dell'insieme in ciascuno dei sottoinsiemi e l'esistenza dell'insieme come gruppo di sottoinsiemi, che incorpora realmente la *quidditas* di ciascuno, ciò che è il reciproco dell'immanenza dell'insieme a ciascuno dei sottoinsiemi. Se c'è in effetti una dipendenza di ogni sottoinsieme in rapporto all'insieme, c'è anche una dipendenza dell'insieme in rapporto ai sottoinsiemi. Questa reciprocità tra due livelli designa ciò che si può chiamare risonanza interna dell'insieme, e definisce l'insieme come realtà in corso di individuazione (I 329-30).

Lo stato attuale delle scienze ci consente di ritenere senz'altro più felice questo approccio rispetto a quello che passa attraverso la nozione di "preindividuale". Inoltre il modello tiene bene rispetto al testo dell'*Individuation*, dove è utile anche alla riformulazione di problemi metafisici "classici"[23], e sembra esportabile in alcuni ambiti della ricerca scientifica contemporanea[24].

Non riteniamo tuttavia di poter disgiungere i problemi sollevati da Simondon nelle note dell'*Introduzione* da quanto sopra esposto in relazione all'ipotesi della matrice fenomenologica del concetto di preindividuale: nell'*Individuation* l'individuo può essere concepito come mediatore tra diversi ordini di grandezza, come amplificatore, proprio *perché* l'ipotesi del preindividuale permette di pensare l'individuo come l'operare di un sistema *tra* fasi separate da soglie, cioè come processo di individuazione, ovvero come sistema che *è* processo *tra* sistemi. La confusione terminologica che spinge a sovrapporre un sistema alla processualità di esso costitutiva attraversa e struttura l'intera *Individuation*, e deriva dal medesimo tentativo - metonimico - di definire la relazione paradossale tra individuo e processo di individuazione, cioè tra struttura e operazione, che ritroveremo nell'analisi del sistema-società rispetto al concetto di "transindividuale". Ciò non toglie che la prospettiva dei rapporti di scala permetta di risolvere molti problemi interni al testo, traducendoli in un linguaggio oggi apprezzabile, e in questo senso intendiamo accoglierla, ma senza ritenere che si tratti per Simondon de*lla* sua soluzione. Si tratta di un'ipotesi di lavoro. Tale prospettiva permette innanzitutto di concepire la "risonanza interna" come operazione che caratterizza "l'identità" di un sistema[25]; rende comprensibile in che senso «la relazione esiste fisicamente, biologicamente, psicologicamente, collettivamente come risonanza interna dell'essere individuato» (I 313); giustifica la conoscenza analogica come istituzione di un sistema costituito da soggetto e oggetto (di una relazione di risonanza interna tra soggetto e oggetto); ma soprattutto rende conto di come «il pensiero *non sia necessariamente capace di pensare l'essere nella sua totalità*» (I 321), perché la "totalità" è sempre totalità di un operare interno al sistema, dunque relativa alla scala di una relazione entro la quale il pensiero stesso si costituisce come processo di individuazione, come modalità specifica di "risonanza interna".

Di che cosa è capace allora il pensiero? Il pensiero partecipa a processi nei quali si costituiscono sistemi di relazioni, ma che può cogliere nella loro realtà solo a condizione di ritornare sempre e criticamente sulla propria tendenza a concepire tali relazioni come legami tra termini già costituiti[26]. Perciò una filosofia dell'individuazione deve assumere una fisionomia pre-critica e ritornare sempre al problema della relazione: «anteriormente ad ogni esercizio del pensiero critico portante sulle condizioni del giudizio e sulle condizioni della conoscenza, bisognerebbe poter rispondere a questa domanda: che cos'è la relazione?» (I 320). Ovviamente in questo senso lo studio dell'individuazione, ovvero dell'ontogenesi dell'individuo a partire dal preindividuale, non può essere assiomatizzabile secondo le modalità tipiche del procedimento scientifico: «quanto all'assiomatizzazione della conoscenza dell'essere preindividuale, essa non può essere contenuta in una logica preliminare, perché non si può definire nessuna norma, nessun sistema staccato dal suo contenuto» (I 36). Rimane però da chiarire se e come sia possibile per Simondon un'altra modalità di assiomatizzazione dell'ontogenesi. I brevi scritti programmatici e la relazione alla *Société française de philosophie* sembrano testimoniare la persistenza in Simondon del progetto di fondazione di "un'assiomatica delle scienze umane", e questa è senz'altro una delle più plausibili linee di lettura del suo lavoro, almeno fintantoché persegue l'assiomatizzazione di quella "teoria delle operazioni" che egli chiama "allagmatica". La stessa *Individuation*, nella sua estensione enciclopedica, sembra in quest'ottica l'abbozzo dello svolgimento concreto di una teoria unificata delle scienze. Attraverso il suo attacco al "sostanzialismo" Simondon ricostruisce l'intero campo delle scienze umane, sulla base di una concezione non-deterministica di *tutte* le scienze, a partire dall'analisi e ricollocazione dei dualismi classici (corpo/mente, immanenza/trascendenza, necessità/libertà) nell'ottica della costruzione di una loro compatibilità, operazione che Simondon generalmente chiama appunto di "assiomatizzazione". Se il paradigma fisico quantistico gli consente infatti di fondare una teoria "non deterministica" dell'informazione, l'ampio respiro della sua opera sembra tendere alla produzione di una teoria unificata delle scienze che è una vera e propria "assiomatica delle scienze umane"[27]. Ecco che allora l'*Individuation* appare soprattutto una gigantesca operazione enciclopedica che partendo dal *fatto* delle scienze empiriche sperimenta l'ipotesi dell'*atto* di una possibile operazione filosofica, di cui l'ontogenesi o "teoria dell'individuazione" è la ripetizione costitutiva all'interno del testo. Per questo il problema dell'ontogenesi nell'*Individuation* ritorna continuamente sia sotto forma di ripetizione della teorizzazione del "metodo analogico" che nell'operazione propriamente filosofica di strutturazione singolare della relazione soggetto-oggetto rispetto al sistema di volta in volta considerato:

> può darsi che l'ontogenesi non sia assiomatizzabile, ciò che spiegherebbe l'esistenza del pensiero filosofico come perpetuamente marginale rispetto a

tutti gli altri saperi, in quanto sempre mosso dalla ricerca implicita o esplicita dell'ontogenesi in ogni ordine di realtà (I 229).

L'ontogenesi sarebbe in questo senso la modalità con la quale il pensiero coglie la genesi di quel divenire reale che, strutturando l'essere, lo costituisce a sua volta come pensiero. L'operazione propriamente filosofica in cui consiste "l'individuazione della conoscenza" deve insomma necessariamente far leva sul regime di individuazione che prosegue e sul quale innesta il proprio operare - ossia sull'individuazione biologica e transindividuale - a partire da quei sistemi metastabili che sono i saperi i quali, in quanto differenti modalità di individuazione collettiva delle conoscenze, superano la scala «dell'individuo contenuto nel soggetto»[28]. Se l'essere è dunque fenomenologicamente primo ed è oggetto di conoscenza scientifica, la filosofia lo dimostra però sempre ontogeneticamente derivato (l'essere è sempre *il risultato* di un'ontogenesi), in modo tale che non è pensabile una "filosofia prima" come "ontologia": «per quanto riguarda il rimprovero secondo cui io non comincio da uno studio dell'essere, credo appunto che ciò sia impossibile» (DFIP 177). Ma non solo. Grazie all'ipotesi del preindividuale secondo Simondon è possibile concepire *l'individuazione stessa come non originaria*, con la conseguenza che, a rigore, nemmeno quando si tratta dell'ontogenesi si è in una "filosofia prima": «l'individuazione è *l'accadere di un momento dell'essere* che non è primo» (I 320). Dunque il pensiero filosofico è sempre "secondo", sia fenomenologicamente rispetto al senso comune e alle scienze delle strutture, sia "ontogeneticamente" rispetto a quel "preindividuale monofase" che precede il divenire in cui esso è preso in quanto pensiero. Del preindividuale la filosofia può cogliere soltanto - ma è già tutto - il resto di ciò a partire da cui l'individuazione è scaturita: «l'individuazione è *l'accadere di un momento dell'essere* che non è primo. Non soltanto non è primo, ma porta con sé un certo *resto della fase preindividuale*» (I 320).

Se la scienza offre una conoscenza certa di strutture e del loro operare, la filosofia ha allora sempre a che fare con il rischio di un'operazione che deve essere fondata sugli assunti della scienza senza però ridursi ad essi: dunque a rigore dell'individuazione non si dà "scienza" ma soltanto "filosofia". Nei termini degli scritti programmatici sopra analizzati si può dunque affermare che sebbene non si dia scienza dell'individuazione, una filosofia dell'individuazione è possibile solamente *a partire da* scienze di strutture operanti. Tale ipotesi risulta perfettamente congruente da un lato con l'assenza dell'espressione "scienza dell'individuazione" in tutta l'*Individuation* e dall'altro con l'imperativo etico che costituisce il cuore della *Conclusione* e con tutte le conseguenze che esso comporta per il pensiero filosofico: «proporre una concezione dell'individuazione come genesi di un essere individuato che *non è l'elemento primo dell'essere*, significa obbligare a indicare il senso delle conseguenze che una tale concezione deve avere per l'insieme della filosofia» (I 321). Proprio a quest'altezza è possibile infatti per Simondon un'etica in grado di "cogliere e accompagnare l'essere nella sua individuazione"[29] grazie all'invenzione di *couplage* incalcolabili: un'etica capace di mantenere, nella sua doppia funzione di stabilizzazione strutturale e innesco, una tensione metastabile che impedisca il compimento, dunque la fine, dell'individuazione. Così la filosofia come "individuazione della conoscenza" è colta nel suo operare contro l'esito "più probabile"[30], contro - potremmo dire - la morte per eccesso di perfezione:

> solo la morte sarebbe la risoluzione di tutte le tensioni, e la morte non è la soluzione di alcun problema. L'individuazione risolutrice è quella che conserva le tensioni in equilibrio metastabile anziché annientarle in un equilibrio stabile (I 206).

Il passaggio dall'informazione alla significazione non può dunque essere colto che nella prospettiva della significazione già istituita, cioè del collettivo che è l'esito di un'individuazione transindividuale: «si può dire che cos'è l'informazione a partire dalla significazione, ma non la significazione a partire dall'informazione» (I 307). E questo dovrebbe bastare a sollevare Simondon dall'accusa di pre-kantismo[31]: soltanto oltre le soglie del transindividuale, cioè a livello delle significazioni istituite, si dà infatti la possibilità di elaborare la nozione di informazione e, con essa, tutta la costellazione concettuale gravitante attorno al progetto di una filosofia dell'individuazione.

1. Elementi di una filosofia dell'individuazione

[1] Si tratta dei seguenti lavori: *L'individuation à la lumière des notions de forme et information* [I o *Individuation*] (1958); tre brevissimi scritti, *Analyse des critères de l'individualité* [AI], *Allagmatique* [A] e *Théorie de l'acte analogique* [TA] (pubblicati postumi nel 1989 in *L'individuation psychique et collective* [IPC], edizione curata dallo stesso Simondon negli ultimi giorni di vita, e che riteniamo sostanzialmente contemporanei alla stesura dell'*Individuation* per ragioni che esporremo più avanti, cfr. note 18 e 35); la conferenza *Forme, information et potentiels* [FIP] tenuta il 27/02/1960 alla *Société française de philosophie* e la successiva discussione [DFIP]; il breve *résumé* dell'intervento di Simondon al convegno di Royaumont sulla cibernetica nel 1962, da lui stesso redatto con il titolo *L'amplification dans le processus d'information* [RO]. In questa prima parte prenderemo in considerazione la tesi complementare, *Du mode d'existence des objets techniques* (1958) [MEOT o *Du mode*], solo dove necessario. Tutti i testi di Simondon saranno d'ora in poi citati secondo le sigle indicate nella tabella stabilita in apertura.

[2] Se dovessimo tenere conto della fortuna del termine "individuazione" nel pensiero filosofico successivo, ma anche soltanto nella produzione dello stesso Simondon posteriore alla tesi di dottorato, dovremmo ritenere l'operazione fallimentare. Ma si tratta di un concetto, appunto, di cui andranno giudicate la fecondità e le implicazioni, e non di un termine del quale vada valutata la ricorrenza in testi canonizzati in un qualche stabilito pantheon della storia della filosofia francese al fine di perorare l'ingresso dell'ennesimo illustre sconosciuto.

[3] Simondon fa riferimento alla «nozione fisica di rapporto di fase; non si coglie una fase che in rapporto a un'altra o più fasi; c'è dunque in un sistema di fasi un rapporto di equilibrio e di tensioni reciproche; è il sistema attuale di tutte le fasi prese insieme a costituire la realtà completa» (MEOT 159).

[4] Se queste scelte lessicali presentano lo svantaggio di non essere immediatamente comprensibili, offrono forse però il vantaggio di impedire una comprensione approssimativa del suo discorso (*excusatio* di ascendenza kantiana).

[5] «Individuarsi e divenire sono un unico modo d'esistere» (I 323). Come notano Carrozzini (2006) e Barthélémy (2008) sembra qui evidente il debito con Bachelard, perlomeno con il suo progetto di una "metafisica non cartesiana" all'altezza della fisica contemporanea: «tenteremo, nella conclusione filosofica del nostro lavoro, di presentare i caratteri di un'epistemologia non-cartesiana che ci è sembrata consacrare la vera novità dello spirito scientifico contemporaneo» (Bachelard 1934, p. 11). Va comunque notato come nell'*Individuation* "individuo" ed "essere" siano spesso utilizzati come sinonimi, con la conseguenza che il termine "essere" eredita tutta l'ambiguità del termine individuo: si può infatti parlare di essere come struttura e di essere come operazione, ma è chiaro che si tratta piuttosto, come vedremo, di mettere in relazione essere e divenire senza contrapporli.

[6] Mentre tutti i commentatori di Simondon danno per scontato che a partire dal cristallo fino a superiori livelli di complessità si debba parlare di "individui", la cosa diviene più problematica in relazione al mondo subatomico. Ad esempio, nella discussione con Stengers (2002), Aspe e Bontems sembrano concordare sul fatto che solo a livello molecolare si possa parlare di individuazione, mentre Stengers, citando Simondon, difende l'ipotesi opposta: «non è certo che ciò che si dice massa fissile non sia in quanto tale un individuo» (*Ivi*, pp. 318-19). Simondon è decisamente ambiguo al riguardo, ma ci sembra coerente con il suo discorso ritenere che non vi siano limiti di scala al costituirsi di individui e, come vedremo, questo è possibile ogniqualvolta si istituisce una relazione soggetto-oggetto, così come nel caso della sperimentazione relativa al "mondo" subatomico; il fotone costituisce un "caso" paradigmatico in cui si possono avere «sintetizzate nello stesso essere, costituite

nello stesso supporto, una grandezza strutturata e una grandezza amorfa, un puro potenziale» (I 102).

[7] Nel suo rapido accenno a *La cybernétique et l'origine de l'information* (1954) e a *L'individuation et sa genèse physico-biologique* (1964), in particolare a quella parte che nell'*Individuation* corrisponde alle pp. 35-36, Canguilhem associa le posizioni di Simondon e Ruyer, in quanto entrambi impegnati in un progetto di elaborazione ed estensione del concetto cibernetico di informazione che egli sembra ritenere parzialmente in consonanza con il proprio pensiero.

[8] «Non sarà possibile compiere la stessa opera nelle scienze umane? Non si potrà fondare la Scienza umana, rispettando, ben inteso, possibili applicazioni multiple, ma sulla base di un'assiomatica comune ai differenti domini?» (FIP 533).

[9] Questo vale almeno per il senso che dà Simondon al termine "topologia" riferendosi a K. Lewin quando sostiene che questi, in *Principles of topological psychology* (1936), «propone una teoria del campo psicologico fondata sulla nozione di spazio non quantitativo della geometria topologica» (ENC 1676).

[10] Sono possibili altre soluzioni, naturalmente, rispetto al modo di problematizzare una scienza delle processualità costitutive e dissolutive delle strutture. Ad esempio dichiararne l'impossibilità in quanto scienza del puramente aleatorio, e rinunciarvi, come accade per alcuni approcci strutturalisti; oppure tentare di integrare la diacronia nella stessa scienza delle strutture riducendone l'aspetto aleatorio, come sembra voler fare l'approccio topologico; oppure ancora tentare di riassorbire l'aleatorietà nella previsione statistica come accade nei paradigmi dominanti nella fisica subatomica o in economia.

[11] «Con l'industria del xx secolo la nostra società entra in una nuova fase *evolutiva* o, secondo l'espressione di Norbert Wiener, "metastabile"» (RPE). N. Wiener, padre della cibernetica, costituisce uno dei costanti riferimenti, anche polemici, di Simondon, in particolare per quanto riguarda la critica del concetto di informazione. Affermatasi negli Stati Uniti durante gli anni '40, negli anni '50 la cibernetica inizia la sua parziale diffusione anche in Francia. L'incontro *Le macchine calcolatrici e il pensiero umano* dell'8 gennaio 1951 segna il tentativo di iniziazione del pubblico europeo ai lavori della cibernetica (cfr. Guchet 2001a, p. 231, n. 3). Va notato però che inizia già nel 1950 il ciclo di conferenze diretto da L. De Broglie, e pubblicato con il titolo *La cybernétique. Théorie du signal et de l'information* (1951), che tra l'altro compare nella scarna bibliografia dell'*Individuation* (solamente 20 titoli in tutto). Ma i testi a cui Simondon fa più spesso direttamente e indirettamente riferimento sono senz'altro Wiener, *La cibernetica: controllo e comunicazione nell'uomo e nella macchina* (1948) e Id., *Introduzione alla cibernetica. L'uso umano degli esseri umani* (1950) che, assieme alle famose "conferenze Macy" tenutesi a New York dal '49 al '52, compaiono sia nella bibliografia dell'*Individuation* che in quella di *Du mode*. Infine Simondon discute, come vedremo, i problemi presentati da R. Ruyer in *La cybernétique et l'origine de l'information* (1954).

[12] Simondon afferma esplicitamente ad esempio che la sensazione (I 258 e 313) e il concetto (I 245) hanno statuto differenziale. Più in generale va forse richiamata la proposta di traduzione francese del termine stesso "cibernetica" in «scienza delle relazioni»: traduzione «che si avvicina di più alla realtà», secondo quanto affermato nella prefazione di J. Loeb a De Broglie (1951) p. 1.

[13] Sulla funzione dell'immagine nel "ciclo dell'invenzione" di cui Simondon tratta nel corso *Imagination et invention*, in particolare cfr. *infra*, cap. 9.

[14] Coerentemente con il modello quantistico insomma l'operazione conoscitiva produce il suo oggetto così come produce anche il suo soggetto, poiché su quella scala l'intervento di osservazione sperimentale produce una perturbazione e una riconfigurazione del sistema ovvero un nuovo sistema complesso del quale fanno parte lo strumento di indagine quanto l'oggetto. A questo proposito vale per Si-

mondon l'insegnamento di Bachelard, come messo chiaramente in luce nel lavoro di Barthélémy (cfr. ad es.. Id. 2009, pp. 230-33).

[15] Nell'*Individuation* Simondon critica a più riprese quella che definisce l' "ontologia parmenidea" di Goldstein (I 229). Fin dalla sua pubblicazione in lingua tedesca il testo di Goldstein *La struttura dell'organismo* (1934), approccio gestaltico allo studio dell'organismo che integra biologia, psichiatria e medicina, è un riferimento essenziale non solo per Canguilhem, ma per tutta una generazione di filosofi francesi.

[16] Cfr. anche MEOT 61-65, dove al rapporto di causalità sistemica ricorrente tra sottoinsiemi che costituisce un individuo tecnico e il *milieu* ad esso associato Simondon oppone "l'insieme" come ciò che «comporta un certo numero di dispositivi per lottare contro la possibile creazione» di un *milieu* associato.

[17] Purtroppo non è possibile datare esattamente gli scritti programmatici, ma ci sembra ragionevole farli risalire all'epoca della stesura della tesi principale (1957-58). La nostra ipotesi è che esprimano l'esigenza di uno sguardo d'insieme sistematico sul progetto dell'*Individuation*, ma può darsi che siano anche un tentativo di rivederne gli esiti e preparare il progetto di una "teoria generale delle scienze umane" che verrà esposto nella conferenza FIP del '60, due anni dopo la tesi: stupirebbe però in questo caso l'assenza del concetto di "operazione trasduttiva" ancora centrale nell'intervento di Simondon (cfr. FIP 531).

[18] La cosa risulta tanto più evidente se si considera che tra i soli 20 riferimenti bibliografici che accompagnano l'*Individuation* compaiono ben 3 testi di De Broglie.

[19] Il discorso di De Broglie implica la prospettiva di una possibile estensione delle acquisizioni della microfisica innanzitutto alle scienze biologiche, attraverso la genetica: «un mammifero, per esempio, appartiene in un certo senso al mondo microscopico. Gli elementi direttivi del suo dinamismo vitale sono, in effetti, dell'ordine di grandezza dei sistemi atomici ed è dunque con l'aiuto delle concezioni della microfisica che il loro funzionamento dovrà senza dubbio un giorno essere studiato»; e in seguito alle stesse scienze sociali (ciò che, come vedremo, rientra proprio nel progetto di Simondon): «il suo [della fisica atomica] interesse non si limita d'altra parte al dominio delle scienze fisiche, si estende alle scienze il cui oggetto è lo studio della vita, dell'uomo e delle società umane, scienze dove, essendo i fenomeni studiati sempre molto complessi, le leggi hanno inevitabilmente un carattere statistico» (De Broglie 1947, p. 162 e p. 225). Sulla spiegazione delle ripercussioni filosofiche sulla fisica classica delle scoperte in ambito "microfisico", cfr. in particolare il cap. VII su *Les révélations de la microphysique* e il cap. XI su *Hasard et contingence en physique quantique*.

[20] In fisica si dice "risonanza interna" di un sistema il progressivo aumento della sua ampiezza di oscillazione, dovuto all'applicazione di una forza esterna di tipo periodico con frequenza molto vicina a quella del sistema. Tale nozione permette a Simondon di concepire la metastabilità di un individuo-sistema in stretta correlazione con quella di altri sistemi, con i quali lo scambio energetico (l'operazione trasduttiva) avviene semplicemente attraverso la mediazione delle rispettive oscillazioni (cfr. FIP 532). Ciò sarà chiarito nell'analisi del concetto di informazione.

[21] Nell'*Individuation* il termine "singolarità" si riferisce prevalentemente a individui strutturati. In un senso ampio si potrebbe forse affermare che gli individui sono sempre "singolarità", rese metastabili dal preindividuale ad esse "associato", ma l'uso effettivo del termine da parte di Simondon è in genere più ristretto: l'individuo viene considerato una "singolarità" *solo* in quanto innesco (*amorce*) o esito di un processo risultante da un incontro casuale. Per questo ci è sembrato di procedere in modo coerente col testo nel definire "singolare" ogni processo trasduttivo perché unico *proprio in quanto* risultante da un incontro casuale. Per una chiara differenziazione dal concetto deleuziano di "singolarità", cfr. *infra*, pp. 365-66.

[22] «Ecco la concezione dell'essere su cui poggia questo studio: l'essere non ha un'unità di identità, quella dello stato stabile nel quale nessuna trasformazione è

possibile; l'essere possiede una *unità trasduttiva*, ossia può sfasarsi rispetto a sé medesimo, oltrepassarsi da una parte e dall'altra del *suo centro*» (I 31). Si noti questa formulazione tutta "spinoziana" dell'essere della relazione: «nell'individuo fisico, sostanza e modi sono allo stesso livello d'essere. La sostanza consiste nella stabilità dei modi, e i modi nei cambiamenti di livello di energia della sostanza» (I 101).

[23] La sottolineatura dell'importanza del "regalo" deriva a Simondon da K. Lewin che, in uno dei pochi testi presenti nella bibliografia dell'*Individuation*, formula la propria "teoria del campo psicologico" in modo esplicitamente ispirato alla nozione fisica di *campo*: «una totalità di fatti coesistenti concepiti come reciprocamente interdipendenti è chiamata *campo* (Einstein). La psicologia deve vedere lo spazio vitale, inclusa la persona e il suo ambiente, come un campo» (Lewin 1946, p. 792. Qui Lewin si riferisce ad Einstein 1933).

[24] Nel corso *Initiation à la psychologie moderne* (1966-67), Simondon caratterizza "l'epoca determinista" come postulante un ordine della Natura «costante, necessario, universale e analitico», cioè eterno, deterministico, uniforme e riducibile a componenti ultime. All'epoca determinista porrebbe fine, nel XIX secolo, la biologia evoluzionista ripresa poi dalla *Gestalt*, da Goldstein e da Merleau-Ponty, che permette una concezione olistica basata sul modello della teoria dei campi di Maxwell (cfr. IPM 288-90). Tuttavia un olismo della forma non basta, come vedremo, ad uscire completamente dal determinismo, perciò Simondon intende ritrovare la validità del «postulato di isomorfismo» ad un altro livello: quello dei processi di morfogenesi (cfr. IPM 298).

[25] Nel finale di FIP Simondon tenta di riformulare il concetto di campo in modo da togliere anche ad esso "sostanzialità": lo fa mettendolo in relazione con il concetto di "dominio", intendendo quest'ultimo come sistema metastabile rispetto al quale il "campo" funge da singolarità relazionale che innesca un processo di tipo trasduttivo. Nel finale di FIP Simondon riconosce l'operazione trasduttiva come non unica, ma solamente in quanto vi può essere al contrario "degradazione": dunque implicitamente identifica trasduzione e individuazione. Cfr. FIP 550.

[26] Il termine ricorre in I 48-50; 61-62; 82; 111; 127; 228; 238; 328; NC 506; 523-24; A 558-59.

[27] Come fa peraltro Garelli (2004), e come auspica Barthélémy (2009).

[28] Su Lewin cfr. *infra*, in particolare cap. 6. René Thom, la cui "teoria della catastrofi" e i cui studi su morfologia e morfogenesi risalgono agli anni a cavallo tra '60 e '70, riceve la medaglia *Fields* nel 1958 per dei lavori sulla "topologia differenziale" e sul cobordismo. Se è solo possibile ipotizzare un qualche debito di Thom nei confronti di Simondon, è invece probabile che Simondon possa vedere, almeno a partire dagli anni '70, nella topologia dei sistemi linguistici e biologici di Thom il potere di universalizzazione che attribuiva tra gli anni '50 e '60 alla cibernetica, grazie alla medesima ricerca di una "analogia delle situazioni dinamiche". Simondon frequenterà il seminario di Thom negli anni '80 e Thom scriverà nel 1994 un saggio piuttosto critico su Simondon, intitolato *Morphologie et individuation*.

[29] Lo stesso Petitot elenca, tra le «anticipazioni scientifiche di Gilbert Simondon», oltre alla termodinamica del non equilibrio di I. Prigogine e la teoria dei sistemi informatici, la morfodinamica e la semio-fisica di Thom (cfr. Petitot 2004, pp. 104-6). Nel suo breve saggio dedicato a Simondon, Thom (1994) sostiene che, a causa di una inadeguata conoscenza della topologia, manca del tutto in Simondon una critica del «soggetto della conoscenza trasduttiva» (*Ivi*, p. 105), ciò che gli impedirebbe di elaborare un'adeguata teoria della significazione. Purtroppo Thom - che dichiara di avere a suo tempo letto (ma "non compreso") soltanto IPB - non accenna alla terza sezione dell'*Individuation*, dove invece Simondon, come vedremo, elabora un'ampia teoria della significazione che forse non è del tutto incongruente con la sua "morfologia del semiotico" (cfr. ad es. Thom 1968). Secondo Montebello, che qui sembra piuttosto pensare ad alcuni passaggi deleuziani, la topologia sarebbe

addirittura la vera dimensione dell'ontogenesi in quanto è ciò che costituisce la distinzione tra due regimi di individuazione (cfr. Montebello 1992, p. 74).

[30] É da notare come per Simondon vi sia già una teoria delle strutture *de facto*, costituita dall'insieme delle scienze esistenti, mentre sembra problematico che si possa costituire una meta-teoria del*la* struttura. Come vedremo ciò dipende dal fatto che anche le teorie delle strutture sono teorie di strutturazioni la cui ontogenesi è comunque sempre singolare.

[31] Sul valore paradigmatico della fisica quantistica nell'*Individuation*, cfr. Barthélémy (2008a) p. 66. Ma per una critica al "determinismo" quantistico da una prospettiva termodinamica si veda Prigogine - Stengers (1981): la fisica quantistica, conservando il postulato della reversibilità del tempo e risolvendo l'aleatorietà in probabilità, rischia di muoversi ancora interamente all'interno della prospettiva meccanicistica moderna, mentre nei suoi sviluppi recenti la termodinamica lavora in termini di processi irreversibili e di sistemi lontani dall'equilibrio; prospettiva compatibile, secondo gli autori, con l'esigenza espressa dallo stesso Bergson in questi termini: «il tempo è invenzione o non è nulla» (cfr. *Ivi*, p. 19).

[32] Ciò che, come vedremo, corrisponde alla domanda posta da Simondon in chiusura dell'*Individuation*: è possibile una scienza del preindividuale?

[33] Questo ci sembra possa essere determinante per stabilire il momento della di stesura di *Allagmatique*, che si colloca ad uno stadio di elaborazione teorica senz'altro precedente rispetto all'*Individuation*.

2. RIFORMA DEI CONCETTI DI FORMA E INFORMAZIONE

[1] Sebbene la scoperta del DNA da parte di Watson e Crick risalga al '53, affinché l'utilizzo del concetto divenga scontato passerà quasi un decennio (il Nobel sarà loro attribuito soltanto nel '63). Va sottolineato come fin dal principio l'informazione sia concepita dalla cibernetica come un paradigma potenzialmente estendibile a tutti gli ambiti della ricerca scientifica che direttamente o indirettamente coinvolgono l'uomo come oggetto di studio: biologia, psicologia, psicopatologia, sociologia ed economia politica. Anche in Francia i rapporti delle scienze umane con la cibernetica erano all'epoca della stesura dell'*Individuation* già molto avanzati, grazie all'importazione della linguistica strutturale in antropologia e in psicoanalisi. Cfr. in particolare Lévi-Strauss (1949) e Lacan (1954-55).

[2] In questa "evocazione" della dialettica "servo-padrone" non è il caso di vedere un debito marxiano di Simondon, quanto piuttosto un riferimento "hegeliano" all'astrattezza del sapere del signore rispetto alla conoscenza del servo, in grado di cogliere grazie all'operazione tecnica anche le "forme implicite" delle differenti materie concretamente lavorate.

[3] La sua critica si basa sul fatto che l'ipotesi della buona forma è troppo statica per rendere conto dell'aspetto dinamico dello sfondo e dello statuto differenziale della figura: solo la variazione dello stimolo produce informazione, non la sua "buona forma".

[4] Come vedremo in tutto questo discorso hanno un ruolo centrale i concetti di *entropia* e di *omeostasi*, centrali nella teoria cibernetica dell'informazione (naturalmente a partire dalla termodinamica). L'espressione inglese usata da Wiener è "negative entropy". In seguito il termine è stato abbreviato in "negentropy", che in italiano ha dato origine a negentropia (pronuncia: neghentropia).

[5] Si tratta anche del tema dominante di De Broglie (1951), il cui sottotitolo è appunto *Théorie du signal et de l'information*: testo a partire dal quale Simondon sembra costruire tutta la sua argomentazione.

[6] Tali esempi ricorrono in I 221-24 e MEOT 134-36. Si tratta di esempi "classici" della cibernetica, ma la cui formulazione secondo Ruyer (1954) nasconde il problema dell'origine dell'informazione. Cfr. *infra*, pp. 31 segg.

[7] L'esempio degli oscillatori ritorna due volte in Simondon, in MEOT 136-37 e I 222-23, ma viene spesso richiamato altrove.

[8] Così Simondon: «il contenuto diviene codice, nell'uomo e più in generale nel vivente» (MEOT 123); «il vivente trasforma l'informazione in forme, l'*a posteriori* in *a priori*; ma questo *a priori* è sempre orientato verso la ricezione dell'informazione da interpretare» (MEOT 137).

[9] Questi esempi sono piuttosto deleuziani che ricavati da Simondon. Tuttavia è probabile che abbia un comune riferimento sia la *Teoria della significazione* di matrice biologica di J. von Uexküll (1934), di cui riportiamo a titolo esemplificativo il seguente passo: «l'esistenza del soggetto animale in quanto recettore di significazioni consiste in un percepire e in un agire» (*Ivi*, p. 149). Dello zoologo tedesco di impostazione neokantiana dal quale, forse attraverso Canguilhem (1952, pp. 206 segg.), Deleuze ricava il noto esempio relativo al *milieu* della zecca, ci occuperemo in particolare nel cap. 9 per il suo concetto di *Umwelt*. Grazie al loro statuto strutturalmente instabile, su questa scala è comunque evidente che per Simondon sono i sistemi stessi a produrre continuamente segnali che possono convertirsi in informazione, ma solo se incontrano un altro sistema in stato metastabile il cui "codice", ovvero la cui risonanza, sia compatibile, ma la cui compatibilità *non dipende esclusivamente* dal codice di partenza.

[10] «Vi è informazione solo quando ciò che emette i segnali e ciò che li riceve costituisce sistema. L'informazione è *tra* le due metà di un sistema in relazione di disparazione» (I 223, n. 30). Per un approfondimento della nozione di risonanza interna in relazione a problemi di scala, cfr. *infra* cap. 4.

[11] Ruyer lo fa ponendo addirittura esplicitamente il problema in termini di funzione e struttura: «anche un organismo funziona parzialmente *secondo* la sua struttura. Ma la sua strutturazione non è evidentemente un funzionamento secondo un struttura [...] gli esseri fondamentali della microfisica assomigliano in questo senso agli organismi» (*Ivi*, p. 139). Sul progetto di Ruyer di estensione del concetto di forma-struttura in un meccanicismo universale al di là dell'opposizione determinismo-contingenza, cfr. Ruyer (1930). Su come anche Simondon faccia dell'eccedenza dell'operazione di strutturazione sulla struttura la propria chiave di lettura del funzionamento dei sistemi biologici e sociali, cfr. *infra* seconda parte.

[12] Pur essendo tale meccanismo tipico del funzionamento degli organismi, sarebbe limitante ritenere che la soluzione di Simondon sia un'estensione "vitalista" di quella di Ruyer. È proprio il livello di indeterminazione del funzionamento di un sistema che, secondo Simondon, può permettere di distinguere - a differenza di quanto accade nella cibernetica - uomo e macchina, ma il problema sotteso a una tale distinzione è in ultima analisi parziale o, per meglio dire, mal posto.

[13] Cfr. anche Ruyer (1954) pp. 25 segg.

[14] Come in fisica quantistica corpuscolo e onda secondo De Broglie. Cfr. F. Balibar (1995).

[15] Simondon - che fu, nelle parole di M. Guéroult, presidente del comitato per i colloqui filosofici internazionali di filosofia di Royaumont, «l'anima del congresso» (RO 157) - vi introduce tra l'altro l'intervento di N. Wiener su *L'homme et la machine*. Tra i partecipanti troviamo scienziati (N. Wiener, B. Mandelbrot, D. MacKay, A. Lwoff, L. Couffignal) e filosofi (J. Hyppolite, L. Goldmann, G. Granger, L. Sebag). Per Guéroult l'ipotesi che ispira il convegno è che la cibernetica permetta un rinnovamento della filosofia cartesiana. All'ipotesi di una prospettiva di unificazione delle scienze il matematico Mandelbrot, ricercatore dell'IBM, non esita a replicare con un intervento provocatorio intitolato *La teoria dell'informazione è ancora utile?*, nel quale denuncia l'eccesso di pubblicità per una teoria che, pur avendo giocato un'importante «funzione storica», ormai sarebbe solo una fra le tante (cfr. RO 98). Simondon non rinuncia a riportare all'attenzione di tutto il gruppo di lavoro problemi da lui stesso a lungo elaborati. Come non vedere una traccia della sua teoria

allagmatica, quando Wiener riferisce, durante la discussione che segue il proprio intervento, di aver discusso il giorno precedente «con un piccolo gruppo» su «come trasformare la funzione in struttura e viceversa», e prosegue: «avrei molte cose da dire a riguardo; come riprodurre il funzionamento arbitrario di una macchina con una struttura molto limitata, data? Mi sembra che si debba considerare la relazione tra struttura e funzione per mezzo di una teoria generale di sintesi e di analisi delle macchine» (RO 131).

[16] La legge secondo cui si svolge il processo dell'evoluzione tecnica e dell'invenzione. Cfr. *infra* cap. 12.

[17] Simondon parla di «un processo di comunicazione amplificante la cui modalità primitiva è la trasduzione, che esiste già nell'individuazione fisica» (I 33, n. 10).

[18] Sebbene la nozione di "amplificazione" ritorni spesso in Simondon, tuttavia non diviene mai epistemologicamente centrale quanto lo era stato il concetto di trasduzione nell'*Individuation*, e lo stesso vale per il concetto di "amplificazione organizzatrice", pur ancora presente in *Formes et niveaux de l'information* (corso inedito del 1970-71), dove Simondon tratta ancora delle tre tipologie di amplificazione: trasduttiva, modulatrice e organizzatrice (cfr. Bontems 2006, p. 323). Perciò la proposta di Bontems (2008) ci sembra del tutto estranea allo sviluppo del pensiero di Simondon, sebbene si tratti di un'ennesima dimostrazione della sua fecondità in diversi ambiti della ricerca scientifica contemporanea. Bontems propone spesso nei suoi saggi ampi estratti di inediti di Simondon dei quali dispone ma che non ha evidentemente la possibilità di pubblicare: alcuni estratti della versione completa dell'intervento di Simondon a Royaumont sono riportati in Bontems (2008) pp. 12-13.

[19] Merleau-Ponty muore pochi mesi prima del convegno (Maggio '61); due anni dopo Simondon gli dedicherà *L'individuation et sa genèse physico-biologique*. I riferimenti diretti alle sue opere sono in Simondon rarissimi (ad es. in CP) e mai particolarmente significativi. Qui non tenteremo di misurare l'ampiezza indiscutibile del debito di Simondon nei suoi confronti, ma soltanto di utilizzare alcune tesi di Merleau-Ponty per leggere una serie di problemi interni al pensiero di Simondon. Per sottolineare come lo stile argomentativo di Simondon appaia molto vicino a quello di Merleau-Ponty, vale forse la pena ricordare per un attimo i due punti in cui Descombes (1979) intende riassumere «tutta la filosofia di Merleau-Ponty»: 1. Il rifiuto delle alternative della filosofia classica, da cui «deriva questo tratto dello stile di Merleau-Ponty che spesso ricorda Bergson: qualunque sia l'argomento affrontato, si rileva un'antitesi che viene in seguito rigettata (Né... né...)», e 2. La convinzione che la soluzione dell'antitesi non si trovi né in una sintesi, né in un rifiuto del presupposto, ma debba sempre essere «ricercata "tra i due", in una sintesi "finita", ovvero incompiuta e precaria» (*Ivi*, p. 72). Per un primo tentativo di lettura delle problematiche comuni ai due autori cfr. *Merleau-Ponty. Vie et Individuation*, "Chiasmi International n°7" (2005).

3. OGGETTO DI UNA FILOSOFIA DELL'INDIVIDUAZIONE

[1] Duplicità che, abbiamo visto, attraversa tutto il testo dell'*Individuation*.

[2] Qui ritorna esattamente il problema dello statuto dell'operazione di costituzione di un sistema metastabile, ciò che in TA Simondon riteneva forse poter risolvere interamente nel paradigma della modulazione.

[3] «Questa teoria è possibile solo se si ammette la nozione di fasi dell'essere» (I 323). Cfr. soprattutto I 321-32.

[4] Cfr. I 148-53. Per una *Breve nota* sulle vicissitudini editoriali dell'*Individuation*, cfr. *infra* in bibliografia, p. 393.

[5] Il preindividuale "si manifesta" in un sistema individuato come «tensione preindividuale, comunicazione attiva [...] sotto forma di risonanza interna tra ordini di

grandezza estremi». Per la sua descrizione dunque la nozione più adeguata si conferma quella di informazione: «l'informazione, intesa come il giungere di una singolarità che *crea una comunicazione* tra ordini di realtà, è ciò che noi possiamo pensare nel modo più semplice» (I 151-52, sott. ns.).

[6] Cfr. anche I 319 n. 4. Per rappresentarsi un tale schema di sviluppo Simondon suggerisce di riferirsi all'idea di "neotenia" che però sembra per lui utile solo a livello metaforico (cfr. I 152 e I 324 per l'utilizzo del termine "neotenizzare"). In biologia dello sviluppo si dice "neotenia" il permanere, negli individui adulti, di caratteristiche morfologiche e fisiologiche tipiche di stadi di sviluppo precedenti. Virno (2003) ne ricava il fattore costitutivo di una interdisciplinare "tradizione della modestia" cui apparterrebbe forse anche Simondon (cfr. *Ivi*, pp. 25 segg.); riguardo al modo in cui nella sua lettura il concetto contribuisce a costituire un'antropologia, cfr. *infra*, pp. 100 segg.

[7] È chiaro che le altre fasi dell'individuo hanno un senso diverso da quella "fase" che è il preindividuale, con la quale l'individuo è in una relazione che gode, potremmo dire, di un maggior margine di indeterminazione.

[8] Il preindividuale, come vedremo, per Simondon può essere oggetto di una conoscenza denominata "intuitiva" ma in un senso in cui l'intuizione *non esclude* il concetto.

[9] Il testo raccoglie le note e i *résumé* di tre corsi tenuti al *Collège de France*: *Il concetto di natura* (1956-57); *Il concetto di natura. L'animalità, il corpo umano, passaggio alla cultura* (1957-58); *Il concetto di natura. Natura e logos: il corpo umano* (1959-60).

[10] Sottolineare il debito di Simondon nei confronti di Merleau-Ponty non ha la funzione di ridurre il primo ad epigono del secondo, quanto di cogliere i presupposti fenomenologici *assieme* all'originalità della sua filosofia dell'individuazione.

[11] Secondo Mancini il concetto di Natura appartiene ad una serie «di cui quello di *chair* costituisce l'ultima modulazione». Tale concetto, sviluppato da Merleau-Ponty nei corsi tenuti tra il 1956 e il 1961 al *Collège de France* come «principio di produttività, [...] invisibile pregnanza di possibili che è già operante nell'accezione greca di *physis*», pur avendo ascendenti filosofici quali Schelling, Bergson, Whitehead, Husserl e Heidegger, risulta costruito nel confronto diretto che «l'istanza antiantropocentrica» deve istituire con la biologia e in particolare l'etologia di J. von Uexküll (cfr. Mancini 1987, p. 299).

[12] Secondo Lefort i corsi del '57-'58 e del '59-'60 rappresenterebbero solo in parte il compimento del programma originario; ma che si tratti o meno di un momento di svolta nel percorso di Merleau-Ponty, non è nostro problema: a noi interessa qui rilevare come per Simondon l'uscita dalla fenomenologia non sia affatto semplice né scontata.

[13] Il passo prosegue in piena consonanza con la "non-antropologia" simondoniana: «da ciò risulta in particolare che non si debbano concepire gerarchicamente i rapporti tra specie o tra le diverse specie e l'uomo: vi sono delle differenze di qualità, ma precisamente per questa ragione gli esseri viventi non sono sovrapposti l'uno all'altro, il passaggio dall'uno all'altro è, per così dire, piuttosto laterale che frontale e si constatano ogni sorta di anticipazioni e di reminescenze» (*Ibidem*).

[14] Riportiamo il passo per intero: «se non vogliamo rassegnarci a dire che un mondo dal quale siano tagliate fuori le coscienze si riduce a nulla, che una Natura senza testimoni non sarebbe stata né sarà, è necessario riconoscere in qualche modo l'essere primordiale che non è ancora l'essere soggetto né l'essere oggetto, e sconcerta la riflessone ad ogni sguardo: da esso a noi non c'è derivazione né rottura; non c'è né la maglia serrata di un meccanismo, né la trasparenza di un tutto anteriore alle sue parti; non si può concepire né che esso si generi da sé, ciò che lo renderebbe infinito, né che sia generato da altro, ciò che lo riporterebbe alla condizione di prodotto e di risultato morto» (*Ivi*, p. 95).

[15] Affermazione nella quale è giocoforza leggere un riferimento diretto alla fenomenologia. Per l'utilizzo da parte di Simondon del concetto di *physis* in modo analogo a Merleau-Ponty, ma piegato sul concetto di preindividuale, cfr. MEOT 203.

[16] Al contrario di quanto sembra invece intendere Barbaras nella sua prefazione a CP quando afferma che al corso di Simondon è sottesa «la convinzione che bisogna cercare nella percezione stessa la fonte e la norma delle altre modalità della nostra relazione al mondo, per quanto complesse e lontane dalla percezione esse siano» (Barbaras 2006, p. XVI).

[17] Nel suo saggio Descombes (1979), pur riconoscendo la possibilità di un'altra lettura di Merleau-Ponty a partire da *Il visibile e l'invisibile* (cfr. Lefort 1979) rileva lo scacco del tentativo di uscire da una filosofia della coscienza attraverso una fenomenologia della percezione che intenda riportare la coscienza all'esistenza. Merleau-Ponty giungerebbe, attraverso uno spostamento dall'*ego cogito* all'*ego percipio*, ad un'improvvida assolutizzazione del «soggetto relativo della percezione» che, pur «non coincidendo con se stesso», non perde affatto la sua caratterizzazione originariamente idealistica (cfr. *Ivi.*, pp. 83-86 e n. 21).

[18] Per una lettura del percorso filosofico di Merleau-Ponty come progressivo sviluppo verso un'"ontologia fenomenologica" nella quale la prospettiva permane comunque sempre quella indicata dal problema dell'origine, cfr. Mancini (1987), parte prima. In queste righe, come già accennato, noi ci riferiamo solamente alla filosofia di Merleau-Ponty fino ai *Corsi della natura* del 1956-57 e 1957-58 (e non al Merleau-Ponty successivo, né ovviamente a quello "postumo" di *Il visibile e l'invisibile*), perché ci interessa rilevare il rapporto problematico di Simondon con essa al momento della stesura dell'*Individuation*, tesi di dottorato sostenuta, ricordiamo, nel 1958.

[19] Secondo Descombes (1997), dato che «il gusto francese avrebbe difficilmente accettato uno sviluppo troppo romantico dell'Odissea dello spirito attraverso le forme naturali», Merleau-Ponty avrebbe ripiegato nella *Struttura del comportamento* sulla «via più francese di una discussione del problema classico dell'unità dell'anima e del corpo» (*Ivi*, p. 73). Se va presa sul serio la sua ipotesi, secondo la quale «per gettare un ponte tra la cosa e la coscienza era necessario scrivere una filosofia della natura», l'*Individuation* sembra davvero l'assunzione di un compito la cui eredità appare difficilmente contestabile. Ecco come Merleau-Ponty intende sinteticamente gettare questo ponte: «ognuno di essi [il fisico, il vitale e lo psichico], non essendo una nuova sostanza, dovrà essere concepito come una ripresa e una 'nuova strutturazione' del precedente» (Merleau-Ponty 1942, p. 296-97).

[20] Pubblicato inizialmente nel *Bulletin* della *Société*, poi aggiunto come seconda parte dell'introduzione nell'edizione IPC dell'89 e di conseguenza nella sua traduzione italiana. Presente nell'*Individuation* nella sua "giusta" collocazione, ma ancora una volta privo del dibattito che qui analizzeremo. La versione del *Bulletin* è ora disponibile anche in formato *pdf* nel sito ufficiale della *Société française de philosophie*. Nel testo indicheremo con FIP la conferenza riferendoci ai numeri di pagina dell'*Individuation* e con DFIP la discussione con il numero di pagina riferito all'edizione cartacea del *Bulletin*.

[21] Sui rapporti di Merleau-Ponty con Lévi-Strauss e Lacan, cfr. Roudinesco (1993), in particolare pp. 227 segg.

[22] Tutto si svolge nello spazio di pochi minuti che corrispondono a poche pagine. Per la discussione tra Simondon - Ricœur cfr. DFIP 181-83; per Simondon - Hyppolite cfr. DFIP 183-86; per Simondon - Berger infine cfr. 187-88. Di seguito non riporteremo i numeri di pagina relativi alle citazioni per non appesantire la lettura.

[23] «Ciò che mi sembra precedere le scienze umane non è la natura, ma la totalità Uomo + Natura; è possibile, a partire da una struttura di pensiero presa a prestito dalla natura, assiomatizzare la totalità Uomo + Natura?» (DFIP 182).

[24] Il tema del linguaggio è sorprendentemente marginale nel suo pensiero (cfr. Van Caneghem 1989, p. 816). Le ragioni di tale atteggiamento emergeranno nel corso dell'esposizione.

[25] Nella trascrizione della discussione il termine "significazione" è riportato nel testo con iniziale maiuscola. La scelta editoriale ci sembra sbagliata perché suggerisce l'idea di un'istanza di totalità da cui invece riteniamo la concezione simondoniana della significazione intenda svincolarsi. D'altra parte poche righe prima lo stesso Simondon aveva affermato inequivocabilmente: «non c'è universo di discorso, e non c'è neppure una significazione di tutte le significazioni» (DFIP 182).

[26] Ricordiamo che l'*Individuation* ancora non era stata pubblicata, tuttavia Hyppolite deve averla almeno consultata se rivolge a Simondon il seguente appunto: «avete lasciato da parte la discussione della teoria dell'informazione che avevate tuttavia ben intrapreso nella vostra tesi» (DFIP 183).

[27] Come vedremo, la questione dei "germi strutturali" apre al problema del modo in cui Simondon concepisce l'archetipo e l'eredità culturale. Cfr. *infra*, cap. 12.

[28] Ricœur: «Da qui il carattere metaforico di tutte le vostre trasposizioni dal piano della natura al piano delle significazioni umane» (DFIP 181); Hyppolite: «Ma dunque, voi non andate più lontano di me, poiché non avete generato il senso. Voi l'avete *immaginato* con dei potenziali e delle tensioni» (DFIP 185, sott. ns.); infine anche Berger si accoda: «impiego delle metafore, *anch'io*» (DFIP 187, sott. ns.).

[29] Non bisogna dimenticare che in una prospettiva fenomenologica peggiore dell'accusa di materialismo, anche ingenuo, è l'accusa di idealismo; così J. Wahl: «vi sono degli aspetti del vostro pensiero che accolgo ed ammiro. E tutto ciò che nel vostro intervento si situa al di là delle attitudini idealiste classiche della teoria della conoscenza suscita in me un "istinto d'approvazione"» (DFIP 178).

[30] Tenteremo di capire appunto quale sia tale strada, visto che la filosofia di Simondon sembrerebbe in un certo senso situarsi *tra* fenomenologia e strutturalismo, senza concedere alla prima la posizione privilegiata della coscienza o del soggetto, al secondo l'ipotesi della sua definitiva scomparsa. In ogni caso ci sembra ben calibrata la seguente affermazione: «il confronto con la cibernetica e le scienze umane si presenta in Simondon come una seria alternativa allo strutturalismo» (Guchet 2005, p. 203).

[31] Secondo Guchet (2003) il pensiero di Simondon permetterebbe di inscrivere la problematica deleuziana del trascendentale nel soggetto, escludendo la ricerca di una sintesi a priori e muovendosi al di fuori di ogni antropologia: ciò fornirebbe la chiave di una sintesi tra analisi strutturale e fenomenologica (cfr. *Ivi*, pp. 140-41). Per quanto riguarda il nostro lavoro, abbiamo voluto cercare nell'*Individuation* ciò che rende nella sua prospettiva insostenibile una teoria fenomenologica del soggetto. Ma un attraversamento più approfondito di una concezione "non antropologica" e "tecnica" della soggettività diverrà a un certo punto necessario per poter seguire Simondon nel tentativo di «reiscrivere il trascendentale nella soggettività, senza tuttavia rinunciare alle acquisizioni delle filosofie del concetto» (Guchet 2003, p. 141).

[32] E in questa medesima direzione sembra tutto sommato dirigersi, nonostante le apparenze, anche Stiegler (1994), con il suo tentativo di ridurre il transindividuale a del preindividuale concepito come "fenomenotecnico" (cfr. *infra*, Intermezzo III). Garelli (2003) propone invece addirittura un'analisi di impianto fenomenologico sulla genesi del "senso" in Saussure attraverso il concetto simondoniano di "metastabilità" (cfr. *Ivi*, p. 109, n. 68).

[33] Come vedremo il termine è sostanzialmente assente anche in *Du mode*, ma il problema che esso sottende riappare là declinato come problema della "fase magica" dunque - ancora - dell'originario. Cfr. *infra* cap. 10.

[34] Il modello è quello dell'operazione percettiva (e della "ristrutturazione del campo" tramite *insight*) teorizzata dalla *Gestalttheorie*: i due campi visivi, sfasati, sono resi coerenti grazie all' "invenzione" di un campo tridimensionale come loro *couplage*.

4. SOGGETTO E METODO DI UNA FILOSOFIA DELL'INDIVIDUAZIONE

[1] Indifferentemente *"déphasage"* o *"disparation"* (ma come aggettivo Simondon utilizza sempre *"déphasé"*): il primo termine sottolinea meglio che lo stato di sistema è l'esito di un processo, appunto, di sfasamento, cioè di individuazione, il secondo che l'individuo costituisce un sistema che è condizione di ulteriori individuazioni. Simondon rifiuta categoricamente una concezione armonica dell' "organismo" e della coscienza come sua "piega": esplicitando la propria contrapposizione a Goldstein aggiunge, tra parentesi, «è questa l'espressione immaginifica impiegata dall'autore» (I 289). Per questo come per altri casi vale la pena sottolineare che alcuni termini del lessico deleuziano, anche assunti attraverso Simondon, possiedono spesso significati molto differenti nei due autori. Riconosciuto l'evidente debito di Deleuze, ogni analisi incrociata che non intenda ridurre Simondon alla caricatura di un filosofo "pre-deleuziano" sembra richiedere perciò particolare cautela.

[2] Il termine "individualizzazione" è utilizzato in senso ampio all'interno della sezione dedicata all'*Individuazione degli esseri viventi* per indicare la nascita di un organismo. Ma, a livello di individuazione psichica e collettiva, il termine individualizzazione segna una differenza concettuale rilevante.

[3] Come vedremo, per un pensiero che nega si possa fondare un'antropologia, definire un individuo a partire dall'appartenenza specifica è quantomeno problematico (cfr. Barthélémy 2006a, pp. 301-4). Il termine *signification* pone un problema abbastanza "classico" di traduzione (oltre che di comprensione) dovuto al fatto che, sebbene in francese esso sia pressoché coincidente con l'italiano "significato", in linguistica *signification* può indicare più precisamente il costituirsi del significato nell'atto del significare: perciò nel tradurre Saussure De Mauro propone il neologismo "significazione" per *signification*, mentre "significante" e "significato" traducono rispettivamente *signifiant* e il neologismo saussuriano *signifié* (cfr. De Mauro 1967, pp. 440-42, n. 231). Anche noi utilizzeremo "significazione" in quanto ci sembra veicolare meglio l'ambivalenza legata alla funzione di un termine che indica tanto un'operazione quanto il suo risultato, sebbene non ci appaia infondata la scelta del traduttore italiano di utilizzare "significato", visto che in Simondon questo è il senso prevalente. Come spiegheremo oltre, quello "psichico e collettivo" è un regime di individuazione entro il quale è l'informazione a declinarsi come significazione.

[4] Occorre precisare come non sia sempre chiaro nel testo a che livello si possa collocare l'emergere del "soggetto", come d'altra parte non è sempre chiara la distinzione tra psichico, collettivo e transindividuale. Secondo Barthélémy (2005a) si può parlare di soggetto già a livello di individuazione psichica, mentre solo nel regime transindividuale si costituirebbe quella che Simondon chiama "personalità" (cfr. *Ivi*, pp. 206 segg.). Secondo Combes (2001) invece «transindividuale è il modo di esistenza del soggetto in quanto soggetto, ovvero in quanto altro dall'individuo e dal collettivo in quanto collettivo, ovvero altro dal sociale e dall'interindividuale» (*Ivi*, p. 18). Noi seguiremo provvisoriamente la lettura di Combes, nell'ipotesi che soltanto a partire dal regime di individuazione transindividuale si possa propriamente parlare di soggetto come "attualità" delle tre fasi; ipotesi che ci sembra particolarmente accreditata dal passo di Simondon sopra citato. Torneremo su questi problemi nei capitoli dedicati al concetto di transindividuale, dove chiariremo la nostra interpretazione.

[5] Questa espressione, aggiunta in IPC, non era presente nella prima versione dell'*Individuation*.

[6] Perché non vi può essere conoscenza di ciò che, essendo perfettamente stabile, non cede informazione (a meno di renderlo instabile, ma allora non lo si conosce più come stabile, anche se mantiene la stessa struttura). La conoscenza stessa è infatti operazione trasduttiva in quanto "scambio di informazione".

[7] Si tratta, tenendo conto dei «processi psichici di genesi e invenzione», di fondare la conoscenza su di una «formalizzazione» non garantita, delle «incompatibilità dell'esperienza» che - dice Simondon - permetta di «riprendere il problema dello schematismo su basi nuove, dando forse un nuovo senso al relativismo», in quanto le stesse relazioni di successione e simultaneità secondo cui le forme a priori della sensibilità ordinano la realtà non determinerebbero una «irrimediabile relatività della conoscenza» (cfr. FIP 548, n. 3). Tutta la lettura di Barthélémy presenta la filosofia di Simondon come "ispirata" alla relatività einsteiniana e opposta al relativismo (cfr. in particolare Barthélémy 2005b, pp. 24-34).

[8] Simondon riformula così in FIP il suo discorso in funzione della nozione di "campo": «vi è un campo totale suddiviso in due sottoinsiemi, il campo-soggetto e il campo-oggetto», rispetto al quale il soggetto è propriamente *nel* campo, dunque *realtà del campo* (FIP 540). Si tratta infatti di «una realtà che non va cercata nell'oggetto oggettivato né nel soggetto soggettivato, ma al confine tra l'individuo e ciò che rimane fuori di esso, secondo una mediazione in bilico tra trascendenza e immanenza» (I 270).

[9] Ad esempio evidente in *Du mode*, quando Simondon attribuisce l'invenzione alla capacità anticipatrice agli «schemi dell'immaginazione creatrice» (MEOT 58). Cfr. anche Barthélémy (2009).

[10] Cfr. *infra* cap. 5. In MEOT 59 l'analisi porta sulla «causalità ricorrente tra vita e pensiero nell'uomo», ma resta effettivamente confinata al livello biologico. D'altra parte, come vedremo, il tema del transindividuale non compare in MEOT se non nelle conclusioni.

[11] Sulla produzione simbolica attraverso il "ciclo dell'immaginazione" in IMI, cfr. *infra*, cap. 9.

[12] Ciò che i presenti alla conferenza alla *Société* leggono come un "utilizzo metaforico dei concetti" (cfr. *supra*, p. 48, n. 28).

[13] «L'atto di pensiero, transfert d'operazioni, non suppone l'esistenza di un terreno ontologico comune» tra sistemi, ovvero non implica un'identità di struttura, ma è valido solamente a condizione di una «identità di rapporti operatori» tra i sistemi che esso pone in relazione (cfr. TA 562). Nell'esempio platonico di Simondon si tratta delle operazioni del pescatore e del sofista.

[14] Proprio per il fatto che l'operazione si presenta come trasduttiva essa è dunque impossibile da descrivere e formalizzare come fosse una legge universale, né è classificabile per generi, in quanto la classificazione per generi non solo è abolita per le operazioni, ma combattuta anche per le strutture: la classificazione per generi e specie non solo *non* rende conto delle "classi" di operazioni analoghe, ma neppure dell'analogia propriamente strutturale.

[15] Nel far leva sul pensiero di Bergson per pensare le implicazioni antimeccanicistiche della fisica quantistica Simondon non solo segue integralmente Canguilhem (1952) ma dimostra innanzitutto un debito nei confronti di De Broglie, che scrive appunto in *Les conceptions de la physique contemporaine et les idées de Bergson sur le temps et sur le mouvement*: «la questione principale di questo articolo [è]: esiste qualche analogia tra la critica bergsoniana dell'idea di movimento e le concezioni delle teorie quantiche contemporanee? Sembra proprio che la risposta debba essere affermativa» (in De Broglie 1947, p. 199). De Broglie fa riferimento proprio ad una nota di Bergson in *La pensée et le mouvant* (1934) (si tratta della nota a p. 61 dell'ed. francese) per affermare che, a partire dalla fisica quantistica, si ricaverebbe la suggestione secondo la quale «gli esseri viventi avrebbero necessariamente una percezione 'macroscopica' perché solamente nel macroscopico regna il determinismo apparente che rende possibile la loro azione sulle cose» (De Broglie 1947, pp. 210-11).

[16] L'intuizione è per Simondon modalità di una relazione conoscitiva che precede il linguaggio, possibile perché la conoscenza in quanto "individualizzazione di significazioni" costituisce il linguaggio e ne è condizione.

[17] In questo passo Simondon istituisce un'opposizione di tipo storico-filosofico tra "idealismo" («fondato sull'apriorismo dell'idea») e "costruzionismo" («fondato sull'aposteriorismo del concetto»): «la conoscenza filosofica, funzione di convergenza, deve fare appello a un modo mediato e superiore di conoscenza, che riunisca in sé concetti e idee. Ora, non è pienamente corretto identificare l'intuizione all'idea: la conoscenza per intuizione è un coglimento dell'essere che non è né *a priori* né *a posteriori*, ma contemporanea all'esistenza dell'essere che essa coglie, ed al medesimo livello di esso; essa non è una conoscenza per mezzo di idee, poiché l'intuizione non è già contenuta nella struttura dell'essere conosciuto, non fa parte di esso; d'altra parte non è un concetto poiché possiede un'unità interna che le dona la sua autonomia e la sua singolarità, impedendo una genesi per accumulazione; infine, la conoscenza per intuizione è realmente mediata nel senso che essa non coglie l'essere nella sua totalità assoluta, come l'idea, né a partire dai suoi elementi e per combinazione, come il concetto, ma al livello dei domini che costituiscono un insieme strutturato» (MEOT 235-36). Per una lettura dell' "intuizione come metodo" in Bergson cfr. Deleuze (1966b), pubblicato nello stesso anno della sua recensione a IPB (cfr. Deleuze 1966a), dunque forse non del tutto immune da feconde suggestioni simondoniane.

[18] Tale esito, concettualizzazione dell'atto, risulta perciò sempre a sua volta aperto alla trasposizione analogica. Sul concetto come "sincristallizzazione", ovvero permanente riattivazione che lo mantiene «attraverso l'esistenza di soglie quantiche», cfr. I 245.

[19] In occasione del proprio intervento alla *Société française de philosophie* Deleuze, nel concepire la "molteplicità" «pienamente differentiata ma non differenziata» entro la quale si colloca l'idea «in sé non chiara ma distinta e oscura», rende evidente il proprio debito nei confronti del concetto simondoniano di preindividuale: tale "molteplicità" è costituita da rapporti differenziali concepiti come "campo intensivo", "ambiente di individuazione" nel quale si muovono singolarità e avvengono «fenomeni di *accoppiamento* [*couplage*] tra serie, di *risonanza interna* del sistema» (Deleuze 1967, pp. 119-20). Per una prima analisi, sulla linea Merleau-Ponty - Simondon - Deleuze, del progetto di costruzione di un «campo trascendentale che non si contenti di somigliare l'empirico», cfr. Gambazzi (2005). Per un'analisi della problematica trascendentale in Simondon e Deleuze si vedano rispettivamente Bardin (2008a) e Rametta (2008).

[20] Vale la pena riportare qui di seguito quanto nelle note dell'*Introduzione* sostiene l'evidenza della nostra affermazione: «1) L'ambiente, peraltro, può non essere semplice, omogeneo, uniforme, ma originariamente attraversato da una tensione tra due estremi ordini di grandezza che l'individuo mette in relazione quando viene ad essere; 2) E costituzione, tra termini estremi, di un ordine di grandezza mediato; lo stesso divenire ontogenetico può essere considerato, in un certo senso, come mediazione; 3) Negli antichi si trovano equivalenti intuitivi e normativi della nozione di metastabilità, ma poiché la metastabilità presuppone sia la presenza di due ordini di grandezza sia l'assenza di comunicazione interattiva tra di essi, questo concetto deve molto allo sviluppo delle scienze; 4) È grazie a questa introduzione che il vivente fa operare l'informazione, divenendo esso stesso un nodo di comunicazione interattiva tra ordini di realtà superiori ed inferiori alla sua dimensione, che esso organizza; 5) Questa mediazione interna può intervenire come "relais" rispetto alla mediazione esterna realizzata dall'individuo vivente; ciò permette al vivente di far comunicare un ordine di grandezza cosmico (ad esempio l'energia luminosa solare) e un ordine di grandezza intramolecolare; 6) In particolare, prima e durante l'individuazione, non sarebbe possibile considerare la relazione con l'ambiente come relazione con un ambiente unico e omogeneo: l'ambiente è, esso stesso, un *sistema*, l'accorpamento sintetico di due o più scale di realtà prive di intercomunicazione prima dell'individuazione; 7) [...] L'illusione di forme *a priori* procede dalla preesi-

stenza, nel sistema preindividuale, di *condizioni di totalità* la cui dimensione è superiore a quella dell'individuo in corso d'ontogenesi. Al contrario, l'illusione dell'*a posteriori* proviene dall'esistenza di una realtà il cui ordine di grandezza, quanto alle modificazioni spazio-temporali, è inferiore a quello dell'individuo. Un concetto non è né *a priori* né *a posteriori* ma *a praesenti*, poiché è una comunicazione informativa e interattiva tra ciò che è più grande dell'individuo e ciò che è più piccolo di esso; [...] 9) In particolare, la pluralità degli ordini di grandezza. L'assenza primordiale di comunicazione interattiva tra ordini fa parte di un tale coglimento dell'essere; 10) Ciò esprime invece l'eterogeneità primordiale di due scale di realtà, l'una più grande dell'individuo - il sistema di totalità metastabile -, l'altra più piccola di esso, come una materia. Tra questi due ordini di realtà primordiali si sviluppa l'individuo attraverso un processo di comunicazione amplificante la cui modalità primitiva è la trasduzione, che esiste già nell'individuazione fisica; 11) La risonanza interna è il modo più primitivo della comunicazione tra realtà di ordini differenti; essa contiene un doppio processo di amplificazione e condensazione; 12) Questa operazione è parallela a quella dell'individuazione vitale: un vegetale istituisce una mediazione tra un ordine cosmico e un ordine intramolecolare, che classifica e ripartisce le specie chimiche contenute nel suolo e nell'atmosfera per mezzo dell'energia luminosa ricevuta nella fotosintesi. È un nodo intra-elementare; si sviluppa come risonanza interna di quel sistema preindividuale costituito da due strati di realtà, inizialmente senza comunicazione. Il nodo inter-elementare agisce in modo intra-elementare; 13) La forma si manifesta quindi come comunicazione attiva, come risonanza interna che effettua l'individuazione: si manifesta con l'individuo» (PC 75-76: diamo questo riferimento perché nell'*Individuation* tutte le note sono a piè di pagina, mentre in IPC, e di conseguenza nella sua traduzione italiana, le note della nuova introduzione, composta dall'introduzione più FIP, sono collocate in chiusura di sezione. Va notato come in IPC manchi ogni altra nota presente nella tesi originale, forse a testimonianza del fatto che la revisione del testo da parte di Simondon non era stata ancora completata).

[21] Cfr. in particolare I 148-49.

[22] Cfr. anche MEOT 61-65.

[23] Ecco come Simondon ridefinisce il problema del rapporto tra essere e divenire: «la nozione di comunicazione come identica alla risonanza interna di un sistema in corso d'individuazione può condurre a cogliere l'essere nel suo divenire senza accordare un privilegio all'essenza immobile dell'essere o al divenire in quanto tale» (I 330).

[24] Ciò è ampiamente valorizzato da Barthélémy e Bontems (2001) che si riferiscono alle ricerche di astrofisica di L. Nottale per orientare verso una lettura che intende essere post-fenomenologica del testo di Simondon. Barthélémy finisce comunque con l'esplicitare il proprio debito fenomenologico in *La question de la non-anthropologie* (2006b), dove legge il problema della non-antropologia in Simondon «procedendo da una critica interna al pensiero di Heidegger». Il pensiero di Simondon infatti, ancora troppo legato a tematiche bergsoniane e bachelardiane, non sarebbe in grado di mantenersi all'altezza di ciò che la "differenza ontologica" impone, ovvero di costituirsi come «una ontologia fondamentale, erede della fenomenologia nel suo distinguersi dall'ontologia» (*Ivi*, p. 130). La critica di Barthélémy suona ancora una volta, in una prospettiva fenomenologica, come una vera e propria accusa di eresia: «il modo in cui Simondon lega il proprio percorso alle tematiche bergsoniana e bachelardiana testimonia del fatto che gli sfugge la priorità della questione, anti-fondazionista e radicale, del *senso* [...] [ciò gli] impedisce di dare alla propria interrogazione sul rapporto soggetto-oggetto la profondità e la riflessività necessarie per intravedere la costituzione paradossale del soggetto attraverso l'*oggetto compreso come senso*, costituzione paradossale che solo in effetti una doppia riduzione che inverta l'intenzionalità "naturale" o naif permette d'intravvedere» (*Ivi*, pp. 130-

31, sott. ns.). Il concetto di *senso* e la sua originarietà costituiscono la prospettiva entro la quale va letta la critica di Barthélémy, che in questo senso non si differenzia da quella della "media" dei presenti a FIP. Anche la "pluridimensionalità delle significazioni" ha la funzione di impedire la "fissazione" della loro identità con la conseguenza di riportare il pensiero alla "finitezza" dell' "individuo filosofante" come *Dasein*. L'orizzonte di Barthélémy è infatti, fin dall'inizio del suo lavoro, quello di un' «auto-trascendenza del senso» di derivazione husserliana (cfr. Id. 2004). Perciò il testo di Simondon è sempre interrogato da Barthélémy, pur con grande cura filologica e sincera devozione, in vista di un «questionamento più radicale» che possa sfociare in una «relativizzazione inglobante» del pensiero ontogenetico in una prospettiva, in ultima analisi, fenomenologica. La contraddizione dell'ontologia genetica simondoniana starebbe infatti nel volersi "filosofia prima", dunque nella sua incapacità di ammettere che la conoscenza dell'individuazione è solo una modalità (ontologica) delle diverse traduzioni adeguate dell'attitudine non-oggettivante dell'individuo filosofante coerente con la "problematica *prima*" entro la quale egli stesso si costituisce e che Barthélémy chiama "ermeneutica riflessiva": «riprendo ora l'intenzione (non simondoniana) di riformare l'idea di sistema filosofico. Attribuisco tale compito alla relatività filosofica che deve "avvolgere" e validare l'ontologia genetica di Simondon relativizzandola. La filosofia può oggi ritrovare la propria natura di sistema senza ricadere nella pretesa al sapere [...]; io suggerisco qui, con Kant e in definitiva non al di là o contro di lui, che [...] un ripensamento radicale dell'attitudine conoscitiva in filosofia non può che procedere da un pensiero immediatamente globale, che faccia esplodere l'unità di ogni "signification" in molteplici dimensioni che di per sé non sarebbero in grado di ridefinire il dominio della filosofia. Non si parlerà più allora di ontologia, etica, estetica, teoria della conoscenza, filosofia del diritto etc.: ci sarebbe l'ermeneutica riflessiva, praticabile da ciascun individuo filosofante in un vero dialogo, più una traduzione di questo discorso in ciascuna delle dimensioni del senso così liberate: la filosofia può essere ontologia solo secondariamente, da una parte tenendo conto della conoscenza scientifica, che è la sola conoscenza propriamente detta, e d'altra parte rendendo conto ontologicamente della "finitudine prima" dell'individuo filosofante stesso che si tratta di riflettere nella nuova problematica prima in quanto ermeneutica riflessiva» (Barthélémy 2007).

[25] La risonanza interna di un sistema è «lo scambio tra le differenti scale che esso contiene e che lo costituiscono», ciò che indica la sua natura quantica. In questa prospettiva «la sostanza sarà un individuo fisico totalmente risonante in rapporto a se stesso, e di conseguenza totalmente identico a se stesso, perfettamente coerente con se stesso e uno» (I 149).

[26] «Sembra in effetti che una certa concezione dell'individuazione sia già contenuta, almeno a titolo implicito, nella nozione di "termine". Allorché la riflessione, intervenendo prima di qualunque ontologia, vuole definire le condizioni del giudizio valido, essa ricorre a una certa concezione del giudizio e, correlativamente, del contenuto della conoscenza, dell'oggetto e del soggetto come termini» (I 320).

[27] Cfr. Barthélémy (2008a). Secondo Guchet il programma simondoniano di un'assiomatica delle scienze umane va letto come proposta equidistante sia da una forma di "positivismo scientista" che da una filosofia fenomenologica che pretenda per sé un accesso immediato all'originario dell' "esperienza prima". Tale programma sfocia nella pratica di una "trasduzione filosofica" volta a legare le diverse scienze in un'ottica che accomuna Simondon e Merleau-Ponty: «si tratta, per Merleau-Ponty e Simondon di raggiungere l'uomo concreto a partire dai saperi positivi (psicologia, sociologia, storia)» (Guchet 2001b, p. 103). L'analisi estremamente interessante di Guchet, forse proprio perché tende a schiacciare la posizione di Simondon su quella di Merleau-Ponty, mostra molti importanti punti di contatto tra i due pensatori che varrà la pena di esaminare, ma ci sembra proporre uno sviluppo solo

parzialmente coerente con alcuni dei "postulati" del pensiero di Simondon: in particolare l'impossibilità di un'antropologia che faccia riferimento all' «esistenza concreta dell'unità del fatto umano» e il diverso riferimento ad una concezione "dialettica" della storia.

[28] «È la carica di natura associata al soggetto che, *divenuta significazione integrata al collettivo*, sopravvive all'*hic et nunc* dell'individuo contenuto nel soggetto» (I 311).

[29] Simondon ne fornisce un abbozzo all'interno dell'*Individuation*, nella seconda parte delle proprie conclusioni (cfr. I 330-35). In questa prospettiva sarebbe forse utile un'analisi della nozione di "saggezza" presentata nell'*Individuation* evocando, non a caso, Zarathustra (cfr. I 280-82). Per un primo sviluppo del tema dell'etica in Simondon cfr. Hottois (1993); Combes (1999) sottolinea invece molto bene la valenza etico-politica del tema dell'invenzione, che riprenderemo nella nostra *Conclusione*.

[30] «In ogni dominio, *lo stato più stabile è uno stato di morte; è uno stato degradato a partire dal quale nessuna trasformazione è più possibile*», «questo stato di non-funzionamento è stabile, ed è il più probabile» (FIP 541).

[31] Quando suggerisce la possibilità di «definire classi di *a-priori* nei significati possibili» (I 310), Simondon si riferisce forse al lavoro del fenomenologo Mikel Dufrenne nei confronti del quale esplicita in *Du mode* il suo profondo legame di amicizia: «ringrazio particolarmente M. Dufrenne per i ripetuti incoraggiamenti che mi ha offerto, per i consigli che mi ha dato e per la manifesta simpatia di cui ha dato prova durante la redazione di questo lavoro» (MEOT 7). Nei ringraziamenti di *Du mode* compaiono due nomi soltanto: quelli di Dufrenne e di Canguilhem. Contemporaneamente a Simondon, ma in tutt'altra direzione, Dufrenne si dirigerà verso l'ipotesi di un "empirismo del trascendentale" quale soluzione fenomenologica del problema dell'a-priori kantiano. Nel passo che segue non è difficile vedere un'implicita presa di posizione contro la soluzione ontogenetica di Simondon, di cui Dufrenne dichiara di condividere gli intenti ma non l'esito: «è dunque necessario ritornare ad una filosofia della natura, a un'ontologia pre-critica? [...] questa ontologia prende sul serio il tempo, il tempo della genesi [...] Ci sembra tuttavia che il progetto di un'ontologia precritica, sebbene perfettamente legittimo, non sia del tutto attuabile: il soggetto come trascendentale non può essere generato a partire dal mondo» (Dufrenne 1959, p. 284).

I INTERMEZZO

(politiche del transindividuale)

SPAZIO POLITICO E NATURA UMANA

In tutta la produzione di Simondon non è possibile indicare un solo scritto il cui oggetto sia esplicitamente e direttamente politico, e nelle sue scarne bibliografie non è mai citato un testo di filosofia politica. Solo la questione etica vi si affaccia talvolta autonomamente, come ad esempio nelle conclusioni dell'*Individuation*; mentre le rare riflessioni di tipo politico passano comunque sempre attraverso il (o sono suscitate dal) problema della tecnica. Eppure, a partire dalla conferenza di É. Balibar, *Dall'individualità alla transindividualità* (1993) e dal libro di B. Stiegler, *La technique et le temps 1* (1994), è fiorita tutta una serie di tentativi di produrre una lettura dell'opera di Simondon che, convergendo sulla nozione di transindividuale, ne hanno inteso esplicitare una supposta "latente" filosofia politica. Recentemente tale interesse si è esteso all'ambito anglosassone e, fin dal 2001, grazie alla traduzione di P. Virno di *L'individuazione psichica e collettiva*, anche al contesto italiano, dove Simondon è stato direttamente recepito come un pensatore politico interessando la riflessione di molti studiosi[1]. Questo lavoro intende inserirsi nel dibattito in corso riconsiderando l'aspetto politico del pensiero di Simondon a partire dalla corretta collocazione della questione del transindividuale nell'*Individuation* e - soprattutto - attraverso la lettura integrale della sua opera. Ma prima di tutto sarà necessario discutere quelle interpretazioni che, a partire dal concetto di transindividuale, sfociano in una qualche forma di antropologia politica. Il fatto che Simondon rifiuti programmaticamente tale approccio, pur non implicando la scomparsa del problema politico, ne richiede tuttavia un'altra formulazione: questo percorso ci spingerà necessariamente oltre l'*Individuation*, verso scritti nei quali lo stesso termine "transindividuale" definitivamente scompare.

Buona parte delle interpretazioni filosofico politiche del pensiero di Simondon derivano dunque dalla sdoganatura di É. Balibar, a cui segue lo sviluppo eminentemente politico della tematica del transindividuale da parte di M. Combes, *Simondon. Individu et collectivité* (1999)[2]. Tali interpretazioni fanno riferimento ad un orizzonte di pensiero in senso ampio post-marxista, nel quale sono centrali problemi più o meno direttamente legati ad un'eredità culturale che va dalla psicoanalisi lacaniana al pensiero althusseriano. Un'altra importante linea "esegetica" è quella di B. Stiegler, allievo di Derrida, che fin dalla sua prima opera ha fatto di Simondon uno dei principali riferimenti del suo pensiero proprio grazie ad un'originale lettura del concetto di transindividuale. Prima di discutere analiticamente queste ed altre posizioni ad esse collegate, intendiamo fornire una sommaria contestualizzazione del dibattito francese all'interno del quale nascono le interpretazioni di cui parleremo. Si tratta soltanto di offrire alcune indicazioni sull'orizzonte concettuale a partire dal quale la filosofia di Simondon diviene significativa, soprattutto grazie al concetto di transindividuale, in un dibattito di tipo filosofico politico. Lo faremo a partire da un taglio rispetto al quale sono centrali - in quanto problemi politici - alcune questioni relative alla natura umana e all'identità individuale e collettiva.

Il riferimento alla "triade" Badiou - Balibar - Rancière (che, pur con differenti percorsi, sono gli epigoni di una stagione del pensiero francese la cui portata è stata ed è tuttora indiscutibilmente internazionale) ci permetterà di comprendere in che senso il concetto di transindividuale possa essere stato accolto quale chiave di lettura per riformulare il problema della configurazione dello spazio politico. È infatti dominante in questo contesto il tentativo di ridefinire lo statuto del "politico" in contrapposizione all'amministrazione "politica" della società comune ai diversi modelli di *governance*. Si tratta di produrre un ribaltamento di prospettiva di quello che è percepito come il "senso comune" filosofico politico moderno. Cosa dice questo senso comune? Che le scienze spiegano la realtà e grazie ad esse la politica può occuparsi degli individui e dell'organizzazione concreta della loro convivenza, aldilà-delle e nonostante-le immagini suggestive (astratte e pericolose) suscitate da ogni "ideologia". Il ribaltamento in questione consiste nel sostenere invece che tutto il "macrosistema" costituito dagli individui realmente esistenti e dall'organizzazione scientifica della loro convivenza - questa "realtà concreta" - appartiene in modo ovvio e integrale all'immaginario della filosofia politica moderna: è insomma una vera e propria astrazione filosofica di cui la cosiddetta "scienza politica" contemporanea - ma soprattutto le politiche contemporanee - sono eredi spesso del tutto inconsapevoli. Ciò che unisce i pensatori di cui stiamo parlando è ritenere la critica delle categorie che sostengono le pratiche politiche istituzionali all'interno delle democrazie rappresentative la vera posta in gioco politica: esattamente l'opposto del progetto moderno di una scienza politica capace di trovare *la* soluzione del problema politico nella costruzione di una macchina rappresentativa e/o di una sequenza procedurale amministrativa. Tale critica è già lotta politica, che intende ottenere uno spazio per ciò che è "politico", differenziandolo dall'amministrazione statale: «l'ambito della lotta politica è quello della definizione del politico, e della sua differenziazione da ciò che invece va semplicemente, scientificamente amministrato» (Rancière 1995, pp. 17-18). Il vero ambito del politico sarebbe insomma, in questa prospettiva, ciò che una politica della *governance*, dell'amministrazione dello stato in funzione delle leggi indiscutibili dell'economia globale, tende appunto a far scomparire.

Uno degli argomenti centrali della discussione è quello dei diritti umani, in particolare il problema della loro fondazione giuridica su una base etica o biologica. Tale problema si pone a partire dal momento in cui l'immagine dell'uomo perde l'aura di sacralità che i concetti di "anima" e "ragione" gli conferivano, e può essere formulato in questi termini: se riteniamo che l'uomo sia un prodotto biologico e storico-culturale, quale significato si può attribuire ai "diritti umani" e su che cosa è possibile - se è possibile - fondarli? Quanto si può complicare quella cosa ritenuta così semplice da chiamarla addirittura "individuo", e che è invece di una complessità letteralmente "ingovernabile"? Sappiamo solamente che l'individuo è il prodotto di una complessa rete di processi rispetto ai quali qualunque scienza sarà necessariamente incompleta, e sui quali l'esito di ogni intervento sarà forzatamente imperfetto (non è mai *sicuro* che si riesca a produrre un buon cittadino). Questo approccio non intacca il paradigma deterministico, ma ripropone - da capo - l'orizzonte politico moderno: necessità della natura o della storia o dell'economia; etica e politica ridotte al governo limitato di quelle tendenze necessarie che sono i veri soggetti politici, che in ultima analisi determinano i movimenti degli individui. L'esito di una tale prospettiva è il senso di radicale impotenza da cui derivano tutte le posizioni impolitiche che partono dal chiedersi - Che cosa può un uomo di fronte alla società (di cui fa parte)? - Che cosa possono pochi uomini di fronte alla natura (di cui fanno parte)? - Che cosa può lo stato contro l'economia mondiale (di cui fa parte)? Si tratta di domande che condividono il comune presupposto di un'identità pensata come "parte" interamente costituita dal tutto a cui vanamente intende opporsi: per l'individuo la società è trattata come una "legge di natura", così come per lo stato l'economia capitalistica è trattata come una "legge di natura". In questa prospettiva la politica non può che lottare per mitigare la "natura", sapendo di non poterla sconfiggere: sa che l'economia è quella che è, la può blandire, tenta di cavalcarla, ma non mette mai in dubbio il suo potere, la sua necessità; sa che l'uomo è un animale particolare, ma in fondo un animale domestico; non ha in mente la macchina perfetta, lo stato ideale, ma ne ha in mente il fine: garantire il quieto esercizio del diritto umano fondamentale, la sopravvivenza. La politica deve dunque organizzare la vita degli individui-animali umani, che - fortunatamente - di qualunque cultura, sono comunque "in fondo" (DNA) tutti uguali, gli stessi: hanno le stesse paure, gli stessi desideri, gli stessi bisogni. Il nome di questo fine è "sicurezza", la legge ne appronta i mezzi e la sua macchina amministrativa è l'ordine giuridico internazionale. Ebbene, questi pensatori non mancano di sottolineare quale "dispiegamento di mezzi" di sterminio possa giustificare il fine di una giusta pace.

Secondo Badiou l'imperativo categorico della sicurezza non può essere concepito in sé come un bene: non è possibile dargli un contenuto senza riferirsi ad un male assoluto da evitare, rispetto al quale la sicurezza può essere di volta in volta determinata in modo differenziale[3]. L'imperativo della sicurezza si fonda non sulla libertà di decidere che cosa sia un bene, ma sull'urgenza prioritaria di difendersi da un male, con il risultato che l'intera politica finisce per doversi occupare esclusivamente del "minore dei mali". Ma il minore dei mali per chi? È necessario porre un dubbio fondamentale, forse scontato, sulla consistenza di *questi* diritti umani: sono i diritti di chi appartiene alla specie o sono i diritti che un gruppo sociale (l'occidente) ha elaborato pretendendo (con buone o cattive ragioni?) di estenderli (o di imporli), così come li ha elaborati, a tutta la specie? Ma la domanda deve essere ancora più radicale: si possono fondare dei diritti umani su un animale della specie *homo sapiens*, riconoscibile dal suo DNA, qualunque cultura l'abbia comunque formato o de-formato, comunque costituito, in modo sempre spaventosamente complesso? La risposta di Badiou è netta: ogni tentativo di fondare un'etica e una politica sull'uomo inteso come specie biologica sfocia in una politica eugenetica o, nella migliore delle ipotesi, in una politica della sicurezza che deriva la propria idea del bene dagli ideali della sopravvivenza e riproduzione della maggior quantità possibile di animali della specie.

Se fosse necessario chiarirlo, la prospettiva degli autori di cui stiamo trattando non è quella di chi intende resuscitare una qualche trascendenza che consenta la fondazione di un'etica e di una politica su di un "supporto" metafisico dell'animale uomo. Si tratta piuttosto di un pensiero della politica che si muove in un'ottica secondo la quale il soggetto eccede sempre il "dato" di una natura umana. La ripresa di "un certo Kant", interpretato secondo la retorica pseudo-politica dei diritti naturali, e le politiche umanitarie che ne sono l'esito, costituiscono infatti il primo obiettivo polemico di una contro-retorica che teorizza *in piena immanenza* l'"immortalità" dei processi di soggettivazione:

in ogni caso la soggettivazione è immortale, e fa l'Uomo. All'infuori di ciò non esiste che una specie biologica, un "bipede implume" il cui fascino non è evidente [...] se si identifica l'Uomo con la sua pura realtà di vivente, si arriva inevitabilmente al contrario reale di ciò che il principio sembra indicare. Poiché questo "vivente" è in realtà disprezzabile, lo si *disprezzerà* (Badiou 1993, p. 19).

Un'altra "etica dei diritti umani" dovrebbe dunque produrre un'altra politica ad essa coerente. Ma vediamo innanzitutto su cosa può fondarsi una tale etica. Occorre in questa prospettiva ripensare l'individuo davvero fuori dal determinismo, ponendo quanto segue: il sistema individuo-società di cui si occupa la politica non è integralmente determinato. Questo significa che noi non siamo in grado di conoscere tutte le cause (fisiche, biologiche, psicologiche, sociali) che producono questo effetto che chiamiamo la società o la vita collettiva, non per un qualche limite della nostra conoscenza, ma *perché* nel produrre tale effetto diverse catene causali si incrociano e scontrano producendo effetti *in sé* imprevedibili, non calcolabili: vi sono elementi di indeterminazione strutturali nelle storie individuali e collettive. Questo è lo sfondo, che però già ci dice qualche cosa di (anche) politicamente rilevante: non esiste un criterio per distinguere *definitivamente* il possibile dall'impossibile (ciò che ora si ritiene impossibile forse oggi stesso non lo è); non esistono soluzioni definitive perché non esistono macchine "perpetue" o "sistemi chiusi", tantomeno macchine politiche perfette: la "pace perpetua" della termodinamica è veramente quella dell'eterno riposo.

Le proposte di Balibar, Badiou e Rancière - pure molto differenti - propongono un'alternativa sulla base di un'altra concezione dell'identità individuale e collettiva. Nella loro ottica il problema dell'identità (individuale e collettiva) diviene terreno di lotta politica, perché differenti immagini dell'identità producono differenti politiche[4]. Torniamo all'uomo concepito come in continua trasformazione: segnato dalla vita collettiva attraverso la quale si costituisce, l'uomo diventa *un* uomo, non diventa mai un uomo in generale, ma questo *singolo* uomo. Lacan dice - e la cosa fa scuola - che tale singolarità si chiama "desiderio". Il soggetto ha "dentro" di sé il legame sociale: il soggetto è una singolare configurazione del legame sociale. Lacan usa il termine *"extimo"* (il desiderio è il fuori che è dentro il soggetto) per indicare la topologia paradossale di questa configurazione che produce un apporto energetico, che costituisce e muove il soggetto; non c'è desiderio "privato", perché il desiderio è sempre in relazione agli altri, eppure il desiderio è ciò che il soggetto ha di più singolare, ciò che lo differenzia da ogni altro: è la sua singolarità. Ora, questa concezione obbliga a un mutamento radicale di prospettiva (si potrebbe dire un mutamento di paradigma). Se ciò che gli uomini hanno di veramente umano è nei valori, nel linguaggio, nei desideri, perfino negli oggetti che condividono e costruiscono, in una parola nelle relazioni che insieme producono, allora ciò che va difeso sono gli uomini o questi valori, desideri, e anche oggetti (più o meno sacri)? Insomma: ciò che va difeso sono gli animali di una certa specie o ciò che li lega? In questa prospettiva le diverse dichiarazioni dei diritti umani fanno certo sorgere un dubbio: come mai dovremmo difendere gli individui e non le società, o le collettività, o la specie? Una domanda così mal posta obbliga ad una falsa alternativa, e va dunque riformulata con altri strumenti concettuali, in modo che ad essa si possa tentare di rispondere[5]. Se l'individuo è concepito in modo radicalmente "processuale", assumerà un senso differente il chiedersi: cosa va preservato di un individuo? Quando a quest'altezza si parla di individuo, si intende infatti qualcosa che scompare proprio nel momento in cui si tenta di congelarlo: ma allora "preservare" non può avere il senso di prima, non può significare semplicemente garantire dei mezzi per soddisfare continuamente il desiderio (ciò che, come noto, è il miglior modo per spegnerlo). Pensato come desiderio un individuo non va preservato ma va continuato, così come una società non deve essere preservata, ma deve essere continuata. Simondon dice del soggetto che ha statuto "transindividuale"; il soggetto è costituito dal legame sociale, ma è un punto singolare e irripetibile di quel legame, perciò non scompare (neppure dopo la morte) finché i suoi effetti continuano a strutturare le relazioni sociali:

il mondo è costituito dagli individui attualmente viventi, che sono reali, e anche dai "buchi di individualità", veri e propri individui composti da un nodo di affettività e di emotività, che esistono come simboli. Nel momento della morte l'attività di un individuo è incompiuta, e si può dire che resterà incompiuta finché sussisteranno esseri individuali capaci di rendere nuovamente attuale quell'assenza attiva, seme di coscienza e azione. Gli individui viventi hanno l'onere di mantenere nell'essere gli individui morti [...] che esistono come assenza, come simboli speculari dei viventi (I 250).

Le massime di un'etica fondata su una tale concezione dell'individuo non possono che essere le seguenti: «non cedere sul tuo desiderio» (Lacan), oppure «continua» (Badiou), continua il desiderio che era di un altro, di altri, eppure costituisce anche te; il desiderio è sempre singolare, ma le sue configurazioni, i suoi effetti, sono sempre plurali. Che aspetto avrà una politica all'altezza di questa concezione dell'umano? Una politica non si fonda su delle massime, né tantomeno si fa - solo - in teoria. Ciò che dice Canguilhem aiuta forse ad anticipare l'articolazione del problema. Canguilhem mostra innanzitutto che un corpo, un organismo, non è una macchina, perché non solo segue, ma anche produce delle regole: la *normalità* di un corpo è il suo essere in grado di inventare vie d'uscita, compensazioni, nuove soluzioni per i problemi che gli si presentano, mentre la malattia è mancanza d'invenzione, passiva ripetizione degli stessi comportamenti, incapacità dell'organismo di modificare se stesso *e* il proprio ambiente. Quando un organismo funziona in modo uniforme e stabile è malato, quando è sicuro di quello che fa e continua a farlo invariabilmente è già morto. Canguilhem ci spiega anche in che senso invece una società non sia un organismo, ma «un misto di corpo e macchina» che solo grazie a qualcos'altro può funzionare: la giustizia. Ma le istituzioni non producono giustizia: producono ordine, ripetizione, stasi. La giustizia, afferma Canguilhem citando Bergson, viene «da altrove» (cfr. Canguilhem 1955, p. 64).

Ebbene, ciò che accomuna le posizioni che abbiamo accorpato nella nostra esposizione è una concezione chiaramente contro-istituzionale dell'attività politica, secondo la quale il rischio della politica va corso, perché lo corriamo comunque dato che il nostro agire è essenzialmente politico. Il che non significa che non si possa agire impoliticamente, ovvero disconoscere la politicità del proprio agire, chiudendosi in un automatismo autistico, quotidiano. Fare politica è innanzitutto tenere aperta la possibilità del rischio della decisione politica contro la sicurezza della scomparsa del "problema" dell'uomo:

quest'operazione di invenzione dei diritti, o di rilancio continuo della loro storia, senza la quale il concetto di una politica dei diritti dell'uomo, in senso forte, è privo di significato, è, per definizione, un'operazione *a rischio*. Essa comporta un rischio intellettuale, ma anche un rischio pratico, direi anche esistenziale [...] l'aporia o, in ogni caso, la difficoltà della politica dei diritti dell'uomo è dunque infine questa: il mettere in gioco, rischiando, il potere che fa e disfa gli ordini costituzionali nell'invenzione di diritti nuovi o nell'estensione del diritto, ai limiti della democrazia [...] è il rischio di dover affrontare la violenza multiforme di un ordine stabilito, che si "difende" e, ciò che è probabilmente ancor più difficile, è il rischio di dover affrontare le conseguenze e gli effetti su se stessi di un'eventuale "controviolenza", nella quale si sono perduti tanti tentativi rivoluzionari. Ma è il rischio fuori del quale ogni diritto, anche il diritto dei popoli all'esistenza, alla sicurezza, alla prosperità, può essere irrimediabilmente perduto (Balibar 1993b, pp. 206-7).

Da qui la necessità di assumere il "politico" contro il rischio di una chiusura immaginaria nella "certezza" di un'identità individuale o collettiva, biologica o culturale. Politica dell'immaginario, ma non politica immaginaria, poiché produce effetti reali: ha un effetto reale l'immaginarsi individui in balia della natura o della storia, della famiglia o dello stato, immaginarsi famiglia, nazione, razza; immaginarsi stabili e strutturati mentre si è processi che incontrano altri processi[6]. L'immaginazione *fa* la differenza, e non si tratta di una suggestione, si tratta della possibilità di una politica concreta. In questa prospettiva anche il terreno dei diritti umani è da considerarsi come terreno di lotta politica e ci si può chiedere quale possa essere il loro "effetto", sottolineando il rischio che corrono continuamente, costitutivamente e necessariamente. Da una parte possono essere sempre di nuovo catturati nel progetto colonialista occidentale: in questo senso i "diritti umani" valgono da strumento di sospensione della sovranità nazionale, fino alle "guerre umanitarie"; d'altra parte possono essere sempre riattivati, divenire - come a volte sono effettivamente stati - uno strumento di rivendicazione, di richiesta di giustizia sociale, un vettore di emancipazione, di ulteriorità rispetto alla stabilità sociale, perché obbligano ogni società a pensarsi su di un'altra scala, ad un'altra altezza. Tutto questo è in gioco nelle nostre immagini dell'individuo e del tutto a cui si presume appartenga (la comunità, la società, oppure lo stato, la specie). Queste immagini impregnano la vita pubblica: l'etica dei diritti umani, se concepita in un'ottica di pura sopravvivenza entro il giro ristretto dei piaceri, secondo la lezione lacaniana del *Seminario VII* pienamente accolta da Badiou, relega necessariamente la politica ad una funzione di *governance*, di mero *"service des biens"*[7].

Non è strano che di fronte a tali esigenze di contestualizzazione e formulazione del problema politico, il concetto di transindividuale proposto da Simondon possa essere parso ad alcuni parzialmente risolutivo. Come già detto il primo a sottolinearne l'importanza è proprio Balibar che, nell'utilizzare il concetto di Simondon come chiave di lettura dell'*Etica* spinoziana, evoca, subito negandola, l'ipotesi storiografica di una "tradizione" del transindividuale - sul modello della "tradizione materialista" ipotizzata dal suo maestro Althusser: «esistono altri concetti di transindividualità nella filosofia moderna: non solo Leibniz ed Hegel (con alcune riserve), ma anche Freud e Marx. Kojève ha utilizzato occasionalmente tale espressione in riferimento ad Hegel, e soprattutto Lacan l'ha presa a prestito per esprimere l'idea che l'inconscio freudiano *non* è una 'facoltà' individuale, *né* un sistema 'collettivo' di archetipi. Ma ognuno di loro ha dato un'interpretazione differente del termine: non è possibile individuare una dottrina comune» (Balibar 1993b, pp. 113-14)[8]. A Balibar la "transindividualità" serve per leggere il rapporto tra *conatus* individuale e forme dell'organizzazione politica in Spinoza, in quanto il suo uso ha un'estensione tale da coprire tanto il problema ontologico, quanto quello politico-epistemologico: è «schema di causalità [relazionale] (soprattutto nelle parti I e II dell'*Etica*)» coerente con lo spinoziano «rifiuto della contingenza»; è «elemento determinante nella costruzione di successivi *gradi di individualità*, o gradi di integrazione di più individui "semplici" in altri più "complessi"»; ed è infine ciò che «come concetto latente [...] articola "immaginazione" e "ragione"» (*Ivi*, p. 114, *passim*). Se, per ragioni già ampiamente esposte, ci lascia perplessi l'utilizzo del concetto di transindividuale come paradigma di una causalità complessa e sistemica dominata dal concetto di necessità (cfr. *Ivi*, p. 117), sembra invece molto interessante la proposta di pensare il transindividuale come processo che rende conto della relazione sempre "tesa" tra immaginazione e ragione facendo riferimento all'intreccio tra costituzione della società civile e condizioni del libero pensiero (*Ivi*, pp. 138-39)[9]. Per Balibar si tratta di spiegare la preservazione del *conatus* individuale attraverso il collettivo, dunque un processo di "adattamento attivo" dell'individuo nel quale quest'ultimo si mostra come relazionalmente e socialmente costituito. Non è il caso di considerare analiticamente quella che non vuole essere una lettura di Simondon, bensì di Spinoza, ma va sottolineato senz'altro come Balibar tenda a proiettare la nozione di transindividuale sull'intero apparato concettuale della filosofia simondoniana, evitando di coglierne la specificità propria *all'interno* del pensiero di Simondon, e finendo così per inglobare l'individuazione fisica e biologica nell'individualizzazione psicosociale. Transindividuale e preindividuale tendono infatti a confondersi, come ad esempio in questo passaggio: «una collettività vivente non è mai un semplice aggregato o, al contrario, una fusione di individui pre-esistenti: essa deve divenire una cultura (ciò che Simondon chiama anche "spiritualità") o un modo dinamico di risolvere i problemi dell'individuo. Essa deve ritornare al livello pre-individuale (consistente, tra le altre cose, in modelli emozionali) per integrare gli individui in una nuova, superiore, entità metastabile che, per questo motivo, *non* sembra essere né "esterna", né "interna" agli stessi (ma, più precisamente, transindividuale)». La conseguenza è la completa risoluzione dell'individuo in una relazione che è unità paradossale «tra *individuazione* e *individualizzazione*», secondo una prospettiva per la quale «l'ultima diviene precondizione della precedente, e non il contrario. Di conseguenza, la transindividualità (in entrambi i suoi aspetti, passivo e attivo, e nelle sue espressioni, immaginaria e razionale) rimarrebbe una precondizione di questa forma superiore di individualità (della quale già noi godiamo), ma declinata con una nuova qualità superiore (cioè più potente)» (*Ivi*, p. 147). L'ambito dell'umano, essenzialmente politico, viene in questo modo presupposto come appartenente ad una forma di vita la cui individuazione biologica è del tutto riassorbita quale modalità interna di quella configurazione sociale e culturale della vita collettiva in cui soltanto si dà l'individuo della specie *homo sapiens*. La presa di posizione di Balibar influenzerà gran parte delle successive interpretazioni filosofico politiche del pensiero di Simondon, che saranno perlopiù centrate sul concetto di transindividuale proprio *a partire* dall'indebita sovrapposizione di transindividuale e preindividuale che sembrano implicitamente ammettere. Da questo momento in poi il concetto simondoniano di transindividuale diverrà paradigmatico di un pensiero che tenta di considerare il "sociale" in senso lato come essenzialmente relazionale-processuale e che intende formulare in modo conseguente il problema politico come problema non procedurale, né istituzionale. Così oggi, più di quindici anni dopo, citando proprio Balibar, Morfino può ancora ritenere il transindividuale concetto chiave di una "sfida filosofica" genuinamente materialista: «se tuttavia oggi è forse divenuto possibile riscrivere in termini materialisti una filosofia dello spirito *à la* Hegel, la strada certo è stata aperta dal concetto simondoniano di transindividuale, a patto che esso sia ripensato non solo attraverso la concettualità spinoziana, come ha fatto Balibar, ma anche attraverso coloro che costituiscono l'ineludibile punto di riferimento di ogni concezione contemporanea dell'individuazione: Marx, Darwin, Freud» (Morfino 2008, p. 400).

La più ampia elaborazione degli spunti offerti da Balibar è il lavoro di Combes, *Simondon. Individu et collectivité* (1999): una breve ma accurata presentazione del pensiero di Simondon in ottica filosofico politica, che ha l'indiscutibile merito di produrre, secondo questo taglio, la lettura sistematica di un'opera tradizionalmente ritenuta fondamentale soltanto per l'ambito della filosofia della tecnica, cercando di ricostruire con coerenza il respiro "ontologico" della ricerca di Simondon a partire dall'*Individuation* anziché da *Du mode*: «la descrizione che propone Simondon del modo di esistenza del collettivo come tale non è portata avanti all'interno di un'interrogazione esplicitamente politica. Si tratta di un approccio del collettivo che chiameremo ontologico» (Combes 2001a, p. 19). Questa impostazione, che privilegia l'analisi in prospettiva materialista dei concetti di collettivo e transindividuale, ha avuto ampio seguito, culminante in un numero monografico della rivista *Multitudes* (2004) dedicato a *Politiques de l'individuation. Penser avec Simondon*, che raccoglie una serie di contributi di studiosi che gravitano attorno ad un ambito culturale nel quale sono importanti in particolare i debiti deleuziani e in generale il riferimento ad una "politica della vita". Combes chiarisce come in Simondon si abbia a che fare con una sola individuazione psichica *e* collettiva, a volte declinata come psichico-collettiva (Combes 1999, p. 46), che costringe a concepire il soggetto secondo una topologia nella quale le relazioni interno-esterno sono conformi alla formula deleuziana della "piega" (*Ivi*, p. 72). In questo modo sarebbe possibile differenziare un'operazione transindividuale originariamente costitutiva del soggetto, dal collettivo che pure di quell'operazione è (come il soggetto) solo un esito. Tale passaggio al collettivo non avviene né attraverso una "mediazione formale" né come "attualizzazione" (*Ivi*, p. 61), ma si configura come una evenemenziale "prova del transindividuale" attraverso la quale si decide dell'effettiva partecipazione "politica" dell'individuo al collettivo (*Ivi*, p. 45). Ora, poiché il soggetto etico è pensato secondo la lettura deleuziana (e negriana) di Spinoza (o semplicemente attraverso la suggestione offerta da Balibar)[10], cioè secondo un'economia "transindividuale" degli affetti, Combes può porre l'accento sul carattere soggettivo del genitivo nell'espressione "prova del transindividuale", e concepire in ultima analisi il transindividuale come "autocostitutivo", secondo quanto afferma in un'occasione Simondon stesso (cfr. I 281)[11]. Il transindividuale è dunque per Combes, del "sociale implicito"; e in ultima analisi la stessa vita in quanto "in sé" politica, luogo di differenze "oscure e distinte" secondo la nota lezione deleuziana[12].

Nel lavoro di Combes risulta a volte troppo forzata la sottolineatura dell'opposizione transindividuale/collettivo, che non rispetta l'operazione metonimica tipica del testo dell'*Individuation*, dove l'uso del significante "collettivo" è sempre scisso tra struttura e operazione, come accade per la descrizione di ogni sistema o processo di individuazione, secondo quanto abbiamo già dimostrato nella prima parte di questa tesi[13]. Ma soprattutto non è convincente la nettezza con cui è accentuata l'opposizione transindividuale/interindividuale[14] fino al punto di istituire la dicotomia tra normale/patologico nella prospettiva appunto di una "politica della vita" che comprenda la tematizzazione del necessario rischio "evolutivo"[15]. È ovvio che in questa prospettiva il potenziale energetico di una vita-transindividuale risulterà tutto orientato in funzione anti-politica, se per politica si intende l'aspetto di produzione d'ordine e di costituzione delle identità, ancora una volta secondo lo schema dell'opposizione di politico/politica che abbiamo sopra esaminato (cfr. Combes 1999, p. 83; pp. 89-91).

Seguiamo invece il modo in cui nell'*Individuation* Simondon introduce l'opposizione interindividuale/transindividuale mentre parla dei *Livelli successivi di individuazione: vitale, psichico, transindividuale*. Il collettivo è "realtà transindividuale" che «si distingue dal sociale puro e dall'interindividuale puro». Simondon contrappone innanzitutto transindividuale e sociale, mostrando come la società sia data in modo "puro" (come caso limite) solamente nelle società animali, dunque a livello della sola individuazione vitale, grazie alla differenziazione funzionale dei singoli individui (qui ha in mente gli insetti), mentre il transindividuale richiede un'omogeneizzazione degli individui che però è concepita come ulteriore rispetto al "sociale puro". In questo senso «società e transindividualità possono esistere sovrapponendosi nel gruppo come il vitale e lo psichico si sovrappongono nella vita individuale», ciò implicando che la società sia condizione della transindividualità, come la vita è condizione dell'attività psichica. Insomma, il sociale sembra essere condizione dell'individuazione transindividuale e, quando quest'ultima costituisce un collettivo, questo si dà sempre come sfasato tra processi "primari" (biologico-sociali) di differenziazione funzionale degli individui e processi "secondari" di individuazione transindividuale, ovvero di costituzione di gruppi omogenei. È solo a questo punto che interviene il concetto di "interindividuale" in opposizione a "collettivo", per indicare modalità di organizzazione sociale che *rimangono* al livello dell'individuazione vitale perché non mettono in gioco l'emozione, e dunque non producono un'ulteriore individuazione collettiva, ma solamente processi di interazione tra individui già costituiti. Dunque al livello delle relazioni "umane" il collettivo, che va pensato come "sistema sociale"[16], non è mai dato nella sua purezza ma è sempre attraversato da due processualità divergenti, l'una transindividuale (costituente il sistema), l'altra interindividuale (condizione di stabilità del sistema). Il punto di partenza dell'analisi è comunque un collettivo inteso come sistema metastabile (biologico e psichico-collettivo) rispetto al quale le processualità di tipo transindividuale e interindividuale costituiscono fattori di tensione permanente *e* costitutiva. Il darsi di un sistema sociale implica perciò la contemporaneità delle due modalità processuali: il transindividuale è la modalità dei processi sociali che tende a costituire il collettivo e senza la quale la società rimarrebbe al livello biologico del "sociale puro", mentre l'interindividuale è la modalità relazionale biologica che obbliga l'organizzazione sociale alla differenziazione funzionale e a un progresso regolatore e stabilizzante. Sebbene l'anteriorità logica della relazionalità di tipo interindividuale sia confermata dall'ipotesi limite di una "società pura" animale, le due modalità non si danno nel collettivo che come processi contemporaneamente in atto, e possono essere considerati "in sé" soltanto come "termini" di una relazionalità sistemica che è metastabile proprio in quanto sfasata tra queste due polarità: «i legami che possono esistere tra degli esseri già individuati e che si stabilirebbero tra le loro individualità prese a partire da un'individuazione del collettivo non sarebbero che una relazione *interindividuale*, come la relazione interpsicologica», mentre «la nascita di una relazione *intersoggettiva* è condizionata dall'esistenza di una carica di natura nei soggetti, rimanenza di una preindividualità negli esseri individuati» (I 313-14, sott. ns.). Qui "intersoggettivo"[17] sta per transindividuale, in opposizione a "interindividuale", ma entrambe le modalità relazionali hanno come condizione il collettivo quale sistema metastabile in corso di individuazione. Simondon colloca dunque i termini "transindividuale" e "collettivo" al livello di quel sistema in corso di individuazione che - definibile rispetto al "sociale puro" e all'"individuale puro" come suoi "casi limite" - egli nomina esplicitamente "collettivo transindividuale" (cfr. I 315)[18]. Non va dimenticato come in tutta l'*Individuation* l'uso del termine "transindividuale" oscilli ad indicare sia il collettivo come sistema-società sfasato e teso tra individui e società (esito di un processo di individuazione transindividuale), sia *una* processualità interna al collettivo: quella costitutiva *e* destabilizzante definita in opposizione differenziale alla processualità di tipo "interindividuale". Come abbiamo visto, questa confusione terminologica, che tende a sovrapporre un sistema alla sua processualità costitutiva, deriva dalla natura stessa del tentativo - sempre metonimico - che attraversa e struttura l'intera *Individuation*, di definire la relazione paradossale tra individuo e processo di individuazione. Tuttavia tale equivocità non rende lecita né l'opposizione *tout court* di collettivo a transindividuale, che il testo di Simondon esplicitamente vieta[19], né soprattutto la posizione di un'alternativa netta tra processualità virtuose di tipo transindividuale-innovativo e processualità di tipo interindividuale-conservativo. Ne consegue non solo che, nell'economia dell'*Individuation*, l'opposizione tra transindividuale e interindividuale non può giocare la funzione in ultima analisi etico-politica dell'opposizione normale/patologico, ma anche che, al contrario di quanto sembra intendere Combes, il transindividuale definisce il collettivo proprio in quanto quest'ultimo si produce in discontinuità rispetto alla vita, che si muove tendenzialmente entro l'orizzonte dell'organizzazione interindividuale: «l'aggiunta di un certo coefficiente d'interindividualità a una società può dare l'illusione di transindividualità, ma il collettivo non esiste veramente che se un'individuazione l'istituisce. Esso è storico» (I 167). E tale discontinuità è data proprio dal prodursi - storico - di significazioni.

Ma se Combes privilegia nettamente l'individuazione biologica, cioè quell' "origine non passata" supposta già possedere in sé un potenziale transindividuale virtuale (cfr. Id. 2001b, p. 137)[20], allora lo sviluppo italiano dell'interpretazione di Simondon ci sembra il più coerente con la sua interpretazione, ma anche - e proprio per questo - quello verso il quale il testo dell'*Individuation*, ma soprattutto il seguito dell'opera di Simondon, manifesta apertamente insormontabili resistenze. Tale linea di lettura, diciamo di "politiche della vita", transita nella ricezione italiana anche attraverso Agamben[21], ma soprattutto grazie all'operazione editoriale di Virno. La scelta della prima traduzione di Simondon cade quasi "naturalmente" su *L'individuazione psichica e collettiva*, tradotta con prefazione di Combes ed una postfazione di Virno intitolata *Moltitudine e principio di individuazione* (2001). Secondo Virno vi è un modo di concepire la specie *homo sapiens* che consente la fondazione di una politica contro-istituzionale di emancipazione e partecipazione. L'operatore di questo tipo di lavoro concettuale nel testo dell'*Individuation* è la nozione di "neotenia"[22], che consente, nel caso della specie *homo sapiens*, di giungere ad allargare il concetto di "ambiente specifico" fino a comprendervi linguaggio e lavoro. Secondo Virno Simondon metterebbe in luce il carattere transindividuale della tecnica e del collettivo, ma non coglierebbe il punto in cui queste due diverse forme di transindividualità si fondono: il *general intellect*, la forza-lavoro postfordista divenuta forza-invenzione. Tale transindividuale "tecnico e politico" e il "fondo biologico" preindividuale della specie dovrebbero potersi individuare nel "collettivo della moltitudine" (Virno 2006). Virno può così affermare che «ciascuno dei "molti", avendo l'universale alle proprie spalle, a mo' di premessa o antefatto, non abbisogna di quell'universalità posticcia che è lo Stato» (Virno 2001, pp. 280-81). Non stupisce allora che - sulla base di una quantomeno azzardata identificazione di preindividuale e transindividuale - attribuisca a Simondon un'improbabile identificazione del preindividuale *tout court* con «il fondo biologico della specie», con «la lingua storico-naturale della propria comunità» o addirittura con «il rapporto di produzione dominante» (*Ivi*, pp. 276-78). Ora, se si intende leggere Simondon, queste cose vanno tenute ben distinte: per Simondon il "fondo" è preindividuale e non è perciò mai solo biologico né "della specie"; la lingua non è determinante rispetto all'istituzione del collettivo (e tantomeno di quella che Simondon chiama "comunità"); i rapporti di produzione sono criticati da una prospettiva completamente diversa da quella marxiana (come vedremo analizzando in *Du mode* la critica di Simondon al "paradigma del lavoro"). Ma soprattutto vanno tenute distinte se si vuole comprendere come il concetto di transindividuale renda impossibile identificare l'umano tanto con il suo aspetto biologico quanto con il "taglio" che su di esso effettuerebbe il linguaggio. Quando Virno pone la questione del transindividuale nei termini del rapporto tra invariante biologica e facoltà di linguaggio da una parte e linguaggi storici dall'altra (cfr. Virno 2003, pp. 158-67), si allontana da Simondon che invece si esprime nei termini del rapporto tra individuazione del vivente e significazione. Qual è la differenza? Per Simondon si tratta di un rapporto tra operazioni, per Virno di un rapporto tra strutture, o perlomeno tra struttura biologica e storicità. Perciò per Virno un'indagine sui fondamenti del politico non sembra non poter sfociare e reggersi che su di un'identificazione dell'umano (e di conseguenza delle radici del transindividuale) con l'*homo sapiens*: «non vi è indagine sulla natura umana che non porti con sé almeno l'abbozzo di una teoria delle istituzioni politiche. E viceversa non vi è teoria delle istituzioni politiche che non adotti, quale suo presupposto, l'una o l'altra rappresentazione dei tratti che distinguono l'*Homo sapiens* dalle altre specie animali» (Virno 2007). Nella prospettiva di Simondon si potrebbe muovere a Virno questo tipo di critica: l'individuazione dell'uomo in quanto vivente, se considerata alla luce del concetto di specie biologica, risulta equivoca ed euristicamente inutile perché, leggendo il biologico come "struttura invariante", ne rende incomprensibile la modalità propria di insistenza nell'economia del collettivo[23]. Vi è invece un altro lato della ricerca di Virno che forse potrebbe trovare maggiori corrispondenze nell'opera di Simondon, se solo si tenessero ben distinti il "fondo" preindividuale dell'individuazione biologica e la processualità transindividuale: si tratta di quanto Virno tematizza come "linguaggio storico" e che ha un legame più stretto con quelle che in seguito chiameremo - seguendo Combes - delle "politiche della memoria" (cfr. *infra*, Intermezzo III). Ma la posizione di Simondon, da parte sua, non ammette riduzioni di sorta: né un assorbimento dell'essere vivente *homo sapiens* nei processi di individuazione transindividuale (ovvero nessuna riduzione simbolica del biologico); né un'estensione del biologico fino a comprendere interamente in esso l'innesto e lo sviluppo del linguaggio o di altro che ne caratterizzi l'innata "socialità". Ma soprattutto nessuna immediata identificazione di transindividuale e vita-politica, a nessuno dei due livelli sopra ipotizzati, culturale-simbolico oppure biologico-specifico: piuttosto il transindividuale come possibilità propriamente costitutiva di *una modalità* del politico nella soglia sempre aperta tra individuazione biologica in atto e individualizzazioni psichiche e collettive in corso, in una divisione radicalmente costitutiva di ogni vivente capace di produrre significazioni. Tutto ciò impedisce una semplice identificazione di transindividuale e specie o di transindividuale e dimensione politica.

Il transindividuale è un problema che il testo dell'*Individuation* pone senza offrirne la soluzione, perché è il problema - questo sì sempre politico - dell'apertura alla decisione di che cosa si intenda per umano. Il problema che ci invita a porre il concetto di transindividuale è se ad una concezione dell'umano si possa giungere solo attraverso un'antropologia: ciò che Simondon ritiene senz'altro un errore, nella migliore delle ipotesi derivante da un consolidato meccanismo di difesa. Il concetto di transindividuale ha così senz'altro il merito di scardinare le opposizioni che classicamente definiscono lo spazio del politico. Il pericolo è però a questo punto quello dell'indeterminatezza: negata la sostanzialità dell'individuo e del tutto di cui sarebbe parte (società o stato), pensato lo spazio politico come costituito e configurato da relazioni e, soprattutto, tolta ogni possibilità di identificare l'ambito del politico con l'ambito dell'umano, che cosa rimane? L'affermazione pura e semplice della dimensione transindividuale ci sembra francamente troppo poco. È una prospettiva che lascia campo libero a ciò che inten de combattere - ovvero tutta la serie delle dinamiche di amministrazione dello spazio collettivo che va sotto il nome di biopotere - proprio perché non offre punti di resistenza nel senso più ampio "istituiti".

La prospettiva di ricerca indicata da Simondon, a partire dalla forza critica che il concetto di transindividuale possiede all'interno della sua filosofia dell'individuazione, implica invece lo studio, la spiegazione, l'immaginazione e la strutturazione - teorica e pratica - della dimensione di un collettivo che «esiste *physikòs*, non *loghikòs*» (I 314). Questa direzione di ricerca richiede dei tagli nel transindividuale che permettano di determinare l'ambito dell'umano senza passare attraverso opposizioni di tipo sostanzialistico, e nella consapevolezza che la determinazione di ciò che l'uomo è, come abbiamo visto, ha una valenza politica centrale. A questo fine né parlare di "vitale" né di "culturale" può essere sufficiente, e neppure basta riferirsi in modo generico alla soglia natura/cultura. Non serve essersi liberati da una falsa antropologia per sostituirla con un'altra. Occorrerà stabilire differenti modalità di riconoscimento dell'umano nella sua relazionalità costitutiva e, perché no, nella sua intermittenza: indagare le condizioni di soglia dell'umano - per così dire - da diverse prospettive. Il primo taglio, matrice di ogni altro, è imposto dalla ricorrenza in Simondon del tema della differenziazione uomo/animale. La recente pubblicazione delle *Deux leçons sur l'animal et l'homme* ci facilita questo approccio, perché Simondon vi traccia proprio una breve storia dell'operazione filosofica che ha portato a costruire il concetto di "animale" in relazione differenziale rispetto a quello di "uomo" e, seguendo la genesi della nozione di "animalità", finisce per dimostrare come il concetto di "istinto" sia stato nelle scienze dell'uomo strumento per la costruzione di un'antropologia del tutto funzionale alla neutralizzazione di quanto vi è di aleatorio, singolare e imprevedibile nell'umano, nell'animale e - in fondo - nell'essere stesso.

Ecco, in breve, la sua argomentazione. Già nel pensiero antico vi è una chiara gerarchizzazione del rapporto uomo-animale, che però rimane sempre pensato sullo sfondo dell'unica *physis* entro la quale l'uno e l'altro sono inscritti: c'è differenza di natura tra uomo e animale come tra animale e pianta, ma si tratta di una differenza gerarchica tra esseri che appartengono alla stesso *continuum,* tra i quali non c'è perciò una vera eterogeneità ontologica. Soltanto a partire dall'introduzione di un principio di ordine trascendente - l'anima del pensiero cristiano - si inizia una radicale separazione teorica dell'uomo dall'animale che culmina nel concetto cartesiano di *res cogitans.* Nella modernità la ragione non è più soltanto una facoltà il cui esercizio è ciò che differenzia l'uomo dagli altri esseri appartenenti alla stessa *physis,* ma - quanto l'anima per il pensiero cristiano - è segno di una differenza ontologica costitutiva: l'uomo, perlomeno nella sua attività "spirituale", viene considerato come portatore o partecipe di un' "altra natura", gerarchicamente superiore a quella che invece accomuna ogni altro essere, vivente e non vivente. Da questo momento in poi "l'animalità" potrà essere pensata sempre e soltanto in opposizione differenziale rispetto ad un uomo qualificato dal possesso di un'anima-ragione, fino a fare dell'animale «una specie di ente di ragione, cioè un essere fittizio che è prima di tutto ciò che l'uomo non è [...] una specie di controtipo della realtà umana idealmente costituita» (DL 61)[24]. Con questa duplice operazione di riduzione scompare la possibilità di individuare il piano specifico dello psichico, nell'animale quanto nell'uomo: nell'animale in quanto riconsegnato al puro "vitale" privo di pensiero, nell'uomo in quanto assegnato alla metafisica o alla teologia. Ma il problema centrale, secondo Simondon, non sta tanto nel modo in cui - all'interno del pensiero cristiano prima e moderno poi - viene caratterizzata e fissata su un supporto trascendente (un'altra "natura", direttamente o indirettamente divina) l'essenza razionale dell'uomo, quanto piuttosto nell'esito storico di una tale considerazione "essenzialista" dell'animalità. Infatti i secoli XIX e XX rovesciano il razionalismo meccanicista non tanto per affermare «che l'animale è un essere ragionevole e un essere che ha un'interiorità, un essere che ha un'affettività, un essere che è cosciente e che di conseguenza ha un'anima» (DL 62), ma per giungere all'operazione paradossale secondo la quale lo stesso contenuto di realtà prima attribuito alla nozione di animalità finisce infine per caratterizzare l'uomo stesso. Quell'antica operazione epistemologica di inversione proietta i propri effetti paradossali fin sopra la ricerca scientifica contemporanea: proprio quando, nell'orizzonte della causalità sistemica post-meccanicista, le scienze umane si dichiarano svincolate da ogni presupposto metafisico, la concezione cristiano-moderna dell'animale continua ad abitarne i presupposti in quanto «si trova ad essere generalizzata e universalizzata al punto di permettere di pensare le stesse condotte umane» (DL 61). Insomma, anche eliminato il riferimento alla trascendenza e riassorbito lo studio dell'uomo nell'ambito delle scienze naturali, il problema ereditato non è affatto dissolto ma anzi sedimentato: in questo modo infatti, credendo di poter cogliere - liberi da presupposti metafisici - l'uomo nella sua concretezza, si finisce piuttosto per studiarlo come animale "astratto", cioè definito dall'appartenenza specifica (dunque dalla configurazione genetica e dai *pattern* comportamentali da essa determinati) e dal principio dell'adattamento alle condizioni ambientali, dissolvendo la questione della singolarità dell'individuo in un'articolata analisi dei bisogni caratterizzanti la specie. L'animale inteso come "essere di finzione", che avrebbe con la natura «delle relazioni [interamente] regolate da caratteristiche specifiche» (I 302), appare a Simondon funzionale al mantenimento di quel modello astratto dell'animalità che permette l'inscrizione e la progressiva riduzione dell'ambito dell' "umano" - come denuncerà di lì a poco Foucault - alla "giusta misura" delle pratiche di potere[25].

A questa prospettiva Simondon oppone la funzione metodologica di uno studio della biologia capace di riscattare alcuni concetti dal loro uso improprio per restituire il biologico e l'umano alla loro reale complessità. In questo modo, proprio in un paragrafo dell'individuazione biologica dedicato allo studio dei celenterati[26], Simondon produce un'analisi utile a caratterizzare la soglia dell'umano e dunque il concetto stesso di transindividuale. Si tratta dell'analisi dei concetti di "tendenza" e "istinto". Questi termini definiscono due funzioni che, nettamente differenziate nelle forme di vita meno complesse, negli animali superiori si esercitano in modo contemporaneo e paradossale: «l'alternanza dello stadio individuale e della colonia cede il posto, nelle specie superiori, alla simultaneità della vita individuale e della società, ciò che complica l'individuo ponendo in esso un doppio fascio di funzioni individuali (istinto) e sociali (tendenze)» (I 171). A Simondon risulta relativamente semplice caratterizzare le "tendenze" degli esseri viventi in relazione alle categorie classiche di adattamento e integrazione sistemica: «essendo di tipo continuo e di conseguenza stabili, sono integrabili alla vita comunitaria, e costituiscono allo stesso tempo un mezzo di integrazione dell'individuo». Ma quando si trova invece a dover definire gli istinti, non può farlo che qualificandoli in modo complementare alle tendenze, cioè come "discontinui", "instabili" e «non integrabili dalla vita comunitaria». Ciò che gli interessa non è certo costituire una dualità di principi complementari che definiscano una volta per tutte la sfera del vivente-psichico, quanto piuttosto cogliere una determinata "operazione di individuazione" (qui l'individuazione biologica) attraverso altri processi di individuazione che essa incrocia e per mezzo della descrizione delle tensioni che continuano a persistere nell'individuo concepito come esito parziale di quei processi. Per fare ciò segue il suo metodo consueto: indica dei poli estremi, puramente teorici, entro i quali costruisce un campo di forze che ha la funzione di rendere conto delle stratificazioni dell'essere al livello in cui si colloca di volta in volta l'analisi. Qui sta appunto trattando dell'individuo in quanto risultante da un processo di individuazione biologica e incrociante un possibile processo di individuazione psichica, quindi di un uomo o di un animale superiore: «un'analisi psichica deve tener conto del carattere complementare delle tendenze e degli istinti nell'essere che noi chiamiamo individuo e che è, in tutte le specie individuate, un misto di continuità vitale e di singolarità istintiva, transcomunitaria» (I 170). L'operazione concettuale di Simondon consiste dunque nel sezionare il contenuto della nozione "filogenetica" di istinto (il complesso dei comportamenti geneticamente determinati) ricavandone da una parte il concetto di una "tendenza" globale e interindividuale, e dall'altra quello di un "istinto" questa volta tutto pensato in termini di molteplicità e singolarità, secondo un modello già proposto qualche anno prima da Merleau-Ponty nel suo corso su *L'istituzione*: «temi istintivi a pezzi [*morcelés*], non solidità dell'istinto»[27]. La differenziazione delle funzioni istinto/tendenza è infatti indipendente da un qualunque tentativo di costruire un'opposizione tra "natura istintuale" e "cultura tendenziale": si tratta di distinguere funzioni e comportamenti che sono di tipo continuo e necessario da altri che sono di tipo discontinuo ed evenemenziale, indipendentemente dal loro radicamento genetico o dalla loro acquisizione sociale[28].

Questo non significa che Simondon rifiuti integralmente l'opposizione natura/cultura, così come l'assume - probabilmente attraverso il lavoro dell'amico Mikel Dufrenne su Abram Kardiner[29] - dal "culturalismo" americano. Ma tale distinzione ha sempre in Simondon carattere metodologico e non ontologico, e sembra in questo senso molto vicina alla proposta di Kardiner di una tematizzazione della "natura umana" funzionale alla determinazione di criteri di soglia per delimitare l'ambito dell' "umano": «se il rapporto individuo-gruppo non può essere riducibile al rapporto organismo-*milieu*, allora si pone necessariamente il problema della "natura umana", ma non, appunto, per ricondurre l'umano all'organico, bensì come strumento per discriminare nel rapporto natura/cultura la modalità precipua della relazione individuo-gruppo come caratterizzante la soglia dell'umano» (Kardiner 1939, p. 67)[30]. Nell'*Individuation* il rifiuto di un'antropologia "essenzialista" è esplicito nel paragrafo dedicato all'*Insufficienza della nozione di essenza dell'uomo e dell'antropologia* per lo studio delle relazioni sociali: «non è a partire da un'essenza che si può indicare che cosa sia l'uomo, poiché ogni antropologia sarà obbligata a sostanzializzare o l'individuale o il sociale per attribuire un'essenza all'uomo» (I 296-97). Lo sguardo antropologico costringe necessariamente a sostanzializzare l'individuale (in quanto biologico o psichico) o il sociale (in quanto psichico o collettivo) poiché parte da un'astrazione anziché dalla modalità relazionale costitutiva del "campo" dell'umano, ovvero di ciò che Simondon chiama appunto "transindividuale": «l'umano è sociale, psico-sociale, psichico, somatico, senza che nessuno di questi aspetti possa essere preso come fondamentale e gli altri come accessori» (I 297). Come è noto, per cogliere il costituirsi della società, le strade percorribili a partire dalla distinzione natura/cultura sono due: o si considera l'istinto come la componente naturale che la cultura addomestica per rendere possibile la convivenza civile, oppure si ritiene l'uomo un animale "naturalmente" sociale e la cultura viene intesa come sviluppo conseguente di tale natura o come sua "corruzione". Considerando la natura istintiva come ciò che comunque determina un divenire tendenziale, e la cultura come ciò che può rispettivamente sviluppare o attenuare gli esiti di tale tendenza, entrambe le strade postulano una natura umana in cui la "funzione istinto" e la "funzione tendenza" sono legate da un determinismo scontato, che conferma l'opposizione natura/cultura come costitutiva dell'ambito del collettivo. In entrambi i casi l'elemento di incertezza è collocato nell'intersezione di natura e cultura, nel punto in cui l'esito della mitigazione degli istinti o del loro sviluppo virtuoso dipende dal valore di una cultura, dalla sua capacità - potremmo dire - di mediazione rispetto al dato universale della natura umana, comunque intesa. Ma per Simondon istinto e tendenza non sono funzioni sovrapponibili a natura e cultura, perché non appartengono integralmente a nessuna delle due sfere ma le attraversano entrambe: piuttosto natura e cultura sono da considerarsi strutture la cui consistenza è, rispetto a quelle operazioni che ne determinano la particolare configurazione nella traiettoria di ogni singolo individuo, derivata. Tale "riforma" del concetto di istinto è pienamente conforme al superamento della pretesa sostanzialistica tipica di quella classificazione che, «permettendo una conoscenza degli esseri per genere comune e differenze specifiche, suppone l'utilizzo dello schema ilomorfi-co» (I 313): Simondon al contrario nega esplicitamente l'utilità anche solo euristica del concetto di "forma specifica" e di ogni suddivisione ad essa associata, che tenderebbe a fissare il concetto di istinto come coestensivo alla matrice biologica del comportamento, declinandola così in senso puramente deterministico[31]. Ora, l'ipotesi di Simondon è che l'uomo non possa essere ridotto al vivente, ma neppure separato da esso, come invece implica almeno in parte ogni antropologia: se l'uomo è parte del vivente, d'altronde non è possibile considerare il vivente escludendo quella parte di esso che è l'uomo (cfr. I 297). Sono altri i tagli da effettuare sul vivente per produrre una conoscenza di esso e dell'uomo che sia all'altezza di una filosofia dell'individuazione. Uno di questi è appunto la distinzione di istinto e tendenza, in quanto indicano due funzioni che vanno analizzate separatamente *anche* per studiare l'uomo e la vita collettiva, senza soggiacere al postulato di una "natura umana", ricavata per assolutizzazione - tutta metafisica - di una differenziazione dall'animale astrattamente considerato. Ciò che Simondon introduce attraverso la nozione di "istinto" è proprio l'elemento aleatorio, irriducibile a qualunque divenire tendenziale del "vivente psichico": *gli* istinti (sempre al plurale, perché non si tratta propriamente di una "categoria", ma del nome comune che indica ciò che risulta non categorizzabile in maniera continua) «si manifestano generalmente per il loro carattere di conseguenze senza premesse» in quanto «non fanno parte della continuità quotidiana dell'esistenza» (I 169), costituiscono ciò che sfugge non solo ad ogni controllo, ma anche ad ogni possibile previsione, insomma: sono ciò che non rientra in alcuna concezione, per quanto complessa, di una natura umana, e che tuttavia non è riducibile neppure ad un aspetto della cultura, ad un intervento per definizione "esterno" all'organismo. In particolare, nelle pagine relative all'individuazione biologica il termine "istinto" indica fattori di indeterminazione propri del "vivente psichico" (che Simondon non esita a definire "pulsioni istintive") che contaminano la nozione filosofica di "natura umana" trasformando quest'ultima in un'immagine sfocata, incapace di rendere conto di ciò che eccede *dall'interno* il divenire tendenziale che intenderebbe nominare. Quanto Simondon afferma per i celenterati vale infatti per tutti i regimi di individuazione, dunque anche per l'ambito proprio dell'uomo: «il transindividuale è ciò che, per gli individui non provvisori, equivale alla trasformazione in colonia per gli individui provvisori funzionali al transfert, o allo sviluppo in pianta per quanto riguarda il grano» (I 220).

Come va letta allora la denuncia di Simondon secondo cui «le comunità umane costruiscono tutto un meccanismo di difesa contro le pulsioni istintive, tentando di definire le tendenze e gli istinti in termini univoci, come se fossero della medesima natura» (I 169-70)? Perché le comunità umane dovrebbero neutralizzare, rendere impercettibile, il differire della funzione evenemenziale degli istinti da quella continua delle tendenze? La base del discorso è un tema quasi ovvio in ambito antropologico: la ritualizzazione dei comportamenti ha la funzione di rinsaldare il legame sociale e il senso di appartenenza/esclusione che caratterizza la comunità, riconducendone i membri ad attività codificate e riconoscibili di adesione o di trasgressione parziale che non ne possano intaccare un equilibrio di tipo omeostatico. Ebbene, ciò che qui Simondon ci spinge ad ipotizzare è che forse l'antropologia stessa fa parte di questo insieme di rituali propiziatori per mezzo dei quali le comunità costruiscono il legame sociale poiché, identificando una "natura umana" e disconoscendo l'aspetto paradossale del vivente-psichico (dunque anche - ma non solo - degli uomini), permette di costruire una visione della vita "comune" escludente l'elemento aleatorio che invece ne è costitutivo. Quelle che qui Simondon chiama "pulsioni istintive" sono "costitutive" nel senso proprio in cui costituiscono l'inizio, la condizione singolare di innesco della vita collettiva che, come spinta "trans-comunitaria", continua ad abitare e minacciare la comunità nel modo in cui il minuscolo celenterato, che si stacca dalla propria colonia intaccandone l'integrità, è la sola possibile condizione del costituirsi di una nuova formazione corallina: «è necessario riconoscere la dualità dell'individuo, e caratterizzare l'esistenza delle pulsioni istintive come sua funzionalità transcomunitaria» (I 170). É chiaro allora come in quest'ottica la costruzione di un'antropologia che riduca gli istinti a semplice fondamento biologico dell'individuo in accordo o in contrasto con le tendenze interne a una comunità, sia un'operazione epistemologica che costituisce un esorcismo irrinunciabile rispetto a "pulsioni istintive" che invece sono l'aspetto visibile, nel comportamento del vivente-psichico, di una aleatorietà la cui presenza costitutiva in ogni ordine dell'essere impedisce la chiusura definitiva di qualunque processo di individuazione comunitario[32]. Ecco che allora una filosofia vitalista "antropocentrica" - incapace di vedere l'aleatorietà inquietante, propria dell'essere stesso, all'opera anche nell'individuazione "umana" - e bisognosa di un'immagine confortante perché stabile della natura dell'uomo, non può che tentare di schiacciare il concetto di istinto su quello di tendenza: «non è il vitalismo propriamente detto ad aver spinto a confondere gli istinti e le tendenze, ma un vitalismo fondato su un'analisi parziale della vita, che valorizza le forme più prossime alla specie umana, costituendo un antropocentrismo di fatto» (I 171)[33]. Sebbene in altri luoghi dell'Individuation Simondon non sia coerente con la propria scelta terminologica di opporre "istinto" e "tendenza"[34], e in particolare abbandoni la caratterizzazione "aleatoria" del concetto di istinto, comunque non manca mai di conservare l'opposizione strategica tra processi di tipo omeostatico e processi di tipo evenemenziale, che vanno sempre tenuti ben distinti perché definiscono una differenza di tipo funzionale dei comportamenti molto più "reale" della supposta differenza tra umano e animale[35], che invece il concetto di istinto tende indebitamente a sostanzializ-

zare offrendosi come un facile ma ingannevole strumento di cataloga-
zione. Nell'animale come nell'uomo va infatti colto il differire reale di
due modalità funzionali che non sono in alcun modo riducibili alla differenza specifica, ovvero l'individuazione e l'individualizzazione:
«confondendo nell'animale le condotte istintive semplici con le reazioni conflittuali che le sopravanzano, noi unifichiamo abusivamente gli
aspetti d'individuazione e gli aspetti d'individualizzazione» (I 272). Per
Simondon la differenza reale è una differenza sempre e di volta in volta singolare, tanto tra un uomo e un altro essere vivente *quanto* tra singoli esseri viventi: una differenza che non può in alcun modo essere
compresa da un pensiero che ragiona per generi e specie, perché risponde a condizioni generali di soglia, dunque di scala - queste sì universali - che spetta a una teoria dell'individuazione descrivere.

Questa concezione consente a Simondon di indagare e definire, come ogni altro regime di individuazione, anche l'ambito dell'umano
senza presupporre una qualche essenza comune agli individui appartenenti alla specie *homo sapiens*, ma ponendo condizioni di soglia che
definiscano comportamenti, modalità relazionali, strutture, processi
"umani" (dalla percezione all'affettività, dal linguaggio all'operazione
tecnica, fino alla spiritualità e alla costruzione del collettivo), e facendone oggetti di studio da parte delle scienze umane non (solo) come
una "secrezione della specie"[36], ma nella loro genesi e nel loro statuto
propriamente relazionale o appunto, nei termini di Simondon, transindividuale. Questo problema epistemologico si intreccia nel progetto
simondoniano alla costruzione di *una* assiomatica delle scienze umane,
una sorta di scienza corrispondente a ciò che nelle scienze "dure" è stata la nascita di una fisico-chimica, ovvero una scienza delle soglie tra
un dominio e l'altro del sapere (e dell'essere). Tale assiomatica dovrebbe riuscire ad unificare i domini di psicologia e sociologia attraverso
una «teoria energetica della presa di forma» (FIP 549). Ovviamente non
si tratta di un progetto di unificazione a partire da alcuna presunta "essenza" dell'uomo quanto piuttosto del tentativo di costruire una scienza delle relazioni transindividuali in atto. É proprio in questo intreccio
relazionale che si viene a costituire il campo dell'umano, dove appaiono come sostanzializzati i "casi limite" di tali relazioni ontologicamente
consistenti, cioè quelli che noi chiamiamo individui, gruppi e che il
pensiero sociologico tenderebbe a riunire in categorie astratte inutili
tanto a comprendere quanto ad agire in conformità con i processi di
individuazione in corso. Una tale scienza "dell'umano" dovrebbe essere fondata su una «*energetica umana*, e non solamente su di una *morfologia* [...] ci si dovrebbe chiedere perché le società si trasformino, perché i
gruppi si modifichino in funzione di condizioni di metastabilità» (FIP
550); una scienza insomma che avrebbe a che fare con lo studio
dell'aspetto dinamico - morfologico di stati metastabili. Ebbene, se nel
contesto francese l'alternativa all'approccio fenomenologico sembra
essere, al momento della stesura dell'*Individuation*, quella dell'antiuma-

nesimo strutturalista, Simondon non intende invece rinunciare al significante "umanismo", proseguendo un progetto che all'epoca vantava già una lunga gestazione.

Fin dal suo primo lavoro, pubblicato con il titolo *Humanisme culturel, humanisme négatif, humanisme nouveau* (1953), Simondon sceglieva infatti il termine "umanismo" per indicare una presa di posizione di tipo etico-politico che intendeva sviluppare alcune potenzialità presenti nell'esistenzialismo sartriano; ma già all'epoca i tratti peculiari del suo "difficile umanismo"[37] risultavano evidenti:

> è fin troppo facile riposare sull'idea di una natura umana permanente e universale sotto gli accidenti storici e le particolarità locali. Poiché non c'è natura umana definibile dato che ogni evento e ogni singolarità fanno parte dell'umanità (HU 52)[38].

L'umanismo di Simondon rimane sempre e comunque un umanismo diremo tendenziale, appassionato ma lucido, capace di rinunciare ai termini in cui di volta in volta tenta di formularsi se questi non si rivelano funzionali alla lotta che, sola, ne giustifica l'evocazione: «l'umanismo non può mai essere una dottrina né un'attitudine che si possa definire una volta per tutte; ogni epoca deve scoprire il suo umanismo, orientandolo verso il principale pericolo di alienazione» (MEOT 102)[39]. Nessuna "realtà umana", insomma, può fondare e garantire l'emergere del collettivo, o, una volta emerso, la sua stabilizzazione: il transindividuale *non* fa parte della natura umana, perché, a rigore, non c'è una natura umana. Nessuna concezione del collettivo può essere fondata su di un'antropologia perché per Simondon, a rigore, non è possibile un'antropologia: né un'antropologia basata sul concetto biologico di specie, né un'antropologia che sostenga il primato dello psichico (come percezione o come coscienza), né una sociologia dell'umano, dato che «non esiste in sociologia una "umanità"» (FIP 533). Ora, se è vero che nell'ottica del pensiero moderno ogni politica sembra implicare un'antropologia, una politica all'altezza di una filosofia dell'individuazione implicherà invece un'antropogenesi nel doppio senso di una scoperta *e* di un'invenzione del campo dell'umano. E questo è precisamente lo statuto del transindividuale.

[1] Ci riferiamo non solo a Virno (2001) e (2003), ma anche ad Agamben (2000), Esposito (2004), Morfino (2008). Il primato dell'invito ad una lettura politica della concettualità simondoniana spetta comunque a E. Laloy: «i concetti ontogenetici di Simondon permettono e fanno appello, pensiamo, ad una rilettura critica delle teorie del divenire, in particolare a livello storico-sociale» (Laloy 1971, p. 62).

[2] In ambito anglofono va segnalato ancora una volta un interprete italiano che, sulla scia di Combes, lega Simondon a tematiche francofortesi (in particolare Marcuse 1964) e alla questione del lavoro immateriale (cfr. Toscano 2002 e Id. 2006, Id. 2007). Balibar a sua volta "scopre" Simondon attraverso la moglie Françoise Balibar, autrice di una Note sur le Chapitre III per la seconda edizione di IPB (1995).

[3] In questo meccanismo Badiou fa rientrare anche l'assolutizzazione ideologica dell'olocausto (cfr. Badiou 1993, pp. 66-72).

[4] Anche la lotta nel campo dell'immaginario deve essere considerata in questa prospettiva, come vedremo, lotta eminentemente politica.

[5] Per il Balibar del saggio su Spinoza, come vedremo, e per altri che hanno da lui preso ispirazione, il concetto di transindividuale dovrebbe entrare a far parte di questa strumentazione.

[6] Cfr. Anderson (1983), per vedere gli effetti prodotti dall'"idea" di nazione - dall'immagine di un tutto di ampia scala costruito su rapporti che non sono face to face - nella storia, grazie ad uno schermo su cui proiettare un altro da odiare, disprezzare o compiangere: «i diritti umani sono considerati come il "resto" dei diritti politici. Così, dei diritti umani si fa lo stesso uso di quegli oggetti che, per il loro aspetto, sono logori, desueti e inutilizzabili nella "buona" società: li si dà ai poveri» (cfr. Žižek 2006).

[7] Ciò a cui Lacan oppone radicalmente un'etica della psicoanalisi: «quando si è articolato, del tutto in linea con l'esperienza freudiana, la dialettica della domanda, del bisogno e del desiderio, è sostenibile che si riduca il successo dell'analisi a una posizione di comfort individuale, collegata con la funzione sicuramente fondata e legittima che possiamo chiamare il servizio dei beni? - beni privati, beni di famiglia, beni della casa, altri beni inoltre che ci sollecitano, beni del mestiere, della professione, della città [...] farsi garante che il soggetto possa in qualche modo trovare il suo bene nell'analisi è una sorta di truffa» (Lacan 1959-60, p. 380).

[8] Nel pensiero di Lacan il concetto di transindividuale serve talvolta ad indicare la costituzione del soggetto nell'Altro. Ma solo nel Seminario V sulle Formazioni dell'inconscio, secondo Miller l'Altro diviene «il luogo del codice, un luogo simbolico, sovraindividuale [...] sinonimo del campo stesso della cultura, del sapere; è il luogo delle strutture elementari di parentela, della metafora paterna, dell'ordine del discorso, della norma sociale» (Miller 2003, p. 218). Insomma nel Seminario V, attraverso l'analisi del Witz freudiano, ma anche grazie al «modo in cui Lacan riformula Hegel» (ovviamene attraverso Kojève), si stabilizza secondo Miller quel paradigma la cui assunzione permette a Lacan di concepire la formazione dell'inconscio come processo sociale e di conseguenza lo statuto transindividuale del soggetto: «ciò che lo distingue è la transindividualità: il soggetto non è solo profondamente dipendente dall'Altro, ma è un concetto completamente relativo ad esso» (Ivi, p. 216).

[9] «O, più precisamente, le leggi psicologiche dell'immaginazione o vita immaginaria, derivanti dalla fondamentale ambivalenza del desiderio umano, e le norme razionali di reciproca utilità, che creano la possibilità di comunità relativamente stabili» (Ivi, p. 114).

[10] Cfr. Combes (1999) p. 54 e Id. (2001a) pp. 14-15.

[11] Non a caso a "prova del transindividuale" Combes sostituisce l'espressione "prova di un preindividuale" (in Id. 2001a, p. 16), a dimostrazione che sostenere in asso-

luto l'autocostitutività del transindividuale è impossibile, stando al testo dell'*Individuation*, quanto sostenere l'autocostitutività del biologico.
[12] «Con gli individui, c'è un'altra cosa, che è estrinsecamente oscura e intrinsecamente distinta: il transindividuale» (Combes 2001b, pp. 139). In un testo molto vicino alla sua recensione di IPB, Deleuze (1966a) parla appunto di idee "oscure e distinte". Purtroppo il testo di Combes è disponibile solamente in lingua italiana, e non sappiamo quanto ci si possa affidare a questa traduzione in alcuni momenti davvero indecente, che non solo inventa un'opera dal titolo *L'individuazione psichico-biologica*, ma arriva ad affermare che «Simondon ha costruito tutto il suo pensiero come uno sforzo di cogliere l'essere anziché le sue mutazioni» (*Ivi*, p. 133).
[13] A dire il vero tale opposizione è in seguito molto attenuata da Combes (2001a), il cui paragrafo finale s'intitola *Il collettivo come relazione*, e dove il termine tende a sovrapporsi a transindividuale.
[14] E anche una sovrapposizione della relazione oppositiva tra i due termini alla dialettica comunità/società, mentre - come vedremo più avanti - nel passaggio dall'appartenenza comunitaria alla produzione di relazioni sociali il transindividuale *non* costituisce propriamente un' "alternativa" alla normalità dei rapporti interindividuali.
[15] Ipotesi sviluppata da Aspe (2002) e accettata da Combes (2002) p. 49, dimenticando però che un intero paragrafo dell'*Individuation* è dedicato da Simondon proprio alla critica dell'ottica puramente adattazionista ancora implicita nella distinzione normale/patologico. Il riferimento per Combes sarebbe proprio Canguilhem (cfr. *Ivi*, pp. 50-51). Tratteremo in seguito della critica di Simondon alla distinzione normale/patologico prendendo in considerazione, oltre a Canguilhem, anche Goldstein e, prima ancora, Durkheim.
[16] Se in queste pagine Simondon sembra contrapporre interindividuale e transindividuale allo stesso modo di sociale e collettivo, bisogna osservare che "sociale" e "società" sono termini utilizzati in molti modi nell'*Individuation*, sia ad indicare un sistema, sia ad indicare determinate tendenze interne al sistema, come nell'accostamento "sociale puro" - "interindividuale puro" e come nell'opposizione comunità/società. Torneremo dal prossimo capitolo su quest'ultima opposizione che gioca un ruolo determinante nel testo e toglie radicalmente di mezzo l'ipotesi di un Simondon "communitarian".
[17] Simondon utilizza solo occasionalmente questo termine, la cui connotazione è decisamente fenomenologica. Cfr. *infra*, cap. 9.
[18] Qui Barthélémy ha pienamente ragione ad affermare che il transindividuale è piuttosto il processo-sfondo del quale l'interindividuale costituisce un "caso-limite" (Barthélémy 2005b, p. 222).
[19] In *I livelli successivi d'individuazione: vitale, psichico e transindividuale*, i due termini sono usati come sinonimi, così come in I 261 Simondon parla addirittura di «dominio del collettivo, o transindividuale».
[20] Ma appunto «la nozione di virtualità deve essere sostituita da quella di metastabilità di un sistema» (I 313), perché la metastabilità ha bisogno di un innesco affinché si attivi un processo di individuazione, ciò che garantisce da qualunque "necessità" di espressione delle potenzialità del sistema. Per un utilizzo del concetto di "virtualità potenziale" forse compatibile con la lettura deleuziana cfr. MEOT 204.
[21] La stessa Combes cita *Homo sacer* quando invita a chiedersi «se la vita non sia in se stessa sempre-già politica», e se «il politico non sia già contenuto in essa come il suo nucleo più prezioso» (Combes 1999, pp. 113-14). Da parte sua Agamben fa riferimento al pensiero di Simondon nei termini di un approccio etico-politico al problema della soggettivazione: «è in fondo questo ciò che amo molto in Simondon: si può ritenere che egli pensi sempre l'individuazione come la coesistenza di un principio individuale e personale e un principio impersonale, non-individuale. Una vita è insomma sempre fatta di due fasi nello stesso tempo, personale e impersonale.

Esse sono sempre in relazione, sebbene nettamente separate. Penso che si potrebbe definire "impersonale" l'ordine della potenza impersonale con la quale ogni vita è in relazione; e si potrebbe chiamare desoggettivazione questa esperienza che si fa quotidianamente di sfiorare una potenza impersonale, qualcosa che nello stesso tempo ci supera e ci fa vivere. Ecco, mi sembra che il problema dell'arte di vivere si possa formulare così: come essere in relazione con questa potenza impersonale? Come il soggetto saprà essere in rapporto con la propria potenza, che non gli appartiene, che lo supera? È un problema poetico, per così dire» (Agamben 2000).
[22] Cfr. *supra*, p. 39, n. 6.

[23] Non ci sembra uscire da questa prospettiva Cimatti che, in *Il possibile e il reale* (2009), si riferisce alla peculiarità dell' "esperienza del sacro" come fondata sulla biologia particolare dell'uomo *in quanto* «ciò che rende *Homo sapiens* un animale particolare è inestricabilmente connesso alla vita sociale» (*Ivi*, p. 128). Il fondamento biologico si esprime necessariamente nel senso sociale - ma non-religioso (ovvero non riferito alla trascendenza) - dell'esperienza del sacro. Nella dialettica sacro-profano si apre infatti l'unico spazio possibile per la comunità umana: la dimensione biologico-politica del "valore", che nell'*Homo sapiens* si costituisce sempre collettivamente. Anche qui la tensione tra struttura "invariante" biologica e istituzione del collettivo tende a scemare nell'identificazione *tout court* di uomo = animale della specie *homo sapiens*. Cimatti non sembra seguire fino in fondo ciò che pure afferma: «in quella che Simondon chiama 'individuazione di gruppo' [...] *l'animale ancora soltanto potenzialmente umano* [...] diventa capace di quell'insieme di abilità e competenze ed emozioni che definiscono la sua piena biologia» (*Ivi*, 104, sott. ns.). Come si vede Cimatti prima afferma che l'aspetto biologico non basta a fare l'uomo, ma in seguito che la sua individuazione sociale esplica «la sua piena biologia».
[24] Si tratterà insomma nient'altro che di un'immagine derivata, secondo Simondon buona soltanto per il pensiero classificatorio: per problemi (come ad es. quelli delle forme di vita di incerta collocazione tra il vegetale e l'animale o della difficile qualificazione dei primati rispetto all'uomo) che sorgono e cadono assieme alla pretesa "essenzialista" che le classificazioni astratte operanti nelle scienze della natura abbiano fondamento nella realtà.
[25] Cfr. in particolare Foucault (1966). Qui ci sembra il caso di evocare provvisoriamente almeno due traiettorie nelle quali la riflessione di Simondon ha un seguito o, piuttosto, un contrappunto: Deleuze, dove il debito simondoniano è ricorrente e spesso esplicito; e Derrida che, se pure, come afferma Stiegler, «non ha mai ritenuto opportuno leggere Simondon» (Stiegler 2006b, p. 45), imposta tuttavia la questione in modo molto simile: «mi sembra che il modo in cui la filosofia, nel suo insieme, e in particolare dopo Cartesio, ha trattato la questione cosiddetta "dell'animale", sia un segno evidente del logocentrismo [...] si tratta di una tradizione che non è stata omogenea, certo, ma egemonica, ed ha tenuto dunque il discorso *dell'*egemonia. Ora, ciò che resiste a questa tradizione prevalente, è semplicemente il fatto che ci sono *dei* viventi, *degli* animali, alcuni dei quali non si riducono a ciò che questo grande discorso sull'Animale pretende riconoscere loro. L'uomo ne è uno, e irriducibilmente singolare, certo, si sa, ma non c'è l'Uomo *versus* l'Animale» (Derrida-Roudinesco 2001, p. 108). Qui come altrove Derrida lega tale questione alla discussione del problema della fondazione dei diritti umani. Cfr. *Ivi*, p. 307, riportate in nota dallo stesso Derrida, le indicazioni bibliografiche riguardanti lo sviluppo di questa tematica nella sua opera.
[26] *Insufficienza della nozione di forma specifica: nozione di individuo puro; carattere non univoco della nozione di individuo* (I 167-71). Nell'esposizione Simondon segue molto da vicino il testo di Rabaud (1951), dedicato appunto ai "phénomènes génésiques". Sebbene vada sottolineato come la concezione fortemente determinista di Rabaud sia in fondo incompatibile con il pensiero di Simondon, tuttavia la sua condanna di ogni antropomorfismo in zoologia, e in particolare di ogni tentativo di proiettare

sullo studio del vivente il modello dell'attività meccanica umana, risultano senz'altro congruenti con la sua posizione.

[27] Il testo prosegue: «relativa plasticità dell'istinto, somiglianza con attitudini umane» (Merleau-Ponty 1954-55, p. 49). Merleau-Ponty sta trattando tematiche affini, relative alla distinzione tra animale e uomo, a partire dalla sua lettura dell'articolo di Ruyer (1953): «certo, l'istinto non appare più come una sorta di dono magico e meraviglioso dell'animale individuale. Si rivela frazionabile [*morcelable*] in comportamenti tematici, attivati e aggiustati da molteplici stimoli-segnali, o "gnosi", e dipendente dal livello di una sensibilità interna» (*ivi* p. 825). Qualche anno dopo, citando l'etologo Konrad Lorenz: «l'istinto è un'attività primordiale "senza oggetto", *objektlos*, che non è primitivamente posizione di un fine» (Merleau-Ponty 1956-60, p. 285; cfr. soprattutto il cap. *Il comportamento dell'organismo come fisiologia nel circuito esterno*). Ma forse è possibile far risalire il debito di Simondon ancora più in là, alla concezione bergsoniana dell'istinto come ciò che - in modo speculare all'intelligenza - introduce l'aleatorietà tipica del vivente nella componente meccanica dell'azione (cfr. Bergson 1907, parte II).

[28] Anche su questo punto la strategia di Simondon sembra coerente con quella di Merleau-Ponty: «l'istituito in opposizione all'innato (come ciò che è acquisito); alla maturazione interna ([come] apprendimento); all'ambiente interno ([come] ambiente esterno); al fisiologico ([come] fisiologico [e] sociale). Non è così che si può definire l'istinto. Poiché non vi è puro innato, pura maturazione endogena, puro ambiente interno, pura fisiologia» (Merleau-Ponty 1954-55, p. 49, *sott. ns.*).

[29] Dufrenne è autore di *La personnalité de base* (1953) vera e propria introduzione francese all'opera di Abram Kardiner. Sui rapporti tra Simondon e Dufrenne, cfr. *supra*, p. 86, n. 31.

[30] Come vedremo la funzione del termine "cultura" nell'economia del pensiero di Simondon, diviene però comprensibile solo in relazione al concetto di tecnica, quindi oltre i limiti dell'*Individuation*.

[31] Allo stesso modo Simondon rifiuta per l'uomo la validità della distinzione tra istinto-biologico e apprendimento-sociale (cfr. IMI 70). Al medesimo livello si situano anche la sua critica ad una psicoanalisi che si riferisca ad un «inconscio organico» (I 248) e la negazione di un "paradigma del lavoro" che implichi una classificazione "per generi e specie". Questo vale in *Du mode* anche per gli oggetti tecnici, la cui conoscenza non va ricavata da una semplicistica differenziazione rispetto al vivente, né in una semplice identificazione con esso (come accade nella cibernetica). La tecnologia deve in ogni caso rifiutare proprio «una classificazione degli oggetti tecnici operata con criteri stabiliti secondo i generi e le specie», in quanto «non ci sono che gli oggetti tecnici, che possiedono un'organizzazione funzionale che realizza differenti gradi di automatismo» (MEOT 48-49).

[32] In questo senso la scienza antropologica correrebbe il rischio di piegarsi ad una funzione di omeostasi sociale dagli esiti - in ultima analisi - autoimmunitari: quando la collettività, nel reinventare la propria natura, sta correndo il rischio dell'invenzione, allora l'antropologia imputa la produzione della differenza alla cultura, radicando la natura nel (presunto) puro dato biologico e disconoscendone così il rapporto costitutivo con il regime transindividuale dell'individuazione.

[33] L'ipotesi di una "continuità quantica" tra i diversi regimi di individuazione (fisico, biologico e psichico-collettivo), fondata sul concetto di trasduzione e illustrata dallo schema della cristallizzazione (cfr. I 202, ma anche I 161), permette a Simondon di differenziarsi da una posizione "vitalista" quanto da una posizione "culturalista" che postulino astratte differenze qualitative rispettivamente tra vivente e materia inerte o tra uomo e vivente, fino a sfociare in essenzialismi di stampo metafisico. In seguito diverrà davvero inevitabile chiedersi, in riferimento a Canguilhem, fin dove possa portare un "vitalismo filosofico" non-antropocentrico utilizzato in

funzione antimeccanicista, e se sia pensabile risolvere la questione della normatività sociale in tale prospettiva.

[34] Ad esempio quando istituisce una distinzione funzionale tra "condotte istintive", in cui «gli elementi della soluzione sono contenuti nella struttura dell'insieme costituito dal *milieu* e dall'individuo», e "reazioni organizzate" che «implicano da parte dell'essere vivente l'invenzione di una struttura», Simondon parla addirittura di istinti e «tendenze che ne derivano» (I 272), adeguandosi alla formula utilizzata da Merleau-Ponty nel corso sul *Concetto di Natura*. *L'animalità, il corpo umano, passaggio alla cultura* (1957-58), dove compaiono delle "tendenze istintive" che «non sono azioni dirette ad uno scopo, neppure uno scopo lontano di cui l'animale non avrebbe coscienza» (in Merleau-Ponty 1956-60, p. 285). Tuttavia Simondon riserva comunque sempre all'istinto il medesimo "ruolo motore" sia rispetto ai comportamenti dell'animale che dell'uomo: le "reazioni organizzate" di *entrambi* sono a base istintuale sebbene mai interamente determinate dalla struttura biologica e dalle tendenze che ne derivano.

[35] «La differenza rispetto alle azioni umane risiede nel fatto che per quanto concerne gli istinti, quando si tratta di un animale e l'osservatore è un uomo, la motivazione rimane generalmente visibile al di sotto dei comportamenti [...] la differenza è di livello piuttosto che di natura» (I 272).

[36] L'espressione è di André Leroi-Gourhan, uno dei riferimenti più costanti per Simondon, del quale tratteremo in seguito.

[37] Nell'*Introduzione* a *Du mode* Simondon si pronuncia contro ogni "facile umanismo" (MEOT 9). Secondo Barthélémy la "non-antropologia" di Simondon non è un antiumanesimo, ma un "umanesimo difficile" che rifiuta - con il medesimo gesto - la doppia separazione indotta dall'antropologia: tra uomo/natura e tra cultura/tecnica (cfr. Barthélémy 2006b, p. 117). Barthélémy punta a cogliere il significato "non-antropologico" del concetto di transindividuale (cfr. Barthélémy 2005a, pp. 223-24, e la conferenza 2008b); ma, come già notato, finisce con l'esplicitare chiaramente la matrice fenomenologica di un pensiero che «procede da una critica interna al pensiero di Heidegger» e sfocia nell'ennesima ermeneutica della finitezza di matrice fenomenologica (cfr. *supra*, pp. 84-85, n. 24). Per questa strada l'antropologia diviene una scienza fenomenologica (Barthélémy) o "fenomenotecnica" (Stiegler): comunque, una sorta di scienza del transindividuale inteso come "trascendentale". Ebbene, questo non ci sembra affatto l'*enjeu* della non-antropologia di Simondon. Non vediamo alcuna possibilità di rintracciare nell'*Individuation* una qualunque "natura umana", per quanto relazionale, finita, empirica o trascendentale, sulla quale si possa fondare alcunché: quello del transindividuale ci appare come un campo problematico denso di tensioni di cui non è possibile una definizione "universale", ma solamente coerenti descrizioni "analogiche" legate ad attraversamenti sempre singolari. Si può forse trattare il transindividuale come un campo "trascendentale", ma solo nel senso in cui attraverso tale termine si intenda cogliere il taglio auto-costituente dell'operazione di "produzione di significazioni" nella quale si costituiscono soggetto e oggetto, così come suggerisce Deleuze (1966a).

[38] In termini simili - ma in realtà opposti - Lévi-Strauss, nella sua lezione inaugurale al Collège de France intitolata *Elogio dell'antropologia* (1960), caratterizzerà la propria eredità culturale: «Mauss orienta l'antropologia "verso la ricerca di ciò che è comune agli uomini... Gli uomini comunicano attraverso simboli... ma possono avere questi simboli, e comunicare attraverso di essi, solo in quanto hanno gli stessi istinti"» (Lévi-Strauss 1960, p. 39). Per Lévi-Strauss vi è una fondamentale "stabilità" degli istinti (e della natura umana) che determina una differente concezione della società e un compito radicalmente differente per l'antropologia. Cfr. *infra* Intermezzo II.

[39] Lo stesso significante "umanismo" viene talvolta abbandonato da Simondon quando diviene elemento di *empasse* per la ricerca: «nell'esame dell'essere umano si

trovano i fondamenti possibili di un umanismo o di una teoria della trascendenza, ma solo i punti di arresto di un tale esame offrono queste due direzioni divergenti. L'una sfrutta l'uomo come soggetto della scienza, l'altra come teatro della fede» (I 255).

PARTE SECONDA

ORGANISMO E SOCIETÀ

> Donnons donc au mot biologie le sens très compréhensif
> qu'il devrait avoir, qu'il prendra peut-être un jour, et disons
> pour conclure que toute morale, pression ou aspiration, est
> d'essence biologique.
>
> Bergson, *Les deux sources de la morale e de la religion*

> Il convient de rechercher si ce qui, dans l'individu, dé-
> passe l'individu ne lui viendrait pas de cette réalité supra-
> individuelle, mais donnée dans l'expérience, qu'est la société
> [...] Ce qu'il faut, c'est essayer l'hypothèse, la soumettre aus-
> si méthodiquement qu'on peut au contrôle des faits. C'est ce
> que nous avons essayé de réaliser.
>
> Durkheim, *Les formes élémentaires de la vie religieuse*

Dopo aver esplicitato le basi ontologiche ed epistemologiche della filosofia di Simondon, dopo aver rilevato la centralità della riflessione sulla fisica contemporanea, l'ispirazione tratta da *Gestalt* e Cibernetica, la problematica collocazione tra eredità bergsoniana e fenomenologica, poniamo ora la questione alla quale il nostro lavoro intende risponde-re: qual è la portata filosofico-politica di una filosofia dell'individuazione?

5. DALLA VITA ALLA SIGNIFICAZIONE

Seguiremo innanzitutto l'elaborazione del concetto di transindivi-duale nell'*Individuation,* ovvero *nell'unico luogo in cui esso è esplicitamente presente*[1], soffermandoci sull'individuazione collettiva così come viene presentata nella sezione della tesi relativa all'individuazione biologica, dove Simondon tratta per la prima volta dell'ontogenesi della "comunità biologica". La questione può essere posta in questi termini: come è possibile determinare le soglie dell'attività psichica e dell'agire colletti-vo in una forma di radicale immanentismo che supponga «un concate-namento dalla realtà fisica fino alle forme biologiche superiori, senza stabilire distinzioni di classi e di generi» (I 158)[2]? Ma prima ancora: come si può determinare la differenza tra vita e non-vita?

Ispirandosi al lavoro di Georges Canguilhem, suo *directeur de thèse,* Simondon auspica una «teoria d'insieme della polarizzazione» che chiarisca «i rapporti tra ciò che si chiama materia vivente (o materia organizzata) e la materia inerte o inorganica» (I 203); ma dichiara anco-ra insufficiente lo stato della ricerca al riguardo[3]. Ciò che egli ritiene

invece di dover sottolineare è come siano in corso di elaborazione teorie di tipo quantistico in biologia, che permetteranno di introdurre e-
lementi di discontinuità nel modo di concepire il funzionamento
dell'organismo: «sebbene in un organismo tutto sia legato a tutto, fisio-
logicamente parlando si possono stabilire, grazie a leggi di funzionamento quantico, regimi di causalità differentemente strutturati» (I
204)[4]. Ebbene, la "polarizzazione" della materia e lo statuto "quantico"
della vita designano secondo Simondon un dominio intermedio ancora
non strutturato («né puramente continuo né puramente discontinuo»)
nel quale sarà possibile uno studio, in termini di teoria dell'informazione, dei modi d'essere compresi tra l'individuo fisico e l'individuo vivente, il cui criterio guida dovrebbe essere la misura dell'autonomia
energetica dell'individuo rispetto al proprio ambiente[5]. Simondon non
cerca tuttavia una classificazione del vivente che permetta di dichiarare
organica o inorganica una struttura, ma piuttosto un criterio che consenta di differenziare delle singole attività come organiche o inorgani-
che, con la conseguenza che attività del tipo "vivente" e attività del
tipo "fisico" possono normalmente coesistere nel medesimo individuo
concepito come sistema sfasato. Proprio lo statuto di relativa indipendenza del vivente dall'ambiente permette a Simondon di pensare la
sua attività come organizzata secondo una temporalità "rallentata"
rispetto a quella fisica: «il tipo fondamentale di trasduzione vitale è la
serie temporale, integratrice tanto quanto differenziatrice; l'identità
dell'essere vivente è fatta della sua temporalità» (I 164). Si tratta di una
temporalità discontinua: sia discontinua rispetto al preindividuale associato all'individuo, sia internamente discontinua in quanto sfasata; la
caratterizzazione neotenica del vivente corrisponde così in termini di
sviluppo alla sfasatura strutturale tra individuo e preindividuale. In
chiusura della sezione dedicata agli esseri viventi, nel porre esplicitamente il problema del rapporto tra cronologia e topologia, Simondon
afferma che il tempo dell'individuazione vitale non è necessariamente
continuo «come dice Bergson»: «la continuità è uno degli schemi cro-
nologici possibili, ma non è la sola; degli schemi di discontinuità, di
contiguità, di avvolgimento, possono essere definiti in cronologia come
in topologia» (I 228). A questo proposito Simondon rimprovera all'
"ontologia parmenidea" di Goldstein di impedire ogni possibile relazione tra lo studio del vivente e lo studio dell'inerte (cfr. I 229), cioè, in
sostanza, di impedire quello studio generale dei processi d'individuazione (il suo), che permetterebbe di rilevare invece "schemi" di processualità ontogenetica comuni ai diversi domini. Dallo studio scientifico
dei processi Simondon intende infatti ricavare schemi che di volta in
volta servono da paradigma per l'analisi dei singoli casi, non per classi-
ficarli, ma allo scopo di stabilirne le rispettive condizioni di soglia.

Allo stesso modo, quando deve trattare della distinzione tra vitale e
psichico, Simondon rifiuta classificazioni per generi, si esprime in termini di "polarizzazione affettiva" e "percettiva", caratterizza neoteni-

camente il "passaggio" da vivente a psichico, e infine procede a ricavare le condizioni di soglia di quest'ultimo, giungendo ad affermare la necessità di un'analisi "psico-biologica" del vivente (cfr. I 127). Nel paragrafo *I livelli successivi d'individuazione: vitale, psichico, transindividuale*, si chiede appunto: «come si distinguono l'uno dall'altro lo psichico e il vitale?». Secondo Simondon tra vitale e psichico esiste una relazione da individuazione a individuazione: «l'individuazione psichica è una dilatazione, un'espansione precoce dell'individuazione vitale» (I 166); si tratta ancora una volta di un "rallentamento", di una "amplificazione neotenica", dovuta al fatto che nel vivente, di fronte a determinati problemi posti dall'ambiente, "l'affettività" diventa incapace di esercitare la propria normale attività di regolazione e "deborda", pone per così dire su di un altro piano il problema del rapporto tra individuo e *milieu*: «il vero psichismo appare allorché le funzioni vitali non possono più risolvere i problemi posti al vivente, nel momento in cui la struttura triadica di funzioni percettive, attive e affettive non è più utilizzabile» (I 166). La natura quantica delle soglie che separano psichico e vitale fa sì che la vita psichica non inglobi né risolva in sé le problematiche vitali («la vita psichica non è né una sollecitazione né un riarrangiamento superiore delle funzioni vitali» I 165): il vitale continua a permanere, «come motivazione puramente vitale» (I 166), quale "fase" interna all'individuo caratterizzato da una vita psichica. Ma se da una parte le istanze vitali permangono nella vita psichica solo come insieme di «problemi e non come forze determinanti, o direttrici» (I 166), dall'altra lo psichico non unifica ma piuttosto "deregola" [*déregle*] l'organizzazione già presente nell'organico. Nessuna prevalenza di un polo sull'altro, dunque, ma appunto una sfasatura che rifugge sia l'ipotesi di un determinismo organico dello psichico, sia quella di una superiore conciliazione psichica delle spinte vitali. Questa posizione giustifica così la concezione di una certa "intermittenza" tra vita e pensiero nell'animale come nell'uomo:

> ciò significa che non ci sono degli esseri solamente viventi e altri viventi e pensanti: è probabile che gli animali si trovino talvolta in situazione psichica. Solamente, queste situazioni che conducono a degli atti di pensiero sono meno frequenti negli animali. L'uomo, disponendo di possibilità psichiche più estese, in particolare grazie alle risorse del simbolismo, fa più spesso appello allo psichismo; è la situazione puramente vitale, per la quale si sente particolarmente sminuito, ad essere in lui eccezionale. Non vi è una natura, un'essenza che permetta di fondare un'antropologia; semplicemente, una soglia è superata: l'animale è meglio dotato per vivere che per pensare, e l'uomo per pensare che per vivere. Ma l'uno e l'altro vivono e pensano, normalmente o eccezionalmente (I 165).

Risulta dunque evidente come lo psichico, costitutivamente preso in una processualità ulteriore rispetto alle funzioni dell'individuo biologico, non possa essere pensato solo in termini di percezione, azione e affettività (già parte della struttura triadica caratterizzante il vivente).

Seguiremo dunque Simondon mente ricava innanzitutto dallo studio dell'individuo biologico il modello di quest'attività relazionale "eccedente" che costituisce nel vivente la precondizione della vita psichica *dunque* del collettivo.

MILIEU, OMEOSTASI ED ECCEDENZA NEL VIVENTE (ADATTAMENTO, EVOLUZIONE, TRASDUZIONE)

Per elaborare criticamente la nozione di organismo Simondon riprende alcuni riferimenti tipici di Canguilhem: il concetto di omeostasi derivato da Walter Cannon, quello di *"milieu* interno" di Claude Bernard e la nozione di macchina cibernetica[6]. Un primo riferimento esplicito al *"milieu* interno" compare dove Simondon discute i limiti dell'individuazione fisica a partire dalla problematizzazione quantistica della "sostanzialità" della materia: quando chiama in causa Bernard, Simondon sta tentando di differenziare l'individuo fisico dall'individuo biologico affermando che quest'ultimo possiede un'interiorità (il suo *"milieu* interno") che non è più sostanziale di quella dell'individuo fisico, poiché anche "l'essere" proprio del vivente va collocato nella relazione in atto tra ambiente interno ed esterno. Come chiarirà dopo poche righe, qui per "essere" Simondon intende proprio la relazione stessa non in quanto «*esprime* l'essere, ma in quanto lo costituisce» (I 128). Ebbene, ciò che differenzia un organismo da un essere fisico è per Simondon solo l'estendersi della relazione in cui esso consiste dalla superficie "esterna" a ciò che Bernard chiama appunto *"milieu* interno", che - è il caso di ripeterlo - *non è* l'essere vivente, ma descrive la particolare configurazione strutturale assunta dalla sua relazionalità costitutiva. Ne risulta che, anche nel caso dell'individuo biologico, la sostanzializzazione di un'interiorità non è altro che un antropomorfismo senza alcuna ragione scientifica: una sorta di "biologismo" antropomorfico analogo a quello che sta alla base dei diversi tentativi di attribuire "un'interiorità" ad ogni individuo fisico[7]. L'equivoco deriva dalla considerazione dell'organismo su una scala che non è quella delle sue processualità costitutive, ma quella delle strutture macroscopicamente apparenti. Così l'"ambiente interno" di Bernard risulta interamente risolto da Simondon nei termini della sua ontologia relazionale: «la sola nozione di ambiente interno, costituita da Bernard per le necessità della ricerca biologica, indica, in ragione della mediazione che essa costituisce tra l'ambiente esterno e l'essere, che la sostanzialità dell'essere non può essere confusa con la sua interiorità, anche nel caso dell'individuo biologico» (I 127). In seguito la nozione ritorna in gioco proprio quando Simondon sta sottolineando come l'omeostasi caratterizzi l'essere vivente in quanto sistema di regolazioni che, se pure garantiscono all'individuo la stabilità del proprio ambiente interno, lo possono fare solo sulla base dell'interazione continua con le condizioni dell'ambiente esterno: mentre nell'essere "puramente fisico" la relazione con l'esterno è limitata ai punti di contatto diretto, nell'essere vivente «il sistema nervoso e l'ambiente esterno fanno sì che tale interiorità sia ovunque in contatto con un'esteriorità relativa» (I 161). In questo senso Simondon articola la relazionalità interno/esterno nell'unico concetto di *milieu* preindividuale associato all'individuo biologico: «l'interiorità e l'esteriorità sono distribuite ovunque nell'essere vivente» (I 161)[8]. Parlare di individuo e *milieu* associato (interno *ed* esterno) significa insomma per Simondon parlare di un sistema che è attività relazionale che coinvolge contemporaneamente la propria processualità interna di strutturazione-sviluppo e la serie di processi esterni che esso incrocia. In questo senso va letta la doppia modalità dell'azione che caratterizza il vivente: «l'azione dell'individuo su se stesso è del medesimo genere di quella rivolta all'esterno: esso si sviluppa costituendo, in se stesso, una colonia di sottoinsiemi reciprocamente intrecciati» (I 209, n. 17).

Ebbene, se ai livelli biologici più elementari l'attività d'integrazione caratterizza prevalentemente l'individuo mentre la differenziazione è soprattutto a carico delle tendenze dovute all'appartenenza specifica, negli organismi che vivono solamente *come* colonia (ad. es. i celenterati) la funzione di mediazione tra *milieu* è svolta dal gruppo, e infine, negli organismi complessi, l'individuo stesso riunisce entrambe le modalità nella sua attività vitale. Ma ciò che va in ogni caso sottolineato è come l'attività di mediazione tra interno ed esterno non giunga mai a fondere le due processualità in un'unica struttura statica perché, che si tratti del gruppo o dell'individuo, l'attività vitale ha la funzione di rendere le due processualità (e le "strutture fisiche" ad esse corrispondenti) compatibili nel funzionamento di un sistema metastabile. Perciò, quando l'individuo vivente appare, «il suo equilibrio è quello che implica la metastabilità: è in tal caso un equilibrio dinamico che suppone in generale una serie di nuove strutturazioni successive, senza le quali l'equilibrio di metastabilità non potrebbe essere mantenuto» (I 237). Ciò che differenzia quest'attività da quella operante ad esempio nel processo fisico di cristallizzazione in cui «l'interno non è omeostatico nel suo insieme in relazione all'esterno», è che nella processualità organica l'ambiente interno serve a «sostenere il prolungarsi dell'individuazione» ed è perciò tutto «topologicamente in contatto con il contenuto dello spazio esterno» (I 227).

Questo non solo complica ogni tentativo di caratterizzare il vivente a partire dalla relazione elementare interno-esterno, ma mette in crisi anche il concetto stesso di omeostasi, strettamente legato a quello di «costanza dell'*ambiente* interno»[9]. Infatti - puntualizza Simondon - «l'omeostasi non è tutta la stabilità vitale» (I 161). Qual è il senso di questa affermazione? Perché il concetto di omeostasi non basta a descrivere l'equilibrio dinamico di un "sistema" (individuo o gruppo) vivente? Simondon parla ancora una volta di una profonda "trialità" dell'essere vivente «a causa della quale si ritrovano in esso due attività complementari e una terza che realizza l'integrazione delle precedenti» ma che «non aggiunge ad esse una terza funzione» (I 162)[10]. Come è possibile concepire un'attività che si aggiunge alle funzioni di integrazione e differenziazione, ma non è in senso stretto una funzione dell'organismo? Ebbene Simondon - che ha appena proposto un parallelismo tra le attività biologiche di integrazione, differenziazione e trasduzione, e le corrispettive attività psichiche di rappresentazione, azione e affettività - non può fare altro che reintrodurre, proprio qui, nel pieno dell'analisi dell'individuazione biologica, dunque ancora al di qua dell'individuazione psichica[11], una "polarità" affettiva che gli serve a connotare l'orientamento, il disequilibrio energetico-strutturale che, già caratterizzante la materia, persiste nell'organizzazione del vivente. Ci limitiamo qui ad anticipare come la nozione di "affettività" definisca per Simondon un'attività che sorge a livello di individuazione biologica, ma che troverà parziale stabilizzazione (diventando "funzione") soltanto nell'individuazione psichica e collettiva; si tratta di un'attività relazionale che realizza l'integrazione e la differenziazione per mezzo di una «ricorrenza causale: la ricorrenza, in effetti, non aggiungendo una terza funzione alle precedenti» (I 162). La "problematica interna" del vivente, che dunque non può essere interamente risolta nella nozione di omeostasi del *milieu* interno perché risulta da una sfasatura costitutiva dell'individuo *e* dell'ambiente preindividuale ad esso associato, trova soluzione solo in quella produzione di «montaggi successivi di strutture e funzioni» (I 205) in cui propriamente consiste l'attività vitale. Appare insomma evidente come per Simondon non si possa parlare tanto di *un*'omeostasi del vivente, quanto piuttosto di più processi omeostatici dei quali l'individuo vivente è la metastabilizzazione (sempre parziale) attraverso l'invenzione trasduttiva di relazioni[12], dunque sempre ripetuta e sempre singolare, perché mai esaurita né riducibile a leggi di tendenza: «il vivente si fonda su delle omeostasi per svilupparsi e divenire, anziché rimanere perpetuamente nello stesso stato [...] vi è una forza di avvenimento assoluto, che fa leva su delle omeostasi ma che le supera e impiega» (MEOT 151). Ovvio che, alla luce di questa concezione del sistema individuo-*milieu*, tutta una serie di categorie ricavate dalla consueta rappresentazione del rapporto tra individuo, specie e ambiente vadano criticate e riformulate: innanzitutto quella di adattamento.

Nell'*Individuation* alla critica della nozione di adattamento biologico (I 209-14) fa da contrappunto il riferimento all'*Insufficienza della nozione di adattamento per spiegare l'individuazione psichica* (I 273-76). In entrambi i casi è in discussione l'efficacia euristica della distinzione tra normale e patologico, tema ereditato direttamente da Canguilhem, ma che ha una rilevante matrice sociologica di cui sarà necessario in seguito tener conto per comprendere l'estensione del problema della normatività, dall'analisi dei sistemi biologici a quella dei sistemi sociali[13]. Secondo Simondon ogni spiegazione della costituzione, dello sviluppo e del comportamento di un individuo in termini di teoria dell'adattamento prende le mosse da una "sociologia implicita" che ne inficia la capacità di rendere conto del processo di individuazione. Ad ogni livello, l'individuo in questione - elettrone, essere vivente o soggetto - viene di fatto concepito come stabilmente strutturato e orientato, preso in un campo di forze rispetto al quale esercita a sua volta una forza che entra in relazione con quelle esercitate da altri individui, in modo da adeguare la propria attività contribuendo a costituire un compromesso tra le diverse forze in campo. Così tutti gli approcci basati su una concezione dell'individuo come sistema caratterizzato da un equilibrio stabile (e in questo Simondon accomuna l'evoluzionismo darwiniano e lamarckiano, il gestaltismo di Goldstein, la "teoria della spazio odologico" di Lewin e infine la "psichiatria cibernetica" del Dr. Kubie)[14] finiscono per assumere una prospettiva adattazionista e *dunque* una normatività implicitamente e inconsapevolmente sociologica, nel senso che - presupponendo l'individuo e l'ambiente alla relazione - proiettano l'intero sistema sull'unico piano delle relazioni *inter*individuali, cioè esterne agli individui costituiti.

Il concetto di sistema metastabile permette invece a Simondon di ipotizzare una molteplicità di piani, chiamate "fasi", che possono rendere conto dell'individuazione relativa dell'individuo rispetto al sistema senza dissolverlo in esso, come rischia di fare appunto il concetto di "normalità":

> non si può trattare l'individuo fisico per mezzo di leggi ricavate dallo studio delle relazioni interindividuali, poiché, se l'individuo esiste, è perché alcune leggi delle quali non è osservabile l'azione a livello interindividuale divengono preponderanti a livello individuale. *Se esistesse un solo tipo di relazione, l'individuo non sarebbe isolato dal tutto nel quale è integrato.* Ugualmente non è possibile, in psicologia, definire la normalità dell'individuo attraverso una legge che esprima la coerenza del mondo umano, poiché, se una tale norma fosse la sola valida, non vi sarebbe realtà individuale, e nessun problema relativo alla normalità si potrebbe porre (I 275).

L'attività vitale è ciò che per Simondon produce un mondo ("uno spazio odologico") *a partire da* tensioni e polarizzazioni tra insiemi, tra processi. A rigore la normatività non è dell'ambiente, ma neppure dell'individuo che agisce su di esso: è normatività del sistema vivente, di quel processo di individuazione che è la vita, serie trasduttiva composta di singolarità che si costituiscono solo nella differenziazione individuo-*milieu*. L'accento posto da Simondon sul sistema delle relazioni è tanto forte che in fondo «la nozione stessa di *milieu* diviene ingannevole» perché rischia di sostenere l'ipotesi di un mondo "dato" come già strutturato di fronte all'individuo, mentre vi sono solo "universi percettivi" la cui (sempre parziale) integrazione in *un* mondo costituisce quei termini correlativi che sono l'essere vivente e il suo ambiente, al contrario di quanto accade nella «modalità della relazione prospettata dalla teoria dell'adattamento», che confonde l'esito dell'operare della vita ("mondo-unificato") con la sua condizione (cfr. I 211-12)[15]. Questa è infatti la critica di Simondon a Lewin: l'adattamento è *una* delle modalità della vita, così come anche lo "spazio odologico" interindividuale è *una* delle modalità del sistema delle relazioni di gruppo, mentre la sua collocazione retroattiva come "campo" originario della relazione lo prende per sua condizione[16], appunto secondo un modello - di cui per Simondon è paradigmatica la posizione di Goldstein - in cui soggetti ed oggetti sono dati all'interno di un tutto la cui «dominante olistica è presupposta fin dal principio» (I 214). Goldstein è oggetto di ripetuti attacchi nell'*Individuation*[17] perché secondo Simondon, pur riconoscendo l'attività normativa dell'organismo, la schiaccia sull'operazione fondamentale di adattamento ad un ambiente che - in quanto dato come pienamente strutturato - funge in ultima analisi da principio d'ordine, da norma superiore rispetto alla quale l'organismo deve adeguare il proprio funzionamento non solo biologico, ma anche psichico. Nella *Struttura dell'organismo* (1934) Goldstein formula la «legge biologica fondamentale» di quel funzionamento adeguato in cui consisterebbe «il mantenimento della costanza relativa distintiva per ogni organismo [...] possibile solo se è presente una configurazione precisa degli stimoli, cioè il milieu» (*Ivi*, p. 98)[18]. Come chiarito nel Cap. X, intitolato *Norma, salute e malattia. Eredità e selezione*, solo grazie al rapporto con un *milieu* sufficientemente costante l'organismo può mantenere la propria «norma individuale», ovvero un funzionamento fisiologico "adeguato". Tale norma non solo è diversa per ciascun individuo, ma varia nello stesso individuo con il variare delle sue condizioni di salute e malattia, tanto che la guarigione non consiste prevalentemente nella restaurazione del funzionamento originario, ma nel cambiamento del rapporto dell'organismo con l'ambiente: cioè nel migliore dei casi in una ristrutturazione parziale del funzionamento dell'individuo, e nel peggiore in una «restrizione del milieu personale» (*Ivi*, pp. 341-73). Nonostante l'estrema variabilità della norma e il carattere attivo riconosciuto al singolo organismo, ciò che sembra dominare il lavoro di Goldstein è dunque il riferimento ad un ordine imposto dalla relazione ad un *milieu* sostanzialmente stabile rispetto al quale sempre deve regolarsi l'organismo per trovare la propria modalità di funzionamento "normale", cioè più adeguata. Così in un breve saggio intitolato *Il concetto di salute, malattia e terapia. Idee fondamentali per una psicoterapia organismica* (1954), dove definisce la malattia come "comportamento disordinato" e la salute come "funzionamento ordinato" (*Ivi*, p. 51), Goldstein conferma sostanzialmente la sua impostazione: «il paziente [deve] sperimentare quale delle modalità di comportamento praticabili possa meglio produrre ordine» (*Ivi*, p. 61); «ogni trattamento di una condizione patologica in cui non si può ottenere una completa guarigione consiste in una trasformazione dell'individuo. Questo cambiamento permetterà al paziente di trovare un nuovo adattamento all'ambiente [...] Più il paziente accetterà questo ruolo senza risentimento, più sarà capace di realizzare se stesso, più sarà felice (o meno infelice) e più sarà sano - anche a dispetto di deficit irreparabili» (*Ivi*, p. 77).

Già ne *Il normale e il patologico* (1943) Canguilhem poneva le basi del proprio insegnamento rifiutando di legare il concetto di normalità a quello di adattamento e trovando nello studio dell'operazione normativa uno strumento utile all'analisi del fenomeno della vita. La condizione di tale utilizzo del concetto di "norma" è il suo radicale riscatto da presupposti e implicazioni di ordine morale: «è in rapporto alla polarità dinamica della vita che si possono qualificare come normali dei tipi o delle funzioni» (*Ivi*, p. 189). Tutta la sua lettura risulta da una concezione "inventiva" della vita, intesa come attività eminentemente normativa grazie all'attribuzione di un "valore propulsivo" alle costanti fisiologiche (*Ivi*, p. 190). Il vivente gode secondo Canguilhem di uno statuto particolare di fronte alla normatività invariante della materia inorganica, come egli stesso ribadirà in seguito nel breve scritto intitolato anch'esso *Il normale e il patologico* (1951):

> si può concludere che il termine "normale" non ha alcun significato assoluto o essenziale. Abbiamo proposto in un lavoro precedente che né il vivente, né il milieu possano essere detti normali se considerati separatamente, ma solamente nella loro relazione [...] nel momento in cui l'invenzione biologica fa eccezione rispetto alla norma statistica del suo tempo, bisogna pure che essa sia in un altro senso normale, sebbene non riconosciuta come tale, altrimenti si giungerà al controsenso biologico che il patologico possa generare il normale per riproduzione (Id. 1952, pp. 229-30).

Sebbene nel teorizzare il ruolo attivo, inventivo dell'organismo[19], Canguilhem riconosca esplicitamente il proprio debito nei confronti di Goldstein, sembra tuttavia distanziarsene proprio nel momento in cui, attraverso un riferimento diretto a Bergson, disgiunge normalità e salute riscontrando una normalità propria della malattia: «la vita allo stato patologico non è assenza di norme [dunque d'ordine, n.d.a.], ma presenza d'altre norme» (*Ivi*, p. 234)[20]. La vita è dunque caratterizzata dall'incrociarsi di differenti normatività, rispetto alle quali la distinzione normale/patologico, se assolutizzata, non può avere funzione descrittiva in quanto finisce piuttosto per palesare lo statuto necessariamente "antropologico" e in ultima analisi "morale" di quelle scienze che sono la biologia umana e la medicina[21].

Radicalizzando la posizione di Canguilhem, Simondon rifiuta qualunque valore scientifico alla distinzione normale/patologico, che non solo non permette di uscire dall'ottica adattazionista, ma implica appunto un antropocentrismo di fatto. E anche se accoglie la concezione dell'attività normativa come costitutiva dell'operazione di individuazione di un "sistema vivente", Simondon la estende decisamente all'ambito della materia (non più concepibile come "materia inerte"), così come - una volta che il paradigma si presenta *non più come biologico ma come ontologico* - ad ogni attività di tipo psichico e sociale[22]. In Simondon l'eredità di Canguilhem si estende per così dire sui diversi livelli, da quello fisico a quello sociale: i diversi regimi d'individuazione sono infatti sempre tra loro in una relazione di tipo metastabile nella quale le rispettive normatività producono intrecci che hanno effetto sistemico[23]. La dinamica di ognuna delle fasi è trattata da Simondon nei termini che già descrivevano il paradigma fisico elaborato nella prima parte dell'*Individuation*: rispetto alla struttura normativa del sistema a cui appartiene, l'individuo è, a tutti i livelli, «*come l'individuo fisico*, un essere costituito dalla coerenza di un dominio di trasduttività» (I 276, sott. ns.). Come l'individuo fisico, perciò, l'organismo non può mai permanere stabilmente in se stesso, poiché la chiusura nel proprio ambiente, nella normatività che istituisce un rapporto omeostatico tra *milieu* interno ed esterno (ovvero nella relazione di adattamento), è - come già osservato - solo *una* delle molteplici attività relazionali (ovvero delle diverse normatività) che lo costituiscono.

Allo stesso modo, l'eccedenza dell'attività vitale sulle funzioni omeostatiche che strutturano i sistemi biologici porta Simondon a rielaborare anche il concetto di "evoluzione". Egli utilizza il termine nello stesso senso sia per quanto riguarda l'ontogenesi che per quanto riguarda la filogenesi: per indicare in ogni caso una processualità discontinua che procede secondo il modello utilizzato dallo psicologo e pediatra americano Arnold Gesell allo scopo di descrivere il processo di crescita a partire dall'embriologia fino allo sviluppo somato-psichico del bambino durante i primi due anni di vita[24]. Abbiamo qui direttamente a che fare con un modello che nell'*Individuation* assolve una funzione paradigmatica innanzitutto per l'individuazione biologica: per Simondon la crescita, intesa come integrazione della relazione con l'ambiente esterno tramite differenziazione interna dell'individuo «non è un processo a parte: essa è il modello di ogni processo vitale» (I 209). Se già a partire dall'individuo fisico, attraverso fenomeni di "risonanza interna", si danno processi di accrescimento, nel vivente la risonanza interna diviene «attività ritmica propria» (I 195): la crescita, la riproduzione, e l'apprendimento, non sono che modalità della medesima "amplificazione trasduttiva" dell'informazione che produce simultaneamente l'individuo e il *milieu* ad esso associato (I 191). Insomma, in generale il funzionamento di un sistema biologico - su qualunque scala - può essere letto come equilibrio dinamico tra processi di integrazione e di differenziazione, *couplage* di operazioni divergenti non sempre funzionali alla conservazione della vita; processi che vedono sempre l'individuo vivente nel ruolo di mediatore, di "trasduttore" tra sottoinsiemi dell'ambiente interno *e* tra ambiente interno e ambiente esterno, capace sia di integrare strutturalmente le nuove relazioni istituite con l'ambiente esterno, sia di modificare la propria relazione con l'ambiente interno attraverso processi di differenziazione strutturale interna: «è l'equilibrio tra integrazione e differenziazione a caratterizzare la vita»

(I 161). L'impossibilità di concepire in generale un sistema come chiuso implica così che l' "attività relazionale" dell'individuo sia intesa in termini di metastabilità e informazione: «per rendere conto dell'attività del vivente, bisogna sostituire la nozione di equilibrio stabile con quella di equilibrio metastabile, e quella di buona forma con quella d'informazione; il sistema in cui l'essere agisce è un universo di metastabilità [...] è il vivente che attraverso la sua attività mantiene tale equilibrio metastabile, lo traspone, lo prolunga, lo sostiene» (I 213).

Tale modello viene utilizzato da Simondon anche per descrivere l'evoluzione della specie. A livello della specie infatti lo schema non cambia, perché anche qui l'intero sistema è costituito da tre elementi (specie, *milieu* e tensione relazionale, cfr. I 235) il cui intreccio ripete appunto su questa scala la "triadicità" della vita, ovvero l'eccedenza dell'attività relazionale sui termini della relazione, in questo caso specie e ambiente. Ovvio allora che in generale la nozione di "evoluzione" sia costruita a partire da una netta differenziazione rispetto a quella di adattamento: sia quando serve a spiegare la relazione della specie con *gli* ambienti, sia quando definisce le modalità di sviluppo del singolo organismo o individuo, «l'evoluzione disadatta tanto quanto adatta. La realizzazione degli adattamenti non è che un aspetto della vita; le omeostasi sono delle funzioni parziali» (MEOT 105); mentre solamente negli stati patologici la normatività "ristretta", la "funzione parziale" del rapporto individuo-*milieu* esterno può divenire dominante. In che senso "patologici"? Patologico significa qui regressivo: bergsonianamente, o se vogliamo nietzscheanamente, per Simondon solo l'arresto dell'operazione vitale, il ritorno di essa sui suoi passi, può essere patologico. La sua continuazione, invece, implica la (ri)attivazione di quella relazionalità sistemica (metastabile) che dell'organismo è *già* costitutiva in quanto esso è *già* individuato in relazione ad altri organismi, e che comporta dunque anche una sua funzionalità ulteriore rispetto a quella adattiva: una funzionalità "trasduttiva". A livello biologico è proprio nella riproduzione che l'individuo, a partire dalla sua integrazione comunitaria, può svolgere la propria funzione trasduttiva: «l'individuo è dunque il sistema di compatibilità di queste due funzioni antagoniste che corrispondono, l'una all'integrazione nella comunità vitale, e l'altra all'attività amplificatrice dell'individuo attraverso cui esso trasmette la vita» (I 173). Questo vale tanto per le colonie dei celenterati quanto per le formazioni collettive di animali superiori: in ogni caso, sebbene con differenti modalità, «l'individuo in quanto tale, distinto dalla colonia e dal collettivo, è l'esito di una singolarità ed ha un senso di discontinuità; ma questa discontinuità è amplificante e *tende* verso il continuo, attraverso un cambiamento di ordine di grandezza» (I 331, n. 12). Perciò «l'unica realtà concreta è l'unità vitale, che in certi casi può ridursi ad un solo essere e in altri casi corrisponde ad un gruppo molto differenziato di esseri molteplici» (I 157), sebbene solamente nel secondo caso - con l'apparire della riproduzione sessuata - sia possibile il passaggio alla comunità (così come solo ad un altro livello ancora, sotto altre condizioni di soglia, sarà possibile il passaggio al collettivo).

DALL'AFFETTIVITÀ ALL'EMOZIONE

La vita tende dunque a fare dell'individuo un momento dell'ampliarsi di un sistema: sia che si tratti di un individuo strutturato in modo funzionale alla vita del gruppo come accade nelle società di insetti (dove «il gruppo è integratore» I 157), sia che si tratti di un individuo le cui funzioni risultano solo in parte definibili rispetto al gruppo. Ma sebbene consista già a livello di colonia in un'attività trasduttiva amplificatrice, soltanto con l'apparire della sessualità tale funzione sarà davvero integrata all'individuo biologico. Il momento in cui nasce un gruppo sociale *perché* nascono degli individui biologici veri e propri, con una storia singolare, è infatti quello in cui la riproduzione diviene sessuata e l'individuo non si limita più a ripetere semplicemente se stesso. Non a caso, al carattere esemplare della sessualità fa riferimento Simondon nel descrivere l'innesco del collettivo: «la sessualità è un misto di natura e d'individuazione; è un'individuazione in sospeso, arrestata nella determinazione asimmetrica del collettivo elementare, della dualità unificata della coppia» (I 308). Così la componente "elementare", la coppia di individui viventi sessuati, è già di per sé passaggio alla comunità; proprio con la riproduzione individuale si determina infatti l'uscita dallo stato di colonia nel quale l'individualità è invece "diffusa", e il sorgere della comunità o della società: «quando l'individuo, anziché fondare una colonia, si riproduce sotto forma di individuo, le funzioni vitali di continuità (nutrizione, crescita, differenziazione funzionale) devono essere riempite da un nuovo strato di comportamenti dell'individuo, i comportamenti sociali [...] le funzioni germinali sono riservate agli stessi individui che esplicano le funzioni somatiche; non c'è più allora colonia, ma comunità o società» (I 174)[25]. Ebbene, è a questo livello che sorge lo psichico, sia come problema, sia come spinta verso una possibile soluzione che, come vedremo in seguito, implica immediatamente il riferimento alla nozione di transindividuale: la sessualità, in quanto relazionalità elementare tra individui con "funzioni somatiche e germinali" pienamente differenziate, è la costituzione stessa del "campo" psichico *e* sociale, nel senso in cui questa caratterizzazione non è affatto esclusiva dell'uomo, ma di tutti gli organismi per i quali il desiderio sessuale è punto di particolare intensità dell'intersezione dei piani biologico e psichico[26].

Esattamente a quest'altezza si situa la critica alla psicoanalisi freudiana, condotta nell'ottica della ricerca di criteri adeguati a descrivere il differire delle operazioni normative, coerentemente con il progetto di una filosofia dell'individuazione. Secondo Simondon la dottrina di Freud non riuscirebbe a distinguere le funzioni irriducibili e divergenti degli "istinti" e delle "tendenze" al punto di confonderli nell'unico e indistinto concetto di pulsione. Questa presa di posizione gli deriva dalla sua concezione del freudismo come "puro organicismo" (NC 504)[27] che, presupponendo in fondo una riduzione dello psichico a meccanismo biologico, sbaglierebbe due volte: innanzitutto perché riterrebbe quello biologico un meccanismo di tipo omeostatico e poi perché ridurrebbe a questo supposto meccanismo l'intera attività psichica. Come sappiamo la tensione si colloca invece per Simondon - sia a livello biologico che a livello psichico - tra un meccanismo complesso funzionale e un'eccedenza ad esso irriducibile: tensione che nel vivente si struttura proprio nella sfasatura tra psichico e biologico e si palesa all'altezza del grado di individuazione in cui compare appunto la sessualità. Freud sarebbe così costretto a identificare e sostanzializzare due principi anziché vedere in atto la loro forza di rottura rispetto al "campo" di tensione intermedia che costituisce il regime "psicosociale": per Simondon *eros* e *thanatos* sono in realtà la medesima funzionalità discontinua che si oppone all'omogeneità continua delle tendenze caratterizzanti "la realtà socialmente integrabile"[28]. L'esito del freudismo sarebbe dunque necessariamente segnato dall'ipotesi lasciata aperta dal suo "vitalismo" implicito:

> la dottrina di Freud non distingue abbastanza nettamente istinti e tendenze. Essa sembra considerare l'individuo in maniera univoca e, benché distingua in esso, dal punto di vista strutturale e dinamico, un certo numero di zone, lascia sussistere l'idea che l'individuo possa giungere ad un'integrazione completa attraverso la costruzione del super-io, come se l'essere potesse scoprire una condizione di unità assoluta (I 170).

L'errore di Freud, insomma, viene assimilato al tipico errore *gestaltico* (e di Goldstein): ipotizzare una risoluzione virtuosa delle tensioni di sistema a partire dalla nozione di "equilibrio stabile" (cfr. I 205). In questo senso Simondon può giungere ad affermare che «l'idea di sdoppiamento della personalità di Janet è forse più vicina alla realtà di quella di inconscio ammessa dopo Freud» (I 286). Non ci sembra che ciò dimostri un fondamentale "janetismo" di Simondon[29], ma spiega forse la scelta di Jung come suo riferimento ricorrente: la teoria di un subconscio per così dire "distribuito" tra individuo e collettivo gli sembra forse ricoprire il campo trascurato da un freudismo da lui ritenuto "vitalista" e "troppo ilomorfico" (I 170) o dai tentativi contemporanei di fondazione linguistico-simbolica dell'inconscio, che egli probabilmente ritiene di poter includere nella seguente presa di distanze da Freud: «la tesi che noi presenteremo si differenzierà dalla dottrina che si chiama generalmente Psicoanalisi. La psicoanalisi ha giustamente rimarcato come esista nell'individuo un inconscio. Ma ha considerato questo inconscio come uno psichismo completo, sul modello del conscio che può essere osservato» (I 248)[30]. Per Simondon i limiti della psicoanalisi si leggono soprattutto nella sua incapacità di considerare la coscienza altro che come epifenomeno, come molteplicità di manifestazioni di processi inconsci la cui unità starebbe altrove: errore speculare a quello della tradizione razionalista che ritiene la coscienza in sé compatta, una, chiara e distinta. Anche la coscienza funziona invece secondo un regime di causalità che esclude il concetto di equilibrio stabile, dunque di omeostasi: «se si suppone che l'individualità degli stati di coscienza, degli atti di coscienza, sia di tipo quantico [...] allora appare un regime di causalità intermedia» (I 247); in questo modo tutta l'attività riflessiva viene sottratta alla fenomenologia e recuperata ad un altro livello, ovvero riletta come modalità di quella causalità circolare o "cumulativa" che caratterizza ogni individuazione di sistema, ma in maniera eminente i sistemi di tipo biologico e psico-sociale. Appunto il cuore dei sistemi psichici, per così dire la loro "identità", è per Simondon quell'attività relazionale "intermedia" che si colloca *tra* l'oscura causalità inconscia e le limpide rappresentazioni di finalità coscienti (cfr. I 248). Il nome riservato da Simondon a questa *"couche"*, questo strato di relazionalità trasduttiva, è «subcoscienza, che è essenzialmente affettività ed emotività». L'affettività e l'emotività saranno allora «la forma trasduttiva per eccellenza dello psichismo», perché, dato il carattere quantico della coscienza, sono attività relazionali che legano permanentemente l'individuo a sé e al mondo, costituendone l'identità, ma un'identità, appunto, che è ancora una volta operazione trasduttiva: «lo psichismo non è né pura interiorità, né pura esteriorità, ma permanente differenziazione e integrazione, secondo un regime di causalità e finalità associate che chiameremo trasduzione» (I 247)[31].

Ma allora in che senso Simondon istituisce a questo punto un'ulteriore distinzione tra emozione e affettività? Il modello che spiega la relazione tra i due termini è ancora quello gestaltico dell'operazione percettiva che costituisce e ordina il campo delle sensazioni. Percezione ed emozione sono operazioni di unificazione nei confronti rispettivamente di sensazioni ed affetti: si tratta di «due individuazioni psichiche che prolungano l'individuazione del vivente», la prima come «scoperta dell'unità del mondo», la seconda come «scoperta dell'unità del vivente»[32]. L'emozione e la percezione sono operazioni di strutturazione attraverso le quali il vivente "scopre" l'identità rispettivamente di sé e del mondo, ma l'operazione percettiva e quella emotiva si distinguono per il fatto che, mentre la prima può avvenire interamente a livello di relazione del singolo organismo con il mondo, ciò che permette quell'individuazione psichica in cui consiste l'emozione, e che soltanto consente di coordinare "nel soggetto" le differenti dimensioni affettive, è la mediazione del collettivo: «il collettivo è necessario perché l'emozione si attualizzi» (I 258). Sebbene, poche pagine dopo, Simondon sembri dare per scontato che anche l'emozione possa prodursi come operazione del vivente "da solo", in ogni caso è chiaro come vi sia una soglia che deve essere necessariamente superata perché anche un'ulteriore mediazione *tra* percezioni ed emozioni possa avvenire con successo, e tale soglia è segnata dal "collettivo *o* transindividuale":

una mediazione tra percezioni ed emozioni è condizionata dal dominio del collettivo o transindividuale; il collettivo, per un essere individuato, è il punto di fusione misto e stabile nel quale le emozioni sono dei punti di vista percettivi e i punti di vista sono delle emozioni possibili [...] Il collettivo è lo spazio-tempo stabile; è *milieu* di scambio, principio di conversione tra questi due versanti dell'attività dell'essere che sono la percezione e l'emozione; da solo il vivente non potrebbe andare al di là della percezione e dell'emozione, cioè della pluralità percettiva e della pluralità emotiva (I 261).

Sebbene le rispettive funzioni di emozione e percezione possano così apparire simmetriche rispetto al costituirsi del collettivo, va notato a questo punto come il luogo in cui, alla fine dell'*Individuation*, Simondon tira le fila dell'intera sezione dedicata all'individuazione psichica e collettiva, sia il paragrafo intitolato *La zona operativa centrale del transindividuale: teoria dell'emozione*. Nello schema che possiamo ricavare dalla lettura di questo paragrafo risulta centrale la funzione dell'emozione nel prodursi del processo di individuazione transindividuale:

(avant): *émotion*   (après): *signification*

préindividuel associé - individus → individuation collective → individus - collectif

[sujet]   [processus transindividuel]   [sujets]

Il collettivo è insomma caratterizzato da una sua propria ontogenesi (appunto transindividuale) che porta alla strutturazione di un sistema "reale" (che «esiste *physikòs*, non *loghikòs*» I 314) dotato di risonanza interna, dunque metastabile. Si tratta di una relazione intersoggettiva (e *non* interindividuale[33]) prodottasi a partire da quel "resto" di carica preindividuale presente come potenziale *tra* gli esseri individuati, che ne costituisce la condizione di possibilità. Tale "resto" si manifesta "nell'essere individuato" come *emozione* e si determina nel collettivo come *significazione*. Simondon sottolinea perciò la valenza dell'emozione come operazione fondamentale rispetto all'individuazione collettiva. Perché l'emozione e non la percezione? Perché, mentre la percezione struttura *il mondo* del vivente, l'emozione struttura la relazione del vivente con se stesso, e quindi ne costituisce l'identità: ma un'identità appunto sfasata tra struttura biologicamente individuata e operazione di individuazione transindividuale. L'emozione è in questo senso sia interna che esterna al soggetto, perché si manifesta *nel* soggetto come attività di scambio tra l'individuo strutturato e il preindividuale non strutturato che passa *tra* i soggetti: per questa ragione, in quanto attività *nel* soggetto e *tra* i soggetti, l'emozione «prefigura la scoperta del collettivo» (I 314)[34].

L'EMOZIONE COME SIGNIFICAZIONE TRANSINDIVIDUALE
(TRA SARTRE E GOLDSTEIN).

Nel saggio *Le emozioni: considerazioni dal punto di vista organismico* (1951), Goldstein riprende un breve scritto di Sartre dal titolo *Idee per una teoria delle emozioni* (1939). Nel suo scritto Sartre riproponeva la teoria di Janet sull'emozione come "condotta sostitutiva di livello inferiore" (cfr. Janet 1903) che interviene soltanto per compensare un fallimento. L'emozione è per Sartre un tentativo di «trasformazione magica» del mondo: «l'origine dell'emozione è una degradazione vissuta della coscienza di fronte al mondo. Ciò che la coscienza non può sopportare in un certo modo, tenta di padroneggiarlo in un altro, addormentandosi, avvicinandosi alle coscienze del sonno, del sogno e dell'isteria» (Sartre 1939, p. 187). In esplicita contrapposizione a Sartre, Goldstein sottolinea invece la funzione di adattamento "attivo" svolta dalle emozioni, il loro legame diretto, di condizione necessaria, con l'azione dell'organismo sull'ambiente: le emozioni sono commiste all'azione, ne attivano e dirigono lo sviluppo, a tal punto che «*nessuna azione ha luogo senza emozione*» (Goldstein 1951, p. 41)[35]. Come sottolinea Goldstein ciò vale per ogni emozione, tanto che all'angoscia, stato dell'organismo talmente particolare e indeterminato da risultare un "caso limite" della paura, tende a rifiutare l'etichetta di emozione: «sarebbe utile, per evitare confusione, non etichettare questa condizione come emozione, ma designarla come *esperienza interiore della catastrofe*» (*Ivi*, p. 39)[36].

Contro Sartre, Simondon segue decisamente Goldstein nel sottolineare il carattere positivo e attivo delle emozioni che, proprio *in quanto* destrutturanti, fungerebbero da condizioni di un agire volto alla (ri)strutturazione dell'identità. In particolare, nella sua analisi dell'angoscia, Simondon sembra accogliere la prospettiva di Goldstein secondo cui lo studio delle emozioni avrebbe «messo in evidenza una *caratteristica essenziale dell'uomo, il suo non essere primariamente interessato alla sicurezza*», ritrovando in ciò - come vedremo - la base biologica del rischio costitutivo dell'invenzione (*Ivi*, p. 45)[37]. È tuttavia interessante notare che, sebbene intenda prendere le distanze tanto da un approccio oggettivante (come quello di Goldstein) quanto da un approccio fenomenologico (come quello di Sartre), Simondon finisce per porre il problema dell'emozione esattamente nei termini richiesti da Sartre nella conclusione del suo *Ésquisse*, cioè come problema della funzione di "significazione" delle emozioni e della loro relazione costitutiva con l'affettività:

lo studio delle emozioni ha verificato questo principio: un'emozione rinvia a ciò che significa. E ciò che significa è infatti la totalità dei rapporti della realtà umana con il mondo [...] la teoria psicologica dell'emozione presuppone una descrizione preliminare dell'affettività in quanto questa costituisce l'essere della realtà-umana, cioè in quanto è costitutivo, per la *nostra* realtà-umana, essere realtà-umana affettiva (Sartre 1939, p. 198).

Il punto è che, come emerge proprio nell'analisi dell'angoscia, la qualifica di "emozione" è motivata, per Simondon, dalla *mancanza* di un riferimento al collettivo, dunque da una *carenza* anziché dalla supposta *pienezza* della realtà umana in essa espressa: «questa azione sorda e nascosta non può essere che emozione *perché non ha* l'individuazione del collettivo» (I 255, sott. ns.). In quanto istituisce una relazione con il preindividuale non strutturato comune a diversi soggetti, per Simondon l'emozione è "presenza" degli individui gli uni agli altri[38] che costituisce "l'*a priori* reale" necessario all'apparire della significazione (cfr. I 306); ma, appunto, solo *in quanto* innesca e struttura un processo *tra* soggetti declinandosi come significazione, l'emozione istituisce il collettivo: «scoprire la significazione del messaggio proveniente da un essere o da più esseri, è formare il collettivo con essi» (I 307). Così, se a livello biologico l'entrata nella realtà psichica ed emotiva risulta sempre "transitoria", le cose cambiano al livello del collettivo: «le strutture e le funzioni complete risultanti dall'individuazione della realtà preindividuale associata all'individuo vivente non si compiono e non si stabilizzano che nel collettivo» (I 167). Ebbene, la condizione di possibilità di tale (meta)stabilizzazione sta proprio nella «capacità dell'essere individuato di "de-individuarsi" provvisoriamente per partecipare a un'individuazione più vasta», ovvero in ciò che Simondon chiama "emozione". Infatti nell'istituire il collettivo l'emozione si scopre significazione, cioè smette di essere "solamente" emozione per fissarsi in un ordine simbolico condiviso: «l'emozione è potenziale che si scopre come significazione strutturandosi nell'individuazione del collettivo» (I 315).

Contro la riduzione "biologica" attribuita a Goldstein Simondon sembrerebbe dunque confermare la posizione di Sartre secondo cui «un'emozione rinvia a ciò che significa», implica cioè una funzione simbolica propriamente umana (cfr. I 289). Ma se per il Sartre dell'*Ésquisse* la realtà affettiva costituisce "l'essere della realtà-umana", per Simondon la "zona centrale" del transindividuale è invece "l'affettivo-emotività" non in quanto è "umana", ma in quanto costituisce un potenziale *a partire dal quale* si può produrre del transindividuale. Se infatti «nessun essere vivente sembra privo di affettivo-emotività, che resta quantica negli esseri molto complessi come l'uomo così come negli esseri più sommariamente organizzati» (I 249), è proprio «al livello dei temi affettivo-emotivi [...] che si costituiscono i raggruppamenti collettivi» (I 248) di specie anche diverse dall'uomo. Tale tendenza degli esseri viventi a costituirsi in un collettivo - quella prassi (parzialmente) risolutiva di tensioni che permette di istituire un ordine simbolico condiviso - rimane tuttavia incomprensibile sia come fenomeno da cogliere secondo «le strutture dell'essere individuato»[39], sia come fenomeno sociale «se il sociale è concepito come sostanziale»: deve essere invece pensata a partire dalla carica potenziale di una realtà emozionale complessa che precede come sua condizione la formazione del collettivo, ma che solo in esso - e solo come significazione - si costituisce come transindividuale e, in questo senso, anche come "umana". Per Sartre invece l'emozione è "modalità" della coscienza[40], di un orizzonte che ne fonda la possibilità e del quale essa è come l'espressione: «il significato di un fatto di coscienza consiste nell'indicare sempre la realtà umana totale che *si fa* commossa, guardinga, percipiente, volitiva, ecc.» (Sartre 1939, pp. 197-98). Insomma vi è al fondo della concezione sartriana una "realtà-umana" che - sebbene funga da "termine ideale", fuori della portata delle ricerche empiriche nelle quali rimane «non ancora esplicitata» (*Ivi*, p. 198) - orienta la ricerca a partire da un orizzonte di senso presupposto come già dato. In Simondon invece quell'orizzonte appare un dominio (futuro) che ha condizioni di soglia determinate, ma determinate in modo sempre singolare (non individuale), e irriducibile a fattori che possano far riferimento in senso biologico, psichico o anche trascendentale ad una comunque (pre)supposta natura umana.

Che cosa mostra questo slittamento da una "realtà-umana" degli affetti di cui l'emozione sarebbe la significazione ad una concezione secondo la quale l'emotività-affettività rimane il polo preindividuale (dunque ovviamente pre-umano) di un'emozione che giunge davvero a strutturarsi solo collettivamente e solo come produzione e scambio di significazioni? Mostra che Simondon sta ancora una volta lavorando dall'interno la tradizione fenomenologica per smontarne i presupposti attraverso la leva di un paradigma prelevato dalla biologia: giocando l'una contro l'altra - potremmo dire - la riduzione "biologicista" di Goldstein e la riduzione trascendentale di Sartre. Che ne è in questo modo del vivente-psichico? Il «preindividuale associato agli organismi viventi individuati» non è «suddiviso come questi e non riceve dei limiti comparabili a quelli degli individui viventi separati» (I 166), perciò, a partire da esso, l'essere vivente può, grazie ad una «nuova immersione nella realtà preindividuale» (I 165), prodursi in un'ulteriore individuazione che «supera i limiti del vivente» e «sfocia in funzioni e strutture che non si compiono all'interno dei limiti dell'essere vivente individuato»: in questo senso «se si chiama individuo l'organismo vivente, lo psichico sfocia in un ordine di realtà transindividuale» (I 166). Il sorgere dell'attività psichica nell'organismo implica dunque *immediatamente* il transindividuale: «lo psichico è del transindividuale nascente» (I 166). Se si guarda alla caratterizzazione topologica del transindividuale la cosa risulta evidente. Vi sono determinate condizioni nelle quali l'essere vivente «è obbligato ad intervenire esso stesso [*lui-même*] quale elemento del problema nella propria azione, come *soggetto*» (I 29), cioè è obbligato a calcolare se stesso come fattore del "sistema-problema" da risolvere e per farlo deve in un certo senso porsi fuori di sé. Questo movimento in cui l'essere vivente si costituisce insomma come soggetto, determina lo statuto paradossale della struttura del "transindividuale", che «non è esteriore all'individuo e tuttavia si stacca in una certa misura da esso» (I 281)[41]. Ma, se oltre la soglia dell'individuazione transindividuale lo psichico può essere definito solo attraverso il collettivo, ciò non significa - e tutta la seconda parte dell'*Individuation* sta lì a dimostrarlo - che il vivente-psichico e la sua analisi possano essere interamente assorbite nell'analisi di quello, come richiederebbe, forse, una fenomenologia della relazioni sociali. Al di sopra della soglia del transindividuale, l'attività del vivente-psichico e il costituirsi del collettivo vanno allora colti in relazione differenziale, ma non come due diverse individuazioni: si tratta piuttosto di due fasi della stessa individuazione che, su scale diverse, implica diverse strutture e funzioni, ma sempre si svolge in un spazio di scambio che è topologicamente *extimo* rispetto al soggetto[42]: lo spazio complesso di un sistema di produzione e scambio di significazioni.

SIGNIFICAZIONE, SOGGETTO E COLLETTIVO

È giunto così il momento di collocare una volta per tutte la significazione nella posizione intermedia ad essa riservata all'interno del "sistema" simondoniano: se da una parte la significazione non è affatto "realtà prima", ma funziona sulla base di una relazione attiva tra individuazione e individualizzazione, d'altra parte non è neppure mero "strumento linguistico" di tale relazione. E proprio perché la funzione di significazione non si riduce al suo statuto linguistico, il suo fungere da "germe strutturale" per il costituirsi del collettivo non può essere di pertinenza di una teoria del linguaggio, neppure - come proponeva Hyppolite durante la citata discussione alla *Société* - di una teoria del linguaggio naturale. Infatti Simondon in quel contesto rifiutava l'ipotesi di un "linguaggio naturale" perché: o il linguaggio è soltanto un insieme di segnali, strumenti di un'attività di comunicazione; oppure, se si intende con "linguaggio naturale" un linguaggio più strettamente originario a partire dal quale possa emergere il senso, per Simondon a quel livello si avrà a che fare con operazioni di significazione *anteriori* al linguaggio costituito, che soltanto la *sua* teoria dell'informazione permette di comprendere grazie alla natura transindividuale della significazione: «cosa sarà il linguaggio naturale? È ancora un linguaggio?» (DFIP 186). È inevitabile che, in un contesto fenomenologico, con la posizione della questione del linguaggio emerga immediatamente il problema del costituirsi del "senso" e quello della relazionalità originaria tra soggetto e mondo. Il concetto di informazione permette però a Simondon di pensare la polarizzazione della materia e l'orientamento dei processi vitali - ovvero forme di organizzazione che precedono il costituirsi del soggetto - senza la mediazione del concetto di senso, e dunque di concepire la comunicazione come attività che non è in sé neppure umana, ma lo diventa solo sotto certe condizioni di soglia. Nella prospettiva ontogenetica l'emergere della significazione si colloca infatti in una dimensione transindividuale: «la disparazione che esiste tra le due fasi dell'essere contenute nel soggetto è avvolta [*enveloppée*] di significazione grazie alla costituzione del transindividuale» (I 307). Il "senso" sembra quasi la modalità con cui l'individuo continua, a livello di individuazione collettiva, un processo di scambio di informazione che era già attivo a livello biologico, e prima ancora nella materia stessa. Ma proprio perché «la tensione d'informazione suppone aperta la serie possibile dei recettori» (FIP 544), chiunque o, sarebbe meglio dire, qualunque individuo, se è in grado di ricevere un segnale e di trasmetterlo, partecipa di un'attività trasduttiva.

Così, in generale, attraverso un elemento o uno strumento che abbia funzione di "*relais* amplificatore", l'informazione può essere organizzata in un sistema, e questo a prescindere da quale sia l'identità "sostanziale" dei sottoinsiemi coinvolti nell'attività di scambio dell'informazione. Ora, nel caso dell'uomo una tale funzione non è svolta da alcun organo o strumento, bensì da un particolare regime di funzionamento dell'informazione: «manca nell'uomo, tra l'entrata dell'informazione e gli effettori dell'azione, qualche cosa che sia capace di orientare e di far comunicare questi due estremi: questo mediatore è ancora mal definito: si tratta dell'affettività» (HO 32). Ecco allora che il regime transindividuale, producendo e facendo circolare (ovvero "individuando") significazioni, assolve alla carenza funzionale che determina la carica affettivo-emotiva. Grazie alla costituzione del collettivo la tensione di informazione del sistema giunge così a superare la soglia oltre la quale l'informazione-emozione si esprime e amplifica come "significazione"[43]. Come mostreremo in seguito, nonostante la sua particolare declinazione "cibernetica", la nozione di significazione rimane la spia della vicinanza del discorso di Simondon alla tradizione fenomenologica. Forse per questa ragione molte letture politiche del pensiero di Simondon hanno tentato di comprendere il transindividuale senza passare attraverso il concetto di significazione, ma - come abbiamo visto - senza riuscire per questo ad evitare di sfociare in un'antropologia. È necessario invece tentare di leggere proprio l'operazione transindividuale di significazione come ciò che, lungi dal caratterizzare una presunta "essenza" o "luogo" dell'umano o del "senso", rimanda alla strategia dell'*Individuation*: moltiplicare gli strati del transindividuale rintracciando le condizioni di soglia dell'umano *a partire* dall'ontogenesi della relazione individuo-società - ovvero di quel sistema metastabile che è il collettivo - su differenti livelli[44].

Occorre allora fare un passo indietro verso il concetto di informazione per cogliere lo statuto proprio della significazione e il modo in cui questo determina la configurazione del "campo" transindividuale. La nozione di informazione, come abbiamo visto, permette a Simondon di estendere a tutti i domini dell'individuazione un unico paradigma: «per pensare l'operazione trasduttiva, che è il fondamento dell'individuazione ai suoi diversi livelli, la nozione di forma è insufficiente [...] deve essere sostituita da quella di informazione, che presuppone l'esistenza di un sistema in stato di equilibrio metastabile che può individuarsi; l'informazione, a differenza della forma, non è mai un termine unico, ma la significazione che sorge da una disparazione» (I 35). Sebbene la nozione di informazione sia presente in maniera costante in tutto il testo dell'*Individuation*, il suo luogo di elaborazione privilegiata (oltre all'introduzione e alle conclusioni) è la sezione dedicata all'individuazione degli esseri viventi[45]. Proprio al termine di tale sezione, ovvero nel punto di passaggio dall'individuazione biologica all'individuazione psichica e collettiva, Simondon introduce e discute la propria critica al concetto cibernetico di informazione nel paragrafo intitolato *Dall'informazione alla significazione*. Il passaggio "dall'informazione alla significazione" non indica tanto un cambio di paradigma, quanto piuttosto prelude alla diversa declinazione che il concetto di informazione assumerà nell'ambito psichico-collettivo in quanto "significazione", divenendone lo strumento eminente di indagine[46]. La significazione vi funzionerà infatti analogamente al modo in cui funziona l'informazione nei domini fisico e biologico, sebbene con strutture diverse[47]: «la disparazione non fa nascere un segnale, ma una significazione, che non ha un senso che all'interno di un funzionamento; è necessario un recettore funzionante perché ci sia disparazione; è necessario un sistema con strutture e potenziali [cioè metastabile, n.d.a.]» (I 224). Ebbene, qual è il "sistema con strutture e potenziali" in cui si costituisce la significazione? Se è vero che «l'esistenza del collettivo è necessaria perché un'informazione sia significativa», il sistema in cui può nascere una significazione è quello nel quale «la carica di natura originaria portata dagli esseri individuali» è strutturata e organizzata in un campo di forze: si tratta appunto del collettivo (cfr. I 307)[48]. Il collettivo è, dunque, condizione di significazione, ma contemporaneamente effetto di quell'operazione di individuazione in cui consiste la significazione: «ricevere un'informazione è infatti, per il soggetto, operare in se stesso un'individuazione che crea il rapporto collettivo con l'essere da cui proviene il segnale». Così il prodursi del collettivo e della significazione sono la stessa operazione di individua(lizza)zione, ovvero - nei termini di Simondon - il costituirsi di una relazione di tipo transindividuale: «non c'è differenza tra scoprire una significazione ed esistere collettivamente con l'essere in rapporto al quale la significazione è scoperta, poiché la significazione [...] è transindividuale» (I 307). La condizione di quell'individuazione transindividuale in cui consiste il prodursi della significazione *e* del collettivo sembra dunque essere l'esistenza di soggetti, cioè appunto "recettori funzionanti" che garantiscano la disparazione di «un sistema con strutture e potenziali».

Ma in che senso allora «l'esistenza del collettivo è necessaria perché un'informazione sia significativa»? Il collettivo e i soggetti precedono almeno logicamente la significazione come sua condizione o ne sono l'effetto? È necessario innanzitutto constatare che, come sempre quando si parla di informazione, si ha a che fare con una processualità trasduttiva che istituisce relazioni differenziali che a loro volta costituiscono l'identità dei termini che tale processualità produce *e* lega: solo che qui siamo a livello del regime di individuazione psichica e collettiva, appunto quella in cui i "termini" della relazione transindividuale istituita dalle significazioni sono dei "soggetti", che però non vanno intesi come "termini", appunto, di una filosofia critica[49], ma come effetti di una relazione reale. È necessario dunque assumere lo statuto paradossale della significazione per rendere conto del prodursi della relazione transindividuale. La modalità transindividuale dell'informazione, cioè di quella relazione che è la *significazione*, sarà infatti (ri)strutturante il soggetto attraverso la duplice caratterizzazione tipica di ogni significazione: «una significazione ha due sensi: l'uno rispetto a una struttura, l'altro rispetto a un divenire funzionale» (I 264). Il che vuol dire che una significazione appare sia come significato strutturato che come operazione di produzione di significato, a seconda che la si consideri nella sua configurazione data, come "individuo", o nella sua genesi, come processo di individua(lizza)zione: insomma, la significazione è da considerarsi tanto operazione costitutiva del soggetto psichicamente *e* collettivamente individuato, quanto struttura prodotta dall'operazione di individuazione di più soggetti biologici.

Tale matrice paradossale non caratterizza solamente la nozione di significazione, ma anche le altre nozioni ad essa collegate nel definire il campo semantico del "transindividuale": così anche "collettivo" e "soggetto" sono termini connotati in modo mai univoco all'interno dell'*Individuation*. Simondon chiama infatti soggetto sia - nell'individuazione biologica - il sistema individuo + preindividuale, sia - nell'individuazione psichica e collettiva - il sistema delle tre fasi individuo + preindividuale + transindividuale. Anzi, nella stessa pagina Simondon afferma prima che il soggetto «porta in sé, oltre la realtà individuata, un aspetto non individuato, preindividuale» e poi che «l'essere soggetto [*l'être sujet*] può concepirsi come sistema più o meno coerente delle tre fasi successive dell'essere: preindividuale, individuata, transindividuale» (I 310). È chiaro che con queste premesse il collettivo non può essere né il sistema entro il quale si costituiscono i soggetti (poiché i soggetti in quanto sistemi di individuo + carica preindividuale *precedono* l'operazione che struttura un collettivo), né l'effetto di una relazione tra soggetti (poiché i soggetti in quanto sistemi di individuo + preindividuale + transindividuale *presuppongono* il collettivo come operazione di individuazione che li costituisce). La soluzione consiste proprio nel disgiungere il collettivo inteso come sistema strutturato di relazioni dal collettivo inteso come operazione, e in questa maniera trattare separatamente i due modi corrispondenti di concepire il soggetto. Così il collettivo sarà sistema *tra* soggetti sfasati che si scambiano significazioni, esseri viventi impegnati in attività trasduttive (individualizzazioni successive che assumono la forma di credenze, norme, azioni, parole, concetti, ecc.); ma sarà anche operazione transindividuale di significazione in cui si possono strutturare dei soggetti quali «sistemi coerenti delle tre fasi». Insomma, se da una parte il collettivo si costituisce *producendo* soggetti, dall'altra ha *come condizione* l'individuazione di più soggetti: mantiene così in ogni caso la paradossale cronologia che caratterizza ogni processo di ontogenesi in quanto produce i termini a partire dai quali solamente può essere colto e definito.

Ritroviamo qui come matrice quella relazione paradossale tra struttura e operazione (individuo/individuazione) che caratterizza tutta l'impostazione dell'*Individuation* e ne determina il continuo slittamento semantico: in quanto l'operazione transindividuale è ontogenesi del collettivo, non solo le relazioni che strutturano quest'ultimo sono definite transindividuali, ma lo stesso termine "collettivo" spesso finisce per indicare l'operazione transindividuale stessa. Anzi, se in generale può essere notata una prevalenza dell'uso del termine "transindividuale" per indicare l'operazione e del termine "collettivo" per indicarne l'esito strutturato, è talmente ricorrente nell'*Individuation* l'esplicita identificazione di "collettivo" e "transindividuale" che i due termini possono essere considerati senza troppo imbarazzo sinonimi[50]. Si ha dunque sempre a che fare, *contemporaneamente*, con operazioni costitutive di soggetti psichicamente e collettivamente individuati *e* con strutture prodotte dall'attività relazionale tra soggetti: questa paradossale contemporaneità definisce il regime di individuazione in cui si costituisce *e* consiste il «collettivo *o* transindividuale» (I 261, sott. ns.).

6. GENESI DEL COLLETTIVO: CREDENZA, LAVORO, LINGUAGGIO

Mentre analizza la funzione adattiva del gruppo nelle società animali, Simondon si chiede retoricamente: «bisogna dunque affermare che la socialità risiede nella specie e fa parte dei caratteri specifici?» (I 300)[1]. Ebbene, la socialità può essere considerata "tendenza" caratterizzante la specie solamente quando risulti manifesta nei singoli individui una specializzazione morfologica e funzionale che li obbliga alla vita di gruppo, come accade ad esempio nelle società di insetti. In specie nelle quali gli individui sono funzionalmente meno differenziati invece, come accade in generale per i mammiferi, uomo compreso, «il gruppo può essere intermittente» (I 301): in questo caso gli individui conservano insomma, rispetto al gruppo, un certo margine di indipendenza dovuto alla loro incompleta specializzazione. Le società degli insetti sono dunque senz'altro più coese di quelle dei mammiferi, ma queste ultime funzionano ad un livello differente: in quanto non risolvono interamente l'individuo nella funzione, lasciano ad esso lo spazio per ulteriori individuazioni. L'uomo, in particolare, è caratterizzato da una certa accentuazione del carattere di incompletezza della sua specializzazione funzionale e di incompiutezza del suo sviluppo che ne fa un essere «evolutivo individuo per individuo» (I 301) il cui comportamento non può essere interamente ricondotto a strutture precostituite, sebbene rimanga, almeno dal punto di vista della sua determinazione "energetica", legato ad una fonte istintuale. Al termine della sezione dedicata all'individuazione degli esseri viventi, il problema di Simondon è allora di trovare strumenti che gli consentano di cogliere la struttura del transindividuale senza ridurlo a prodotto o funzione di una specie biologica, ma senza d'altra parte caratterizzarlo come campo trascendentale entro il quale il problema del suo radicamento materiale non viene posto perché si presume risolto in partenza. In tutta l'*Individuation* tale operazione concettuale consiste nel delimitare - nei comportamenti sociali di ogni uomo come di ogni altro singolo animale - ciò che di volta in volta ha a che fare con la dimensione biologica rispetto a ciò che la eccede: ma senza presupporre l'identificazione o l'opposizione di "specifico", "comunitario" e "individuale", ovvero senza presupporre che l'aspetto "comunitario" di coesione del gruppo vada letto in relazione diretta all'appartenenza specifica oppure come l'esito virtuoso dell'agire di singoli individui. Proprio l'utilizzo limitatissimo del termine "comunità" nella terza parte dell'*Individuation* ci consentirà di meglio calibrare gli strumenti di analisi dell'individuazione transindividuale: potremo così seguire il modo in cui, quando studia l'individuazione psichica e collettiva, Simondon tenta di determinare ciò che dà consistenza al transindividuale in particolare attraverso l'analisi dei fenomeni della credenza, del lavoro e del linguaggio.

POSIZIONE DEL PROBLEMA: TRA COMUNITÀ E SOCIETÀ

Come abbiamo visto, la nozione di comunità viene ampiamente elaborata nella sezione dell'*Individuation* dedicata all'individuazione biologica. Ne troviamo invece la prima, netta definizione a livello di individuazione psichica e collettiva all'interno della *Nota complementare* dove, proprio quando si tratta di delimitare il contesto della discussione etico-politica, Simondon fa intervenire la "comunità" in quanto categoria limite di tipo biologico: «la comunità è biologica, mentre la società è etica» (NC 508). Ora, dato che «le società non possono esistere senza comunità, ma l'affermazione reciproca non è vera» (NC 508), l'indiscutibile anteriorità della comunità sembrerebbe indicare nello studio della base biologica la prospettiva privilegiata di ogni analisi che intenda cogliere l'ontogenesi della società. La stessa impostazione dell'*Individuation* - dove l'uso del termine comunità, centrale nella sezione relativa all'individuazione degli esseri viventi, lascia tendenzialmente il posto al termine società nella sezione dedicata all'individuazione psichica e collettiva[2] - sembrerebbe confermare l'ipotesi di uno statuto biologico della comunità che accomunerebbe uomo e animali, a partire dalla quale l'incidenza di ciò che di volta in volta si presume propriamente umano (il linguaggio, il lavoro o altro) introdurrebbe un'organizzazione sociale complessa.

Invece la comunità con cui si ha a che fare a livello di individuazione collettiva *non è* propriamente la comunità biologica. Il dato per così dire "fenomenologico" da cui si parte all'altezza del transindividuale costituito è infatti la contemporaneità strutturale e sfasata di comunità e società, rispetto a cui il termine "comunità" indica una fase che in quanto tale ha senso solo come tendenza interna, ovvero come parte di un processo di individuazione già in atto, tanto quanto il termine "società". La comunità biologicamente intesa - sistema a sua volta sfasato che serviva a dare ragione del rapporto tra esseri viventi - non può rendere interamente conto della "tendenza comunitaria" in atto nel dominio dell'individuazione psichica e collettiva: ci troviamo qui su di un'altra scala. Va dunque considerata in questi termini l'immagine attraverso la quale Simondon intende chiarire come comunità e società implichino livelli di coesione non omogenei. Metalli magnetizzati al di sotto e al di sopra del punto di Curie rivelano differenti capacità di resistenza a un'eventuale smagnetizzazione, grazie a una coesione prodotta su scale differenti e dunque con differenti esiti strutturali: si tratta da una parte di un semplice "fenomeno di gruppo" e dall'altra di un caso di «magnetizzazione e orientamento di ogni molecola individualmente considerata» (NC 508). Simondon intende suggerire "soltanto" un'analogia[3] per spiegare la maggior pervasività e forza di coesione con cui la società è in grado di determinare l'orientamento di ognuno dei singoli elementi che la costituiscono, ma tale immagine la dice già abbastanza lunga su come la "coesione" del collettivo non venga in nessun modo riferita ad una supposta comunità originaria, quanto piuttosto ritenuta l'esito di processi di individuazione ulteriori alla scala biologica. Ciò che deve essere considerato con particolare attenzione è come il fenomeno di "smagnetizzazione" a cui la società e la comunità sono, pur con differente intensità, supposte resistere, sia costituito - dice Simondon - da circostanze di tipo «organico o tecnico» (NC 508). Tale equiparazione di "organico" e "tecnico" quali forze di possibile smagnetizzazione del collettivo, costringe a rifiutare l'immagine mitica di una natura pre-politica o puramente biologica della comunità umana, che tagli fuori a priori dal concetto di quest'ultima la relazionalità tecnica e quella dovuta alla mediazione del lavoro. Qualunque cosa Simondon intenda per circostanze di tipo organico e tecnico, sta di fatto che *entrambe* - e contemporaneamente - sembrano "minacciare" la coesione di *ogni* formazione sociale, e non possono perciò in alcun modo essere riferite univocamente alla comunità o alla società. Non sembra possibile insomma dare per scontato in che cosa consistano le "necessità vitali di una comunità" separandole astrattamente dall'aspetto tecnico della loro organizzazione e riferendo quest'ultimo esclusivamente alla società umana, né d'altra parte considerare la società come interamente analizzabile nei termini della sua organizzazione tecnico-simbolica. All'altezza della comunità biologica è già attiva quella sfasatura [*déphasage*] che nella società umana raggiunge forse un grado di tensione e una configurazione particolari, ma che caratterizza *ogni* forma di organizzazione di gruppo. Ma a livello di individuazione psichica e collettiva l'analisi del rapporto tra individuo e gruppo introduce ulteriori elementi di complicazione che obbligano a chiarire le fonti e gli obiettivi polemici del lessico simondoniano in questo contesto.

Nell'*Individuation* il lessico relativo all'individuazione di gruppo viene infatti stabilito all'interno del paragrafo *Gruppi d'interiorità e gruppi d'esteriorità*, in polemica diretta ed esplicita con la distinzione operata da Bergson nelle *Due fonti della morale e della religione* tra "società aperta" e "società chiusa": «è vano procedere al modo di Bergson, separando gruppo aperto e gruppo chiuso» (I 294). La critica di Simondon punta sul fatto che la distinzione bergsoniana non saprebbe rendere conto della "zona centrale" di quell'operazione in cui consiste il sistema sociale: nelle *Due fonti* Bergson finirebbe infatti per sostanzializzarne i due "casi limite", mentre secondo Simondon «il sociale a breve distanza, è aperto; a grande distanza, è chiuso» (I 294). Le dinamiche di chiusura e apertura chiariscono così la funzione dei termini "comunità" e "società" nell'economia del discorso simondoniano, in quanto definiscono rispettivamente «una forma statutaria della relazione» e «una iniziativa degli individui sulle loro relazioni reciproche» (NC 509), ma, sebbene l'ipotesi di identificare definitivamente le dinamiche di apertura con la società e le dinamiche di chiusura con la comunità sia senz'altro coerente con un gran numero di passi[4], l'identificazione *tout court* di società e "apertura" si scontra con tali e tanto frequenti resistenze del testo da risultare inaccettabile senza alcune osservazioni preliminari. Solo un riferimento alle fonti di Simondon può sperare di chiarire il problema.

I PROBLEMI DELL'*IN-GROUP* E DELLA "PERSONALITÀ DI GRUPPO"

Per cogliere adeguatamente la società come operazione Simondon propone i termini *in-group* e *out-group*, utilizzati da alcuni non meglio identificati "ricercatori americani", termini che però egli stesso finisce a volte per sovrapporre alla "diade" bergsoniana, in alcuni punti identificando esplicitamente "gruppo aperto" e *in-group* di contro a "gruppo chiuso" e *out-group*. A complicare ulteriormente le cose subentra il fatto che la distinzione tra *in-group* e *out-group* si incrocia con l'elaborazione dei concetti di "personalità" e di "personalità di gruppo", che probabilmente Simondon eredita da Abram Kardiner attraverso Dufrenne[5]. Kardiner, pur muovendosi in una prospettiva radicalmente individualista, attraverso lo studio interculturale delle dinamiche di gruppo tenta comunque di tematizzare la contemporaneità del rapporto (di produzione reciproca) tra personalità e istituzione che abbiamo visto operare nel tema del transindividuale, al fine di contribuire alla costruzione di una «psicodinamica della mutazione sociale» (Kardiner 1939, p. 452). La "personalità di base" di Kardiner è "costellazione fondamentale" della personalità e forma primaria dell'identità collettiva in quell'animale molto "plastico" dal punto di vista adattivo che è l'uomo. Tale "base" individuale e collettiva costituisce il "senso di realtà" dell'individuo e il supporto di ogni successiva ristrutturazione della personalità ai fini dell'adattamento (cfr. *Ivi*, p. 451); ma, pur essendo una formazione collettiva, nella lettura di Kardiner è comunque concepita sul presupposto dell'individuo già costituito: «nessuno mette più in dubbio quella che appare ormai come una verità universalmente accettata: che non v'è forma di organizzazione sociale - famiglia, gruppo secondario, clan, villaggio o stato - di cui l'individuo non sia l'unità di base» (*Ivi*, p. 31). In Dufrenne invece il concetto di "personalità di base" viene rielaborato quale strumento metodologico che dovrebbe consentire di ricavare «l'universale umano modellato dalle istituzioni primarie e ad esse reagente» (Dufrenne 1953, p. 321): siamo cioè sulla via fenomenologica verso le invarianti della "natura umana", che utilizza il concetto di significazione in relazione a quelli di "intenzionalità" e "relazione intersoggettiva" (cfr. *Ivi*, p. 34). Naturalmente con l'espressione "natura umana" non si intende qualcosa che si riduca alla biologia, né il prodotto delle istituzioni primarie, ma un «umano come molla o come potenza, piuttosto che come dato» (*Ivi*, p. 71)[6], dove "potenza" significa qualcosa di «non troppo lontano dall'idea di struttura, come quella che Merleau-Ponty oppone all'idea di sostanza» (*Ivi*, p. 69, n. 2).

Ebbene, Simondon accoglie e rielabora il concetto di "personalità" legandolo all'individuazione di gruppo, concetto che Dufrenne a sua volta riprendeva esplicitamente da Merleau-Ponty: «noi non siamo il gruppo, noi lo *diveniamo*, ed è divenendo che consacriamo la realtà del gruppo; diveniamo costituenti nella misura in cui siamo costituiti» (*Ivi*, p. 12). Per questo soltanto a partire dalla comprensione dell'individuazione di gruppo sarà possibile rendere conto del concetto di personalità in Simondon e in particolare, per non prendere clamorosi abbagli, in relazione a ciò che egli intende per *in-group*. Ma la funzione dell'*in-group* non può essere a sua volta intesa senza riferirsi direttamente ai fantomatici "autori americani" evocati da Simondon nell'*Individuation*. Non è facile stabilire la fonte di Simondon per l'espressione *in-group*, che appare già in Kurt Lewin fin dagli anni '40, nel contesto dello studio delle dinamiche di gruppo nella formazione degli stereotipi, e si diffonde abbastanza rapidamente in letteratura, dove oggi è di utilizzo comune[7]. Nel saggio *Condotta, conoscenza e accettazione di valori nuovi*[8], ponendosi in un'ottica pedagogica di *social engineering*, Lewin e Grabbe sottolineano come fatti e credenze siano accettati o rifiutati dall'individuo a partire dalla mediazione del gruppo: "fiducia" e "pressione" sono le due modalità di relazione tra individuo e gruppo che determinano «ciò che esiste come "realtà" per una persona» (Lewin 1948, pp. 96-97)[9]. La "rieducazione" per essere efficace e produrre cambiamenti permanenti deve coinvolgere in particolare l'apparato valoriale: ciò che alcuni chiamano «modificazione della cultura di un individuo; altri modificazione del suo Super-io» (*Ivi*, p. 103). Ebbene, nel modello di Lewin e Grabbe il concetto di *in-group* serve proprio a rispondere alla domanda «come possiamo ottenere, dunque, il consenso ai nuovi valori, senza procedere cambiando singole convinzioni?» (*Ivi*, p. 105): attraverso la creazione del cosiddetto «sentimento di gruppo (*in-group*), che nasce in un gruppo composto da membri consapevoli di farne parte» (*Ivi*, p. 106). La formazione di un sentimento di appartenenza all'*in group*, ovvero di un'identità collettiva, risulta una mediazione efficace affinché i membri del gruppo si muovano verso l'adesione a nuovi valori: «è basilare per la rieducazione che il legame tra accettazione di nuove realtà o valori e accettazione di gruppi determinati o ruoli sia molto profondo e che la seconda sia per lo più presupposto della prima» (*Ivi*, p. 108)[10].

Ora, l'utilizzo "tecnico" dell'opposizione *in-group* / *out-group* risulta già stabilito, nel periodo immediatamente precedente l'elaborazione della tesi di Simondon, all'interno del lavoro di G. W. Allport, *La natura del pregiudizio* (1954)[11]. I ricorrenti accenni di Simondon alla teoria del pregiudizio ci autorizzano ad utilizzarne il testo per fissare il significato dei termini. Nel capitolo *Formazione di gruppi interni al sistema* Allport definisce gli *in-group* come i gruppi (al plurale) di cui fa parte l'individuo[12]. Allport ritiene che il riferimento agli *in-group* costituisca una necessità vitale per l'individuo che, spinto dal desiderio di sicurezza, grazie al conformismo assorbe da essi il proprio universo valoriale e forma la propria personalità, nonché i propri pregiudizi[13]. A partire dall'ipotesi che «ciò che è familiare tende a divenire un valore», e che tendenzialmente il gruppo dei genitori è il primo *in-group* per il bambino, vi sono alcuni *in-group* l'appartenenza ai quali è condizione acquisita (la famiglia), ed altri l'appartenenza ai quali può essere desiderata o realizzata da un individuo durante la sua vita. L'appartenenza effettiva caratterizza l'*in-group* (o "gruppo interno"), mentre il desiderio di appartenenza mira al "gruppo di riferimento": i due tipi di gruppo possono coincidere o meno[14], ma in ogni caso la molteplicità dei gruppi di appartenenza garantisce da un lato l'influenza della collettività sull'individuo e dall'altro la relativa libertà di questi, non tanto nello scegliere i gruppi di appartenenza, quanto nello scegliere i gruppi di riferimento per tentare di entrarne a far parte. D'altra parte gli stessi *out-group* non sono di per sé oggetto di ostilità, se non a partire da posizioni condivise all'interno degli *in-group*: «sebbene non si possano concepire i propri gruppi interni se non in contrasto con quelli esterni, essi sono tuttavia primari sul piano psicologico. Noi viviamo in essi, da essi, e, talvolta, per essi. L'ostilità verso i gruppi esterni ci aiuta a rinforzare il nostro senso di appartenenza, ma non è un elemento strettamente necessario» (*Ivi*, p. 61). È perciò in linea teorica sempre possibile che l'individuo, a partire da una personalità strutturata in relazione ai gruppi (interni) di appartenenza, scelga un gruppo esterno come gruppo di riferimento e giunga ad istituire con esso una nuova relazione di appartenenza. Ne risulta una struttura concentrica di gruppi in relazione ai quali si definisce la stessa personalità dell'individuo, a partire dalla famiglia fino all'umanità, in una prospettiva in fondo cosmopolita che non nasconde una progettualità di tipo ecumenico alla quale, come vedremo, non sarà affatto estraneo lo stesso Simondon[15].

Proprio nel costituirsi della relazione di gruppo *tra* psichico e collettivo, fa la sua comparsa nell'*Individuation* il concetto di "personalità": si tratta di quell'attività relazionale che unisce un'individuazione alle sue individualizzazioni successive (I 267)[16], che anzi *è* lo stesso sistema individuazione-individualizzazioni, in quanto si costituisce per crisi successive, attraverso una serie di destrutturazioni e ristrutturazioni, ed ha perciò carattere discontinuo in quanto «è del domino del quantico» (I 268). Tale processo di "personalizzazione" non riguarda mai soltanto l'individuo, ma è per definizione "di gruppo": avviene sulla base di quel "minimo" di comunità che è il "gruppo di interiorità", condizione del costituirsi - per "sincristallizzazione" - della "personalità di gruppo" (I 298). Il "gruppo d'interiorità" è infatti quel minimo di relazionalità che precede necessariamente come sua condizione ogni formazione di personalità: «è necessario che una comunità già data di condizioni della personalità permetta la formazione di un'unica mediazione, di un'unica personalità per due individuazioni e due individualizzazioni» (I 265). Tale mediazione tra individuazioni è un'identità di gruppo che però non ricopre l'intero spettro delle "personalità individuali" coinvolte, in quanto queste possono essere anche contemporaneamente prese in processualità divergenti (o, se si preferisce, appartenere a diversi *in-group*): «la relazione interpersonale non coinvolge che una certa zona di ciascuna delle personalità» (I 266). Si tratta perciò di una vera e propria sovrapposizione tra "parti" che esonera parzialmente gli individui dalla mediazione comunicativa in quanto costituisce una - sebbene limitata - vera e propria identità del vissuto: «si tratta d'identità parziale e di attaccamento per mezzo di tale identità piuttosto che di comunicazione», base e condizione di quella modalità di comunicazione di cui gli uomini fanno esperienza come «comunicazione di coscienze», ma per assicurare la quale «le coscienze non sarebbero sufficienti» (I 266). In questo senso l'*in-group* indica la "coincidenza" interiore di passato e avvenire nei singoli individui, mentre l'*out-group* è una "struttura reticolare" già data attraverso la quale ogni individuo si trova necessariamente a dover passare nel corso della sua individuazione personale (cfr. I 294). Evidentemente qui la relazione tra individuo e collettivo è colta da una duplice prospettiva: da una parte gli individui coincidendo nel gruppo d'interiorità costituiscono il collettivo, dall'altra il collettivo già strutturato è un ordine simbolico che determina le condizioni dell'individuazione psichica e collettiva del singolo individuo nel momento in qui questi lo incrocia. Il processo va colto - ancora una volta - nel suo centro: "la società" è qui intesa come l'operazione in cui consiste il processo di individuazione transindividuale nel quale si costituiscono i soggetti e le loro relazioni, ed è perciò «situata al limite tra l'*in-group* e l'*out-group*» (I 294). Nella prospettiva dello sviluppo individuale l'*in-group* va dunque considerato la modalità delle individuazioni primarie con cui ha a che fare l'individuo nel corso della propria esistenza, mentre l'*out-group* sembra indicare l'ambito di individuazioni originariamente estranee all'individuo, incrociando le quali questi è costretto a rimettere in gioco l'esito della precedente individuazione: «il sociale è fatto della mediazione tra l'essere individuale e l'*out-group* attraverso l'*in-group*» (I 294). La prima funzione assolta dall'*in-group* è infatti di fornire una base per la costruzione dell'identità personale contemporaneamente al prodursi dell'identità collettiva - come dimostrano le parziali identificazioni di "personalità di gruppo" e comunità[17] - ma d'altra parte l'*in-group* è anche esplicitamente fatto corrispondere da Simondon all'individuazione propriamente transindividuale che eccede ogni formazione sociale "biologicamente" stabilita: «al di sopra di queste relazioni biologiche, biologico-sociali e interindividuali, esiste un altro livello che si può chiamare livello del transindividuale: è quello che corrisponde ai gruppi d'interiorità, a una vera individuazione di gruppo» (I 302). Questo spiega in che senso Simondon possa affermare che la personalità è "espressione"[18] ma non necessariamente significazione: personalità e significazione transindividuale sono infatti entrambe costitutive del rapporto affettività-emotività a partire dalla comunità biologica verso il collettivo, ma a due livelli differenti. La personalità è essenzialmente "di gruppo" e coinvolge, facendole convergere, le processualità dei singoli individui in corso di individuazione; ma non si tratta, a rigore, di un legame, bensì di una vera e propria identità che, pur sovrapponendo solo parti degli individui, crea l'illusione di un "legame" tra personalità interamente risolto nell'appartenenza comunitaria: «la coerenza particolare di ciascuna personalità lascia credere che la comunità esista per tutto l'insieme delle due personalità» (I 266). Invece la significazione transindividuale, istituendosi a partire dall'ulteriore "crisi" di tali identità di gruppo, è dell'ordine del collettivo, ovvero delle relazioni *tra* individui in corso di individuazione. Il collettivo è infatti il regime di produzione e scambio di significazioni che costituisce un orizzonte simbolico sulla base della "risonanza interna" delle significazioni relative a un passato e ad un futuro vissuti come comuni. Nel transindividuale l'individuo «*si unifica nel presente* attraverso il proprio agire», un agire nel quale «ogni azione è significazione»: «il collettivo è ciò in cui un'azione individuale ha un senso per gli altri individui come simbolo, ogni azione presente alle altre è simbolo delle altre; essa fa parte di una realtà che si individua in totalità come ciò che può rendere conto della pluralità simultanea e successiva delle azioni» (I 219).

A questa altezza l'azione diviene così "presenza"[19], ovvero "categoria del transindividuale" (I 219). Ma occorre porre particolare attenzione, poiché abbiamo qui a che fare con due modi di intendere "la presenza" che vanno tenuti ben distinti. Da un lato la "presenza" dell'individuo è l'identità stessa del gruppo, è il processo di un'individuazione collettiva - reso coerente in *una* "personalità di gruppo"[20] - per il quale si dà una "comunità"; d'altra parte l'individuo, in quanto capace di ulteriori individuazioni, possiede una singolarità che eccede quell'identità nella "presenza" di una "causalità ricorrente" che costringe a ripetute riconfigurazioni della personalità ed apre continuamente a nuovi processi di individuazione collettiva: la «società [...] è l'operazione e la condizione d'operazione attraverso la quale si crea un modo di presenza più complesso della presenza del solo essere individuato» (I 294). La singolarità dell'individuo non sta dunque nella sua personalità, che lo rende essenzialmente "individuo di gruppo" (I 298), ma nella relazione singolare di questa con il potenziale preindividuale ad essa associato nel corso dell'individuazione collettiva in corso.

Ma allora l'*in-group* è veicolo di tendenze identitarie conservative o luogo di innovazione transindividuale che eccede i meccanismi consolidati, gli automatismi della vita di gruppo? Tentiamo di rispondere formulando la nostra ipotesi riguardante l'utilizzo dell'espressione *in-group* da parte di Simondon. L'*in-group* indica un processo di individuazione nel quale si costituisce una personalità di gruppo, ovvero un'identità (nel senso del *"recouvrement"* di parti di diversi individui) collettiva. Tale identità non esaurisce però mai le potenzialità del sistema costituito da individuo *e* preindividuale associato: solamente la contemporaneità di più processi di *in-group*, perciò, permette di descrivere la sfasatura propria di un individuo nel corso di un'individuazione transindividuale[21]. Il collettivo è sistema nel quale sono in atto i differenti processi di *in-group* che lo hanno costituito *e* che ne minacciano i meccanismi di tipo omeostatico rendendolo metastabile, dunque non soltanto instabile, ma anche capace di nuove trasformazioni. In questo senso l'*in-group* indica la processualità propriamente transindividuale in quanto costitutiva-del ma contemporaneamente metastabilizzante-il medesimo sistema sociale. L'*out-group* indica invece tale processualità colta per così dire "dall'esterno", in altri processi di individuazione che possono essere a loro volta processi di *in-group*. Allo stesso modo, il termine comunità indica la chiusura di un sistema sociale in quanto costituito da processi (di *in-group*) di produzione dell'identità collettiva (di una "personalità di gruppo"), mentre il termine società indica l'apertura di un sistema sociale in quanto è capace di ulteriori processi (ancora di *in-group*) di individuazione, di "personalizzazione" attraverso la produzione di significazioni, che eccedono quell'identità stabile di cui la personalità di gruppo è l'espressione. Insomma, ogni sistema sociale ospita una molteplicità di processi di apertura-chiusura, ma *in ogni caso* è l'espressione *"in-group"* a definire per Simondon la processualità costitutiva dei sistemi sociali, una processualità ambivalente, che produce un'identità collettiva ma contemporaneamente non fissa gli individui in tale identità perché il sistema da essi costituito (il collettivo) è metastabile grazie ai potenziali inespressi che in esso persistono *tra* gli individui come loro "fase preindividuale":

> le personalità individuali si costituiscono insieme per sovrapposizione [...] il transindividuale non localizza gli individui: li fa coincidere; li fa comunicare attraverso le significazioni [...] questa coincidenza di personalità non è riduttrice, poiché non è fondata sull'amputazione delle differenze individuali, né sul loro utilizzo al fine della differenziazione funzionale (ciò che ridurrebbe l'individuo alle sue particolarità), ma su di una seconda strutturazione a partire da ciò che la strutturazione biologica che produce gli individui viventi lascia ancora di non risolto (I 302).

L'individuazione transindividuale, insomma, è al contempo condizione di possibilità e minaccia per la configurazione attuale e per l'esistenza stessa dei gruppi: «c'è qualcosa di iperfunzionale nei gruppi, ovvero la loro interiorità» (I 301). Ebbene, in Simondon tale eccedenza "interna" del transindividuale inteso come processo di *in-group* va colta di volta in volta in maniera determinata nei diversi modi in cui si costituiscono le formazioni collettive. Così, proprio nel tentativo di tematizzare l'ambivalenza costitutiva delle forze che conducono all'individuazione transindividuale, Simondon si trova a dover affrontare i temi della credenza, del lavoro e del linguaggio.

CREDENZA, LAVORO, LINGUAGGIO

CREDENZA

L'incrocio del tema dell'individuazione transindividuale con l'analisi della credenza è molto limitato e sembra nell'*Individuation* quasi occasionale, sebbene si tratti di un tema sociologico centrale e irrinunciabile nella discussione del tema della coesione sociale. Come vedremo, al di fuori dell'*Individuation* la credenza tornerà ad essere indirettamente tematizzata da Simondon attraverso l'analisi dell'aspetto propriamente costitutivo ed omeostatico svolto, rispetto al gruppo, dalla "sacralità". Ma nella tesi principale risulta solamente accennata la doppia valenza, processuale e omeostatica (di apertura e chiusura) del fenomeno della credenza e delle istituzioni che ne derivano. È infatti sempre muovendosi sulla scia dello statuto "bergsonianamente" ambivalente del transindividuale che Simondon analizza il ruolo problematico - costitutivo eppure non fondativo - della credenza rispetto alla comunità: l'indiscutibile funzione della credenza nell'ontogenesi del collettivo non consente infatti di concludere che essa ne possa essere considerata il vero fondamento. Le credenze professate non sono per Simondon ciò che costituisce il legame sociale, né ciò che va preservato ad ogni costo pena la perdita di coesione della comunità stessa, quanto piuttosto il segno di un'incrinatura interna al gruppo, il sintomo dell'attivazione di un meccanismo di difesa da parte di una comunità minacciata: «la credenza è un fenomeno di dissociazione o di alterazione dei gruppi, non una base della loro esistenza» (I 299). Segno di crisi, dunque, la credenza emerge nei momenti in cui la coesione di una comunità viene meno, nei momenti in cui il gruppo, sempre più statico, invecchia e decade in quanto tende a ripetere meccanicamente se stesso, a chiudersi rispetto ogni possibile innovazione. La produzione di credenze sotto forma di "miti e opinioni" è il rimedio, efficace nell'immediato ma sul lungo termine insufficiente, con il quale il "corpo collettivo" tenta di opporsi alla propria decadenza (cfr. I 305). Mito e opinione, in quanto declinazioni rispettivamente "collettiva" e "individuale" della credenza, hanno in questo senso la stessa funzione: sono strutture che - frutto della parziale sclerotizzazione di processi di costruzione dell'individuazione di gruppo - compaiono nel momento in cui tali processi perdono parte della propria potenza dinamica ed e-spansiva, e finiscono per ripiegare su una rappresentazione autoreferenziale e statica. Nel mito e nell'opinione la comunità si immagina insomma compiuta e minacciata da forze che, non riconosciute come proprie, essa proietta su altro da sé. Si tratta di strutture capaci di produrre forte coesione, potenti vettori di identità collettiva, ma la cui efficacia segna il passo rispetto ad ogni apertura per un futuro cambiamento. Cristallizzando la dinamica sociale in strutture statiche, la comunità finisce infatti per rendere sempre più difficile il proprio rapporto con il "fuori" con cui è in relazione (le altre comunità, la società, lo stato), dunque sempre più problematica la propria sopravvivenza: in termini biologici, l'organizzazione rigida del suo *milieu* interno diviene sempre più dipendente dall'invarianza del *milieu* esterno, e la comunità appare un organismo tanto più fragile quanto più "difeso" rispetto all'ambiente di cui non solo fa parte, ma che la sollecita, la mantiene in tensione e intimamente la attraversa. L'identità collettiva così immaginata assume allora tutta l'apparenza di una reazione autoimmunitaria. Ma per negare al mito e all'opinione una funzione fondativa è necessario ancora una volta liberarsi dall'apparato concettuale basato sulla contrapposizione individuo-società. Secondo Simondon è infatti l'esigenza metodologica delle stesse scienze sociali (la «trappola delle inchieste psicologiche e sociologiche», I 296) a spingere verso l'attribuzione alla credenza - o più esattamente a ciò che di essa risulta manifesto, ovvero il mito e l'opinione - «un privilegio causale rispetto l'appartenenza al gruppo» (I 299).

In netta contrapposizione rispetto all'appiattimento del concetto di credenza sulle sue manifestazioni strutturate, Simondon invita a cogliere la credenza come processo: più precisamente «l'appartenenza [...] sotto forma di credenza» sarebbe una «tendenza non strutturata» (I 295), processo in corso che coincide con la stessa formazione del collettivo. Anche la credenza manifesta insomma un aspetto apparentemente contraddittorio: da una parte, come "credenza implicita", essa è la tendenza che descrive il processo stesso di costituzione dell'appartenenza; dall'altra, come "credenza esplicita" facilmente cogliibile nelle forme del mito e dell'opinione, nasce dal ripiegarsi di quello stesso processo in strutture difensive[22]. E ciò non deve stupire, visto che è proprio la personalità il fondamento della credenza stessa: «la credenza suppone un fondamento della credenza, che è la personalità prodotta nell'individuazione di gruppo [...] essa suppone un fondamento che non sia solamente interindividuale, ma realmente gruppale [*groupal*]» (I 299). La credenza opera dunque come tendenza interna a un campo di forze per definizione collettivo costellato di personalità già strutturate, delle quali essa è «l'insieme latente dei riferimenti in rapporto ai quali delle significazioni possono essere scoperte». Il suo statuto paradossale consiste proprio nel poter funzionare quale fattore produttivo di identità solamente in quanto credenza latente, cioè fintantoché - a rigore - «non esiste come tale». Anzi, in questo senso processuale, essa è la tendenza stessa in cui consiste «l'individuazione collettiva in corso di esistenza» (*Ibidem*)[23]: dunque non credenza come mito o opinione condivisa, ma credenza come potenzialità di invenzione collettiva, di produzione di significati condivisi. Ecco in che senso il collettivo può essere identificato con le credenze comuni ai componenti di un gruppo sociale: in quanto è il possibile e parziale esito di processi di invenzione transindividuale rispetto ai quali la credenza è la componente energetica, il potenziale creativo che può sfociare nell'invenzione tecnica, linguistica, etica e politica, e allo stesso tempo il patrimonio comune che tale attività ha costituito nel corso del tempo:

> un tale gruppo in effetti può essere caratterizzato da una comunità di credenze implicite ed esplicite in tutti i membri del gruppo [...] l'appartenenza al gruppo d'interiorità si definisce come una tendenza non strutturata, comparabile all'avvenire per l'individuo: essa si confonde con l'avvenire individuale, ma assume anche il passato dell'individuo, poiché l'individuo si dà un'origine in tale gruppo d'interiorità, reale o mitico (I 299).

Ma la "presenza" di questo doppio movimento nel collettivo è possibile solo a condizione che il gruppo sappia mantenere la latenza dei significati che lo costituiscono senza fissarli interamente nel contenuto sclerotizzante del mito e dell'opinione. Nel corso della sua individuazione il collettivo è dunque sempre sospeso al duplice rischio di non strutturarsi affatto (in quanto non sa cogliere la proprie potenzialità inventive latenti) o di soffocare la propria componente energetica in una gabbia di credenze condivise rigidamente strutturate e, in ultima analisi, immaginarie. La doppia processualità che tale rischio sottende è l'individuazione transindividuale. Al contrario, il riaffiorare della paura segna l'irrigidirsi di una soltanto delle due processualità: ciò che, con la diminuzione apparente del rischio, ne comporta la mancata assunzione e determina la chiusura comunitaria[24]. In questo caso, così come nella comunità "biologica" gli individui interagiscono esclusivamente a partire dalle proprie differenze strutturali, nelle comunità umane l'ossessiva "esplicitazione" delle "credenze implicite" serve a ribadire una supposta identità, un'origine - reale o mitica - del collettivo che, garantendone la provvisoria sopravvivenza, ne segna in realtà l'inizio della fine.

LAVORO

Se il fenomeno della credenza permette di descrivere perfettamente le dinamiche dell'*in-group*, tocca all'analisi del lavoro per Simondon la funzione eminente di mettere in luce il modello di una sorta di "collettivo elementare" nell'individuazione psichica e collettiva, così come nell'individuazione biologica la coppia sessuata fungeva da "comunità elementare" (cfr. I 308). Per questa via giungiamo finalmente a toccare il tema al quale il nome di Simondon è strettamente legato almeno a partire dalla pubblicazione di *Du mode* (1958), cioè quello della "tecnicità". Sebbene soltanto in *Du mode*, infatti, Simondon tratti il problema della relazione sociale secondo il taglio della "tecnicità", anche l'*Individuation* reca tracce consistenti di elaborazione del problema, facendo giocare ancora una volta il paradigma aperto/chiuso, per intendere la sfasatura tra tecnicità e lavoro contro quella che Simondon ritiene la concezione marxista del lavoro.

Inizia così, già nell'*Individuation*, il confronto di Simondon con Marx ed il marxismo: in Marx il lavoro sarebbe il modo in cui, per lo sfruttamento della natura, gli uomini si riuniscono in «gruppi che corrispondono ad una determinata modalità di comportamento in relazione al *milieu*» (I 301). Tale rapporto degli uomini con il mondo passa appunto attraverso la comunità (NC 512), cioè attraverso un livello minimo di organizzazione e di divisione del lavoro in vista di obiettivi comuni. Il lavoro è dunque sempre riferito ad un gruppo organizzato e costituito in vista di un fine: fine che può essere assai circoscritto e limitato nel tempo oppure ampio quanto la stessa organizzazione della sopravvivenza degli individui appartenenti al gruppo, ma che in ogni caso fonda quest'ultimo sulla «predominanza della finalità sulla causalità» (MEOT 119). In questo senso Simondon può definire il gruppo di lavoro, con più di un'eco durkheimiana, come un «gruppo sociale di solidarietà funzionale» (MEOT 248) e farlo rientrare (in *Du mode* come nell'*Individuation*) all'interno della categoria del "gruppo d'azione". Quando Durkheim fa riferimento alla "solidarietà organica" come ad un'evoluzione e differenziazione successiva rispetto allo stadio della "solidarietà meccanica", lo fa presupponendo un'omogeneità di funzionamento che garantisce la continuità di fondo, almeno a livello di tendenza, tra il dominio del biologico e quello dell'umano (e anche con il livello delle «proprietà essenziali della materia organizzata»)[25]. Anche Simondon colloca la funzione sociale dell'attività lavorativa al livello della specializzazione organica morfologica e funzionale, livello che abbiamo definito della "comunità biologica"; ma per lui qualificare un gruppo come costituito sulla base di una "solidarietà funzionale" significa dichiararne l'appartenenza all'orizzonte delle forme di associazione biologica in quanto *non* giungono alla modalità propriamente collettiva di individuazione. Il "gruppo d'azione" assolve infatti a "funzioni interindividuali concrete", come tutte le relazioni sociali che operano sulla scala dell'essere individuato (cfr. I 268), ma tali relazioni "interindividuali" rigidamente strutturate, sono definite *in opposizione* alle relazioni di cui gli stessi individui sono invece capaci soltanto a livello di quella "seconda individuazione" psichica e collettiva per nominare la quale diventa a questo punto inevitabile - dice Simondon - introdurre il termine "transindividuale": si tratta infatti di una modalità relazionale che si colloca «al di sopra delle relazioni biologiche, biologico-sociali e interindividuali» (I 302). Il gruppo di lavoro è dunque una forma di comunità biologica attraverso la quale gli uomini associati in quanto "gruppo specifico" sfruttano la natura grazie alla costruzione di relazioni interindividuali: l'organizzazione del gruppo di lavoro rientra perciò pienamente tra le modalità di adattamento della specie *homo sapiens* all'ambiente. Tuttavia anche rispetto all'attività lavorativa ogni distinzione su base specifica, per quanto metodologicamente utile, risulta in ultima analisi ontologicamente insoddisfacente. Il "gruppo di lavoro" è infatti un gruppo di "solidarietà funzionale" che si costituisce oltre la soglia del "gruppo d'azione" e, anche qui, non necessariamente soltanto per la specie *homo sapiens*, come dimostra l'esempio della *suzughia*[26]. Il gruppo di lavoro inoltre non si presenta mai in uno stato "puro", in cui la relazione tra i componenti rimarrebbe interamente definibile a livello biologico, ma presenta sempre al suo interno un'eccedenza di individuazione transindividuale, che corrisponde - dice Simondon - al gruppo d'interiorità. Rispetto a questa "seconda individuazione", che si presenta come successiva ma si instaura come parallela alla prima, il gruppo di lavoro funge per così dire da occasione: «sfruttare la natura non soddisfa fino in fondo; la specie di fronte al mondo non è un gruppo d'interiorità [...] è necessaria una seconda genesi» (I 301). Naturalmente il movimento che, a partire da una tensione interna, porta un gruppo d'azione verso l'individuazione collettiva di relazioni di altro livello rispetto a quelle puramente funzionali da cui era originariamente strutturato, trascina con sé anche le comunità, i gruppi d'azione, animali: «niente prova d'altra parte che i gruppi umani siano i soli possedere le caratteristiche che qui definiamo: può darsi che i gruppi animali comportino un certo coefficiente che corrisponde a ciò che noi ricerchiamo come base di spiritualità nei gruppi umani, solo in maniera più sfuggente, meno stabile, meno permanente» (I 301). Ciò che qui sorprende è come, ben oltre la funzione adattiva svolta dal gruppo di lavoro, neppure la "seconda individuazione" si possa considerare esclusiva dell'uomo considerato come specie. Infatti, sebbene l'organizzazione del lavoro nella forma della specializzazione biologica valga per gli insetti, e una divisione dei ruoli all'interno del gruppo d'azione sia evidente nei mammiferi come in tutti gli animali che vivono in gruppo, anche a livello di "seconda individuazione", ovvero dell'individuazione collettiva in cui emerge ciò che Simondon chiama "spiritualità", la differenza uomo-animale si presenta, piuttosto che come differenza sostanziale, come una differenza di intensità. Proprio in questo punto va collocata la critica di Simondon a Marx che, generalizzando un fatto storico tipico del XIX secolo, ovvero il ruolo predominante assunto dal lavoro nella relazione adattiva della specie uomo alla natura, ne avrebbe fatto impropriamente una costante antropologica (cfr. I 302)[27]. Per Simondon il lavoro è invece una modalità relazionale che, pur sempre intrecciata alla tecnicità (cioè ad una tensione produttiva di strutture tecniche e sociali) non può in alcun modo definire una qualche essenza dell'uomo: «è difficile trovare il criterio che permetta di integrare questa relazione a un'antropologia» (I 302).

In *Du mode* il tema del lavoro viene più ampiamente affrontato alla luce dell'individuazione tecnica e in esplicita contrapposizione alla tradizione marxista secondo cui «nella produzione gli uomini non agiscono soltanto sulla natura, ma anche gli uni sugli altri [...] per produrre, essi entrano gli uni con gli altri in determinati legami e rapporti, e la loro azione sulla natura, la produzione, ha luogo soltanto nel quadro di questi legami e rapporti sociali» (Marx 1847-49, par. 3)[28]. Alla sottolineatura, nell'*Individuation*, dell'importanza delle relazioni lavorative caratterizzanti i "gruppi d'azione" (I 295-96) risulta in *Du mode* complementare la negazione dell'adeguatezza del paradigma del lavoro a comprendere la realtà dell'oggetto tecnico. Se il "paradigma del lavoro" eredita infatti l'antropomorfismo già implicito nell'ilomorfismo e *dunque* in ogni classificazione della realtà secondo generi e specie (cfr. Barthélémy 2006b, p. 120), questo vale per il mondo biologico quanto per il mondo della tecnica, come per l'intero universo delle relazioni sociali. Ma allora quale interesse riveste nell'*Individuation* l'analisi del gruppo di lavoro per lo studio della *Realtà sociale come sistema di relazioni*? Ebbene, il gruppo di lavoro costituisce per Simondon un angolo di incidenza privilegiato per l'analisi sociale non perché definisca la soglia della caratterizzazione propriamente umana del collettivo (anzi, di per sé rende indiscernibile tale soglia), ma perché è concretamente sfasato in un'attività che ha statuto ambivalente. La sua doppia tensione, da un lato verso finalità "comunitarie" legate allo sfruttamento dell'ambiente grazie alla costituzione di rapporti interindividuali, dall'altro verso l'istituzione di relazioni transindividuali sovra-comunitarie e addirittura indefinibili a partire dalla mera appartenenza specifica, sembra collocare il gruppo di lavoro in una zona intermedia, atta a riprendere e illustrare meccanismi legati al rapporto dell'individuazione transindividuale con l'*in-group* e l'*out-group*, secondo quanto contenuto nella seguente affermazione: «le relazioni umane che caratterizzano il lavoro o che perlopiù sono messe in gioco attraverso il lavoro [...] si situano alla frontiera tra il gruppo d'interiorità e il gruppo d'esteriorità» (I 296).

Ora, per comprendere la tensione interna al gruppo di lavoro e la prestazione transindividuale di quell'attività che Simondon chiama "tecnicità" è necessario passare brevemente attraverso la sua rielaborazione del tema marxiano dell'alienazione. Per Simondon l'attività tecnica risulta alienata nel lavoro *non* a causa della particolare configurazione che i rapporti sociali assumono nel regime di produzione capitalistico, ma a causa dell'essenza stessa del "gruppo di solidarietà funzionale". È infatti possibile «definire un'alienazione pre-capitalista essenziale al lavoro in quanto tale» (MEOT 248) dato che la produzione è già in sé alienazione per due ragioni: in quanto determina raggruppamenti di tipo solamente interindividuale e in quanto è produzione di oggetti "staccabili" nei quali viene incorporato del lavoro umano. Queste due facce dell'alienazione corrispondono rispettivamente alle dinamiche di chiusura e apertura che caratterizzano il gruppo di lavoro. Nel gruppo di lavoro vi è innanzitutto un'operatività interindividuale di chiusura, funzionale all'azione comune sull'ambiente, attraverso la quale il lavoro *in quanto* produzione è strutturalmente legato all'individuo e non al soggetto, dunque all'utilizzo dell'oggetto tecnico e non all'invenzione: «il lavoro concepito come produttivo, nella misura in cui proviene dall'individuo localizzato *hic et nunc,* non può dare ragione dell'essere tecnico inventato; non è l'individuo che inventa, è il soggetto, più vasto dell'individuo, più ricco di esso [...] il gruppo sociale di solidarietà funzionale, come la comunità di lavoro, non mette in relazione che gli esseri individuati» (MEOT 248). D'altra parte nel gruppo di lavoro è sempre presente anche una relazionalità di tipo tecnico, dovuta all'invenzione e alla circolazione degli oggetti tecnici, attraverso i quali «si crea una relazione interumana che è il modello della *transindividualità*» (MEOT 248). Gli oggetti tecnici infatti nascono da quell'alienazione "primaria" che consiste nella "cristallizzazione" di un'attività umana e nel suo distacco dal produttore. Tale distacco ha un duplice aspetto che lo rende rischioso, è minaccia di alienazione psicosociale *e* condizione di trasduzione. In quanto realizzata in condizioni "surdeterminate" dalla relazione di proprietà e di vendita la produzione dell'oggetto diviene, secondo una delle note lezioni marxiane, condizione di alienazione[29]; ma in quanto "attività umana cristallizzata" frutto dell'invenzione collettiva, l'oggetto esprime i rapporti sociali e può fungere così da germe di ulteriori processi di individuazione. L'oggetto tecnico, nella sua prestazione virtuosa, andrà insomma concepito in qualche modo come "simbolo" che circolando alimenta il legame sociale e costituisce il possibile innesco di ulteriori processi di individuazione *tra* gruppi che eccedono la staticità comunitaria. La dimensione temporale dello "sforzo tecnico" è infatti differente da quella del lavoro: mentre quest'ultimo si compie ed esaurisce nel suo risultato, quello "resta sempre presente", cristallizzato nell'essere tecnico, conferendo così allo sforzo umano «un'autonomia che la comunità non dà al lavoro» (NC 512).

> La capacità di distacco dall'operatore umano iniziale - artista o produttore - significa, per l'oggetto prodotto, l'inizio di una libera avventura che com-

porta tante possibilità di sopravvivenza e di trasmissione attraverso gli anni quanti pericoli di riduzione in schiavitù, o meglio ancora - in un registro di fondamentale ambivalenza - di possibilità di alienazione per quell'attività umana che si trova inclusa e come cristallizzata nelle sue opere e nei suoi prodotti (PST 127).

Ecco dunque come l'attività tecnica può essere considerata "il modello della relazione collettiva". In quanto «non fa parte né del dominio del sociale puro né del dominio dello psichico puro» non può essere confusa con nessuna delle forme di relazionalità ivi implicate, ma appartiene a quella "zona centrale" nella quale si costituisce una relazionalità di tipo transindividuale, cioè propriamente collettiva (cfr. MEOT 245)[30]. Si ha dunque genesi del legame sociale *nel* gruppo di lavoro, ma *solo in quanto* vi sia implicata un'attività di tipo tecnico, un'attività che è inventiva e metastabilizzante: che struttura il collettivo in senso non puramente omeostatico, e che nessun approccio di tipo esclusivamente sociologico o esclusivamente psicologico è in grado di cogliere. Perciò, in controtendenza sia rispetto alla tradizione marxista e/o sociologica, sia rispetto alle diverse declinazioni della psicologia sociale o della psicologia del lavoro, per spiegare l'alienazione Simondon non intende né porre l'accento sulle condizioni sociali del lavoro sotto il dominio del capitale, né ricadere nella riduzione psicologista dell'alienazione a mera incapacità di adattamento all'ambiente di lavoro, riduzione notoriamente funzionale all'esercizio amministrativo del potere nella vita di fabbrica: «la vera via per ridurre l'alienazione non si situa né nel domino del sociale (con la comunità di lavoro e di classe), né nel dominio delle relazioni interindividuali che la psicologia sociale tratta abitualmente, ma al livello del collettivo transindividuale» (MEOT 249). In questo senso l'intera Conclusione di *Du mode*, dedicata a stabilire le condizioni per poter cogliere lo statuto ontologico dell'oggetto tecnico al di fuori del "paradigma del lavoro", si pretende operazione di tipo pedagogico-politico alternativa sia al progetto di integrazione e normalizzazione implicito nell'approccio psicologico, sia al sogno marxista di emancipazione rivoluzionaria[31]. Se dunque «è il lavoro in quanto tale ad essere fonte di alienazione» (MEOT 249), è invece proprio l'esercizio della tecnicità ad avere a che fare con l'ontogenesi transindividuale del gruppo, sia che si tratti di tecniche che suppongono una conoscenza istintiva, iniziatica e artigianale, sia che si tratti di tecniche formalizzate, divenute scienza e dunque universalizzate: in entrambi i casi ci si trova di fronte al possibile prodursi di un *in-group*. Nel primo caso si ha a che fare con una tecnicità "segreta" che dà il senso del sacro e che non è solo "un prodotto delle condizioni sociali", ma altrettanto "produce la struttura dei gruppi", secondo quel meccanismo di causalità ricorrente che sempre segna il costituirsi di un sistema di relazioni sociali di tipo comunitario[32]. Nel secondo caso si ha a che fare invece con quella forza che muove lo stesso progetto dell'*Encyclopédie*, raggruppando «ricercatori, redattori, corrispondenti, donando una fede a questa *équipe* composta di uomini che collaboravano senza essere legati tra loro da comunità sociali e religiose» (MEOT 92-93). In entrambi i casi si tratta del processo di formazione di un gruppo d'interiorità, vera e propria genesi della relazione transindividuale nella sua indistinzione originaria rispetto ad esiti di tipo comunitario e sociale[33]. Ma, come ricorda Simondon, «l'attività tecnica [...] non è il solo modo e il solo contenuto del collettivo, essa è *del* collettivo» (MEOT 245, sott. ns.). Se dunque in *Du mode* l'attività tecnica soggiacente al lavoro è certamente la modalità più indagata dell'individuazione transindividuale, e se abbiamo d'altra parte sottolineato come il tema della credenza ne "nasconda" un'ulteriore modalità, trattata, per quanto brevemente, nell'*Individuation*, rimane comunque da chiarire il ruolo del linguaggio, se non altro per differenziarne la funzione rispetto a quella che abbiamo visto essere la "nozione" centrale dell'individuazione transindividuale nell'*Individuation*: la significazione.

LINGUAGGIO

Come abbiamo visto sul tema del linguaggio Simondon rifiuta le posizioni prevalenti nel contesto francese a lui contemporaneo, cioè quella di una fenomenologia chiaramente orientata verso la centralizzazione ermeneutica del linguaggio e quella della linguistica strutturale[34]. Ma si oppone direttamente anche a Wiener, secondo il quale il linguaggio è fattore discriminante per la soglia natura/cultura (cfr. Id. 1950, p. 109) in quanto caratteristica della specie e base di ogni società umana (*ivi*, p. 111)[35]. In controtendenza con le diverse forme del *linguistic turn*, Simondon rifiuta insomma di fare del linguaggio il centro della propria ricerca. Perché? Perché considera il linguaggio nient'altro che un insieme di segnali, «strumento [d'informazione] non necessario, particolarmente sviluppato allorché le parti formanti un sistema sono lontane l'una dall'altra, come è il caso di un macro-organismo o di una società» (I 195, n. 2). Come già detto il "segnale" - a differenza della «vera e propria informazione, che è il modo d'essere di un sistema che suppone potenziali ed eterogeneità» - «non costituisce la relazione» (I 224) e di conseguenza il linguaggio, cioè l'insieme dei segnali, si riduce a strumento "non necessario" della propagazione dell'informazione. In questo modo risulta evidente come non si possa costruire attraverso Simondon una teoria del collettivo a partire dal linguaggio; lo si può fare soltanto a partire dalla "significazione" in quanto configurazione transindividuale dell'informazione, la quale a sua volta però ha come propria condizione una parziale individuazione il cui statuto è chiaramente extralinguistico: «le significazioni costituiscono essere [*constituent de l'être*] individuale, sebbene richiedano la preventiva esistenza dell'essere parzialmente individuato» (I 263)[36]. Tuttavia, sebbene sia senz'altro possibile estrarre dall'*Individuation* una teoria della significazione - che pure non solo non ne costituisce il tema centrale, ma neppure vi si può considerare compiuta - questa non sembra in grado di risolvere interamente in sé il problema del linguaggio. Come vedremo, solamente ritrovando nel pensiero di Simondon lo sviluppo di una teoria della funzione simbolica sarà possibile cogliere appieno le implicazioni della significazione come operazione di individuazione transindividuale in cui «l'informazione relativa al reale preindividuale» presente in un sistema diviene «principio del transindividuale» (I 220). Così il linguaggio andrà compreso all'interno di una sorta di pragmatica della comunicazione che passa attraverso la cristallizzazione dell'operazione di individuazione transindividuale in simbolo; presente nell'individuo come "realtà non ancora individuata", solo nel regime di individuazione transindividuale l'informazione può infatti trasformarsi in azione che, grazie al suo valore simbolico, rende trasduttivamente fecondo il legame sociale: «il transindividuale è ciò che, negli individui non provvisori, equivale alla trasformazione in colonia per gli individui provvisori con funzione di transfert, o allo sviluppo in pianta del grano» (I 220)[37].

IL PARADIGMA APERTO/CHIUSO

L'individuazione detta "transindividuale" si colloca dunque tra l'apparire della significazione come espressione di un processo di individuazione di gruppo che avviene tra due o più soggetti, e il collettivo come significazione strutturata. È costituita da modalità relazionali che, nascendo dalle tecniche, complicano l'articolazione organica dei rapporti di lavoro, istituendo relazioni gerarchiche e di appartenenza, e costituendo tensioni all'interno del "gruppo d'azione". È possibile infatti distinguere una sorta di "comunità elementare" che si forma oltre la soglia del "gruppo di solidarietà funzionale". Parallelamente, nel funzionamento collettivo della credenza, l'emozione si converte in significazione, così da produrre dei simboli la cui circolazione alimenta la coesione sociale. Il vero e proprio collettivo, il campo delle tensioni transindividuali, è così istituito: in esso la significazione risulta "esteriorizzata" come simbolo. Assieme all'attività tecnica, la credenza è dunque base necessaria per la costituzione del legame sociale e al contempo minaccia della sua esistenza in quanto tende a cristallizzarsi in mito o opinione, facendo della chiusura comunitaria la sua modalità eminente di funzionamento. Allo stesso modo, nel linguaggio va distinta la funzione puramente omeostatica garantita dalla sua circolazione in forme stabili, rispetto alle potenzialità inventive ancora celate nell'attività non esaurita di cui quelle forme sono un esito soltanto parziale. Dunque emozione-significazione e non linguaggio, ma anche - come abbiamo visto - tecnicità e non lavoro, credenza implicita e non esplicita. È il transindividuale a costituire le forme di relazionalità implicate da lavoro, credenza e linguaggio: «il transindividuale [...] fa comunicare gli individui attraverso le significazioni: sono le relazioni d'informazione ad essere primordiali, non le relazioni di solidarietà e di differenziazione funzionale» (I 302).

I temi della credenza, del lavoro e del linguaggio pongono al testo di Simondon un problema di coerenza analogo a quello legato alla caratterizzazione dell'*in-group*, la cui funzione - *comunque sia* - non può essere collocata in relazione alla coppia concettuale comunità-società, come molti interpreti hanno creduto di poter fare, costruendo una corrispondenza diretta o addirittura sovrapponendo i termini delle relazioni comunità/società e *in-group/out-group*, e sfociando così inevitabilmente in una serie di contraddizioni che finiscono poi per essere proiettate sul testo[38]. Indagare la "sfasatura" tra comunità e società nell'*Individuation* in relazione all'opposizione *in-group/out-group* richiede invece tutta la serie di precauzioni che abbiamo sopra esplicitato. Ma per comprendere a fondo il problema occorre richiamarsi ancora una volta alle condizioni epistemologiche che strutturano l'intera opera. La distinzione tra *in-group* e *out-group* si presenta in piena analisi della genesi del transindividuale, ovvero dell'emergenza dello psichico dal biologico e della sua fissazione in strutture collettive, mentre la distinzione comunità e società presente nella *Nota complementare* è funzionale all'analisi delle tensioni interne alla struttura normativa del collettivo, così come si presenta quale esito di tale processo. Si tratta nel primo caso di una vera e propria ontogenesi del collettivo e contemporaneamente del soggetto, nel secondo caso di un'analisi strutturale della società secondo il taglio offerto dal problema del rapporto norma-innovazione. I due livelli non possono essere sovrapposti poiché il secondo è soltanto un aspetto del primo, la sua parziale e provvisoria sedimentazione: se l'analisi strutturale della normatività sociale richiede necessariamente un'analisi ontogenetica della società, ciò accade in quanto quest'ultima è funzionale a cogliere le tendenze in atto che determinano l'aspetto operazionale ("energetico") della struttura analizzata, ovvero quell'operazione che va considerata essa stessa una componente della struttura metastabile. Inoltre questo problema ne incrocia un altro: la tendenza spontanea a sostanzializzare i termini in gioco. Occorre infatti ribadire che si ha a che fare con dei processi: *in-group* e *out-group* descrivono le processualità coinvolte nel costituirsi della relazione individuo-società in collettivo, mentre - sulla scala del collettivo già costituito - "comunità" e "società" sono da leggersi come tendenze interne e divergenti che tengono in tensione il sistema, lo sfasano continuando quelle processualità. Se dunque l'analisi della relazione tra individuo, *in-group* e *out-group* fa parte per così dire di una "deduzione ontogenetica" della società all'interno dell'*Individuation*, quella del rapporto tra le diverse tendenze del collettivo sembra piuttosto la base di una possibile scienza della società che parta dal "dato" della configurazione attuale di un sistema metastabile per coglierne le processualità interne.

Va ricordato che Simondon costruisce tutta la propria teorizzazione del rapporto tra *in-group* e *out-group* a partire dalla critica ai concetti di "società chiusa" e "società aperta". La domanda posta da un approccio di tipo bergsoniano al problema dell'individuazione transindividuale riguarda la difficoltà di concepire "l'identità" dell'individuo sulla giusta scala, né al di fuori della comunità, né interamente assorbita in essa. Problema che Bergson risolve attribuendo una duplicità di tendenze alla vita stessa:

> ovunque la tendenza a individualizzarsi è combattuta e nello stesso tempo perfezionata da una tendenza antagonista e complementare ad associarsi, come se l'unità molteplice della vita, attratta nel senso della molteplicità, si sforzasse ancora di più per ritornare su se stessa [...] Da questo deriva, in ogni ambito della vita, un'oscillazione tra l'individualizzazione e l'associazione. Gli individui si affiancano in una società; ma la società appena formata vorrebbe fondere in un nuovo organismo gli individui giustapposti, in modo da diventare essa stessa un individuo che possa a sua volta essere parte integrante di una nuova associazione (Bergson 1907, p. 212).

Dopo l'iniziale presa di distanze e l'adesione alla teorizzazione "americana" dei concetti di *in-group* e *out-group*, il riferimento a Bergson viene ripreso da Simondon nella *Nota complementare*, questa volta convalidando la distinzione tra "società chiusa" e "società aperta", ma a patto di ridefinirla nei termini dell'opposizione comunità/società:

> la distinzione fatta da Bergson tra società chiusa e società aperta è senza dubbio valida, ma la società aperta corrisponde a un'iniziativa degli individui sulle loro reciproche relazioni, mentre la comunità [è] forma statutaria della relazione [...] una società il cui senso si perde perché la sua azione è impossibile diviene comunità, e di conseguenza si chiude, elabora degli stereotipi; una società è una comunità in espansione, mentre una comunità è una società divenuta statica (NC 509).

Qui Simondon conferma la sua sostanziale adesione al paradigma bergsoniano aperto/chiuso, convertendolo in strumento di lettura della sfasatura propria di ogni sistema sociale in quanto metastabile, dunque attraversato e costituito da processi, tensioni, che quel paradigma permette di concettualizzare senza sostanzializzarle. In questo senso è lecito affermare che aperto e chiuso sono due diverse modalità del medesimo tipo di individuazione, che Simondon chiama transindividuale e identifica nella terza parte dell'*Individuation* con il concetto di *in-group* elaborato dalla psicologia sociale americana. Così il processo di individuazione transindividuale, tradotto in termini di *in-group*, presenta due possibili configurazioni: se nell'opporsi ad uno o più *out-group* le "comunità" si contrappongono le une alle altre chiudendo i propri membri in un'identità reattiva e statica, finalizzata ad obiettivi ristretti e forieri di una rigida stabilità relazionale, nella tensione verso l'identificazione con altri *out-group* si apre la possibilità di una *comunicazione diretta tra individui* appartenenti anche a comunità diverse, grazie ad un processo di socializzazione irriducibile a semplici meccanismi di regolazione omeostatica. Lo sfondo sul quale Simondon costruisce tutta

l'articolazione del proprio pensiero rimane insomma la diade bergsoniana che, introducendo un elemento prospettico, propriamente storico, nella scienza dei sistemi sociali, gli permette di negare l'ipotesi di
un movimento progressivo dall'una all'altra forma del collettivo, mo-
strandone invece in atto la "zona operativa centrale":

> è un'illusione retroattiva a far credere che il progresso storico apra progres-
> sivamente l'etica rimpiazzando le morali chiuse con delle morali aperte:
> ogni nuovo stato di una civiltà apporta apertura e chiusura a partire da un
> centro unico: *apertura e chiusura sono la dimensione di una diade indefinita, uni-*
> *dimensionale e bipolare* (I 333, sott. ns.).

7. OMEOSTASI SOCIALE ED ECCEDENZA NORMATIVA

Dunque, il regime di individuazione in cui l'informazione si declina
come significazione e appare ciò che è propriamente "umano" non può
essere previsto, né predeterminato, né tantomeno garantito: se ne possono indicare e parzialmente calcolare le condizioni di possibilità analizzando la metastabilità di uno stato di sistema; ma l'innesco del processo è per definizione indeterminabile perché in eccesso rispetto alla
configurazione strutturale e funzionale del sistema stesso, né l'esito ne
può essere mai interamente previsto. Così, sebbene le condizioni di
soglia dell'umano possano essere studiate, l'ambito dell'umano risulta
strutturalmente "intermittente". In questa prospettiva il transindividuale non è la soluzione, ma il "campo" di una serie di problemi che
permettono di considerare il sociale, il biologico e il tecnico in vista di
un'antropogenesi intesa come scienza di processi in atto e non di sole
strutture. La nozione di transindividuale permette insomma di delimitare la soglia dell'umano senza il diretto riferimento a un'antropologia
- che la si intenda come fondata su di una base biologica o sul presupposto di una coscienza - e in questo modo consente a Simondon di non
abbandonare del tutto la questione dell'origine come può fare lo strutturalismo, ma senza tuttavia porre quest'ultima nell'orizzonte del soggetto (o del "senso") come finisce necessariamente per fare una fenomenologia. Ne deriva tutta una costellazione di problemi di soglia che
convergono verso la distinzione uomo-animale sotto diverse prospettive, più o meno apertamente critiche in particolare rispetto ai punti
chiave su cui tale distinzione ha diversamente preteso fondarsi: vita,
lavoro, linguaggio. Questa è la prospettiva secondo cui Simondon studia la società nella terza parte dell'*Individuation*, rimanendo legato però
ai suoi principali riferimenti teorici, dei quali sperimenta tutte le difficoltà: Bergson e la cibernetica. Da una parte infatti la matrice bergsoniana, assunta in una prospettiva di radicale immanenza, rende a
Simondon molto difficile identificare *una* soglia che separi nettamente
comunità animale e comunità umana, negare che vi sia una società a-
nimale e definire un confine netto tra "comunità biologica" e "società

etica". La critica al "continuismo vitalista" bergsoniano è in Simondon la costante posizione di un problema: quali criteri permettono di leggere la dinamica aperto/chiuso al livello del collettivo, senza tuttavia ridurre quest'ultimo ad una modalità del biologico? La filosofia bergsoniana non basta secondo Simondon a cogliere la discontinuità propria dell'individuazione transindividuale: «lo psico-sociale è del transindividuale: è questa realtà che l'essere individuato trasporta con sé, questa carica d'essere per individuazioni future. Non la si deve chiamare *élan vital*, poiché non è esattamente in continuità con l'individuazione vitale, sebbene prolunghi la vita che è una prima individuazione» (I 303, sott. ns.). Ma d'altro canto neppure lo schema astratto della cibernetica offre sufficiente presa sul sistema sociale, poiché il concetto cibernetico di informazione, come abbiamo in parte già visto, non è mai parso a Simondon capace di pensare sistemi la cui modalità di funzionamento non fosse di tipo esclusivamente omeostatico.

Supponendo l'esistenza non solamente dell'individuo, ma di processi più che individuali, classificabili analogicamente ma mai identici, rispetto ai quali sono insufficienti le nozioni di genere e specie, Simondon procede a ricavare l'umano definendo un regime di compossibilità di tali processi, e lo fa a partire da posizioni sostanzialiste (organismo, specie, lavoro, religiosità, linguaggio) riportandole alle rispettive e duplici "fonti" processuali: tendenze e istinti, tecnicità, credenza, significazione. Ma appunto per comprendere pienamente il rapporto tra "comunità biologica" e "società etica" sarà necessario porre la questione in altri termini rispetto a quelli di una distinzione tra animale e uomo, e giungere a formulare la "sfasatura" del sistema sociale nei termini di una tensione tra differenti tipi di normatività. Per farlo analizzeremo innanzitutto il problema del rapporto tra omeostasi biologica e sociale, che Simondon eredita direttamente dalla cibernetica e dall'analisi che Canguilhem, solo pochi anni prima della stesura dell'*Individuation*, aveva dedicato al *Problema delle regolazioni nell'organismo e nella società* (1955), con riferimento esplicito proprio al Bergson di *Le due fonti della morale e della religione* (1932).

Come abbiamo visto, la terza parte dell'*Individuation* può essere interamente letta alla luce dell'opposizione tra "società chiusa" e "società aperta" elaborata da Bergson all'interno della sua ultima opera. Il paradigma chiuso/aperto è appunto lo strumento concettuale con il quale Simondon pensa la metastabilità strutturale e l'operazione trasduttiva nei sistemi biologici e sociali, ancora una volta riprendendo e riformulando l'apparato teorico mobilitato dalla cibernetica. Una volta intesa la società stessa come sistema metastabile di relazioni tra differenti *milieu*[1] - sistema misto di strutture e operazioni - appare ormai chiaro che a questo livello solo una radicale riforma concettuale può permettere a Simondon di riformulare il problema dell'omeostasi biologica e sociale in modo unitario e coerente. Se la riforma della nozione cibernetica di informazione è, come abbiamo inizialmente ipotizzato, la chiave per comprendere il suo stesso progetto di unificazione delle scienze umane, proprio in quella direzione va cercata anche questa soluzione. La possibilità di una scienza della "zona intermedia" tra individuo e società - nei termini di Simondon una scienza dell'individuazione collettiva - è infatti da lui concepita nel confronto diretto con il progetto di Wiener di una scienza cibernetica della società, fondata sui concetti di omeostasi e di autoregolazione attraverso *feedback*. Daremo perciò per scontata in questo capitolo la dimensione ontogenetica del "transindividuale", della quale ci siamo occupati nel precedente, e ci interesseremo soprattutto all'analisi di quelle che potremmo definire le dinamiche dei sistemi sociali, ovvero - nel linguaggio di Simondon - del collettivo come sistema transindividuale metastabilmente strutturato. Lungo questa strada giungeremo in seguito, attraverso la nozione di simbolo, ad introdurre la funzione della cultura all'interno dei sistemi sociali.

CRITICA ALL'OMEOSTASI SOCIALE CIBERNETICA

Ancora una volta la cibernetica è il riferimento in relazione al quale Simondon caratterizza la propria posizione. Perciò occorre analizzare brevemente il modello di società proposto da Wiener utilizzando ancora una volta come filtro il pensiero di Canguilhem. In *The Human Use of Human Beings* (1950) Wiener raccoglie la variegata eredità dei pensatori che tentano di costruire una teoria della società concepita come organismo, rinnovandola per mezzo dell'innesto del concetto di informazione, nozione centrale della (sua) emergente cibernetica. Quella di Wiener vuole essere una "teoria generale della regolazione" dei sistemi, estesa ai sistemi naturali, artificiali e sociali, grazie appunto alla supposta universalità dei processi di scambio di informazione[2]. Come abbiamo già visto è il fisiologo americano Cannon ad offrire la definizione classica di omeostasi dell'organismo che dalla cibernetica sarà applicata alla società: l'omeostasi è «l'insieme dei processi organici che agiscono per mantenere lo stato dell'organismo stazionario nella sua morfologia e nelle sue condizioni interne, nonostante le perturbazioni esterne» (cfr. in Le Roux 2007, p. 114). Ebbene, grazie all'integrazione del concetti di "scambio di informazione" o "comunicazione", la concezione cibernetica dell'omeostasi sociale si trova arricchita della funzione del *feedback*: la regolazione tramite scambio di *feedback* intatti costituisce l'unità funzionale del sistema, la cui dinamicità aperta permette la piena integrazione della nozione di *milieu*. In questo modo il concetto cibernetico di omeostasi si amplia a comprendere tutte le funzioni che caratterizzano il sistema (come organismo o come società) sia nelle sue relazioni "interne" con il proprio metabolismo sia nelle relazioni con l'ambiente "esterno", e si libera da qualunque riferimento alla nozione di finalità. Tuttavia un sistema così concepito mantiene da una parte il riferimento ad una sorta di tendenza alla conservazione[3], e dall'altra al carattere deterministico di scambi cui nulla toglie la complessità del meccanismo di *feedback*.

Dunque tendenza all'adattamento e determinismo caratterizzano ugualmente il funzionamento di tutti i sistemi, in quanto esistono solamente sistemi naturali più o meno complessi disposti in una sorta di implicita "gerarchia" in base alla loro capacità di resistenza all'entropia: con l'aumentare della circolazione dell'informazione cresce la tendenza negentropica del sistema, dunque la sua capacità di interazione con l'ambiente, di adattamento (cfr. Wiener 1950, p. 141) e, in ultima analisi, di durata nel tempo. La cibernetica cancella così ogni differenza "ontologica" tra sistemi, stabilendo piuttosto dei differenti gradi di complessità. I sistemi rimangono *comunque* caratterizzati da un determinismo di fondo rispetto al quale può esservi soltanto una minore o maggiore difficoltà di "cattura" per mezzo di una "matematica dei fenomeni di rottura" (cfr. Id. 1956). Anche nello studio della società il modello dello scambio di informazioni rimane invariato e valido per concepire un funzionamento di tipo essenzialmente omeostatico; anzi, Wiener stabilisce un rapporto diretto tra quantità di scambio d'informazioni e "coesione" della comunità: «non voglio affermare che il sociologo ignori l'esistenza e la natura complessa delle comunicazioni nella società, ma fino ad ora, egli tende a dimenticare a qual punto esse siano il cemento che dona la sua coesione all'edificio sociale» (Id. 1950, p. 30). Perciò nell'ottica di Wiener diviene centrale il ruolo del linguaggio, la cui trasmissione determina la capacità effettiva di ampliamento e durata di una comunità: «il grado di organizzazione della società e la quantità d'informazione socialmente disponibile [...] l'esistenza di un linguaggio performante, e, in particolare, l'esistenza di una riserva sul lungo termine di tradizioni scritte o orali, accrescono fortemente la quantità d'informazione collettiva e la complessità possibile della comunità» (Id. 1946). Ciò determina la tendenza dei sistemi sociali a durare e ad espandersi. A durare, in quanto l'informazione ne costituisce la "memoria"; come accade per l'organismo non è la materia a determinare l'identità fisica: «l'individualità biologica di un organismo sembra risiedere in una certa continuità» del processo di rinnovamento e «nella memoria dei risultati del proprio sviluppo passato» (Id. 1950, p. 124). Ad espandersi, in quanto l'aumento dell'informazione in circolazione spinge ad un cambio di scala della società stessa e delle sue istituzioni: «è perfino possibile asserire che la comunicazione moderna, che ci costringe a decidere sulle pretese internazionali delle varie società radiofoniche e di navigazione aerea, ha reso inevitabile la formazione di uno Stato mondiale» (*Ivi*, p. 118). La posizione di Wiener implica così una politica culturale capace di aumentare progressivamente l'omeostasi della società, coerentemente con l'ipotesi che il linguaggio, inteso come scambio di informazioni, sia per la cibernetica lo strumento di regolazione sociale per eccellenza, strumento integrato in ogni comunità, tanto quanto in ogni altra macchina a funzionamento complesso, sia essa fisica, biologica o - appunto - sociale. Insomma - a partire da una sostanziale identificazione del funzionamento di macchina e organismo, in opposizione a qualunque umanismo o vitalismo che intendano istituire una barriera ontologica tra l'uomo e l'animale o tra l'organico e l'inorganico (*Ivi*, p. 29)[4] - la cibernetica non esita ad estendere il proprio modello e a tutti i sistemi, compresi i sistemi sociali.

Ebbene, se utilizziamo le lenti di Canguilhem è possibile osservare come sia proprio questo il modo in cui la cibernetica finisce per contaminare la propria teoria dei sistemi sociali con una concettualità derivata dallo studio dei sistemi biologici, ma la cui origine è in realtà tutta meccanicista. Non solo, come già visto, il concetto di *milieu* è di origine fisica nella sua declinazione come "campo" (cfr. Id. 1952 p. 142, pp. 191-92), ma il concetto stesso di regolazione, come sottolinea Canguilhem, è stato solo per un breve periodo un concetto propriamente "biologico", poiché «dopo essere stato un concetto della meccanica» finisce per «diventare un concetto della cibernetica, grazie alla mediazione del concetto di omeostasi» (Id. 1977, p. 98)[5]: insomma, tutto l'apparato teorico che ne promuove l'estensione si fonda, a partire dalla nozione di adattamento, su di una concettualità ormai inadeguata non solo per lo studio della società, ma anche per lo studio dell'organismo. Canguilhem formula nel medesimo orizzonte la sua ipotesi sull'origine del concetto di adattamento, in netta consonanza con quella simondoniana sull'origine "tecnica" della teoria ilomorfica:

> questo concetto [di adattamento], da un quarto di secolo ha ricevuto una tale estensione, spesso intempestiva, in psicologia e in sociologia, che non può essere utilizzato, anche in biologia, se non dal più critico degli spiriti [...] è un concetto popolare di descrizione dell'attività tecnica. L'uomo adatta i propri strumenti e, indirettamente, i propri organi e il loro comportamento a una determinata situazione (Id. 1943, p. 245)[6].

Sui limiti dell'apparato concettuale cibernetico per l'analisi della società si esprime anche Simondon nella *Nota complementare* mostrando come, proprio nei termini del rapporto comunità/società, il modello dell'automa, perfetto per comprendere meccanismi di tipo comunitario[7], non riesca al contrario a cogliere la processualità aperta tipica della società:

> Norbert Wiener ha analizzato il modo in cui le rigidità [*les pouvoirs de rigidité*] di una comunità ne assicurano l'omeostasi. La comunità tende ad automatizzare gli individui che la compongono, attribuendo loro un significato puramente funzionale [...] ora, queste qualità di adattamento diretto per assimilazione e di stabilizzazione strutturale definiscono l'automa perfetto. Ogni civiltà ha bisogno di un certo tasso di automatismo per garantire la sua stabilità e la sua coesione. Ma essa ha bisogno anche del dinamismo delle società, sole capaci di un adattamento costruttivo e creatore, per non chiudersi su se stessa in un adattamento stereotipato, ipertelico e inevolutivo (NC 519).

Una regolazione di tipo omeostatico spiega perfettamente - e non solo per le macchine - i meccanismi di conservazione nei quali sono ridotti al minimo i processi di autodistruzione grazie alla causalità e- minentemente negativa, stabilizzante, esercitata dalla rete dei feedback che mantiene il funzionamento del sistema al di qua della soglia oltre la quale si può scatenare una reazione positiva autodistruttiva (cfr. MEOT 79-80). Si tratta di una regolazione che garantisce al sistema una certa stabilità dinamica, una capacità di adattarsi alle variazioni di con- testo che permette di prolungare nel tempo il suo assetto strutturale. Come vedremo, Simondon riconosce alla cibernetica un'efficacia peda- gogico-politica in quanto, spiegando il funzionamento dei meccanismi di regolazione sociale, «libera l'uomo dal prestigio incondizionato dell'idea di finalità», e in questo modo può rivendicare una capacità costruttiva di tipo etico e politico che riscatta dalla minorità della pura e semplice sottomissione all'autorità (cfr. MEOT 103, 151). Tuttavia l'efficacia di tale operazione rimane limitata proprio dall'inadeguatez- za di fondo del modello del funzionamento omeostatico dell'automa, incapace di spiegare tanto la genesi del sistema quanto le funzioni che in esso non siano di mera "stabilizzazione". La nozione di "automa perfetto" e infatti in sé contraddittoria. Un automa è perfetto quando dal suo funzionamento è escluso ogni margine di indeterminazione, quando insomma in esso tutto procede secondo necessità, senza nes- suno scarto possibile. Un automa però ha bisogno di scambiare infor- mazioni con l'ambiente per poter regolare il proprio funzionamento in modo adeguato alle variazioni di quello: ebbene la condizione per po- ter scambiare informazioni con l'esterno è che il funzionamento *abbia* dei margini di indeterminazione, ovvero la capacità di interrompere le procedure stabilite per regolarsi in base a nuove condizioni ambienta- li[8]. Insomma nel concetto di "automa perfetto" la condizione di perfe- zione coinciderebbe con il suo isolamento completo, dunque con la sua incapacità di regolarsi in base alla situazione ambientale, ciò che ne determinerebbe capacità di adattamento e possibilità di sopravvivenza praticamente nulle. L'annullamento di ogni indeterminazione nel fun- zionamento di un sistema è dunque un'ideale contraddittorio, che illu- stra implicitamente un processo di autodistruzione per chiusura del sistema stesso. La cibernetica non permette insomma di concepire il funzionamento di una macchina indeterminata, perché riduce l'inde- terminazione al calcolo delle probabilità e dunque ad una sorta di cau- salità troppo "sottile" per i nostri strumenti ma pur sempre sequenzia- le[9], che gode in fin dei conti di una certa "solidità" ontologica. Secondo Simondon questa macchina pienamente determinata fornisce a Wiener il modello del sistema sociale:

> nulla permette di considerare la società come il dominio di un'omeostasi
> incondizionata. Norbert Wiener sembra ammettere un postulato di valori
> che non è necessario, cioè che una buona regolazione omeostatica sia un fi-
> ne ultimo delle società, e l'ideale che deve animare ogni atto di governo. Di

fatto, come il vivente si fonda sulle omeostasi per svilupparsi e divenire anziché rimanere perennemente nello stesso stato, così nell'atto di governo vi è una forza di avvenimento assoluto, che fa leva su delle omeostasi ma le supera e impiega (MEOT 151).

In un sol colpo qui Simondon critica il modello sociologico cibernetico fondato sul concetto di omeostasi, utilizza un modello biologico per leggere la società e pone il problema dell'eccedenza dell'operazione di regolazione rispetto al funzionamento omeostatico dei sistemi sociali.

LA SOCIETÀ COME "MACCHINA E VITA" IN CANGUILHEM

Il centro del problema è il seguente: se ciò che distingue naturale e artificiale, organismo e macchina, è, secondo la lezione di Canguilhem, il fatto che la regolazione dell'organismo è interna mentre quella della macchina è esterna (cfr. MEOT 49), che collocazione e statuto ha dal suo canto la regolazione della società? La risposta di Canguilhem si trova in una conferenza sul *Problema delle regolazioni nell'organismo e nella società* (1955)[10] sinteticamente esposta in questi termini: la società è «sia macchina che vita» (*Ivi*, p. 64). Nel suo discorso Canguilhem nega radicalmente la possibilità di estendere *sic et simpliciter* il concetto di organismo allo studio dei sistemi sociali, affermando che ad ogni tentativo di identificare vita dell'organismo e vita sociale è sottesa l'idea della «medicazione sociale, della terapia sociale» (*Ivi*, p. 55): idea che rischia sempre di diventare «il punto di partenza di una teoria politica o sociologica che tende a subordinare il sociale al biologico divenendo di fatto [...] un argomento per la pratica politica» (*Ivi*, p. 53). Non è possibile, secondo Canguilhem, identificare i due funzionamenti poiché «un organismo è una forma d'essere davvero eccezionale, per il fatto che tra la sua esistenza e il suo ideale, tra la sua esistenza e la sua regola o norma non c'è mai una reale differenza», mentre per le società «ciò che è in discussione è appunto lo stato ideale o la norma» (*Ivi*, p. 56). Se per un organismo insomma «la norma o regola della sua esistenza è data dall'esistenza stessa» (*Ibidem*), la società sembra invece sprovvista di «un suo apparato specifico di autoregolazione» (*Ivi*, p. 64). Ciò che gioca nel discorso di Canguilhem è la tesi, elaborata ne *Il normale e il patologico*, che nell'organismo esistenza e "attività normativa" (la "vita" in senso proprio) coincidano, mentre la società risulta caratterizzata proprio dalla loro disgiunzione costitutiva: ciò che spiega l'affermazione solo apparentemente paradossale secondo cui «la vita della società non è inerente ad essa» (*Ivi*, p. 57)[11]. Proprio a partire dall'analisi delle diverse modalità di "regolazione" presenti nell'organismo e nella società, Canguilhem intende cogliere il loro differire radicale in relazione al concetto di omeostasi, per come viene trattato all'inizio degli anni '30 contemporaneamente da Cannon e da Bergson[12]. Ebbene, secondo Canguilhem, Cannon non resiste alla tentazione di estendere analogicamente il suo concetto di omeostasi biologica alla società, concependo così il "corpo politico" come un tutto dotato di "saggezza" (cfr. Cannon 1932) le cui parti sono soggette a "tendenze" compensate appunto da una serie di meccanismi di autoregolazione. Al contrario, da questo equivoco si salverebbe Bergson che, in *Le due fonti della morale e della religione*, grazie alla sua ipotesi dicotomica sulle tendenze, legge la società come sempre "aperta" e "chiusa" al tempo stesso e giunge ad una concezione dell'omeostasi sociale radicalmente differente dall'omologa funzione biologica: simili entrambe all'oscillazione di un pendolo «attorno a una posizione intermedia», nel caso della società il pendolo sarebbe irrimediabilmente «dotato di memoria», in modo tale che il fenomeno «al ritorno non possa essere lo stesso che all'andata» (Canguilhem 1955, p. 63). Il continuo "differire", il ripetersi mai identico a se stesso (che Bergson identifica con la funzione della "memoria") dell'oscillazione interna alla società, segna appunto per Canguilhem l'irriducibilità del sociale al biologico e lo spinge a cercare altri modelli teorici utili a pensare la società. La sua soluzione, chiaramente provocatoria, è che quest'ultima si debba intendere come "macchina": «una società non ha una finalità propria: una società è un mezzo, una società assomiglia più a una macchina o a uno strumento che a un organismo» (*Ivi*, p. 63)[13]. Ma poi aggiunge che, non essendo individuo né specie, ma essendo pur sempre composta di organismi viventi, la società è appunto «sia macchina che vita» (*Ivi*, p. 64). In quanto vita, «presuppone, anzi esige delle regolazioni: non esiste società senza regolazione, non esiste società senza regole»; ma in quanto macchina «sprovvista di un suo apparato specifico di autoregolazione» ogni regolazione risulta sempre rispetto ad essa "sovrapposta", cioè esterna. L'esito di tale posizione del problema è lo statuto paradossale di quell'apparato di regolazione sociale che Canguilhem chiama "giustizia": risultando la società «caratterizzata da un'organizzazione che non è organica», in essa «la giustizia non può assumere la forma di un apparato che sarebbe prodotto dalla società stessa» e deve perciò «provenire alla società da altrove». Nella conclusione Canguilhem si richiama ancora una volta a Bergson nell'immaginare un'oscillazione della società tra momenti di eroica "invenzione" che fondano periodi di "saggezza sociale" e periodi di calo tendenziale della saggezza che invitano ad un atto eroico: «ecco la ragione per la quale io credo che vi sia un nesso essenziale tra l'idea che la giustizia non è un apparato sociale e l'idea che nessuna società, fino a oggi, è riuscita a sopravvivere senza fare ricorso a uomini eccezionali, definiti eroi» (*Ivi*, p. 65).

UN MODELLO BIOLOGICO PER LA REGOLAZIONE SOCIALE?

Simondon segue Canguilhem nel rifiuto del modello cibernetico di organismo (e di società) ma - diversamente da lui - tenta comunque di ricavare, attraverso e oltre la nozione cibernetica di informazione, *un unico modello* per le processualità biologiche e sociali, fondato sulla discontinuità interna dei sistemi e sull'eccedenza del loro funzionamento rispetto a processi di tipo omeostatico[14]. Se dunque la posizione teorica della cibernetica è esplicitamente criticata da Simondon per il suo oggettivismo adattazionista e per il suo implicito determinismo, anche quella di Canguilhem, che pone l'esteriorità della funzione di regolazione sociale della giustizia sottraendola ad ogni possibile scienza della società, risulta incompatibile con la sua concezione. Ancora una volta Simondon gioca l'una contro l'altra le due posizioni, riprendendo le tematiche e l'universalismo di Wiener, ma accogliendo al contempo le critiche alla concettualità cibernetica implicite nel "vitalismo" di Canguilhem. Attraverso la teorizzazione di soglie di indeterminazione interne al sistema, Simondon negherà infatti il postulato dell'esteriorità della funzione di regolazione in cui consiste la giustizia, permettendo invece di concepire quest'ultima come interna al sistema sociale sebbene eccedente regolazioni di tipo esclusivamente omeostatico. Con che tipo di regolazione abbiamo dunque a che fare quando si tratta della società? Il vivente, la macchina e la società sono certo sistemi che funzionano secondo meccanismi di regolazione differenti, ma qual è il criterio per distinguerli tra loro? È davvero necessario stabilire se si tratti di una regolazione interna o esterna?

Il discorso di Canguilhem parte dall'opposizione di naturale e artificiale per giungere a qualificare il sistema sociale come un ibrido che è "sia macchina che vita". Ma per cogliere le modalità di regolazione proprie del collettivo, Simondon rifiuta di utilizzare l'opposizione artificiale/naturale (ancora una volta un'opposizione per generi) e pone invece la questione della regolazione in generale, indagando innanzitutto la distinzione tra macchina e organismo. La "topologia" della regolazione è da lui risolta in questo modo: la regolazione del sistema si può considerare "interna", ovvero un'autoregolazione, quanto più il funzionamento del sistema è "aperto", ovvero capace di modificarsi a partire da uno scambio d'informazioni con il *milieu* e, viceversa, la regolazione si può dire tanto più "esterna" quanto più il sistema funziona secondo procedure pienamente determinate una volta per tutte al momento della sua costruzione (nel caso di una macchina) o della sua nascita (nel caso di un organismo). Così, anche nel discutere della regolazione della macchina, Simondon ritorna ad esprimersi nei termini del paradigma aperto/chiuso: «può sembrare troppo facile opporre macchine aperte e macchine chiuse, nel senso dato da Bergson a questi due aggettivi. Tuttavia questa differenza è reale: l'esistenza di una regolazione in una macchina lascia la macchina aperta nella misura in cui essa localizza i periodi critici e i punti critici» a partire dai quali la macchina può scambiare informazione e modificare il proprio funzionamento grazie «all'esistenza di un certo grado di indeterminazione» (MEOT 141-42). Una "macchina concreta" incorpora insomma nel proprio funzionamento dei meccanismi regolatori, e ciò che la distingue da un organismo è solamente l'impossibilità della materia non organica di funzionare oltre una certa soglia, oltre un certo grado di indeterminazione. Per Simondon il concetto stesso di automa (la macchina "perfettamente concreta") come abbiamo visto è contraddittorio: un sistema perfettamente autoregolato senza alcun margine di indeterminazione, cioè perfettamente omeostatico, *non* potrebbe ricevere alcuna informazione dall'esterno, dunque sarebbe in realtà del tutto incapace di regolazione. Ogni automa, quanto ogni organismo, è un "trasduttore" che assimila informazione, accumula energia potenziale e la libera secondo uno schema temporale interagendo con il suo *milieu*. Tuttavia la macchina-automa differisce dall'organismo perché - ci dice qui il "bergsoniano" Simondon - non ha «il senso del tempo»: non è in grado di «modificarsi in funzione del virtuale» cioè di porsi *attualmente* dei problemi rispetto a un futuro non prevedibile, dunque di tentarne la soluzione anticipata, ovvero "inventare". L'oggetto tecnico non "vive" in quanto non può *inventare* informazione, ma solo riceverla: non può inventare, ma solamente sostituire una forma all'altra a partire da un'informazione (cfr. MEOT 143-45, *passim*)[15]. Ma se ci sembra lecito tradurre la posizione di Simondon nell'affermazione che il margine di indeterminazione delle macchine è *sotto* la soglia del biologico, forse è ancora più corretto e coerente rispetto al testo porre il problema in altri termini, poiché si tratta non tanto di trovare una distinzione di funzionamento tra classi di oggetti, quanto piuttosto di definire una modalità di funzionamento che valga da criterio di classificazione per i singoli processi. Per questo Simondon abbandona decisamente la differenziazione naturale/artificiale per re-istituirla su altre basi: ciò che caratterizza un organismo, e manca ad un automa, è la capacità di adattamento "divergente" definito dall'invenzione trasduttiva, cioè la capacità di amplificare quanto di aleatorio è presente nel rapporto tra lo scambio d'informazioni con il *milieu* e il funzionamento del sistema[16].

Ebbene, proprio a partire dall'assunto che «l'omeostasi non è tutta la stabilità vitale» (I 161), Simondon può porre anche il problema dell'omeostasi sociale: «l'omeostasi dell'equilibrio metastabile è il principio di coesione che lega per mezzo di un'attività di comunicazione quei domini tra i quali esiste disparazione» (I 201). Si tratta dunque per Simondon semplicemente di estendere un paradigma di tipo biologico alla società?[17] Certo, ma tale operazione risulta possibile non tanto perché la società funzioni *come* un organismo, ma grazie al fatto che *ogni* sistema funziona grazie ad un'eccedenza che non ha più senso classificare come semplicemente interna o esterna rispetto alla molteplicità dei processi di tipo omeostatico che esso ospita. Perciò, nell'ottica di Simondon la società va considerata come un'ipotetica "macchina concreta" *ovvero* come un vivente: un sistema il cui apparato di regolazione non è "esterno" perché dispone di meccanismi interni di regolazione omeostatica, ma non è neppure solo "omeostatico" perché l'omeostasi non basta a mantenere il suo funzionamento oltre la soglia di un regime di indeterminazione sufficiente a garantirne l'apertura *verso* l'esterno.

In generale la regolazione in ogni sistema metastabile va dunque considerata "interna" proprio perché "l'interno" non è costituito solamente da relazioni di tipo omeostatico, ma anche da relazioni di tipo discontinuo *tra* le diverse omeostasi. Perciò non solo un sistema autoregolato può accogliere dall'esterno l'innesco di processi di riconfigurazione strutturale, ma è sempre anche in grado di produrne di nuovi a partire da elementi "interni" di singolarità: ciò che vale tanto per i sistemi fisico-chimici quanto per quelli sociali[18]. Ma allora non si tratta propriamente di un meccanismo di regolazione, bensì della capacità del sistema di integrare nel proprio funzionamento elementi di eccedenza che *non* potrebbero essere davvero integrati, ma solo rifiutati o ridotti, senza una radicale ristrutturazione effettuata a partire dalle nuove processualità trasduttive che - interne o esterne - lo attraversano. È chiaro che una tale funzione può essere detta di "regolazione" soltanto in senso lato: si tratta di un'operazione di regolazione non omeostatica che si presenta in ogni sistema come possibilità di innesco di processi che possono portare a sue nuove configurazioni. Nel sistema sociale tale funzione è svolta da quell'operazione che Simondon chiama "invenzione". Ma se l'invenzione rispetto al sistema sociale non è classificabile a partire dall'opposizione interno/esterno, quanto piuttosto da una processualità "mista" che li attraversa entrambi, dovrebbe allora essere possibile coglierla all'altezza del transindividuale. Invece, nonostante il termine convocato da Simondon per rendere conto dell'invenzione sia il "soggetto" («non è l'individuo che inventa, è il soggetto» MEOT 248), l'invenzione nella società risulta comprensibile esattamente grazie ad una riforma del concetto di individuo e della funzione che esso svolge rispetto al sistema al quale appartiene *proprio in quanto individuo*: una funzione, appunto, trasduttiva.

INDIVIDUO E FUNZIONE TRASDUTTIVA

Per comprendere questo aspetto è necessario ritornare per un momento all'immagine scelta da Simondon nell'*Individuation* per illustrare la funzione dell'individuo "trasduttore". Si tratta di colonie di celenterati che vivono secondo una temporalità continua, seguendo tendenze regolari, e nelle quali soltanto l'individuo introduce un elemento di discontinuità, una forma di individuazione che diviene il modello elementare della vita che «si fa individuo» (I 169)[19]. Abbiamo qui a che fare con l' "individuo puro", l'apparire del quale implica due forme di discontinuità: la separazione "interna" dal sistema vitale di appartenenza e l'istituzione di una relazionalità "esterna" con un altro sistema vitale. Nel primo senso l'individuo si presenta come un «un *quantum* d'esistenza vivente; la colonia, al contrario, non possiede questo carattere quantico: essa è in qualche modo continua nel suo sviluppo e nella sua esistenza» (I 168); nel secondo senso l'individuo diviene, in un processo parzialmente aleatorio, la stessa relazione attraverso la quale si costituisce un nuovo sistema vivente, una nuova colonia:

le colonie di celenterati depongono in alcuni casi delle uova che divengono meduse attraverso le quali è assicurata la riproduzione; ma in altri casi a staccarsi dalla colonia è tutto un individuo che, dopo aver condotto una vita indipendente lontano dalla colonia di origine, deposita un uovo e poi muore, mentre una nuova colonia germoglia a partire da un individuo-capostipite uscito da quell'uovo; esiste così un individuo libero, che può morire, tra due colonie suscettibili di uno sviluppo indefinito nel tempo; l'individuo gioca, in relazione alle colonie, un ruolo di propagazione trasduttiva; alla nascita emana da una colonia e prima della sua morte genera il punto di partenza per una nuova colonia, dopo un certo spostamento nel tempo e nello spazio. L'individuo non fa parte di una colonia, ma si inserisce tra due colonie senza essere integrato in alcuna, e la sua nascita e la sua fine si equilibrano nella misura in cui esso viene emanato da una comunità e ne genera un'altra; *esso è relazione* (I 169).

Notando *en passant* il modo in cui Simondon si muove senza soluzione di continuità dal termine colonia al termine comunità, intendiamo sottolineare come tutto il processo abbia uno sviluppo ed un esito niente affatto determinati e come l'individuo giochi in esso il ruolo di vera e propria traccia singolare, incalcolabile, che è condizione, fondamento ma non garanzia, di trasduzione. Proprio nella sua funzione trasduttiva rispetto al sistema l'individuo funge da singolarità, e ciò vale tanto per la colonia quanto per il collettivo, tanto per l'individuazione biologica quanto per l'individuazione transindividuale: «l'individuo come tale, *distinto dalla colonia e dal collettivo*, è l'esito di una singolarità ed ha un senso di discontinuità; ma questa discontinuità è amplificante e *tende* verso il continuo, attraverso un cambiamento di ordine di grandezza» (I 331, n. 12, sott. ns.). Questo cambio di scala, attraverso il quale si giunge ad un minimo di collettivo, cioè oltre la colonia e oltre la comunità, cambia molte cose, tanto per l'individuo quanto per il sistema. Gli individui divengono infatti "un misto" delle due funzioni che nelle colonie di celenterati erano anche strutturalmente suddivise, funzione trasduttiva e funzione dinamico-strutturale[20]. Ma in questo modo, ad un altro livello, su di un'altra scala appunto, si ripropone una sfasatura che non è soltanto dell'individuo in relazione al sistema ma è propria del sistema per così dire "in sé". Concettualmente il passaggio è reso possibile ancora una volta dall'uso della nozione di informazione: «l'individuo non è un essere ma un atto [...] è relazione trasduttiva di un'attività [...] l'individuo condensa dell'informazione, la trasporta, infine modula un nuovo *milieu*» (I 191). Caratterizzato come «unità di un sistema di informazione» con funzione di «transfert amplificante e autoregolazione» (I 192), l'individuo si identifica con l'eccedenza trasduttiva del sistema stesso che non può essere qualificata né esclusivamente come funzione interna, né come relazione esterna, in quanto si tratta proprio del modo in cui la funzionalità del sistema eccede la propria regolazione "interna" e costituisce una relazionalità "esterna" con altri sistemi. In questo modo il concetto può essere agevolmente esteso a tutti i livelli, dal vivente alla macchina: «questa nozione di trasduzione può essere generalizzata. Presentata allo stato puro nei trasduttori di diverso genere, essa esiste come funzione regolatrice in tutte le macchine che possiedono un certo margine d'indeterminazione [...] l'essere umano, e il vivente più in generale, sono essenzialmente dei trasduttori» (MEOT 143-44). Funge da "trasduttore" tutto ciò che, con ritmo definito da processualità continue seguite da bruschi superamenti di soglia, «costituisce dei potenziali energetici e li scarica bruscamente». Anche su questo punto Simondon non tralascia una critica al vitalismo bergsoniano, che non permetterebbe di cogliere tale funzione:

> Bergson qui era preoccupato di mostrare una funzione di condensazione temporale che sarebbe costitutiva della vita; ora, il rapporto tra la lentezza dell'accumulazione e la brusca istantaneità dell'attualizzazione non è sempre presente [...] ciò che è essenziale non è la differenza dei regimi temporali dell'accumulazione di potenziali [*potentialisation*] e dell'attualizzazione, ma il fatto che il vivente interviene come trasduttore [...] il vivente è *ciò che modula*, ciò in cui vi è modulazione (MEOT 143).

Parecchi anni dopo, in *Le relais amplificateur* (1976), Simondon proporrà esplicitamente di generalizzare il modello tecnico del trasduttore-amplificatore già presentato in *Du mode*, sostenendone l'utilità per spiegare funzionamenti di tipo anche naturale, fisiologico e psichico[21]. Ma nell'*Individuation* sta ancora tentando di descrivere la trasduzione in termini di informazione, cioè di proprietà generale dell'essere, e lo fa stabilendo una relazione diretta tra la "funzione trasduttiva" dell'individuo e la "risonanza interna" come sua condizione sistemica: «l'informazione esprime l'immanenza dell'insieme in ciascun sottoinsieme e l'esistenza dell'insieme come gruppo di sottoinsiemi [...] questa reciprocità tra due livelli designa ciò che si può chiamare risonanza interna dell'insieme, e definisce l'insieme come realtà in corso di individuazione»; tale risonanza «è la condizione di comunicazione che si trova una prima volta al momento dell'individuazione, e una seconda volta quando l'individuo si amplifica nel collettivo» (I 330)[22]. La causalità ricorrente che è stata condizione e continua a costituire la metastabilità propria di ogni sistema implica insomma nella propria stessa processualità un'eccedenza dell'attività normativa rispetto ad ogni tentativo di stabilizzazione normalizzante: tale eccedenza si individua come funzione trasduttiva.

Ora, sebbene la nozione di "individuo" nell'*Individuation* rimanga così centrale da rischiare continuamente di assorbire in sé la funzione della quale dovrebbe invece costituire soltanto il nome[23], nei lavori successivi diverrà evidente la sua incapacità a rendere conto delle dinamiche trasduttive dei sistemi sociali. Già nell'*Individuation* la funzione di trasduzione all'altezza del collettivo può essere svolta non soltanto da "individui biologici", ma anche da individui o "elementi" d'altro tipo: l'*in-group* si costituisce attraverso «veicoli di questa comunità affettiva [che] sono gli elementi non solamente simbolici ma efficaci della vita dei gruppi: regime delle sanzioni e delle ricompense, simboli, arti, oggetti collettivamente valorizzati e svalutati» (I 249). Si tratta di differenti concretizzazioni o "cristallizzazioni" dell'attività di significazione, che svolgono sul piano del collettivo la medesima funzione trasduttiva svolta dall'individuo organico sul piano dell'individuazione biologica. La cosa diviene evidente in *Du mode* dove, come abbiamo visto, lo stesso oggetto tecnico svolge una funzione di individuazione transindividuale: «attraverso la mediazione dell'oggetto tecnico si crea dunque una relazione interumana che è il modello della *transindividualità*» (MEOT 248). Anche tale funzione trasduttiva non è tanto essenziale all'oggetto tecnico come individuo, bensì alla "tecnicità" in esso implicita, vera attualità della funzione trasduttiva: per questo tratteremo innanzitutto della "tecnicità" nel suo emergere dal biologico e nella sua funzione transindividuale, veicolo di una normatività irriducibile *tanto* a ciò che è biologico *quanto* a ciò che è psichico e collettivo.

8. NORMATIVITÀ BIOLOGICA, TECNICA E SOCIALE

Nel saggio *Machine et organisme*[1] Canguilhem dichiara di voler «inscrivere il meccanico nell'organico» attraverso la tecnica intesa come «fenomeno biologico universale» (Canguilhem 1952, pp. 126). Si tratta di concepire «l'uomo in continuità con la vita attraverso la tecnica» (*Ivi*, p. 127), pur difendendo la specificità del vivente in direzione programmaticamente antimeccanicista, ma senza erigere tra il vivente e il meccanico una barriera di tipo metafisico. Per farlo Canguilhem promuove l'estensione del concetto di "organo" nella direzione di una possibile scienza del vivente che, nello studio congiunto della produzione di organi (evoluzione biologica) e di strumenti (evoluzione tecnica) giunge a includere l'analisi delle macchine. Nel suo gesto si richiama ancora una volta ad un'eredità bergsoniana, sia per ritrovare nel Bergson delle *Due fonti* la radice biologica dello "spirito d'invenzione meccanica", sia per riprendere una sorta di progetto implicito nell'*Evoluzione creatrice*: «Bergson è uno dei rari filosofi francesi, se non il solo, ad aver considerato l'invenzione meccanica come una funzione biologica, un aspetto dell'organizzazione della materia attraverso la vita. L'*Evoluzione creatrice* è, in qualche modo, un trattato di organologia generale» (*Ivi*, p. 125, n. 58). Ora, il progetto di "un'organologia generale"[2] è associato da Canguilhem ad un auspicio - l'invito ad intraprendere un nuovo corso di studi - che appare davvero la cifra dell'eredità raccolta e sviluppata in *Du mode* da Simondon: «una teoria generale del *milieu*, da un punto di vista autenticamente biologico, non è ancora stata fatta per l'uomo tecnico e scienziato, nel senso in cui l'hanno tentata Uexküll per l'animale e Goldstein per il malato» (*ivi*, p. 96). Canguilhem rileva come in Francia soltanto l'etnografia stia volgendo in quel momento la propria ricerca in una direzione che prelude alla costituzione di una "filosofia della tecnica", grazie allo studio del processo di ominizzazione attraverso l'analisi comparata delle società "primitive" ancora esistenti e dei reperti messi a disposizione dall'archeologia preistorica (cfr. *Ivi*, p. 122). In particolare Canguilhem si riferisce ad *Ambiente e tecniche* (1945), secondo tomo di *Evoluzione e tecniche*, opera appena pubblicata da André Leroi-Gourhan[3]. Secondo Canguilhem il lavoro di Leroi-Gourhan costituisce «l'esempio attualmente più importante di un tentativo di avvicinamento sistematico e doverosamente circostanziato tra biologia e tecnologia» (Canguilhem 1952, p. 124).

OUTIL[4] E *MILIEU* TECNICO: LEROI-GOURHAN

La ricerca di Leroi-Gourhan, da *Evoluzione e tecniche* (1943-45) a *Il gesto e la parola* (1964-65), segue una direzione di sviluppo già chiara nel saggio *Technique et société chez l'animal et chez l'homme* (1957), accessibile a Simondon nel periodo di stesura delle sue tesi. L'originalità biologica dei gruppi di *homo sapiens* secondo Leroi-Gourhan risiede nella capacità di elaborazione tecnica e di strutturazione sociale: si tratta di gruppi la cui storia evolutiva risulta fortemente condizionata dalla mediazione strumentale che ne caratterizza la relazione all'ambiente. Leroi-Gourhan prende atto della testimonianza fondamentale offerta dalla "paleontologia umana": «il solo criterio d'umanità biologicamente innegabile è la presenza dello strumento [*outil*]»; e a partire da ciò tenta una ricostruzione del processo di ominizzazione, analizzando le basi biologiche del "gesto" e della "parola" in quanto attività che si concretizzano, attraverso una progressiva "esteriorizzazione", rispettivamente in strumenti di azione sull'ambiente naturale e in strumenti di relazione tra simili (linguaggi) (cfr. Leroi-Gourhan 1957, pp. 69 segg.). Tutto questo lavoro è impostato fin dall'inizio sull'assunzione di un unico modello per lo studio del processo di ominizzazione nei suoi versanti biologico e socio-culturale. Non solo la tecnica e la cultura sono ricondotte alla loro origine biologica, ma anche il funzionamento dei gruppi umani viene letto secondo il medesimo taglio, richiamando l'analogia funzionale tra organi e strumenti:

> il gruppo umano si comporta in natura come un organismo vivente; come l'animale o la pianta, per i quali i prodotti naturali non sono immediatamente assimilabili ma esigono l'intervento d'organi che ne approntino gli elementi, il gruppo umano assimila il suo milieu attraverso un rivestimento (attrezzi o strumenti) [...] Con questa pellicola interposta esso si nutre, si protegge, si riposa e si sposta. Diversamente dalle specie animali, che hanno ognuna un capitale fisso di mezzi di acquisizione e di consumo, gli uomini sono tutti sensibilmente uguali nella nudità e aumentano attraverso

degli atti coscienti l'efficacia delle loro unghie e della loro pelliccia (Id. 1945, p. 232).

La relazione tra *milieu* interno ed esterno dei gruppi umani è in generale complicata dalla doppia caratterizzazione di entrambi. Il *milieu* esterno, in quanto costituito dal mondo naturale *e* da altri gruppi sociali, implica sia la relazione relativamente stabile con un contesto (geologico, climatico, animale e vegetale), sia l'incontro evenemenziale con materiali e idee provenienti da gruppi umani differenti (cfr. *Ivi*, p. 233); mentre il *milieu* interno è a sua volta "doppio" in quanto costituito dalla tensione tra tendenze generali di tipo biologico e proprietà particolari di origine storico-culturale. L'insieme degli elementi che costituiscono il *milieu* interno e le relazioni di esso con il *milieu* esterno determinano quel sistema in divenire che è la "personalità etnica" del gruppo: «ogni gruppo, in quanto organo fissato in un *milieu* esterno particolare, dotato di reazioni interne che derivano sia da tendenze comuni a tutti gli uomini sia da proprietà determinate dalla sua posizione, gode di una personalità assoluta» (*Ivi*, p. 234)[5]. Ora, se in linea di principio tutti i gruppi biologici possono essere definiti dalla relazione tra i *milieu* interno ed esterno, l'originalità dei gruppi umani sembra decisamente radicata nella particolare complessità del *milieu* interno in quanto comprende tra le sue componenti il *"milieu* tecnico".

Secondo Leroi-Gourhan il *"milieu* tecnico" tende ad essere un fattore d'innovazione, mentre «sullo sfondo dell'unità politica, la lingua, la religione, la formazione sociale rappresentano generalmente le prime risorse della coscienza etnica» che, convergendo, contribuiscono a formare «il *milieu* interno più stabile» (*Ibidem*). Per spiegare le dinamiche tipiche del *milieu* interno del gruppo sociale Leroi-Gourhan traduce il suo discorso in termini di relazioni topologiche tra gruppi: «il gruppo etnico è l'espressione materiale dell'ambiente interno, il gruppo tecnico è la materializzazione delle tendenze che attraversano l'ambiente tecnico» (*Ivi*, p. 239), e naturalmente il gruppo tecnico non può che essere un sottoinsieme del gruppo etnico, e precisamente quella parte del gruppo che «mette in contatto il *milieu* interno con il *milieu* esterno» (*Ivi*, p. 240). Ora, ogni incontro evenemenziale di un gruppo con «il *milieu* esterno provoca una reazione del *milieu* tecnico» in seguito alla quale «il gruppo tecnico prende dall'ambiente esterno una grande parte di discontinuità» (*Ivi*, p. 239-40) e la trasferisce per così dire al *milieu* interno, che reagisce ad essa con un rifiuto oppure con una ristrutturazione interna. La trasformazione dell'innovazione tecnica in elemento costitutivo del gruppo (ciò che Leroi-Gourhan chiama la "presa a prestito" [*emprunt*]) è naturalmente sottoposta a condizioni che «non dipendono interamente dall'ambiente tecnico», ma da tutto il complesso del *milieu* interno in quanto è «il gruppo stesso che inventa» (*Ivi*, p. 255). Ora, l'invenzione può anche essere definita «il punto alla superficie del *milieu* interno sul quale si produce la materializzazione» (*Ivi*, p. 257)[6]; nell'invenzione risultano infatti indistinguibili, in una dinamica dei sistemi complessi (il *milieu* tecnico è «campo di reazioni complesse», *Ivi*, p. 252), la funzione attiva e quella passiva, con la conseguenza che il medesimo evento (la "materializzazione" dell'oggetto) può essere indifferentemente descritto come azione del *milieu* interno sul *milieu* esterno o viceversa: «l'oggetto, secondo il punto di vista dell'osservatore, appare una risposta allo stimolo del *milieu* esterno o una iniziativa autonoma da parte del *milieu* tecnico in direzione della materia» (*Ivi*, p. 252). L'accumulazione degli oggetti determina infine il formarsi di un "rivestimento tecnico" che finisce per mediare costantemente la relazione tra *milieu* interno ed esterno. Tale "sistema" degli oggetti tecnici costituisce un vero e proprio «rivestimento [*enveloppe*] tecnico dell'uomo», prodotto di una cristallizzazione che però non ne fa qualcosa di inerte: certo, «il rivestimento tecnico dell'uomo non possiede in sé dell'energia, esso fissa la tendenza creatrice» (cfr. *Ivi*, p. 232), ma in questo modo funge da mezzo di trasmissione di informazioni sotto forma di schemi funzionali, e tale trasmissione produce degli effetti di sistema. Rispetto ai diversi gruppi, nei termini di Simondon, il "rivestimento tecnico" ha insomma funzione trasduttiva: il *milieu* tecnico è infatti la zona di massima permeabilità del *milieu* interno. Ma tale permeabilità può essere spiegata soltanto introducendo una seconda prospettiva.

Se quanto detto può spiegare in parte come il *milieu* tecnico funga da intermediario nel rapporto tra il *milieu* interno di un gruppo etnico e quella parte del *milieu* esterno in cui esso entra in contatto con altri gruppi attraverso le loro produzioni materiali, rimane ancora da indagare l'altro lato del *milieu* esterno, il lato rispetto al quale il gesto tecnico e la corrispettiva elaborazione dello strumento rivela la sua dipendenza da fattori di costrizione la cui stabilità relativa tende all'immobilità: la materia. In *L'uomo e la materia* (1943) Leroi-Gourhan stabilisce l'universalità normativa delle "forme elementari" del gesto tecnico che, vincolato da una parte alla configurazione anatomica e funzionale del corpo umano e dall'altra al tipo di materia lavorata, determina una tendenza evolutiva che permette un numero molto limitato di variazioni. Questo significa che, data una conformazione organica specifica e dato un *milieu* fisico determinato, le azioni che quel tipo di corpo può compiere in quel tipo di ambiente costituiscono una combinatoria piuttosto ristretta. Ne consegue che una necessità fisico-biologica domina il *milieu* tecnico, almeno a livello delle azioni elementari sulla materia, e il testo di Leroi-Gourhan si occupa proprio di analizzare l'universalità tendenziale dello sviluppo delle tecniche legate ai bisogni biologici fondamentali dell'uomo, osservando come esse attraversino tutte le culture presentandosi con un numero minimo di varianti. Così il *milieu* tecnico, attivo ed operante secondo una tendenza basata su di un numero limitato di schemi operativi (è «come se subisse costantemente l'effetto di tutte le possibilità tecniche» *Ivi*, p. 237), è concepito come zona di contatto per così dire diretto tra la "tendenza continua" biologicamente determinata e il *milieu* esterno, con tutti i fattori di discontinuità che quest'ultimo può imporre ad essa: composizione fisico-chimica della materia, variazioni climatiche, scarsità di materie prime, ecc[7]. Il "rivestimento di oggetti" diviene così il "filtro" dell'esercizio di una normatività biologica tanto stabile da essere universale perché radicata nei bisogni elementari dell'uomo, «supporto inanimato sul quale sono segnate le tracce del conflitto tra l'uomo e la materia» (*Ivi*, p. 232).

Ma allora perché il *milieu* tecnico, teso tra una rigida normatività biologica "interna" da un lato e la resistenza ancor più rigida delle leggi della fisica dall'altro, dovrebbe risultare particolarmente "permeabile" all'innovazione, anzi essere addirittura la "zona" del *milieu* interno attraverso la quale si innescano più facilmente processi di innovazione nelle strutture dei gruppi umani? Ebbene, proprio perché è la "zona" del *milieu* interno più a diretto contatto con il determinismo naturale e più direttamente legata all'invariante biologica, il *milieu* tecnico è anche la zona di massima universalità del *milieu* interno di ogni gruppo umano: è cioè una sorta di "zona franca" presente in modo simile in tutti i gruppi etnici, parzialmente sovrapponibile e parzialmente svincolata da fattori di differenziazione culturale. Nel *milieu* tecnico, insomma, ogni gruppo umano trova il luogo di una possibile relazione di scambio con ogni altro gruppo proprio perché in ogni *milieu* tecnico è in questione la medesima relazione universale tra la base biologica della specie e il mondo naturale. Il *milieu* tecnico è fattore di innovazione adattiva proprio *in quanto* vincola il *milieu* interno alle variazioni del *milieu* esterno più che ai meccanismi di stabilizzazione interna di tipo omeostatico in cui consiste l'identità etnica, la cui normatività è sempre parzialmente "cieca" rispetto al *milieu* esterno. Nel *milieu* tecnico si manifesta così in modo eminente la capacità di produzione normativa della società (la sua "apertura") forte della circolarità istituita nel sistema delle relazioni tra i gruppi e tra ogni singolo gruppo e il *milieu* naturale, circolarità che assume l'aspetto di una "tendenza" la cui universalità si dispiega in una varietà di forme nelle quali si concretizza e si tesse la complessità del fenomeno umano secondo la visione di Leroi-Gourhan:

> *la tendenza che, per la sua natura universale, è carica di tutte le possibilità esprimibili con leggi generali, attraversa il* milieu *interno, immerso nelle tradizioni mentali di ogni gruppo umano; essa acquisisce in esso proprietà particolari, come un raggio luminoso acquisisce diverse proprietà attraversando corpi diversi, incontra poi il* milieu *esterno, che offre a queste proprietà acquisite una possibilità di penetrazione irregolare e, nel punto di contatto tra il* milieu *interno e il* milieu *esterno, si materializza quella pellicola di oggetti che costituisce l'insieme più generale dei beni materiali degli uomini* (Ivi, p. 235).

Ecco dunque in che senso la particolare storia evolutiva dell'*homo sapiens* pone il problema di un cortocircuito che determina la specificità della relazione dei diversi gruppi sociali al proprio ambiente, sempre mediata da una sorta di *milieu* "intermedio" composto da oggetti che, nati dal *milieu* di un gruppo, circolano in altri gruppi penetrandone i diversi *milieu* interni, mettendoli così in relazione e minacciandone le rispettive forme di stabilità. La "presa a prestito" tecnica infatti, proprio perché legata a fattori di tipo "etnico" che ne determinano le condizioni di possibilità[8], può anche costituire veicolo di innovazione "etnica"; anzi, in quanto gode di una forte capacità di penetrazione, si può dire sia in questo senso veicolo privilegiato anche dell'innovazione sociale: «l'accumulazione progressiva di queste prese a prestito discrete sfocia di fatto in un cambiamento del *milieu* interno» (*Ivi*, p. 249). Lo statuto necessariamente misto, tecnico e culturale[9], degli oggetti tecnici determina da un lato la forza e dall'altro la pregnanza della trasformazione, cosicché, quando il *milieu* tecnico viene "conquistato", da lì la trasformazione si può «estendere a tutto il *milieu* interno» (*Ivi*, pp. 250-51) determinando una "contaminazione", appunto, di tipo culturale:

> ogni oggetto è impregnato di tracce lasciate da *tutto* l'ambiente interno. La prima informazione che si può trarre da questa dipendenza di tutti gli elementi dall'ambiente interno è che, qualora l'oggetto sia stato preso in prestito dal patrimonio di un gruppo straniero, esso può sfuggire al passaggio della tendenza nell'ambiente interno, non subire questo effetto di rifrazione, e rimanere insomma il testimone della sua origine (*Ivi*, p. 237).

NORMATIVITÀ BIOLOGICA E NORMATIVITÀ TECNICA

Il riferimento a Leroi-Gourhan è costante lungo tutta l'opera di Simondon almeno a partire dalla sua comparsa nella bibliografia di *Du mode*[10]. Se la prima parte della tesi complementare, dedicata alla *Genesi ed evoluzione degli oggetti tecnici*, fornisce gli elementi di una vera e propria storia evolutiva degli oggetti tecnici, tutto il libro può forse essere letto come un trattato di "organologia generale" nel quale è centrale il modo in cui l'uomo ha sviluppato e tutt'ora organizza il proprio rapporto con il *milieu* naturale attraverso gli elementi, gli oggetti e i sistemi tecnici:

> l'oggetto tecnico si distingue dall'essere naturale nel senso che esso non fa parte del mondo. Interviene come mediatore tra l'uomo e il mondo; è, a questo titolo, il primo oggetto staccato, poiché il mondo è un'unità, un *milieu* piuttosto che un'insieme di oggetti; ci sono infatti tre tipi di realtà: il mondo, il soggetto, e l'oggetto, intermediario tra il mondo e il soggetto, la prima forma del quale è l'oggetto tecnico (MEOT 170).

Difficile non cogliere in questo passo un riferimento alla concezione di Leroi-Gourhan di una "tecnologia" intesa come «studio del rivestimento [*enveloppe*] artificiale» che è parte del "*milieu* interno" dei gruppi umani. La questione è essenziale per quanto concerne l'ipotesi di Simondon sul rapporto tra *milieu* tecnico e individuazione psichica e collettiva. Come abbiamo visto, per Simondon l'attività vitale dell'organismo è intrinsecamente normativa e lo è - come per Canguilhem - non solo in senso adattivo, ma in senso produttivo (con una vena di bergsonismo piuttosto che di lamarckismo): la normatività propria di ogni organismo si incrocia infatti con quella del *milieu* naturale, e la relazione tra organismo e mondo non è un adattamento, ma piuttosto si configura come un sistema metastabile nel quale i termini della relazione sono continuamente rimessi in gioco attraverso la produzione di quegli strumenti di relazione con l'ambiente che sono gli organi, secondo regole che delineano per così dire la gamma degli sviluppi possibili senza però determinarli. Ebbene, le medesime dinamiche valgono a livello dei gruppi sociali umani, ma con l'ulteriore complicazione in cui consiste l'apparire di un *milieu* tecnico.

Analizzando, in *Du mode*, *L'evoluzione della realtà tecnica: elemento, individuo, insieme*, Simondon spiega come l'oggetto tecnico evolva non tanto quando si adatta in modo iperfunzionale ("ipertelico") al contesto ed ai fini per i quali viene prodotto (ciò che tende invece ad essergli "fatale"), ma quando riesce ad istituire una relazione dinamica tra due *milieu*, tecnico e geografico, che sono a loro volta già in divenire (cfr. MEOT 53). In questo senso l'apparire dell'organo nell'organismo e dello strumento all'interno del gruppo sociale sono l'esito di una medesima attività, diversamente declinata, del vivente: «quando un nuovo organo appare nella serie evolutiva, si mantiene soltanto se realizza una convergenza sistematica e plurifunzionale. L'organo è condizione di se stesso. Allo stesso modo il mondo geografico e il mondo degli oggetti tecnici già esistenti sono messi in rapporto in una concretizzazione che è organica, e che si definisce attraverso la sua funzione relazionale» (MEOT 56).

Tuttavia la medesima attività "inventiva" non ha assolutamente gli stessi effetti di scala. A partire dalla loro invenzione, le stirpi [*lignées*] di evoluzione degli oggetti tecnici tendono infatti a convergere nella produzione di un "*milieu* tecno-geografico" che diviene a sua volta condizione di ulteriori processi di invenzione ed evoluzione tecnica mai riducibili a semplice adattamento. L'invenzione dell'oggetto tecnico determina infatti un fenomeno di "causalità ricorrente" nel quale risulta inevitabilmente coinvolto anche il processo di ominizzazione: «non si tratta in effetti di un progresso concepito come avanzamento in un senso predeterminato, né di una umanizzazione della natura; questo processo potrebbe anche apparire come una naturalizzazione dell'uomo; tra uomo e natura si crea in effetti un *milieu* tecno-geografico che non diviene possibile se non attraverso l'intelligenza dell'uomo [in quanto determina l'invenzione, n.d.a.]» (MEOT 56). Caratterizza perciò i gruppi umani una particolare configurazione della relazione collettiva: in essa l'invenzione non si limita ad intervenire sul rapporto tra singoli individui e *milieu* naturale, ma diviene patrimonio del gruppo e, sopravvivendo all'atto di invenzione grazie alla sua concretizzazione nell'oggetto, si integra in esso. Il modo in cui Simondon, una decina d'anni dopo, riformulerà il concetto nel corso *Immaginazione e invenzione* (1965-66), ci permette di apprezzare l'estensione della funzione al "sistema d'oggetti" (non si tratterà più solamente di "oggetti tecnici") e il più chiaro riferimento alla sua doppia funzione di organizzatore - nelle specie sociali - sia del rapporto tra singolo essere vivente e *milieu*, sia delle relazioni tra individui:

> il sistema degli oggetti creati, nella doppia prospettiva della relazione con la natura [...] e della relazione con il sociale [...] costituisce il rivestimento [*enveloppe*] dell'individuo (IMI 186).

Tradotto nel linguaggio della "cibernetica simondoniana", ciò significa che la progressiva produzione di un *milieu* di strumenti giunge a determinare un netto cambiamento del regime collettivo di scambio d'informazione. Ebbene, porre la questione in termini di informazione non solo permetterà a Simondon di leggere come intrecciate le dinamiche secondo le quali si muovono l'oggetto tecnico e il simbolo in quanto "materializzazioni" del gesto e della parola, ossia di spiegare secondo il medesimo paradigma il meccanismo dell'invenzione materiale *e* intellettuale, ma innanzitutto gli permette di integrare il paradigma cibernetico all'etnologia, e pensare i sistemi sociali come composti di uomini e macchine, secondo quanto già insegnava peraltro Wiener[11]. Nell'uomo infatti il regime di informazione determinato dalla normatività biologica arriva fin da subito ad incrociare nel *milieu* tecnico un'altra normatività, che pur essendone la sedimentazione, ne modifica le traiettorie e i ritmi: si tratta della normatività tecnica, che grazie al suo statuto singolare gode, come abbiamo visto, di una particolare forma di universalità, ed è la vera e propria condizione di possibilità di una normatività di tipo storico-culturale. Come vedremo meglio in seguito, nei lavori degli anni '60 Simondon tenterà di rielaborare in parte il carattere "positivo", autocostitutivo della normatività tecnica parzialmente tematizzato in *Du mode*, concependola come l'elemento chiave per la costruzione del legame sociale, perlomeno, come vedremo, nella congiuntura attuale. Ma nell'*Individuation* la questione della tecnica risulta ancora interamente inscritta in una teorizzazione generale delle funzioni di discontinuità dei sistemi, e dunque richiama direttamente dinamiche di sfasatura e metastabilizzazione dei gruppi sociali. Tuttavia la funzione innovativa è già intesa in modo talmente legato alla normatività tecnica che Simondon arriva ad affermare quanto segue:

> la normatività tecnica è intrinseca ed assoluta; si può anche sottolineare come sia attraverso la tecnica che diviene possibile la penetrazione di una nuova normatività in una comunità chiusa. La normatività tecnica modifica il codice dei valori di una società chiusa poiché esiste una sistematica dei valori, e ogni società chiusa che, ammettendo una nuova tecnica, introduce i valori inerenti a questa tecnica, opera in questo modo una nuova strutturazione del suo codice di valori. In quanto non esiste una comunità che non

utilizzi alcuna tecnica e non ne introduca mai di nuove, non esistono comunità totalmente chiuse e non evolutive (NC 513).

Ora, nell'*Individuation* la questione della tecnica non è mai riferita, come in Leroi-Gourhan, al processo di ominizzazione, e nella spiegazione dell'ontogenesi del collettivo il suo ruolo sembra assolutamente marginale: appare invece in più punti come indice di apertura e di invenzione normativa, eccedente le regolazioni di tipo esclusivamente omeostatico, conservativo. La sua esplicita tematizzazione avviene infatti, come abbiamo visto, solo al livello di una "teoria generale" della sfasatura costitutiva del sistema sociale (sempre secondo il paradigma chiuso/aperto cui corrisponde il rapporto tra struttura normativa e invenzione normativa) nei termini dell'opposizione comunità/società. Mai come nella *Nota complementare* tale sfasatura è formulata però in modo così netto e così direttamente implicante i problemi di soglia che caratterizzano le società umane: «la comunità è biologica, mentre la società è etica» (NC 508). Come abbiamo visto Simondon utilizza i due termini di questa "coppia concettuale" per descrivere il collettivo come sistema in tensione metastabile (lontano dall'equilibrio). Ogni gruppo è da un lato caratterizzato da una regolazione omeostatica tendenziale, una rete interna di scambi di informazione, così come teorizzato dalla cibernetica: questa è per Simondon la tendenza della "comunità" come "fase" del collettivo in cui si giocano tutte le relazioni *inter*individuali; d'altra parte, e contemporaneamente, il collettivo è tale (non è "solo" comunità) proprio in quanto eccede sempre la processualità continua e reticolare di tale apparato di regolazione, in direzione dell'istituirsi di relazioni *trans*individuali impreviste, non calcolabili all'interno del regime di funzionamento "normale" del sistema, ma che possono giungere ad avere funzione normativa rispetto a sue ulteriori ri-configurazioni. Un sistema sociale è insomma tale perché, pur regolato da un funzionamento di tipo omeostatico, non si riduce ad esso, in quanto vi si possono presentare processi di invenzione transindividuale che esso è in grado di «integrare nel suo funzionamento»: ciò che ne implica una radicale riconfigurazione strutturale senza la quale non vi sarebbe invenzione ma - nei termini di Simondon - soltanto «riduzione dell'informazione a segnale». A sfasare il sistema a livello di individuazione transindividuale, come detto, contribuiscono, oltre al *milieu* preindividuale che costituisce il naturale margine di indeterminazione di ogni sistema, la continuazione della fase dell'individuazione biologica e l'effetto di ritorno di tutti i processi di individuazione psichica e collettiva (tra i quali l'individuazione tecnica) in cui consiste ciò che Simondon chiama "cultura". Ora, se non è possibile concepire l'attività tecnica come un'attività *tout court* di tipo biologico, così come non è possibile ridurre le differenti normatività l'una all'altra, allo stesso modo la "cultura" non può assorbire in sé la normatività tecnica senza una radicale riconfigurazione del suo concetto.

NORMATIVITÀ ETICO-POLITICA E CULTURA

Al fine di comprendere che cosa Simondon intenda per "cultura" dovremo giungere all'analisi della *Nota complementare,* dove tale nozione risulta definita attraverso la coppia concettuale valore-norma. Ma ciò non sarà possibile prima di aver sciolto il complicato intreccio dei differenti tipi di normatività caratterizzanti il regime di individuazione transindividuale. Nella conclusione dell'*Individuation* Simondon tenta di chiarire il concetto di «serie trasduttiva di equilibri metastabili» attraverso la definizione della funzione di norme e valori: «le norme sono le linee della coerenza interna di ciascuno di questi equilibri, e i valori le linee lungo le quali le strutture di un sistema si traducono in strutture del sistema che le sostituisce» (I 331). Evidentemente l'apparato normativo ha la funzione (omeostatica) di costituire e mantenere la coerenza interna del sistema, mentre il concetto di "valore" indica l'operazione (trasduttiva) costitutiva di un sistema *in quanto* passaggio da un sistema all'altro, implicante un cambiamento strutturale: «i valori permettono la trasduttività delle norme»; «sono la capacità di transfert amplificatore contenuto nel sistema delle norme, sono le norme portate allo stato d'informazione: sono ciò che si conserva da uno stato all'altro» (I 331).

Simondon mira come sempre a cogliere il processo nel suo operare. In questo caso si tratta dell'individuazione psichica e collettiva, ovvero della trasduzione di un elemento normativo nuovo in un sistema sociale: «un sistema di norme è problematico come due immagini in stato di disparazione; tende a risolversi nel collettivo per amplificazione costruttiva» (I 331, n. 13). "Valore" è appunto il nome che egli riserva alla "formula" di tale conversione: naturalmente non si tratta di una formula pienamente formalizzabile, perché in quel caso si tratterebbe semplicemente dell'assolutizzazione di un sistema normativo; ma non si tratta neppure di un divenire indifferenziato, bensì di una "forza direttrice" determinata e definibile *solamente* in relazione al sistema delle norme costituite. Il valore non è infatti "altro" rispetto al sistema delle norme, ma è in definitiva il loro movimento stesso:

> le norme potrebbero essere concepite come esprimenti un'individuazione definita, e aventi di conseguenza un senso strutturale o funzionale a livello degli esseri individuati. Al contrario, i valori possono essere concepiti come legati alla nascita stessa delle norme, esprimenti il fatto che le norme sorgono con un'individuazione e durano solo il tempo in cui questa individuazione esiste attualmente (I 332)[12].

Cogliere e seguire tale movimento è appunto il compito di un'etica dell'individuazione: «il valore di un atto non è il suo carattere universalizzabile secondo la norma che esso implica, ma l'effettiva realtà della sua integrazione in quella rete di atti che è il divenire» (I 333). L'atto, per essere etico deve rispondere insomma ad una duplice condizione, disporre di un potenziale energetico ed essere determinato: «in ogni atto risiede sia il movimento per andare più lontano che lo schema che si integrerà ad altri schemi» (*Ibidem*). Solo in questo modo potrà essere "etico", ovvero all'altezza dell'agire trasduttivo che caratterizza l'individuazione transindividuale[13]. Ebbene, come abbiamo visto, soltanto l'individuo potrà svolgere tale funzione di raccordo tra sistemi, tanto a livello biologico quanto a livello sociale:

> i valori sono il preindividuale delle norme; essi esprimono il legame ad ordini di grandezza differenti; usciti dal preindividuale, fanno tendere verso il post-individuale, sia nella forma della fase colonia, sia nella forma del transindividuale per le specie superiori. Esse derivano dal continuo e ritrovano il continuo attraverso l'individuo, transfert discontinuo (I 332, n. 14)[14].

L'attribuzione all'individuo di tale funzione chiave è sostanzialmente mantenuta nella *Nota complementare*, in questo assolutamente coerente con l'impostazione dell'*Individuation*. È qui che in particolare il termine "comunità" viene utilizzato in relazione differenziale con il termine società per sottolineare la singolarità normativa rivestita in quest'ultima dall'invenzione e dall'individuo tecnico. Nella prima parte della *Nota complementare*, intitolata *Valori e ricerca di obiettività*, il termine "valore" è assunto - dice Simondon - come "simbolo" della possibilità di un rapporto di "complementarità" tra individui. Simondon distingue tre tipi di valori intesi come «azioni per mezzo delle quali «si può dare complementarità». Due sono relativi a ciò che istituisce una relazione esclusivamente funzionale all'individuazione dell'essere vivente: «il valore come condizione organica o il valore come condizione tecnica» (gli esempi forniti sono rispettivamente l'alimento e il farmaco); il terzo valore, che Simondon definisce "assoluto", è invece quello «che permette la relazione, inizio o innesco della relazione» oltre la soglia dell'individualizzazione collettiva (NC 503-4). Questo valore "assoluto" è la cultura[15].

Per comprendere che cosa comporti lo statuto particolare della cultura rispetto alle normatività di tipo biologico e tecnico, ritorniamo brevemente alla genesi del transindividuale. Tra le sue condizioni di possibilità vi è quella sorta di "tecnicità inventiva" che è parte dell'"umano" concepito come processo di individuazione *in corso* su più piani: biologico, tecnico e collettivo. A questa altezza la "natura umana" non è un "dato" - né biologico né culturale - ma un divenire biologico-tecnico che si ripete, che istituisce delle norme e che pone dei problemi: è un fattore di strutturazione quanto di *destabilizzazione* del collettivo in cui avviene. Le normatività biologica e tecnica sono infatti allo stesso tempo le condizioni del costituirsi del collettivo e ciò che lo rende instabile, minacciandone la normatività tendenzialmente statica in quanto *continuano* - come fase - a rendere metastabile ogni sistema sociale: «una società è caratterizzata da elementi di discontinuità le cui circostanze sono di natura organica o tecnica» (NC 508). Se la cultura è insomma un dispositivo «capace di manipolare in qualche modo i simboli che rappresentano il tal gesto tecnico o la tale pulsione biologica» (NC 504), l'efficacia di tale "manipolazione" è comunque sempre parziale. Questa "natura umana" biologico-tecnica eccede infatti doppiamente la stabilità normativa del sistema sociale. La normatività "biologica" si ripete continuamente come "istinto" che si ripresenta ad ogni nascita di individuo e come "fase" che continua all'interno del soggetto collettivamente individuato: è in ogni caso ciò che fa sì che ogni essere vivente presenti continuamente al sistema sociale un problema di integrazione simbolica. Tale eccesso del biologico non è mai pienamente integrabile nel funzionamento di una normatività comunitaria senza una sua parziale "riduzione" simbolica; ragion per cui l'educazione funziona come una «normatività elementare subita dall'individuo» senza la quale è impossibile la società (cfr. NC 506). D'altra parte la normatività "tecnica" è sempre dominata dalla relazione con la normatività naturale, così da non poter mai essere interamente assorbita nella normatività sociale stabilita dalle pratiche simboliche. In effetti la tecnicità dell'uomo apre la comunità, la costringe ad un rapporto diretto con la Natura, dunque ad un costante sforzo di simbolizzazione: «tra la comunità e l'individuo isolato in se stesso c'è la macchina, e questa macchina è aperta sul mondo. Essa va al di là della realtà comunitaria per istituire la relazione con la Natura» (NC 527).

Ora, in quanto ciò che è organico e tecnico produce e *contemporaneamente* minaccia il sistema sociale, tali processualità e le rispettive normatività devono continuamente essere rese funzionali al mantenimento della coesione del gruppo. La produzione collettiva di significazioni integra così normatività che in relazione al funzionamento della società risultano in eccesso, rivestendole [*envelopper*] - dice Simondon - di significazioni. La cultura va dunque concepita come quel particolare *milieu* entro il quale avviene l'individuazione psichica e collettiva, ovvero si formano i sistemi sociali grazie ad una tendenziale chiusura di tipo omeostatico dei loro processi costitutivi biologici e tecnici. Infatti le processualità biologiche e tecniche sono la condizione di possibilità della cultura, in cui consiste l'operazione che le rende compatibili attraverso la produzione di un patrimonio simbolico comune al gruppo:

> la cultura è come un insieme di inizi d'azione, dotati di uno schematismo ricco, che attendono d'essere attuati; la cultura non permette di costruire o di vivere organicamente: essa suppone che le possibilità di vita organica e tecnica siano già date, ma che tali possibilità complementari non risultino connesse e, per questa ragione, rimangano sterili; la cultura crea allora il sistema di simboli che permette loro di entrare in relazione di reciprocità (NC 504).

In questo senso Simondon può affermare che una cultura non è semplicemente l'espressione sovrastrutturale o mitologica delle sue determinanti tecniche e biologiche (non è il "mezzo di espressione" a cui la ridurrebbero il marxismo e il freudismo, cfr. NC 504), ma è "riflessiva" in quanto risolve problemi posti a partire dal progressivo costituirsi del *milieu* propriamente umano e relativi alle sue condizioni di possibilità. Per questo, proprio in quanto operazione riflessiva, «potere di simbolizzazione che non si riduce a promozione dell'organico o espressione del tecnico» (NC 504), la relazione della cultura con le normatività biologica e tecnica risulta irrimediabilmente sfasata ed instabile. Ma non è tutto: tale operazione non manca di rivelare una radicale ambivalenza. Se, per dirla con Simondon, si tratta di rendere compatibili tra loro le differenti fasi di un sistema metastabile transindividuale tramite la produzione collettiva di significazioni, questo processo implica anche d'altra parte il rischio permanente di una "cattura" simbolica che ridurrebbe le normatività "eccedenti" a mere funzioni omeostatiche, producendo una stabilizzazione del gruppo tramite l'esclusione o il reclutamento per mezzo di simboli «di natura organica o tecnica» (cfr. NC 509). Dunque la produzione di significazioni può configurarsi in modo ambivalente: o come chiusura in un sistema di credenze e di pratiche normate o come continuo rilancio di una produzione simbolica, che deve necessariamente fare i conti con differenti forme di eccedenza normativa.

Solo in quest'ottica possiamo allora finalmente riprendere e sviluppare l'asimmetria implicita nella questione secondo cui la smagnetizzazione di un collettivo può dipendere da una circostanza di tipo organico o tecnico. Le normatività biologica e tecnica costituiscono infatti entrambe un'eccedenza rispetto alla stabilità omeostatica del sistema sociale, ma in modo molto diverso. Proprio a questo livello appare infatti lo statuto del tutto anomalo dell'attività tecnica che, in quanto sospesa per così dire tra natura e cultura, sfasa il sistema sociale in modo simile ma non identico all'individuazione biologica. Al contrario dell'attività biologica, dice Simondon, «l'attività tecnica non introduce una bipolarità di valori» (NC 509): l'attività tecnica, insomma, nella dinamica interna di ogni gruppo, pertiene all'ordine della società anziché della comunità. Ma non solo. La funzione dell'attività tecnica si differenzia dalla corrispettiva funzione della normatività biologica anche in rapporto alle dinamiche che si instaurano *tra* i diversi gruppi sociali. In una comunità (in quanto tale "biologica") «le comunità esterne sono pensate come cattive per il fatto stesso di essere esterne», le categorie primitive di inclusione e di esclusione corrispondono infatti direttamente ad azioni di "assimilazione" e "de-assimilazione" di tipo biologico. «simmetriche a quelle che l'individuo vivente manifesta nell'opposizione bipolare tra ciò che è assimilabile e ciò che è dannoso» (NC 509).

L'attività tecnica invece è veicolo di una «unipolarità di valori [che] manifesta una società», ossia un'apertura della comunità, in quanto può costituire un dominio di trasduttività, un regime di scambio di informazioni *tra* diversi gruppi sociali che metastabilizza l'equilibrio interno di ciascuno di essi secondo una processualità "irreversibile".

L'attività tecnica fornisce infatti strumenti la cui adozione è potenzialmente estendibile a qualunque società umana proprio in ragione del suo radicamento al contempo biologico e fisico. Sul piano biologico in quanto il suo esercizio è condizionato da schemi d'azione funzionali alla soddisfazione di bisogni condivisi da tutta la specie[16], sul piano fisico perché la sua configurazione è quasi integralmente determinata dalla maggiore o minore efficacia sulla materia: se non esiste altro modo (più efficace) di ottenere un certo risultato, l'adozione di una tecnica può essere ritardata o addirittura negata a partire da ragioni di tipo culturale, ma, una volta avvenuta, risulta sul lungo termine irreversibile[17]. Per queste ragioni Simondon può affermare che «le norme tecniche sono interamente accessibili all'individuo senza che egli debba ricorrere ad una normatività sociale. L'oggetto tecnico è valido o non valido secondo i suoi caratteri interni che traducono lo schematismo inerente allo sforzo attraverso il quale è stato costituito» (NC 513)[18]. E da qui il passo è breve per concludere che "l'individuo puro" è colui che «riunisce in sé *le due condizioni del pensiero riflessivo*: la vita organica e la vita tecnica» (NC 512, sott. ns.).

INDIVIDUO TECNICO E FUNZIONE POLITICA

Così secondo Simondon la capacità tecnico-inventiva dell' "individuo puro" risulta in ultima analisi il vero punto critico della stabilità sociale, l'elemento evenemenziale che eccede la semplice "regolazione" omeostatica del sistema. Il paragrafo *Il tecnico come individuo puro*, che apre il secondo capitolo della *Nota complementare*, esemplifica tale atteggiamento. A partire dalla funzione di apertura che caratterizza l'"attività tecnica" Simondon arriva ad individuare alcune figure esemplari di tale funzione: il mago, il prete, l'ingegnere e il medico. Si tratta di «uomini che hanno saputo staccarsi dalla comunità per un dialogo diretto con il mondo» (NC 512). Capaci di osservare la realtà e di muoversi in essa secondo un rapporto che eccede quello normativamente stabilito dalle comunità a cui appartengono, che è un rapporto regolato attraverso il gruppo d'azione, dunque attraverso il lavoro, tali "individui puri" sono "tecnici" in quanto «mediatori tra la comunità e l'oggetto nascosto e inaccessibile» (NC 512) secondo la modalità di un'operazione di invenzione che, pur basandosi sulla relazionalità comunitaria, la eccede trasduttivamente. Il modo in cui Simondon esprime la funzione di eccedenza dell'individuo tecnico sul sistema sociale è il seguente: «non è soltanto un membro della società, ma un individuo puro; in una comunità egli è come di un'altra specie» (NC 511); il debito bergsoniano appare qui di un'evidenza schiacciante, come se Simondon intendesse riformulare in termini non dualistici ciò che Bergson già esponeva in termini di *élan vital*:

> uno slancio che aveva prodotto delle società chiuse perché non poteva più trascinare la materia, ma che poi va a ricercare e a riprendere, al posto della

specie, questa o quella individualità privilegiata. Un tale slancio si prolunga anche per opera di alcuni uomini, *ciascuno dei quali costituisce una specie composta da un unico individuo* (Bergson 1932, p. 206, sott. ns.)[19].

Ma forse già nella *Nota complementare* l'individuo puro non è semplicemente identificabile con l'eroe bergsoniano, di cui conserva tuttavia la statura etica. Per esercitare effettivamente una funzione trasduttiva l'individuo deve infatti mantenersi *tra* appartenenza comunitaria e apertura alla natura, poiché, se da un lato l'assorbimento completo dell'attività individuale negli automatismi comunitari provoca la chiusura del sistema in una forma di adattamento di tipo «stereotipato, ipertelico, inevolutivo», d'altra parte una «iniziativa individuale pura» (NC 519) può rischiare di distruggere anche la relazione interindividuale e con ciò le basi di ogni possibile ulteriore invenzione sociale: «ogni civiltà ha bisogno di un certo tasso di automatismo per garantire la sua stabilità e la sua coesione» (NC 519). È in questo senso che il finale dell'*Individuation* ritorna sull' "atto folle" in quanto atto che possiede una normatività *esclusivamente* "interna", puramente "iterativa", nella quale precipitano tutte le cariche potenziali che hanno costituito il soggetto. Il divenire del soggetto si esaurirebbe così in un'unica individuazione la cui singolarità non può che essere, a questo punto, sterile ripetizione, incapace di trasduzione: «ogni sollecitazione del soggetto chiama all'iterazione di quest'atto; il soggetto è riportato all'individuo in quanto risultato di una sola individuazione, e l'individuo si riduce alla singolarità di un *hic et nunc* perpetuamente ricominciante, che si trasporta ovunque come un essere staccato dal mondo e dagli altri soggetti, abbandonando il suo ruolo di transfert» (I 335)[20].

Si deve allora concludere che in Simondon un'etica eroica, di matrice forse bergsoniana, si compia nella capacità tecnico-inventiva dell'individuo puro? Se nella *Nota Complementare* la trasduttività di valori è possibile attraverso un'invenzione che oltrepassa le norme stabilite per mezzo dell' "individuo tecnico", allora la capacità di invenzione normativa dell'individuo in quanto "tecnico" risulta immediatamente politica? Si tratta di una sorta di politicità dell'individuo in quanto "puro", politicità che potrebbe dunque essere tradita, ma mai cancellata perché ontologicamente radicata nell'individuo stesso in quanto germe del processo di individuazione? No. Questa posizione, pienamente coerente con l'ipotesi di una politicità costitutiva della vita stessa, non è compatibile con gli esiti del pensiero di Simondon, e risulta sostenibile solamente attraverso una lettura parziale della stessa *Individuation*, all'interno della quale l'identificazione *tout court* di funzione politica e funzione trasduttiva finirebbe per estendere il concetto di politico all'essere stesso, rendendolo inservibile.

Dobbiamo invece trasformare la domanda sullo statuto dell'individuo puro in una domanda sulla sua funzione: che cosa si amplifica nell'individuo? Simondon in questo senso è chiaro: *attraverso* l'individuo e *nel* sistema-società (appunto: *tra* i due), ciò che si amplifica è il complesso di valori e norme che costituisce il dinamismo proprio di quel sistema, dinamismo metastabile entro il quale si giocano differenti processi di individuazione collettiva con le loro normatività sfasate tra funzioni di regolazione omeostatica e funzione trasduttiva. Dunque, non solo il cuore dell'individuazione transindividuale si colloca - come abbiamo visto - nel complesso emozione-significazione anziché nel dinamismo del linguaggio, nella credenza implicita ad ogni processo di *in group* anziché nel mito e nell'opinione che di essa sono il versante statico, ma anche infine nella tecnicità e non nel lavoro in quanto modalità relazionale di tipo esclusivamente adattivo. Tutte queste attività eccedono le strutture entro le quali si svolgono grazie all'esercizio dell'invenzione transindividuale, che ricava il proprio spazio nei margini di indeterminazione caratterizzanti l'organizzazione biologica dei sistemi sociali. Allora, come ad ogni altro livello, anche per il sistema-società il vero problema non è tanto determinare quale tipologia di individuo svolga in essa la funzione di trasduzione, quanto da una parte stabilire - come abbiamo fatto - i presupposti e la configurazione di una funzione che eccede processualità di tipo omeostatico sulle quali fa però necessariamente leva, e dall'altra spiegare - come faremo - il modo in cui tale eccedenza di volta in volta si concretizzi in un individuo o in un elemento del sistema stesso.

Il parziale abbandono di una prospettiva centrata sull'individuo come trasduttore si può provvisoriamente cogliere attraverso i tagli effettuati al finale dell'*Individuation* tra l'edizione di *L'individuation et sa genèse physico-biologique* (1964) e quella di *L'individuation psychique et collective* (1989), dove l'introduzione e la conclusione sono riproposte con alcune modifiche[21]. Trent'anni dopo, rinunciando al tono epico con il quale sembrava annunciare *la* via eroica di una soluzione ecumenica[22] al problema sociale, Simondon espunge significativamente proprio le ultime righe del suo capolavoro:

> l'etica esprime il senso dell'individuazione perpetua, la stabilità del divenire che è proprio dell'essere come preindividuato, individuantesi [e tendente verso il continuo che ricostruisce in forma di comunicazione organizzata una realtà vasta quanto il sistema preindividuale. Attraverso l'individuo, transfert amplificatore uscito dalla Natura, le società divengono un Mondo] (I 335)[23].

Come vedremo, al di fuori dell'*Individuation* l'operazione costitutiva di un sistema sociale non viene più analizzata attraverso categorie che la legano esclusivamente e direttamente alla funzione trasduttiva dell'individuo. Non solo la funzione trasduttiva sarà riservata prevalentemente all'oggetto tecnico (meglio: all'elemento) o al simbolo, ma il fatto che tutto il problema sia posto in termini di "sfasatura" tra tecnica e cultura, renderà più agevole esplicitare le implicazioni politiche della filosofia dell'individuazione. Lo spostamento del *focus* dall'individuo al sistema in cui si compie l'atto permetterà così di apprezzare quanto era già implicito nella considerazione dell'individuo *come* atto: l'atto etico, che apre ("metastabilizza") il sistema sociale, è definibile a partire dalle sue condizioni di emergenza e dalla funzione che esso vi svolge, e *non* dall'individualità in cui per così dire si incarna. È così che Simondon può svincolare il concetto di "coscienza morale" dal riferimento all'individuo in quanto tale, ed utilizzarlo per indicare la funzione di scarto introdotta grazie all'individuo *nella* regolazione omeostatica di tipo comunitario:

> la comunità, forma statutaria della relazione, non necessita di coscienza morale per esistere; ogni società è aperta nella misura in cui il solo criterio valido è in essa quello dell'azione, senza che vi sia un *simbolo* di natura organica o tecnica per reclutare o escludere i membri di tale società [...] la relazione morale suppone che una relazione ad altri sia una relazione da individuo a individuo in una società (NC 509).

Proprio perché la società risulta fondata «su altro dalle necessità vitali di una comunità», il «senso dei valori [*sens de valeurs*]» in cui consiste la coscienza morale, implica quell'apertura verso l'esterno che caratterizza il movimento trasduttivo *anche* dell'individuo, rispetto al quale la comunità costituisce un rischio regressivo omogeneo e speculare alla chiusura solipsistica: «deviazione interiorista o comunitaria della spiritualità transindividuale» (NC 508-9).

Così il sistema sociale può essere indagato, a partire dal paradigma aperto/chiuso, secondo prospettive di volta in volta determinate dalla particolare configurazione assunta in esso da tendenze sistemiche, in vista di un intervento il cui statuto, pur essendo quello dell'atto, autorizza, anzi richiede, una scienza delle condizioni di stato piuttosto che una valutazione morale. Il transindividuale in Simondon si affaccia sempre tra comunità e società ed è vettore di metastabilizzazione e di individuazione. Ecco perché in fondo non vi è propriamente "azione" individuale se non come propedeutica all'invenzione, poiché non vi è altra invenzione che quella dovuta all'apertura del sistema nei confronti di processualità, interne o esterne, di cui non è pre-determinabile l'emergenza e che nell'individuo hanno solo il proprio momento di amplificazione. A rigore, per Simondon, non vi può essere invenzione individuale *ex nihilo*, ma solo invenzione transindividuale di azioni e di significazioni, dunque tecnica e/o simbolica. Tuttavia, se il tema dell'invenzione tecnica attraversa e domina tutta l'opera di Simondon, la produzione simbolica, quando non sia esplicitamente presentata nella sua funzione di chiusura, solo raramente, e in genere sottotraccia, vi si declina come invenzione.

5. DALLA VITA ALLA SIGNIFICAZIONE

[1] Il termine (che ritorna soltanto nelle conclusioni di *Du mode*) scompare del tutto nella produzione successiva.

[2] La scarna bibliografia dell'*Individuation* (inedita), comprende solamente 20 testi, 8 dei quali sono dedicati alla fisica quantistica, 3 alla biologia e 4 alla cibernetica. Gli altri 5 sono testi che studiano la psiche umana sempre a partire dalla sua costituzione biologica, ed ai quali ci riferiremo in queste pagine: Gesell, *The Ontogenesis of Infant Behavior* (1946); Goldstein, *La structure de l'organisme* (1934); Kubie, *The neurotic potential et human adaptation* (1949); Lewin, *Behavior and Development as a Function of the Total Situation* (1946); Rabaud, *Sociétés humaines et sociétés animales* (1951). Va notato che, sebbene sia probabile che Simondon abbia letto nell'originale inglese gli articoli di Gesell e Lewin, la traduzione francese dell'articolo di Gesell permette forse di svelare il pur marginale "mistero" della grafia della parola "ontogénèse" nell'*Individuation* (la cui grafia corretta è "ontogenèse"). Secondo Barthélémy la scelta di Simondon sarebbe legata all'eredità di Teilhard de Chardin (cfr. Barthélémy 2005a, p. 45, n. 1, e anche Id. 2008a, p. 6, n. 1). Tuttavia, per quanto abbiamo potuto verificare, in Teilhard de Chardin il termine compare molto raramente: addirittura in *La place de l'homme dans la nature* (1956), il libro espressamente "incriminato" da Barthélémy, non appare *una sola volta* a p. 40. Ci sembra preferibile perciò l'ipotesi che Simondon derivi la grafia "ontogénèse" dall'articolo di Gesell presente in bibliografia.

[3] Canguilhem parla spesso di "polarità dinamica della vita" (cfr. ad. es. le conclusioni di Canguilhem 1943, p. 189) a partire dalla constatazione che molte forme di organizzazione dell'inorganico (come ad esempio la polarizzazione magnetica) preludono all'organizzazione funzionale del vivente. Tra i testi in bibliografia nell'*Individuation* spicca in questo senso *Polarisation de la matière* (1949a), *compte-rendu* di un *Colloque International* nel quale sono riuniti interventi che veicolano «i risultati complementari della polarizzazione magnetica e della polarizzazione elettrica delle molecole» (*ivi*, p. 3). Sulla "continuità" tra fisico (materia non-inerte) e biologico, cfr. anche I 151, I 324, I 320. Sembra superfluo notare come i successivi progressi della biologia molecolare abbiano sollevato una tale serie di suggestioni riguardanti problemi di soglia tra organico e inorganico che certo l'idea di una "teoria della polarizzazione della materia" sembra oggi quantomeno semplicistica. In particolare sulla funzione della polarizzazione nel processo di crescita cfr. I 203 e IMI 38, dove Simondon fa riferimento a Gesell (come in I 206-7).

[4] Anche le discontinuità tra specie «sembrano poter essere messe in relazione con il carattere quantico che appare in fisica» (I 158). Per l'ipotesi di una «biologia-quantistica, risposta alla fisica teorica moderna», cfr. Tétry *Les outils chez les êtres vivants* (1948), p. 322, testo presente nella bibliografia di *Du mode*, nel quale si analizzano dal punto di vista funzionale strumenti tecnici ed organi biologici abbozzando tra l'altro una teoria dello sviluppo come *relaxation* (cfr. *infra*, cap. 1?)

[5] È infatti in questi termini che Simondon tenta di proporre un criterio di separazione tra l'individuo fisico e l'individuo vivente: «l'informazione nell'operazione di individuazione fisica non è distinta dai supporti dell'energia potenziale che si attualizza nelle manifestazioni dell'organizzazione [...] al contrario, l'individuazione nel vivente sarebbe fondata sulla distinzione tra le strutture modulatrici e i supporti di energia potenziale implicati nelle operazioni concernenti l'individuo [...] Il vivente è esso stesso un modulatore, possiede un'alimentazione di energia, un'entrata o una memoria, e un sistema efferente; l'individuo fisico ha bisogno del *milieu* come fonte di energia e per la funzione efferente» (I 204-5).

[6] L'elaborazione del concetto di omeostasi come tendenza dell'organismo all'autoregolazione appare in Cannon (1932), mentre quello di *"milieu* interno" è tipico dell'opera del medico e fisiologo francese Claude Bernard, per il quale il *milieu* è -

secondo le parole di Canguilhem - «l'insieme delle azioni che si esercitano dal di fuori sul vivente» (Canguilhem 1943, p. 131).

[7] Si tratta in realtà di un antropomorfismo legato alla percezione del «corpo proprio» e ad una «credenza immediata all'interiorità»: «la concezione di un'interiorità fisica della particella elementare manifesta un biologismo sottile e tenace, che si ritrova fin dal meccanicismo teorico più rigoroso degli antichi atomisti» (I 127), mentre solo con l'apparire della teoria della relatività tale "biologismo" può cedere il passo ad una «concezione più rigorosamente fisica dell'individuazione» (I 127).

[8] «In realtà, un'analisi psico-biologica sufficientemente profonda rivelerebbe che la relazione al milieu esterno, per un essere vivente, non è distribuita sulla sua superficie esterna» (I 127, sott. ns.). Così Canguilhem: «l'individualità del vivente non finisce con i suoi confini ectodermici, così come non inizia con la cellula [...] il rapporto biologico tra l'essere vivente e il suo ambiente è un rapporto funzionale e, conseguentemente, mobile; in esso cioè, i termini del rapporto si scambiano successivamente le funzioni» (Canguilhem 1952, p. 204).

[9] L'espressione è di Claude Bernard. Sull'ipotesi di una relazione diretta tra i concetti di "costanza del milieu interno" e omeostasi, cfr. Sinding (1991).

[10] Nel corso Initiation à la psychologie moderne (1966-67) ritroviamo anche una "teoria triodica" dell'organismo che funge da «schema di base del corso», in cui i sistemi recettore ed effettore sono legati dalla motivazione intesa come «energia potenziale» (IPM 290). Il modello (tecnico) del triodo è ripreso anche in Le relais amplificateur (1976): si tratta di «un dispositivo attraverso il quale un'energia debole, generalmente portatrice d'informazione, agisce governando e dosando un'energia forte disponibile in entrata come alimentazione, permettendo così che, in uscita, essa si attualizzi come lavoro» (MEC 135). Per l'esempio tecnico del triodo cfr. MEOT 28-29.

[11] «Il vero psichismo appare allorché le funzioni vitali non possono più risolvere i problemi posti al vivente, quando questa struttura triadica di funzioni percettive, attive e affettive non risulta più utilizzabile» (I 166).

[12] L'affettività come trasduzione è dunque a questo livello "ripetizione" dell'operazione di couplage di due serie di funzioni (integrazione e differenziazione).

[13] Goldstein dedica un capitolo intero della Struttura dell'organismo a Norma, sanità e malattia. Eredità e selezione, pp. 341-73. Il titolo completo della tesi di dottorato in medicina di Canguilhem del '43 è Saggio su alcuni problemi relativi al normale e al patologico. Esiste inoltre un altro saggio intitolato Il normale e il patologico, pubblicato in La conoscenza della vita (1952), che consiste in una breve riesposizione della tesi principale. Non prenderemo per ora in considerazione le Nuove riflessioni intorno al normale e al patologico, accorpate all'edizione del 1966 de Il normale e il patologico, perché successive ai lavori di Simondon qui esaminati. Come avremo modo di vedere più avanti, anche Durkheim dedicava, nelle Regole del metodo sociologico (1895), un intero capitolo alle Regole relative alla distinzione tra normale e patologico, pp. 59-79. Cfr. infra, cap. 12.

[14] «Ciò che accomuna le tre nozioni di adattamento, buona forma e spazio odologico è la nozione di equilibrio stabile» (I 213). Sebbene in generale la critica a Lamarck sia più attenuata (cfr. I 213 e Ibidem, n. 23), Simondon accomuna Darwin e Lamarck in quanto condividono la stessa «concezione oggettiva del milieu che falsa la nozione di adattamento» (I 212; sulla concezione meccanicistica del milieu in Lamarck, cfr. Canguilhem 1952, pp. 131-32). Inoltre Simondon riprende e critica a più riprese la "teoria dello spazio odologico" di K. Lewin, in particolare in I 210-13 (già formulata in Lewin 1935); inoltre le pp. I 274-75 sono dedicate, nella medesima direzione, alla critica della relazione presentata dal Dr. Lawrence S. Kubie in uno dei noti convegni Macy sulla cibernetica (1949).

[15] Qui è senz'altro determinante il riferimento a J. von Uexküll (1934), probabilmente ereditato da Canguilhem (cfr. infra, pp. 254 segg.). Uexküll è un riferimento ricor-

rente in Merleau-Ponty (cfr. Id. 1956-60, pp. 245-61). Secondo le ricerche di Uexküll solamente l'insieme degli stimoli biologicamente rilevanti costituisce la nicchia ambientale, l'*Umwelt* di un organismo. Così per Simondon il *milieu* è sempre l'esito provvisorio di una relazionalità in atto, mentre il mondo come "uno" è la proiezione e fissazione di tale esito su quella relazionalità presa come "dato" originario: «prima dell'azione non ci sono cammini, universo unificato in cui si possano localizzare le direzioni e le intensità delle forze per trovarne una risultante: il paradigma fisico del parallelogramma di forze non è applicabile perché suppone uno spazio-uno [*espace un*], cioè delle dimensioni valide per tale spazio-uno, degli assi di riferimento validi per ogni oggetto che si trovi in quel campo e per ogni movimento che vi si possa svolgere» (I 213); mentre invece si ha sempre a che fare con *un* mondo, sfasato, «non coincidente con se stesso» (I 211) composto di parti "non sovrapponibili" (I 212, n. 22) e polarizzato «secondo il nutrimento, secondo l'evitamento, secondo la sessualità» (I 212).

[16] In questo senso «la Teoria dell'Adattamento, la Teoria della Forma e la dinamica dei campi pongono prima dell'azione, per spiegarla, ciò che l'azione crea e condiziona» (I 214).

[17] I 213-14, 229, 289. Simondon ricorre spudoratamente alla propria matrice fenomenologica per contestare a Goldstein il fatto di trattare l'universo del divenire vitale come «tutto organico» in cui «tutto è dato dall'origine», mentre andrebbe trattato come "divenire vitale" o - addirittura! - come "senso della vita". In ogni caso ciò che sta a cuore a Simondon è sottolineare il fatto che non solo, come già detto, l'ontologia parmenidea di Goldstein «impedisce ogni rapporto tra lo studio del vivente e lo studio dell'inerte» (I 229), ma anche finisce per assorbire interamente lo psichico nell'organico (cfr. I 289).

[18] Legge di cui Simondon riconosce peraltro il valore parziale (cfr. I 309). Anche nel testo tedesco Goldstein utilizza nel suo significato tecnico il termine francese *milieu*.

[19] Vivere «consiste nell'affrontare dei rischi e trionfarne» (*Ivi*, pp. 234-35).

[20] Il rimando di Canguilhem in nota è al Bergson delle *Due fonti della morale e della religione*: riferimento che come vedremo sarà centrale per lo studio della dinamica dei sistemi sociali sia per Canguilhem che per Simondon.

[21] «In conclusione noi pensiamo che la biologia umana e la medicina siano parti necessarie di un' "antropologia", che esse non abbiano mai smesso di esserlo, ma pensiamo anche che non ci sia antropologia che non supponga una morale, in modo tale che sempre il concetto di "normale", nell'ordine umano, resta un concetto normativo e di portata propriamente filosofica» (*Ivi*, p. 237).

[22] Lo stesso Canguilhem proseguirà la propria analisi nelle *Nuove riflessioni intorno al normale e al patologico (1963-66)*, inserite nelle riedizioni della sua tesi di medicina, testando la tenuta del paradigma della normatività biologica nel campo del sociale. Analizzeremo in seguito il saggio su *Il problema della regolazione nell'organismo e nella società* (1955), presumibilmente noto a Simondon nell'epoca della stesura dell'*Individuation*: in quel saggio sono presenti molti dei temi poi ripresi nell'aggiunta del '66 a *Il Normale e il patologico*, in particolare appunto l'estensione dell'analisi dall'ambito biologico a quello sociale.

[23] Così, ad esempio: «la distinzione dell'ordine vitale e dell'ordine psicologico di manifesta particolarmente per il fatto che le loro rispettive normatività costituiscono un chiasmo» (I 283).

[24] «La descrizione che Gesell offre dell'ontogenesi umana e i principi per mezzo dei quali egli la interpreta prolungano, secondo Gesell, i risultati dell'embriologia generale; questi principi non sono solo metaforici e descrittivi, ma traducono, secondo l'autore, un aspetto generale della vita» (I 207). Il riferimento di Simondon è Gesell (1946).

[25] Simondon classifica tre tipologie di sistemi vitali secondo uno schema fortemente dialettico, in relazione al fatto che le funzioni somatiche e germinali siano: indiffe-

renziate ("vita preindividuale pura"), strutturalmente integrate in individui diversi ("forme metaindividuali"), oppure integrate funzionalmente nei singoli individui ("forme totalmente individualizzate"). Cfr. I 173-74.

[26] Va sottolineato come in quest'analisi della genesi del gruppo Simondon non si collochi a livello della specie uomo, ma tratti delle colonie di celenterati (I 167-71); d'altra parte la sessualità come "complicazione" non è affatto "monopolio" dell'uomo (cfr. I 177).

[27] Questo è quanto afferma nella *Nota complementare* accomunando Freud e Marx, criticando la riduzione della cultura a semplice "espressione" sovrastrutturale rispettivamente del biologico e dell'economico.

[28] L'istinto di morte è «il limite dinamico dell'esercizio [dell'istinto di vita] e non un altro istinto». Vi è dunque «omogeneità funzionale» tra «istinto genetico e istinto di morte» (I 171).

[29] Come afferma Stiegler (2007) p. xɪv.

[30] Sul rapporto tra pensiero simondoniano e psicoanalisi si possono trovare alcune indicazioni in Aspe (2002), Chabot (2003) pp. 107-23, Garelli (2005). Simondon cede solo in parte alla lettura fenomenologica del concetto di inconscio come "percezione ambigua" ereditata dalla *gestalt* attraverso Merleau-Ponty (cfr. Id. 1960, pp. 232-35. Cfr. anche Descombes 1979, p. 87, secondo il quale tale lettura mostrerà chiaramente i propri limiti solo al congresso di Bonneval nel 1960, nel confronto diretto con la psicoanalisi), ma d'altra parte non si interessa affatto ai "lavori in corso" di Lacan sul concetto freudiano di pulsione di morte, che forse non muoveva in una direzione tanto differente, in particolare nei suoi Seminari dal vɪɪ al x (1959-63). In ogni caso nel corso *Imagination et invention* (1965-66), dove pure appaiono alcuni riferimenti alla psicoanalisi lacaniana, Simondon traccia la propria teoria dell'immaginazione e dell'invenzione senza sentire alcun bisogno di riferirsi alla nozione di inconscio (cfr. *infra* cap. 9). Ai riferimenti a Jung e all'elaborazione del concetto di archetipo dedicheremo il giusto spazio nel cap. 12.

[31] In questo senso Simondon parla del "presente", quale tempo proprio del vivente-psichico, come «trasduzione tra il campo dell'avvenire e i punti in rete del passato», insomma come attività di mediazione in cui la soglia dello psichico consiste nell'assunzione da parte del vivente della propria temporalità: «non c'è essere individuato vivente e psichico che nella misura in cui esso assume il tempo» (I 288).

[32] In questo senso se l'affezione è «dell'emozione non ancora costituita», l'emozione «si caratterizza per il fatto di essere come un'unità temporale insulare, avente la sua struttura» (I 260).

[33] Come abbiamo già detto il termine "interindividuale" è sempre utilizzato da Simondon in opposizione differenziale a transindividuale, mentre l'espressione "intersoggettivo", che non è usata sistematicamente, appare qui come sinonimo di transindividuale. La riluttanza di Simondon a parlare di "intersoggettività" è dovuta al fatto che il termine è nettamente connotato in senso fenomenologico, dunque con riferimento ad una parziale anteriorità del soggetto rispetto alla relazione sociale: come vedremo questa è forse una delle ragioni della sua scelta del termine "transindividuale". Cfr. *infra*, pp. 233 segg.

[34] Come vedremo la concezione del transindividuale appena esposta non ha nulla di scontato e si presta a molte obiezioni. Ci occuperemo delle diverse e contrastanti interpretazioni suscitate dal tentativo di produrre una lettura politica conseguente del pensiero di Simondon, ma anche e soprattutto di sottolinearne le implicazioni rispetto al successivo sviluppo del suo pensiero. Ancora una volta va ricordato che, sebbene il termine "scoperta" possa sembrare riferirsi a un "dato" che si tratterebbe di assumere come tale, ogni scoperta di significazioni vada sempre letta come operazione la cui paradossalità Simondon condensa nell'uso del termine "invenzione".

[35] Per Goldstein «non esiste *un comportamento privo di emozioni*» (*Ivi*, p. 24), mentre per Sartre «la vera emozione è ben altro: vi si aggiunge la credenza [...] Che cosa

dobbiamo intendere con ciò? Più o meno che l'emozione è subita» (Sartre 1939, p. 185).

[36] Nel testo italiano il termine "ansia" traduce l'inglese "anxiety", che significa sia ansia che angoscia. Ci sembra che qui "angoscia" possa essere una traduzione più appropriata del termine "anxiety", visto che Goldstein fa comunque riferimento a Sartre che connota il termine in modo esistenziale e/o metafisico secondo la matrice heideggeriana (inoltre, quando scrive in tedesco, Goldstein stesso utilizza il termine "Angst", cfr. ad es. *Zur Problem der Angst*, 1927). Anche il Sartre dell'*Ésquisse* sembra sottolineare una certa continuità tra paura e angoscia quando parla di un' "angoscia indefinita", "caso limite" di una paura tanto intensa da risultare quasi "senza oggetto", che però non risulta mai del tutto indeterminata: «è pur sempre di certi aspetti della notte, del mondo, che si ha paura» (*Ivi*, p. 172).

[37] Anche se tale assunto prende in Simondon tutt'altra piega, dato che il "rischio" in Goldstein è sempre letto in funzione dell'autorealizzazione, dunque in ultima analisi dell'adattamento. Come abbiamo visto Simondon è molto critico al riguardo. Sull'angoscia letta in Simondon come "prova del transindividuale", e in questo senso legata al tema esistenzialista, cfr. Combes (1999); ma forse è più corretto pensare alla psicoanalisi "culturalista" di Karen Horney (1937), alla quale Simondon si richiama in *Psycho-sociologie de la technicité*.

[38] Come vedremo, si tratta di una vera e propria identità nella "personalità di gruppo". Cfr. *infra* cap. 6.

[39] A voler ricondurre l'emozione ad un fenomeno dell'individuo si finisce, secondo Simondon, per rimanere impigliati in «un insieme complesso di supposizioni riduttrici, come quella di malafede in Sartre» (I 314). Ricordiamo la polemica di Merleau-Ponty sulla concezione sartriana che, facendo dell'inconscio freudiano «un caso particolare della malafede, una esitazione della libertà immaginativa» finirebbe per ristabilire la priorità della coscienza (Merleau-Ponty 1952-60, p. 69). Cfr. anche Id. (1954-55) pp. 202-03.

[40] «L'emozione è una delle modalità in cui essa [la coscienza] comprende (nel senso heideggeriano di *Verstehen*) il suo "essere nel mondo"»; dunque l'emozione è originariamente «dotata di senso, significa qualche cosa per la mia vita psichica» (Sartre 1939, p. 195).

[41] Appare allora comprensibile in che senso Simondon debba necessariamente opporsi a Bergson quando tratta la relazione tra biologico e psichico-collettivo come irriducibile ad uno dei due termini: «il transindividuale non va definito come slancio vitale, perché non è in continuità con l'individuazione vitale» (I 303).

[42] Il termine, ricavato dalla topologia lacaniana, si riferisce alla figura geometrica del toro (un anello a sezione circolare), che ci sembra renda bene l'idea di un'esteriorità situata all'interno del soggetto. Quando Simondon afferma che «il transindividuale, non essendo strutturato, attraversa l'individuo; non è in relazione topologica con esso», si sta riferendo polemicamente alla speculare riduzione del processo di individuazione ai concetti di immanenza o trascendenza. «*immanenza o trascendenza* non si possono dire che in rapporto a della realtà individuata» (I 304).

[43] È, come vedremo, può farlo solo attraverso un individuo o un elemento (biologico ma, come vedremo, anche tecnico o simbolico) che acquisisce del senso in quanto "realtà trasduttiva": «se l'individuo ha un senso, senza dubbio non è soltanto per la tendenza dell'essere a perseverare nel suo essere; l'essere individuale è trasduttivo, non sostanziale» (I 216).

[44] In Simondon non abbiamo mai a che fare con un transindividuale "indeterminato" infatti, né con una sua piena determinazione di tipo biologico, tecnico o culturale, bensì con l'articolazione di differenti regimi di informazione-significazione secondo diversi criteri di soglia rispetto ai quali si costituisce l'umano. Né soltanto come vita biologico-psichica, né in quanto capace di lavoro o di sentimento religioso, né per il possesso della facoltà del linguaggio è definibile un uomo. Soprattutto

mai come sintesi di queste o altre proprietà, quanto piuttosto come loro singolare (ri)configurazione oltre la soglia dell'individuazione collettiva. Cfr. *infra* , cap. 6.

[45] Suddivisa nei due capitoli i cui titoli sono appunto *Informazione e ontogenesi: l'individuazione vitale* e *Individuazione e informazione*.

[46] L'ultimo capitolo della "terza" sezione si intitola *Il collettivo come condizione di significazione*. La "consistenza ontologica" dell'oggetto è qui garantita da Wiener (1950): «il linguaggio e la comunicazione simbolica hanno statuto interamente proprio, tanto reale quanto le sequenze di impulsi elettrici che passano nei neuroni o nei commutatori telefonici». In questo senso di lì a poco la ricerca I.A. potrà parlare di "sistemi fisici di simboli".

[47] Come sempre si tratta di analogia di funzionamento (processo trasduttivo) e *non* di struttura.

[48] Qui "carica di natura originaria" sta per preindividuale.

[49] Nella *Conclusione*, Simondon afferma: «sembra in effetti che una certa concezione dell'individuazione sia già contenuta, almeno a titolo implicito, nella nozione di termine. Allorché la riflessione, intervenendo prima di qualunque ontologia, vuole definire la validità delle condizioni di un giudizio, essa ricorre ad una certa concezione del giudizio, e, correlativamente, del contenuto della conoscenza nonché dell'oggetto e del soggetto come termini» (I 320).

[50] Molti degli equivoci ricorrenti nelle interpretazioni della tematica del transindividuale derivano dall'articolazione problematica e dalla parziale ambiguità nell'uso dei termini "collettivo", "soggetto" e "società", all'interno dell'*Individuation*.

6. Genesi del collettivo: credenza, lavoro, linguaggio

[1] Ci troviamo in un paragrafo che tratta del rapporto tra *Individuazione di gruppo e individuazione vitale*: come vedremo ciò che qui è detto "socialità" non ha nulla a che fare con il termine "società" utilizzato in opposizione differenziale con "comunità" all'interno della *Nota complementare*.

[2] In tutta la sezione *I fondamenti del transindividuale e l'individuazione collettiva* il termine appare una sola volta, nell'espressione "comunità di credenze" (I 294). In seguito il termine appare quasi esclusivamente nella sezione relativa all'individuazione psichica: prima nelle espressioni "comunità d'azione", "comunità affettiva" e "comunità di giogo" (I 248-49); poi come aggettivo che qualifica una "deviazione" che può essere "interiorista o comunitaria" (I 281-82); e infine legato alle nozioni di "personalità" e di "relazione interpersonale" (I 265). Il concetto viene però introdotto in modo consistente nella prima parte della *Nota complementare* (cfr. NC 508-9) per divenire infine centrale nella seconda, intitolata *Individuazione e invenzione*.

[3] Si tratta, dice Simondon, "*solamente* di una analogia strutturale", che perciò varrebbe come immagine esplicativa senza avere alcun valore scientifico o filosofico. È qui evidente il riferimento di Simondon al breve testo di Rabaud (1951) che compare nella bibliografia dell'*Individuation* e dal quale egli, in funzione polemica contro un approccio "sociologico", accoglie un approccio legato alla psicologia animale, secondo il quale ogni tentativo di affrontare i problemi dell'origine, della natura e del significato della vita sociale in quanto *esclusivamente* umana non può che giungere ad affermazioni senza fondamento (*Ivi*, p. 263). In sostanza riguardo all'origine della società Rabaud non fa che constatare l'esistenza di un "determinismo dei raggruppamenti sociali" che "attira" l'un l'altro gli individui. Lo schema ritenuto da Simondon e riformulato come "magnete" è il seguente: «vi è un'opposizione molto evidente tra il comportamento degli individui riuniti in Società e gli individui identificati in Folla: i primi vivono insieme, indipendentemente gli uni dagli altri e al di fuori di qualunque influenza esterna eccetto quella dei loro vicini. Gli altri, al contrario, sono attirati e trattenuti da un'influenza esterna a ciascuno» (*Ivi*, p. 269); «l'esistenza di queste due modalità di unione si ritrova facilmente, identica, negli

Uomini, senza alcun bisogno di forzare i fatti. Che giochi l'interattrazione ne abbiamo la certezza. Solamente fatichiamo a discernere l'agente di tale interattrazione» (*Ivi*, p. 269). Lo schema è in Rabaud fondato su un determinismo "di fatto", che egli nomina "interattrazione" o "simpatia", di cui non sente il bisogno di dare ragione, pur ammettendo che, almeno per quanto riguarda le società umane, esso debba avere alla base un "elemento di ordine psicologico". Simondon "scompone" proprio le dinamiche di questa "interattrazione" di livello "superiore", costruendo l'opposizione tra una coesione meno stabile *in quanto* deterministicamente costituita (attrazione biologicamente determinata - da tropismi - anche se complicata da processi di differenziazione funzionale) e un'attrazione di tipo invece non meccanico, che crea un legame più stabile producendo il collettivo: processo che, come vedremo, Simondon intende come operazione di individuazione transindividuale nei processi di *in-group* che contribuiscono a formare una società.

[4] Ad esempio: «la società è una comunità in espansione»; «la comunità è una società divenuta statica» (NC 509).

[5] Kardiner, psicoanalista americano allievo di Freud, è autore di *L'individuo e la sua società* (1939). Nel 1953 Dufrenne scrive *La personnalité de base*, in cui propone una lettura di tipo fenomenologico del libro di Kardiner, riguardo al quale, qualche anno prima, C. Lefort, anch'egli allievo di Merleau-Ponty, aveva aperto la discussione con delle *Notes critiques sur la méthode de Kardiner* (1951) (inizialmente pubblicato in *Cahiers internationaux de Sociologie*, n°10, ora in Lefort 1978, pp. 113-30). Secondo Lefort, attraverso il concetto di "personalità di base" «[Kardiner] è interessato a individuare in una cultura l'equivalente di un Soggetto o, per meglio dire, un'esperienza generale del mondo che sarebbe come la matrice di ogni esperienza individuale» (*Ivi*, p. 55). Molti anni dopo lo stesso Lefort curerà la prima edizione francese (1969) del libro di Kardiner, proseguendo la discussione con la sua introduzione: *Ambiguïtés de l'anthropologie culturelle: introduction à l'œuvre d'Abram Kardiner* (ora in Lefort 1978, pp. 131-87). Ma forse per scovare il debito di Simondon è possibile risalire ancora più indietro, fino a Durkheim: «noi diciamo *nostra individualità* e non *nostra personalità*. Nonostante i due termini siano spesso presi l'uno per l'altro è necessario distinguerli con grande attenzione. La personalità è fatta essenzialmente d'elementi sovra-individuali (Si veda su questo punto *Formes élémentaires de la vie religieuse*, pp. 386-90)» (Durkheim 1914, p. 215, n. 1). Sulla possibilità di leggere un'eredità durkheimiana in Simondon cfr. *infra*, soprattutto la terza parte di questo lavoro.

[6] Il testo prosegue: «ma sempre a condizione che l'umano sia concepito come ciò che si realizza soltanto attraverso l'individuo in situazione sociale».

[7] Ancora una volta non è certo di aiuto la scarna bibliografia dell'*Individuation*, che non permette di risalire direttamente alle fonti "americane" di Simondon, se si eccettua appunto il *Manual of child Psychology* in cui è presente il citato articolo di Lewin (1946), nel quale però non compare l'espressione *in-group*, sebbene siano in esso presenti tutte le tematiche ad essa legate. Tuttavia proprio il citato testo di Dufrenne su Kardiner, oltre ad alcuni riferimenti "classici" ovviamente presenti - e con lo stesso taglio - anche in Simondon (Goldstein sul rapporto tra normatività biologica e sociale, p. 60, 67; Bergson sulla dinamica aperto/chiuso, p. 69), presenta praticamente tutti i riferimenti "d'oltreoceano" che Simondon in seguito espliciterà nei suoi lavori: K. Lewin, G. W. Allport, F. Moreno, K. Horney, R. Benedict. In questo senso non ci sembra sbagliato considerare il lavoro di Dufrenne un'ipotetica bibliografia delle letture "americane" di Simondon. Un testo molto utilizzato da Dufrenne è Lewin, *I conflitti sociali* (1948): si tratta di una raccolta di saggi che contiene anche K. Lewin - P. Grabbe, *Condotta, conoscenza e accettazione di valori nuovi*, (prima ed. K. Lewin - P. Grabbe, *Conduct, knowledge, and acceptance of new values*, The journal of Social Issues, n°1, 3, 1945) dove compare - forse per la prima volta - il concetto di *in-group*.

[8] Cfr. nota precedente.

[9] Risulta sicuramente interessante anche per comprendere la prospettiva di Simondon il fatto che secondo Lewin struttura cognitiva, valoriale e motoria dell'individuo siano regolate da leggi differenti, ciò che rende particolarmente difficile ogni intervento di "rieducazione" (cfr. *Ivi*, pp. 98-99).

[10] Come vedremo questo corrisponde a quanto afferma Simondon esprimendosi in questi termini: «il sociale è fatto della mediazione tra l'essere individuale e l'*out-group* attraverso la mediazione dell'*in-group*» (I 294).

[11] I termini sono utilizzati anche da Coser (1956), che deriva le sue tesi sulla relazione tra conflitto sociale e costituzione dell'identità collettiva dalla teoria interazionista di Simmel, a partire da una critica interna alla sociologia di Talcott Parsons; ma il testo conosce un ampio successo solo negli anni '60, e Simondon non vi fa mai riferimento, neppure indirettamente.

[12] «È difficile definire con precisione un gruppo interno. Forse l'affermazione più giusta è quella secondo cui tutti i membri di un gruppo interno usano il pronome *noi* sostanzialmente con lo stesso significato. Così fanno i membri di una famiglia, i compagni di scuola, i membri di una setta religiosa, i compagni di lavoro, di club, gli abitanti di una stessa città o stato. In maniera più vaga possono fare la stessa cosa i membri di organismi internazionali. Alcuni di questi "noi" sono organizzazioni transitorie (come in un intrattenimento serale), altri definitivi (famiglia o clan)» (*Ivi*, p. 45).

[13] «L'appartenenza a gruppi interni è d'importanza vitale per la sopravvivenza individuale. Questi tipi di appartenenza costituiscono una trama di abitudini» (*Ivi*, p. 67).

[14] «I concetti di gruppo interno e gruppo di riferimento ci aiutano a distinguere due livelli di appartenenza. Il primo indica l'appartenenza vera e propria; il secondo ci dice se l'individuo tiene a tale appartenenza o se invece ricerca la coesione con un altro gruppo. In molti casi, come si è detto, esiste un'identità virtuale tra i gruppi interni e i gruppi di riferimento; ma non è sempre così. Alcuni individui, per necessità o per scelta, si pongono continuamente in relazione con gruppi che per essi non sono gruppi interni» (*Ivi*, p. 55).

[15] Allport cita addirittura l'enciclica *Unità delle genti* di Pio XII: «l'unità delle genti, egli affermò, è un'unità di atteggiamenti e di intenzioni - tolleranza e amore - non uniformità» (*Ivi*, p. 62). Tuttavia vi sono, secondo Allport, dei limiti anche teorici alla realizzazione di tale progetto: i gruppi manifestano gradazioni decrescenti di saldezza dei rapporti personali, con una progressione tale che «questo schema implica che un sentimento di solidarietà mondiale sia il più difficile da acquisire» (*Ivi*, p. 64). Riguardo la prospettiva "ecumenica" di Simondon, cfr. *infra*, cap. 12.

[16] A questo proposito non si può fare a meno di segnalare l'inversione accidentale dei termini operata da Simondon nel seguente passaggio: «si accetta di designare con *individuazione* un processo di tipo più ristretto dell'*individualizzazione* e che abbisogna del supporto dell'essere vivente già individuato per svilupparsi» (I 267, sott. ns.). Errore che fa il paio con un altro, presente questa volta nella *Nota complementare*, dove Simondon sostituisce inavvertitamente "coscienza morale" con "coscienza psicologica" «al contrario la *coscienza psicologica* rapporta gli atti o gli inizi d'atto a ciò che il soggetto tende ad essere al termine di tale atto» (NC 507, sott. ns.).

[17] Rispettivamente I 265-66 e I 299; ma si veda anche: «l'individuo umano non è legato al gruppo per le sue funzioni elementari, siano esse attive o percettive, ma per mezzo dell'autoregolazione fornitagli dalla sua personalità, dal suo carattere» (MEOT 125).

[18] Tuttavia la "personalità" come struttura è diversamente intesa dalla "personalità" come operazione (anche "personalizzazione"), attività di cui la prima è l'espressione parziale: la personalità intesa come momento del processo quantico di personalizzazione (cfr. I 268). Noi qui utilizzeremo il termine "personalità" riferito esclusi-

vamente alla struttura, per non aggiungere equivoci terminologici ai problemi di interpretazione già manifesti in Barthélémy (2005a), p. 207, dove l'autore fa riferimento al concetto di "personalizzazione" elaborato da Teilhard de Chardin (*Ivi*, p. 45).

[19] «Attraverso l'azione l'individuo trova la significazione delle disparazioni percettive. Attraverso questo analogo superiore dell'azione che è la presenza, il collettivo trova la significazione della disparazione» che è, nell'individuo, la medesima sfasatura dei meccanismi biologici dell'ontogenesi e della degradazione (cfr. I 218).

[20] L'individuo è "individuo di gruppo": «il rapporto dell'individuo al gruppo è sempre lo stesso nel suo fondamento: riposa sull'individuazione simultanea degli esseri individuali e del gruppo; esso è presenza» (I 299).

[21] Riteniamo che il riferimento ad una molteplicità di processi di *in-group* che costituiscono un processo di individuazione, implicita nell'argomentazione presentata da Simondon in queste pagine, vada richiamata - coerentemente con le sue fonti - pur sottolineando come Simondon non parli mai di personalità multiple, perché la personalità "individuale" è sempre normalmente "coerente", cioè una, sebbene metastabile e capace di ulteriori integrazioni di differenti processualità in atto. Solo nella patologia mentale la contemporaneità di differenti "processi di personalizzazione" diviene visibile in quanto produce un "doppiamento" (*doublement*) della personalità e non uno "sdoppiamento" (*dédoublement*) - come precisa Simondon - quando l'operazione di personalizzazione in cui consiste una nuova individuazione di gruppo non viene integrata nella precedente strutturazione della personalità (cfr. I 286). In questo senso «la patologia mentale è al livello del transindividuale», e deriva dall'incapacità di scoprire una significazione collettiva capace appunto di (ri)strutturare in un individuo la personalità di gruppo (cfr. I 309).

[22] Potrebbe essere interessante leggere il rapporto tra "credenza esplicita" e "credenza implicita" sul modello di quello tra l'attività fabulatoria legata alla "religione statica" e la forza mistica della "religione dinamica", così come teorizzate da Bergson rispettivamente nella seconda e terza parte delle *Deux sources*.

[23] «La credenza è questa individuazione collettiva in corso di esistenza [*en train d'exister*]; essa è presenza [...] è in forma di credenza che le personalità si sovrappongono; più precisamente, ciò che si chiama credenza collettiva è l'equivalente nella personalità di ciò che sarebbe nell'individuo una credenza; ma questa credenza non esiste come tale [*à titre de croyance*]» (*Ibidem*).

[24] Si tratta anche qui di una tendenza collettiva che ha il suo corrispettivo in una tendenza biologica: «è nel tempo in cui regna la calma biologica che si manifesta l'inquietudine, ed è nel tempo in cui esiste il dolore che la spiritualità si trasforma in riflessi difensivi; la paura trasforma la spiritualità in superstizione» (I 283).

[25] «Non si tratta più soltanto di un'istituzione sociale avente origine dall'intelligenza e dalla volontà umana, ma di un fenomeno di biologia generale di cui sembra necessario andare a cercare le condizioni nelle proprietà essenziali della materia organizzata. La divisione del lavoro sociale appare soltanto come una forma particolare di questo *processo* generale; e le società, conformandosi a questa legge, sembrano cedere a una corrente sorta molto prima di loro e che trascina nella medesima direzione l'intero mondo vivente» (Durkheim 1893, p. 41).

[26] «I greci, per esprimere la relazione così forte e tuttavia silenziosa della simpatia vissuta, impiegavano, anche per la coppia umana, il termine *suzughia*, comunità di giogo» (I 249).

[27] In apertura della *Conclusione* di *Du mode* Simondon si esprime in questo modo: «una definizione naturalista del lavoro è insufficiente; dire che il lavoro è lo sfruttamento della natura da parte degli uomini in società, è riportare il lavoro a una reazione elaborata dall'uomo preso come specie davanti alla natura alla quale egli si adatta e che lo condiziona» (MEOT 241). Anche per Marx l'attività produttiva

può essere "degradata" a semplice funzione di adattamento della specie all'ambiente (e in questo l'uomo nega quel *Gattungswesen* che differenzia l'uomo dall'animale), ma ciò accade solamente in quella modalità della produzione che è il lavoro alienato. Naturalmente è tutt'altro che scontato che la questione del lavoro, per come è posta in Marx, abbia esclusivamente a che fare con l' "essenza dell'uomo" come specie: in questo senso Simondon rientra forse nella categoria di coloro per i quali, come dice Althusser, la filosofia di Marx sarebbe «una filosofia della tecnica in quanto quest'ultima costituisce il senso dell'epoca moderna» e il marxismo in fondo una *Weltanschauung* adeguata soltanto al secolo xix (cfr. Althusser 1963, min. 2.25-3.40).

[28] Ricordiamo che per Marx «la produzione della vita materiale è condizione fondamentale di qualsiasi storia» (Marx-Engels 1845, p. 18), a partire dal momento in cui gli uomini «cominciarono a distinguersi dagli animali allorché cominciarono a *produrre* i propri mezzi di sussistenza» (*Ivi*, p. 8). Solo in questo senso la produzione determina il costituirsi di relazioni sociali propriamente umane, appunto i "rapporti di produzione".

[29] Certo, nella contemporaneità secondo Simondon la tecnicità è anche interamente "surdeterminata" dalla relazione di proprietà e vendita, mentre «in altre culture esistono forme di questa separazione tra l'uomo e l'oggetto differenti dalla condizione di venialità; una di queste è ad esempio la trasmissione ereditaria, che abbisogna di apprendimento e continuità del sapere, pena lo svuotamento di senso riguardo la funzione dell'oggetto. Ma nella nostra cultura la venialità è la forma più diffusa della liberazione che interviene allorché l'oggetto è stato prodotto, cioè sia *costituito* che *posto fuori* dall'agente costituente, come il giovane è generato e poi, nel senso proprio del termine, *educato* dall'adulto» (PST 127). Tuttavia nello scambio tipico dell'economia di mercato il lavoro non *decade* a realtà alienata, reificata, poiché *fin dalla produzione* (dunque già a livello di comunità biologica) la tecnicità, in quanto organizzata finalisticamente come lavoro, risulta parzialmente alienata. E ciò vale per ogni tecnica, compresa - come vedremo - la cultura in quanto "insieme di tecniche rivolte all'uomo".

[30] Il livello dell'attività tecnica è infatti quello definito dal «centro stesso delle relazioni di gruppo e delle relazioni interindividuali» (MEOT 253) che, in quanto modalità *derivate*, hanno come loro condizione di possibilità una relazionalità più originaria: quella transindividuale.

[31] L'ipotesi di Simondon, come vedremo, è che una "cultura tecnica", funzionale ad un programma di riscatto dell'attività tecnica dalla sua riduzione al "paradigma del lavoro", possa essere matrice di individuazione transindividuale. In *Psycho-sociologie de la technicité*, quando intende occuparsi della "realtà profonda della tecnicità", Simondon chiarisce che «il prodotto tecnico liberato nell'universo sociale pone problemi distinti da quelli relativi al lavoro e alla produzione» (PST 128): si tratta infatti di problemi legati a quella che Simondon in quel contesto chiama "significazione culturale" dell'oggetto tecnico.

[32] Va notato come Simondon tenga a sottolineare che «sarebbe del tutto abusivo attribuire la chiusura delle tecniche antiche alla chiusura della vita comunitaria delle società: infatti, tali società sapevano aprirsi» (MEOT 91).

[33] Allo stesso modo in *Psycho-sociologie de la technicité* Simondon distinguerà, secondo una "periodizzazione" guidata dalla dinamica di apertura/chiusura, «l'apertura dell'oggetto artigianale», la «chiusura dell'oggetto industriale» e «la produzione industriale come condizione di apertura» (cfr. PST 232-36), teorizzando in questo modo il possibile superamento dell'alienazione caratterizzante l'epoca industriale sulla scala della "rete tecnica" che potrebbe esserne l'esito.

[34] Per quanto riguarda l'opposizione di Simondon ad una cattura ermeneutica del suo discorso risulta esemplare il suo atteggiamento nei confronti di Ricœur (cfr. *supra*, cap. 4). D'altro canto non ha senso tentare di scoprire dei rapporti espliciti tra

lo strutturalismo e Simondon perché non ve ne sono. Simondon, come già spiegato, ha una formazione fenomenologica (Merleau-Ponty) ed epistemologica (Canguilhem), e per il concetto di forma-struttura fa sempre riferimento alla *Gestalt* e alla biologia (Goldstein) o a Ruyer; cita d'altra parte Lévi-Strauss, Lacan e Ortigues soltanto in *Imagination et invention*. Cfr. *infra*, cap. 9.

[55] Caratteristica che però l'uomo condividerebbe con le macchine (cfr. *Ivi*, p. 101). Non bisogna dimenticare che il programma di universalizzazione del concetto di informazione, derivato dalla cibernetica, si sviluppa in Simondon secondo altre vie: in prospettiva antisostanzialista, egli può rifiutare la posizione di Wiener secondo cui «l'informazione non è materia né forma né energia, essa è informazione».

[56] Vi è forse qui un rimando alla nozione di "personalità di gruppo" che abbiamo visto costituire la condizione di emergenza della relazione collettiva entro la quale propriamente si dà significazione. Poco più avanti nel testo Simondon ritorna sull'assunto della *Gestaltpsychologie* secondo il quale la significazione sarebbe "realtà prima", mentre invece è sempre data «attraverso la coerenza di due ordini di realtà, quello dell'individuazione e quello dell'individualizzazione». Proprio a quest'altezza Simondon sembra identificare significazione, espressione e personalità, affermando che «non vi sono elementi dell'espressione, ma ci sono delle basi dell'espressione, poiché l'espressione è unità relazionale mantenuta nell'essere grazie a un'incessante attività» (I 267). Ma si tratta del caso in cui si dà «una conoscenza concreta corrispondente ad una completa ecceità» (I 267). La significazione in quanto espressione coincide qui - potremmo dire - con se stessa perché in essa il soggetto appare performativamente nel manifestarsi della sua personalità, ovvero della relazione attuale tra la sua individuazione e la sua individualizzazione: «a livello dell'espressione, l'essere è nella misura in cui si manifesta, ciò che non è vero dell'individuazione o dell'individualizzazione» (I 267). Tuttavia si tratta del caso particolare nel quale la significazione riassorbe momentaneamente il suo differire costitutivo dalle proprie condizioni di possibilità, per acquisire la forza performativa della conoscenza di una singolarità: si tratta della conoscenza dell'individuazione come "individuazione della conoscenza", la versione simondoniana - potremmo dire - dell'intuizione.

[57] «Il collettivo è ciò in cui un'azione individuale ha un senso per gli altri individui come simbolo: ogni azione presente agli altri è simbolo degli altri; essa fa parte di una realtà che si individua in totalità in quanto può rendere conto della pluralità simultanea e successiva delle azioni» (I 219). Per Montebello (1992) «la questione dell'individuazione sociale non può non attraversare una riflessione sulla pragmatica della lingua, tanto sono legati gli atti di parola e i concatenamenti sociali o collettivi d'enunciazione» (*Ivi*, pp. 85-86).

[58] Molti danno per scontato che comunità=*in-group*, mentre per altri, come ad esempio Hottois (1993), vale l'equazione comunità=*out-group* (cfr. *Ivi*, p. 88).

7 OMEOSTASI SOCIALE ED ECCEDENZA NORMATIVA

[1] Anche se è chiaro che arrivati a questo punto «la stessa nozione di *milieu* risulta ingannevole» (I 212).

[2] «La tesi che informa questo libro è che la società può essere compresa soltanto attraverso lo studio dei messaggi e dei mezzi di comunicazione relativi ad essi; e che nello sviluppo futuro di questi messaggi e mezzi di comunicazione, i messaggi fra l'uomo e le macchine, fra le macchine e l'uomo, e fra macchine e macchine sono destinati ad avere una parte sempre più importante» (*Ivi*, p. 23).

[3] Ogni sistema costituito contro la naturale tendenza all'entropia tende a mantenere un regime di dispendio energetico minimo in modo funzionale alla propria durata nel tempo.

[4] Cfr. anche Wiener (1962) nel suo intervento a Royaumont su *L'homme et la machine*, introdotto dallo stesso Simondon.

[5] Cfr. anche la voce "Régulation" dell'*Encyclopaedia Universalis* (1972), dove Canguilhem spiegherà come il concetto sia passato dall'ambito biologico a quello delle scienze sociali attraverso la mediazione di Malthus e Comte. Mentre appunto nella biologia il concetto di regolazione avrebbe forse potuto guadagnare quel fattore di contingenza che nella cibernetica tende a perdere nuovamente, ridotto com'è ad elemento di una complessità ancora deterministicamente intesa. Come Canguilhem avrà cura di spiegare nelle *Nuove riflessioni intorno al normale e al patologico 1963-66*: «in entrambe le teorie [vitalista e meccanicista] l'ambiente è considerato come un fatto fisico, e non come un fatto biologico, come un fatto costituito e non come un fatto da costituire» (Canguilhem 1943, p. 246). Le *Nuove riflessioni* sono la seconda parte, aggiunta all'edizione del 1966, de *Il normale e il patologico*. Secondo Roudinesco (2005) la modificazione del 1966 «si spiega con la lettura che Canguilhem aveva fatto dell'opera di Michel Foucault, *Nascita della clinica* (1963)» (p. 51); va notato tuttavia che si tratta chiaramente dello sviluppo di quanto già presente in Canguilhem (1955). Cfr. *infra*, n. 10.

[6] Il testo prosegue così: «la definizione psicosociale del normale come adattato implica una concezione della società che la assimila surrettiziamente e abusivamente a un ambiente, vale a dire a un sistema di determinismi, mentre essa è un sistema di costrizioni contenente, già prima di qualunque rapporto tra sé e l'individuo, norme collettive di valutazione della qualità di questi rapporti» (*Ibidem*).

[7] «L'automa è comunitario» (NC 519).

[8] Questa la spiegazione di Simondon: «*l'automa sarebbe una macchina così perfetta che il margine di indeterminazione del suo funzionamento sarebbe nullo, ma che tuttavia potrebbe ricevere, interpretare o emettere dell'informazione. Ora, se il margine d'indeterminazione del funzionamento è nullo, non ci sono più variazioni possibili; il funzionamento si ripete indefinitamente, e di conseguenza questa iterazione non ha significato*» (MEOT 139-40).

[9] Così, nel processo di sincronizzazione di due oscillatori, ricezione ed emissione dell'informazione sono attività della cui contemporaneità la cibernetica non può rendere conto attraverso la teoria in ultima analisi "sequenziale", per quanto complessa, del *feedback* (cfr. MEOT 140-41).

[10] Tenuta all'*Alliance Israélite Universelle*, ora in Canguilhem (1955), ma priva della discussione finale. La conferenza corrisponde ad una buona porzione delle *Nuove riflessioni intorno al normale e al patologico (1963-66)* il cui contenuto, dunque, molto probabilmente era già noto a Simondon al momento della stesura dell'*Individuation*.

[11] Nelle *Nuove riflessioni* Canguilhem schematizza il discorso nei termini di un rapporto tra regole di adattamento «esterne al molteplice adattato» per l'ambito del sociale, e di regole «immanenti, presentate senza essere rappresentate, agenti senza deliberazione né calcolo», per gli organismi (Id. 1943, pp. 212-13). Si noti *en passant* la contrapposizione di presentazione e rappresentazione, divenuta cruciale in Badiou (1989).

[12] «La cosa interessante è che negli anni 1930-32 Cannon e Bergson si imbattono nello stesso problema, l'uno partendo dalla biologia e l'altro partendo dalla filosofia» (*Ivi*, p. 61). Nelle *Nuove riflessioni* Canguilhem citerà ancora Bergson: «un filosofo, almeno, ha colto e messo in luce il carattere organico delle norme morali in quanto esse sono innanzi tutto delle norme sociali. Si tratta di Bergson, che analizza, in *Le due fonti della morale e della religione*, ciò che egli chiama "il tutto dell'obbligazione"» (Id. 1943, p. 212).

[13] È ovvio che considerare la società come macchina all'altezza della biologia degli anni '50 e della cibernetica non può avere lo stesso senso che ha nella filosofia politica moderna la concezione del corpo politico come macchina, dove l'organismo stesso è concepito come macchina. Per Canguilhem e per Simondon non si tratta

certo della macchina della fisica meccanica, ma della macchina della cibernetica, caratterizzata da meccanismi di feedback e autoregolazione.

[14] È forse questo a costargli da parte del maestro la già rammentata accusa di "aristotelismo" (cfr. *supra*, p. 9). Ovviamente il riferimento è un'aggiunta alla seconda edizione de *Il normale e il patologico* del 1964. A dire il vero anche Canguilhem sembra accennare, nello stesso testo, ad un'ipotesi del genere, che rimane però solamente abbozzata: «la correlatività delle norme sociali: tecniche, economiche, giuridiche, tende a fare della loro unità virtuale un'organizzazione. Del concetto di organizzazione non è facile dire come esso sia in rapporto a quello di organismo, se si tratti di una struttura più generale di esso, al tempo stesso più formale e più ricca, ovvero se si tratti, in relazione all'organismo considerato come un tipo fondamentale di struttura, di un modello distinto da un tale numero di condizioni restrittive che esso non potrebbe avere più consistenza di una metafora» (Canguilhem 1943, p. 212). Per Canguilhem il "vitalismo classico" pecca di modestia «nell'ammettere l'inserimento del vivente in un ambiente fisico rispetto alle leggi del quale esso costituisce un'eccezione», mentre dovrebbe assumere il fatto che per «riconoscere l'originalità della vita è necessario "comprendere" la materia nella vita e la scienza della materia, che è la scienza *tout court*, nell'attività del vivente» (Id. 1952, p. 95).

[15] Tutto il discorso di Simondon è costruito contro l'ipotesi dell'*omeostata* di Ashby, contro l'idea cioè che il funzionamento di un organismo possa essere interamente spiegato e riprodotto con apparati di regolazione omeostatica. Ma, appunto, l'invenzione, resa possibile dalla presenza di soglie di indeterminazione di sistema, *non* è una regolazione di tipo omeostatico.

[16] «L'automa non può che adattarsi in modo convergente ad un insieme di condizioni, riducendo sempre più lo scarto che esiste tra la sua azione e un fine determinato; ma non inventa e non scopre dei fini nel corso della sua azione, in quanto non realizza alcuna vera trasduzione, alcun ampliamento di un dominio inizialmente molto ristretto che aumenta sempre più di strutturazione ed estensione» (I 161). Il fatto che solo a partire dal livello dell'organismo il funzionamento del sistema superi la soglia dell'invenzione determina l'irriducibilità del biologico a leggi di puro determinismo. Si può infatti parlare di "vita" solo laddove il funzionamento di un sistema superi la soglia oltre la quale può prodursi "invenzione" (cioè l'innesco di processi che obbligano il sistema stesso a rimettere in gioco la configurazione della sua relazionalità interna ed esterna), mentre ciò per la macchina non può accadere proprio a causa dell'elevato determinismo di un funzionamento che abbisogna sempre di una regolazione esterna che accentui, per così dire, l'aleatorietà dell'informazione in circolazione. O meglio, se ciò avvenisse non avremmo più a che fare con una macchina ma con un organismo. Oggi potremmo forse chiederci se una macchina con componenti di tipo biologico risponderebbe a questi requisiti.

[17] Anche Merleau-Ponty non manca di "intervenire" nella discussione citando Simondon in alcune note inedite nelle quali è chiara l'esigenza di conservare, ma diversificandolo, il concetto di regolazione: «mostrare a proposito di regolazione della società delle api secondo il bisogno collettivo (rivoluzione e anticipazione) che ciò può essere trattato dalla scienza come fatto di regolazione analogo a ciò che avviene nell'embriologia ma che la nozione di regolazione è da diversificare: c'è la regolazione di un organo e la regolazione di un individuo - C'è la regolazione di una società d'api e la regolazione del "collettivo" vero (Simondon) o storia, che suppone una nuova individuazione, e che (Lorenz) non è realizzata nelle società animali. Non si deve trattare il concetto di regolazione "oggettivamente" come indicante un processo in terza persona, secondo l'abitudine della scienza - Né credere che la regolazione sia ogni volta l' {operazione} della *stessa* Natura» (Merleau-Ponty 1959b, p. 44, trad. mod.).

[18] «In un notevole studio di P. Auger si afferma che il germe cristallino possa essere sostituito in alcuni casi da incontri casuali, per mezzo di una correlazione casuale

tra molecole; allo stesso modo, forse, in certi stati prerivoluzionari la risoluzione può avvenire sia per il fatto che un'idea giunga da altrove - e immediatamente divenga una struttura che attraversa tutto il sistema - sia per un incontro fortuito, sebbene sia molto difficile ammettere che il caso possa avere valore di creazione di una buona forma» (FIP 550).

[19] «Il vasto dominio dei celenterati manifesta una zona di transizione tra i sistemi vitali non individuati e i sistemi totalmente individuati; lo studio di questi sistemi misti permette di stabilire delle preziose equivalenze funzionali» (*Ibidem*). Duhem (2008) fa del "carattere tanatologico" dell'individuo il centro della sua analisi. Il problema è posto in termini di finitezza e di potenza creatrice d'ispirazione jankelevitchiana e infine nietzscheana. Facendo però convergere tutto questo sotto la categoria di "individuo puro" Duhem arriva ad affermare che «il potere come potenza dell'individuo puro si oppone dunque alla funzione come possibilità della società», distinguendo una potenza creatrice che sarebbe propria dell'individuo da un "potere secondo" in cui consisterebbe il comando (*Ivi*, pp. 16-18, *passim*).

[20] «All'alternanza dello stadio individuale e della colonia fa posto, nelle specie superiori, la simultaneità della vita individuale e della società, ciò che complica l'individuo, ponendo in esso un doppio fascio di funzioni individuali (istinti) e sociali (tendenze)» (I 171). Perciò «*l'individuo, nelle forme individuate dei sistemi di vita, è infatti un misto*: riassume in sé due cose: il carattere di *pura individualità*, comparabile a ciò che si vede all'opera nella relazione tra due colonie, e il carattere di *vita continua*, che corrisponde alla funzione di simultaneità organizzata così come noi la vediamo all'opera in una colonia» (I 169).

[21] Simondon chiuderà il suo intervento al secondo convegno sulla *Mécanologie* (1972) in questo modo: «è necessario spingere più lontano la ricerca di modelli e tentare di interpretare i fenomeni di crescita e di metabolismo come dei processi di amplificazione?» (MEC 139). Nella discussione seguente, rispondendo ad un intervento che lo invita ad estendere il suo modello alla psicologia individuale Simondon risponde: «un evento non è chiuso in se stesso; esso conta nel dominio psicologico soprattutto per le sue ripercussioni. Ora, la parola "ripercussione" non è esatta, sarebbe meglio impiegare il termine amplificazione» (MEC 143).

[22] Questo accade a tutti i livelli. A livello biologico la trasduttività si determina anche come spinta all'autoconservazione, ma solo nel senso di una "ricorrenza" dell'informazione (cfr. I 195), come crescita e come capacità riproduttiva, ma in senso più ampio è una funzione sociale, in quanto ulteriore rispetto all'appartenenza "comunitaria" e, come apparso evidente dall'analisi della riproduzione sessuata, alla stessa appartenenza alla specie. A livello psichico, quando si costituisce l'individuo, «la pluralità degli insiemi diviene sistema [...] la vita del soggetto nello *hic et nunc* si integra al sistema individuandolo e individuando il soggetto», ma questo accade sempre producendo una significazione che «integra [...] le singolarità apportate» in un dominio di coerenza che è «serie trasduttiva orientata» tra percezione e azione (cfr. I 211). L'individuo vivente è attività che è legata all'affettività e che implica "invenzione" (cfr. I 161), perciò attività che si ritrova anche a livello psichico. Così l'attività psichica non farà che ripetere ad un altro livello quella stessa dinamica in cui già consiste a livello biologico l'operazione (normativa) di scoperta-invenzione di significazioni: «il soggetto prima dell'azione è preso tra più mondi, tra ordini differenti; l'azione è una scoperta della significazione di questa disparazione» (I 211). E altrettanto vale a livello di sistema sociale in quanto, nella "comunità d'informazione", il grado di individuazione corrisponde al grado di transfert amplificante (cfr. I 192).

[23] È forse in questo senso che Petitot (2004) può rilevare nel pensiero di Simondon una «superiorità dell'individuale sul collettivo».

8. Normatività biologica, tecnica e sociale

[1] Originariamente, con *Aspects du vitalisme* e *Le vivant et son milieu,* parte di un ciclo di conferenze tenute al *Collège philosophique* nel periodo 1946-47, tutte pubblicate per la prima volta nel 1952 in *La connaissance de la vie.*

[2] Bergson nelle *Due fonti* vede nello strumento il prolungamento della medesima funzione vitale svolta dall'organo, salvo rilevare la particolare accelerazione indotta dal "passaggio" dall'uno all'altro sulla scala dell'umanità intera. Cfr. *infra,* cap. 12. A questo proposito Canguilhem cita inoltre Tétry (1948) (cfr. *supra,* p. 192, n. 4). Il tema è stato recentemente ripreso da B. Stiegler a partire da *La technique et le temps* (1994), come spiegheremo nell'Intermezzo III.

[3] Il primo tomo dell'opera è *L'uomo e la materia* (1943). È necessario a questo punto introdurre un'eredità culturale che nell'opera di Simondon ci appare centrale, sebbene agisca decisamente sottotraccia: la tradizione sociologica francese. Tale riferimento diviene inevitabile se si intende trattare seriamente del rapporto tra tecnicità e sacralità e se si vuole affrontare con strumenti adeguati la terza parte di *Du mode,* il cui epicentro è la "relazionalità magica originaria" (Cfr. *infra* cap. 10). Dopo aver trattato dello statuto della tecnicità attraverso Leroi-Gourhan, padre dell'"etnologia preistorica", amplieremo il discorso a tematiche tipiche della sociologia francese che ci permetteranno di risalirne la genealogia da Marcel Mauss a Émile Durkheim. Tale tradizione, che nasce da una costola del positivismo, e fin dal lavoro di Durkheim assume studi di tipo etnologico all'interno di una matrice kantiana, attraverso Mauss arriva a sfociare, in una delle sue ramificazioni, nello strutturalismo di Lévi-Strauss. Mauss, collaboratore ed erede riconosciuto di Durkheim, fu professore di Leroi-Gourhan all'*École des Hautes Études* e all'*Institut d'ethnologie* dell'università di Parigi, e in seguito suo *directeur de thèse.* Seguiremo questa prospettiva inedita attraverso le pochissime citazioni che l'autorizzano, ma nella convinzione che si tratti di un'eredità culturale il cui peso nell'opera di Simondon non può essere affatto sottovalutato. Sebbene sia ovvio ritenere ampia e approfondita la conoscenza da parte di Simondon della tradizione sociologica francese, ci limiteremo il più possibile ai pochi testi o autori da lui direttamente citati, tra i quali, a quanto ci risulta, *non* compare mai esplicitamente Durkheim, una volta soltanto Mauss (cfr. IMI 26). Tuttavia, oltre ai frequenti riferimenti di Simondon a Leroi-Gourhan, nella bibliografia di *Du mode* sono presenti *Le rite et l'outil* (1939) di J. Le Cœur (sociologo di scuola durkheimiana) e il libro di G. Friedmann, *Il lavoro in frantumi* (1956), dalla cui critica a Durkheim Simondon, come vedremo, riprende alcune tematiche importanti.

[4] Simondon segue Canguilhem nel tenere distinti *outil* (utensile) e *instrument* (strumento): l'uno inteso come mezzo d'azione sull'ambiente (es. martello), l'altro come mezzo che consente di ricavare informazioni dall'ambiente (es. microscopio). Dove la distinzione non risulti significativa parleremo in ogni caso di "strumento". Ovviamente si tratta di una distinzione resa problematica proprio dalla fisica subatomica, ma su questa scala la questione non risulta rilevante.

[5] Un popolo è un sistema costituito dall'indipendenza reale di diversi elementi, in modo tale che «si tratta piuttosto di un divenire che di un passato», un divenire che consiste appunto in un processo di costituzione di una "personalità etnica" (*Ivi,* p. 215): ovvero in una progressiva «unificazione tanto più rapida quanto più il gruppo è ristretto e isolato nello spazio» (*Ivi,* pp. 216). Anche: «il "genio" di un gruppo d'uomini è un'abbreviazione, una formula la cui estrema concentrazione la rende quasi inutilizzabile. La si può sviluppare; stabiliamo che il genio è, in un milieu naturale la cui azione è sempre potente (nel passato o nel presente), ciò che, a partire da un doppio capitale di influenze esterne e di elaborazione interna, tende a divenire un gruppo politicamente coerente. Così la formula rimane imprecisa, e tuttavia coincide con quanto è già stato stabilito riguardo al divenire della persona-

lità etnica, donando a tale divenire due elementi esterni che la *rallentano* o l'*accelerano* periodicamente: il milieu naturale e le influenze esterne» (*Ivi*, p. 220, sott. ns.).

[6] Va notato come tale caratterizzazione dell'invenzione, così vicina a quella simondoniana, ritorni, formulata nei termini di un rapporto tra *"milieu* favorevole" e *"*impersonalità*"*, nel momento in cui lo stesso Leroi-Gourhan rilegge la sua opera a vent'anni di distanza: «nel mio *Milieu et techniques* ho messo in evidenza l'importanza dell'ambiente favorevole nel fenomeno dell'invenzione, e anche il carattere in generale impersonale di questa» (Id. 1964, p. 187).

[7] «È evidente che se il *milieu* tecnico è continuo, il gruppo tecnico deriva dal *milieu* esterno una buona dose di discontinuità. Ogni tentativo tecnico deve confrontarsi con dei corpi più o meno ribelli» (*Ivi*, p. 239).

[8] È appunto la teoria del *"milieu* favorevole", per cui «la presa a prestito non è semplice questione di presenza di un oggetto adottabile nella zona d'azione di un qualunque gruppo etnico» (*Ivi*, p. 254).

[9] «Quando è assimilato, l'oggetto ci sembra marcato da due condizioni: ha dovuto subire l'impronta personale del gruppo che lo ha ricevuto, prendere una "facies" locale, e piegarsi alle esigenze delle materie prime del suo nuovo *habitat*» (*Ivi*, p. 246). Dopo aver stabilito la differenza tra soluzioni concretizzatesi in «oggetti universali [...] comuni a tutta l'umanità», la cui configurazione dipende direttamente dall'azione "potente" del *milieu* esterno, ed «oggetti complessi [...] collegati individualmente ad ogni gruppo etnico», Leroi-Gourhan aggiunge: «in ogni oggetto bisognerebbe d'altronde introdurre un dosaggio di queste due cause; in tal modo non si giunge mai a trovare esempi puri, e tuttavia l'approssimazione raggiunta può temporaneamente bastarci» (*Ivi*, pp. 252-53).

[10] Nell'*Entretien sur «La mécanologie»* (1968), Simondon espliciterà chiaramente il proprio debito nei confronti di Leroi-Gourhan.

[11] «La tesi che informa questo libro è che la società può essere compresa solo attraverso lo studio dei messaggi e dei mezzi di comunicazione relativi ad essi; e che nello sviluppo futuro di questi messaggi di comunicazione, i messaggi fra l'uomo e le macchine, fra le macchine e l'uomo, e fra macchine e macchine sono destinati ad avere una parte sempre più importante» (Wiener 1950, pp. 23-24).

[12] Norme e valori dunque *sono* il sistema sociale stesso in quanto «non esistono anteriormente al sistema d'essere nel quale appaiono», ne sono il divenire, e la loro dimensione è quella - a sua volta "doppia", per così dire costituita da una temporalità verticale e da una orizzontale - della storicità: «c'è una storicità dell'emergenza dei valori come c'è una storicità della costituzione delle norme» (I 333). Storicità che caratterizza, appunto, chiusura e apertura dei sistemi sociali e, con esse, la loro morale (cfr. *Ibidem*).

[13] Proprio in quanto «la riduzione a delle norme sarebbe identica alla riduzione a delle forme» (I 333), Simondon può tratteggiare in questo modo la figura del saggio: «questa forza direttrice che non si perde non può essere una norma, una tale ricerca di una norma assoluta [...] mima l'eternità e l'intemporalità all'interno del divenire di una vita: nel frattempo il divenire vitale e sociale continua e il saggio diviene la figura del saggio» (I 332).

[14] La nota scompare nell'edizione del 1989 (IPC), come peraltro il finale della tesi esprimente il medesimo concetto (cfr. *supra*, p. 190).

[15] Simondon afferma che «tra questi valori si può annoverare la cultura». Tuttavia non fornisce indizi su quali possano essere altri "valori assoluti", cosicché la "cultura" sembra piuttosto un modo di esprimere la pervasività del valore in quanto "assoluto", cioè trasduttivo.

[16] Così in *Les limites du progrès humain* (1959) Simondon riassumerà brevemente tale sfondo antropologico della propria concezione della tecnica: «solamente la tecnica è assolutamente universalizzabile poiché ciò che dell'uomo risuona in essa è così

primitivo, così vicino alle condizioni della vita, che ogni uomo lo possiede dentro di sé» (LPH 272).

[17] Inoltre il pensiero tecnico godrebbe, secondo Simondon, grazie all'utilizzo dell'immagine, di un'"universalità diretta" che garantirebbe massima comunicabilità grazie a codici maggiormente sottratti a condizionamenti di tipo culturale perché direttamente legati all'apparato percettivo, evitando così il *détour* della parola attraverso l'istituzione sociale (cfr. MEOT 97-98). Ma ciò, oltre a richiamare un chiaro debito di tipo fenomenologico, ci sembra francamente valido solo entro i limiti ristretti delle tecniche di tipo meccanico, quelle appunto che rientrano nel progetto l'*Enciclopedie*.

[18] Forse è possibile risalire la genealogia di questa concezione ancora più in là di Leroi-Gourhan, fino al capostipite della scuola sociologica francese. Anche in Durkheim infatti le normatività tecnica e sociale hanno differenti gradi di necessità. La normatività tecnica è costituita da regole che sono definite in diretto contatto con le leggi di natura, ed è dunque tendenzialmente universale in senso intersociale, mentre la normatività morale funziona secondo regole che, possedendo una forte universalità intrasociale, sono molto stabili ma difficilmente modificabili ed esportabili fuori del contesto originario di elaborazione. In *La determinazione del fatto morale* Durkheim tenta di leggere questa differenza nelle diverse conseguenze derivanti dalla violazione di regole tecniche e regole morali: «il reattivo del quale ci serviremo consisterà nel cercare che cosa succede quando queste diverse regole vengono violate e nell'accertare se da questo punto di vista qualcosa differenzia le regole morali dalle regole tecniche [...] possiamo distinguere due tipi di conseguenze spiacevoli. 1) le prime risultano meccanicamente dall'atto di violazione: se violo la regola di igiene che mi ordina di astenermi dai contatti sospetti, le conseguenza di questo atto - vale a dire la malattia - si producono automaticamente. L'atto compiuto genera spontaneamente la conseguenza che ne risulta e, analizzando l'atto, si può conoscere in anticipo la conseguenza implicata analiticamente in esso. 2) Ma quando violo la regola che mi ordina di non uccidere, per quanto lo esamini non troverò mai nel mio atto né il biasimo né il castigo; tra l'atto e la sua conseguenza c'è una completa eterogeneità tra l'atto e la sua conseguenza c'è una completa eterogeneità [...] il legame che unisce l'atto alla sua conseguenza è qui un vincolo sintetico» (Durkheim 1924, p. 171).

[19] Interessante al riguardo anche il tentativo di Simondon di mostrare come in un discorso impostato sui concetti di materia e forma sia necessario introdurre un "terzo" elemento che funga, appunto da confine: «il limite tra il germe strutturale e il campo strutturabile, metastabile, è un MODULATORE; è l'energia metastabile del campo, dunque della materia, che permette alla struttura, dunque alla forma, di avanzare: i potenziali risiedono nella materia; e il limite tra forma e materia è un *relais* amplificatore» (FIP 532).

[20] Proprio contro l'*acte fou* Simondon evoca piuttosto un'etica caratterizzata dalla capacità di "passare oltre" propria di Zarathustra (cfr. I 330 segg.).

[21] La modifica più evidente è l'aggiunta, probabilmente autorizzata da Simondon, della conferenza FIP quale seconda parte dell'introduzione.

[22] Giustificheremo in seguito la scelta del termine. Anticipiamo soltanto che Simondon non abbandonerà mai del tutto una sorta di escatologia secondo la quale l'apertura della società sembrerebbe potersi "risolvere" una volta per tutte nel legame sociale istituito attraverso la tecnica. Cfr. in particolare *infra* cap. 12.

[23] Riportiamo tra parentesi quadre, in conformità con le scelte tipografiche dell'edizione integrale del 2005, le parte di testo espunta in IPC, notando però come alcune variazioni - tra le quali questa, a nostro giudizio piuttosto significativa - non siano considerate dall'editore Millon: per questo nel testo dell'*Individuation* (2005) le ultime quattro righe *non* risultano segnalate come invece dovrebbero.

II INTERMEZZO

(su Marcel Mauss)

STRUTTURA E STORICITÀ DEL SISTEMA SIMBOLICO

Un rapido sguardo sulla discussione in corso negli anni '50 tra strutturalismo e fenomenologia riguardo la natura della funzione simbolica ci permetterà di considerare quest'ultima come direttamente inerente alla strutturazione dei sistemi sociali. L'occasione di porre i termini della questione ci è offerta dalla forma esemplare assunta dal dibattito sull'eredità maussiana attraverso tre noti testi di Lévi-Strauss, Lefort e Merleau-Ponty scritti tra il '50 e il '59.

Secondo Lévi-Strauss, *Introduzione all'opera di Marcel Mauss* (1950), nel lavoro di Mauss il concetto di simbolo diverrebbe parzialmente compatibile con gli sviluppi dello strutturalismo in quanto svincolato dalla teoria durkheimiana del soggetto collettivo e della rappresentazione[1]. La mediazione teorica di cibernetica e linguistica fornisce infatti a Lévi-Strauss strumenti che gli consentono di leggere l'opera di Mauss come una svolta fondamentale nell'epistemologia delle scienze sociali[2]. L'identificazione di inconscio e collettivo, base della ricerca etnologica, permetterebbe infatti di costituire un campo comune a psicologia e sociologia in una prospettiva secondo la quale i comportamenti individuali sarebbero gli elementi di un sistema simbolico «che non può essere se non collettivo» (*Ivi*, p. XXII)[3] e che definisce una sorta di universale antropologico: l'inconscio è infatti «termine medio tra me e gli altri. Approfondendo i suoi dati [...] raggiungiamo un piano che non ci sembra più estraneo [...] perché, senza farci uscire da noi stessi, ci pone in coincidenza con forme di attività che sono, insieme, *nostre* e *altrui*, condizioni di tutte le vite mentali di tutti gli uomini e di tutti i tempi» (*Ivi*, p. XXXV). Così Mauss, «identificando *inconscio* e *collettivo*», non solo costituisce una teoria dell'inconscio come "sistema simbolico" - ciò che d'altra parte secondo Lévi-Strauss non lo distinguerebbe da Jung[4] - ma, cosa ben più decisiva, pone le basi per una scienza del sociale in quanto sistema, ovvero realtà autonoma nella quale «i simboli sono più reali delle cose che rappresentano», ma solo in quanto, secondo la nota formula strutturalista, «il significante precede e determina il significato» (*Ivi*, p. XXXVI). Nella lettura di Lévi-Strauss la concezione dell'inconscio come struttura differenziale, ovvero come funzione di relazioni, intende così essere l'eredità di tutto ciò che nell'opera di Mauss prelude ad una riforma radicale dello statuto epistemologico delle scienze umane, e il concetto di simbolo, una volta spogliato di ogni "legame naturale" per mezzo della sua identificazione con la funzione significante, è l'operatore di tale trasformazione. Ma se questa riforma del concetto di simbolo è, per Lévi-Strauss, la posta in gioco del *Saggio sul dono*, ecco che allora il suo limite si manifesterebbe proprio nell'incapacità da parte di Mauss di cogliere fino in fondo l'anteriorità della struttura sugli elementi (lo scambio come "fenomeno primitivo", cfr. *Ivi*, p. XLII), ricadendo così in una sostanzializzazione indebita dell'operatore della produzione simbolica, resa manifesta nel ricorso - secondo la medesima logica sperimentata vent'anni prima con il concetto di *mana*[5] - al concetto di *hau*: «nell'*Essai sur le don* Mauss si ostina a ricostruire un tutto con delle parti, e poiché ciò è manifestamente impossibile, è costretto ad aggiungere al miscuglio una quantità supplementare che gli dà l'illusione di aver raggiunto lo scopo. Questa quantità è lo *hau*» (*Ivi*, p. XLII).

Lévi-Strauss, insomma, nella propria lettura del *Saggio sul dono* mette in gioco una teoria della funzione simbolica che - basata sulla netta differenziazione appunto della funzione "inconscia" dal contenuto "subconscio" - gli permette di desostanzializzare completamente la funzione e contemporaneamente di farne un universale antropologico il cui statuto non è in alcun modo definibile all'interno della logica junghiana dell'opposizione tra inconscio individuale e inconscio collettivo, così come neppure in quella durkheimiana tra rappresentazione individuale e collettiva. Solo l'universalità invariante della struttura e non la varietà dei contenuti culturali garantisce la funzione simbolica[6]. Questa teoria della funzione simbolica inconscia sembra poter costituire, almeno in questa fase del pensiero di Lévi-Strauss, la base ultima non solo dell'etnologia, ma di una nuova epistemologia delle scienze umane, in quanto «la funzione simbolica […] opera indistintamente a tutti i livelli della vita mentale, sociale e culturale, e non solamente in una sfera riservata […] in modo tale che il religioso sarebbe dell'ordine del contingente e del locale, mentre il simbolico, al contrario, è marcato dal sigillo del necessario e dell'universale» (Izard-Smith 1979, pp. 12-13)[7]. È evidente che, almeno nell'arco della produzione che va dalle *Strutture elementari* (1947) al *Pensiero selvaggio* (1962), la distinzione natura/cultura diviene perfettamente giustificata come strumento metodologico nella prospettiva ultima di «integrare la cultura nella natura, e in sostanza la vita nell'insieme delle sue condizioni fisico-chimiche», purché questa operazione di "riduzione" implichi uno sconvolgimento di ciò che si intendeva per "vita" e "materia": «il giorno in cui si riuscirà a capire la vita come una funzione della materia inerte, sarà per scoprire che quest'ultima possiede proprietà ben diverse da quelle che le si attribuivano anteriormente» (Lévi-Strauss 1962, pp. 269-70)[8]. Se Lévi-Strauss parla di "natura" non intende certo sostanzializzare la funzione simbolica e con essa l'uomo, che semmai si tratta di "dissolvere" (*Ivi*, p. 269), ma piuttosto cogliere l'universalità come operatore di un cambio di regime di funzionamento, l'istituzione della differenza tra naturale e umano. L'universalità "vuota" propria dell'"attività inconscia dello spirito" assumerà così particolare valore euristico proprio in quanto ciò che è propriamente "umano", «struttura inconscia, soggiacente a ogni istituzione o ad ogni usanza», «diviene principio d'interpretazione valido per altre istituzioni e altre usanze, purché, ben inteso, si sappia spingere l'analisi abbastanza lontano» (Id. 1947, p. 19)[9]. È insomma la funzione simbolica, per Lévi-Strauss, a definire l'umano che sorge nel passaggio da natura a cultura, a produrre ciò che chiamiamo società (o perlomeno a coincidere con essa), e non viceversa: «Mauss crede ancora possibile stabilire una teoria sociologica del simbolismo, mentre bisogna evidentemente cercare un'origine simbolica della società» (Id. 1950, p. XXII).

Una reazione netta e immediata a questa lettura di Mauss arriva l'anno successivo da Claude Lefort, allievo di Merleau-Ponty che, in *Lo scambio e la lotta tra gli uomini* (1951)[10], ritorna proprio sul *Saggio sul dono* per contestare a Lévi-Strauss quella che ritiene una vera e propria cancellazione dell'individuo nel tutto del sistema sociale e nell'astrattezza impersonale della funzione simbolica. Lefort gli oppone una lettura di stampo chiaramente fenomenologico, riassunta laconicamente nella seguente formula: «è alla significazione [*signification*] che guarda Mauss, non al simbolo» (*Ivi*, p. 24). Nel sostenere che «il *Saggio sul dono* […] è di fatto un saggio sui fondamenti della società», Lefort sottolinea subito la piega presa in esso dall'analisi etnologica nella direzione di una «riflessione sull'intersoggettività» mirante a cogliere il momento dell'istituzione del collettivo (cfr. *Ivi*, p. 23)[11]. In una prospettiva di tipo fenomenologico il fondamento della società va ricercato infatti nella comprensione dell'intenzionalità immanente all'agire umano, in direzione opposta a quella indicata da Lévi-Strauss (la "riduzione" dei fenomeni sociali alla loro natura di sistema simbolico, ovvero al loro puro "funzionamento"). Lefort condivide l'accusa, rivolta a Mauss da Lévi-Strauss, di procedere alla sostanzializzazione del principio (*hau* o *mana*) che dovrebbe rendere conto del fenomeno dello scambio, adottando così, per spiegarlo, la mera rappresentazione cosciente che se ne fanno gli uomini che lo praticano. Tuttavia accusa a sua volta Lévi-Strauss di «allontanarsi da un'analisi fenomenologica» precisamente nel momento in cui afferma che «lo scambio costituisce il fenomeno primitivo» (*Ivi*, p. 31). Naturalmente, nonostante le sue aperte dichiarazioni che il sociale non si riduce al fisico, per Lefort Lévi-Strauss sarebbe ancora preso in una forma di oggettivismo a cui lo condurrebbe inevitabilmente la matematizzazione del sistema delle relazioni sociali: l'oggettivismo tipico di «una coscienza trascendentale in senso kantiano» e di una concezione della struttura sociale in cui «la nozione di altro come d'altra parte quella di io [*moi*] non hanno più alcun senso» (Id. 1958, pp. 32-33)[12]. La sua soluzione consisterebbe invece nel concepire la "logica simbolica" come struttura significante costituita a partire da un'originaria donazione di senso, e dunque necessariamente designante «una *realtà* distinta da essa di cui il senso ci è d'altra parte dato» (Id. 1951, p. 34). Ovvio che in questa prospettiva solamente un approccio di tipo fenomenologico possa risultare adeguato: «in breve, ciò che si rimprovera a Lévi-Strauss è di cogliere nella società delle "regole" anziché dei "comportamenti", per riprendere delle espressioni di Mauss [in realtà di Merleau-Ponty, n.d.a.]; cioè attribuirsi una razionalità totale a partire dalla quale i gruppi e gli uomini vengono ridotti a una funzione astratta anziché fondare quest'ultima sulle relazioni concrete che quelli intrecciano tra di loro» (*Ivi*, pp. 34-35). A tali "relazioni concrete" avrebbe invece accesso un'analisi fenomenologica dello scambio così come «è vissuto immediatamente dagli uomini prima che essi ne forniscano la teoria» (*Ivi*, p. 37), cioè a livello di rapporti intersoggettivi. Per Lefort il piano di un'intersoggettività originaria garantirebbe così - in modo migliore del concetto di inconscio in Lévi-Strauss - la possibilità di cogliere «una realtà più profonda di quella dei rapporti individuali: la realtà sociale propriamente detta» (*Ivi*, p. 41). Se dunque nel discorso di Lévi-Strauss il concetto di sistema simbolico è strettamente connesso a quello di un inconscio inteso come funzione simbolica, nella prospettiva fenomenologica di Lefort, che pure intende proseguire idealmente la ricerca di Mauss, il campo della realtà sociale intersoggettiva risulta definito da una relazionalità originaria nelle cui pratiche di significazione si istituisce una "logica simbolica": «è alla significazione [*signification*] che guarda Mauss, non al simbolo; ciò che gli interessa è capire l'intenzione immanente ai comportamenti, senza abbandonare il piano del vissuto, e non stabilire un ordine logico rispetto al quale il concreto non sarebbe che apparenza» (*Ivi*, p. 24). La fenomenologia, superando la visione sincronica dello strutturalismo, avrebbe così a che fare direttamente con la genesi, «l'esperienza costitutiva della società», ovvero il momento in cui «l'universo umano si disegna» in un doppio movimento nel quale gli uomini, distaccandosi dalla realtà naturale, si riconoscono reciprocamente come tali in questa operazione e costituiscono così un "cogito collettivo", ovvero la realtà (sociale) propriamente umana nella quale «l'uomo rivela all'uomo ciò che l'uomo è» (*Ivi*, p. 43).

In questa nostra contrapposizione molto schematica, la funzione simbolica sembrerebbe allora colta, secondo due prospettive inconciliabili, o come ciò che costituisce il sociale o come ciò che ne è costituito. Nell'orientamento strutturalista, la funzione simbolica è l'universale antropologico che determina le strutture relazionali comuni a tutte le società, mentre nella fenomenologia è l'originarietà del senso (umano) che si istituisce sullo sfondo delle relazioni sociali "concrete" di tipo intersoggettivo. A seconda che l'approccio sia di tipo strutturalista o fenomenologico, dunque, la "funzione simbolica" andrebbe letta come *struttura produttrice* o come *istituzione* del senso, dove la produzione implica una funzione impersonale, astorica, non intenzionale, che si svolge secondo le regole del sistema simbolico, mentre l'istituzione di significazioni condivise implica intenzionalità, dunque storicità e soggetto. Prendendo per buona questa distinzione un po' grossolana, avremmo allora una prima prospettiva nella quale l'aspetto diacronico viene assorbito nel meccanismo delle mutazioni sincroniche, ed una seconda nella quale soltanto l'aspetto diacronico dovrebbe poter rendere conto geneticamente delle configurazioni strutturali attuali. Ma ciò che accomuna in ogni caso le due posizioni è il primato della *relazione* nel definire l'attività "asostanzale" in cui consiste la funzione simbolica e la sua universalità: ciò che fa appunto di una relazionalità "tesa" tra individuo e collettivo la soglia discriminante ciò che è umano da ciò che non lo è. Sia che la funzione simbolica sia attribuita ad un inconscio la cui matrice è relazionale, sia che la significazione sia concepita come operazione trascendentale di tipo intersoggettivo, il piano comune sembra essere quello secondo cui, attraverso segni, significati e simboli, ovvero attraverso l'universo simbolico, gli uomini hanno a che fare con un "reale" radicalmente altro, o perché interamente determinato dalle leggi di natura o perché pura proiezione immaginaria in un fuori "noumenico" della finitezza costitutiva la relazionalità originaria. Il senso si costituisce per entrambe le prospettive a vari livelli, dal pensiero magico alla formalizzazione scientifica, come "rottura" rispetto al mondo naturale, come soglia che definisce l'ambito dell'umano e *dunque* del sociale.

In tutt'altra situazione, e con ben altri trascorsi, presupposti e relazioni tra fenomenologia e strutturalismo, comparirà il saggio di Merleau-Ponty intitolato *Da Mauss a Lévi-Strauss* (1959a), scritto in occasione della candidatura dell'amico al *Collège de France*[13]. Merleau-Ponty tenta di trovare una convergenza tra l'impostazione fenomenologica (propria e del suo allievo Lefort) e quella strutturalista del problema dell'essenza del sociale: «il sociale, come l'uomo stesso, ha due poli o due facce: è significante [*signifiant*], lo si può comprendere dal di dentro, ed allo stesso tempo l'intenzione personale vi si trova generalizzata [...] mediata da cose» (*Ivi*, p. 154). In Lévi-Strauss, alla luce di «un altro approccio al sociale», diverrebbe evidente quanto era in parte implicito nell'opera di Mauss: per Lévi-Strauss «i fatti sociali non sono né delle cose, né delle idee, sono delle strutture» (*Ivi*, p. 157). Le strutture, distinte dalle «"idee cristallizzate" della vecchia filosofia sociale» (*Ibidem*), non sono legate alla coscienza degli attori sociali, ma neppure sono immaginabili come «archetipi imperituri che dominerebbero la vita di tutte le società possibili» (*Ivi*, p. 158). L'evidente preoccupazione di Merleau-Ponty è che lo strutturalismo possa sfociare nell'oggettivismo di un «universale dall'alto [*de surplomb*]» (*Ivi*, p. 161) incapace di cogliere la concretezza della relazione intersoggettiva e dell'intenzionalità. Ovvio che in questa prospettiva il postulato di un "codice universale delle strutture", che funga da struttura formale inconscia, sia vissuto come un tentativo di riduzione dell' «ordine umano della cultura [ad] un secondo ordine naturale, dominato da altre invarianti» (*Ivi*, p. 159). Merleau-Ponty preferisce così sfumare il postulato strutturalista trasformandolo in un'ipotesi operativa: «finiremo per trovare, come vorrebbe la sociologia propriamente detta, delle invarianti universali? Resta da vedersi. Nulla limita in questo senso la ricerca strutturale, ma neppure la obbliga a postulare che ve ne siano» (*Ivi*, p. 158). La sua proposta è quella di una metodologia che consideri «una seconda via verso l'universale [...] come un universale laterale che noi acquisiamo attraverso l'esperienza etnologica, incessante messa alla prova di sé attraverso l'altro e dell'altro attraverso sé»: «raccordo dell'analisi oggettiva e del vissuto» che sarebbe «il fine proprio dell'antropologia» (cfr. *Ivi*, p. 161, *passim*)[14]. È importante segnalare come in questo scritto del '59 vi sia un evidente tentativo di mediazione di cui risulta sintomatico il passaggio terminologico da "significazione" a "simbolo": «concependo il sociale come simbolismo, s'era dato il mezzo per rispettare la realtà dell'individuo, quella del sociale, e la varietà delle culture, senza renderle impermeabili l'una all'altra» (*Ivi*, p. 156). Tale passaggio terminologico non sembra però costituire una svolta concettuale decisiva nell'impostazione di Merleau-Ponty rispetto a quella di Lefort. Sebbene il simbolismo implichi il riferimento ad un movimento piuttosto che «allo stato cristallizzato di un contenuto rappresentativo riferito alla coscienza», ciò non implica tuttavia l'uscita da una prospettiva fenomenologica centrata, in ultima analisi, sul soggetto: «in Merleau-Ponty, infatti, il simbolo viene pensato sul modello della significazione, la quale dipende dalla posizione di una coscienza per la quale essa significhi» (Karsenti 1997, p. 323). Ciò che però sembra davvero cambiato rispetto a Lefort sta nella riformulazione abbastanza netta della "consustanzialità" di sociale e simbolico. Merleau-Ponty nega infatti sia l'anteriorità della relazione sociale sia quella della funzione simbolica, poiché lo scambio, nel *Saggio sul dono*, è la funzione simbolica in quanto essenzialmente sociale: «lo scambio non sarà allora un effetto della società, ma la società stessa in atto» (Merleau-Ponty 1959a, p. 161). Ebbene, proprio nel corso sull'*Institution* (1954-55), la cui parte finale, intitolata *L'institution historique: particularité et universalité*, si chiudeva con la discussione delle tesi presentate da Lévi-Strauss nelle *Strutture elementari della parentela*, era già evidente il tentativo di Merleau-Ponty di integrare strutturalismo e fenomenologia[15]. A partire dalla constatazione che «il sistema delle significazioni non è atemporale» (*Ivi*, p. 94), Merleau-Ponty criticava il tentativo di Lévi-Strauss di ridurre la storicità delle strutture simboliche ad una "logica di tutti i sistemi" che finiva per essere in realtà una "dialettica della natura" nel senso engelsiano (cfr. *Ivi*, pp. 116-19)[16]. Merleau-Ponty vi opponeva una «lettura fenomenologica delle strutture, - che tuttavia non ne fa dei *noèmata*; esse sono il reale sociale» (*Ivi*, p. 119)[17]. La sua soluzione era questa: «soluzione: il sistema si fonderà non su di [una] intelligenza divina che sarebbe "il reale" (per Lévi-Strauss come per Engels), non su di [una] "finalità" di essenze che lavorano alle nostre spalle, ma sulla configurazione sociale che sarebbe l'apparato simbolico di questa intersoggettività» (*Ivi*, p. 121). Così, cinque anni dopo, nel suo *Da Mauss a Claude Lévi-Strauss* (1959), Merleau-Ponty - pur riconoscendo all'antropologia strutturalista un indubbio valore euristico («la struttura indica un cammino fuori della correlazione soggetto-oggetto che domina la filosofia da Cartesio a Hegel» *Ivi*, p. 199) - ne ricondurrà appunto la logica simbolica a quel "fondo vissuto" anteriore ad ogni logica, vera funzione simbolica originaria in quanto «precede ed eccede la ragione»: «fonte di ogni ragione e di ogni sragione, poiché la quantità e ricchezza delle significazioni di cui dispone l'uomo eccede sempre il cerchio di oggetti definiti che meritano il nome di significati [*signifiés*]» (*Ibidem*). L'indagine di tale "fondo" è appunto il compito di una filosofia di matrice fenomenologica[18].

Ora, quella di Simondon non è certo la strada sulla quale si incrociano i lavori di Merleau-Ponty e di Lévi-Strauss, anzi, è forse il caso di ribadire l'assenza pressoché totale, nella sua produzione, di riferimenti al paradigma strutturalista[19]. D'altra parte la sua consistente eredità fenomenologica, nella particolare declinazione da essa assunta in Merleau-Ponty, implica un costante riferimento a problematiche suscitate da quell'approccio in Francia nel corso degli anni '50[20]. Infine lo stretto contatto di Simondon con il lavoro di Leroi-Gourhan ci è sembrato autorizzare un richiamo alla tradizione sociologica francese, e in particolare a Mauss, di cui quest'ultimo era allievo. Tuttavia non intendiamo porre qui un problema di ordine storico-filosofico, ma concettuale. E da questo punto di vista la posizione di Simondon, che potremmo definire "intermedia", può forse essere individuata ponendo la questione in questi termini: come si inserisce Simondon nella "lotta tra i due originari" fenomenologico e strutturalista?[21] Quello di Simondon non è propriamente un approccio che eviti il problema dell'origine, ma ne evita tuttavia sia l'ipertrofia che la scomparsa: tenta cioè di considerare il problema dell'origine sulla giusta scala. Si tratta per Simondon - ma in realtà forse anche in parte per Lévi-Strauss e Merleau-Ponty - di definire e descrivere strutture relazionali che siano l'esito di processi dinamici e differenziali, in modo tale che l'origine della società divenga "momento" che, interno a tali strutture, trova in esse le formule della sua spiegazione. È come se nell'*Individuation*, al di qua di ogni problema di origine, l'individuazione transindividuale fosse il regime relazionale entro cui si produce la società, diversamente dal modo in cui la relazione all'altro (*à Autrui*) è - per la fenomenologia - l'istituzione (trascendentale) dell'intersoggettività, ma anche senza che tale regime sia inteso come l'esercizio di una funzione simbolica priva di ogni "legame naturale". Per questo la posizione di Simondon si palesa nell'elaborazione del concetto di "transindividuale" e nel rifiuto di assumere sia la categoria fenomenologica di "intersoggettività", sia quella strutturalista di "sistema simbolico". In questo senso la problematica esitazione tra i concetti di "significazione" e "simbolo" che caratterizza le sue scelte lessicali e concettuali dall'*Individuation* (1958) a *Imagination et invention* (1965), rivela nel pensiero di Simondon un percorso non del tutto estraneo a quello di Merleau-Ponty nel tentativo di superare l'opposizione tra strutturalismo e fenomenologia; ma gli esiti di tale percorso manifestano indiscutibilmente l'apporto determinante di Canguilhem che, con la sua concettualizzazione della relazione organismo-*milieu*, consente a Simondon di elaborare in modo originale - incrociando epistemologia e fenomenologia - le nozioni di produzione simbolica e di *milieu* tecnico e culturale.

[1] Nel *Saggio sul dono* (1923-24) Mauss riuscirebbe infatti a slegare parzialmente il concetto di simbolo dal riferimento ad un soggetto collettivo (la società) del quale sarebbe una rappresentazione. Nello studio della (presunta) "religione totemica" condotto da Durkheim in *Le forme elementari della vita religiosa* (1912) il concetto di simbolo, pur rimanendo ancorato al contesto religioso nel quale è stato tradizionalmente elaborato, assume una parziale indipendenza da esso, aprendo alla possibilità di una sua considerazione in senso più generale quale elemento chiave nei processi di costituzione del collettivo: «la vita sociale, in tutti i suoi aspetti e in tutti i momenti della sua storia, è possibile soltanto in virtù di un vasto simbolismo. Gli emblemi materiali e le rappresentazioni figurate, che costituiscono l'oggetto più specifico del presente studio, ne sono una forma particolare» (Durkheim 1912, p. 246). Secondo Karsenti (1997) la forma dell' "emblema" risulta però ancora in Durkheim paradigmatica di un approccio che, non riuscendo in fondo a rompere con una logica della rappresentazione (il simbolo è "rappresentazione di rappresentazione"), non può distinguere segno e simbolo ed è costretto a concepire quest'ultimo come la concretizzazione di sentimenti collettivi con i quali mantiene forzatamente un "legame naturale", in opposizione all'arbitrarietà del segno richiesta dallo strutturalismo affinché sia il significante a determinare il significato (cfr. *Ivi*, pp. 247-48, n. 1). Come vedremo è invece proprio l'esistenza di un "legame naturale" a discriminare per Simondon un simbolo "valido ed efficace" da un mero segno (cfr. IMI 4-6).
[2] Secondo Lévi-Strauss l'analisi di Mauss permetterebbe di chiarire che «il problema etnologico è, in ultima analisi, un problema di comunicazione» (*Ivi*, p. XXXVI), aprendo così un nuovo campo per le scienze umane: «d'altra parte, associandosi sempre più strettamente alla linguistica per costituire un giorno con essa una vasta scienza della comunicazione, l'antropologia sociale può sperare di beneficiare delle immense prospettive aperte alla stessa linguistica dall'applicazione del ragionamento matematico allo studio dei fenomeni di comunicazione» (*Ivi*, p. XL).
[3] Secondo Lévi-Strauss l'opera di Mauss ha il merito di mettere in luce la «subordinazione del fattore psicologico a quello sociologico». Tuttavia, poiché «lo psichismo individuale non riflette il gruppo», non si tratta tanto di ribadire una presunta superiorità della scala sociologica su quella psicologica, quanto piuttosto di sottolineare la «*complementarità* tra psichismo individuale e struttura sociale» (*Ivi*, p. XXVIII).
[4] Ritorneremo sulla concezione junghiana e sull'importante suggestione da essa esercitata su Simondon nel par. 12.
[5] «A vent'anni di distanza, infatti, l'argomentazione dell'*Essai sur le don* riproduce (almeno nella parte iniziale) quella della *Théorie de la magie*»; «se Mauss avesse potuto concepire il problema del giudizio in termini diversi da quelli della logica classica, e formularlo in termini di logica delle relazioni, in tal caso, con il ruolo stesso della copula, sarebbero crollate le nozioni che ne tengono il posto nella sua argomentazione (egli dice espressamente "il *mana*... ha il ruolo della copula nella proposizione"), e cioè il *mana* nella teoria della magia e lo *hau* in quella teoria del dono?» (*Ivi*, p. XLIV).
[6] «Il vocabolario importa meno della struttura. Che il mito sia ricreato dal soggetto o ripreso dalla tradizione, sta di fatto che esso attinge alle sue fonti, individuali o collettive (tra le quali avvengono interpenetrazioni e scambi), solo il materiale d'immagini che impiega; ma la struttura resta la stessa, e solo grazie a essa si compie la funzione simbolica» (Lévi-Strauss, *L'efficacia simbolica* 1949, in Id. 1958, p. 228).
[7] Secondo gli autori l'universalità produttiva della funzione simbolica (senza "facoltà") rimarrebbe il centro della riflessione di Lévi-Strauss e dello strutturalismo ben oltre questa prima fase: «come matrice di strutture, determinazione inconscia, fabbrica del senso, istanza che si interpone necessariamente tra mondo pensato e vissuto [la funzione simbolica], rappresenta il riferimento implicito obbligato, lo sfon-

do invisibile sul quale il progresso antropologico intende iscrivere i risultati formali delle scoperte e delle intuizioni che giustificano forse la nostra curiosità per l'altrove» (*Ibidem*).

[8] Al riguardo cfr. Derrida (1967), pp. 150-51; ma anche Milner (2002): «in quanto programma di ricerca lo strutturalismo è intervenuto precisamente su questa questione. La sua grandezza consiste in questo: ha posto come tesi che il dilemma non esisteva. Ha sostenuto nella sua dottrina e dimostrato nella sua pratica che dei lati interi di ciò che da sempre si era attribuito al *thesei* potevano essere oggetto di una scienza nel senso galileiano del termine. Senza che tuttavia, e là si trova la vera novità, il *thesei* fosse ridotto al *physei*. Ancor meglio, gli oggetti privilegiati della dimostrazione sono esattamente gli oggetti che fino a quel punto costituivano la differenza tra uomo e natura: il linguaggio, la parentela, il matrimonio, i miti, le leggende, la cucina, il costume, il trucco, ecc.» (*Ivi*, pp. 194-95).

[9] Ovvero fino a quelle che egli chiama «strutture fondamentali dello spirito umano» (*Ivi*, p. 139).

[10] Pubblicato inizialmente nella rivista di Sarte *Les temps modernes*, ora in Lefort (1978).

[11] Lefort cita in particolare questo passaggio di Mauss: «nel considerare l'insieme abbiamo potuto percepire l'essenziale, il movimento del tutto, l'aspetto vivente, l'istante fuggitivo, dove la società prende, o gli uomini prendono coscienza sentimentale di loro stessi e della loro situazione di fronte ad altri» (Mauss 1923-24, p. 288).

[12] Secondo Lefort, Lévi-Strauss e la fenomenologia condividerebbero la medesima difficoltà di partenza: si tratta di «comprendere il rapporto del trascendentale all'empirico o, ciò che è lo stesso, di conciliare con l'idea di un soggetto collettivo costituente quella di una pluralità effettiva di soggetti individuali» (*Ivi*, p. 33). Ma, appunto, in Lévi-Strauss non c'è alcun soggetto collettivo costituente, e la pluralità dei soggetti individuali è un effetto del gioco degli scambi e niente affatto il loro fondamento! Come lo stesso Lefort nota più avanti con malcelato orrore: «[Lévi-Strauss] avrebbe allora dovuto mostrare che lo scambio è una sintesi immediatamente data, che gli uomini non *costituiscono* gli scambi, ma sono piuttosto i termini posti da operazioni di scambio» (*Ivi*, p. 35).

[13] Comparso inizialmente nella *Nouvelle Revue Française*, ora in Merleau-Ponty (1960).

[14] Secondo la «doppia critica peculiare al metodo etnologico» (*Ivi*, p. 163), modo di conoscenza in cui è in gioco la trasformazione contemporanea dell'oggetto "altro" rispetto all'atto di conoscenza e del soggetto in esso coinvolto.

[15] Nel *résumé* "ufficiale" del corso stranamente non appare alcun riferimento a Lévi-Strauss, e per il concetto di "struttura" è ancora la *Gestalt* (Wertheimer) ad essere convocata quando afferma «nel campo del sapere si deve tendere ad una concezione "strutturale" della verità" nel senso di «un campo comune a tutte le imprese di conoscenza» (Merleau-Ponty 1952-60, p. 64).

[16] Qui è già presente *in nuce* la critica alla dialettica marxista di Merleau-Ponty (1955).

[17] Dalle *Idee* in poi Husserl concentra sempre più la sua indagine sulle strutture ideali ed essenziali della coscienza: la fenomenologia trascendentale è lo studio delle strutture essenziali che si rivelano alla coscienza pura: i *noemata*. Qui Merleau-Ponty allude invece alla possibilità di una fenomenologia "staccata dalla coscienza", anche intesa in senso trascendentale.

[18] La risposta di Lévi-Strauss arriverà dieci anni dopo, in un articolo nel quale egli riformula il rapporto tra fenomenologia e strutturalismo in modo speculare a quanto fatto da Merleau-Ponty, invertendo il peso dei termini in gioco. Come nota Mancini (1987) pp. 282-83, per Lévi-Strauss il piano fenomenologico sarebbe solo il punto di partenza dell'analisi strutturale: «ciò che per Merleau-Ponty è la spiegazione, per me non fa che enunciare i dati del problema, e delimitare il piano feno-

menico a partire dal quale diverrà possibile - e si attuerà - la spiegazione» (Lévi-Strauss 1971, p. 45).

[19] Purtroppo la "moda Simondon" non facilita l'accesso diretto agli inediti dattiloscritti, scrupolosamente custoditi dalla figlia Nathalie. Forse gli inediti *Les grandes courants de la philosophie française contemporaine (conférence)* o *Les grandes courants de recherche de sciences humaines en France (conférence)* potrebbero fornire qualche indicazione al riguardo.

[20] Proprio riferendosi al saggio *Da Mauss a Lévi-Strauss*, Mancini sostiene che «l'ultimo Merleau-Ponty [...] lavora al progetto di una nuova ontologia aperta al programma teorico dello strutturalismo», sebbene lo faccia rimanendo fino in fondo fenomenologo in quanto per lui «la struttura non va pensata senza la sua incarnazione in un'esperienza vissuta, perché essa rinvia alla non-struttura in un rapporto che è inscindibile» (Mancini 1987, p. 274).

[21] Cfr. Benoist - Karsenti (2001) p. 163.

PARTE TERZA

TECNICITÀ, SACRALITÀ E POLITICA

> De la société close à la société ouverte, de la cité à
> l'humanité, on ne passera jamais par voie d'élargissement.
>
> Bergson, *Les deux sources de la morale et de la religion*

> Henri Bergson, prenant un point de vue différent, a clai-
> rement défini dans *Les deux sources de la morale et de la religion*,
> un *état statique*, dans lequel les groupes humains tourneraient
> en spirale, changeant de génération en génération un nom-
> bre restreint de concepts, de prescriptions progressivement
> compliquées, et un *état dynamique* où les groupes prendraient
> en ligne droite le sens réel de leurs tendances. Nous serons
> portés à reprendre, en l'adaptant au point de vue qui nous
> préoccupe, cette vue extrêmement féconde.
>
> Leroi-Gourhan, *Milieu et techniques*

Grazie all'ampio respiro offerto dal laboratorio concettuale dell'*In-dividuation* e alla fissazione in *Du mode* del tema della "tecnicità", la pa-rabola del pensiero di Simondon raggiunge forse il proprio apice nella prima metà degli anni '60, quando sembra aprirsi ad una ricerca che incroci la "metafisica" della tesi principale alle tematiche di tipo socio-logico e politico parzialmente sviluppate nella tesi complementare. Il corso *Psycho-sociologie de la technicité* (1960-61), il breve saggio dedicato a *Culture et technique* (1965) e il corso su *Imagination et invention* (1965-66), sono i documenti più rilevanti in ordine al reperimento di una ri-flessione filosofico-politica in Simondon. Questi testi costituiranno per-ciò l'epicentro delle nostre analisi nella terza parte. Nei molti corsi, pochi dei quali reperibili, e nei rarissimi scritti successivi, la sua ricerca si svilupperà prevalentemente in ambito psicologico e nella direzione di un pensiero della tecnica i cui tratti ossessivi e patologici diverranno a volte evidenti. Non mancheremo comunque di ricavare anche da questa produzione degli spunti interessanti.

Rileggiamo brevemente il problema posto dalle normatività biolo-gica e tecnica alla luce della "teoria della società" ricavata dall'*Indivi-duation*: si tratta di una teoria formulata a cavallo tra un'impostazione "ontogenetica", che a partire dal biologico tenta di reperire le condi-zioni di soglia dell'individuazione transindividuale, e un'elaborazione tipologica di matrice fenomenologica che vuole rendere ragione della temporalità costitutiva e in perpetua oscillazione caratterizzante la re-lazione intersoggettiva. Lo strumento con il quale nell'*Individuation* Si-mondon intende tenere assieme le due prospettive - che chiameremo, riferendoci ai due nomi che segnano la sua eredità culturale, ovvero Canguilhem e Merleau-Ponty, epistemologica e fenomenologica - è il concetto di informazione da lui rielaborato a partire dal paradigma quantistico: concetto che dovrebbe rendere conto di processualità di tipo discontinuo permettendo di leggere in modo non deterministico le relazioni interne ai sistemi e le relazioni tra sistemi. Per Simondon ciò che eccede in generale un sistema dipende dal modo in cui emergono in esso come fattori costitutivi e destabilizzanti: 1) le potenzialità preindividuali; 2) le fasi relative a precedenti processi di individuazione; 3) gli esiti di ritorno d'individuazioni in corso sulla stessa scala o su scale differenti. Ebbene, il collettivo come sistema, oltre ad essere in costante rapporto con il proprio *milieu* associato preindividuale e con le potenzialità non esaurite dell'individuazione biologica, istituisce un rapporto peculiare con il *milieu* che caratterizza l'individuazione psichica e collettiva in seno al quale si costituisce: si tratta di un *milieu* per così dire misto di tecnica e cultura, fatto di oggetti (*anche* tecnici), di simboli e di oggetti che sono simboli. Sarà necessario allora indagare la genesi e la natura di questo *milieu* particolare e dei suoi effetti, per comprendere il modo in cui il collettivo produce, subisce e regola i propri processi costitutivi e fattori di destabilizzazione.

9. FUNZIONE SIMBOLICA

Come dimostrerà l'analisi del corso *Imagination et invention* (1965-66), l'ambito del simbolico non è per Simondon definibile in opposizione al non-senso di un reale che ne segna i confini (sia esso concepito come cieco determinismo naturale o come puro limite noumenico dell'orizzonte del senso) ma è un particolare regime di attività di produzione di relazioni, di processi di scambio di informazioni, nel quale si individuano oggetti-simboli che accelerano e amplificano tali processi in modo da renderli incomprensibili a partire da categorie di ordine *esclusivamente* biologico, ma anche inaccessibili ad una teoria dell'operare simbolico che non sappia rendere ragione del suo radicamento fisico e biologico. Simondon tenta così di spiegare la funzione simbolica a partire dalle relazioni *tra* organismi della specie *homo sapiens* e *milieu* "misti", fatti di natura, di altri organismi e di simboli istituiti in seguito a successive sedimentazioni di tali relazioni. Si tratta di un'ottica secondo la quale il senso non è prodotto dall'organismo ma dalla *relazione* di comunicazione attraverso cui l'organismo stesso, a differenti livelli e attraverso differenti *milieu*, è costituito. Una "teoria della funzione simbolica" dovrà allora spiegare innanzitutto come dalla relazione organismo-*milieu* si istituisca il mondo dei simboli senza recidere il "legame naturale" tra questi e la realtà nella quale si sono costituiti, e in seguito il modo in cui, a partire dagli effetti di ritorno di questo *milieu* fatto di simboli, tale relazione possa riconfigurarsi radicalmente, amplificandosi e cambiando di scala, e istituendo così il collettivo.

IL "CICLO DELL'IMMAGINE" COME FUNZIONE SIMBOLICA "MISTA" ORGANICA E STORICA

Il corso su *Imagination et invention* è uno studio analitico dell'attività di produzione simbolica. Nel suo lavoro Simondon riprende un corso su *L'imagination* tenuto nel 1962-63 da Juliette Favez-Boutonier, psicoanalista e sua collega alla Sorbonne, nel medesimo contesto e con la medesima finalità[1]. In *Imagination et invention* Simondon tenta di mantenere la continuità del concetto di simbolo con quello di immagine per spiegare l'attività di produzione simbolica e di invenzione a partire da ciò che egli chiama "ciclo dell'immagine", che ha statuto composito: individuale e collettivo. Fin dal *Préambule* precisa di intendere l'immagine come operazione, e precisamente come «attività locale dell'essere vivente soggetto» che porta all'invenzione attraverso una serie di "fasi" che sono ontogeneticamente successive e tuttavia sussistono come contemporanee nel medesimo sistema di relazioni tra soggetto e *milieu*, a tutti i livelli. A livello biologico l'organismo con i suoi schemi motori è la «fonte primordiale» degli *a priori* (IMI 42) effettori, in un movimento di amplificazione, della proliferazione delle potenzialità «del presente del soggetto» (non "del soggetto", dunque, ma della relazionalità "presente" in cui anch'esso è coinvolto) attraverso la varietà dei differenti contenuti culturali (cfr. IMI 57). La soglia successiva è quella del contenuto cognitivo dell'immagine, soglia che si definisce a partire dalla «relazione al *milieu* che si effettua secondo le categorie primarie di valenza e significazione» (IMI 63). Ancora una volta Simondon rileva l'impossibilità di ridurre tale soglia alla differenza uomo/animale (cfr. IMI 64), e di identificarla con un presunto "passaggio" allo psichico (cfr. IMI 42-43); ci si trova qui piuttosto a livello di «*couplage* di due sistemi, soggetto e mondo» dove, attraverso "l'immagine intra-percettiva", si ha a che fare con la percezione e la costruzione della categoria di oggetto (cfr. IMI 75) in un sistema che ha tutte le caratteristiche della metastabilità, sebbene Simondon non utilizzi esplicitamente il termine: «questa immagine non è data, e non risulta da uno stato di equilibrio stabile. Essa è l'atto di un soggetto che trova senso a tutti gli ordini di grandezza del reale percepito, nella compatibilità tesa e pensata delle materie più elementari e delle vaste configurazioni che inseriscono questa parte di reale nel mondo» (IMI 92). Infine, il contenuto affettivo-emotivo dell'immagine riguarda le "immagini *a posteriori* o simboli". A questo livello di descrizione dell'attività del soggetto la sequenza costituita 1) dall'evento biologico dell'*imprinting*, 2) dalla sua fissazione nelle immagini-ricordo e 3) dalla loro formalizzazione in simboli, è il sistema di fasi successive ma non dialetticamente necessarie di un processo di costruzione del "mondo dell'immaginario" che servirà da base all'invenzione.

Secondo questa prospettiva tutta centrata appunto sull' "attività locale dell'essere vivente soggetto", il ciclo dell'immagine sembrerebbe
quindi ridursi esclusivamente ad un "problema di psicologia generale", e perciò interamente descrivibile nei termini dell'attività biologica
complessa tipica degli organismi superiori. Invece non è così. Nell'*Introduzione* Simondon chiarisce infatti fin da subito che l'immagine va
intesa come «realtà intermedia tra soggetto e oggetto, concreto e astratto, passato e avvenire» (IMI 7)[2] che necessita, in quanto tale, di un'analisi di tipo fenomenologico:

> l'esistenza di differenti categorie di oggetti-immagine [*objets-images*], terza
> realtà tra l'oggettivo e il soggettivo, richiede un modo particolare di analisi
> che si potrebbe chiamare, nel senso proprio del termine, fenomenologico,
> in quanto il senso di questo genere di realtà è di manifestarsi e di imporre
> la propria natura di immagine (IMI 15).

Ma non solo: l'immagine è - nella sua triplice connotazione motoria,
cognitiva ed affettivo-emotiva (nei termini dell'*Individuation* potremmo
forse tradurre con: biologica, psichica e collettiva) - il fondo comune
universale, la «base delle culture» (IMI 28). Per questo la sua analisi
deve passare anche attraverso lo studio dei complessi mitologici e di
quella che potremmo approssimativamente definire la cultura materiale: «parte di realtà dei gruppi umani [è] fatta di immagini materializza-
te sotto forma di disegni, statue, monumenti, vestiti, strumenti e macchine, e anche di retoriche, formule, come i proverbi che sono vere e
proprie immagini verbali (comparabili agli slogan)» (IMI 18). Si tratta
insomma di studiare "il ciclo dell'immagine" come modello universale
del processo al termine del quale «le culture di disorganizzano, cambiano di struttura e rinascono secondo dei nuovi principi» (IMI 28).
Definendo un tale approccio "fenomenologico" Simondon non intende
certo fare riferimento a una coscienza, ma neppure ad un originario
"cogito intersoggettivo" sul modello di Lefort: semplicemente persegue quello studio misto di strutture e operazioni che la forma assunta
dal pensiero dell'ultimo Merleau-Ponty nel corso degli anni '50 gli
sembrava forse autorizzare, mentre lo strutturalismo, ritenuto occuparsi interamente di relazioni di tipo sincronico, vietare. Per questo il
corso risulta suddiviso in tre parti che corrispondono a tre differenti
"fasi" del "ciclo dell'immagine" preso come filo conduttore per
l'analisi delle diverse modalità relazionali tra soggetto e mondo, secondo un'impostazione centrata sull'attività di un organismo-soggetto
seguito nel suo sfasarsi in processualità corrispondenti a diverse modalità dell'immagine.
Tuttavia anche una lettura esclusivamente "fenomenologica" del
corso come incentrato sulla nozione di "soggetto" non regge a causa
delle influenze determinanti, sull'attività di produzione simbolica, da
una parte del *milieu* esterno e dall'altra delle funzioni biologiche del-
l'organismo. Innanzitutto è il *milieu* esterno che, sia come mondo natu-

rale che come mondo simbolico (cultura), introduce elementi di discontinuità rispetto alla tendenza continua del ciclo dell'immagine, impedendone ad ogni livello la chiusura ed obbligando così il soggetto ad una serie di passaggi di scala (da tendenze motrici a percezioni, da immagini-ricordo a simboli) che di per sé la sua attività ciclica di tipo omeostatico non implicherebbe affatto, ma grazie ai quali questo può invece arrivare ad «organizzare il mondo dell'immaginario»[3]. Inoltre la stessa produzione di senso che risulta dal ciclo dell'immagine è collocabile anche semplicemente tra le attività dell'essere vivente. Tale complesso di attività biologica e relazione al *milieu* è ciò per il cui studio Simondon auspica finalmente, chiudendo il proprio corso, una "prasseologia generale", definita, secondo le parole di Espinas, «scienza delle forme più universali e dei principi più elevati dell'azione nell'insieme degli esseri viventi» (IMI 191)[4]. Come è evidente Simondon non sembra insomma aver abbandonato l'ipotesi di una possibile unificazione teorica "allagmatica" delle scienze umane, se non in vista di un'unificazione più ampia, in un'unica scienza "biologica" non sostanzialista, della sistematicità sfasata di tutte le attività che possono venire ricondotte all' «essere vivente considerato, anche nelle sue forme più primitive, come sistema autocinetico in interazione con un *milieu*» (IMI 191)[5]. Scienza non tanto dell'organismo, dunque, ma del sistema vivente - *milieu* che, all'altezza del rapporto soggetto - *milieu*, deve essere in grado di rendere conto dell'attività di produzione simbolica in quanto funzione "mista", di tipo organico e storico, e mai dialettica.

IMMAGINARIO / SIMBOLICO

Poiché la "funzione simbolica" in cui consiste il ciclo dell'immagine, prima di sfociare nell'invenzione, costituisce quel "mondo organizzato" metastabile che ne è la condizione di possibilità (individuale *e* collettiva), diviene centrale a questo punto l'analisi dello statuto particolare dei simboli dei quali quel mondo si compone. All'interno di *Imagination et invention* l'elaborazione del concetto di simbolo segna un passaggio di una certa importanza che non è possibile definire senza un riferimento almeno tangenziale a problematiche di tipo strutturalista. Simondon segue infatti Favez-Boutonier nel problematizzare il rapporto tra immaginario (individuale) e simbolico (collettivo).

I due riferimenti evocati nel suo corso da Favez-Boutonier sono da un lato quello di Sartre, criticato in quanto «confonde interamente la funzione immaginaria e la funzione simbolica» (Favez-Boutonier 1962-63, p. 102)[6], e dall'altro quello di Lacan. Favez-Boutonier intende mostrare come la teoria di Lacan comprenda in sé, ampliandola, quella di Sartre, grazie all'introduzione di una concezione del simbolico come nettamente separato dallo spettro delle funzioni tipiche dell'immaginario: «Sartre (*L'imaginaire*) non ha distinto l'immaginario e il simbolico [...] per lui tutto si situa al livello di ciò che nella teoria di Lacan è l'immaginario, cioè di una relazione nella quale il soggetto produce qualcosa in cui si perde, poiché non va né verso altri né verso il reale» (*Ivi*, p. 96). L'autrice non evita il problema posto da un testo già piuttosto datato di Lacan: l'articolo *I complessi familiari nella formazione dell'individuo* (1938)[7], raro prodotto di una fase del pensiero di Lacan in cui il problema della genesi dell'ordine simbolico nel soggetto attraverso l'istituzione della legge è forse più decisivo di quello, più genuinamente strutturalista, del suo funzionamento. Lacan vi introduce il concetto di *"imago"*, che rende più problematica la nettezza della distinzione sopra posta tra immaginario e simbolico, poiché pone il problema dello statuto di "archetipo collettivo" dei complessi familiari nella loro funzione di mediazione tra mondo delle immagini dell'infante (semplificando: legato al principio del piacere) e istituzione edipica del simbolico (semplificando ancora: legato al principio di realtà): «tra i due c'è una zona ambigua, quella del complesso di gelosia [*complexe d'intrusion*] dove il narcisismo implica che si faccia appello a un mito» (Favez-Boutonier 1962-63, p. 92)[8].

Simondon, pur attenuandola, aderisce sostanzialmente alla critica rivolta da Favez-Boutonier a Sartre, ammettendo che questi «nega la distinzione tra la funzione immaginaria e la funzione simbolica» (IMI 130), ma d'altra parte accoglie ed utilizza la nozione lacaniana di *imago* per tentare di pensare in modo continuo la transizione dall'immagine mentale all'oggetto-simbolo, transizione nella quale si costituirebbe appunto "l'immaginario" inteso da Simondon come "mondo organizzato" composto di oggetti-simbolo, il cui statuto è individuale *e* collettivo (nel linguaggio dell'*Individuation* "transindividuale"). Nel paragrafo *Notion d'*Imago; *en quel sens l'*Imago *est un symbole*, Simondon colloca in relazione differenziale rispetto alla posizione di Lacan. Se per Lacan «esiste una differenza tra l'immagine e il simbolo, in quanto quest'ultimo appare al livello dei complessi, dove vi sono tre termini (complesso d'Edipo), mentre le immagini esprimono una dualità di persone», invece per Simondon «l'Imago come organizzatore è già un simbolo elementare», per cui tra immagine e simbolo non vi è sostanzialmente «differenza di natura» (IMI 128). Ipotizzare che l'*imago* svolga questa funzione di mediazione ne determina però lo statuto paradossale di "rappresentazione inconscia", che Simondon risolve nel concetto di metastabilità: «l'Imago si costituisce come figura di equilibrio teso» (I-MI 127) che mette in relazione due ordini di grandezza differenti in cui funzionano due diversi regimi di attività. Da una parte abbiamo infatti lo spettro discontinuo e parzialmente aleatorio delle immagini-ricordo del soggetto organizzate secondo una logica binaria elementare, e dall'altra la rete continua e strutturata delle relazioni simboliche socialmente istituite che permettono l'accesso alla realtà[9]. La differenziazione tra strutture di tipo binario e strutture ternarie consente di descrivere il processo di sviluppo dell'individuo in termini psicoanalitici classici[10] proprio *in quanto* tale differenza di strutture (non una "differenza di natura") definisce anche la "sfasatura" costitutiva del sistema sociale tra due regimi di attività relazionale o di comunicazione che si svolgono su scale diverse, individuale e collettiva:

> le strutture ternarie permettono effettivamente agli individui di uno stesso gruppo di comunicare, in quanto formalizzano l'esperienza dell'interazione e forniscono un terreno di universalità corrispondente all'espressione intellettualizzata, adulta, vigile e cosciente. Ma anche le strutture binarie permettono la comunicazione, secondo modalità meno universalmente collettive, meno inserite nell'azione del gruppo, e non implicanti il medesimo grado di vigilanza: i racconti, le leggende, i miti, presentano talvolta delle strutture binarie [...] infine esiste un certo raccordo che lega nel seno della stessa cultura le strutture binarie individuali alle strutture ternarie implicanti la presenza della Società, della Legge, della Divinità (IMI 129).

Ecco allora che il passaggio da immaginario a simbolico (da binario a ternario), ovvero l'inserimento del soggetto nel collettivo, è reso possibile grazie ad una "struttura intermedia" che Simondon definisce (lacanianamente) «a doppia entrata, poiché essa è dicotomica soltanto ad uno dei suoi estremi, quello del rapporto all'io [moi], ma si inserisce in una struttura più complessa [...] che è superiore ed anteriore all'altra; tali strutture di ripresa sono anche delle strutture di conversione» (IMI 130).

Dunque, come afferma Simondon, «il mondo dell'immaginario individuale prepara l'accesso al registro abitualmente nominato simbolico» (IMI 130), in quanto quest'ultimo ha già da sempre contribuito al suo costituirsi. Come si forma infatti tale "mondo"? Che rapporto c'è tra l'inserimento del soggetto nel collettivo e l'istituzione del collettivo come sistema di relazioni tra "immaginario individuale" dei soggetti e *milieu* simbolico? Qui Simondon non tratta l'altro lato del processo e, come spesso accade in questo corso, sembra limitare la sua spiegazione ad una problema, come si diceva, di psicologia generale. Perciò dobbiamo ritornare sull'ontogenesi dell'immaginario individuale per scoprire che la sua componente è doppia. Da un lato, nel suo statuto binario «riflette condizioni molto universali di esistenza nella misura in cui esprime la vita e la morte, la sanità e la malattia, la gioia e la tristezza, il piacere e il dolore» (condizioni la cui radice biologica si intreccia, come vedremo, con una sorta di elaborazione archetipica originaria dello strutturale dualismo biologico, e non è in questo senso affatto "individuale" ma legata alla specie), ma dall'altro «comporta anche una formalizzazione delle esperienze, una strutturazione simmetrica delle tracce e perciò stesso un potere simbolico» (IMI 130) che, pur essendo individuale in quanto legato ad una singolare storia evenemenziale, tende all'universalità in quanto le esperienze si costituiscono in relazione ad un *milieu* naturale e culturale parzialmente condiviso e già simbolizzato. Dunque la "formalizzazione" delle esperienze individuali avviene secondo linee per così dire "tese" *tra* la binarietà biologicoarchetipica e la trialità della relazione collettiva, cosicché non vi è problema di compatibilità tra "immaginario individuale" così concepito e universo simbolico collettivo, in quanto l'immaginario individuale è già costitutivamente preso in un processo di simbolizzazione, che implica una relazione di reciprocità costitutiva tra le immagini-ricordo presenti nel soggetto e ciò che qui Simondon chiama la "situazione":

> nello studio della genesi delle immagini, chiameremo simboli le immagini-ricordo che risultano da uno scambio intenso tra il soggetto e una situazione; il soggetto, avendo partecipato con forza ad un'azione, a una situazione, ha dato qualcosa di se stesso a questa realtà; in cambio esso conserva un'immagine che è abbastanza intensa da costituire una specie di frammento della realtà della situazione, e permettere in qualche misura di riattivarla (IMI 5).

Il passaggio ulteriore consiste appunto in una "riattivazione" dei due "pezzi" del simbolo, che implica un ulteriore scambio di informazioni tra interno ed esterno, tra immaginario individuale e mondo simbolico, e che ha però come condizione di possibilità il fatto che il simbolo sia veramente tale - ovvero sia prodotto della relazione complessa tra soggetto e *milieu* - tanto da poter affermare che «il simbolo non è mai *flatus vocis*; esso suppone un realismo implicito» (IMI 6). Nella sua ontogenesi all'interno di una situazione metastabile il simbolo trova dunque la ragione del suo "legame naturale" con la realtà a cui si riferisce *in quanto* ne è parte, e dimostra la propria radicale incompatibilità con il progetto strutturalista. Nel *Préambule* al proprio corso Simondon, proseguendo ancora una volta implicitamente il ragionamento di Favez-Boutonier, ne accoglie infatti la distinzione tra "segno" e "simbolo"[11] rilevandone la centralità e sviluppandola proprio in questo senso: «il segno è, in rapporto alla cosa designata, un termine supplementare che le si aggiunge; il tavolo nero esiste ed è in sé completo senza la parola che lo designa [...] il simbolo, al contrario, intrattiene con il simbolizzato una relazione analitica; i simboli procedono per coppie, ciò significa che un simbolo è il frammento di un tutto primordiale che è stato diviso secondo una linea accidentale» (IMI 4-5). Ciò consente a Simondon di cogliere nel simbolo il centro di una doppia relazione che tiene assieme i *milieu* staccandosi dai quali si è costituito: da una parte il legame "interno" con l'attività psichica dell'organismo e dall'altra il legame "esterno" con il contesto naturale e sociale; entrambi *milieu* in cui attiverà nuove processualità, dove "interno" ed "esterno" sono termini relativi, appunto alla posizione funzionale del simbolo nella continuità non lineare di una "catena trasduttiva" le cui possibilità combinatorie non sono mai sature, ma la cui apertura non è nemmeno mai necessariamente garantita. Proprio questa posizione relativa dei termini della relazione interno-esterno consente di estendere il concetto di simbolo oltre la distinzione, sottesa allo schema soggetto-oggetto, tra immagine mentale ed oggetto fisico; la teoria non deve in questo far altro che seguire la naturale «tendenza del simbolo a svilupparsi in azione» (IMI 126), conformemente a quanto stabilito nelle stesse conclusioni del corso di Favez-Boutonier (1962-63): «l'immagine, in ogni caso, espressa, creata, fosse anche la più semplice, non tende soltanto a possedere, ma a trasmettere, a comunicare, ogni volta che il soggetto marca con un segno il *milieu* che lo circonda» (*Ivi*, p. 114)[12].

Se dunque Simondon da un lato rifiuta la frattura strutturalista tra immagine e simbolo perché intende negare la contrapposizione tra individuale e collettivo che ritiene in essa implicita e la chiusura sistematica della struttura, dall'altro non risolve affatto la continuità tra immagine e simbolo attraverso l'*escamotage* fenomenologico della relazione intersoggettiva e del suo prodursi indefinito, poiché riconosce al simbolo un radicamento biologico (nell'organismo) e fisico (nella natura) che una fenomenologia non può ammettere. Di questo secondo rifiuto è forse sintomo l'abbandono del termine "significazione": se si intende il termine "significazione" come legato ad un "soggetto" comunque inteso, e il termine "simbolo" come ciò che ha a che fare con una relazione sociale, bisogna ammettere che Simondon pensa già nell'*Individuation* la significazione come simbolo quando la distingue dal "segno" e dal "segnale" non tanto per il suo statuto relazionale, ma in quanto non dipende dalla posizione del soggetto, ma soltanto dall'esistenza di un organismo con un *milieu* associato come sua condizione necessaria sebbene non sufficiente. D'altra parte in *Imagination et invention*, rifiutando al concetto di segno di indicare il regime collettivo di scambio dell'informazione e non riconoscendo al linguaggio come sistema di segni la funzione simbolica, rifiuta implicitamente anche l'ipotesi strutturalista. In questo senso è la rielaborazione del concetto di *imago* a permettergli di evitare l'identificazione strutturalista di funzione simbolica e linguaggio e di sostenere l'anteriorità e l'indipendenza della prima rispetto al secondo[13]. All'altezza di *Imagination et invention* il simbolo, ovvero la cristallizzazione della modalità affettivo-emotiva dell'immagine, risulta così definito dal medesimo rapporto tra interno ed esterno che caratterizzava nell'*Individuation* il transindividuale e la significazione, dei quali vediamo così riproporsi la struttura paradossale. Il "realismo implicito" del simbolo (IMI 6) ne fa infatti ciò che attraversa e lega il "dentro" dell'attività in cui consiste il ciclo dell'immagine nel soggetto come "immagine-simbolo mentale" al "fuori" in cui tale attività si materializza come oggetto-simbolo. Ne consegue una doppia prospettiva, la cui descrizione dipende dal lato scelto per considerare l'operazione: è infatti possibile sia affermare che l'immagine-simbolo mentale elaborata dal soggetto può «sfruttare [*emprunter le secours*] la materialità degli oggetti» (IMI 5), sia sostenere l'esteriorità dell'immagine rispetto all'individuo e il suo "potere organizzativo" nei confronti di esso in quanto "*immagine a posteriori*" che «si conserva quando la situazione [da cui è scaturita n. d. a.] cessa di esistere» (IMI 20). Di fatto, nell'arco temporale che va dall'*Individuation* a *Imagination et invention,* Simondon abbandona progressivamente il termine significazione per quello di simbolo, che ha il vantaggio di «tenere insieme più ambiti»[14] e possiede per così dire un'estensione pari a quella del concetto di informazione. Nel passare da una teoria del sistema sociale centrata sul concetto di significazione ad una centrata sul concetto di simbolo, Simondon sembra così voler abbandonare definitivamente il "soggettivismo" dell'orizzonte fenomenologico, senza tuttavia aderire ad un presunto "oggettivismo" di matrice strutturalista; ma tutto ciò senza abbandonare problematiche che, nel corso del 1965-66, sono, nonostante differenti scelte linguistiche, concettualmente davvero omogenee a quelle dell'*Individuation* anche per quanto riguarda il tema della produzione simbolica.

ESTENSIONE DEL PARADIGMA INDIVIDUO-*MILIEU* AL PROBLEMA DELL'INVENZIONE SIMBOLICA

Nel passaggio dalle due tesi di dottorato ad *Imagination et invention* abbiamo rilevato una sostanziale continuità nel tentativo di Simondon di definire l'operazione interna ad un sistema sfasato che, attraverso la mediazione di un individuo, oggetto, elemento, consente di volta in volta di amplificare le potenzialità presenti nel *milieu* al punto da produrre un effetto di ritorno apprezzabile sul sistema. Nell'*Individuation* è in generale l'individuo il supporto degli schemi che costituiscono l'innesco e prefigurano lo sviluppo dei processi interni ai sistemi sociali secondo il modo in cui - su diversi livelli - esso si «traduce in significazione, implicita o esplicita, vitale o culturale» (I 217). Così nel regime di individuazione psichico e collettivo, la cultura - intesa come «insieme di inizi d'azione, dotati di uno schematismo ricco e che attendono d'essere attualizzati in un'azione» (NC 504) - è il *milieu* rispetto al quale l'individuo funge da dispositivo di amplificazione che permette una sorta di azione a distanza assumendo un'esistenza ed un'efficacia propriamente simboliche, la cui continuità è garantita proprio dal consistere del *milieu*:

> se vi è una realtà eterna, consiste nell'individuo in quanto essere trasduttivo: non in quanto sostanza-soggetto o sostanza-corpo, coscienza o materia attiva. Già durante la sua esistenza oggettiva l'individuo, in quanto soggetto che sente, è un essere collegato. Può darsi che qualcosa dell'individuo sia eterno e si reintegri in qualche modo nel mondo in cui esso era un individuo. Quando scompare l'individuo è annientato solo per quel che riguarda la sua interiorità; ma perché fosse annientato oggettivamente, bisognerebbe supporre che anche il *milieu* si annientasse. L'individuo continua a esistere, e perfino a essere attivo, come assenza rispetto all'ambiente. Morendo, esso diventa un anti-individuo: cambia di segno, ma persiste nell'essere come un'assenza pur sempre individuale; il mondo è costituito dagli individui attualmente viventi, che sono reali, e anche dai "buchi di individualità", veri e propri individui composti da un nodo di affettività e di emotività, che esistono come simboli. Nel momento della morte, l'attività di un individuo è incompiuta, e si può dire che resterà incompiuta finché sussisteranno es-

seri individuali capaci di rendere nuovamente attuale quella assenza attiva, seme di coscienza e azione (I 250).

Ora, rispetto alla funzione dell'individuo, come abbiamo visto, lo stesso Simondon sembra stabilire una cesura tra la prima e l'ultima versione dell'*Individuation,* omettendo in fase di revisione proprio le ultime righe dell'opera[15]. Ma già in *Du mode,* in particolare nella terza parte, dove il tema della magia introduce con prepotenza il problema del rapporto tra simbolismo e tecniche, le cose si complicano. Il libro di Simondon sugli oggetti tecnici è di fatto un libro sul *milieu* tecnico e simbolico e sul modo in cui, attraverso la "tecnicità", gli uomini derivano e costruiscono in rapporto ad esso la propria specificità biologica e culturale: libro il cui scopo è produrre una critica radicale della concezione della tecnica nella contemporaneità e degli effetti di questa sulla cultura, sul lavoro, sulla società. La critica al "paradigma del lavoro" implica però in modo solo sfumato la funzione trasduttiva dell'oggetto tecnico in quanto tale. Si tratta di una funzione che - diffusa tra insieme tecnico, oggetto ed elemento (che insieme costituiscono un sistema complesso di relazioni) - solo sulla scala dell'elemento si concretizza in modo eminente: «l'individuo e l'insieme contengono questa realtà tecnica senza poterla veicolare e trasmettere [...] gli elementi hanno una proprietà trasduttiva che fa di essi i veri portatori della tecnicità, come i semi che veicolano le proprietà della specie e ricostituiscono dei nuovi individui. È dunque negli elementi che la tecnicità esiste nel modo più puro» (MEOT 73)[16]. In quanto portatore di un semplice schematismo operatorio, l'elemento risulta insomma più facilmente staccabile dal contesto e perciò davvero trasferibile secondo traiettorie impreviste, veicolo di quella "tecnicità" che, "modello della relazione collettiva" (cfr. MEOT 245), si esprime nell'invenzione. Ora, in *Du mode* il processo d'invenzione, a cui Simondon dedicherà in seguito molti interventi e corsi[17], risulta solo parzialmente analizzato, e in particolare il tema dell'invenzione simbolica quasi non vi appare se non occasionalmente. Tuttavia vi troviamo già chiaramente formulato il modo in cui la funzione trasduttiva può essere svolta da un'immagine che abbia assunto lo statuto di simbolo, sempre secondo lo stesso schema: l'immagine deve divenire «*oggetto* contenente una struttura da analizzare da parte dell'attività dell'essere individuale», per funzionare come «simbolo immobile e irraggiante» (MEOT 99).

Ebbene, il fatto che all'altezza del corso del 1965-66 sia l'immagine come oggetto-simbolo - e non più solo la significazione[18] o l'elemento tecnico - a costituire il vettore privilegiato dell'informazione attorno alla quale si costituisce il collettivo, implica una prospettiva sempre più nettamente centrata sul sistema anziché sull'individuo. Sebbene l'oscillazione tra le due posizioni rimanga sostanzialmente irrisolta nell'opera di Simondon[19], mano a mano che la funzione inventiva e "trasduttiva" di eccedenza interna del sistema si sposta sempre più dall'individuo variamente concepito alla relazione tra individuo e *milieu*, un paradigma di tipo biologico sembra guadagnar terreno ed il concetto di organismo ampliarsi, entrando senza remore come termine chiave nell'esplicazione dei meccanismi della funzione tipicamente umana: la funzione simbolica. Per questa ragione concetti altrove centrali per la spiegazione dell'individuazione psichica e collettiva e dell'invenzione - il "transindividuale" nell'*Individuation* e la "tecnicità" in *Du mode* - fanno posto in *Imagination et invention* alla trattazione sistematica del "ciclo dell'immagine". Quest'ultimo emerge nel rapporto organismo-*milieu*, dove il *milieu* è già concepito come misto di natura e di "cultura" nel senso più ampio e composito, per rendere conto anche del costituirsi del legame sociale attraverso l'invenzione simbolica. Così, come accadeva per i "valori" nell'*Individuation*, all'immagine declinata come simbolo spetta il compito, per nulla facilmente compatibile con il suo statuto operatorio, di «assicurare la continuità culturale dei gruppi» (IMI 18), di costituire (*con* l'azione e la percezione, il cui statuto è biologico) quella "base delle culture" che si trasforma, appunto, secondo un ciclo il cui innesco ed esito è l'invenzione: «dopo ogni ciclo le culture si disorganizzano, cambiano di struttura, e rinascono secondo nuovi principi» (IMI 28)[20]. In questo senso, in *Imagination et invention* immagine e simbolo vanno letti come momenti di un unico processo discontinuo - di cui fa parte anche l'invenzione - che caratterizza sulla scala più ristretta l'ontogenesi e il divenire dell'organismo e *isomorficamente*, su una scala più ampia, l'ontogenesi e il divenire delle civiltà: «l'atto d'invenzione non è essenzialmente differente dalle modalità di crescita organizzata che caratterizzano gli organismi» (IMI 162).

Anche nell'*Individuation* il tema dell'invenzione era trattato solo in senso generale, in quanto legato all'euristica trasduttiva del pensiero analogico, mentre il concetto di transindividuale ne traduceva tutta la forza costitutiva nell'ambito psichico e collettivo, ma senza che l'operazione di produzione di significazioni vi fosse esplicitamente teorizzata come determinante. Anzi, nella *Nota complementare* solo il tema dell'invenzione tecnica affiorava come decisivo rispetto al problema del transindividuale. Allo stesso modo in *Du mode* e in gran parte della produzione successiva Simondon si preoccupa quasi esclusivamente dell'invenzione nelle tecniche. Se in *Du mode* risulta chiaro come l'invenzione dell'oggetto tecnico da parte del vivente sia possibile grazie ad una trasposizione analogica della stessa relazionalità che caratterizza il rapporto organismo-*milieu*[21], non è affatto chiaro invece quale ruolo vi giochi l'invenzione di ciò che costituisce l'elemento propriamente omeostatico del legame sociale, che qui Simondon definisce "religiosità" o più semplicemente cultura. Come vedremo meglio in seguito, in *Du mode* la religione non è propriamente ambito di invenzione, ma neppure esclusivamente di stabilizzazione del legame sociale. La resistenza di Simondon nel trattare della produzione simbolica come frutto di invenzione deriva, ci sembra, dall'atteggiamento difensivo legato - nell'ottica di una pedagogia della "cultura tecnica" - al progetto di "liberazione" di quest'ambito dell'attività umana dalla minorità cui sarebbe costretto rispetto alla cultura umanistica dominante. Emblematico in questo senso è infatti il modo in cui, nel corso *L'invention et le développement des techniques* (1968-69), viene incidentalmente evocata proprio la prospettiva epistemologica che sarebbe implicata dalla linguistica strutturale: «il formalismo strutturalista generalizza un pensiero classificatorio e categoriale che non è che uno degli aspetti delle relazioni interumane» (IT 85), l'aspetto sincronico, statico e formalizzato. Di contro allo studio del linguaggio, invece, lo studio dell'oggetto tecnico, secondo Simondon, «può fornire dei modelli concettuali altri da quelli della linguistica e indipendenti da essi» (IT 84-85), che consentirebbero una comprensione adeguata anche dell'aspetto diacronico caratterizzante tali relazioni. La forza di questo modello, capace di divenire il paradigma di una nuova «visione sistematica del mondo u-mano» (IT 85), sta proprio nel fatto che in esso la relazione soggetto-oggetto non sarebbe "neutralizzata", bensì risolta nelle dinamiche del rapporto tra organismo e *milieu*: «la tecnologia fornisce la base di una rappresentazione comprensiva più potente del formalismo, perché ingloba le relazioni soggetto-oggetto attraverso la mediazione reversibile *outil* e *instrument*, che costituisce la terza realtà degli oggetti tecnici, saldatura tra l'uomo e il mondo, e paradigma del rapporto tra vivente e *milieu*» (IT 85).

Secondo Van Caneghem (1989)[22] l'assenza sistematica del tema del linguaggio in Simondon sarebbe riconducibile al «rispetto estremo e senza dubbio eccessivo che Simondon aveva per il "territorio" dei suoi colleghi, tanto quelli del suo stesso laboratorio quanto quelli dei laboratori vicini» (*Ivi*, p. 816). Tutto ciò conferma una forte resistenza ma non ne esaurisce le ragioni che, come abbiamo tentato di dimostrare, non sono legate solamente a correttezza, necessità od opportunità di natura accademica. Sta di fatto che il tema dell'invenzione simbolica, relativo ad un ambito della cultura dominato dalla tradizione "letteraria" prima e dallo strutturalismo poi, è davvero marginale nell'opera di Simondon, con il risultato che non ne troviamo mai un'analisi diretta: eccetto, appunto, in *Imagination et invention*. Eccezione considerevole è infatti il corso del 1964-65 che, pur convergendo verso il tema dell'invenzione tecnica, non si limita affatto ad essa, anzi, dimostra come per comprenderla sia necessario collocarla sullo sfondo di un'attività - il "ciclo dell'immagine" - della quale essa è soltanto uno degli esiti possibili. In generale, secondo la lezione di Canguilhem, l'invenzione consiste nella soluzione di problemi posti dal rapporto dell'organismo con il proprio *milieu*. Ora, ad un livello biologico elementare la soluzione può giungere grazie ad un'azione che permette di aggirare l'ostacolo [*détour*] oppure, ma solo in seconda istanza, dalla fabbricazione di uno strumento: in ogni caso le immagini "staccate" dall'immediatezza del desiderio eppure ancora "debolmente polarizzate" costituiscono il *milieu* necessario e sufficiente all'invenzione "individuale" (IMI 152-53). Ma per funzionare all'altezza del collettivo tale *milieu* deve essere formalizzato come "simbolico" (153 segg.): a questo livello, infatti, come accade «particolarmente nel caso dell'Uomo», solo l'invenzione che verte su segni e simboli consente una «formulazione simbolica [del problema] che permette di risolvere [...] dei problemi generali e teorici in relazione ai quali le difficoltà reali appaiono come dei casi particolari» (IMI 153). Ed ecco che proprio in questo caso diviene determinante la componente sociale del *milieu*, in quanto l'invenzione simbolica conta tra le sue condizioni di possibilità tanto l'esistenza di determinate forme della relazione sociale, quanto la parziale sedimentazione dei processi di risoluzione di problemi in pratiche (di *détour*), strumenti tecnici e simboli.

Ebbene, questo *milieu* misto, organizzato secondo finalità di tipo organico - ovvero funzionali alla sopravvivenza del gruppo - fatto di pratiche, strumenti ed immagini[23], costituisce appunto la base dell'invenzione simbolica: sia che si tratti della "formalizzazione metrologica" oggettiva che porta dalle tecniche alla costituzione delle scienze, sia che si tratti della "formalizzazione assiologia" soggettiva da cui dipendono l'invenzione normativa (etica e politica) e artistica. In questo senso, l'invenzione tecnica e quella simbolica sono momenti dello stesso processo; in particolare: l'invenzione tecnica "elementare" dello strumento segue immediatamente ed estende il comportamento di *détour* dell'organismo e introduce all'invenzione simbolica. Segni e simboli sono anch'essi strumenti che gli individui, questa volta necessariamente in un regime di individuazione collettiva, producono per risolvere problemi legati alla relazione con il *milieu*, creando così un *milieu* ulteriore, simbolico, che funge da supporto per il rilancio dell'invenzione, *anche* tecnica ma non solo, ad un altro livello ancora. Infatti, solo quando risulti costituito quel «campo attuale di finalità e di esperienza accumulata» in cui consiste il *milieu* dell'invenzione collettiva, può scaturire «l'invenzione pratica e simbolica (formalizzazione)» (IMI 162), fino al punto in cui quest'ultima divenga a sua volta parte del *milieu* istituendo, grazie all'invenzione dell'oggetto (tecnico, sacro o artistico), una causalità di tipo cumulativo. L'oggetto-simbolo serve infatti da supporto per ulteriori inneschi del ciclo dell'immagine attraverso una causalità di tipo circolare in un *milieu* misto di organismi, tecniche e simboli, nel quale finalmente appare un'attività propriamente umana:

> il processo d'invenzione si formalizza nel modo più perfetto quando produce un oggetto staccabile o un'opera indipendente dal soggetto, trasmissibile, che può essere messa in comune e costituire il supporto di una relazione di partecipazione cumulativa. Senza voler negare la possibilità teorica o l'esistenza attuale di culture in certe specie di animali, si può notare che il limite principale di tali culture risiede nella povertà dei mezzi di trasmissione, a causa della mancanza di un oggetto costituito come staccabile dagli esseri viventi che l'hanno prodotto [...] non è tanto la capacità di

spontaneità creatrice a mancare alle società animali, quanto la capacità di creare oggetti (IMI 163-64).

Il *milieu* proprio dell'uomo è dunque definito da un'attività simbolica di tipo cumulativo in cui la produzione (tecnica) di oggetti incrocia il consistere di una cultura, non più soltanto come sua condizione, ma anche come suo effetto:

> questi effetti di causalità cumulativa non appaiono in modo netto e decisivo che con la specie umana e sotto forma di oggetti creati aventi un senso per una cultura. [...] l'oggetto creato è precisamente un elemento del reale organizzato come staccabile perché prodotto secondo il codice contenuto in una cultura che permette di utilizzarlo lontano dal luogo e dal tempo della sua creazione (IMI 164).

TRA FENOMENOLOGIA E SCIENZE DELLA VITA

Osservata in particolare attraverso il corso *Imagination et invention*, l'opera di Simondon, piuttosto che continuare il lavoro di Merleau-Ponty, ci sembra decisamente far riacquistare al termine *milieu*, come auspicato da Canguilhem, il significato originario di ciò che è «*tra-due centri [entre-deux centres]*» (Canguilhem 1952, p. 187) (dunque la "zona centrale" della relazione), dimostrandone la «fecondità per una filosofia della natura centrata sul problema dell'individualità» (*Ivi*, p. 185). In *L'essere vivente e il suo ambiente*[24] Canguilhem derivava da Uexküll l'assunto che tutti i *milieu* sono «soggettivamente centrati, compreso quello dell'uomo» (*Ivi*, p. 216)[25]. Il riferimento allo zoologo tedesco gli permetteva di estendere in senso biologico la categoria di "soggetto" all'organismo inteso nel suo rapporto con il proprio mondo-*milieu*, ed operare una distinzione tra il *milieu* come «mondo soggettivamente centrato» e la "realtà" quale viene determinata dalla scienza «dissolvendo nell'anonimato dell'*environnement* meccanico, fisico e chimico, questi centri di organizzazione, di adattamento e d'invenzione che sono gli esseri viventi» (*Ivi*, pp. 216-17). Per Canguilhem è fondamentale sottolineare che tale distinzione tra *environnement* oggettivo e *milieu* soggettivo è operazione della vita stessa, in quanto «la scienza è l'opera di una umanità radicata nella vita prima ancora di essere rischiarata dalla conoscenza» (*Ivi*, p. 217). Anche nel lavoro di Simondon il concetto di *milieu* diviene cruciale proprio in quanto definisce un sistema e un regime relazionale di scambio di informazioni irriducibile tanto all'oggettività dell'ambiente naturale *quanto* alla centratura di un organismo-soggetto: il *milieu*, insomma, non è né un sistema complesso di rapporti causa-effetto, né il mondo della presunta libertà vissuta di un soggetto, ma una realtà "tesa" e problematica che si coglie a partire dalla scienza del vivente concepita come *uno* dei modi in cui la vita risolve problemi all'altezza delle collettività umane[26]. Ora, secondo Canguilhem, la scienza è caratterizzata precisamente dal rischio di proiettare sul piano omogeneo di una realtà "unica" quello che è di fatto un *milieu* particolare: in essa «il *milieu* tende a perdere il suo significato relativo e ad acquisire quello di un assoluto e di una realtà in sé» (*Ivi*, p. 187). La strategia di Canguilhem consiste invece nell'estendere il paradigma della relazione organismo-*milieu* alla stessa conoscenza scientifica: se nessun *milieu* può essere "contenuto" in un ipotetico "*milieu* universale", questo vale anche per i *milieu* degli uomini e dunque per la stessa "realtà" di cui parla la scienza, che è il «*milieu* dell'uomo tecnico e scienziato». Ora, trattare "la realtà" oggettiva stabilita dalla scienza come "un *milieu*", implica una concezione riflessiva della biologia, e una trasposizione di problematiche tipiche delle scienze umane nell'ambito delle scienze del vivente. L'esito di questa posizione è in Canguilhem l'instaurazione di un'etica filosofico-scientifica cui si affida il compito mai esaurito di riprodurre continuamente la differenziazione tra *milieu* e realtà oggettiva - ovvero lo scarto costitutivo posto dalla biologia - nel rifiuto dell' «assurdità secondo cui la realtà [*della scienza* n.d.a.] conterrebbe dall'inizio la scienza della realtà come una parte di essa» (*Ivi*, pp. 217). Tutta la produzione che va dall'*Individuation* a *Imagination et invention* può allora essere letta, nell'ottica di questa circolarità riflessiva, come l'estensione paradigmatica della normatività "sfasata" caratterizzante il sistema organismo-*milieu* ad ogni livello dell'essere, compreso quello della "materia": questo modello di relazione sistemica non esclusivamente omeostatica ed inventiva tra organismo e *milieu* è infatti la vera costante dell'opera di Simondon, ampiamente articolata nello sviluppo delle sue permutazioni e nella serie dei concetti che ne intendono spiegare le dinamiche. Ed è, come vedremo, la chiave stessa del suo concetto di "operazione riflessiva".

Niente di più probabile, però, che il compito di mantenere lo "scarto" tra la vita come oggetto di scienza e la vita come "fonte" dello stesso universo stabilito dalla scienza possa essere stato inteso da Simondon in senso fenomenologico[27]. Già Merleau-Ponty d'altronde, in alcuni momenti della sua riflessione, sembrava aver visto nel rapporto organismo-*milieu* la giusta impostazione del problema della funzione simbolica e del costituirsi del mondo della cultura, in particolare quando si occupava del concetto di "istituzione". Poco prima che Simondon elaborasse le sue tesi di dottorato, nel pensiero di Merleau-Ponty il concetto di "istituzione" assumeva infatti lo statuto di «rimedio alle difficoltà della filosofia della coscienza» (Merleau-Ponty 1952-60, p. 59), in quanto doveva permettere di concepire ciò che è biologico e ciò che è storico come legati in un unico intreccio sempre intersoggettivamente in via di istituzione, anziché "costituito" idealisticamente dal farsi di un qualche Soggetto o definitivamente fissato in una struttura senza soggetto. L'istituzione è infatti ciò che, «presente fin dall'animalità» (*Ivi*, p. 61), introduce un elemento di stabilità nella sequenza delle esperienze individuali in quanto ne costituisce la base intersoggettiva stabilmente radicata nel terreno delle relazioni collettive, ma soprattutto in quanto dispiega la continuità dell'agire collettivo implicando, grazie alla sua dimensione più propriamente storica, «l'esigenza di un avvenire» (*Ibidem*)[28]. Il concetto di "istituzione" era insomma per Merleau-Ponty l'indice di un programma secondo il quale la fenomenologia avrebbe dovuto trovare nella biologia il punto di appoggio per leggere il processo di progressiva "storicizzazione" attraverso cui il *milieu* di un organismo si riconfigura come cultura, ovvero come "campo del simbolismo" (cfr. Merleau-Ponty 1955, p. 77). Gli effetti di tale campo sulle relazioni tra organismi sono condizione necessaria all'istituirsi delle società umane (cfr. Id. 1954-55, pp. 49-50); ma condizione tuttavia mai sufficiente perché si effettui un passaggio che rimane comunque segnato da una frattura incolmabile: «l'istituzione animale come "imprinting" [...] non ha valore di matrice simbolica» in quanto non possiede una capacità di «produttività indefinita» (*Ivi*, p. 39)[29]. Così la cultura intesa come "campo" composto di "nodi culturali" (cfr. *Ivi*, p. 103) è sempre radicalmente "altra" rispetto ad una natura che, pure, ne costituisce il "suolo"[30]: l'origine e gli effetti del "campo simbolico" rimangono così in ultima analisi sempre definiti in rapporto a dei soggetti e alla dimensione storica della loro relazione. Se intendere la cultura come "campo" sembra dunque avvicinare in parte Merleau-Ponty a Lévi-Strauss, come egli stesso a tratti lascia intendere[31], ciò tuttavia non basta a coprire la distanza che separa il concetto strutturalista di funzione simbolica, con la sua struttura "triadica", dalla struttura "diadica" implicita nel concetto fenomenologico di intersoggettività (cfr. *Ibidem*)[32]. E ciò avviene nonostante la nozione di istituzione sembri emergere - nelle intenzioni di Merleau-Ponty - proprio in funzione di un superamento dello strutturalismo: «prendere alla lettera ciò che Lévi-Strauss offre come metafora: orientamento percettivo dello spazio sociale. Come la cosa percepita è principio di coesione vissuta senza essere essenza, così il sistema simbolico, il *pattern*, sarebbe cosa sociale» (*Ivi*, p. 121).

Si può dunque attribuire a Simondon lo sviluppo di un tale programma di ricerca? È lecito leggere il suo pensiero come parziale continuazione dell'opera di Merleau-Ponty nell'opporre allo strutturalismo una dialettica dell'intersoggettività? Ebbene, nella già citata *Nota di lavoro* (1959) lo stesso Merleau-Ponty sembra decisamente negare che Simondon si collochi su questa linea :

> il punto di vista di Simondon è transpercettivo: la percezione è per lui dell'ordine dell'interindividuale, incapace di rendere conto del vero collettivo [...] Per me, la filosofia dell'essere grezzo [*être brut*] (o percettivo) ci fa uscire dal cogito cartesiano, dall'intersoggettività sartriana, ci svela delle istituzioni al di là del flusso degli *Erlebnisse* e delle folgorazioni della decisione, - ma attraverso di essa, il fulcro rimane il campo percettivo, in quanto contiene tutto: natura e storia (Merleau-Ponty 1959b, p. 44, trad. mod.).

Segno di un richiamo da parte di Merleau-Ponty alle radici dell'approccio fenomenologico, o ultime resistenze di una fenomenologia che forse stava per "saltare" proprio nella direzione indicata da categorie di tipo biologico? Oppure indice di una possibile convergenza tra epistemologia e fenomenologia[33]? Non si tratta certo di una domanda alla quale possano rispondere queste pagine, dove ci interessa soltanto comprendere da dove nasca e dove porti la questione della funzione simbolica in Simondon. Tuttavia una tale impostazione del problema ci permette di definire meglio la posizione di quest'ultimo rispetto all'eredità fenomenologica. Fin dai suoi esordi (1953-54) Simondon lavora infatti a destituire il primato della coscienza e, con essa, dell'intersoggettività, rifiutando di concepire il simbolico come un taglio netto rispetto al biologico e sostituendo al problema dell'originario la storia naturale, fatta dell'incrocio di eredità genetica e traiettorie singolari:

> se è vero che la cultura può essere compresa come il lascito *non somatico* che la specie fornisce all'individuo durante la sua fase di formazione [...] questa natura mentale non viene costituita con la pura presenza dei simboli, ma attraverso una "messa in situazione" dell'individuo giovane; nessun concetto può per se stesso, senza un indice emotivo, formare un soggetto (PIT 116).

La società umana dunque, pur fondandosi su di una "socialità originaria" di tipo interamente biologico, non può essere spiegata esclusivamente in base ad essa in quanto si costituisce solo storicamente, a partire dalla causalità circolare innescata dall'istituzione di un *milieu* tecnico-simbolico. Lo statuto del *milieu* umano così inteso, misto di vita e storia, riflette ancora la caratterizzazione del transindividuale nell'*Individuation*: concetto limite che tenta di tenere assieme in ciò che è "umano" la duplicità delle funzioni tecnica e simbolica, grazie al loro comune radicamento nel biologico. È così che la dualità costitutiva del concetto di transindividuale - una volta esploso questo - ritorna sempre all'interno dell'opera di Simondon come doppia funzione, di apertura e chiusura, caratterizzante rispettivamente la tecnicità e il simbolismo. Forse allora il pensiero di Simondon può essere parzialmente compreso come continuazione del pensiero di Merleau-Ponty sull'istituzione lungo la linea di sviluppo indicata dalla prospettiva "vitalista", di matrice bergsoniana, di Canguilhem: un vitalismo nel quale però le discontinuità si mantengono sempre al di qua di una distinzione che possa sembrare in qualunque modo "sostanziale" tra vivente e non vivente, come tra natura e cultura.

Considerando la produzione simbolica, le tecniche e la scienza stessa come attività vitali, intendendo cioè la funzione simbolica e la tecnicità come modalità del costituirsi di un regime di relazioni tra organismi e *milieu* nel quale si producono strumenti e simboli che fungono da supporto sia alle tecniche che alle attività simboliche, Simondon sembra muoversi infatti nella direzione indicata dal progetto di un'organologia generale evocato da Canguilhem in *L'essere vivente e il suo ambiente* (in Canguilhem 1952): progetto già abbozzato da Espinas[34], che prosegue nell'*Evoluzione creatrice*[35] e continua lungo la strada aperta da Leroi-Gourhan, il cui lavoro costituisce «l'esempio attualmente più importante di un tentativo di avvicinamento sistematico e doverosamente circostanziato tra biologia e tecnologia» (*Ivi*, p. 178). In *Imagination et invention* Simondon sembra muovere nettamente in questa direzione. Lo sfondo della sua operazione concettuale - nella quale le nozioni di simbolo e di funzione simbolica vengono elaborate all'interno di una teoria della relazione tra organismi e *milieu* tecnico-culturale - è infatti quello di un progressivo spostamento verso un paradigma di tipo biologico che finisce per far saltare il concetto stesso di una fenomenologia, rivelandosi più conforme a quella "precisione filosofica" che il lascito bergsoniano di una filosofia del vivente sembrava esigere se letto attraverso il filtro dell'invito, già sottolineato, di Canguilhem a costruire «una teoria generale del *milieu*, da un punto di vista autenticamente biologico [...] per l'uomo tecnico e scienziato, nel senso in cui l'hanno tentata Uexküll per l'animale e Goldstein per il malato» (*Ivi*, p. 142).

Se da un lato questo sfondo determina l'impossibilità di una fenomenologia, dall'altro impedisce però a Simondon di pensare la funzione simbolica separatamente dalla "tecnicità" in quanto, entrambe radicate nella medesima relazione organismo-*milieu*, concorrono a formare quel legame sociale di cui sono davvero le "due fonti" inseparabili eppure irriducibili l'una all'altra. Ciò che spiega il ruolo altrimenti incomprensibile eppure decisivo nell'opera di Simondon, in particolare in *Du mode*, del tema della magia.

10. MAGIA, TECNICITÀ, SACRALITÀ

Simondon non intende accogliere prospettive che, ai suoi occhi, facciano della funzione simbolica ciò che definisce l'ambito dell'umano, sia esso inteso come orizzonte intersoggettivo del senso (fenomenologia) o come funzione inconscia universale (strutturalismo). Tuttavia, riproponendo una strategia già ampiamente sperimentata nell'*Individuation*, anche in *Imagination et invention* egli non rinuncia a tradurre il problema dell'emergere della funzione simbolica nei termini del passaggio da natura a cultura, ritrovando nel "feticcio" [*voult*] un tema che già era stato centrale in *Du mode d'existence des objets techniques*: la magia.

Il dinamismo proprio del ciclo dell'immagine sfocia infatti, come abbiamo visto, in quella sorta di prolungamento della struttura e dell'azione dell'organismo in cui consiste la produzione simbolica. Ma soltanto l'estensione di un'operazione già organica, prima attraverso la simbolizzazione del corpo (tatuaggi, tagli ecc.) poi nella produzione di quei veri e propri "organi" esterni che sono gli "oggetti protetici" (cfr. IMI 135), segna la soglia del passaggio alla cultura: in questo senso «la funzione simbolica è in continuità con quella delle fanere[1] nelle differenti specie» in quanto si tratta in ogni caso di «manifestazioni di capacità relazionale» (IMI 134). Grazie alla mediazione di questi "oggetti

241

protetici" si istituisce infatti la modalità propriamente umana di regolazione del rapporto tra organismo e *milieu*, attraverso la creazione di un altro *milieu*: «esiste una categoria di realtà intermedia tra l'organismo come realtà autosufficiente e necessaria con i suoi organi di base, e gli oggetti del mondo esterno, sottomessi a manipolazione, organizzazione»; tale realtà è appunto il mondo dei simboli, che Simondon descrive come «una specie di *pandemonium* sospeso [*flottant*] tra la situazione d'oggetto e quella di soggetto, che si interpone tra il vivente e il *milieu*» (IMI 137). Come si può facilmente notare, in *Imagination et invention* la formalizzazione simbolica, passaggio dal corpo simbolizzato all'oggetto simbolo, ha quale modello operazionale la magia, così come l'oggetto-simbolo "staccato" ha quale modello strutturale il *voult* (cfr. IMI 131-38)[2]. Tale operazione magico-simbolica è anche ciò che Simondon sembra evocare quale propria ispirazione presentando la redazione scritta del corso:

> i simboli, frammenti d'oggetti nei quali la parte vale per il tutto e comunica con esso, sono la base dei feticci che servono alle operazioni magiche; una semplice ciocca di capelli, un lembo di veste sottratto ad una persona sono frammento della sua realtà e permettono di agire su di essa, a distanza, attraverso la relazione simbolica [...] il simbolo non è mai *flatus vocis*; esso suppone un realismo implicito. Questa redazione si presenta come simbolo del corso (IMI 6).

UNA *TEORIA GENERALE DELLA MAGIA* NEL *DU MODE*: TRA PRIMITIVO E ORIGINARIO

Proprio mentre Simondon lavora alla sua tesi complementare, Merleau-Ponty, nel corso *Il concetto di natura, 1957-58 L'animalità, il corpo umano, passaggio alla cultura*[3], tenta di fare della magia un momento chiave del passaggio dall'istinto al simbolismo. Seguendo K. Lorenz, Merleau-Ponty rileva che l'istinto animale, in quanto presenta schemi lacunosi che si riferiscono ad un "mondo" astratto, codificato in riferimento alla specie, possiede una funzione immaginativa che si esplica nel mimetismo e nella ritualizzazione (Id. 1956-60, pp. 277-79) e prelude alla funzione simbolica. In questo senso il mimetismo è "magia naturale" che introduce al passaggio dall'ordine biologico (dell'istinto) all'ordine simbolico (dell'istituzione). Ora, l'azione "per somiglianza" ammessa attraverso la magia implica certo uno scarto rispetto al determinismo naturale, che però si riduce, nell'animale, ad un vago finalismo (*Ivi*, pp. 269 segg.). Infatti Merleau-Ponty, pur affermando che «il rapporto uomo animalità non è un rapporto gerarchico, ma un rapporto laterale, un superamento che non elimina la parentela», conclude subito revocando l'apparente simmetria della relazione: «straordinaria rappresentazione dell'animale come variante dell'umanità e dell'umanità come variante dell'animalità, è necessaria una fondazione vitale dell'uomo e dello spirito, *si dà un corpo umano*» (*Ivi*, p. 314)[4]. La chiusura del corso, con una nettezza che sembrerebbe sciogliere il problema stesso di una "coscienza animale", restituisce la ricerca al proprio obiettivo, ovvero «la serie *physis-logos-histoire*», rivendicando il posto privilegiato, potremmo dire esclusivo, assunto in essa dal «corpo umano come radice del simbolismo, come giunzione della *physis* e del *logos*» (*Ivi*, p. 285)[5]. Tuttavia, se andiamo a leggere direttamente la fonte di Merleau-Ponty, cioè Uexküll, maestro di Lorenz, troviamo tutt'altro approccio alla questione. In *Mondes animaux et monde humain* Uexküll sviluppa infatti una teoria del "fenomeno magico" quale modello di azione che introduce nel soggetto l'abbozzo di un comportamento finalistico. Si tratta di un'attività che «sfugge ad ogni oggettività ma agisce sul *milieu*» facendo sorgere un "*milieu* magico" tanto per l'uomo quanto per l'animale[6], secondo una continuità simile a quella esposta da Simondon in *Imagination et invention*, ma molto differente da quanto invece teorizzato in *Du mode d'existence des objets techniques*.

Nella terza parte della tesi complementare infatti la magia, concepita come "fase originaria" in cui sarebbe concentrata tutta la capacità di invenzione tecnica e simbolica che si esplica nel passaggio natura-cultura, svolgeva tutt'altra funzione. In questa sezione del testo, che ha statuto davvero particolare e la ricostruzione della cui stesura è piuttosto problematica[7], sembra essere in gioco un tentativo di "cattura fenomenologica" del processo preistorico di ominizzazione: attraverso la magia Simondon produce infatti una teoria generale della natura sociale dell'uomo a partire da determinazioni di ordine biologico e tecnico ritenute ancora pienamente compatibili con un approccio di tipo fenomenologico. Il riferimento principale di Simondon per la propria concezione del processo di ominizzazione è senz'altro l'opera di Leroi-Gourhan[8], tuttavia, per comprendere appieno il modo in cui la magia assume una collocazione paradigmatica nel *Du mode*, dove funge da modello della relazionalità originaria del sistema uomo-mondo, è necessario risalire a quella che è una fonte primaria per tutta la generazione di Simondon: l'*Ésquisse* di una *Teoria generale della magia* di Henry Hubert e Marcel Mauss (1902-03), quest'ultimo, lo ricordiamo ancora una volta, maestro e *directeur de thèse* dello stesso Leroi-Gourhan per la sua tesi su *L'Archéologie du Pacifique Nord* (1945).

Nell'*Ésquisse* gli autori si pongono innanzitutto il problema di produrre una definizione della magia, che rischia di essere facilmente confusa con le tecniche e con le religioni perché si tratta in ogni caso di fenomeni collettivi che hanno funzioni sociali per molti versi coincidenti: «essa occupa una posizione intermedia [...] somiglia alle tecniche profane per i suoi fini pratici, per il carattere meccanico di un gran numero delle sue applicazioni» (Mauss 1902-03, p. 86), ma d'altra parte, in quanto fatto di tradizione - a causa del suo aspetto rituale e del suo legame diretto con la credenza (come accade nella religione «la credenza nella magia è sempre *a priori*», *Ivi*, p. 92) - si distingue difficilmente dalle religioni. Perciò la ricerca di una definizione della magia dovrà partire proprio dal problema del suo differire sia dalle tecniche

che dalle religioni: «ci sono due ordini di funzioni speciali nella società ai quali abbiamo già accostato la magia. Si tratta, da un lato, delle tecniche e delle scienze, dall'altro della religione. La magia è una specie di arte universale o una classe di fenomeni analoghi a quelli religiosi?» (*Ivi*, p. 89). Secondo Hubert e Mauss la magia si differenzia chiaramente dalle tecniche in quanto, al contrario di queste, non è legata all'invenzione individuale[9]. Per quanto riguarda la religione invece, che è fenomeno integralmente collettivo[10], la distinzione, in questo caso meno netta, dipende dal fatto che il «tutto indifferenziato che essa [la magia] costituisce» manca della stabilità tipica dell'aspetto istituzionale delle religioni: «esiste una massa di riti fluttuanti, la nascita di diversità in questa folla amorfa è del tutto accidentale e non corrisponde mai a una diversità reale di funzioni. Non c'è niente, nella magia, che sia paragonabile alle istituzioni religiose» (*Ivi*, p. 58)[11]. La magia risulterebbe infatti distinta dalla religione in quanto essa costituisce un sistema che è in grado di esercitare "senza intermediari" "la costrizione e l'efficacia meccanica", pur consistendo in una "totalità diffusa" caratterizzata da una certa "indeterminatezza", dovuta proprio alla sua parziale specializzazione funzionale: «la magia è una massa vivente, informe, inorganica, le cui componenti non hanno né posto né funzioni fisse [...] la distinzione tra rappresentazioni e riti, per quanto profonda, si cancella a volte talmente che un semplice enunciato di rappresentazione può diventare un rito» (*Ivi*, p. 88). Ma, proprio a partire dalla semplicità delle pratiche magiche e dall'universalità della nozione su cui esse si basano (la nozione di "forza-*milieu* magico"), se gli appare chiaro che in essa abbiano origine le tecniche (e le scienze), Mauss non nega del tutto l'ipotesi che si possa affermare altrettanto per le religioni (cfr. *Ivi*, pp. 118-19).

Tra magia e tecniche la genealogia è diretta: «essendo la magia la tecnica più infantile, è, forse, la tecnica antica. Infatti la storia delle tecniche ci insegna che tra esse e la magia esiste un legame genealogico [...] le tecniche, per noi, sono i germi che hanno fruttificato sul terreno della magia, finendo con lo spodestarla» (*Ivi*, p. 146); inoltre «la magia si collega alle scienze nello stesso modo in cui si collega alle tecniche» (*Ivi*, p. 147)[12] lungo un percorso di progressiva formalizzazione teorica. In senso generale infatti, conclude Mauss, questo processo può essere letto come un unico sviluppo che va dal collettivo all'individuale, nel quale la «forma primaria di rappresentazioni collettive» che si trova «all'origine della magia» diviene progressivamente, attraverso un lungo lavoro di formalizzazione «la base dell'intendimento individuale» (*Ivi*, p. 148)[13]. Se le tecniche e le scienze sembrano dunque derivare da un processo di progressiva "individualizzazione" dell'attività magica, cosa accade per la religione? Si può affermare che anche la religione derivi in qualche modo dalla magia?

La difficoltà nel differenziare l'attività rituale religiosa da quella magica (entrambe "fatti di tradizione"[14]) è legata per gli autori ad un problema teorico di base: la categoria di *mana* è più o meno generale di quella di sacro? Il problema deriva dal fatto che, mentre la categoria di sacro, che sta alla base del fenomeno religioso, è comprovatamente una categoria sociale, la pratica magica si distingue da quella religiosa proprio in quanto individuale, dunque non può essere direttamente legata, almeno in apparenza, a una categoria di tipo sociale. Nell'*Appendice* il problema del rapporto tra magia e sacralità viene dunque così riformulato: «o la magia è collettiva, o la nozione di sacro è individuale» (*Ivi*, p. 150). Avendo rilevato la difficoltà di provare che la nozione di sacro operi realmente nella ritualità di tipo magico, la risposta va ricercata nel fatto che «nella magia, l'individuo isolato lavora su fenomeni sociali» (*Ivi*, p. 151). Dunque gli autori non propongono un'estensione della nozione di sacro per avvicinare magia e religione, ma prendono atto che una categoria sociale, almeno tanto originaria quanto quella di sacro, sta alla base della magia: si tratta appunto del *mana*.

Per comprendere questo spostamento del *focus* dalla magia al *mana* è necessario aver chiaro che il lavoro di Hubert e Mauss ha lo scopo, durkheimianamente ortodosso, di mostrare «il carattere sociale della magia e della nozione di *mana*» (*Ivi*, p. 122). Tutte queste nozioni infatti hanno valore in quanto permettono di cogliere l'essenza stessa del collettivo: come la categoria del sacro nello studio del fenomeno religioso, così anche la nozione di *mana* nello studio della magia permette infatti di «risalire più indietro, fino a delle forze, di natura collettiva, di cui diremo che la magia è il prodotto e l'idea di *mana* l'espressione» (*Ivi*, p. 124). Per quanto riguarda la magia gli autori concludono il loro saggio così: «la magia è, dunque, un fenomeno sociale», che, a differenza degli altri fenomeni sociali, «ha legami stretti solo con la religione e con le tecniche e la scienza» (*Ivi*, p. 145); ma solo la categoria di *mana*, che ne è la condizione inconscia[15], esprime forze di natura collettiva, in quanto «non si trova già data nell'intelletto individuale, come le categorie di tempo e di spazio [...] essa esiste nella coscienza degli individui in ragione dell'esistenza della società, allo stesso modo delle idee di giustizia o di valore; diremmo volentieri che si tratta di una categoria del pensiero collettivo» (*Ivi*, p. 121). Ovvio che il *mana*, in quanto categoria del pensiero collettivo, possa essere ritenuto godere di un particolare statuto di universalità. Ma non solo: sembra a tratti addirittura così generale da comprendere in sé la stessa nozione di sacro, come confermano molte affermazioni contenute nel testo:

> dalla nostra analisi risulta che la nozione di *mana* appartiene allo stesso ordine della nozione di sacro [ma] non solo la nozione di *mana* è più generale di quella di sacro, ma questa è compresa in quella, e prende rilievo sullo sfondo di essa. Probabilmente è esatto dire che il sacro è una specie di cui il *mana* è il genere. Al di sotto dei riti sacri avremmo dunque trovato qualcosa di meglio della nozione di sacro che cercavamo; ne avremmo trovato, infatti, l'origine (*Ivi*, p. 121).

Tuttavia Hubert e Mauss, anziché concludere in questo modo che la magia, in quanto definita in base al concetto di *mana*, sia senz'altro fenomeno più generale della religione, definita in base al concetto di sacro, riformulano il problema slegando il concetto di *mana* dal suo legame privilegiato con la magia, e vedendovi la fonte comune di magia e religione: «a dire il vero la nozione di *mana* non può dirsi più magica che religiosa» e i «fatti magici originari [sono] anche i fatti originari della religione. Del resto ci riserviamo di dimostrare, in altro luogo, che la magia e la religione discendono da una fonte comune» (*Ivi*, p. 140). Ebbene, va osservato che, sebbene entro i limiti dell'*Ésquisse* il rapporto tra magia e religione rimanga fortemente problematico, la tesi fondamentale sembra chiara: vi sono delle forze di natura collettiva la cui universalità è dimostrata dai fatti, costitutive del legame sociale e "fonte comune" inconscia di religione e magia, che nella *Teoria generale della magia* gli autori decidono di denominare *mana*.

Ma ecco che in una sua *mémoire* di quasi trent'anni dopo[16], e proprio in opposizione a Durkheim, Mauss torna a ribadire come nella *Teoria generale della magia* si fosse sottolineata la comune fondazione di religione e magia nella nozione di *mana*:

> noi [Mauss e Hubert] abbiamo trovato alla sua base [della magia], come alla base della religione, una vasta nozione comune che abbiamo chiamata con un nome preso a prestito dal melaneso-polinesiano, quello di *mana*. Questa idea è forse più generale di quella di sacro. In seguito Durkheim ha tentato di dedurre sociologicamente l'idea di sacro. Noi non fummo mai certi che egli avesse ragione e io continuo ancora a parlare di fondo magico-religioso (Mauss 1930, pp. 218)[17].

Ma non solo: nello stesso scritto Mauss sembra riproporre quella che sarebbe stata già allora un'ipotesi più radicale. Innanzitutto chiedendo ragione del "posto singolare" occupato dalla magia tra i fenomeni di ordine religioso, osserva come fosse «necessario vedere se la magia faceva eccezione [...] se essa fosse generatrice della religione o se anch'essa derivasse dall'idea di sacro o da qualcosa del genere»; e in seguito affermando esplicitamente che in realtà tutto il loro lavoro derivava dall'esigenza di verificare la seguente ipotesi:

> dovevamo fissare le nostre idee sulla magia che consideravamo la "forma" primitiva: la pseudoscienza che aveva preceduto la religione [...] avevamo creduto di non avere primitivamente a che fare nient'altro che con formule magiche (*Ivi*, pp. 217-18).

Ebbene, questa posizione (mai chiaramente sostenuta entro i confini dell'*Ésquisse* del 1902-3) secondo cui la magia è "forma primitiva" nella quale tecniche e religione sono per così dire implicite, o perlomeno presenti come fuse e ancora allo stato embrionale, ci sembra pienamente compatibile con l'ipotesi di un'origine comune di religione e tecniche nella magia: posizione tenuta non senza difficoltà da Simondon nella terza parte di *Du mode*. Nella sezione conclusiva dell'opera, infatti, la magia è trattata tanto come «modo primitivo di relazione dell'uomo al mondo» (PR 267) in senso antropologico, quanto come "originario" in senso fenomenologico: «l'unità magica primitiva è la relazione di legame vitale tra l'uomo e il mondo, che definisce un universo contemporaneamente soggettivo e oggettivo anteriore a qualunque distinzione del soggetto e dell'oggetto» (MEOT 163). Leggeremo appunto la terza parte di *Du mode d'existence des objets techniques* tentando di cogliere la doppia ispirazione che ne anima lo svolgimento.

Nell'introduzione Simondon riprende esplicitamente la concettualità dell'*Individuation* per ricapitolare l'ontogenesi di quel sistema metastabile in cui consiste la relazione uomo-mondo: «il termine genesi è preso qui nel senso definito, nello studio sull'*Individuation à la lumière des notions de forme et d'information*, come il processo d'individuazione in generale [...] una tale genesi si oppone alla degradazione delle energie potenziali contenute in un sistema nel passaggio ad uno stato stabile a partire dal quale nessuna trasformazione è più possibile» (MEOT 155-56). La "fase magica" gioca nel sistema così inteso il ruolo di carica energetica che lo alimenta e lo rende metastabile: «il modo primitivo d'essere al mondo dell'uomo, la magia, può fornire senza esaurirsi un numero indefinito di apporti successivi capaci di sdoppiarsi» (MEOT 161); tali apporti sono vere e proprie "spinte" quantiche che implicano relazioni differenziate anche tra fasi cronologicamente successive: «in questo modo [...] esistono dei rapporti di interazione non solamente tra fasi simultanee ma anche tra tappe successive» (MEOT 161)[18]. Risulta insomma subito evidente come la "fase" della magia giochi in *Du mode* il ruolo di una sorta di "originario" inteso in senso fenomenologico: «modo unico, centrale e originale d'essere al mondo, il modo magico» (MEOT 160) a partire dal quale si dovrebbe produrre «un'interpretazione genetica generalizzata dei rapporti dell'uomo al mondo» (MEOT 154).

Tuttavia la magia nel discorso di Simondon svolge contemporaneamente un'altra funzione: definisce il momento chiave - per il quale Simondon utilizza spesso, e non a caso, il termine "primitivo"[19] - di una transizione evolutiva tra natura e cultura che si colloca «immediatamente al di sopra di una relazione che sarebbe semplicemente quella del vivente al suo *milieu*» (MEOT 156). Esprimendoci ancora nei termini della tesi principale, potremmo dire che si tratta del regime di individuazione che segna la soglia del passaggio da un'individuazione di tipo biologico a un'individuazione di tipo psichico-collettivo. Tale soglia ha una sua particolare struttura: distribuzione asimmetrica di potenziali e "punti chiave" descrivono infatti il campo irregolare in cui consiste «l'universo magico strutturato secondo un modo anteriore alla separazione dell'oggetto e del soggetto» (MEOT 164). Si tratta della "fase" il cui studio consente di indagare il passaggio da natura a cultura sia come tappa primitiva che come originario sempre attuale in ogni nuova ontogenesi dell'umano:

> prima tappa [*étape*] della relazione [dell'uomo] al mondo, la tappa magica, in cui la mediazione non è ancora né soggettivata né oggettivata, né frammentata né universalizzata, non è che la più semplice e la più fondamentale delle strutturazioni del *milieu* di un vivente: la nascita di una rete di punti privilegiati di scambio tra l'essere e il *milieu* (MEOT 164).

Risulta abbastanza immediata la corrispondenza di tutto questo con ciò che caratterizza il *mana* in quanto - nelle parole di Hubert e Mauss - esprime l'idea di un campo in cui le cose agiscono l'una sull'altra non per mezzo di una presunta "qualità *mana*" che aderisca ad esse, ma precisamente in funzione di una "differenza di potenziale" (cfr. Mauss 1902-03, p. 123). Va tuttavia particolarmente sottolineato lo statuto misto, biologico *e* culturale, del passaggio che il termine indica, data l'equivalenza, posta più o meno implicitamente da Hubert e Mauss, tra ciò che è originario-primitivo e ciò che è collettivo[20]. Le "forze, di natura collettiva" espresse nel *mana*, non si riducono infatti né all'aspetto biologico né a quello sociale: sebbene abbiano nel biologico la loro condizione e nel sociale il loro sviluppo, solo il punto di intersezione tra le due - "l'istinto di socievolezza" - «è la condizione prima di tutto il resto» (*Ivi*, p. 130). Il fenomeno della magia in Hubert e Mauss è legato in modo determinante alla costituzione del collettivo, e per questo ha lo statuto ambivalente di ciò che, se da un lato dipende dalla società come propria condizione di possibilità[21], dall'altro ha rispetto ad essa una forza costitutiva. Tale forza si esplica in particolare attraverso il fenomeno (dunque non esclusivamente religioso) della credenza, nel quale «tutto il corpo sociale è animato dallo stesso movimento e non esistono più individui» poiché «tutti i corpi hanno la stessa oscillazione» e «le leggi della psicologia collettiva violano quelle della psicologia individuale»: fino al punto in cui, solo quando «l'intero gruppo crede alla propria magia», «il corpo sociale può dirsi veramente realizzato» (*Ivi*, pp. 136-37)[22].

Attraverso la lettura dell'*Esquisse* sulla magia, possiamo dunque interrogarci sul significato di quella relazionalità uomo-mondo che Simondon chiama "fase magica in senso generale". Collocata appena al di sopra della relazione vivente-*milieu*, essa è insieme pre-tecnica e pre-religiosa (dunque precedente la distinzione dell'oggetto e del soggetto), ed ha la consistenza del passaggio in atto (dunque mai definitivamente risolto) da natura a cultura. Così diventa fondamentale che si tratti della "presenza" di un'origine che non ha smesso di produrre i suoi effetti, in quanto la creazione della magia da parte della società è "continua" (*Ivi*, p. 142), e l'esito di tutto il processo non è che un parziale superamento dell'orizzonte della magia, la cui presenza però non risulta mai definitivamente esorcizzata: «le tecniche, le scienze, nonché i principi che guidano la nostra ragione sono ancora macchiati del loro peccato originale» (*Ivi*, p. 148). Così per Simondon la magia, in quanto carica energetica che persiste quale *milieu* associato preindividuale, ha doppio significato: è rischio permanente di regressione ad una fase arcaica, ma anche apporto energetico sempre necessario ad ogni ulteriore individuazione transindividuale[23].

LA SFASATURA DELLA MAGIA IN TECNICITÀ E SACRALITÀ

Nella terza parte di *Du mode d'existence des objets techniques* la magia appare dunque paradigmatica quanto la fisica quantistica nell'*Individuation*, fungendo sia da modello teorico (trasferibile analogicamente) che da via di fuga per una spiegazione "positiva" (fondata in particolare sulla "paleoetnologia" di Leroi-Gourhan). Ci sono in Simondon pochi altri strumenti concettuali utili a indicare in maniera così "globale" la mediazione tra natura e cultura. Come abbiamo visto, nell'*Individuation* questo tipo di operazione risulta piuttosto frammentata: innanzitutto, nel tentativo di descrivere la formazione di una "comunità biologica", Simondon individua nel lavoro e nello scambio di informazioni dei momenti di transizione che però non implicano un vero e proprio cambio di scala verso tecnicità e cultura (lavoro e comunicazione mettono in gioco rapporti che di per sé non hanno statuto propriamente transindividuale, ma solamente interindividuale); in seguito i concetti di "personalità" e "credenza" gli permettono di descrivere non tanto una transizione, quanto piuttosto processi elementari costitutivi dell'individuazione psichico-collettiva; infine è il passaggio "da emozione a significazione" a indicare il luogo entro il quale il regime di produzione e scambio dell'informazione varca la soglia dell'umano, ma si tratta qui di un passaggio sempre singolare e mai globalmente inteso.

In *Du mode* invece l'anteriorità della magia come «fase primitiva del rapporto dell'uomo al mondo» (MEOT 156), si presta contemporaneamente ad una doppia interpretazione: da un lato la "fase magica" è "presenza" di un originario campo di forze la cui possibilità non è mai esaurita (sia come costante minaccia regressiva che come "fondo" denso di ulteriori potenzialità inventive), contemporaneamente indica il momento (pre)istorico a partire dal quale si produce il processo di ominizzazione. Simondon sviluppa infatti nel *Du mode* una vera e propria fenomenologia delle relazioni sociali, che assume però anche l'aspetto di una specie di ricostruzione della "storia naturale" delle civiltà, attraversando la sequenza delle "sfasature" successive di quell'originaria rete di relazioni uomo-mondo in cui sarebbe dovuta appunto consistere "l'unità magica primitiva". In una presentazione caratterizzata dai forti accenti fenomenologici tutto è ordinato, secondo il modello gestaltico, a partire da un «modo primitivo di strutturazione che distingue figura e sfondo» (MEOT 164)[24]. E tutto avviene secondo le medesime dinamiche con le quali nell'*Individuation* Simondon ha teorizzato la metastabilità di sistema: le tensioni interne dovute a differenze di potenziale delineano la serie delle sfasature successive, a partire da quella primaria in cui si costituiscono "tecnica" e "religione", sfasando per così dire la relazione degli uomini con il *milieu* tramite l'amplificazione dell'attività tecnica per mezzo di strumenti e per mezzo della produzione simbolica: attività che nell'universo magico risultavano ancora saldamente intrecciate e come fuse.

Con tutt'altra impostazione l'opera di Leroi-Gourhan *Il gesto e la parola* (1964-65), pubblicata a ridosso del corso su *Imagination et invention*, è costruita proprio attorno alla relazione-contrapposizione tra le due modalità primordiali di "liberazione" - tecnica e simbolica - dell'organismo sociale umano dalle costrizioni del *milieu* naturale, con una maggiore accentuazione però del peso relativo delle attività di produzione e scambio simbolico, in particolare quelle che determinerebbero una "liberazione della memoria"[25]:

> il fatto materiale che colpisce di più è certo la "liberazione" dell'utensile, ma in realtà il fatto fondamentale è la liberazione della parola e di quella proprietà unica posseduta dall'uomo di collocare la propria memoria al di fuori di se stesso, nell'organismo sociale (Id. 1965, p. 277).

Nella "narrazione" di *Evoluzione e tecniche* (1943-45) invece il ruolo della tecnica nel "passaggio" natura-cultura rivestiva un tono nettamente più marcato. In quel contesto l'evoluzione "tecnica", a differenza di ogni altro processo evolutivo, manifestava un'evidente tendenza verso il miglioramento che permetteva addirittura una classificazione, in altri campi insensata, del livello di sviluppo dei diversi gruppi umani in base a parametri la cui semplicità è riassunta nella seguente affermazione: «si può prendere in prestito una lingua meno flessibile, una religione meno sviluppata; non si cambia l'aratro con la zappa [...] Si è così indotti a collocare nel tempo una successione di stati sempre più adattati, che illustrano il progresso» (Id. 1945, p. 213)[26]. Tra tutti i processi che, incrociandosi o scorrendo in modo parallelo, costituiscono la parziale stabilità di quel sistema in cui consiste ogni gruppo umano[27], l'evoluzione tecnica possiede infatti, secondo Leroi-Gourhan, una linea di sviluppo meglio definibile rispetto ad ogni altra, non solo in quanto offre una documentazione maggiore e parzialmente autonoma, ma anche perché si fonda su una modalità relazionale nei confronti dell'ambiente la cui tendenza è invariabilmente legata alle caratteristiche biologiche della specie. E tuttavia la sua collocazione risulta *intermedia* rispetto la distinzione natura/cultura poiché, sebbene fondata sulla biologia dell'*homo sapiens*, dipende comunque da un sistema complesso, un vero e proprio "campo" composto di «*migrazioni, prestiti e apparizioni spontanee*» in cui dominano le variabili di tipo storico-culturale (cfr. Id. 1943, p. 343). Il progresso tecnologico procede infatti in questo modo: le "invenzioni" o "importazioni" tecniche che di fatto fanno comparire un oggetto tecnico all'interno di un gruppo possono essere "fissate" (in quanto oggetti tecnici, ma *non* in quanto oggetti rituali, artistici ecc.) su di una tendenza biologica di fondo che caratterizza la specie; questa dinamica determina l'evoluzione, intesa come «tempo che saggia l'equilibrio del compromesso espresso dal fatto» (*Ivi*, p. 226), selezionando in sostanza le acquisizioni più efficaci.

L'importanza delle variabili storico-culturali sembrerebbe dunque determinare la velocità piuttosto che la direzione della tendenza evolutiva delle tecniche, ma tale differenza assume, oltre una certa scala, un effetto sostanziale. In particolare in *Ambiente e tecniche* la cosa è resa evidente dallo studio dei meccanismi di «presa a prestito» [*emprunt*], dove resistenze di tipo "etnico" determinano le condizioni di soglia dell'accettazione di un'innovazione tecnica, ovvero il suo "*milieu* favorevole" (cfr. Id. 1945, p. 282), ma dove in ultima istanza la "permeabilità" di questo risulta proporzionale allo sviluppo della società in senso industriale. Nelle società industriali a tecnologia avanzata, infatti, la permeabilità del *milieu* tecnico all'invenzione accelera in modo esponenziale, tanto che risulta possibile stabilire, in base al grado di industrializzazione, una «scala di permeabilità dei diversi gruppi etnici» (*Ivi*, p. 254). Se in generale l'evoluzione tecnica ha dunque questa struttura composita, fatta di lenti e minuziosi aggiustamenti e mutazioni istantanee (cfr. *Ivi*, p. 260), tuttavia la concezione di Leroi-Gourhan sembra ammettere delle soglie decisive. In particolare sembrerebbe essere l'accelerazione neolitica (che pure non è però una semplice frattura) a determinare il passaggio attraverso il quale, a partire dall'istituzione di un *milieu* fatto di oggetti tecnici e di supporti della "memoria sociale"[28], la relazione organismo-*milieu* si riconfigura radicalmente, amplificandosi e cambiando di scala fino ad istituire le società umane. Accelerazione che avrebbe la sua ripetizione analogica nello spettacolo - su questa scala istantaneo - della rivoluzione industriale:

> se ci immaginiamo nel CXX secolo archeologi che non abbiano altri mezzi di indagine da quelli di cui disponiamo noi per il Neolitico, essi sarebbero obbligati a constatare che, al di sopra di uno spesso strato di spade, pistole, carrozze trainate da cavalli, appare subito, istantaneamente, un prodigioso ammucchiamento di carcasse d'aereo, di locomotive, di stazioni radiofoniche e di scatole di conserve (*Ivi*, p. 259).

Ebbene, su questa scala, che sembra aprire nientemeno che a considerazioni in cui entrerebbe in gioco l'intera storia dell'umanità, il peso relativo dell'invenzione tecnica e dell'invenzione simbolica rimane tutto da stabilire. In un certo senso Simondon sembrerebbe rimanere più fedele al primo Leroi-Gourhan, quello di *Evoluzione e tecniche*, ma fedele soprattutto al proprio rifiuto di fare del linguaggio il centro della propria riflessione, riservando alle tecniche lo statuto eminente di segno dell'umano. Tuttavia, sebbene *Du mode* appaia, nell'opera di Simondon, il principale luogo di trattazione della questione della tecnica, non solo non vi si trova un'interrogazione esplicita del rapporto tra tecniche e origine del processo di ominizzazione[29], ma neppure una teoria generale della funzione transindividuale dell'attività tecnica: Simondon vi tenta piuttosto di comprendere la specificità della "fase" tecnica sulla scala del sistema uomo-mondo, e l'insieme degli effetti sistemici di tipo sociale che comporta, nella contemporaneità, il disconoscimento di tale specificità.

Ma è a tutt'altra formulazione del problema, più marcatamente fenomenologica, che egli si riferisce quando parla delle fasi caratterizzanti il divenire del sistema uomo-mondo (cfr. MEOT 159 segg.) qualificandole come "tipi di pensiero" (MEOT 202). Quando parla di "pensiero" magico, tecnico, religioso, estetico, filosofico, che cosa intende? In particolare, se la "fase magica" si colloca nel passaggio natura-cultura, prima della distinzione tra oggetto e soggetto, che è appunto l'esito di tale passaggio, come si può parlare di "pensiero" magico quando si tratta precisamente del punto di indistinzione o di distinzione embrionale di pensiero e azione?[30] Ci viene parzialmente in soccorso su questo punto *Imagination et invention*, dove ritornerà la medesima caratterizzazione dell'universo magico, fatto di "punti notevoli", "termini estremi della realtà" che esprimono l'articolazione «delle situazioni e degli esseri [...] con il mondo naturale e sociale, secondo un modo "selvaggio" di percezione e d'azione» (IMI 134). Ebbene, tale modo "selvaggio"[31] sembra esprimere, sebbene qui in modo più nettamente legato alla relazione organismo-*milieu*, la medesima coappartenenza di pensiero e azione espressa nel *Du mode* in termini di "pensiero teorico e pensiero pratico" derivanti dall'unità magica originaria (MEOT 162) sfasantesi in quelli che Simondon chiama "ordini attivi" e "ordini rappresentativi" del pensiero (MEOT 158). Tale concezione del "pensiero" si dimostra coerente con l'ipotesi di un «insieme formato dall'uomo e il mondo» (MEOT 155) che, tanto nel dominio teorico quanto nel dominio pratico, rimanda alla «relazione figura-sfondo presa come realtà completa» (MEOT 211). Tale "sistema" infatti può essere colto - fenomenologicamente - nel suo sfasarsi a partire dai diversi «modi d'essere al mondo dell'uomo» (MEOT 157), uno dei quali è appunto la tecnica[32]. Ecco allora che *Du mode* sviluppa una sequenza ordinata di sfasature dell'unità magica primitiva[33]: a partire da tecnicità e sacralità, che sono definite "modalità primarie del pensiero" e corrispondono ad una prima configurazione del rapporto uomo-mondo a livello di individuazione biologica, fino a giungere a fasi successive che «suppongono comunicazione ed espressione», e dunque un'individuazione di tipo collettivo: le prime «sono delle mediazioni tra uomo e mondo, e non degli incontri tra soggetti: esse non suppongono la modificazione di un sistema intersoggettivo. Al contrario, le modalità secondarie del pensiero suppongono comunicazione ed espressione» (MEOT 201-2).

Innanzitutto il sistema si sfasa dunque, a partire dall'unità magica primitiva, in quelle che Simondon chiama fase tecnica e fase religiosa. Da questa prima ondata di sfasature risultano da un lato le molteplici tecniche applicate a diverse figure-parti del mondo naturale (che si "oggettivano" come strumenti di azione e di conoscenza), e dall'altro la religiosità che cura la collocazione dell'individuo in uno sfondo-Tutto (che si "soggettiva" in eroi o divinità): «questa sfasatura [*déphasage*] della mediazione in caratteri figurali e di fondo traduce l'apparizione di una distanza tra l'uomo e il mondo» e - questo è il punto cruciale -

> la mediazione stessa [...] prende una certa densità; essa si oggettiva nelle tecniche e si soggettiva nella religione, facendo apparire nell'oggetto tecnico il primo oggetto e nella divinità il primo soggetto, mentre non vi era in precedenza che unità del vivente e del *milieu* (MEOT 168).

Il rapporto tra vivente e *milieu* assume dunque una consistenza, una "densità" che, come ci permette di leggere *Imagination et invention*, è la consistenza di un nuovo *milieu*, fatto di oggetti che sono anche simboli, nei quali prevale di volta in volta la componente oggettiva o soggettiva, ma senza che nessuna delle due possa ritenersi mai esclusiva. Si tratta del *milieu*, che abbiamo definito "misto" di organismi, tecniche e simboli, a partire dal quale la relazione organismo-*milieu* supera la soglia oltre la quale appare un'attività propriamente umana: «mentre i punti-chiave si oggettivano sotto forma di attrezzi [*outils*] e strumenti concretizzati, le potenzialità del fondo si soggettivano personificandosi sotto forma del divino e del sacro (dei, eroi, preti)» (MEOT 168). Se dunque attraverso l'oggetto tecnico si costituisce «una relazione interumana che è il modello della *transindividualità*» (MEOT 248), ciò può avvenire solamente in quanto esso, all'altezza del collettivo, assume altresì una decisiva funzione simbolica:

> l'oggetto tecnico, preso secondo la sua essenza, cioè l'oggetto tecnico in quanto è stato inventato, pensato e voluto, assunto da un soggetto umano, diviene il supporto e il simbolo di questa relazione che noi vorremmo chiamare *transindividuale* (MEOT 247).

Risulta in questa prospettiva evidente lo statuto "simbolico" di *tutte* le realtà, *anche* di quelle tecnicamente costituite, in quanto rimandano in prima istanza alla fase di cui partecipano e infine all'originaria "fonte" comune rispetto alla quale sono sempre solo parzialmente autonome[34], e da cui traggono quella forza simbolica che è costitutiva del "collettivo o transindividuale". La carica propria della "fase magica" continua infatti a persistere, nella relazione simbolica dinamica e "differenziale" tra fase tecnica e religiosa, come costante apporto energetico, «spinta dell'universo magico primitivo» (MEOT 161)[35].

Purtroppo il testo del *Du mode* si ferma qui. Tutto centrato com'è su di un programma pedagogico e politico che implica una teoria della funzione di "apertura" sociale della tecnica[36], non offre che occasionalmente una trattazione diretta del tema della fase religiosa e, anche quando lo fa, ciò avviene prevalentemente nella prospettiva di una definizione differenziale delle opportunità di apertura offerte dalla tecnicità. Simondon stesso sentirà tuttavia il bisogno di riprendere ed am-

pliare queste tematiche che stanno alla base del suo progetto di una
"cultura tecnica": dopo pochi anni esse diverranno infatti il centro del
corso *Psycho-sociologie de la technicité* (1960-61)[37], dove il tema della progressione delle sfasature verrà proiettato su di un piano sincronico attraverso la teorizzazione della sfasatura contemporanea tra "tecnicità"
e "sacralità". Nel corso sarà teorizzato con maggior equilibrio il rapporto tra le due fasi: ciò che, come vedremo, sembra far risaltare meglio le nervature della loro parziale ma costitutiva asimmetria.

PSYCHO-SOCIOLOGIE DE LA TECHNICITÉ. ISOMORFISMO E ASIMMETRIA:
IL RITO E L'*OUTIL*

Per introdurre alla lettura del corso del 1960-61, che prosegue idealmente ed integra le problematiche legate alla sfasatura presentata in
Du mode tra tecnicità e sacralità, ci soffermeremo brevemente su quello
che è l'unico testo di "sociologia" (una sociologia ad impianto "fortemente etnografico") presente nella bibliografia della tesi complementare: *Le rite et l'outil. Essai sur le rationalisme social et la pluralité des
civilisations* (1939) di Charles Le Cœur, sociologo di scuola durkheimiana[38]. Ne proponiamo un breve estratto, davvero impressionante
per il lettore di Simondon.

> *Due tipi d'azione e di pensiero si oppongono.* Gli uni hanno valore universa-
> le. I principi dell'elettricità di Maxwell sono veri per tutti, così come le lam-
> pade di Edison illuminano tutto il mondo. Che sia francese o arabo, un
> autista premerà il medesimo acceleratore e tirerà lo stesso freno, poiché non
> c'è che un unico modo di far procedere un'automobile. Le stesse cause
> producono gli stessi effetti: poco importa in quale società ci si trovi. Ma il
> borghese arabo di Rabat che addobba la propria *boutique* con il drappo ros-
> so *chérifien* nel giorno della Festa del Trono, non produce lo stesso effetto
> dell'operaio parigino che il primo maggio sventola il drappo rosso rivolu-
> zionario. Per salutare, i musulmani portano la mano al cuore, i cristiani sol-
> levano il cappello. Questa seconda categoria di gesti non ha senso che in
> relazione a una società data. È di questi che si occupa la sociologia. Due
> conseguenze risultano da questa definizione. Innanzitutto *sociale non si op-
> pone a individuale.* Molti marocchini hanno un colorito bruno. Non si tratta
> di un fatto individuale; ma neppure di un fatto sociale. Tolti dalla nascita
> alla loro famiglia ed educati in un'altra società, non sarebbero più maroc-
> chini, ma avrebbero sempre la stessa pelle. Inversamente, un musulmano
> del Marocco si convertì, qualche anno fa, al cristianesimo. Si tratta in questo
> caso di un fatto strettamente individuale, credo forse unico - salvo smentite
> - nella nostra epoca. L'emozione e l'indignazione che questa conversione ha
> suscitato mostrano tuttavia come si tratti di un fatto sociale. D'altra parte,
> *sociale non si confonde con collettivo.* La fondazione di Rabat sulle rive del
> Bou-Regreg è un fatto collettivo: in sé non si tratta di un fatto sociale. Non è
> necessario in effetti essere arabi o musulmani per comprendere il vantaggio
> di un estuario per una città, e i Romani di Sala Colonia [Rabat, n. d. a.] lo
> sapevano da molto tempo prima dei contemporanei di Ya'qôûb el Manç-
> our (Le Cœur 1939, pp. 9-10, sott. ns.).

In queste pagine, nelle quali Le Cœur espone i fondamenti metodologici del proprio lavoro stabilendo, sulla scorta dell'insegnamento maussiano, che cosa sia un "fatto sociale"[39], sono presenti: a) l'opposizione di una normatività tecnica di tipo universale ad una normatività sociale di tipo storico e singolare; b) la negazione di ogni rilevanza per la sociologia dell'opposizione concettuale tra individuale e sociale; c) la scelta lessicale di distinguere collettivo e sociale, dando una diversa estensione ai due termini in quanto il primo si riferisce piuttosto ad azioni che riguardano l'universalità delle tecniche, mentre il secondo a comportamenti legati alla specificità delle culture. Ma sembra ancor più interessante notare come tutta l'argomentazione proceda verso la distinzione fondamentale, vero "cuore" di tutta l'opera, tra "due tipi di azione e pensiero" i cui "simboli" sono appunto il "rito" e l'*outil*.

Ogni azione è infatti per Le Cœur contemporaneamente tecnica e simbolica, e può essere "letta" in modo diverso a seconda della sua collocazione rispetto al sistema sociale. Se infatti «la distinzione tra azione rituale e azione utile oppone due punti di vista piuttosto che due serie di fatti» (*Ivi*, p. 18), ciò che determina il punto di vista è, in generale, la collocazione socialmente interna o esterna dell'atto in questione, poiché «l'uomo appare a se stesso come un tecnico, mentre appare agli altri come un creatore di riti» (*Ivi*, p. 4). Ma, poiché «ogni azione utile possiede una frangia rituale, e non vi è d'altra parte alcun rito che non sia parzialmente tinto d'utilità», soltanto alle «radici stesse dell'azione, vicino a quanto di animale vi è nell'uomo», troviamo la fonte della duplice attività in cui consistono lo "slancio della sensibilità" e lo "sforzo tecnico" nella loro costante reciproca trasformazione (cfr. *Ivi*, p. 19). Ogni azione possiede insomma un «lato utilitario» legato «al determinismo naturale» e un «lato simbolico» legato «alla costrizione sociale», entrambi intrecciati ma non risolti nella cooriginarietà costitutiva della produzione del rito e dell'*outil*, in quell'unico slancio fondamentale nel quale si colloca tanto l'origine della costrizione sociale quanto la possibilità, anzi, come afferma Le Cœur con evidente riferimento bergsoniano, "l'obbligazione" dell'invenzione (cfr. *Ivi*, pp. 15-17).

La lettura di Le Cœur, mentre suggerisce dunque l'ipotesi di una sostanziale inseparabilità di invenzione rituale-simbolica e invenzione tecnica, e della loro funzione complementare nell'ontogenesi sociale, finisce però, in parziale contraddizione con le premesse sopra esplicitate, con l'appiattire l'opposizione *outil*/rito sulla contrapposizione individuale/collettivo: «tutto ciò ci riporta al "fatto totale", e riassumeremo volentieri tutto il nostro studio in questa formula: *l'azione umana, creatrice di sensibilità, è nella sua essenza rituale, ma l'attenzione che la dirige verso le cose è fondamentalmente utilitaria*. I fini suppongono la società; l'individuo pensa ai mezzi» (*Ivi*, pp. 32-33). Il ragionamento di Le Cœur, «bon gré, mal gré»[40] segue infatti la tradizione durkheimiana, alla cui scuola egli appartiene. Nel pensiero di Durkheim infatti, fin da *La divisione del lavoro sociale* (1893), la distinzione tra rappresentazioni collettive e individuali è parallela a quella tra norme morali e regole tecniche, che definisce la natura stessa della società in quanto le due normatività funzionano secondo differenti regimi di sviluppo e secondo diversi gradi di necessità. Ebbene, in Durkheim è proprio l'individuo a incarnare questa duplicità asimmetrica in quanto *homo duplex*[41]: ogni individuo della specie umana risulta irrimediabilmente diviso tra doveri collettivi imposti dalla società e bisogni ed aspirazioni individuali all'interno dei quali va collocata ogni dinamica di invenzione, in particolare l'invenzione tecnica, in quanto nell'ambito della normatività tecnica «i mutamenti sono molto più facili e più rapidi: le variazioni individuali possono qui prodursi non soltanto in piena libertà, ma anche con successo», mentre per la normatività morale «i soli progressi possibili sono quelli che la società compie collettivamente» (Durkheim 1893, p. 57).

Così Bergson tenta di tradurre tale opposizione in una successione evolutiva che esclude l'aspetto sociale e fonda l'attività tecnica su di un terreno esclusivamente biologico:

> se potessimo spogliarci di ogni orgoglio, se, per definire la nostra specie, ci attenessimo rigorosamente a ciò che la storia e la preistoria ci presentano come la caratteristica costante dell'uomo e dell'intelligenza, forse non diremmo *Homo sapiens*, ma *Homo faber*. In definitiva, *l'intelligenza, considerata per quello che sembra essere il suo momento originario, è la facoltà di fabbricare oggetti artificiali e in particolare utensili atti a produrre altri utensili, e di variarne indefinitamente la fabbricazione* (Bergson 1907, p. 117).

Le Cœur riprenderà l'opposizione bergsoniana "piegandola", come d'altra parte farà anche Mauss[42], in senso durkheimiano: nel suo libro *homo faber* e *homo vates* non indicano affatto due momenti di un processo evolutivo, ma una duplicità costitutiva dell'uomo in quanto diviso tra una normatività di tipo sociale ed una normatività collettiva di tipo tecnico, le cui concretizzazioni sono appunto il rito e l'*outil*:

> all'*homo faber* che considera e tratta il mondo come una macchina, si oppone l'*homo vates* che fa del mondo un'opera d'arte, un insieme commovente di simboli. L'uomo ricava, dal determinismo naturale, degli strumenti [*outils*] che estendono la sua potenza sulle cose, e, dalla costrizione sociale, dei riti che fanno vibrare più profondamente il suo io [*moi*] (Le Cœur 1939, p. 15).

Con mossa non dissimile Leroi-Gourhan, in *L'homo faber: la main* (1950)[43], tenta di interrogare scientificamente, ovvero dal punto di vista della preistoria, il problema posto "filosoficamente" dalla formula bergsoniana[44]. Ebbene, la sua conclusione è nettissima: «sembra che la distinzione tra *faber* e *sapiens* sia una dissociazione ingannevole e di scarsa utilità per la comprensione delle origini dell'uomo» (*Ivi*, p. 89)[45]. Nel corso della discussione Leroi-Gourhan ribadisce più volte l'impossibilità di discriminare il momento (prei)storico della nascita della tecnica, ovvero dell'*homo faber*: «si può pensare che a partire dallo scimpanzé che prende un bastone per staccare delle banane, la tecnica è nata, lo scimpanzé è già *faber*» (*Ivi*, p. 95). Il punto è che la distinzione tra *faber* e *sapiens* non può essere in alcun modo risolutiva di un problema di origine: si tratta di "un'astrazione comoda", incapace di descrivere un processo evolutivo, e tuttavia utile a distinguere differenti modalità operative caratterizzanti l'uomo, come sembra accennare nella battuta con cui conclude il dibattito: «d'altra parte, la nozione di *homo faber* conviene ad una certa utilità. Noi siamo tutti *homo faber* in una certa misura, e io forse più della maggior parte di voi: ne sono persuaso» (*Ivi*, p. 98).

Forse ereditata da Le Cœur, la teoria di una sfasatura dell'uomo *e* del sistema sociale tra normatività di tipo tecnico e religioso, viene letta da Simondon attraverso il filtro di Leroi-Gourhan: ciò non solo gli permette di pensare l'invenzione in modo parzialmente indipendente dalla contrapposizione durkheimiana individuo/collettivo, ma anche di rifiutare l'ipotesi bergsoniana di una successione tra *faber* e *sapiens*. Simondon è infatti in grado di conservare il riferimento sociologico senza negare quello biologico, ma rifiutando in ogni caso di dedurre la sfasatura tra tecnicità e sacralità da una contrapposizione elementare precostituita tanto in senso sistemico (individuo-società)[46] che in senso evolutivo (*faber-sapiens*). Tanto più che l'operazione bergsoniana, pur avendo avuto il merito di «legare l'attività tecnica all'*homo faber* e di mostrare la sua relazione con l'intelligenza», avrebbe contribuito - conformemente alla sua attitudine "pragmatica e nominalista" nei confronti delle tecniche e delle scienze - a schiacciare la tecnicità su di una funzione utilitaria e legata allo spazio, e di conseguenza sul versante passivo del «dualismo assiologico del chiuso e dell'aperto, dello statico e del dinamico, del lavoro e del sogno» (MEOT 254).

In apertura di *Psycho-sociologie de la technicité* Simondon dichiara esplicitamente di voler riprendere e proseguire l'opera di Leroi-Gourhan estendendone l'analisi alle società contemporanee: «è necessario prolungare questo studio, relativo soprattutto alle civiltà preindustriali, verso l'esame della genesi degli oggetti tecnici nelle civiltà industriali» (PST 130). Il corso risulta tutto costruito sul tentativo di demistificare i rapporti sociali con l'oggetto tecnico implicanti utilità e valore simbolico, per restituire invece l'ipotesi di una sua funzione normativa, e in senso ampio "culturale", irriducibile alle precedenti. Nelle prime due sezioni Simondon sostanzialmente riprende e amplia le analisi di *Du mode* sullo stato di alienazione, nel modo di produzione contemporaneo, della tecnicità "cristallizzata" nell'oggetto tecnico, dimostrando come l'uso e la funzione sociale non solo non esauriscano il senso della tecnicità, ma contribuiscano a nasconderla[47]. Ma soltanto nella terza ed ultima parte, intitolata *Tecnicità e sacralità. Studio comparato delle strutture e delle condizioni di genesi, di degradazione e di compatibilità*, in poche pagine di altissima densità, egli definisce il senso della propria operazione teorica. In questa sezione analizza infatti le strutture di "tecnicità" e "sacralità" teorizzandone esplicitamente l'isomorfi-smo al fine di produrne la demistificazione. Simondon si riferisce a Mircea Eliade, *Immagini e simboli* (1952) per accoglierne l'ipotesi di una "struttura della sacralità": si tratta di una rete della quale gli oggetti sacri sono i nodi, «*centri* che mettono in comunicazione le regioni fon-damentali dello spazio» (PST 129)[48]. Secondo Simondon quanto soste-nuto da Eliade può essere esteso alla "struttura della tecnicità" : «ciò che Mircea Eliade afferma delle immagini e dei simboli potrebbe essere affermato di questo insieme di tecnicità che costituisce una rete» (PST 324). Si danno insomma due configurazioni strutturali isomorfe - tecni-cità e sacralità - in cui gli oggetti svolgono la medesima funzione parti-colare, di apertura "trasduttiva", all'interno del sistema in cui sono compresi. In questo senso l'oggetto tecnico acquisisce statuto analogo all'oggetto sacro: nella strutturazione reticolare della tecnicità, infatti, «ogni utensile esiste sempre meno come *oggetto* e sempre più come *simbolo*» (PST 325).

Ora, l'ipotesi di un isomorfismo strutturale di tecnicità e sacralità, manifesto nella struttura reticolare caratterizzante entrambe, autorizza il loro studio congiunto: per questo Simondon non rinuncia ad interro-garne anche l'origine comune nella "ritualizzazione primitiva". Tale "ritualizzazione primitiva", che consiste in una reticolazione del *milieu* naturale e in un'organizzazione ripetitiva dell'azione, ripropone allora quella forza costitutiva, quella fonte del collettivo che, a partire dalla magia, procedeva appunto sfasandosi, in *Du mode*, nella tecnica *e* nella religione. Nel corso del 1960-61 Simondon richiama appunto la sua tesi complementare quando dichiara che la relazione tra reti di sacralità e di tecnicità dipende dalla "fase magica" là teorizzata:

> le ritualizzazioni sono forse più primitive della sacralità pura e della tecni-cità pura, e si può arrischiare l'ipotesi dello sdoppiamento di una struttura unica primitiva, struttura reticolare iniziale che si è sfasata in rete di sacrali-tà e rete di tecnicità. Questa è l'ipotesi di una genesi parallela per sdoppia-mento a partire da una struttura reticolare originaria da noi presentata nella terza parte dell'opera intitolata *Du mode d'existence des objets techniques* (PST 327).

Simondon tenta di dimostrare come le strutture originarie di ritua-lizzazione dell'azione producano una genesi congiunta degli spazi e delle temporalità di tecnicità e sacralità[49]: origine comune che sarebbe testimoniata dallo studio storico delle tecniche primitive nel loro in-treccio costitutivo con elementi rituali (qui cita ancora Eliade, *Arti del metallo e alchimia* (1956a), e la cui forza evocativa persisterebbe in alcu-ne epifanie della tecnica contemporanea[50].

In questo modo non solo la ricostruzione di un'origine comune di sacralità e tecnicità preserva ognuna delle due dal rischio di essere ri-dotta ad epifenomeno o, peggio, degradazione dell'altra[51], ma - una volta spostata l'analisi dall'ordine dell'origine a quello dell'attualità del problema della sfasatura - funge decisamente da sostegno all'ipotesi di una loro possibile convergenza. Sacralità e tecnicità sono infatti entrambe operazioni che, implicando il riferimento a quella dimensione che nell'*Individuation* si diceva preindividuale, determinano il superamento dell'identità fittizia degli attori in gioco in un movimento che rende inadeguati gli strumenti di una psicologia centrata sugli individui quanto quelli di una sociologia centrata sui gruppi. Sacralità e tecnicità sono «dimensioni secondo le quali l'azione oltrepassa se stessa» e non si coglie come l'opera di un soggetto (individuale o collettivo) ma come l'effetto di un flusso di forze che si struttura costituendo la rete di oggetti e simboli entro la quale individui e gruppi costruiscono operativamente e simbolicamente le proprie identità: «tecnicità e sacralità suppongono che l'individuo nell'operazione tecnica e il gruppo nella sacralizzazione oltrepassino la loro unità e la loro identità: esse formano un mondo coerente di strutture» (PST 332). Perciò possono essere egualmente trattate come "codici" la cui funzione psicosociale è di «decodificare la realtà quotidiana per conoscerla, interpretarla e rispondervi con un'azione definita» (PST 340).

Tuttavia, sullo sfondo di un'ipotesi di convergenza, l'analisi parallela di tecnicità e sacralità palesa ancora una volta l'asimmetria propria della relazione di sfasatura: «isomorfismo non significa identità» (PST 332). La loro comune natura processuale e strutturante - che potremmo definire nel linguaggio dell'*Individuation* "transindividuale" - non cancella infatti l'asimmetria costitutiva che definisce il vettore dell'impatto sociale delle rispettive operazioni:

> attraverso la tecnicità l'azione stacca, condensa e mobilita gli aspetti del mondo che essa organizza ed utilizza. Al contrario, attraverso la sacralità l'azione si fonde allo spazio e al tempo che essa penetra senza staccare oggetti, senza mobilitare elementi: la sacralità immobilizza le forze, le dispone nel mondo, mentre la tecnicità le raccoglie e mobilita (PST 332).

Simondon stabilisce la teoria delle differenti funzioni "rappresentativa e operatoria" svolte dai sistemi di sacralità e tecnicità come "quadri psicosociali". Tecnicità e sacralità svolgono funzioni differenti perché operano su scale differenti. La sacralità opera sulla scala dei gruppi, mentre la scala della tecnicità «supera quella dei gruppi umani più vasti» (PST 343). Questa differenza di scala determina differenti regimi di "causalità cumulativa" che corrispondono di fatto ad un diverso grado di dipendenza dalle dinamiche dei singoli gruppi sociali. La sacralità è costretta a «reclutare forze e risorse energetiche nel mondo umano delle motivazioni e della fede», e rimane dunque sempre locale e determinata dalle caratteristiche del gruppo di riferimento. Così, in quanto «la causalità cumulativa positiva che alimenta la sacralità passa attraverso le rappresentazioni umane della sacralità» (PST 340), essa rimane legata al fondamentale dualismo sacro/profano, la cui struttura binaria ne determina, con il limite di scala da essa imposto, la stabilità ma anche la rigidità strutturale: «la sacralità è rigida e limitata. Così la tendenza all'ecumenismo interna alla categoria del sacro è un sogno irrealizzabile; ogni sistema di sacralità si dà come virtualmente universale, ma di fatto si ritrova in concorrenza con altri sistemi di sacralità» (PST 341). Al contrario invece la tecnicità, dal momento - storico - in cui «ha superato il limite dei gruppi umani, fornisce un sistema di riferimento le cui ampie maglie relativizzano alla loro scala le particolarità dei gruppi umani e i regionalismi della sacralità» (PST 341). Per questo solamente la tecnicità «possiede un potere reale di ecumenismo» (PST 341) e può essere "base" contemporaneamente «di relatività e di universalità» (PST 343), di contro all'universalità sempre soltanto ideale, chiusa ed esclusiva, implicita nella binarietà tipica della logica del sacro (cfr. PST 340-41).

Dunque isomorfismo strutturale e cooriginarietà non solo non arrivano mai a cancellare il differire operativo di sacralità e tecnicità, fondamentalmente legate l'una a processi di stabilizzazione sociale e l'altra a processi d'invenzione, ma neppure possono nascondere la dimensione epocale di una sfasatura che, aperta forse dalla modernità, risulta manifesta nell'accelerazione contemporanea delle tecniche. L'ipotesi di una convergenza di sacralità e tecnicità non può dunque derivare da una sfasatura per così dire soltanto "fisiologica" delle due tendenze. Per determinare il differenziale che definisce la relazione tecnicità/sacralità Simondon fa leva sull'opposizione teorizzata da Eliade tra «storicità della civiltà a intemporalità della cultura» (PST 227). Secondo le definizioni offerte da Simondon, in Eliade la civiltà sarebbe costituita dall'insieme «degli strumenti e dei contenuti dei quali si dà conoscenza razionale e concettuale», mentre la cultura, fatta di «immagini, simboli e miti» sarebbe «un tipo di realtà della quale non si può dare rappresentazione pienamente razionale secondo le categorie dell'unità e dell'identità» (PST 319). Da tale contrapposizione deriverebbe una diagnosi molto semplice sul disagio della civiltà: «l'uomo moderno si caratterizza per il fatto che, per lui, la civiltà ha preso il sopravvento sulla cultura» (PST 319). Questa distinzione non sembrerebbe in linea di massima in contrasto con quanto già presentato da Simondon nella Nota complementare, dove all'omeostasi sociale del fattore "comunità" si opponeva l'eccedenza dell'invenzione tecnica come fattore di destabilizzazione; ma già allora l'elemento di eccedenza appariva anche condizione di innovazione e di ristrutturazione del sistema e in ultima analisi sua condizione di continuità vitale e valoriale. Così, quando Eliade classifica «i contenuti di rappresentazione e d'uso della tecnicità tra gli aspetti della civiltà» (PST 319) di contro all'eternità dei simboli della cultura, commette secondo Simondon l'errore di trasformare in un'opposizione artificiale e astratta tra strutture quella che è in realtà un'opposizione tra operazioni, creando una separazione ontologica tra un mondo simbolico e astorico della sacralità-cultura e un mondo materiale e contingente della tecnicità-civiltà. L'attacco alla distinzione di Eliade coinvolge non solo Heidegger e Toynbee, ma anche l'importazione della dicotomia cultura/civiltà in Francia da parte di esistenzialismo e fenomenologia: si tratta in ogni caso di "meccanismi di difesa" della cultura che producono veri e propri "miti difensivi" che hanno come esito una tecnofobia impotente e cieca di fronte al contenuto propriamente "culturale" degli oggetti tecnici (cfr. PST 320). Simondon, ribaltando completamente i termini in questione, rivendica invece da un lato la radicale storicità della cultura e soprattutto, dall'altro, una sorta di "atemporalità" della tecnicità alla quale conferisce un senso compatibile con la teoria dell'evoluzione tecnica esposta in *Du mode*: "eternità" degli "schemi tecnici" immanenti all'oggetto tecnico, che ne determinano una tendenza evolutiva parzialmente immune dalla storicità psicosociale. Di conseguenza il compito si ribalta. Non si tratta più di riportare il mondo simbolico in una posizione di dominio e controllo nei confronti di un processo di civilizzazione o tecnicizzazione la cui accelerazione metterebbe in crisi la sacralità *e dunque* la stabilità sociale, ma piuttosto di ripensare radicalmente la tecnicità promuovendone l'integrazione in una cultura costituita *a partire* dall'assunzione di essa come valore. Si tratterebbe insomma di promuovere la liberazione delle tendenze evolutive proprie della tecnicità dalla storicità alienante del valore d'uso (determinato dalla relazione al *milieu* naturale) e del valore storico-simbolico (determinato dalla relazione al *milieu* sociale, nel senso sociologico dello *status symbol*) per immetterla - come fattore destabilizzante ma anche costitutivo - nel gioco dei valori propriamente "culturali" nel senso più ampio.

La relazione di isomorfismo strutturale tra sacralità e tecnicità proiettata, a partire dalla comune origine, sulla dimensione contemporanea della sfasatura, finisce dunque per autorizzare in ultima istanza la ricerca di una loro «sinergia nel dominio psico-sociale» (PST 320), ma tutta giocata per così dire sulla forza propria del versante "tecnicità". Il discorso di Simondon acquista infatti toni filosofico-politici quando, attraverso l'analisi delle strutture di tecnicità e sacralità, si prefigge lo scopo di produrre una «demistificazione parallela della sacralità e della tecnicità», così da «scoprire senza pregiudizi la vera struttura e l'essenza reale della tecnicità, per verificare se i germi di valore, le linee assiologiche che essa ci può fornire non siano in profonda concordanza con la sacralità» (PST 320). In *Psycho-sociologie de la technicité* rimane così aperta più che mai l'ipotesi che la tecnica sia in grado - come accade per la sacralità, ma da sola - di costituire la base di una cultura: «nulla prova - ed è precisamente l'ipotesi che presenteremo - che la tecnicità non possa costituire, come la sacralità, il fondamento di una cultura» (PST 129).

CULTURE ET TECHNIQUE. ACCELERAZIONE E CONGIUNTURA

Una costitutiva ambiguità caratterizza il modo in cui Simondon concepisce la sfasatura tra tecnicità e sacralità: ne testimonia l'ampiezza davvero difficilmente governabile assunta nel suo pensiero dal concetto di "sacralità", nel quale finisce per precipitare tutto ciò che si intende per "cultura" eccetto l'attività e la produzione tecnica. Il problema è in realtà questo: la specificità della sfasatura "tecnica" è solo contemporanea? Oppure caratterizza - per così dire - la stessa natura umana (o, meglio, le condizioni della sua emergenza)? Tale ambiguità è palesata dal fatto che, tanto in *Du mode* quanto nell'*Individuation*, l'attività tecnica compare a volte come *una* tra le modalità dell'individuazione transindividuale, altre volte come *la* prima forza propulsiva della mutazione sociale attraverso l'invenzione, o ancora, come *la* modalità primaria di "iniziazione" dell'individuo alla vita collettiva: «l'attività tecnica può essere reputata, quindi, un'introduzione alla vera ragione sociale e un'iniziazione al senso della libertà individuale» (NC 511). In Simondon vi è inoltre un continuo rimando tra l'analisi del problema relativo alla "sfasatura" che caratterizzerebbe la contemporaneità (tema portante del *Du mode*) e l'attribuzione alla "tecnicità" di uno statuto determinante rispetto all'ontogenesi delle società umane, a volte addirittura l'identificazione *tout court* di quest'ultima con l'apertura transindividuale, come sembra accadere in particolare nella *Nota complementare* e nella *Conclusione* del *Du mode* dove l'attività tecnica viene assunta esplicitamente quale "modello della *transindividualità*" (cfr. MEOT 248). In alcuni passaggi, alle "scelte" tecniche di una società Simondon sembra attribuire particolare forza propulsiva, strutturale o addirittura determinante rispetto alle mitologie e alle religioni che in seguito finiscono per imporsi[52]. In generale si può affermare che la tecnica rappresenti l'apertura delle dinamiche sociali opposta di volta in volta ad un fattore di chiusura; tale dialettica però non è affatto di tipo storico: è congiunturale e diagnostica, e non definisce il modello primario dell'ontogenesi sociale. Per questo la centralità della tecnica rimane sempre problematica, così come risulta sospesa la possibilità di determinare con precisione la relazione asimmetrica che legherebbe la "fase" tecnica alle altre fasi dell'agire umano, in particolare quella che di volta in volta si presume ad essa complementare. La ricerca di uno schema utile a definire la sfasatura "primaria" è infatti una costante del lavoro di Simondon, che passa attraverso ipotesi che vanno dalla considerazione della sfasatura biologica tra produzione di organi di strumenti, all'ipotesi della sfasatura tra tecnica e cultura (*Nota complementare*), tra tecnica e religione (*Du mode*), tra tecnicità e sacralità (*Psychosociologie de la technicité*), tra azione e produzione simbolica nella relazione tra organismi e *milieu* (*Imagination et invention*).

Ma solo nel '65, in *Culture et technique*, Simondon sembra finalmente chiarire la propria prospettiva. In questo breve saggio riformula infatti il problema della sfasatura tecnicità/sacralità tentando di cogliere *tra* tecnicità e cultura la funzione costitutiva del *milieu* umano. L'operazione concettuale veicolata dal testo è davvero indicativa. Innanzitutto Simondon mostra come l'etimologia del termine "cultura" sveli una prestazione valoriale, implicita nel suo utilizzo, che va riattivata per rivendicarne la specificità rispetto ad altre modalità di concepirla che possono essere riduttive e dannose. La nozione di "cultura" deriva infatti da una tecnica, la coltivazione, che si oppone diametralmente all'allevamento nella sua modalità operativa e nei suoi effetti: mentre l'allevamento agisce direttamente sul proprio oggetto (l'animale) selezionandolo e adattandolo ad un *milieu* artificiale nel quale può crescere secondo tempi e modalità centrate sulle esigenze umane, la coltivazione agisce «sul *milieu* vitale piuttosto che sul vivente» non tanto producendo un adattamento antropocentrato, ma fornendo «l'occasione di genesi di una seconda natura» (CT 4)[53]. Vediamo quale operazione concettuale è in gioco in questa distinzione paradigmatica. Mostrando l'origine tecnica della parola "cultura", Simondon intende ribadire, come sempre, l'assurdità di ogni contrapposizione tra «valori della cultura» e «schemi della tecnicità»; ma per farlo questa volta li riferisce entrambi con nettezza al medesimo innegabile fondamento:

> l'uomo, volente o nolente, è tecnico della specie umana; nei gruppi umani si esercita un'azione a circuito chiuso [*en boude fermée*][54] comparabile tanto a quella dell'agricoltore che prepara il terreno, quanto a quella del giardiniere o dell'allevatore che deformano le specie per ottenerne differenti varietà (CT 5).

L'attività *tecnica* può dunque essere declinata come attività diretta o indiretta, come "cultura" che agisce sugli individui oppure come "tecnica" che agisce sul loro *milieu,* ma *in ogni caso* si tratta di un'attività attraverso la quale i gruppi umani agiscono su se stessi. Per questo Simondon può concludere in ultima analisi che cultura e tecnica «sono entrambe attività di manipolazione [*maniement*], dunque delle tecniche: esse sono anzi delle *tecniche di manipolazione umana*» (CT 5, sott. ns.).

Dal momento in cui anche la cultura rientra nel novero delle tecniche, tutta la dialettica tra apertura e chiusura - negli scritti precedenti esemplificata dall'opposizione tecnica-cultura (in tutte le sue varianti, tra le quali quella esemplare di tecnicità-sacralità) - va pensata nei termini di una duplicità interna alla tecnica stessa. Ecco così che non si può più parlare di opposizione di fasi che in qualche modo implichino l'ipotesi di una differente essenza delle due "tendenze", ma semplicemente di «una questione di scala» (CT 6) che fa dipendere una differenza qualitativa dalla scala sulla quale si misura l'effetto di ritorno della *boucle* "tecnica":

> quando le tecniche oltrepassano la dimensione dei gruppi umani, la forza dell'effetto di ritorno, attraverso la modificazione del *milieu,* è tale che il gesto tecnico non può più essere soltanto un'organizzazione isolata di mezzi. Ogni gesto tecnico chiama in causa l'avvenire, modifica il mondo e l'uomo come specie di cui il mondo è il *milieu*. Il gesto tecnico non si esaurisce nella sua utilità di mezzo: pur sfociando in un risultato immediato, innesca una

trasformazione del *milieu* che reagirà sulle specie viventi, delle quali l'uomo fa parte (CT 7).

Così nel seguito del saggio non risulta più in questione la sfasatura tecnicità/sacralità, ma viene ripresa la distinzione tecnica e cultura, secondo un'impostazione che sembra ripetere sostanzialmente quella della *Nota complementare*: la cultura (in senso ristretto, indicata nel testo con l'iniziale minuscola) è una modalità della tecnica legata alla normatività "inter-gruppale"[55], mentre la tecnica è attività tendenzialmente legata all'invenzione normativa che ha una portata sovra-culturale: «questo conflitto è non tra cultura e tecnica, ma tra due tecniche, tra uno stato intra-gruppale delle tecniche, dunque intra-culturale, e uno stato che supera la dimensione di un gruppo, dunque ogni dimensione culturale possibile» (CT 6). Però l'importanza e l'estensione attribuita qui da Simondon al concetto di attività tecnica, capace *da sola* di supportare l'intera dinamica aperto/chiuso, lo costringe infine a riconfigurare anche il concetto stesso di cultura. E infatti nella seconda parte del saggio la nozione di "cultura" è utilizzata in modo duplice a seconda della scala su cui agisce, ripetendo sostanzialmente quanto detto per le due forme della tecnica: come "educazione" la cultura ha funzione di conservazione e stabilizzazione e costituisce un *milieu* autosufficiente ma inevolutivo e tendenzialmente regressivo (cfr. CT 15), come «*acte de culture* nel vero senso del termine» è invece "gesto tecnico" che istituisce nel gruppo una relazione con l'esterno che può innescare un processo di tipo evolutivo: «[le tecniche] sono nella specie umana il modo più concreto del potere evolutivo; esse esprimono la vita» (CT 8).

Dunque, solo quando eccede un regime di funzionamento congruente con la dimensione del gruppo, cioè solo quando diviene azione indiretta ed efficace sulla specie attraverso il *milieu*, «l'attività umana sull'uomo» è propriamente tecnica. È solo a questo punto che si ha a che fare non più con la «tecnica come mezzo, ma piuttosto come atto, come fase di un'attività di relazione tra l'uomo e il suo *milieu*» (CT 8). Ed è solo a quest'altezza che la "sfasatura" mostra chiaramente la sua natura epocale:

> il conflitto apparente tra tecnica e cultura è dunque piuttosto un conflitto tra due livelli tecnici, il livello preindustriale che fa delle tecniche dei contenimenti di mezzi al servizio di fini intraculturali in ogni gruppo umano, e il livello industriale, che fornisce alle tecniche un'apertura verso un grande gesto autonormativo il cui senso è evolutivo in quanto modifica la relazione della specie umana al *milieu* (CT 11).

Simondon qui non fa che riproporre un problema già presente in Bergson e ripreso successivamente da Leroi-Gourhan, problema tanto biologico quanto politico: quello del superamento di una scala oltre la quale i gruppi umani sperimentano difficoltà che derivano dalla loro stessa natura (e forse contribuiscono a definirne la peculiarità) ma non hanno soluzione politica "semplice".

Sulla scala a cui lavora Leroi-Gourhan l'innesco di quella causalità circolare tra biologico e culturale in relazione alla quale si misura l'accelerazione che costituisce le società umane è, come abbiamo visto, piuttosto che la rivoluzione industriale, l'esplosione neolitica: «il passaggio dal Neolitico essenzialmente rurale all'Età dei metalli coincide con lo sviluppo di un dispositivo territoriale che ne è la conseguenza progressiva, la "civiltà" in senso stretto, ovvero l'intervento della città nel funzionamento dell'organismo etnico» (Leroi-Gourhan 1964, p. 204)[56]. Tuttavia la questione politica rimane per i due autori la medesima, ugualmente legata all'inadeguatezza dello "sviluppo morale" delle società rispetto al loro "sviluppo tecnico"[57]. Nella visione di Leroi-Gourhan il problema risulta però difficilmente formulabile sulla scala dell'agire politico, data l'ampia sproporzione tra il complesso e potente apparato tecnico-simbolico delle società umane e la costituzione biologica, invariante, dell'*homo sapiens* che «continua a soddisfare in modo disordinato tendenze predatrici che risalgono al tempo in cui affrontava i rinoceronti» (Id. 1965, p. 270). Proprio nelle conclusioni de *Il gesto e la parola* egli pone così l'interrogativo fondamentale: «il grande problema del mondo, già attuale, è questo: come potrà questo mammifero ormai desueto, con bisogni arcaici che sono stati il motore di tutta la sua ascesa, continuare [...]?» (*Ivi*, p. 470). Poiché l'ultima delle ipotesi prospettate da Leroi-Gourhan, quella che lui stesso dichiara di voler scegliere, è pensata sulla scala dell'evoluzione della specie, anzi della sopravvivenza stessa del pianeta terra, non è affatto scontato - oggi come allora - che essa risulti compatibile con un qualche esercizio della politica:

> possiamo infine immaginare l'uomo, in un prossimo avvenire, deciso in seguito a una presa di coscienza a restare *sapiens*. Egli dovrà allora riconsiderare completamente il problema del rapporto fra ciò che è individuale e ciò che è sociale, esaminare concretamente il problema della sua densità numerica, dei suoi rapporti con il mondo animale e vegetale, smettere di imitare il comportamento di una cultura microbica per vedere la gestione del globo come qualcosa di diverso da un gioco d'azzardo [...] qualcosa [di questa soluzione] sarà inevitabilmente tentato nel prossimo secolo, perché la specie è ancora troppo legata alle sue radici per non cercare spontaneamente quell'equilibrio che l'ha portata a diventare umana (*Ivi*, pp. 471-72).

Facendo un passo indietro, vale la pena di osservare come già Bergson tentasse nelle *Due fonti*, e con maggiore determinatezza, di legare direttamente l'aspetto biologico-evolutivo del problema a quello politico, formulando la questione in questi termini: «la società chiusa è quella in cui i membri stanno fra loro, indifferenti al resto degli uomini, sempre pronti ad attaccare o a difendersi [...] Tale è la società umana quando esce dalle mani della natura. L'uomo era fatto per essa, come la formica per il formicaio» (Bergson 1932, p. 205). Ora, «la natura, che ha voluto delle piccole società, tuttavia ha aperto la porta al loro ingrandimento», ma senza che ciò abbia modificato di pari passo la natura umana: «bisogna aggiungere che l'antico stato d'animo sussiste, dissimulato sotto le abitudini senza le quali non vi sarebbe civiltà» (*ivi*, p. 212). Così, quello che è un evento della storia naturale si converte immediatamente, seguendo il ragionamento di Bergson, nella constatazione dello statuto aporetico del problema politico per eccellenza: «un problema [quello del governo] che l'estensione assunta dalle società ha forse reso insolubile» (*Ibidem*).

Ebbene, è sufficiente aggiungere a queste formule una considerazione termodinamica per ricavarne la posizione di Simondon. Poiché la tendenza regressiva è infatti congenita a tutte le culture in quanto ogni chiusura di sistema sottende necessariamente un «processo di degradazione» (cfr. CT 9), l'evoluzione sociale è una necessità vitale che dovrà far leva proprio sull'apertura evolutiva, "biologicamente" fondata, delle tecniche:

> le funzioni sono delle interiorizzazioni o incorporazioni di effetti fisici realizzati dal *milieu* esterno più o meno fortuitamente, incorporazioni corrispondenti a dei bisogni e stabilizzate grazie all'apparire di organi progressivamente differenziati. Ora, l'evoluzione umana attraverso il gesto tecnico si compie lungo la medesima direzione fondamentale; un certo effetto fisico è incorporato a ciò che funziona come *milieu* interno del gruppo umano; questo effetto diviene disponibile, riproducibile attraverso la messa in opera di un dispositivo tecnico, e questa disponibilità equivale all'incorporazione dell'effetto nell'organismo collettivo: è una funzione supplementare. Tutto avviene come se lo schema corporeo della specie umana si fosse modificato, dilatato, avesse raggiunto nuove dimensioni; il livello di grandezza cambia; la maglia percettiva ingrandisce e si differenzia; nuovi schemi d'intelligibilità si sviluppano, come quando il fanciullo lascia il suo villaggio e misura l'ampiezza della sua nazione. Non si tratta di una *conquista*: questa nozione deriva da una cultura chiusa. Si tratta di un'*incorporazione*, equivalente funzionale, a livello collettivo, dell'apparire d'una nuova forma vitale (CT 12).

E se il problema sembra in ultima analisi quello di stabilizzare la relazione tra uomo e mondo nell'epoca di un'inedita e accelerata modificazione del *milieu*, "stabilizzare" significa, appunto, secondo quanto implicato nei concetti di metastabilità e trasduzione (e di *élan vital*), continuare. Ciò implica muoversi politicamente nella direzione indicata da un'adeguata elaborazione del concetto di "cultura". Leggere l'ambito della cultura come rete di produzione e scambio di significazioni attraverso strumenti concettuali di derivazione cibernetica come quelli offerti dall'*Individuation* era un tentativo di renderne comprensibile il rapporto con l'attività tecnica. Attraverso il concetto di simbolo e grazie al riferimento alla magia quale fase "originaria" della produzione tecnica e simbolica, Simondon arriva in seguito ad ipotizzare l'isomorfismo strutturale di tecnicità e sacralità, e a prospettare più coerentemente le linee di una loro possibile convergenza. Così abbiamo seguito il modo in cui egli giunge a teorizzare l'attività di produzione simbolica in *Imagination et invention*, scoprendone l'importanza cruciale per comprendere l'ontogenesi del sociale. In seguito abbiamo analizzato in *Du mode* la funzione strategica della magia come modello di quel regime di attività relazionale tra uomo e mondo che definisce la soglia tra natura e cultura, nella parziale separazione delle attività di produzione di un *milieu* tecnico e simbolico, il «sistema degli oggetti creati» collettivamente che costituisce «l'*enveloppe* dell'individuo» (cfr. IMI 186) nel senso già dato al termine da Leroi-Gourhan. A partire dall'istituzione di tale *milieu* il "progresso umano" sembra subire un'accelerazione irreversibile, che impone una riflessione sulla tecnica quale tema e problema politico per eccellenza. Nel dispiegarsi della tecnicità su di una scala mondiale, Leroi-Gourhan vede l'esito dell'irreversibile uscita dallo stato di natura (l'entrata nella storia) con la quale la società occidentale deve necessariamente fare i conti, pur possedendo un apparato simbolico ancora in gran parte calibrato su dimensioni corrispondenti alle società cosiddette "senza storia"[58].

In *Psycho-sociologie de la technicité* Simondon proietta tale sfasatura sul sistema sociale contemporaneo attraverso l'analisi di tecnicità e sacralità e del loro rapporto attuale con la possibile ri-costituzione del legame sociale in un contesto in cui l'attività politica è esposta costitutivamente al rischio una doppia riduzione: tecnica e/o mitologica. La ricerca di prospettive alternative non può passare però verso proposte di tipo regressivo. Nessuna ipotesi di un ritorno alla dimensione comunitaria, dunque, ma la constatazione di una tendenza evolutiva (non "progressiva") irreversibile e della necessità di una presa in carico: al punto che l' "apertura" tecnica non solo diviene implicitamente un giudizio di valore, ma anche l'indice di un compito che, dal punto di vista politico come dal punto di vista etico, fa appello - come in Bergson - ad una mistica adeguata. Nel breve saggio *Culture et technique*, di poco successivo al corso su *Imagination et invention*, Simondon sembra così legare la ricostruzione dell'accelerazione neolitica, la constatazione dell'esplosione moderna della tecnica e lo sguardo etnologico sulla magia come fenomeno primitivo situato sulla soglia *tra* natura e cultura, alla considerazione della sfasatura contemporanea tra sacralità e tecnicità. Questo gli permette di formulare un programma di ricerca di tipo filosofico-politico coerente con la concezione del ruolo centrale della tecnicità nell'ontogenesi sociale (un programma, peraltro, il cui parziale svolgimento risulta disperso in una produzione che in gran parte ne precede l'esplicita formulazione). Così, a partire dalla diagnosi congiunturale della sfasatura tra tecnica e cultura, l'invenzione tecnica sarà per Simondon il luogo della possibile soluzione del problema del legame e della regolazione sociale, della compatibilizzazione di tendenze di tipo omeostatico e del loro rischio di implosione in mancanza di un sufficiente "supplemento d'anima" che però, a differenza di quanto accade per Bergson nelle *Deux sources*, si trova già virtualmente contenuto nell'essenza della tecnicità. A tale appello intende rispondere, nel pensiero di Simondon, il progetto di una "cultura tecnica".

11. POLITICA E CULTURA TECNICA

Nella seconda parte del nostro lavoro abbiamo visto come Simondon tentasse di stabilire all'interno dell'*Individuation* i principali vettori dell'individuazione transindividuale - credenza, lavoro e linguaggio - indicando nell'affettivo-emotività la "zona centrale" ad essi comune. Attraverso i testi più significativi che seguono la tesi principale abbiamo poi delineato lo sviluppo progressivo di una gerarchizzazione dei diversi fattori dell'ontogenesi sociale, fino alla giustificazione della netta preminenza del problema della tecnica. Ma prima di giungere alla questione politicamente cruciale della formazione di una "cultura tecnica", dovremo approfondire il tema della funzione sociale della religione, sempre latente eppure raramente approfondito nella ricerca di Simondon. Tema che solo sporadicamente appare nell'*Individuation*, ma in un caso con una connotazione davvero decisiva: «la religione è l'ambito del transindividuale» (I 250). Tale affermazione risulta quasi del tutto incomprensibile se non la si lega ad altre che, collocate per così dire alle due estremità dell'opera, le forniscono il giusto rilievo. Da un lato, in *Place d'une initiation technique dans une formation humaine complète* (1954), il primo articolo da lui pubblicato, Simondon afferma che «ogni comunità chiusa secerne una forma del sacro» (PL 117), anticipando così un tema poi ampiamente sviluppato nella *Nota complementare* sul rapporto tra chiusura comunitaria e apertura sociale, collocando la sacralità sul primo dei due versanti[1]. All'altro estremo della sua vita intellettuale, in una lettera a Derrida intitolata *Sur la techno-estetique* (1982), Simondon invita il collega a considerare, con la tecnica e l'estetica, l'importanza «del pensiero e della pratica religiosi» come "interfacce" per la rigenerazione del pensiero filosofico (cfr. LTE). Ma soltanto *Du Mode* e *Psycho-sociologie de la technicité* trattano esplicitamente la questione, e ci permettono di legare direttamente i temi religioso e politico alla diagnosi congiunturale sopra esposta, in modo da poter in seguito cogliere l'importanza dell'apertura tecnica per l'azione politica.

IL LUOGO (RELIGIOSO) DEL POLITICO

Coerentemente con l'impostazione della terza sezione del libro, in *Du mode* vi è una sorta di "deduzione trascendentale" del politico dalla fase magica attraverso la fase del pensiero religioso. Nella prima sfasatura dell'unità magica primitiva la religione ipostatizza la funzione di "fondo" fissandola in un soggetto, così come le tecniche fissano gli elementi "figurali" quali oggetti. In questo passaggio la relazione uomo-*milieu* viene dunque scorporata in due fasi complementari che incarnano funzioni divergenti elementari la cui somma non restituisce però la totalità originaria: solamente «nel loro insieme tecnica e religioni sono eredi della magia» e «la religione non è più magica della tecnica» (MEOT 173). Tuttavia è chiaramente la religione a veicolare un' «esigenza di totalità e d'unità incondizionata» (MEOT 208) che, intrecciandosi all'inversa tendenza della tecnica, conduce verso un doppia reticolazione della realtà, come mondo geografico e come mondo umano. Se il mondo geografico è il risultato dell'effetto di ritorno dell'esigenza di totalizzazione - veicolata dalla scienza - sull'operazione tecnica di segmentazione del mondo, l'articolazione del mondo umano è l'esito dell'esigenza di segmentazione - veicolata dall'etica - volta a concretizzare la funzione religiosa soggettiva in immagini, istituzioni, simboli ed azioni determinate. In questo modo si producono strutture reticolari (il cui isomorfismo sarà analizzato appunto in *Psycho-sociologie de la technicité*) che sono il segno della maturità tanto delle tecniche che delle religioni: «la maturità delle tecniche e delle religioni tende verso la reincorporazione al mondo, geografico per le tecniche, umano per le religioni» (MEOT 182).

Soltanto a questo punto è possibile cogliere la distinzione tra modalità primarie e secondarie del pensiero e dell'azione. Di contro all'immediatezza della sfasatura primaria religiosa e tecnica, infatti, al livello di questa sua "seconda tappa" il *milieu* dell'uomo non è più composto da organismi e dal mondo naturale, ma da un "mondo geografico" già costituito ad oggetto di rappresentazione ed uso, e, soprattutto, da un "mondo umano" già costituito a soggetto collettivo di pensiero ed azione (cfr. MEOT 214). Seguendo l'analisi di Simondon, che a questo punto perde la sua simmetria, la seconda ondata di sfasature avrebbe a che fare principalmente con l'operare di tecniche e religioni sul mondo umano (secondo il modello di quell'operare "riflessivo" che sarà appunto sviluppato in *Culture et technique*). Si costituiscono così da una parte le «tecniche del mondo umano», mentre parallelamente nascono «dei tipi di pensiero anch'essi riferiti al mondo umano, ma preso nella sua totalità» (MEOT 214). Questa sfasatura che costituisce la "seconda tappa" di tecniche e religioni avviene a livello del collettivo istituito, che funziona come cassa di risonanza rispetto all'insufficienza della prima ondata a risolvere in modo diretto il problema del rapporto uomo-*milieu*. Proprio in quanto il *milieu* è a quest'altezza irrimediabilmente complicato - in un regime di attività riflessiva - dalla componente sociale, il pensiero religioso «caricato d'inferenze sociali [...] non può più realizzare una mediazione tra l'uomo e il mondo» (MEOT 208). È solo a questo punto che, *da un'esigenza interna alla fase religiosa* (sviluppatasi a partire dall'istituirsi di una relazionalità di tipo intersoggettivo che comporta espressione e comunicazione, cfr. MEOT 202), Simondon fa sorgere la "fase" politica:

non vi è l'abitudine di chiamarle religioni, poiché la tradizione riserva il nome di religioni ai modi di pensiero contemporanei alle tecniche di elaborazione del mondo; tuttavia, i modi di pensiero che assumono la funzione di totalità in opposizione alle tecniche applicate al mondo umano, e che sono i grandi movimenti politici di portata mondiale, sono esattamente l'analogo funzionale delle religioni. [...] a partire dal momento in cui le tecniche sull'uomo hanno rotto questa reticolazione [primitiva n.d.a.] considerando l'uomo come materia tecnica, da questa nuova rottura d'una relazione figura-fondo sono sorti correlativamente un pensiero che coglie gli esseri umani al di sotto del livello di unità (le tecniche di manipolazione umana) ed un altro pensiero che li coglie al di sopra del livello di unità (i pensieri politici e sociali) (MEOT 214-15).

La politica è dunque per Simondon modalità del religioso, e precisamente la modalità con cui gli uomini tentano di recuperare il riferimento alla totalità quando si tratta di compensare la tendenza alla frammentazione del mondo umano per mezzo di tecniche di misurazione e controllo che oggi saremmo tentati di classificare come eminentemente (bio)politiche, in quanto operano per «pluralizzare e studiare [l'uomo] come cittadino, come lavoratore, come membro di una comunità familiare [...] trasformano le attitudini in elementi strutturali, come fa la sociometria trasformando le scelte nelle linee di un sociogramma» (MEOT 215). Ora, proprio in quanto opposta a una modalità della tecnica, la politica in *Du mode* non ha evidentemente funzione innovativa, bensì compensativa rispetto alle tecniche sull'uomo elaborate nelle società umane: il pensiero sociale e politico classifica e giudica, include ed esclude in base a dicotomie categoriali che hanno funzione analoga a quelle di sacro-profano e puro-impuro nel pensiero religioso, riconduce la sperimentazione e la frammentazione delle tecniche sull'uomo al rispetto dell'unità del mondo umano (cfr. MEOT 215). Eppure, nonostante questo, l'opposizione di apertura/chiusura tra tecnicità e sacralità tipica di altri luoghi del pensiero simondoniano non risulta immediatamente trasferibile alla dialettica tra "tecniche sull'uomo" e "pensiero sociale e politico" sviluppata in *Du mode*: innanzitutto perché le tecniche sull'uomo sono qui esemplificate anche da operazioni di "chiusura", come «l'integrazione ai gruppi sociali, la coesione dei gruppi» (MEOT 215); ma soprattutto in quanto la politica opera tendenzialmente su di una scala tale da mettere in crisi la stabilità stessa dei gruppi sociali: «i pensieri politici integrano [il mondo umano] ad un'unità superiore, quella della totalità dell'umanità nel suo divenire, dove esso perde la sua unità reale, come l'individuo nel gruppo» (MEOT 215). Dunque il pensiero e l'azione politica costituirebbero un'eccezione rispetto alla funzione omeostatica della sacralità, nell'orbita della quale essi tuttavia si collocano? Per rispondere a questa domanda, che sembra mettere in crisi la nettezza delle distinzioni tra le funzioni di chiusura e apertura di tecnicità e sacralità, dovremo ritrovare la trattazione di questo tema in altri momenti della riflessione di Simondon. Ma non prima di essere passati attraverso l'abbozzo di una lettura della questione politica in Bergson, nel punto in cui quest'ultima incontra precisamente il problema del suo rapporto con il religioso.

Bergson nelle *Due fonti* tenta di spiegare il fenomeno religioso ritrovandovi la discontinuità costitutiva dell'operare della vita stessa. Così la religione si declina come statica o dinamica: come obbligazione che produce coesione sociale o come esperienza mistica che, riprendendo contatto con lo slancio vitale, rende possibili nuove forme di vita. La religione è dunque la fonte di due modalità dell'agire sociale umano altrettanto fondamentali ed in tensione tra loro. Nella sua componente "statica", attraverso la "funzione fabulatrice", fornisce le immagini e i simboli che garantiscono l'istituzione e la regolazione del campo sociale attraverso il meccanismo dell'obbligazione, che nelle società umane compensa l'offuscamento, dovuto all'esercizio dell'intelligenza, di quel fattore di regolazione naturale che negli altri animali è l'istinto. Nella sua componente "dinamica" permette ad alcuni individui di introdurre un'innovazione che deriva da un pensiero ed un'azione (mistica) che funzionano su di una scala eccedente quella delle società umane e per questo irriducibile alle dinamiche della "società chiusa". La "società aperta" è dunque per Bergson una tendenza processuale che caratterizza tutte le "società chiuse" umane, mantenute coese dalla "religione statica", ma al tempo stesso mantenute aperte da una "religione dinamica" che ne eccede immancabilmente la configurazione attuale. La "società aperta" insomma non esiste se non come possibilità interna di società che sono sempre - sebbene mai completamente - "chiuse"; e non funziona su di un altro piano e con altri mezzi, ma attraverso le maglie del loro stesso apparato di regolazione: «la religione dinamica non si propaga che per mezzo di immagini e simboli forniti dalla funzione fabulatrice» (Bergson 1932, p. 206)[2]. Nelle *Due fonti* religione statica e religione dinamica non sono dunque forme contrapposte del religioso, ma le due modalità assunte dalla duplicità operativa della vita stessa all'altezza delle società umane. Il religioso, che regola ma anche eccede le configurazioni e le dinamiche del sociale, ha dunque valenza direttamente politica, e la sua struttura - che nei termini di Simondon potremmo definire "sfasata" - spiega in ultima analisi quell'operazione irriducibile alla sola chiusura o alla sola apertura che è il costituirsi delle società umane.

Quando in *Bergson politique* (1989) P. Soulez legge *Le due fonti* come un'opera di filosofia politica, dopo avervi rilevato la coincidenza di morale chiusa, politica e religione (cfr. *Ivi*, pp. 268-69), per riuscire a comprendere la discontinuità interna ad ognuno dei tre concetti, ripropone la dicotomia politico/politica tipica, come abbiamo visto, di una tradizione che oppone "il politico" come azione (extraistituzionale) a "la politica" come struttura (istituzionale)[3]. La diade politico/politica gli permette così di leggere un testo in cui le due funzioni - esemplificate nella disgiunzione aperto/chiuso - sono, appunto, strettamente correlate ma irriducibili l'una all'altra in ognuno degli ambiti esaminati: come alla morale aperta si oppongono le morali chiuse e allo slancio mistico della religione dinamica la religione statica, così, nelle *Osservazioni finali*, secondo Soulez, «Bergson passa da una riflessione su*l* politico a delle "considerazioni", secondo i propri termini, sul*la* politica» (*Ivi*, p. 278). Questo movimento riguarda ancora una volta il passaggio da natura e cultura: *il* politico descrive la genesi delle società a partire dall'organizzarsi in modo sociale della vita stessa («l'uomo è un "animale politico" innanzitutto perché è un animale» *Ivi*, p. 280), mentre *la* politica descrive le modalità tipiche con cui una particolare specie animale, l'*homo sapiens*, organizza e conserva la propria vita sociale. L'apertura, lo slancio vitale in cui consiste il politico non si esaurisce però nelle società umane strutturandosi nei modi dell'organizzazione politica e del governo, ma persiste nell'eccezione "mistica" del legislatore e dell'eroe (cfr. *Ivi*, p. 277), che non appartiene all'uomo come specie, ma in fin dei conti alla vita stessa nel suo *élan* mai esaurito (cfr. *Ivi*, p. 279).

Nelle *Due fonti* di Bergson l'identificazione di politica e religione statica serve insomma da sfondo per leggere il religioso declinato come mistica (nella lettura di Soulez "il politico"), come attività di innovazione della vita stessa quando questa opera all'altezza delle società umane, in continuità con il movimento della loro genesi. Come abbiamo visto Simondon riserva invece alla religione una sola delle funzioni (quella di regolazione), lasciando alla tecnicità la funzione di eccedenza inventiva, inizialmente attribuendo all'individuo tecnico "puro" il ruolo "eroico" di innovatore, e successivamente declinando - in conformità con la propria filosofia dell'individuazione - l'invenzione come esito di una relazione complessa, transindividuale, costituita dai gruppi umani quando configurano il loro particolare *milieu* simbolico e tecnico. Ma, come ha dimostrato l'analisi del processo di *in-group*, la genesi del sociale rimane operazione irriducibile ad una soltanto delle dinamiche (apertura e chiusura) che le due fasi incarnano nella *Nota complementare*. Ciò che nell'*Individuation* il concetto (paradossale) di transindividuale tentava di tenere insieme ma anche tendeva a nascondere, diviene così provvisoriamente evidente nel *Du mode* a partire dalla separazione di fase tecnica e fase religiosa, quando quest'ultima manifesta la sua costitutiva ambiguità. Prima che in *Psycho-sociologie de la technicité* la rielaborazione di tale opposizione nei termini della sfasatura tecnicità/sacralità sposti definitivamente il problema sul versante della tecnicità, nel finale della terza parte di *Du mode*, in un contesto in cui la religiosità dovrebbe essere del tutto priva di quella funzione "dinamica" già interamente attribuita alle tecniche, riemerge invece, e proprio nel "pensiero politico-sociale", la medesima opposizione interna che caratterizzava la trattazione bergsoniana del religioso, forse leggibile attraverso la disgiunzione tra politica e politico offertaci dalla ricostruzione di Soulez.

Ecco come Simondon differenzia la religiosità declinata come pensiero politico-sociale dalla religiosità *tout court*, così come essa si costituisce direttamente nella sfasatura originaria:

> il pensiero politico-sociale [...] è, propriamente parlando, non una totalità attuale e già realizzata (perché la totalità è ciò che è, essa è un assoluto e non può spingere all'azione), ma la soggiacenza di insiemi più vasti sotto le strutture attuali, e la validità di questo annuncio di nuove strutture; il pensiero politico-sociale esprime la relazione della totalità in rapporto alla parte, della totalità virtuale in rapporto alla parte attuale. Esso esprime la funzione di totalità relativa mentre le religioni esprimono quella di totalità assoluta, e la funzione di totalità virtuale mentre le religioni esprimono quella di totalità attuale (MEOT 229).

Il pensiero religioso universale intende la totalità come assolutamente data (attuale) ed esclude ogni determinazione da esso indipendente, mentre il pensiero politico-sociale introduce un'operazione prospettica che riformula il tutto nella sua dimensione potenziale-progettuale (virtuale) aprendo alle determinazioni (attuali) come sue condizioni di possibilità[4]. Nel presentare il modello dell'innesco di un tale processo in un sistema metastabile Simondon offre, in occasione del citato intervento alla *Société française de philosophie* (1960), l'unica sua descrizione di un evento rivoluzionario, nel quale egli sembra presentare sotto una luce positiva l'operare del "politico" all'interno e contro l'ordine istituito dalle "politiche":

> *uno stato pre-rivoluzionario*, ecco il tipo stesso dello stato psico-sociale da studiare con l'ipotesi che qui presentiamo: uno stato pre-rivoluzionario, uno stato di sovrasaturazione, è quello nel quale un evento è sul punto di prodursi, una struttura è sul punto di erompere; è sufficiente che il germe strutturale appaia, e talvolta il caso può produrre l'equivalente del germe strutturale (NC 549-50).

L'esempio della *Grande Peur* riportato in nota da Simondon[5] sembrerebbe confermare l'ipotesi di un'effettualità virtuosa del politico in quanto tale, di un valore del fenomeno trasduttivo per così dire "in sé". Ma sui movimenti collettivi egli ritornerà altrove dimostrando la problematicità di una valutazione a priori positiva dei processi di strutturazione sociale. In *Imagination et invention* intende infatti rendere conto dell'ambiguità costitutiva che caratterizza l'emergere del potenziale energetico tipico della fase magica: si tratta di veri e propri tentativi di chiamare in causa il "politico" come emergenza di uno stato di "crisi". Se da un lato Simondon evoca la forza della credenza negli oggetti simbolici, capace di produrre «possenti movimenti collettivi» (IMI 133), d'altra parte non manca di sottolineare il doppio oscuro della persistente attualità della fase magica, che ritorna nella contemporaneità secondo modalità che, riguardanti «la storia dei gruppi e delle culture»

(IMI 138), possono essere di tipo regressivo in quanto tentano di arrestare un processo irreversibile (cfr. IMI 137).

È possibile dunque leggere la tendenza totalizzante della "politica" come irrimediabilmente contrapposta al "politico" inteso quale invenzione rischiosa in grado di mettere in crisi il sistema a partire dalla sua instabilità strutturale, ma anche capace in questo modo di arrestarne l'inevitabile tendenza regressiva? Potremmo in questo senso leggere la sfasatura interna alla dimensione religiosa presentata in *Du mode*, come sfasatura tra politica e politico? Il testo non consente che l'abbozzo di una tale ipotesi, che risulterebbe ad esso in fondo esterna, poiché né in *Du mode* né altrove Simondon arriva mai ad indicare esplicitamente nel pensiero politico-sociale il fattore di eccedenza interna del pensiero religioso. Il potenziale energetico eccedente ogni struttura risulta sempre, coerentemente, costituito da quelle fasi che sono *tra loro* in stato di disparazione, e le fasi interne alla religiosità sono sempre comunque fasi parziali che si costituiscono in opposizione ad altrettante fasi del pensiero tecnico. Così, come nella tensione primaria tra "religione universale" del soggetto assoluto e "tecniche artigianali" di utilizzo dell'oggetto sono in ogni caso le tecniche a costituire il polo "attivo" della relazione, anche nella relazione tra "pensiero politico-sociale" e "insiemi tecnici" sono i secondi ad assumere il ruolo di causa strutturale nei confronti del primo: «l'introduzione della tecnicità negli insiemi che implicano l'uomo come organizzatore o elemento rende le tecniche evolutive; in egual misura e nello stesso tempo questo carattere evolutivo dei gruppi umani diviene cosciente e questa coscienza crea il pensiero politico-sociale» (MEOT 231).

Tuttavia, nel passaggio dalla prima alla seconda forma di metastabilità qualcosa di decisivo è avvenuto secondo Simondon: la genesi della civiltà industriale implica la costruzione di reti tecniche e il corrispondente sviluppo di un pensiero politico-sociale che, «nati l'uno e l'altro dal divenire», costituiscono strutture compatibili, tendenti a coincidere «nella prospettiva del cambiamento permanente delle strutture tecniche e politico-sociali» (MEOT 230). Tale prospettiva è legata all'isomorfismo strutturale di queste due nuove fasi (entrambe metastabili), di contro all'opposizione tra le forme rigide della religiosità tradizionale o l'operare parcellizzato delle tecniche artigianali. È accaduto insomma che «l'esigenza di totalità e d'unità incondizionata» che nella prima sfasatura opponeva religione e tecnica, ora, grazie alla strutturazione di un *milieu* tecnico che tende ad un'unità di tipo reticolare, risulta trasformata nella tendenza all'universalità progettuale tipica del pensiero politico-sociale di contro all'universalità "data" della religione. Ecco che allora, all'altezza delle tecniche industriali e del pensiero politico-sociale, diviene finalmente possibile lavorare per la costruzione di una compatibilità tra fase tecnica e religiosa.

Il pensiero politico-sociale è dunque in *Du mode* la forma assunta del pensiero religioso all'altezza delle tecniche contemporanee e ne conserva perciò l'ambiguità, o se si preferisce la duplicità, ereditata dalla concezione bergsoniana. Tale duplicità è espressione di un bisogno di regolazione: se non vi è alcun destino nel divenire come nella rivoluzione, neppure l'ordine si istituisce e va da sé. I due movimenti sono compresenti e non vi è spazio per una soluzione definitiva che ne inventi o sancisca una volta per tutte le norme di compatibilità, così come la religione dinamica non costituisce la soluzione ai problemi di chiusura che caratterizzano la religione statica ma, proprio perché ne anima continuamente il divenire, richiede l'intervento di un'operazione di regolazione (funzione alla quale in Bergson risponde la figura dell'eroe). Già nella *Nota complementare* Simondon rilevava un irriducibile antagonismo tra "cultura civica" e "cultura religiosa". Ogni tentativo di "sintesi" a partire dall'una o dall'altra delle due posizioni conduceva all'aberrante opposizione di una «religione civica» (il fariseismo, supporto di una società chiusa) e di un «civismo divenuto religione» (il pensiero massonico, che celebra virtù civiche astratte) (cfr. NC 505-6). Simondon dichiarava di contro la necessità etico-politica di una regolazione, che «soltanto un pensiero riflessivo» può assolvere e che consiste nello «scoprire una compatibilità dinamica tra queste due forze cieche che sacrificano l'uomo alla città o la vita collettiva alla ricerca individuale di salvezza» (NC 506). Il problema è, coerentemente con tutta l'impostazione dell'*Individuation,* di costituire un regime relazionale la cui normatività si muova secondo traiettorie ("senso dei valori") situate *tra* individuo e società. Si tratta della permanente negoziazione di una modalità relazionale, qui ancora definita "allagmatica"[6], il compito della cui costruzione Simondon attribuisce esplicitamente al pensiero filosofico. La produzione di una «relazione ALLAGMATICA tra questi due aspetti della cultura» non può essere infatti atto politico né religioso, bensì soltanto filosofico, in quanto, oltre a legare le due fasi successive del religioso, deve anche considerare il rapporto di esse con le diverse fasi della tecnicità. Tale operazione "riflessiva" - e *per questo,* come chiariremo nel prossimo paragrafo, effettuale sulla scala della cultura - risulta definibile solo in senso lato come "politica" in quanto collettivamente produttrice di senso: «il senso dei valori è il rifiuto di un'incompatibilità nel dominio della cultura, il rifiuto di un'assurdità fondamentale nell'uomo» (NC 506).

Così, anche nel Simondon del *Du mode* l'attività di regolazione risulta determinante per l'agire politico: non perché si tratti di un'operazione in sé politica, ma perché è precisamente nella regolazione della sfasatura tra pensiero politico-sociale e tecniche di manipolazione dell'uomo che si gioca tutta l'effettualità di un intervento sul *milieu* umano della cultura il cui operatore è il pensiero filosofico.

ESTETICA, ANALOGIA ED EFFETTUALITÀ DELLA RIFLESSIONE FILOSOFICA

Nell'albero genealogico delle fasi del *Du mode* il "pensiero estetico" è ancora sfasatura primaria e dunque - come lo sono tecnicità e religiosità - relativa alla relazione tra uomo e mondo, perciò anteriore al costituirsi di quel regime relazionale cui introduce la seconda sfasatura, che chiameremo a questo punto, qualunque sia la formula più adatta a descriverne l'origine comunque mai finita (neolitico, modernità, seconda rivoluzione industriale), la contemporaneità. L'arte agisce al di qua di tale soglia secondo dinamiche processuali che, descritte esclusivamente in termini di relazione figura/fondo[7], rimangono invariate anche al di là di essa: re-immersione nella fase magica originaria, operare trasduttivo e produzione di una rete-realtà che rende compatibili "strutture figurali" del pensiero tecnico e "qualità di fondo" del pensiero religioso in base ad una rinnovata esigenza di totalità (cfr. MEOT 199-201). Così, sebbene all'altezza della seconda sfasatura il "pensiero estetico" perda la sua capacità di produrre compatibilità, esso prolunga tuttavia un orientamento dinamico che in un certo senso prepara alla funzione di convergenza "post-estetica" della filosofia (cfr. MEOT 201): «esistono tre tipi di intuizione, a seconda del divenire del pensiero: l'intuizione magica, l'intuizione estetica, l'intuizione filosofica» (MEOT 238)[8]. Spiegare come funzioni il pensiero estetico serve dunque a Simondon ad introdurre alla funzione del pensiero filosofico, mostrando la necessità di un "passaggio alla filosofia" che non ha nulla del superamento dialettico: il pensiero estetico funge piuttosto da «paradigma per sostenere ed orientare lo sforzo del pensiero filosofico» (MEOT 201), il cui compito è di costruire e regolare il "campo" della cultura (MEOT 212), ovvero stabilizzare il *milieu* umano fatto di soggetti, oggetti e simboli, costituitosi dopo la seconda sfasatura.

Ora, è precisamente in relazione all'estetica che, all'interno di *Du mode*, si affaccia il problema dell'analogia, sia come sua «struttura fondamentale» (MEOT 190), sia come dinamica del possibile passaggio, attraverso di essa, alla filosofia: «il vero livello d'individuazione della realtà umana deve essere colto con un pensiero che è per il mondo umano l'analogo di ciò che è il pensiero estetico per il mondo naturale. Questo pensiero non risulta ancora costituito e sembra che spetti al pensiero filosofico a doverlo fare» (MEOT 215). La struttura del *milieu* artistico è infatti analogica *ovvero* relazionale e reticolare: «l'opera estetica non è solamente legata al mondo e all'uomo [...] l'universo estetico si caratterizza per il potere di passaggio da un'opera ad un'altra secondo una relazione analogica essenziale» (MEOT 189)[9]. Il riferimento diretto di Simondon al *Dialogo sull'analogia*[10] di padre De Solages (1946) ci permette di ricordare come già nell'*Individuation* l'analogia sia operazione di pensiero che può avere funzione inventiva *in quanto* in essa la conoscenza riprende e continua una processualità trasduttiva reale che consiste in un regime relazionale discreto, in risonanza con il quale si attivano dei processi trasduttivi ed inventivi di ordine psichico e collettivo[11]: quegli stessi processi che, come abbiamo visto, producono strumenti e simboli che a loro volta riconfigurano il "campo" nel quale si inseriscono, ristrutturandone il *milieu*. In questo senso la struttura analogica di un *milieu* implica dei potenziali, è condizione di scoperta e invenzione filosofico-scientifica[12] e di ristrutturazione del rapporto dell'uomo con esso. La forza del *milieu* artistico, secondo quanto Simondon sostiene in *Du mode*, sta appunto nel bilanciare momentaneamente esigenza di totalità della religione e determinatezza delle tecniche costituendo i punti privilegiati di una rete di simboli che mediano la relazione tra uomo e mondo costituendo un *milieu* unitario che svolge, a questo livello, una funzionalità *analoga* a quella dell'unità magica primitiva. Ma non finisce qui. Proprio quest'operazione, nel momento in cui si scontra con l'insufficienza di una conciliazione estetica di sfasature che ne rompono per così dire l'incanto, richiede un passaggio ulteriore: richiede l'operazione analogica *riflessiva* in cui consiste il pensiero filosofico. La filosofia opera dunque come un'attività di "invenzione di compatibilità" che si colloca sulla medesima linea della magia e dell'estetica, ma ad un altro livello. Possiede infatti una forza adeguata ad un compito di unificazione per il quale l'estetica risulta insufficiente: «anche se fosse possibile creare una nuova estetica tra le tecniche sull'uomo e il pensiero sociale e politico, sarebbe necessario un pensiero filosofico, estetica delle estetiche, per riunire l'una all'altra queste due estetiche successive» (MEOT 216). Tale forza le deriva precisamente dal suo statuto riflessivo.

Ma cosa può significare il termine "riflessivo" nell'orizzonte di un pensiero nel quale non vi è privilegio del soggetto e tantomeno della coscienza? La riflessione è qui operazione concreta, prassi in cui consistono *anche* le attività intellettuali *in quanto* operazioni collettive (di individuazione transindividuale) che producono oggetti (tecnici e/o simbolici) ed effetti che incidono sul *milieu*. Tale *milieu* è la cultura, intesa nel senso più ampio come il *milieu* dell'uomo, le modificazioni della quale producono effetti su ogni altro *milieu*, grazie alla potente funzione di mediazione sociale del mondo simbolico, e alla relazione diretta del mondo tecnico con la realtà naturale. La cultura è l'intreccio di tecnico e simbolico in un sistema la cui risonanza è virtualmente illimitata e che, secondo Simondon, ha bisogno di un apparato di regolazione che, in quanto deve essere umano, non può esserle esterno. Ebbene, in *Du mode* l'apparato di regolazione della cultura è un'attività di tipo riflessivo che si chiama filosofia, attività nella quale le normatività biologica, tecnica e sociale che costituiscono e sfasano il sistema sociale entrano in relazione con le condizioni del proprio esercizio[13].

Ora, il passaggio da estetica a filosofia - analogico e non dialettico, dunque mai definitivo, né necessario, né interamente programmabile[14] - è possibile nella contemporaneità principalmente, ma non esclusivamente, attraverso la scoperta dell'essenza e della portata dell'organizzazione tecnica (MEOT 222): «la presa di coscienza filosofica e nozionale della realtà tecnica è necessaria per la creazione di un contenuto culturale incorporante le tecniche, ma non basta» (MEOT 228). L'insieme tecnico è una rete, parziale causa della stessa attività riflessiva di tipo filosofico in cui consiste la presa di coscienza del suo funzionamento. Quest'ultima si configura come intuizione in conseguenza del fatto che «l'insieme tecnico [...] non si lascia considerare come oggetto staccato, astratto, manipolabile, a disposizione dell'uomo. Esso corrisponde ad una prova d'esistenza e di "messa in situazione"; è in un legame d'azione reciproca con il soggetto» (MEOT 228). Ora, tale "presa di coscienza", già in sé prassi, diviene necessariamente a sua volta produttrice di effetti in quanto inserita attivamente in quella stessa rete nella quale ha avuto origine: in questo senso le "prove tecniche" cui è sottoposto l'uomo, caricato di "un'effettiva responsabilità" «all'interno di una serie di azioni e di processi che egli non è il solo a dirigere, ma ai quali partecipa», «possiedono un valore culturale» (MEOT 228). È in tale operare riflessivo inteso in senso sempre teorico-pratico e non dialetticamente risolutivo, che la filosofia si svela un'operazione in piena continuità con l'arte: «il filosofo, comparabile in questo ruolo all'artista, può aiutare alla presa di coscienza della situazione nell'insieme tecnico, riflettendola in sé ed esprimendola» (MEOT 229), e proprio per questo l'attività riflessiva del filosofo è davvero tale solo se passa attraverso il legame sociale: «ancora come l'artista, egli non può che essere colui che suscita in altri un'intuizione nel momento in cui una sensibilità definita è risvegliata e permette di cogliere il senso di una prova reale» (MEOT 229).

Ecco dunque in che senso la filosofia ha una valenza "politica" in *Du mode*: in quanto essa fa riferimento alla religione all'altezza della sua declinazione politica («il pensiero politico e sociale è qui considerato come dello stesso ordine della religione, e può essere trattato nello stesso modo» MEOT 217) e in quanto ne organizza la convergenza con le tecniche sull'uomo. La filosofia ha insomma già in *Du mode* quel compito misto di produzione e regolazione sociale che solo un'attività insieme costruttiva *e* riflessiva può sostenere: «il pensiero riflessivo ha il compito di rettificare e compiere le ondate successive di genesi attraverso le quali l'unità primitiva della relazione dell'uomo al mondo si sdoppia» (MEOT 161). La filosofia opera *politicamente* sulla politica in quanto è operazione riflessiva produttiva di una "cultura" fatta di «reti di unità analogicamente legate le une alle altre» (MEOT 217). L'operazione riflessiva in cui consiste la filosofia deve infatti poter produrre una cultura in grado di cogliere l'unità processuale (precedente la distinzione tra teoria e pratica) di tecniche e religione, e a partire dalla loro sfasatura funzionale farle convergere in una "realtà culturale" in cui esse coincidano: «tecniche e religione possono coincidere non nella continuità del loro contenuto, ma attraverso un certo numero di punti singolari appartenenti all'uno e all'altro domino, e costituendone un terzo grazie alla loro coincidenza, quello della realtà culturale» (MEOT 217). Non essendo tale convergenza sottoposta ad alcuna necessità, il compito della filosofia richiede uno sforzo *riflessivo* che non è esclusivamente conoscitivo ma "produttivo" secondo le modalità analizzate nell'*Individuation*. La filosofia agisce infatti «rallentando e amplificando il divenire, ovvero rallentandolo al fine di approfondirne il senso e renderlo più fecondo», e la sua azione sul *milieu* della cultura può risultare efficace solo nella forma dell'invenzione genetica:

> lo sforzo filosofico può conservare tecnicità e religiosità per scoprire la loro possibile convergenza al termine di una genesi che non si sarebbe compiuta spontaneamente senza l'intenzione genetica dello sforzo filosofico. La filosofia si proporrebbe così non solamente la scoperta, ma la produzione di essenze genetiche (MEOT 213).

In questo modo Simondon si pone in una prospettiva entro la quale non ha senso distinguere teoria e prassi se non come casi limite teorici dell'attività di invenzione a livello transindividuale. Dato che questo è il livello dell'operare della filosofia, non ha neppure senso chiedersi quale sia l'efficacia "pratica" del discorso filosofico, poiché esso è un agire la cui efficacia sul sistema non dipende dalla sua "conversione" in azione ma, come per ogni altro agire, dipende dalle condizioni di sistema entro cui interviene, dalla scala dell'intervento e dalla compatibilità dell'informazione che veicola (lo schema operatorio o l'essenza genetica impliciti nella sua struttura). La possibilità che l'operazione riflessiva abbia lo statuto di una azione collettiva con valenza politica è dunque legata alla sua capacità di produrre cultura, ovvero modificare il *milieu* attraverso il quale la società agisce su se stessa, determinando le differenti configurazioni dei propri meccanismi di regolazione: «la cultura è ciò che della realtà umana può essere modificato [...] intermediario attivo tra le generazioni successive, tra i gruppi umani simultanei e tra gli individui successivi o simultanei» (MEOT 227). Quella parte della cultura che è la filosofia ha dunque il compito di retroagire analogicamente su di essa nella congiuntura per renderla capace di regolazione sociale: in questo la filosofia è «costruttiva e regolatrice della cultura» (MEOT 212).

Così, all'interno di *Du mode*, la filosofia nel suo operare non solo riprende e continua al secondo livello dell'individuazione tecnica la funzione che era dell'estetica, ma non può che riprendere la tendenza alla totalizzazione propria del pensiero religioso e la sua «conversione verso una pluralità d'inserimento politico-sociale»: ipotesi declinata, secondo un'apertura evidentemente bergsoniana[15], come "ecumenismo", e che prelude, come vedremo nell'ultimo capitolo, ad una mistica all'altezza delle tecniche dell'uomo sull'uomo.

> Dunque, sarebbe stato difficile costruire l'ecumenismo nel passato, poiché non si può costituire che per mezzo del pensiero riflessivo che vuole fondare una cultura; esso è in sé ed essenzialmente opera filosofica [...] fino ad oggi sono nati solo degli ecumenismi limitati (come all'interno del cristianesimo), ma è un ecumenismo universale quello che deve essere sviluppato dalla riflessione filosofica affinché la realtà religiosa possa integrarsi alla cultura (MEOT 232).

E d'altra parte, in accordo con l'ipotesi che «l'istituzione di una tecnologia possieda lo stesso significato di quella dell'ecumenismo» (MEOT 232), la filosofia avrà anche il compito di seguire la tecnologia mentre compie la conversione della "tecnicità primitiva" in una tecnicità degli "insiemi tecnici". L'operare della filosofia rivela dunque un doppio volto - ecumenico e tecnologico - a seconda che la si consideri in relazione allo sviluppo della fase religiosa o tecnica, ma un'unica funzione di convergenza verso la costruzione di una cultura che regoli i rapporti tra le due tendenze. Questo spiega non solo la finalità filosofica del *Du mode*, volto all'incorporazione della fase tecnica alla cultura, ma forse anche il compito al quale l'intera opera di Simondon sembra voler affidare la propria giustificazione: l'istituzione di una "cultura tecnica".

DESACRALIZZAZIONE DEL LAVORO E LIBERAZIONE DELLA MACCHINA

Vediamo innanzitutto in che termini Simondon introduce il tema della "cultura tecnica" fin dai primi anni '50, svelando chiaramente la prospettiva sociologica della sua elaborazione del problema. In *Place d'une initiation technique dans une formation humaine complète* (1953-54)[16] egli non solo fa riferimento a un' «impresa costitutiva [...] fondata sulla sociologia» (PIT 117) volta a costruire una «tecnologia approfondita legata alla storia del pensiero e alla coscienza della società» (PIT 120), ma nel farlo non manca di riferirsi al modo in cui Comte teorizza il valore propedeutico della "comprensione tecnica" per la conoscenza scientifica, in quanto «contiene "dei germi di necessaria positività"»; non solo: si tratterebbe, secondo Simondon, di una forma di conoscenza «più ricca per la sua fecondità culturale» della scienza stessa (PIT 119). In questo breve testo sono già presenti (e retrospettivamente apprezzabili) molti dei temi di *Du mode* e con essi il progetto fondamentale che, riferendosi al modo in cui le diverse classi sociali istituiscono le proprie ritualità iniziatiche e le rispettive forme del sacro, Simondon enuncia così:

> noi intendiamo costituire una cultura unitaria, capace di ridare una solida coesione sociale alla nazione. Essa non si può trovare nella proliferazione di nessuna della tre culture di classe (nobile, borghese, popolare) esistenti in questo momento. Ma dietro questa tripartizione della cultura vi è una cultura di base che consiste, secondo la legge evolutiva di Haeckel[17], nell'elevare l'individuo permettendogli di rivivere le tappe dell'intero sviluppo dell'umanità, anteriore e superiore allo sviluppo di ciascuna classe. È in una tecnologia approfondita che questa cultura di base può essere trovata. Vi si può scoprire il senso profondo del lavoro (cultura popolare), il senso del sapere (cultura borghese), il senso dell'atto eroico e dell'impresa fondativa (cultura nobiliare). È nell'applicazione individuale e collettiva dell'uomo al mondo che comunicano il lavoro, il sapere e l'atto pionieristico (PIT 117).

Collocato nella prospettiva, aperta da questo breve articolo, di una «tecnologia approfondita, legata alla storia del pensiero e alla coscienza della società» (PIT 120), *Du mode* appare allora come il libro che fa convergere tutti questi problemi in un'interrogazione teorica che si vuole efficace - nella congiuntura storica di un'economia che si appresta a divenire "postindustriale" - riguardo tutta una serie di questioni sociali che quest'ultima implica. Si tratta, è il caso di ricordarlo, di un libro "militante" in cui il pensiero filosofico, in un'epoca nella quale l'alienazione *degli* oggetti tecnici è in realtà, secondo Simondon, vera e propria alienazione della realtà umana in essi veicolata, intende assumersi nei loro confronti un compito «analogo a quello giocato nell'abolizione della schiavitù e nell'affermazione del valore della persona umana» (MEOT 9). Tale atteggiamento verso gli oggetti tecnici è motivato dal riconoscimento dello statuto complesso di una "realtà umana" propriamente transindividuale: dunque irriducibile tanto al singolo organismo vivente della specie *homo sapiens* quanto alla specie stessa, e per così dire "diffusa" nel *milieu* che la caratterizza, costituito *anche*, ma non solo, di oggetti tecnici. Tuttavia in questo *milieu* la tecnicità ha statuto particolare: sebbene la realtà umana sia costituita dall'intreccio di normatività di tipo biologico e processi di tipo psichico e collettivo (che introducono «norme di cui non vi è traccia a livello biologico» I 282), è proprio la normatività tecnica che - cristallizzata negli elementi, negli oggetti e nei sistemi tecnici che mediano il rapporto tra gruppi umani e mondo - più di ogni altra ne determina le condizioni di soglia. E proprio la tecnicità, secondo Simondon, va protetta dal rischio di rimanere ineffettuale in quanto esclusa da quel *milieu* attivo in cui consiste la "cultura".

Nell'*Introduzione* di *Du mode* la "cultura" di cui parla Simondon è quella a lui contemporanea, armata a "sistema di difesa" dell'uomo contro le tecniche: come se nelle tecniche non si avesse a che fare proprio con l'uomo, anzi con ciò che è umano per eccellenza. L'impegno nella formazione di una "cultura tecnica" è tutto funzionale a definire la possibilità di una «cultura completa» che «permetta di scoprire l'estraneo come umano» per «dargli cittadinanza nel mondo delle significazioni»: ciò che vale tanto per l'oggetto tecnico quanto per lo straniero (cfr. MEOT 82). Tutto l'apparato retorico del *Du mode* è orientato in questo senso verso la produzione di una cultura che mira alla "stabilizzazione", alla "compatibilizzazione", alla "convergenza", in sostanza alla "regolazione" di un'apertura permanente. Così se «l'uomo è l'organizzatore permanente di una società di macchine» (MEOT 11), tale organizzazione ha il fine di reintegrare il *milieu* tecnico nel "valore regolatore" della cultura (MEOT 14), e la stessa filosofia tecnica è "regolazione" dello scambio d'informazione (cfr. MEOT 126) in vista del «miglior rendimento d'informazione possibile» (MEOT 133). Si tratta insomma in ogni caso di creare le basi e possibilmente l'innesco di un'attività di regolazione, di stabilizzazione dinamica, che mira in fondo a ristabilire un equilibrio ("reintegrare", "riunificare") che si presume perduto a causa dalla particolare accelerazione dovuta al processo di industrializzazione. L'accelerazione tecnica collegata a tale processo ha reso infatti l'uomo padrone o servo della macchina, ma in ogni caso incapace di stabilire con essa una relazione all'altezza dello statuto proprio dell'oggetto tecnico e del *milieu* che esso contribuisce a creare (cfr. MEOT 81-82). Ebbene, in quanto si inserisce in un progetto che prevede la creazione di una relazione lavorativa ottimale tra uomo e *milieu* tecnico, risulta inevitabile che *Du mode* finisca per flirtare con un'ottica di *social engineering*.

Come abbiamo visto, nella sua analisi Simondon non pone un particolare accento sulle condizioni sociali del lavoro sotto il dominio del capitale[18], ma neppure semplicemente sposa un'interpretazione psicologista e conservatrice dell'alienazione come incapacità di adattamento del singolo individuo all'ambiente lavorativo. Nel *Du mode* è chiaramente «il lavoro in quanto tale ad essere fonte di alienazione» (MEOT 249), poiché in esso la tecnicità risulta deviata verso una forma d'impiego funzionale ad un fine ad essa esterno, non all'altezza della relazione che l'uomo istituisce con il proprio *milieu* tramite l'oggetto tecnico. Secondo Simondon non si può infatti rendere conto adeguatamente dell'attività tecnica classificandola tra i bisogni pratici dell'uomo, ovvero come lavoro, perché in tal modo si perde di vista la sua funzione di mediazione costitutiva tra il sociale e lo psichico individuale (cfr. MEOT 254). È solamente da questo punto di vista che l'analisi del lavoro e dell'alienazione rientrano per Simondon nel progetto di una cultura tecnica. Non mancano tuttavia nella sua opera altri luoghi in cui la trattazione del tema del lavoro acquisisce un taglio certamente più interessante e dispiega la propria attinenza con tale progetto e con le sue implicazioni sociopolitiche. Li cercheremo questa volta a partire dalla bibliografia del *Du mode*. Nonostante i ricorrenti ma generici riferimenti a Marx o al marxismo l'unico testo relativo alla questione del "lavoro" presente nelle bibliografie di Simondon - ad eccezione di Ombredane-Faverge, *L'analyse du travail* (1955)[19] - è Georges Friedmann, *Il lavoro in frantumi. Specializzazione e tempo libero* (1956)[20].

Nel *Lavoro in frantumi* - testo che dichiara di ispirarsi a un "socialismo comunitario" alternativo tanto al capitalismo quanto al socialismo di stato (cfr. *Ivi*, p. 287) - Friedmann costruisce gran parte della propria argomentazione in contrapposizione esplicita a Durkheim, alla cui opera sulla *Divisione del lavoro sociale* dedica un capitolo intero (*Ivi*, cap. 5). Egli critica l'adeguatezza della distinzione durkheimiana tra "solidarietà meccanica" e "solidarietà organica" rispetto a forme di solidarietà che nascono nel contesto di un lavoro fortemente differenziato come quello della catena di montaggio. La "solidarietà operaia" infatti non risulta riducibile ad una "solidarietà di fabbrica" di tipo organico, né alla "solidarietà meccanica" teorizzata da Durkheim:

notiamo che la solidarietà operaia, espressa dai comportamenti quotidiani all'interno della fabbrica e, su più vasta scala, dalla lotta per il miglioramento delle condizioni di vita e dell'organizzazione sociale, potrebbe nel linguaggio di Durkheim, essere essa stessa assimilata a una forma di "solidarietà meccanica" definita in rapporto a una comunità di lavoratori accomunati da "stati d'animo". Ma ciò significherebbe ancora, sforzandosi a ogni costo di mantenere la dottrina, riconoscere che la realtà se n'è allontanata (*Ivi*, p. 161).

Secondo Friedmann l'analisi della realtà sociale mostra che è giunto il momento di abbandonare l'impostazione durkheimiana del problema, perché si ha ormai a che fare con «lavori [che] non creano in nessun modo, da se stessi, una rete di legami permanenti, una solidarietà organica nel senso dato alla parola da Durkheim», nei quali «i fenomeni di solidarietà [...] si manifestano sotto forme estranee alle categorie di Durkheim» (*Ivi*, p. 155). Le ragioni principali del cambiamento stanno nel modo in cui la specializzazione delle funzioni lavorative è evoluta in una direzione diversa dalle modalità previste appunto da Durkheim. L'ipotesi di una "solidarietà organica" implicava infatti una tale consapevolezza da parte del singolo, che Durkheim stesso sarebbe oggi costretto «a considerare come "anormale" la maggior parte delle forme che il lavoro ha assunto nella nostra società» (*Ivi*, p. 152). Ma è stata appunto la modalità "tecnologica" della divisione del lavoro a togliere le condizioni grazie alle quali una tale consapevolezza era possibile. Ne consegue che per Friedmann, almeno in questa forma, «la divisione del lavoro dev'essere superata» (*Ivi*, p. 154), e che l'alienazione dovuta al lavoro nel regime di produzione capitalista non può trovare all'interno del "gruppo di lavoro" il proprio superamento, ma solo fuori di esso: tutte le possibilità di liberazione si giocano infatti nell'organizzazione del "tempo libero", ovvero di ciò che, al di fuori dell'ambiente e dell'attività lavorativa decide dell' «umanizzazione della civiltà tecnica» (*Ivi*, p. 228).

Come abbiamo visto, Simondon, pur riconoscendo una funzione "biologica" al gruppo di lavoro, capace di costituire legami di "solidarietà funzionale", non ritiene di poter cogliere in questo, come fa invece Durkheim, la base di una normatività morale di tipo universale, compimento della solidarietà organica. Se infatti per Durkheim il gruppo di lavoro implica una normatività virtuosa, per Simondon esso si regola invece secondo meccanismi di tipo biologico che non superano l'orizzonte del funzionamento omeostatico tipico delle comunità chiuse[21]. Ora, tale chiusura tendenziale, che Simondon riassume utilizzando il termine marxiano di "alienazione", non solo non è problema che possa trovare soluzione nell'orizzonte ristretto del gruppo di lavoro, ma anzi richiede l'assunzione di una prospettiva che, nella conclusione di *Du mode*, sfocia in una vera e propria teoria della liberazione *dal* lavoro. Se nell'economia di mercato il "valore di venialità" cattura fin da

subito l'oggetto e il lavoro che lo produce, essa non fa infatti che proseguire e potenziare un'alienazione già implicita nel lavoro:

> non vogliamo affermare che l'alienazione economica non esista, ma può
> darsi che la causa prima dell'alienazione sia essenzialmente nel lavoro, e
> che l'alienazione descritta da Marx non sia che una delle modalità [dell'] a-
> lienazione essenziale caratterizzante la situazione dell'essere individuale
> nel lavoro (MEOT 249).

Il lavoro *in quanto tale* insomma, nel fissare i mezzi e il fine dell'operare tecnico, ne rende invisibile l'essenza: in questo modo la tecnicità
viene ridotta a sottoinsieme del lavoro, mentre al contrario «è il lavoro
che va compreso come fase della tecnicità» (MEOT 241). L'uomo deve
liberarsi dalla funzione di mediatore tra la specie e la natura cui il lavoro lo costringe come organismo «portatore di strumenti [*outils*]», facendo in modo che tale funzione si concretizzi invece nell'oggetto
tecnico rispetto al quale l'uomo viene allora a collocarsi sulla giusta
scala, quella di chi organizza e accompagna - regola - un'attività relazionale aperta.

Dieci anni dopo *Du mode*, nel corso *L'invention et le développement des
techniques* (1968-69) Simondon chiamerà "tecnologia comparata" il momento sintetico in grado di tenere insieme la funzione "biologica"
dell'oggetto tecnico e la funzione "psicologica" dell'invenzione tecnica
in un unico studio «che parta dalla risoluzione dei problemi (mediazione strumentale) negli animali e che ordini i differenti mezzi in funzione sia della loro utilità funzionale (come mediazione tra l'organismo
e il *milieu*) sia della loro perfezione, o auto-correlazione interna, ciò che
costituisce un criterio normativo dell'atto di invenzione che istituisce
queste mediazioni» (IT 85-86). Grazie a questa visione sintetica sarà
possibile, secondo Simondon, un progressivo affrancamento dell'oggetto dall'uomo come produttore ed operatore, fino alla tecnicizzazione dell'intero *milieu* in ordine alla quale l'uomo diviene "mediatore". A
dieci anni di distanza lo schema rimane dunque lo stesso di *Du mode*,
così come la prospettiva indicata: la costituzione di un *milieu* tecnico in
cui l'uomo venga liberato dal lavoro per assumere la *sua* vera funzione
di regolazione e amplificazione del *milieu*, ovvero una funzione trasduttiva.

Ecco dunque a che cosa deve mirare la formazione di una "cultura
tecnica": a trasformare il lavoro in un'attività tecnica che possa sviluppare tutte le sue potenzialità, produttive di individuazione collettiva.
In questo senso, potremmo dire, dove la durkheimiana divisione del
lavoro è destinata a fallire il proprio obiettivo di creare forme di solidarietà organica a causa delle mutate condizioni di produzione, vi è invece ancora lo spazio per un intervento istituzionale di tipo pedagogico
che, attraverso la formazione di una "mentalità tecnica", possa stimola-

re l'innesco di un operare virtuoso grazie al quale «il lavoro [divenga] attività tecnica» (MEOT 251-52) e contribuisca a costituire quella

> realtà interindividuale collettiva che noi chiamiamo transindividuale perché essa crea una congiunzione [*un couplage*] tra le capacità inventive ed organizzatrici di più soggetti (MEOT 253).

Appare qui evidente la consonanza con la fiducia tutta durkheimiana nel valore dell'intervento istituzionale, ma anche con il marxismo umanista di Friedmann, che chiudeva *Il lavoro in frantumi* - dopo un'analisi delle tendenze in atto[22] - proponendo una soluzione su due livelli: «una rivalutazione del lavoro [...] su tre piani (intellettuale, sociale, morale)» e un intervento istituzionale che, al fine di promuovere «la realizzazione della personalità e il suo sviluppo nelle attività di non-lavoro», dovrà operare in una duplice direzione, verso la costituzione di una cultura popolare e verso l'educazione politecnica della classe dirigente (cfr. *Ivi*, pp. 277-90, *passim*).

Se già in *Du mode* Simondon insiste sulla bontà di una "tecnologia politecnica", per mezzo della quale la realtà tecnica assumerebbe la struttura di una rete capace di integrarsi agli universi culturali in maniera produttiva, creando «una concretizzazione molto più importante e radicata di quella che distrugge» (MEOT 219), in *Mentalité technique*, egli riprenderà il riferimento al "lavoro a pezzi" di Friedmann per sostenere come il passaggio dall'organizzazione artigianale del lavoro a quella industriale abbia determinato una sfasatura irreversibile la cui soluzione non può essere ricercata che

> nell'accentuazione della stessa produzione industriale [...] per mezzo di ciò che, all'interno dell'organizzazione industriale della produzione, ha spinto ai suoi limiti estremi la frammentazione specializzata dell'apporto umano d'informazione: la razionalizzazione del lavoro attraverso tutti quei metodi il primo dei quali è stato quello di Taylor (MT 351).

Come è evidente, la razionalizzazione della produzione industriale non solo non è per Simondon un mostro, ma è una necessità, anzi la sola via per rendere nuovamente compatibili, operativamente *ed affettivamente*, su di un'altra scala, i valori impliciti nell'invenzione e nella conoscenza dell'oggetto tecnico: ciò che già il lavoro artigianale aveva parzialmente realizzato, non ancora però a livello dei grandi insiemi tecnici. Ma appunto, "razionalizzazione" non significa qui "riduzione" a schemi efficaci, bensì amplificazione di schemi che leghino componenti cognitive, affettive e sociali. Il concetto simondoniano di educazione politecnica tende infatti alla produzione di un'esperienza che però richiede sempre anche uno sforzo - riflessivo - di integrazione culturale. Senza passaggio attraverso l'oggettivazione, una relazione non può essere integrata ad una cultura, e ciò vale tanto per le relazioni con i diversi oggetti tecnici (politecniche) quanto per le relazioni con diverse culture : «per considerare uno straniero attraverso la cultura, è necessario aver visto in funzione fuori di sé, oggettivamente, il rapporto in cui due esseri sono stranieri l'uno all'altro» (MEOT 147). Una politecnica spogliata di questa operazione riflessiva non può che portare all'uso delle tecniche come mezzi per i fini della "comunità" (prescindendo dalla loro normatività implicitamente ultracomunitaria) oppure, specularmente, generare un rifiuto regressivo. Questo è quanto intende Simondon nell'affermare che «una politecnica da sola non basta; essa non genera che tendenza alla tecnocrazia o rifiuto delle tecniche prese in blocco» (MEOT 147).

Con il progetto di una "cultura tecnica" Simondon intende insomma differenziare chiaramente la propria posizione da quella tipica dei diversi deliri tecnocratici, all'epoca tanto diffusi quanto ossessioni di tipo tecnofobico[23]. In ogni caso per Simondon lo *human engineering* non riguarda mai l'esatta calcolabilità delle modalità e degli effetti dell'intervento, quanto piuttosto le sue condizioni di soglia e l'analisi della sua matrice tecnica. Quando parla di "organizzazione" Simondon intende quella capacità d' "invenzione perpetua", rispetto alla quale egli dichiara in ultima analisi insufficiente ogni approccio puramente oggettivante: l'"ingegnere d'organizzazione" si colloca infatti «*tra* le macchine che operano con lui» (MEOT 12). Egli è parte del *milieu* che organizza, e ne incarna in qualche modo l'operare riflessivo: è «psicologo o sociologo delle macchine, vivente nel *milieu* di questa società di esseri tecnici dei quali è coscienza responsabile e inventiva» (MEOT 13). E d'altra parte, quando si occupa dell'aspetto tecnico dell'intervento, piuttosto che alla sua organizzazione procedurale Simondon si interessa alle strategie più adeguate ad una pedagogia della tecnicità, coerentemente con l'ottica secondo la quale la tecnicità veicola con particolare forza l'innovazione normativa. Lo *human engineering*, dice Simondon, non va molto lontano se si limita a disporre in modo sequenziale «organi di comando e segnali di controllo»: si tratta di una ricerca estremamente utile, ma che rischia di rimanere inefficace se non giunge al «fondamento della comunicazione tra l'uomo e la macchina». Tale fondamento è la cultura del gruppo umano, ovvero quella "parte" della relazione uomo-macchina che ne ha prodotto uno dei due termini (la macchina) o in questo modo ha modificato strutturalmente l'altro (l'uomo). Relazione descritta da Simondon con quel linguaggio misto tra cibernetica e *Gestalt* a cui ci ha abituato l'*Individuation*:

> perché un'informazione possa essere scambiata, bisogna che l'uomo possieda in sé una cultura tecnica, cioè un insieme di forme che, incontrando le forme apportate dalla macchina, potranno suscitare una significazione (MEOT 252).

Sia negli esempi da lui considerati, sia nelle sue sperimentazioni "dirette", emerge questa tendenza del pensiero di Simondon verso lo *human engineering*: le sue proposte hanno sempre a che fare con la natura tecnica dell'intervento e con la sua funzione innovativa *in quanto*, in senso ampio, pedagogica.

Abbiamo già visto come nel suo scritto d'esordio, *Place d'une initiation technique dans une formation humaine complète*, Simondon tenti di fornire giustificazione teorica adeguata a un'esperienza di pedagogia della tecnica condotta in prima persona. Ma vi è un altro breve testo che segue la medesima ispirazione, scritto questa volta a ridosso della pubblicazione di *Du mode*. In *Aspect psychologique du machinisme agricole* (1959)[24] Simondon fa infatti riferimento al modello della ricerca-azione: «il senso dell'*action research* che stiamo conducendo è di attuare uno *"human engineering"* il più completo possibile in ambito rurale» (APM 13). I risultati teorici della ricerca confermano Simondon nella necessità di sperimentare nuove modalità di costituzione delle relazioni sociali. In particolare gli sembra accreditata l'ipotesi che sia possibile attivare processi di socializzazione alternativi a "forme comunitarie di vita" (cfr. APM 16) e, diversamente da queste, parzialmente programmabili tramite un approccio di *human engineering*; ma, soprattutto, l'ipotesi che tali processi debbano avere un innesco di tipo tecnico: «tutte queste soluzioni di tipo sociale ed economico sono o di lungo temine, oppure necessariamente posteriori ad una prima modificazione *che non può che essere tecnica*» (APM 16, sott. ns.). È invece più difficile capire dove stia il margine di un effettivo intervento, visto che il saggio si conclude piuttosto con un auspicio: «non si tratta di educare i "rurali", ma di riformare gli oggetti tecnici affinché essi corrispondano direttamente ai bisogni, dunque di istituire una correlazione di reciprocità attuale tra AGRICOLTURA e INDUSTRIA» (APM 15). Le forse apprezzabili proposte "tecniche" di Simondon (motori mobili, decentralizzazione delle fonti energetiche, utilizzo dell'energia elettrica) non chiamano infatti minimamente in causa aspetti di tipo istituzionale o previsioni di tipo psicosociale, ma si riassumono nella conclusione secondo la quale un aspetto "non trascurabile" del problema psicologico del macchinismo agricolo può essere risolto tramite l'invenzione di macchine e strumenti "aperti" ad un impiego multiforme, «al di là degli stereotipi mentali delle singole operazioni agricole quali raccolto, battitura, aratura» (APM 17)[25].

Qui è ancora l'intervento tecnico a innescare l'innovazione, poiché soltanto l'oggetto tecnico "aperto" può veicolare una normatività eccedente quella comunitaria, essere fattore di mutamento culturale, dunque sociale, e *perciò* possibile oggetto di persecuzione. Ma in *Psychosociologie de la technicité*, attraverso un riferimento diretto all'opera di Gunnar Myrdal, *An american dilemma* (1944) - un lavoro, ancora una volta, di *action-research* - Simondon amplia il discorso per spiegare come l'atteggiamento tecnofobico sia omologo al razzismo in quanto funziona secondo il medesimo meccanismo, ovvero valorizzando implicitamente come «contenuto di civiltà» ciò che esplicitamente svaluta: «gli oggetti tecnici sono ostracizzati non perché siano tecnici, ma perché hanno apportato nuove forme, eterogenee rispetto alle strutture già esistenti di quell'organismo che è la Cultura» (PST 132). In generale, che tale ostracismo colpisca macchine, opere d'arte o uomini, si avrebbe in ogni caso a che fare con un'operazione che può favorire un processo di chiusura esponenziale del sistema sociale, fino al suo stesso collasso: «questo ostracismo può essere ritenuto pericoloso per un gruppo umano nella misura in cui alimenta un processo di *causalità cumulativa* o ancora di *alienazione* comparabile a quello studiato da MYRDAL negli Stati Uniti nell'ambito della discriminazione tra Bianchi e Neri» (*Ibidem*).

Ma per quanto riguarda in particolare gli oggetti tecnici, è proprio la sacralizzazione del lavoro - nota Simondon - a costituire il principale ostacolo all'attivazione della forza innovativa in essi implicita, in quanto ne riduce le potenzialità alla misura di processi omeostatici di tipo "comunitario". Nella nostra cultura il lavoro risulta integrato alla sacralità: si parla infatti di «virtù morali del lavoro concepito come ascesi, mezzo di purificazione, ovvero di santificazione» (PST 334)[26]. Se Simondon, nei cui scritti non compaiono espliciti riferimenti a Weber, non accenna alla matrice borghese di questa operazione culturale, ne sottolinea tuttavia gli effetti: la sacralizzazione del lavoro converge infatti con la specializzazione del lavoro concretizzandosi, sotto la tutela dell'economia di mercato, nella produzione dell'oggetto tecnico "chiuso". Per questo egli può osservare che alla cultura del lavoro specializzato fa da *pendant* una regressione verso il pensiero magico: la riduzione dell'oggetto a merce è infatti corollario di un lavoro astrattamente sacralizzato e concretamente ridotto a procedura efficiente. L'esito di questo sistema di produzione è un atteggiamento passivo nei confronti dell'oggetto cui si richiede un funzionamento appunto "chiuso", anziché "aperto" ad una relazione continua con il costruttore, l'utilizzatore e la rete tecnica (cfr. PST 322). Si tratta di una richiesta di tipo magico in quanto l'individuo, impotente di fronte all'oggetto tecnico perché incapace - da solo - di rapportarsi ad esso, volge i propri bisogni e paure verso una relazione immaginaria la cui efficacia "archetipica" è necessariamente mediata da strategie di mercato particolarmente efficaci nei confronti dell'individuo isolato (cfr. EH 15). In queste condizioni, infatti, «è la tendenza dell'*individuo* che è all'origine di questa aggiunta di magia all'oggetto tecnico» (PST 321), ed è così che, dietro l'immagine di modernità dell'oggetto "perfetto", proprio l'individuo sviluppa un «desiderio di automatismo» che è essenzialmente regressivo: «la categoria di modernità dell'oggetto ha dei fondamenti paleopsichici» (cfr. *Ivi* 321-22)[27]. Ecco allora spiegato come il funzionamento del mercato si basi proprio sulla *"fame di magia"* del consumo, necessaria a compensare - e così a perpetuare - l'alienazione dovuta a quel «sotto-impiego della tecnicità» tipico di un'etica del lavoro e del "rendimento" tutta rivolta alla chiusura comunitaria e all'esclusione di quell'aleatorietà e imprevedibilità che la tecnicità tende necessariamente a veicolare[28].

Contro la morale "comunitaria" del rendimento Simondon si scaglia particolarmente nella chiusura della *Nota complementare*. «I valori implicati nella relazione dell'individuo con la macchina hanno dato luogo a molta confusione» in quanto hanno "recentemente" modificato il rapporto dell'individuo alla comunità: oggi, dice Simondon, il rapporti tra individui sono necessariamente mediati dalle macchine. A questo livello di sviluppo della civiltà non si dà più comunità senza macchine, ma *proprio per questo*, il lavoro perde la propria diretta valenza di valore comunitario e deve venire integrato attraverso il filtro del «RENDIMENTO: una morale del rendimento è sul punto di costituirsi, che sarà una morale comunitaria di nuova specie» (NC 526). La nozione di rendimento e le politiche ad essa legate hanno infatti la capacità di alienare la tecnicità (inventiva e perciò extra-comunitaria) ancora presente nell'attività lavorativa, riducendo integralmente quest'ultima alla misura del funzionamento conservativo della comunità. Il processo è disastroso e rapido: «questa nozione ha un certo potere invasivo, e si dispiega largamente [...] essa affetta ogni sistema educativo, ogni sforzo e ogni lavoro», ed implica una certa «risorgenza comunitaria», un misoneismo che rigetta come inefficiente ciò che invece è eccedente la comunità in quanto nuovo e singolare (cfr. NC 527). In questo senso

> una civiltà del rendimento, a dispetto delle libertà civili che essa apparentemente lascerebbe agli individui, è estremamente costrittiva e impedisce il loro sviluppo in quanto, asservendo simultaneamente l'uomo e la macchina, realizza attraverso la macchina un'integrazione comunitaria costrittiva (NC 527).

La cultura "umanista" manca quindi proprio quella che è la causa fondamentale dell'alienazione del rapporto dell'uomo al mondo, e continuerà a farlo «finché non avrà compreso che la relazione dell'uomo al mondo e dell'individuo alla comunità passa attraverso la macchina»; nel frattempo, credendo di lottare contro la macchina che "disumanizza", continuerà a lottare, ma in modo inefficace, contro la comunità (cfr. *Ibidem*). L'obiettivo di un umanismo scaltrito è invece la liberazione della macchina dall'asservimento alla comunità: «non è contro la macchina che l'uomo, sotto l'imperativo di una preoccupazione umanista, deve rivoltarsi; l'uomo non è asservito alla macchina che quando la macchina stessa è già asservita dalla comunità» (*Ibidem*). Neppure la comunità è l'obiettivo della liberazione, ma la relazione univoca, chiusa, ad essa; relazione che è possibile scardinare attraverso una nuova relazione alla macchina, dunque alla tecnicità ed alla normatività in essa implicita. Si tratta forse di quella macchina politica di matrice bergsoniana che, nella prima versione dell'*Individuation*, funge da vera e propria *machine à faire des dieux*: «tra la comunità e l'individuo isolato in se stesso c'è la macchina, e questa macchina è aperta sul mondo. Essa va al di là della realtà comunitaria per istituire la relazione con la Natura» (*Ibidem*).

PEDAGOGIA E SCHEMI DELLA TECNICITÀ

In *Du mode* Simondon chiarisce la propria idea di una funzione etico-politica del "meccanologo" che - integrata a quella di psicologo, sociologo e tecnologo - di fronte ad una realtà ormai fatta di relazioni tra macchine e tra le macchine e l'uomo, ha il compito di promuovere l'integrazione dei «valori implicati da queste relazioni» all'interno della cultura, al fine di rendere quest'ultima all'altezza della realtà a cui si riferisce (cfr. MEOT 13). Tali valori, che derivano dagli «schemi fondamentali di causalità e regolazione», debbono divenire l'oggetto di una pedagogia sistematica che ha lo scopo di costituire la base di una cultura "completa". Ora, proprio in ragione dell'esclusione relativa della tecnicità dagli apparati di regolazione della cultura, la sua promozione pedagogica viene ad assumere una valenza politica: grazie al fatto che la tecnicità «può raggiungere lo stesso grado di simbolizzazione» di letteratura, scienza ed arte (MEOT 13), essa può essere fattore di ristrutturazione radicale della cultura e di conseguenza della società. Infatti - dice Simondon:

> un'informazione, per esprimere l'esistenza simultanea e correlativa degli uomini e delle macchine deve comportare gli schemi di funzionamento delle macchine e i valori che essi implicano [...] questa estensione della cultura, in quanto sopprime una delle principali fonti d'alienazione e ristabilisce l'informazione regolatrice, possiede valore politico e sociale (MEOT 14).

Se il "paradigma del lavoro" impedisce di cogliere l'essenza di quegli oggetti che chiamiamo "tecnici", d'altra parte il genere "oggetti tecnici" non spiega nulla e dimostra soltanto come gli uomini siano incapaci di rapportarsi ad essi, praticamente e teoreticamente, se non nella prospettiva - tutta antropocentrica - del loro "valore d'uso": «l'uso [degli oggetti tecnici da parte degli uomini] riunisce delle strutture e dei funzionamenti eterogenei sotto generi e specie che ricavano la loro significazione dal rapporto tra questo funzionamento e un altro funzionamento, quello dell'essere umano nell'azione» (MEOT 19). Perciò l'operazione di «presa di coscienza dei modi di esistenza degli oggetti tecnici» (cfr. MEOT 9), in quanto svela «il funzionamento della macchina, la provenienza della macchina, la significazione di ciò che la macchina fa e il modo in cui essa è fatta», è un vero e proprio atto di liberazione, e il "dovere" di un pensiero filosofico impegnato in un'operazione conoscitiva contemporaneamente politica e pedagogica, è di attraversare la «*zona oscura centrale* caratteristica del lavoro», ponendo così le basi di una relazione con la macchina non più esclusivamente mediata dal paradigma del lavoro, dunque libera dall'alienazione essenziale che quest'ultimo implica (cfr. MEOT 249).

Come Simondon spiega nelle prime due parti di *Psycho-sociologie de la technicité*[29], la chiusura dell'oggetto tecnico è duplice, utilitaria e simbolica. La sua apertura invece è contagiosa, innovativa, trasduttiva. Se l'oggetto tecnico chiuso è stabilizzante ed utile ma ineffettuale, l'oggetto tecnico aperto è "neotenico", capace di generale metastabilità in un sistema sociale. Ebbene, se nel regime artigianale di produzione l'oggetto tecnico godeva di una certa "apertura", la produzione industriale di massa ne determina invece l'inevitabile chiusura: il lavoro umano risulta in esso nascosto e, soprattutto, sterile ovvero, nei termini di Simondon, alienato. L'oggetto viene venduto ed utilizzato così com'è, non ha vita, non si trasforma, non cambia la rete nella quale transita intatto (perché esclusivamente funzionale allo scopo determinato per cui è stato costruito): come il migrante, non è autorizzato a cambiare la cultura nella quale viene inserito, non esplica la sua capacità innovativa. Nel caso dell'oggetto tecnico l'intervento può però avvenire alla fonte. Data l'irreversibilità del passaggio all'industrializzazione la strada risulta obbligata: ricostituire, sulla scala di «un'industrializzazione molto evoluta ed elaborata» una compatibilità tra la nuova apertura (post)industriale degli oggetti tecnici e la società (PST 231-32). Simondon pensa ad una produzione industriale parzialmente svincolata dalle logiche di mercato o perlomeno in grado di costituire un mercato nel quale l'oggetto tecnico venga valorizzato per la sua apertura, per la sua integrazione nella vita sociale: un mercato che ha bisogno per definizione di consumatori competenti, tecnici[30]. Simondon sogna in sostanza una produzione orientata da soggetti organizzati, formati, dotati di "mentalità tecnica" e dunque capaci di attivare processi atti a superare quella separazione tra soggetto produttore e soggetto consumatore che, effetto della seconda rivoluzione industriale, estende in sostanza dall'individuo all'oggetto tecnico la medesima forma di alienazione tra funzione di apertura e di chiusura, senza che tale contrapposizione possa essere ricondotta in modo netto e risolutivo ad una contrapposizione di classe[31].

Così, dato che la ricerca delle condizioni di apertura dell'oggetto tecnico risulta complementare allo studio delle ragioni dell'alienazione (cfr. PST 232), i due compiti vanno affrontati sullo stesso piano: quello della costituzione di una "cultura tecnica". Ciò rende necessaria l'applicazione della filosofia all'oggetto tecnico, perché essa soltanto consente uno sguardo globale riflessivo ed effettuale: «il senso di questa concretizzazione, inerenza all'oggetto di una tecnicità che non è interamente contenuta in esso, non può essere compreso che dal pensiero filosofico che segue la genesi dei modi tecnici e dei modi non tecnici del rapporto dell'uomo al mondo» (MEOT 240). Si tratta di un programma dichiaratamente pedagogico che attraversa tutto il lavoro di Simondon, dai primi scritti relativi alla *Place d'une initiation technique dans une formation humaine complète* (1953-54), attraverso le diverse e ripetute formulazioni del progetto di una "cultura tecnica", fino all'ultima intervista, *Sauver l'objet technique* (1983), dove non manca di ribadire che «le tecniche non sono mai completamente e per sempre passate. Nascondono una forza schematica inalienabile e che merita d'essere conservata, preservata» (SO 152). Ma vi è un momento, non meglio precisato, in cui Simondon tenta finalmente di determinare quali siano questi schemi fondamentali veicolati dalla tecnicità. Si tratta di *Mentalité technique*[32], testo programmatico che si propone come compito l'elaborazione e l'estensione della normatività tecnica all'ambito psico-sociale:

> questa relazione non è orientata verso l'ontologia, ma verso l'assiologia. Intende mostrare che esiste una mentalità tecnica in corso di sviluppo, dunque incompleta, che rischia di essere prematuramente considerata mostruosa e squilibrata [...] tenteremo di mostrare che la mentalità tecnica è coerente, positiva, feconda nel dominio degli schemi cognitivi, incompleta e in conflitto con se stessa in quanto ancora mal determinata nel quadro delle categorie affettive, infine senza unità e quasi interamente da costruire nell'ordine della volontà (MT 343).

La "mentalità tecnica" veicola degli schemi operatori che hanno necessarie implicazioni epistemologiche, ma anche etiche e politiche. Se tali implicazioni non risultano affatto chiare per quanto riguarda gli schemi "affettivi e volitivi", per gli schemi cognitivi la "tavola" è invece disponibile (cfr. MT 344-45) e consente di ricavare le formule che definiscono le due condizioni di possibilità della loro applicazione, ovvero i «due postulati della mentalità tecnica» (MT 346): a) «*i sottoinsiemi sono relativamente staccabili dall'insieme di cui fanno parte*»; b) per comprendere un essere «*è necessario considerarlo nella sua entelechia e non nell'inattività*».

Il primo "postulato" implica un'euristica, ma anche un'etica e una politica contrarie a quel "postulato olistico" che, «spesso presentato come attitudine di rispetto della vita, della persona, dell'integrità di una tradizione», è invece una soluzione di ripiego: «accettare o rifiutare in blocco un essere perché è un tutto, significa forse evitare di assumere nei suoi confronti l'attitudine più generosa, che sarebbe quella del discernimento» (MT 346). Il secondo invece implica la necessità di distinguere i regimi di funzionamento e le condizioni di soglia di ciascun sistema. In questo senso, dunque, il complesso delle relazioni di un essere con il proprio *milieu* rientra necessariamente nella sua definizione e deve essere integrato nell'atteggiamento nei confronti di esso (MT 347). Simondon tenta in seguito, attraverso indicazioni ricavate da questi due postulati (indipendenza dei sottoinsiemi e considerazioni di scala), di estendere gli schemi cognitivi della mentalità tecnica all'ambito etico-politico: «per trovare norme reali in questo dominio è necessario rivolgersi verso gli schemi cognitivi già individuati e chiedersi come essi possano rispondere all'esigenza manifestata dall'incoerenza tesa delle modalità affettive» (MT 354). Secondo lui «la mentalità tecnica può svilupparsi in schemi d'azione e valori al punto da fornire una morale all'interno di *milieu* umani interamente consacrati alla produzione industriale» (MT 351-52), ma per farlo è necessario che l'oggetto tecnico sia pensato e costruito, in un'ottica pedagogica, come "oggetto aperto"[33] costituito da uno «strato stabile e permanente» (che veicola lo schema tecnico) e da uno strato di "elementi" intercambiabili che possono essere «aumentati, continuati, amplificati» in vista di un continuo lavoro di ristrutturazione "reticolare", valutabile esclusivamente secondo il criterio dell'apertura (cfr. MT 355-57).

Grazie alla generalizzazione di tali "schemi tecnici" lo sforzo riflessivo sarebbe così in grado, secondo Simondon, di sviluppare una «tecnica di tutte le tecniche», una "tecnologia generale" capace appunto di estrarre degli schemi comuni a più oggetti, tecnici e biologici. Si tratta di schemi processuali generali[34] la cui categorizzazione permetterebbe di costruire una «teoria generale della causalità e dei condizionamenti»[35] che introdurrebbe ad una tecnologia politecnica, alla «valorizzazione dell'insieme delle tecniche» e ad una «forma di rispetto particolare [...] fondata sulla conoscenza della realtà tecnica e non sul prestigio dell'immaginazione», grazie a cui il cui «valore normativo [delle tecniche] può penetrare nella cultura» (MEOT 221). La missione neo-enciclopedica di *Du mode* si basa dunque innanzitutto sul fatto che l'oggetto tecnico è un «*insieme di schemi senso-motori* razionalmente intrecciati ed organizzati, come un organismo», la cui classificazione e riattivazione pedagogica è fattore di liberazione di ogni singolo individuo messo in grado di accedere a questa modalità "maggiore", politecnica del sapere (cfr. Van Caneghem 1989, p. 824), ma in particolare è fattore di mutamento normativo e culturale. Liberazione che tende all'universale e la cui parziale irreversibilità la caratterizza piuttosto come riscoperta che come innovazione:

> io penso che la perdita di funzione sia una perdita temporanea e che i dispositivi tecnici abbiano uno schema fondamentale che può essere in determinati momenti inattuale, ma che conserva la sua essenza. Schema che di conseguenza può tornare ad esistere, riprendere la propria attività e integrarsi ad un nuovo dispositivo più complesso. C'è qualcosa di eterno in uno schema tecnico. Ed è proprio ciò che è sempre al presente [*au présent*] e che può essere conservato in una cosa (MEC2 87).

Proprio in questa prospettiva va colta l'importanza del concetto di "schema", il cui impiego è molto ampio in Simondon, con uno spettro che, a partire dalla tematizzazione dello schema tecnico, si apre anche ai domini biologico e gnoseologico, fino a declinarsi, nell'ambito psico-sociale, quale "archetipo". Il "gesto tecnico" esprime la disponibilità all'attualizzazione dell'energia corporea: schemi e *pattern* etologici costituiscono l'azione dell'organismo, ma hanno per l'uomo statuto sempre anche transindividuale (sono legati al ciclo dell'immagine e all'invenzione simbolica, e sono anche di tipo magico, tecnico-sacro e "culturale"). In generale nei gruppi umani gli schemi producono dunque compatibilità, unità di "campo", e sono trasferibili analogicamente (trasduttivamente), sono fonte di attività simbolica collettiva e di attività tecnica, contribuiscono a costituire il legame sociale e la conoscenza scientifica. Insomma, sono *storici* in quanto operanti all'interno di una catena di tipo tecnico-sacro (magico) e "culturale". E in particolare gli schemi della tecnicità acquistano, nella congiuntura della società tecnologica avanzata, una rilevanza normativa ed una capacità trasduttiva che li rende tanto decisivi da assumere talvolta, nel discorso di Simondon, un'esplicita (e inquietante) valenza archetipica:

> ogni creazione non è forse una trasgressione? Credo che la trasgressione, la cui origine è il serpente, sia la creazione di una persona. Se Adamo ed Eva non fossero mai usciti dall'Eden, non sarebbero divenuti delle persone umane né degli inventori. I loro figli furono uno pastore e l'altro agricoltore. Le tecniche sono nate da questo. In fin dei conti le tecniche e la trasgressione mi sembrano essere la medesima cosa. Già i fabbri erano ritenuti maledetti (SOT 149-50).

12. MISTICA DELL'EVOLUZIONE TECNICA

Vediamo dunque in che modo Simondon forgia gli strumenti di una filosofia politica, senza trascurare il fatto che tali strumenti sono pensati ed elaborati a stretto contatto con una concezione della storia che non ammette riferimenti a miti fondativi e, contro ogni politica ad essi ispirata, promuove una teoria radicalmente aperta ed inventiva della natura umana e del progresso. Scopriremo così come la filosofia di Simondon sia ricca di una concettualità ancora capace di interrogare il quadro sociale e politico delineato oggi dal cambio di scala determinato dallo sviluppo planetario delle tecniche.

ARCHETIPI, IDENTITÀ ED EREDITÀ CULTURALE

Già nella conferenza alla *Société française de philosophie*, Simondon legava nella propria argomentazione le nozioni di archetipo e di schema, tentando di farne degli elementi programmatici all'interno del suo progetto di "assiomatizzazione" delle scienze umane. Si trattava, in quel contesto, di estendere il concetto biologico di schema ad una teoria generale dell' "energetica umana" (cfr. FIP 550): l'operazione di Simondon consisteva nel riformare il concetto di archetipo per renderlo utilizzabile, nel campo sociale, in modo analogo a quello di schema utilizzato da Gesell (1946) per spiegare lo sviluppo del bambino. Nell'ontogenesi del comportamento secondo Gesell si ha a che fare con «una successione di procedure di adattamento seguite da disadattamento e dedifferenziazione», in cui «i *"patterns"*, cioè gli schemi del primo adattamento, sembrano perduti quando sopraggiunge la dedifferenziazione, ma in realtà sono rincorporati nel nuovo adattamento» (FIP 545). In questo processo «vige una specie di dialettica» tra momenti di pieno adattamento e momenti di disadattamento nei quali però «l'organismo sta creando dei *sistemi di potenziali*, a partire dai quali l'ambito di schemi elementari in qualche modo liquefatti che costituiscono un campo metastabile [...] potrà strutturarsi» (FIP 546). Ecco dunque che lo schema rimane latente nell'organismo e capace di attivarsi a partire dall'incontro con «germi strutturali connessi alle circostanze esterne» in grado di orientare ulteriori processi di strutturazione grazie all'innesco di nuovi processi di adattamento (cfr. FIP 546). In questo senso la nozione di "forma archetipica" spiega in generale, secondo Simondon, la «possibilità di propagazione trasduttiva» di un processo in un campo (FIP 549). Tale processo riguarda tanto l'euristica del pensiero quanto la vita dei gruppi sociali, nella quale «l'aspetto più importante [...] non è la stabilità, ma il fatto che *in certi momenti essi non possono conservare la loro struttura: diventano incompatibili con sé stessi, si dedifferenziano e si sovrasaturano*; proprio come il bambino che non può più restare in questo stato di adattamento, questi gruppi si disadattano» (FIP 550). Così è in realtà la nozione di "campo", anche sociale, a rendere efficace quella di archetipo, inteso come germe strutturante che costituisce, alimenta, ma proprio per questo allo stesso tempo interviene a modificare la configurazione del campo con il quale entra in relazione[1].

Abbiamo qui a che fare con la medesima nozione che, in un testo coevo, *L'effet de halo en matière technique: vers une stratégie de la publicité* (1960), serve a Simondon per definire una "zona di tecnicità" produttiva di "strutture cognitive dei gruppi" dalla funzione archetipica: operazione trasduttiva che in quel caso egli chiama di "dispersione" (cfr. EH 14-16). Si tratta di quello stesso "carattere allagmatico" che Simondon riconosceva, nella seconda parte della *Nota complementare*, all'oggetto tecnico. Quest'ultimo, quale «germe di pensiero, dotato di una normatività che si estende ben al di là dei suoi limiti» (NC 514), possiede una "funzione di civiltà" in quanto appartiene ad un campo, quello della cultura, in cui funge da elemento produttivo di relazione: ancora una volta, nei termini di Simondon, svolge una funzione trasduttiva. Si tratta di una funzione che l'oggetto tecnico condivide con l'oggetto artistico, con la differenza però che quest'ultimo in genere «viene accettato solo se rispecchia un dinamismo vitale già esistente» (NC 515)[2], mentre l'oggetto tecnico è il veicolo di una normatività essenzialmente antagonista a quella comunitaria, che «modifica il codice dei valori di una società chiusa» (NC 513), almeno fintantoché non venga "catturato" nel simbolismo comunitario. Ebbene, la condizione di possibilità di un'effettualità virtuosa della normatività tecnica sta proprio nella formazione di una "cultura tecnica" e di un "gusto tecnico" che rendano capaci di tenere la giusta distanza in una relazione nella quale, se l'uomo integra la macchina all'interno del suo universo simbolico, parallelamente la macchina integra l'uomo allo spazio fisico e conserva l'informazione di tale operazione (cfr. NC 520-22) senza che nessuna delle due tendenze precipiti interamente nell'altra.

Sarà ancora questo problema, per lui cruciale, a spingere Simondon a tematizzare didatticamente l'opposizione tra oggetto tecnico chiuso ed aperto nell'*Entretien avec Yves Deforge* (1966), ritornando a sottoline-are da un lato l'aspetto normativo della tecnologia, che «la rende parte integrante della cultura, un aspetto insomma abbastanza vicino a quel-lo dell'estetica e forse della morale» (ED 184), e dall'altro la "trasdutti-vità" dell'oggetto aperto in generale, la cui individualità ne determina l'ingresso in una storicità evenemenziale fatta di dimenticanze e risco-perte: «d'altra parte è anche oggetto ciò che, nel tempo, può essere perduto, abbandonato, ritrovato, insomma ciò che ha una certa auto-nomia e un destino individuale» (ED 185)[3]. Ciò che Michel Simondon, nel solco tracciato dall'opera del padre, chiama "ambiguità dell'ogget-to tecnico" descrive allora piuttosto il modello di una relazione d'og-getto che la caratteristica di un certo tipo di oggetti. E tuttavia proprio nell'oggetto tecnico tale relazione si presenta nel modo più "puro":

> se il gesto e l'operazione tecnica legano fondamentalmente l'uomo al mon-do - al suo orizzonte naturale, ai suoi simili, alla propria individualità -, la loro espressione della vita si accompagna, nello stesso tempo, all'emergere di un ordine divergente, di conseguenza ad una possibile separazione o un rivolgimento contro la vita. È questa enigmatica "prossimità d'allontana-mento" che io chiamo l'ambiguità dell'oggetto tecnico (M. Simondon 1994, p. 98).

L'"ambiguità dell'oggetto tecnico" è proprio ciò che permette ed e-sige una corretta posizione del problema della tecnica rispetto al tran-sindividuale: tra individuazione biologica e individualizzazione psichi-ca e collettiva, la "tecnica" in senso ampio è sia amplificazione del bio-logico, sia produzione di oggetti-simbolo che costituiscono quel siste-ma dell'eredità culturale che, una volta innescato, diviene irriducibile al biologico, "sfasato" rispetto ad esso, e capace di rivolgersi *contro* di esso. Abbiamo qui a che fare precisamente con ciò che per la psicoana-lisi è il simbolico, il cui radicamento biologico è innegabile, e che tutta-via si presenta come rottura radicale ed irreversibile rispetto ad esso: rottura la cui insistenza viene letta da Lacan come l'operare della pul-sione di morte. Così in Lacan il simbolico quale "catena del discorso" eccede la struttura sincronica del linguaggio, i meccanismi di riprodu-zione sociale, nella ripetizione cieca e inestinguibile dell'eccedenza che abita e supera l'ordinata organizzazione dell'economia libidica attorno ad un prinicipio di realtà che fa da spalla al principio del piacere:

> ritroviamo qui ciò che vi ho già indicato, cioè che l'inconscio è il discorso dell'altro. Questo discorso dell'altro non è il discorso dell'altro astratto, del-l'altro nella diade, del mio corrispondente, neanche semplicemente del mio servo, è il discorso del circuito nel quale sono integrato. Ne sono uno degli anelli. È il discorso di mio padre per esempio, in quanto mio padre ha fatto degli errori che sono assolutamente condannato a riprodurre - è quello che si chiama *Super-ego*. Sono condannato a riprodurli perché bisogna che io riprenda il discorso che mi ha lasciato in eredità, non solo perché sono suo figlio, ma perché non si fermi la catena del discorso, e io sono appunto

incaricato di trasmetterla nella sua forma aberrante a qualcun altro. Devo porre a qualcun altro il problema di una situazione vitale in cui ci sono tutte le *chances* che inciampi anche lui, in modo che questo discorso compie un piccolo circuito in cui si trovano presi tutta la famiglia, tutta la congrega, tutto un campo, tutta una nazione o la metà del globo. Forma circolare di una parola che è giusto al limite del senso e del non senso, che è problematica. Ecco che cos'è il bisogno di ripetizione come lo vediamo sorgere al di là del principio del piacere. Esso vacilla al di là di tutti i meccanismi di equilibrazione, di armonizzazione e di accordo sul piano biologico. Esso non è introdotto che dal registro del linguaggio, dalla funzione del simbolo, dalla problematica che interroga l'ordine umano. In che modo tutto ciò è letteralmente proiettato da Freud su un piano in apparenza di ordine biologico? Vi ritorneremo le prossime volte. La vita non è presa, nel simbolico, che frammentata, decomposta. L'essere umano stesso è in parte fuori della vita, partecipa dell'istinto di morte. E solo da qui può affrontare il registro della vita (Lacan 1954-55, pp. 105-6).

Ebbene, per Simondon la vita stessa funziona come serie trasduttiva, in essa l'eccedenza rispetto ad ogni armonizzazione omeostatica è già presente come sfasatura del preindividuale che, nella ripetizione dell'operazione di individuazione (cfr. I 214), la rende metastabile, la rende possibile pur abitandola come ciò che è più estraneo ad essa: solo grazie al preindividuale lasciato da ognuna delle individuazioni precedenti «la vita è nel suo presente [...] non nel suo resto» (I 215). Già dunque a livello biologico, come peraltro accade nell'analisi freudiana dell'*Aldilà del principio del piacere* (1920), «la morte esiste per il vivente in due sensi che non coincidono» e che svolgono la duplice funzione di condizione costitutiva *e* di progressiva dissoluzione della base energetica della ripetizione vitale. Se da un lato il vivente ha a che fare con la morte quale fattore "interno", «rottura di un equilibrio metastabile [che] traduce la precarietà dell'individuazione stessa, il suo affrontare le condizioni del mondo, il fatto che essa si mette in gioco rischiando e non può sempre riuscire», d'altra parte si confronta costantemente con la "morte passiva", l'inerzia, l'invecchiamento, la sedimentazione di quel "resto" di una successione di atti vitali che, "controparte" necessaria di ogni ontogenesi, è quasi la testimonianza della sua irriducibilità a puro meccanismo di «iterazione del processo di crescita» (I 215, *passim*). Si tratta delle due funzioni che, eccedendo costitutivamente ogni individuazione biologica, fanno già della vita una "serie trasduttiva" di cui la morte è condizione, ma non conclusione. Ciò che si conclude è soltanto l'individuo ma non il movimento in cui si è costituito e che continua, attraverso di esso, in quelle "significazioni realizzate" nel collettivo che sono l'unica modalità di oltrepassamento dello *hic et nunc* dell'individuo, l'unico modo in cui la morte si ripete in esso come condizione di ulteriori individuazioni (cfr. I 216-17).

Non si tratta naturalmente di una forma di riduzionismo biologico, ma di una radicale messa tra parentesi dell'ordine del linguaggio, considerato come *una* delle vie lungo le quali, nell'intersezione con il campo della cultura, la vita incontra e si scontra, al limite del suo operare, con le proprie condizioni di possibilità. Il linguaggio nel discorso di Simondon non ha infatti che un ruolo derivato rispetto all'operazione di "produzione di significazioni" della quale è soltanto una modalità: non tanto la modalità tipica dell'uomo, quanto una delle modalità con cui la "funzione archetipica" si esercita nel campo dell'umano o transindividuale. Tale funzione è la medesima che compare in altri "oggetti" che popolano tale campo e che possono essere trattati allo stesso modo come "schemi archetipici", secondo quanto risulta con chiarezza dalla discussione di Simondon con Hyppolite, durante la quale il primo nega che il problema dell'origine di tali "schemi" possa spettare ad una teoria dell'informazione e a maggior ragione ad una teoria del linguaggio (cfr. DFIP 185)[4]. In questo senso è forse possibile affermare che Simondon pensi anche la significazione come "oggetto", ovvero come prodotto di un processo transindividuale di invenzione che si conserva quale germe nel collettivo, a livello di un «universo mentale e pratico della tecnicità nel quale gli esseri umani comunicano attraverso ciò che inventano» (MEOT 247). E in effetti per Simondon anche il linguaggio, in quanto strumento, "protesi" di comunicazione, è in qualche modo già scrittura[5]: in ogni caso la sua universalità è solo "indiretta" (cfr. MEOT 97-98), in quanto è di per sé una struttura chiusa che può avere funzione di apertura soltanto come germe di informazione, come supporto di un'operazione che lo eccede, che *non è* linguistica bensì biologica e/o culturale, ovvero riguardante la relazione tra uomo e mondo e tra uomo e uomo attraverso il *milieu*. Già nell'*Individuation* per Simondon le significazioni non sono "il linguaggio", ma "rapporti d'essere" e in quanto tali "reali" (cfr. I 83). Si tratta in generale di veri e propri schemi che fungono da supporto per l'individuazione psichica e collettiva: in quanto strutture (che hanno la funzione di stabilizzare le relazioni sociali) e in quanto operazioni (cioè invenzioni, "produzioni di significazioni", di tipo tecnico, religioso, etico e politico e *anche* linguistico). L'oggetto linguistico, come quello tecnico, quello estetico e quello sacro, dei quali Simondon parla in *Du mode* (cfr. MEOT 10) e in *Imagination et invention* (cfr. IMI 178-79), sono insomma oggetti in cui è presente, cristallizzata, un'attività transindividuale passata ma ancora ri attivabile (come il cristallo del virus del tabacco): oggetti capaci, grazie alla loro doppia valenza (aperta/chiusa), di costituire un collettivo nel medesimo senso in cui, come abbiamo visto, «l'oggetto tecnico prende una significazione, gioca un ruolo con altri oggetti» (PST 324). Così, come ogni altro oggetto-simbolo, anche la parola diviene occasione per rimettere in gioco il legame sociale, riattivare dei "cristalli" (strutture singolari) di transindividuale sedimentati *anche* nel linguaggio *in quanto* istituzione, che non (ri)divengono informazione se non sotto determinate condizioni evenemenziali e di stato: «passando per la parola, l'informazione che va dall'individuo all'individuo, fa un passaggio [*détour*] attraverso quell'istituzione sociale che è il linguaggio» (MEOT 98), e tale passaggio può determinare una ristrutturazione del campo[6]. Insomma, come ogni altra forma di "cristallizzazione" dell'individuazione transindividuale, il linguaggio ha doppio statuto: è resto (stabile) di processi di individuazione transindividuale già in gran parte "esauriti" e *contemporaneamente* è vettore di metastabilizzazione, possibile innesco singolare di un'ulteriore individuazione collettiva.

Di fatto la prospettiva di Simondon sull'inconscio è già espressa nell'*Individuation*, nel paragrafo dedicato alla *Significazione del subconscio affettivo*, con riferimento esplicito a Jung. Simondon coglie infatti nell'affettività e nell'emotività dei processi che - essendo «suscettibili di riorganizzazioni quantiche» in quanto «procedono per salti bruschi secondo delle gradazioni, e obbediscono a leggi di soglia» - costituiscono il «centro dell'individualità» (I 248). Si tratta di un "centro" stratificato in relazione al quale Simondon stabilisce la parziale compatibilità della clinica psicoanalitica[7], in particolare junghiana, con la sua ipotesi di una personalità - individuale *e* di gruppo - costituita simbolicamente e performativamente: «sono dei temi affettivo-emotivi che Jung scopre nella sua analisi dell'inconscio (o del subconscio) che è alla base dei miti» (I 248). Tale legame è ribadito anche al di fuori dell'*Individuation*, tanto da poter essere considerato una costante del pensiero di Simondon[8], fino a spingerlo a ritenere decisiva l'ipotesi di una «struttura di personalità in strati e livelli (psicologia del profondo)» (IMI 74). In effetti la "psiche" della teoria junghiana dimostra una certa affinità con un approccio di tipo "termodinamico": si tratta di un sistema nel quale determinazioni contrarie permettono un apporto energetico continuo che lo destabilizza ma anche ne stimola la capacità di autoregolazione dinamica. In questo consiste secondo Jung il "processo di individuazione", ovvero la progressiva integrazione delle diverse parti del sistema in una totalità, l'*Es*, la cui strutturale conflittualità costituisce l'aspetto creativo della psiche. Sotto questa luce risultano immediatamente evidenti alcune consonanze con molti temi dell'*Individuation*, a partire dalla centralità del processo di individuazione[9], per comprendere processualità di tipo psichico-collettivo, così come lo stesso Simondon non manca di sottolineare chiudendo il proprio intervento alla *Société*:

> detto altrimenti, noi considereremo il processo di dedifferenziazione all'interno di un corpo sociale, o all'interno di un individuo che entra in un periodo di crisi [...] dopo questa crisi e questo sacrificio giunge una nuova differenziazione; è l'*Albefactio*, o *Cauda pavonis*, che fa uscire gli oggetti dalla notte confusa, come l'aurora che li distingue nel loro colore. Jung scopre, nell'aspirazione degli Alchimisti, la traduzione dell'*operazione d'individuazione* e di tutte le forme di sacrificio che suppongono un ritorno ad uno stato comparabile a quello della nascita, ovvero un ritorno ad uno stato ricco di potenziali, non ancora determinato, dominio per la nuova propagazione della Vita (FIP 551).

Ma la distanza tra il modello junghiano e la concezione simondoniana del processo di individuazione è decisamente marcata almeno su
due punti tra loro strettamente legati e riguardanti proprio il modo di
intendere l'individuo. Per Jung, infatti, l'individuo è il luogo, l'origine
ultima della norma, in quanto agisce in base ad una "disposizione naturale". La normatività collettiva è infatti il risultato di una mediazione
tra individui già costituiti: «una norma nasce dall'insieme delle vie individuali e ha ragione di esistere e possiede una sua efficacia animatri-
ce solo quando genericamente sussistono vie individuali che di tanto in
tanto vogliano seguire il suo orientamento» (Jung 1921, p. 420). Ora,
scontrandosi con le norme collettive gli individui non fanno che scon-
trarsi con la sedimentazione di altre norme individuali rispetto alle
quali "contrattano" per così dire nuove configurazioni della normatività collettiva in ragione della propria «disposizione naturale»: «l'individuazione è sempre più o meno in contrasto con le norme collettive,
giacché essa è separazione e differenziazione dalla generalità e sviluppo del particolare; non però di una particolarità *cercata*, bensì di una
particolarità già a priori fondata nella disposizione naturale» (*Ibidem*).

Innanzitutto la riformulazione simondoniana del concetto di archetipo si distanzia radicalmente da quella junghiana in quanto l'archetipo
non è *dato* naturalmente, né costruito collettivamente a partire dalla
convergenza di norme individuali, ma operante trasduttivamente in
un regime di individuazione transindividuale nel quale il peso della
"fase" biologica è determinante quanto la sedimentazione e la ripresa
costante della tradizione-invenzione collettiva. Nonostante Simondon
in un primo momento riconosca come «Jung avesse già stabilito il carattere surdeterminato degli archetipi» (PST 319), come lui stesso fa
notare l'interpretazione junghiana della permanenza di immagini relative a stadi anteriori dell'evoluzione è "seducente", ma va ricondotta
all'influenza degli schemi di anticipazione motoria sulla produzione
simbolica (cfr. IMI 34-35): influenza importante ma sempre comunque
mediata da elementi di tipo culturale. Gli archetipi sono infatti secondo
Simondon «schemi dell'immaginazione», uno «stampo [*moule*] di immagini appartenente al passato dell'umanità (forse anche a tappe pre-
umane dell'evoluzione)» che agisce però - al contrario di quanto sostiene Eliade in un regime misto individuale e collettivo (cfr. IMI 129).
Si tratta di una "funzione archetipica" operante, la cui "origine" è tutta
risolta nella sua attività, ed è dunque, a rigore, senza origine, perché
tale funzione può essere declinata come produzione di oggetti e simboli veicolanti normatività di tipo sia biologico, che tecnico e sociale.
Com'è ormai chiaro la sfasatura tra le diverse normatività non rimanda
in Simondon ad alcuna essenza - tantomeno archetipica - da realizzare,
e perciò l'individuazione non può in alcun modo essere concepita come operazione di adattamento, ancorché creativo, o di integrazione di
una comunque intesa "disposizione naturale" *già* presente nell'individuo: è inconcepibile per Simondon una "natura" che non sia in sé sfa-

sata come è inconcepibile un individuo "completo" la cui norma "pre-esista" alla sfasatura tra normatività individuale e sociale. Per questo è impensabile una normatività sociale risultante dalle interazioni tra diverse norme "portate" da individui già interamente costituiti, come d'altra parte non si può ritenere che l'intreccio delle diverse normatività veicolate sotto varie forme da individui, oggetti, simboli, elementi, possa mai definitivamente comporsi come un tutto.

Allo stesso modo anche la distinzione tra individuale e collettivo, nell'ottica di Simondon, viene radicalmente ripensata rispetto all'approccio junghiano. Ciò che Simondon chiama il "subconscio dei viventi", pur concepito in modo analogo all'inconscio collettivo, è infatti inteso come una rete di relazioni in cui gli individui giocano una funzione in quanto "semi di coscienza ed azione" che possono sempre nuovamente essere reintegrati nella sua configurazione attuale[10]. Proprio perché «l'inconscio (o subconscio) è alla base dei miti», soltanto a questo livello, che è quello dei temi affettivo-emotivi, «si può parlare in un certo senso dell'individualità di un gruppo o di quella di un popolo» (cfr. I 248). Ma se il "mito" è sufficiente a istituire un'identità comunitaria, tuttavia non basta a garantire la trasduttività di tale identità al di là della sua funzione immaginaria. È su questo sfondo che acquista risalto la contrapposizione tra "immaginario" e "storico" espressa da Simondon nell'opposizione interindividuale/transindividuale: «l'interindividualità è uno scambio tra realtà individuate che rimangono al loro medesimo livello d'individuazione, e che cercano negli altri individui un'immagine della propria esistenza, parallela ad essa», mentre «il collettivo non esiste realmente che se un'individuazione lo istituisce. Esso è storico» (I 167). In questo senso il mito, quanto l'opinione, fa parte di quel processo continuo attraverso il quale una comunità costituisce e organizza, nella memoria "interindividuale", un sistema normativo condiviso, innescando anche «movimenti collettivi potenti» grazie alla funzione identitaria veicolata dalle "immagini-simbolo" (cfr. IMI 133). Ma si tratta pur sempre di un operare del simbolo secondo una funzione immaginaria e omeostatica, di tipo magico, in cui la minaccia regressiva permane latente: nei termini del corso *Imagination et invention*, la fissazione di una fase del "ciclo dell'immagine" comporta infatti la degradazione del simbolo a strumento di un'operazione che manca completamente la dimensione propriamente storica dei processi che lo attraversano e ne superano immancabilmente ogni configurazione determinata. L'archetipo va invece inteso come "fonte archetipica originaria" (cfr. IMI 123) la cui presenza irriducibile rende sempre possibile una storicità di tipo trasduttivo e il cui carattere "aperto" scaturisce necessariamente dall' «eterogeneità delle impronte legate ad una medesima fonte che fornisce al simbolo la sua tensione interna» (IMI 125).

Come già accennato, la prosecuzione del lavoro di Merleau-Ponty è uno dei possibili modi di leggere l'istituzione del simbolico in Simondon. Secondo la definizione offerta nel corso sull'*Institution*, «l'istituzione è l'insieme degli eventi di un'esperienza che la dotano di dimensioni durature in rapporto alle quali tutta una serie d'altre esperienze avranno senso, formeranno una serie pensabile o una storia» (Merleau-Ponty 1952-60, p. 61); una vera e propria serie di eventi istituisce insomma una "storia pubblica" che apre ad un avvenire oltrepassante i confini delle storie personali e del sistema delle relazioni intersoggettive che non escono dal cerchio dell'istituzione meramente "biologica": «gli eventi depositano in me un senso non a titolo di sopravvivenza e di residuo, ma come richiamo ad un seguito, esigenza di un avvenire» (*Ibidem*). Si tratta di serie organizzate da "matrici simboliche" che sorgono «nei punti d'incontro degli uomini con i dati della natura o del passato» e possono, «per un periodo più o meno lungo, lasciare la loro impronta sul corso delle cose per poi scomparire senza che nulla le abbia distrutte in maniera diretta, per disgregazione interna o perché qualche formazione secondaria prende il sopravvento e le snatura» (Id. 1955, p. 28). È ancora una volta Merleau-Ponty, attraverso il filtro di un'ipotesi di riforma della biologia freudiana, a fornirci una chiave di lettura della particolare forma di discontinuità trasduttiva caratterizzante l'innesto tra natura e storia in cui consiste per Simondon la trasduttività propria dell'umano, ovvero la sua storicità:

> studiare il freudismo a partire dalla sua base biologica sostituendo le basi biologiche meccaniciste con una biologia moderna: si rielaborano tutte le sue costruzioni psicologiche [...] Dal punto di vista di una biologia moderna, invece, c'è l'idea (Simondon p. 231) di un'eredità come prolungamento dell'ontogenesi, dell'individuazione, queste ultime intese come processi vitali e non come avventure fenotipiche -. La costituzione di una tradizione, di una memoria, di un passato, di una storia, di un ordine della "scelta" non indica dunque una creazione *ex nihilo* - La sua ambivalenza o "incoscienza" non significa che ne esista un testo chiaro (inconscio) di cui l'apparenza sarebbe il *travestimento* [...] La libertà, l'ordine del {decisionale}, è la discontinuità dell'istante; nel suo {esercizio}, essa non è invenzione *ex nihilo*, essa è modulazione - C'è una potenza fisica del fare o del non fare, del sì e del no - ma essa non è la libertà. La libertà è sempre {gestione} di un'eredità (Merleau-Ponty 1959b, p. 43, trad. mod.).

La prospettiva del pensiero di Merleau-Ponty sull'istituzione ci permette insomma di cogliere in Simondon quella dimensione etica che è propria dell'individuazione, di ciò che egli definisce il "senso della trasduttività" dell'atto: «postulare che il senso interno è anche un senso esterno, che non vi sono isole perdute nel divenire, non vi sono regioni eternamente chiuse in se stesse, non si dà autarchia assoluta dell'istante, è affermare che ogni gesto ha un senso di informazione ed è simbolico in relazione alla vita intera o all'insieme delle vite» (I 333)[11]. La particolare declinazione assunta dal problema dell'archetipo nel suo pensiero va dunque interpretata in stretta attinenza con il tema dell'eredità culturale: tema presente fin dagli inizi nel modo particolare in cui Simondon pone la questione dell'umanismo come impegno politico «contro le forze che tendono ad alienare l'uomo, a privarlo della sua eredità, a renderlo schiavo dei miti» (HU 53). All'epoca del saggio *Humanisme culturel, humanisme négatif, humanisme nouveau* (1953) Simondon vede nell'esistenzialismo sartriano il solo pensiero «all'altezza di forze di "mistificazione" quali il pragmatismo, il nazional-socialismo e il comunismo», che in forme diverse alienano l'uomo: il pragmatismo riducendo «la verità del rapporto oggettivo al valore sociale dell'integrazione comunitaria», il comunismo credendo di risolvere il problema delle relazioni tra uomini con la loro pianificazione tecnica, e il nazional-socialismo perseguendo la soluzione definitiva dell'integrazione alla razza o al gruppo (cfr. HU 53)[12]. Come molti della sua generazione Simondon vede in Sartre l'esponente e il modello di un'"ala combattente dell'umanismo", ma con la riserva di chi richiede l'integrazione dell'attività tecnica nel progetto di un "umanismo culturale". In questi passi in cui è centrale la questione dell'eredità culturale già si affaccia infatti, con sorprendente chiarezza ed enfasi, l'ipotesi della "potenza" evolutiva ed umanizzante dell'eredità tecnica e, di conseguenza, del compito politico della riflessione tecnologica: «vi è là un'eredità umana ricca di senso implicito che la riflessione può esplicitare: la solidarietà dei secoli seguenti, l'accordo delle civiltà si librano sull'universalità reale dell'esistenza tecnica» (HU 54)[13].

STORIA, EVOLUZIONE TECNICA E *LIMITES DU PROGRES HUMAIN*

La forma assunta dalla catena trasduttiva al livello dell'individuazione collettiva, così determinante per la concezione etica e politica di Simondon, ci obbliga dunque ad approfondire la nozione di "storicità". Ciò che Simondon tratta in termini di "storicità" è innanzitutto nell'*Individuation* la singolarità propria di ogni individuazione fisica, chimica e biologica. Simondon si esprime spesso in questo modo: a livello fisico, parla di «singolarità storiche apportate dalla materia» (I 57); nel processo di cristallizzazione «vi è dunque un aspetto storico nell'avvento di una struttura in una sostanza: bisogna che il germe strutturale appaia» (I 79), in quanto «l'individuazione di una forma allotropica parte da una singolarità di natura storica» (I 80); a livello biologico «l'individualizzazione del vivente è la sua reale storicità» (I 268); nel regime di individuazione transindividuale, come abbiamo visto, «il collettivo non esiste veramente che se un'individuazione lo istituisce. Esso è storico» (I 167); e infine vi è una storicità delle differenti individuazioni psichiche e collettive, tra le quali, naturalmente, il pensare stesso: «noi riteniamo che ogni pensiero, nella misura in cui è reale, sia una *relazione*, cioè comporti una componente storica nella sua genesi» (I 84). Quando Simondon parla di "storicità" abbiamo insomma sempre a che fare con un concatenamento trasduttivo. Tale forma riguarda tutti i regimi d'individuazione e opera sempre singolarmente e progressivamente:

intendiamo per trasduzione un'operazione - fisica, biologica, mentale, sociale - con cui un'attività si propaga poco a poco all'interno di un certo ambito grazie ad una strutturazione che si compie di luogo in luogo: ogni regione di una struttura, una volta costituita, fa da principio e modello alla regione successiva, ne innesca la costituzione, in modo che un cambiamento si diffonde progressivamente, di pari passo con l'operazione strutturante (I 32).

Si tratta di una modalità processuale che caratterizza appunto *ogni* regime di individuazione *solamente* nel suo operare aperto e singolare (evenemenziale), in quanto in generale le singolarità sono «storiche e locali» (I 81). E così, anche per quanto riguarda l'individuazione psichica e collettiva, solo il "vero" collettivo è storico, ed è dunque tale solamente in quanto opera trasduttivamente, ovvero come transindividuale. Ecco che sembra allora impossibile legare il concetto di "storicità" in Simondon ad una qualunque concezione di sviluppo, mentre di contro egli non rinuncia a parlare di evoluzione in biologia o nel campo delle tecniche, dove fa frequentemente riferimento alla nozione di "progresso tecnico". Si dà dunque progresso nel campo dell'umano solo se declinato come tecnico? Risulta molto interessante suscitare a questo proposito la nozione di "situazione dialettica" da lui formulata nel breve scritto *Per una nozione di situazione dialettica*[14] in relazione al concetto di metastabilità di sistema: «la situazione dialettica è una situazione metastabile» (SD 116) caratterizzata dall'esistenza di "legami di rete" (o "potenziali" cfr. SD 114) e di barriere che le consentono di raggiungere un livello di tensione tale da rendere possibile l'operazione dialettica «a partire dalla quale si dà individuazione» (SD 116). Ebbene, Simondon afferma che «la dialettica non esiste che sotto forma di situazione», e non c'è dunque processo storico che sia dialettico se non nella forma della scoperta-invenzione di una nuova compatibilità:

ciò che è dialettico: scoperta di una nuova dimensione che integri in qualità di nuova informazione ciò che causava la fuoriuscita dal quadro [*décadrage*] di due tesi - essendo lo spostamento [*décalage*] stesso parte integrante della scoperta finale, del quadro finale (SD 113).

Questo schiacciamento della dinamica dialettica nell'atto risolutivo di una tensione non ne esaurisce però il campo, poiché nel discorso di Simondon non mancano riferimenti espliciti ad una "dialettica storica". In particolare vi è almeno un'occasione in cui, in funzione antistrutturalista, Simondon chiede il passaggio ad una "dialettica storica". Si tratterebbe di costituire, attraverso modelli ricavati dalla tecnologia, le basi di una nuova «visione sistematica del mondo umano» che integri l'aspetto sincronico e quello diacronico: «la tecnologia fa apparire una funzione *relazionale* del "couplage" tra organismo e *milieu*, uomo e mondo, sviluppandosi *dialetticamente* di livello in livello, e fornendo dunque un senso alla norma (o schema) del progresso, secondo un'epistemologia realista, differente dal nominalismo strutturalista» (cfr. IT 84-85, sott. ns.)[15]. Anche se evidentemente non intendiamo sostenere che vi sia in Simondon una filosofia della storia implicante una legge, una necessità, o addirittura un "senso" del processo storico, appare tuttavia necessario chiedersi quale sia la funzione dei concetti di evoluzione biologica e di progresso tecnico in relazione alla "storicità" propria dell'uomo, e, in seguito, se non sia possibile produrre in qualche forma una definizione o una scienza di tale processualità storica.

Come spesso accade, anche rispetto al concetto di dialettica Simondon oscilla tra diverse modulazioni terminologiche. Così anche nell'*Individuation* il termine compare spesso quale oggetto di critica, in opposizione a "trasduzione"[16] e "fase"[17], ma, secondo una tipica modalità del discorso di Simondon, non mancano ipotesi di "riforma" del concetto, in particolare riguardo la nozione di *physis*: «la successione delle tappe dialettiche può essere tradotta come parallelismo delle fasi dell'essere se il divenire è veramente divenire dell'essere, in modo tale che non si possa affermare che l'essere sia nel divenire, ma che l'essere diviene; il divenire è ontogenesi, *physis*» (I 323)[18]. Ma vi è in fin dei conti un paradigma unico che Simondon propone per leggere l'evoluzione biologica e il progresso tecnico: si tratta di una continuità fatta di rotture e ricomposizioni, di soglie il cui superamento comporta conseguenze sistemiche, di passaggi non necessari ma, una volta avvenuti, irreversibili.

Da questo punto di vista il concetto di "relaxation" non sembrerebbe che la riformulazione, forse la precisazione, della nozione di trasduzione, del modo in cui quest'ultima spiegherebbe l'evoluzione tecnica. Così, sebbene nel paragrafo *Concatenamenti evolutivi e conservazione della tecnicità. Legge di relaxation*, Simondon spieghi che il movimento «a denti di sega» (MEOT 66) con cui procede l'evoluzione tecnica avviene secondo un "ritmo di relaxation" che «non trova corrispondenze né nel mondo geografico né nel mondo umano», poiché «questo tempo di relaxation è propriamente la temporalità tecnica» (MEOT 67), tuttavia tale "schema" si estende ben presto oltre i confini originari. Già nell'*Individuation*, la "legge di relaxation" è il modo in cui «l'aspetto quantico della fisica si ritrova in biologia» (I 204) e che dunque Simondon ritiene utile a spiegare processi tanto di tipo fisico che fisiologico, che iniziano con inneschi improvvisi dopo una crescita quantitativa progressiva che non manifestava alcun effetto (cfr. *Ibidem*)[19]. Allo stesso modo in *Le relais amplificateur* (1976) Simondon susciterà ancora il concetto di "relaxation" per spiegare il meccanismo di una serie di fenomeni meccanici ed elettrici, ma soltanto per chiedersi infine se sia il caso di «spingere ancora più in là la ricerca di modelli, e tentare d'interpretare i fenomeni di crescita o di metabolismo [...] come dei processi di amplificazione» (MEC2 139). Si tratta in sostanza sempre del processo sopra descritto riprendendo Gesell: processo che Simondon estende al campo fisico-chimico e biologico, e che spesso dichiara di ricavare dalla realtà tecnica, ma il cui ambito originario di elaborazione è probabilmente biologico, almeno stando alla definizione offerta da Bergson: «[l'essenza della vita] consiste nell'accumulare gradualmente energia potenziale da spendere bruscamente in azioni libere» (Bergson 1932, p. 195). Così per Simondon «la vita si dispiega per transfert e neotenizzazione: l'evoluzione è una trasduzione piuttosto che un progresso continuo o dialettico» (I 171). Attraverso il suo approccio sistemico, nel momento del trionfo del "continuismo" evoluzionista tipico della *Sintesi Moderna*, Simondon sembra insomma voler costruire una concezione fortemente discontinuista dell'evoluzione umana, considerando l'incidenza del progresso culturale e tecnologico su di una scala che, a partire da una certa soglia dello sviluppo tecnologico, diverrebbe decisiva anche sul piano evolutivo[20]. E così anche l'evoluzione tecnica risulta infine letta secondo il suo radicamento ma anche la sua parziale disgiunzione da un paradigma di tipo biologico, forse desunto da Leroi-Gourhan:

> l'analisi delle tecniche dimostra che esse si comportano nel tempo allo stesso modo delle specie viventi, in quanto fornite di una forza evolutiva che sembra essere loro propria e tende a farle sfuggire al controllo dell'uomo [...] bisognerebbe quindi tentare una vera e propria biologia della tecnica (Leroi-Gourhan 1965, p. 173)[21].

Pur procedendo nella medesima direzione in *Du mode* Simondon si richiamava ad uno «schema genetico più primitivo» che, superando la dicotomia tra *élan vital* e adattamento, potesse integrare evoluzione tecnica e biologica in un unico modello: «tappe successive di strutturazione individuante, che va di stato metastabile in stato metastabile attraverso invenzioni successive di strutture» (cfr. MEOT 155-56). Ma ciò non significa affatto che l'evoluzione tecnica sia considerata da Simondon solo un aspetto dell'evoluzione generale delle specie: lo scarto prodotto dal suo innesco determina infatti il superamento di una soglia che introduce ad un diverso regime dei processi e una conseguente riconfigurazione delle strutture che si costituiscono oltre tale soglia, la soglia, appunto, che Simondon definisce dell'individuazione transindividuale. In questo senso l'evoluzione tecnica risulta determinante per il sorgere di un regime di scambio di informazione che tende a costituirsi a sistema capace di retroazione sulla natura o sulla stessa componente ("fase") biologica dei gruppi sociali: una cultura. Il "progresso umano" compone così le sue normatività biologica e tecnica all'interno di un unico schema di propagazione cumulativa nel quale sono decisivi i processi omeostatici quanto le componenti aleatorie, le funzioni di discontinuità e di irreversibilità quanto l'apertura costitutiva, ovvero l'impossibilità di una sintesi definitiva.

> Anche se la nozione di progresso non può essere accolta direttamente, ma deve essere elaborata attraverso un lavoro di riflessione, è proprio questa compatibilità della comunità e delle società a trovare un senso nella nozio-

ne di sviluppo progressivo. Il progresso è il carattere dello sviluppo che integra in un tutto il senso delle scoperte successive discontinue e dell'unità stabile di una comunità. È attraverso la mediazione del progresso tecnico che comunità e società possono divenire sinergiche (NC 514-15).

Con *Les limites du progrès humain* (1959) Simondon, proprio a ridosso della pubblicazione di *Du mode*, risponde nella *Revue de métaphysique e de morale* all'omonimo saggio di Ruyer (1958), in cui quest'ultimo aveva delineato il suo sguardo complessivo sul fenomeno del progresso umano. Nell'articolo Ruyer affronta il problema del rapporto tra vita e tecnica nell'uomo abbozzando una filosofia della storia. Dopo aver esteso il concetto di organizzazione alla materia («noi sappiamo oggi che la vita è molto più strettamente legata alla materia, e che l'organizzazione è ovunque» cfr. *Ivi*, p. 415), Ruyer arriva a problematizzare la distinzione tra vita e tecnica nell'uomo come specie e nell'uomo in quanto essere sociale («l'uomo sociale è un ibrido» di vita e tecnica cfr. *Ivi*, p. 413); operazione concettuale che implica tra l'altro un'originale scelta linguistica rispetto all'utilizzo del termine "macchina": «l'uomo e i mammiferi superiori hanno molte più macchine nei loro stessi corpi di un protozoo» (*Ivi*, p. 423). Rifiutando l'opposizione che definisce "romantica" tra «una comunità naturale vivente e una società meccanizzata» (*Ivi*, p. 415), Ruyer descrive la vita delle culture come caratterizzata da una compresenza di fasi critiche e fasi organiche che «s'incrociano piuttosto che succedersi» (*Ibidem*). A partire da queste premesse, senz'altro compatibili con la posizione di Simondon, Ruyer fornisce le linee essenziali di una filosofia della storia caratterizzata dalla fiducia quasi "mistica" nella capacità inventiva della vita, intesa nel senso più ampio possibile e con accenti chiaramente bergsoniani. Ma ciò che per noi risulta particolarmente interessante è la sua teorizzazione di una "fine della storia" (*Ivi*, p. 414), che ci aiuterà a comprendere in che modo Simondon si collochi rispetto a questo problema denso di implicazioni filosofico-politiche.

Ruyer considera l'ipotesi di matrice positivista secondo cui «la fase storica non è che una fase tra due periodi non storici molto più lunghi: nel passato la fase etnologica, nell'avvenire la fase della civiltà e dell'amministrazione razionale» (*Ivi*, p. 414). La premessa del ragionamento di Ruyer è che «noi ci troviamo nell'esplosione evolutiva più formidabile che si sia mai prodotta sulla terra», ma nonostante tale "esplosione accelerata" il sistema tende all'inerzia cosicché, dopo un inizio esponenziale, il processo seguirà una curva sigmoidea, ed «è rigorosamente certo che la marcia accelerata del progresso tecnico si arresterà» (cfr. *Ivi*, pp. 416-21). Dunque non si tratterebbe, secondo Ruyer, di una «via al progresso» lungo il percorso obbligato disegnato dall'Occidente alla quale, volenti o nolenti, stanno partecipando oggi tutti i popoli della terra, ma di un «passaggio unico», che avviene secondo lo schema accelerazione - rallentamento - stabilizzazione, la cui visibilità risulta problematica solo perché il processo è ancora in fase di accelerazione: «ciò che illude è che gli occidentali, che hanno inaugurato la tecnica scientifica, sono essi stessi ancora presi nel processo della sua formazione: sebbene tutta l'umanità sembri essere in marcia accelerata e continua, essa sta per saltare da uno stato stabile ad un altro stato stabile» (*Ivi*, p. 421). Il fenomeno ha ormai raggiunto dimensioni decisive in quanto l'evoluzione tecnologica e scientifica, oggi strettamente legata allo sviluppo industriale, è destinata a crescere fino al punto in cui, «una volta che il sistema industriale farà tutt'uno con il sistema sociale», esso manifesterà inevitabilmente la propria tendenza all'inerzia (cfr. *Ivi*, p. 420)[22].

In sostanza Ruyer prevede che, «dopo la fine dell'esplosione tecnica alla quale stiamo assistendo», «la vita organica delle culture [...] crescerà d'importanza relativa» (*Ivi*, p. 422), insomma i tempi "biologici" torneranno a dominare il funzionamento delle società umane ma, grazie alle acquisizioni della tecnica, questo sarà possibile su di un'altra scala. Il modo in cui Ruyer delinea i tratti utopici di questa fase finale dell'umanità sono coerenti con l'assunto che non si tratterà di una fase razionale di "meccanizzazione", bensì di una fase organica di "infantilizzazione" degli individui (*Ibidem*). Dopo l'inevitabile sofferenza legata alla fase di transizione in cui consisterebbe il processo accelerato in corso, grazie ad una maggiore «indipendenza dal *milieu*» vi saranno infatti più tempo libero ed energie da consacrare a *"jeux divers"*[23], in quanto

> una civiltà di alto livello tecnico dà maggiori possibilità di riposo e più denaro in tasca, dunque maggiori possibilità di vita propriamente detta, disinteressata. Un progresso industriale *in corso* rappresenta sempre un periodo molto duro e brutale [...] una volta stabilizzato lo scheletro tecnico, la vita può ricominciare i suoi giochi e le sue fantasie (*Ivi*, p. 423).

Grazie ad una fiducia quasi mistica nella slancio vitale, Ruyer sembra insomma ritenere che la "vita" delle culture sia destinata a permanere, anche latente, sempre pronta a rifiorire, immune da qualunque influenza distruttiva da parte della tecnica (in quanto vita essa stessa). E ciò non lo rende assolutamente in grado di pensare alla possibile modalità catastrofica di un ritorno alla «vita organica delle culture», tanto che, di fronte al dispiegamento planetario del capitalismo, non può non far sorridere l'ingenuità della sua affermazione secondo cui «non è chiaro perché l'unità tecnica al livello dell'elettricità e dell'energia atomica impedirebbe la varietà e la vita organica delle culture, più di quanto l'unità tecnica al livello della pietra scheggiata avesse impedito la varietà delle culture primitive che oggi stanno finendo di morire sotto i nostri occhi» (*Ivi*, pp. 415-16). In sostanza Ruyer, pur riconoscendo la funzione ultra-comunitaria della tecnica, la legge soltanto, ottimisticamente, come una delle modalità con cui la vita - in particolare nell'uomo - continua una spinta evolutiva iniziata prima di essa e destinata a concludersi, virtuosamente, al di là di essa: «questa fase indefinita, post-istorica non sarà né "minerale" né "razionale". Sarà almeno altrettanto organica della fase etnografica» (*Ivi*, p. 423).

Contro l'ipotesi ruyeriana, Simondon, pur senza saper resistere a sua volta alla tentazione delle grandi periodizzazioni[24], accetta di negare la funzione assoluta della fase tecnica e propone una determinazione più ampia del concetto di "progresso umano". Ciò che definisce il "progresso umano" è secondo Simondon una tendenziale ricerca dell'universalità, della quale la tecnica è solamente una della modalità, una delle fasi intese sia in senso diacronico che sincronico: «non solamente esiste una serie successiva di domini di sviluppo e di concretizzazioni oggettive (linguaggio, religione, tecnica) ma esistono anche tra questi domini degli incroci duraturi che manifestano una ricerca di universalità» (LPH 269). Tale tendenza definisce una serie di differenti processi la cui continuità "progressiva" si manifesta nella sempre maggiore integrazione sistemica di «ciò che l'uomo *produce* e di ciò che l'uomo *è*» (LPH 268):

> è l'uomo ad essere comune, l'uomo come motore e promotore di concretizzazione, e l'uomo come essere in cui risuona la concretizzazione oggettiva, ovvero l'uomo come agente e paziente [...] possiamo dire che vi è progresso umano *soltanto se*, passando da un ciclo autolimitato al ciclo seguente, l'uomo accresce la parte di sé che si trova coinvolta nel sistema che esso forma con la concretizzazione oggettiva (LPH 270).

Tale ricerca di universalità non va dunque intesa come un'aspirazione indefinita, e non è ugualmente distribuita su tutte le fasi. La ricerca di universalità, ovvero il "progresso umano" in cui essa consiste, è legata infatti in modo privilegiato alla fase tecnica, la cui «primitività e materialità è una condizione di universalità» che mai prima d'oggi s'era presentata con tale imponente evidenza come opportunità offerta sulla scala dell'umanità intera. La ragione appare chiara, la tecnica è universalmente recepibile in quanto vincolata innanzitutto alla soddisfazione di bisogni elementari e perciò potenzialmente estendibile sulla scala dell'umanità intera:

> la religione in effetti concerne, nell'uomo, una realtà più primitiva, meno localizzata, più naturale, in qualche modo, di quella a cui si rivolge il linguaggio [...] la tecnica è ancora più primitiva della religione, essa raggiunge l'elaborazione e la soddisfazione dei bisogni biologici stessi; essa può dunque intervenire come legame tra uomini di gruppi diversi, o tra uomini e mondo, in circostanze molto meno strettamente limitate di quelle che autorizzano il pieno uso del linguaggio o la piena comunicazione religiosa. L'impressione di caduta nella primitività, nella grossolanità, che noi proviamo di fronte al passaggio dalla religione alla tecnica, gli Antichi l'hanno provata vedendo i monumenti più perfetti del linguaggio abbandonati per una spinta religiosa che essi giudicavano grossolana, distruttrice e piena di germi d'incultura. Ma questa discesa per gradi verso la primitività e la materialità è condizione di universalità; un linguaggio è perfetto quando con-

viene ad una città che si riflette in esso; una religione è perfetta quando è al livello di un continente le cui diverse etnie si trovano al medesimo livello di civiltà. Solamente la tecnica è assolutamente universalizzabile (LPH 271-72).

Si riaffaccia così poco a poco, nel discorso di Simondon, l'ipotesi esposta dallo stesso Ruyer in *La cybernétique et l'origine de l'information* (1954) attraverso il duplice riferimento a Friedmann e Bergson: "l'evoluzione" propriamente umana passerebbe attraverso la liberazione dal lavoro grazie al compimento del processo di automazione, così come ipotizzato da Friedmann in *Problemi umani del macchinismo industriale* (1946), e sfocerebbe nella nota richiesta di un "supplemento d'anima" già presentata da Bergson nelle *Due fonti*. Il compimento del processo di automazione sarebbe infatti una relazione virtuosa tra «cervello umano, *più* le macchine ad informazione», capace di «ristabilire, e su di un piano superiore, la buona situazione da cui partiva l'uomo, che non è ancora divenuto un "vertebro-macchinizzato"». La liberazione dal lavoro dovuta alla sua automazione non costituirebbe di per sé un supplemento d'anima, ma soltanto un "supplemento di cervello", e tuttavia si tratterebbe della necessaria «condizione e dell'inizio della saggezza» (cfr. Ruyer 1954, pp. 18-19).

Pur muovendosi in quest'ottica, Simondon sottolinea come la determinatezza e l'assolutezza della tecnica non siano però garanzia di alcun esito se il progresso in esse implicito non saprà entrare a far parte «dell'evoluzione specifica dell'uomo» (LPH 274). Rimane insomma aperta la domanda sul futuro della tecnica: «diventerà industria come il linguaggio è divenuto grammatica e la religione teologia?» (LPH 271). Non vi è alcun esito necessario in questo processo, ma, come detto, la tecnica si presta a speranze di ampia scala. Tuttavia un esito virtuoso, un'incorporazione della tecnica al "progresso umano", sarà possibile solamente «passando, sotto forma di pensiero riflessivo, ad altre crisi di progresso; in effetti la risonanza interna dell'insieme formato dalla concretizzazione oggettiva e dall'uomo, è del pensiero [*de la pensée*] ed è trasferibile: solo il pensiero filosofico è comune al progresso del linguaggio, al progresso della religione, al progresso della tecnica» (LPH 275). Da questo deriva il suo compito nella contemporaneità: «ai giorni nostri il pensiero riflessivo deve particolarmente volgersi a guidare l'attività tecnica dell'uomo in relazione all'uomo» (LPH 275). La tecnica insomma, e la normatività in essa implicita, offre nella contemporaneità un'opportunità evolutiva di universalizzazione prima mai sperimentata, forse in grado di «innescare un processo di sviluppo non sigmoideo se essa rimpiazzasse efficacemente e completamente l'attività del linguaggio e l'attività religiosa» (LPH 273). Ma - in un'ottica che tenga conto della specificità del *milieu* tecnico e simbolico attraverso cui agiscono i gruppi umani - tale opportunità può essere offerta soltanto all'esercizio "riflessivo" del pensiero. Quel pensiero che costituisce insomma l'elemento chiave, l'opportunità evolutiva propria della specie *homo sapiens*, sul cui piano essa gioca il proprio futuro:

la questione dei limiti del progresso umano non può essere posta senza quella dei limiti del pensiero, poiché esso appare il principale depositario del potenziale evolutivo della specie umana (LPH 275).

MECCANICA E MISTICA

È noto come l'opera di Durkheim dedicata alle *Forme elementari della vita religiosa* sia uno dei principali obiettivi polemici di Bergson nelle *Due fonti della morale e della religione*. Anche se la controversia risulta centrata sulla questione del totemismo, vorremmo qui occuparci di un aspetto che accomuna le due prospettive di ricerca e risuona anche in Simondon. «Così, anziché esserci tra la scienza da un lato, e la morale e la religione dall'altro, quella specie di antinomia che si è tanto spesso ammessa, questi diversi modi dell'attività umana derivano, in realtà, *da una sola ed unica fonte*» (Durkheim 1912, p. 509, sott. ns.): si tratta della società[25] che, "unica fonte" delle categorie della ragion pura e dell'azione, secondo Durkheim struttura senza soluzione di continuità il mondo della scienza e della morale (in quanto tendono entrambi verso *il medesimo* universale). Per Bergson, che cerca una strada alternativa all'ipotesi "continuista" di Durkheim[26], la fonte della morale e della religione - come della scienza - è invece strutturalmente duplice perché, come la vita stessa risulta divisa tra le due differenti modalità (aperta e chiusa) che ne caratterizzano l'operare, così è duplice la fonte della conoscenza. L'intuizione mistica, strutturalmente individuale, legata all'istinto e dunque vicina all'*élan vital*, si oppone infatti, a partire da quel «punto dell'anima da cui parte un'esigenza di creazione», all'intelligenza, che opera invece «sul piano intellettuale e sociale» (cfr. Bergson 1932, p. 194). Ma, così come la scienza sperimentale, attraverso i suoi strumenti, permette di indagare analiticamente la materia su scale estranee a quelle della "naturale" percezione umana, allo stesso modo l'intuizione mistica consente di porsi «al di sopra del punto di vista umano», per arrivare a cancellare le «illusioni di ottica interna, dovute alla struttura dell'intelligenza umana» (*ivi*, pp. 192-93) assumendosi così il rischio della "creazione". Ciò che la scienza compie sul piano intellettuale, la mistica attua sul piano di quell'emozione indivisibile che aderisce al nostro «grandissimo corpo inorganico, luogo delle nostre azioni eventuali e teoricamente possibili» (*ivi*, p. 198). In Bergson l'intuizione mistica è così modalità fondamentale dell'esperienza, dunque della conoscenza («non c'è altra fonte di conoscenza che l'esperienza» *ivi*, p. 190), che permette un decisivo cambio di scala rispetto all'intelligenza, «arricchendo l'umanità di un pensiero capace di assumere un aspetto nuovo per ogni nuova generazione» (*ivi*, p. 195) e contribuendo insomma ad aprire «una via sulla quale gli altri uomini potranno camminare» (*ivi*, p. 197). Ora, i presupposti ontologici e gnoseologici dei due autori sono radicalmente differenti: per Durkheim la società è parte di una natura positivisticamente intesa, rispetto alla quale religione e scienza sono due modalità operative e conoscitive gerarchicamente organizzate; mentre per Bergson la società è prodotto di una vita divisa tra il proprio slancio e le sue ricadute "meccaniche", secondo una dualità che attraversa tanto la religione quanto la scienza. E tuttavia per entrambi una contraddizione costitutiva dell'organismo sociale ("sfasato" tra tendenze che in esso si oppongono irrimediabilmente, rendendolo instabile e in continuo movimento) determina la contraddizione dell'uomo stesso, per Durkheim *"duplex"*[27] e per Bergson "diviso" tra istinto ed esercizio dell'intelligenza.

Simondon riprende l'opposizione bergsoniana mantenendo il riferimento all'emozione come punto di equilibrio tra intuizione ed esercizio dell'intelligenza, ma collocando tale punto non nell'individuo, quanto piuttosto in un "campo" che ha statuto transindividuale. E proprio perché nei gruppi umani il cambio di scala rispetto all'azione e alla conoscenza "biologicamente" determinate avviene a partire da una "zona centrale dell'emozione" essenzialmente collettiva, in Simondon lo schema bergsoniano non si giustappone ad un dualismo (illusorio) tra individuo e società, ma diviene il modello di un dualismo di operazioni che nega all'esperienza mistica (in quanto individuale) lo statuto privilegiato di esperienza decisiva dell'apertura. Così Simondon pensa l'instabilità costitutiva del sistema sociale come metastabilità, come potenzialità evolutiva, e la legge a partire da una sfasatura paradigmatica ricavata dalla "diade" aperto/chiuso di matrice bergsoniana che, nella sua lettura, ha un'origine platonica (cfr. FIP 531). Ma nella sua analisi intende oltrepassare la scala dell'umano e anche l'ambito del vitale, per indagare l'operare di tale sfasatura ad ogni livello dell'essere, dal fisico al biologico, fino allo psichico-collettivo, e nel farlo prosegue, in un certo senso, conservandone l'approccio, la ricerca di Durkheim di una teoria necessariamente aperta alla verifica empirica: «occorre perciò mettere alla prova l'ipotesi e sottoporla al controllo dei fatti. Si tratta di ciò che abbiamo tentato di realizzare» (Durkheim 1912, p. 510). Nel caso di Simondon la teoria psicosociale apre infatti anche alla ricerca fisicobiologica e tecnica: dopo aver desostanzializzato la "società" e il concetto stesso di "umano", egli pretende muoversi oltre la metafisica stabilita dal concetto bergsoniano di "vita", ma anche oltre il presupposto positivistico durkheimiano di una "specie" e di una "società" naturali. A questo tende il concetto di transindividuale. Secondo il taglio del transindividuale non solo l'universale, né solamente l'uomo è un prodotto della storia, ma il sistema delle successive strutturazioni simboliche dell' "originaria" tecnicità caratterizzante la biologia della specie *homo sapiens*.[28] Simondon accoglie insomma l'ipotesi di una tendenza all'universalizzazione progressiva della normatività biologica attraverso la civiltà, ma non senza prendere posizione rispetto alla particolare funzione svolta in tale processo dalla tecnica.

Ciò che muta radicalmente tra Durkheim e Bergson è proprio il ruolo della tecnica e della scienza rispetto all'ipotesi di un'azione politica coerente con le rispettive premesse. Se in Durkheim la via verso l'universalizzazione sta tutta in quel nuovo genere di vita sociale internazionale che ha per effetto immediato l'universalizzazione delle credenze e a cui consegue un allargamento crescente dell'orizzonte collettivo, tale via all'internazionalismo religioso è, nel suo discorso, a priori perfettamente omogenea all'universalità implicita nello sviluppo tecnico-scientifico, che segue la medesima direzione perché procede dalla stessa fonte. Si tratta di un processo nel cui farsi le componenti religiosa e scientifica manifestano la loro relazione costitutivamente armonica, tanto che, sebbene il pensiero scientifico sia destinato a soppiantare integralmente il pensiero religioso nella sua dimensione teorica, tuttavia la religione rimarrà probabilmente una guida insostituibile per la prassi sociale (cfr. *ivi*, pp. 493-94). Tale prospettiva ha un corrispettivo nella fiducia strutturale nelle istituzioni, razionali *in quanto* collettive, che si estende alle istituzioni religiose[29] quanto alle istituzioni politiche, fino a valere in generale per l'intero universo simbolico, a partire da un'assunzione che ricava la propria validità in ultima analisi da una prospettiva di tipo evolutivo: «è un postulato essenziale della sociologia che un'istituzione umana non possa fondarsi sull'errore e sulla menzogna: in tal caso non avrebbe potuto durare. Se essa non fosse stata fondata sulla natura delle cose, avrebbe incontrato delle resistenze che non avrebbe potuto vincere» (*ivi*, p. 52). Le categorie e le istituzioni del pensiero scientifico e religioso sono per Durkheim un vero e proprio capitale simbolico, accumulato nel corso della storia delle società umane, comparabile all'accumulazione materiale di strumenti tecnici: «è legittimo considerare le categorie come strumenti, perché lo strumento è, da parte sua, capitale materiale accumulato. D'altronde c'è una parentela fra le tre nozioni di strumento, categoria e istituzione» (*ivi*, p. 70, n. 20). L'accumularsi di questo capitale determina un movimento verso l'universalizzazione che tende secondo Durkheim ad un limite ideale che, kantianamente inteso, «con tutta probabilità non arriveremo mai a raggiungere», ma che orienta il processo espansivo dell'intera società umana: si tratta di quel «pensiero veramente e propriamente umano», che «non è un dato primitivo; è un prodotto della storia» (*ivi*, p. 508)[30]. Per Durkheim il processo di universalizzazione è dunque in qualche modo necessariamente in corso, guidato dal progressivo ampliamento delle società: «si tratta di questa vita internazionale che ha l'effetto di universalizzare le credenze religiose. Man mano che essa si estende, l'orizzonte collettivo si allarga; la società cessa di apparire come il tutto per eccellenza, per diventare la parte di una totalità molto più vasta dalle frontiere indeterminate e suscettibili di estendersi indefinitamente» (*ivi*, p. 508). Questo progressivo sviluppo di «una vita sociale di nuovo genere» diviene condizione e vettore di universalizzazione, e determina la possibilità di un progetto politico ecumenico fondato sulla formazione e diffusione di un "pensiero logico" quanto di una morale universale.

Secondo Bergson invece, la natura, attraverso uno "schema semplice" biologicamente determinato, inevolutivo e immutabile, di cui «il moralista e il sociologo devono necessariamente tener conto» in quanto rimane invariato in ogni forma sociale umana, avrebbe predisposto l'uomo «a una certa forma sociale», quella delle piccole società. La caratterizzazione peculiare di tale "schema semplice" implica un'apertura costitutiva di tutte le società umane. Si tratta infatti di uno «schema, vago e incompleto [che] corrisponderebbe, nell'ambito dell'attività razionale e libera, a ciò che è il disegno, questa volta preciso, del formicaio e dell'alveare nel caso dell'istinto, all'altro punto estremo dell'evoluzione» (Bergson 1932, pp. 210-11), e che dunque, sebbene abbia determinato come dimensione propria dell'uomo quelle "società piccolissime" oggi ancora esemplificate dalle società primitive, «tuttavia ha aperto la porta al loro ingrandimento» (*Ivi*, p. 212). La tendenza all'apertura, quando la civiltà abbia raggiunto una scala superiore a quella prevista dalla dotazione naturale degli uomini, non manca dunque di opporsi alla tendenza alla chiusura, che su quella scala opera come «azione disgregatrice» (*Ivi*, p. 212). Bergson non manca così di notare come nella congiuntura attuale la tecnica sia la continuazione di una tendenza all'apertura che determina una frattura radicale tra gli "strumenti" morali e istituzionali adeguati all'uomo nel suo "regime naturale" (cfr. *Ivi*, p. 213) e ciò a cui lo obbliga il processo di universalizzazione in corso:

se i nostri organi sono strumenti naturali, i nostri strumenti sono organi artificiali. Lo strumento dell'operaio continua il suo braccio; l'attrezzatura dell'umanità è dunque un prolungamento del suo corpo. La natura, dotandoci di un'intelligenza essenzialmente creatrice, aveva così preparato per noi un certo ingrandimento. Ma delle macchine che vanno a petrolio, a carbone e che convertono in movimento delle energie potenziali accumulate in milioni di anni, sono venute a dare al nostro organismo una estensione così vasta e una potenza così formidabile, così sproporzionata alle sue dimensioni e alla sua forza, che certamente nulla di questo era stato previsto nel piano di struttura della nostra specie; fu un'occasione unica, la più grande riuscita materiale dell'uomo sul pianeta. Un impulso spirituale era forse stato impresso all'inizio; l'estensione si era compiuta automaticamente, servita dall'accidentale colpo di piccone che urtò sotto terra un tesoro miracoloso. Ora, in questo corpo smisuratamente ingrandito, l'anima resta ciò che era, ormai troppo piccola per riempirlo, troppo debole per guidarlo. Da qui il vuoto tra i due. Da qui i formidabili problemi sociali, politici, internazionali che sono altrettante definizioni di questo vuoto e che, per colmarlo, provocano ora tanti sforzi disordinati e inefficaci; ci vorrebbero nuove riserve di energia potenziale, questa volta morale (*Ivi*, pp. 237-38).

Un movimento "progressivo" compiuto solo a metà determina l'attuale "eccesso" della meccanica sulla mistica, e nulla sembra obbligare a ritenere che un secondo movimento si stia per compiere. Per Bergson la meccanica opera infatti un processo di universalizzazione, ma non si tratta di un progressivo e quasi "destinale" allargamento delle società umane: esso costituisce uno soltanto dei due lati di quella *"duplice frenesia"* in cui si divide lo sviluppo in forma di "fascio" che caratterizza originariamente ogni "tendenza vitale" (cfr. *Ivi*, p. 225). Secondo la *"legge di dicotomia"* formulata da Bergson in chiusura della sua opera, meccanica e mistica sembrano alternarsi nel corso della storia determinando «un progresso mediante oscillazione» (*Ivi*, pp. 228-29) tra la semplificazione ascetica e la complicazione tecnica della vita umana, fino al punto in cui l'impulso alla rinuncia "ascetica" giunge quasi ad annullare l'invenzione oppure l'impulso "industriale" a moltiplicare indefinitamente i bisogni. È come se meccanica e mistica giungessero all'apice della loro differenziazione frenetica, rispettivamente nella società dei consumi, esito dell'industrializzazione avanzata, e nello speculare rifiuto ascetico di essa. Ebbene, tale evoluzione sembra ora giunta - all'altezza della civiltà industriale *e* della mistica occidentale - ad un momento cruciale e irreversibile. Poiché nella storia di questa progressione alternata «il pendolo è dotato di memoria» (*Ivi*, p. 224), lo "scarto" tra le due frenesie è oggi talmente accentuato da porre all'attività politica un inedito problema di scala. Oggi la meccanica richiede una mistica alla sua altezza, una mistica che sia non solo ascesi, richiamo ad una (certo nuova e non regressiva) semplicità, ma anche diffusione. Affinché una diffusione del "misticismo vero" sia possibile, occorre che le condizioni materiali dell'umanità siano adeguate[31]: in questo senso, se la meccanica esige una nuova mistica, d'altra parte - dice Bergson - «la mistica chiama la meccanica» (cfr. *Ivi*, p. 237).

Allo stesso modo, secondo il Simondon di *Psycho-sociologie de la technicité*, nelle *Coincidenze attuali del sacro e del tecnico* trasparirebbe già in controluce l'auspicato esito virtuoso di questa storia certo non destinata, ma tuttavia tendente a risolversi, secondo i suoi auspici, in un *Possibile incontro della sacralità e della tecnicità nell'avvenire: l'unità della Cultura* (cfr. PST 329-34). Simondon fa riferimento ad episodi di sacralizzazione degli oggetti e delle reti tecniche che promuoverebbero il loro inserimento nel tessuto simbolico delle società, ma secondo un vettore tendenzialmente non universalizzante; si tratta di fenomeni di "cattura" da parte di gruppi sociali all'interno dei quali tali reti «si manifestano e si istituzionalizzano»: che si tratti di tecnicità o di sacralità, «in entrambi i casi [...] tecnofania e ierofania scompaiono a vantaggio della manifestazione psicosociale dei gruppi» (PST 331)[32]. Tali «fenomeni psicosociali di cattura» (PST 332) sono l'ostacolo maggiore all'integrazione dei valori legati rispettivamente a sacralità e tecnicità, in quanto impediscono ogni permeabilità tra i due campi, rifiutando alle medesime persone, fissate in un'identità sociale statica, il passaggio da un registro all'altro. Se la radice del problema secondo Simondon sta nelle disgiunzione di attività contemplativa ed attività operativa, cui sono rispettivamente legate sacralità e tecnicità nelle società contemporanee, la sua soluzione deve mirare ad una riforma della cultura che, in questo senso, passerà necessariamente attraverso la presa in carico della funzione «sia contemplativa che operatoria» propria della tecnicità[33].

Si tratta di una soluzione il cui schema risulta pienamente comprensibile soltanto secondo considerazioni di scala. Simondon pone che nella tecnicità e nella sacralità siano in questione le due modalità di eccedenza attraverso le quali rispettivamente l'individuo e il gruppo si costituiscono a sistema: «tecnicità e sacralità suppongono che l'individuo nell'operazione tecnica e il gruppo nella sacralizzazione, superino la loro unità e la loro identità: essi formano un mondo coerente di strutture» (PST 332). Come sempre, non chiarisce se stia fornendo o meno un'analisi di tipo storico, ma in ogni caso afferma che la contemporaneità sarebbe caratterizzata da una situazione in cui «la forma dominante, la più differenziata, è ormai, per i gruppi umani la cui vita si organizza attorno all'attività tecnica, la tecnicità e non la sacralità», con il risultato che proprio nella tecnicità «risulta in questione il sistema dei valori» (PST 333). Ebbene, anziché fare di tutto ciò il motivo di una richiesta restaurativa e regressiva, Simondon ne fa la base della posizione di un problema vitale per i gruppi umani coinvolti in questa svolta epocale, nella quale la tecnicità diviene "maggiore", decisiva sulla scala del gruppo, mentre «la sacralità ha la tendenza a prendere il posto lasciato vuoto dalla tecnicità artigianale», divenendo «questione privata sottomessa a scelta, opzione individuale», ridotta a "contenuto culturale". Si tratta di un vero e proprio «rovesciamento degli ordini di grandezza relativi di sacralità e tecnicità» che rende necessario, per qualunque tentativo di risolvere i problemi sociali «al livello dei vasti gruppi umani», il riferimento alla tecnicità in quanto dimensione che di essi risulterebbe - oggi - costitutiva (cfr. PST 343). Si assiste infatti ad un inedito fenomeno di interferenza nel momento in cui la tecnica raggiunge una scala planetaria: «le reti tecniche [...] aumentando le dimensioni delle loro maglie, interferiscono con l'ordine di grandezza dei gruppi nazionali o continentali» (PST 343). Se questo cambio di scala della tecnicità costituisce un problema nella prospettiva della conservazione dei valori relativi a gruppi sociali la cui scala corrisponde invece a quella tecnicità che si concretizza in attività di tipo artigianale, d'altra parte offre un'apertura inedita su scenari di ampliamento "ecumenico" della cultura, in corrispondenza con società di dimensioni fino a poco tempo prima assolutamente inimmaginabili e connotate in modo del tutto inedito, secondo logiche né territoriali, né di classe.

Se allora in generale sacralità e tecnicità presentano due forme di reticolazione e due tendenze all'ecumenismo niente affatto simmetriche, tale differenziazione si accentua proprio grazie al cambio di scala caratterizzante oggi il loro operare: mentre il gesto sacro riguarda la comunità che vi partecipa, «il gesto tecnico offre esteriormente degli aspetti comparabili alla ritualizzazione e alla solennità delle manifestazioni della sacralità, perché esso assolve ad una funzione equivalente di manifestazione per i grandi gruppi» (PST 344). Trattandosi di forme di ecumenismo che agiscono su scale diverse la loro efficacia non è la stessa. Per spiegare la differente portata di sacralità e tecnicità Simondon riprende qui l'opposizione binario/analogico che nella *Nota complementare* utilizzava per differenziare normatività biologica e tecnica. Se da una parte «sulle categorie primitive di inclusione e di esclusione, corrispondenti ad azioni [biologiche n.d.a.] di assimilazione e disassimilazione, si sviluppano categorie annesse di purezza e impurità, bontà o nocività, radici sociali delle nozioni di bene e male» (NC 509), dall'altra la tecnicità fa sempre riferimento ad un'estensione analogica del processo di invenzione, sempre condotta nell'ottica dell'integrazione migliorativa di un elemento nel nuovo insieme. Proprio la "logica" del sacro ne svela così il radicamento organico: la binarietà della categoria di sacro (cfr. PST 340-41) richiama infatti la logica binaria ed esclusiva della "comunità biologica"; mentre la tecnicità richiama la logica trasduttiva dell'individuazione collettiva sovra-comunitaria. Le disgiunte logiche di sacralità e tecnicità mettono così in gioco due realtà il cui statuto è radicalmente differente: si tratta nel primo caso di una realtà "compiuta" i cui elementi sono classificabili in base a categorie condivise e precostituite a partire dall'opposizione fondamentale sacro/profano, mentre nel secondo caso si tratta di una vera e propria realtà "da compiere", che ha a che fare non tanto con norme già date che assicurano la stabilità del sistema, ma con processi di invenzione normativa: «la tecnicità suppone, al contrario, che le norme non siano mai date, e che siano da scoprire» (PST 345)[34].

Sebbene le due strutture reticolari siano isomorfe e sottoposte ai medesimi rischi regressivi[35], e sebbene in entrambi i casi il processo di reticolazione abbisogni di un innesco (che nel caso della sacralità è letto come intervento sovrannaturale, cfr. PST 340), nella sacralità l'effetto dell'invenzione è necessariamente limitato in quanto, supponendo a priori l'unicità dell'accesso al divino, «il suo carattere positivo non risulta che la controparte di quella che al limite si rivela come una disposizione negativa verso le altre reti di sacralità» (PST 341). Al contrario, la tecnicità «possiede un potere» e dispiega una «dimensione di ecumenismo reale, manifesta negli scambi internazionali tra tecnici e scienziati, che la salva dal pericolo di riprodurre l'*unicità* delle categorie della sacralità» (PST 345). In definitiva, secondo Simondon, all'altezza dei "grandi gruppi umani" in via di formazione all'interno della rete tecnica planetaria, solo la tecnicità è in grado di costituire quella «base di relatività e di universalità che mancava nell'universo pre-tecnico» (PST 343) e che può divenire oggi la base dell' "unità della Cultura".

In *Culture et technique*, tirando le fila di questa riflessione, Simondon ribadisce la sua diagnosi sulla divergenza di "valori" della cultura e "schemi" della tecnicità. Le normatività di cultura e tecnicità sono dichiarate tendenzialmente divergenti in quanto operano su scale diverse. Sebbene «generalmente ogni situazione comporti [entrambi] questi due tipi di rapporto» (CT 16), che sono dunque la base di ogni situazione sociale, in generale - afferma Simondon - per quanto riguarda la "risoluzione di problemi", le funzioni di cultura e tecnica rimangono fortemente asimmetriche: se la cultura tende infatti a rimanere la «base dell'invarianza dei gruppi», adeguata alla risoluzione di problemi su scala interumana (intra-gruppali), la tecnicità consente la risoluzione di problemi sulla scala del rapporto gruppo umano-*milieu*, quindi, attraverso la modificazione del *milieu*, anche *tra* gruppi umani diversi (inter-gruppali). In questo senso solo l'attività tecnica, naturalmente nella sua modalità "aperta", rischiosa (*"pari"*) e potenzialmente "evolutiva", è collocata da Simondon al di là del "regno dei fini" e dell'utile "intra-gruppale": si tratta della sola attività davvero funzionante secondo una processualità non omeostatica, veicolo di un'inventività normativa capace di produrre la propria auto-giustificazione, dunque "autonormativa" (cfr. CT 15).

Le prospettive di risoluzione del problema, qui posto nei termini di sfasatura tra tecnica e cultura, sono espresse in questo breve saggio in un linguaggio sempre più connotato evoluzionisticamente e sempre più vicino a quello di Leroi-Gourhan. Simondon parla di una «modificazione dello schema corporeo della specie umana» capace di ampliare il «campo cognitivo e normativo (assiologico)» degli individui e dei gruppi, che sarebbe, al livello dell'individuazione collettiva, l'equivalente funzionale dell'apparizione di una nuova forma vitale (cfr. CT 12). Tuttavia Simondon si colloca all'interno di una tradizione, quella fenomenologica, fortemente critica riguardo ogni celebrazione positivista del trionfo della ragione, convinta dell'irriducibilità del legame sociale al progresso tecnico-scientifico quanto del pericolo costituito dalla chiusura delle istituzioni sulla propria matrice religiosa. Tuttavia il suo atteggiamento permane fortemente ottimista rispetto alla capacità dell'uomo, attraverso l'estensione tecnica della propria potenza, di gestire il processo di trasformazione culturale che quella stessa potenza ha irreversibilmente posto in atto. Ci troviamo così, seguendo ancora una volta l'indicazione di Merleau-Ponty, in quel «campo della storia universale-mondiale» (Merleau-Ponty 1954-55, p. 118) in cui la prospettiva universalista rifiuta di farsi esplicitamente escatologia, ma non per questo sembra negare un certo rapporto con il mito, rischiando di alimentare inconsapevolmente il mito del proprio possente e ineluttabile decorso. Così, poche pagine dopo aver spiegato che lo "spirito dell'istituzione" consiste proprio nel «non limitare, proibire, chiudere in un'isola culturale, ma di mettere in moto un lavoro storico illimitato» (*Ivi*, p. 119), Merleau-Ponty celebra apertamente questa possibilità legata all'apertura propria delle società "storiche":

> il problema è sapere se ci sia una storia generale che comporti un campo, raggiunga uno scopo e si chiuda su se stessa [...] Ci sono, in un senso molto differente da quello di Bergson, delle società aperte e delle società chiuse, delle società che costruiscono l'idea di un recupero della storia e altre che non lo fanno, e si possono chiamare queste ultime *false* anche se non si

chiamano le prime *vere*. Ciò non significa affatto che esse non siano da certi punti di vista più belle, tuttavia non giocano il gioco misterioso di mettere tutti gli uomini sul piatto della bilancia. Esse non sono fedeli all'a priori dell'istituzione o al suo spirito, ma ripiegano sulla sua lettera. Non si dispongono al *Miteinander* (*l'uno con l'altro*) o al *Füreinander* (*l'uno per l'altro*), alla mescolanza universale (*Ivi*, p. 122)[36].

Con il medesimo "spirito" Bergson affermava nella sua ultima opera: «non crediamo alla fatalità della storia»; il processo in atto non è un tutto determinato, ma costituisce una tendenza - la composizione di un molteplice in un "fascio" di virtualità - che lascia un margine decisivo d'intervento, tanto che «non vi sono ostacoli che volontà sufficientemente mirate non possano abbattere, se ci pensano per tempo» (Bergson 1932, p. 225). Per questa ragione solo una politica capace di pensare su di una scala sufficientemente ampia è all'altezza di un'umanità che ha a che fare con il problema della propria sopravvivenza. Tale politica dovrà necessariamente farsi carico della "regolazione" della tendenza evolutiva veicolata dalla tecnica e delle sue ripercussioni sul *milieu* naturale e sociale, ma non solo. In questa visione, pur dichiaratamente antropocentrica, il fine non sta tanto nell'umanità quanto nel suo destino, che però non risulta inscritto in nessuna metafisica della storia. Si tratta di un destino che può divenire realizzabile solo in quanto *posto* da un pensiero e da un'azione politica in continuità con quello slancio attraverso il quale la vita ha creato la nostra specie: «sforzo affinché si compia, sul nostro pianeta refrattario, la funzione essenziale dell'universo, che è una macchina per produrre dèi» (*Ivi*, p. 243).

Così lo stesso Durkheim, una cinquantina d'anni prima di Bergson, recensiva il libro del sociologo J.-M. Guyau, *L'irréligion de l'avenir, étude de sociologie* (1887), citandone un passo a suo parere particolarmente significativo:

> nulla ci autorizza a supporre che l'evoluzione muova verso un fine determinato, tuttavia nulla ci impedisce di "concepirla come sfociante in esseri capaci di fornire a se stessi uno scopo e di perseguirlo trascinando con sé la natura... Non è probabile che noi siamo l'ultimo gradino nella scala della vita, del pensiero e dell'amore. Chissà se un giorno l'evoluzione stessa non giungerà a fare, se non l'ha già fatto, ciò che gli antichi chiamavano degli dei" (Durkheim 1887, p. 11)[37].

Guyau, certamente fonte di Durkheim e probabilmente anche di Bergson, proponeva nel suo lavoro l'ipotesi tutta positivista di una scomparsa del fenomeno religioso, progressivamente assorbito dall'ampliamento della conoscenza scientifica. A tale ipotesi Durkheim rispondeva già allora sottolineando che, in quanto «la fede deriva da cause pratiche», sarà solamente lo sviluppo sociale a decidere della maggiore o minore integrazione delle dinamiche del sacro nello spirito scientifico ed eventualmente della loro scomparsa (cfr. *Ivi*, p. 16)[38]. Ma in realtà per Durkheim, quanto - molti anni dopo - per il Bergson delle

Due fonti, si tratta piuttosto di spostare il problema su un altro piano: data la tendenza universalizzante dello sviluppo tecnologico, sarà possibile (ri)costruire il legame sociale sulla scala dell'umanità intera? Quali sono le funzioni della scienza e della religione rispetto a questo compito la cui portata è necessariamente politica? E quale ruolo spetta, in questa prospettiva, alla filosofia?

Anche nella "versione" di Simondon il processo di universalizzazione decisamente non presenta carattere destinale, ma, dato il postulato della convergenza all'infinito del*la* tecnicità e del*la* cultura (cfr. CT 15), almeno all'altezza degli scritti della prima metà degli anni '60, tale universalismo conserva il sapore della visione ottimistica di un'accelerazione che sta ineluttabilmente accadendo sotto i suoi occhi. Quando parla di una "rete di tecnicità", Simondon di solito si riferisce, coerentemente con l'immaginario del tempo, alle reti di trasmettitori via radio che, estese sull'intera superficie della terra, costituirebbero un "universo politecnico" insieme naturale, tecnico e umano (cfr. MEOT 220). L'efficacia di un tale "reticolazione", immaginata in modo molto vicino all'odierna diffusione del *web*, gode secondo Simondon di un'indiscutibile efficacia strutturale: «le strutture di questa reticolazione divengono sociali e politiche» (MEOT 220). Le strutture tecnologiche, «più stabili delle strutture economiche che le governano», implicano secondo Simondon «una modificazione di ciò che si potrebbe chiamare la costellazione politica dell'universo», ridislocando dei "punti chiave" attraverso i quali «il pensiero sociale e il pensiero politico s'inseriscono nel mondo», in modo analogo a quanto accadeva nella "fase" magica. Si tratta di un vero e proprio atto di creazione di una nuova struttura reticolare[39] a cui il pensiero politico deve conformarsi per misurare la propria efficacia. Infatti nel declinarsi come pensiero politico, la "fase" religiosa (da cui questo, come abbiamo visto, risulta), pur mantenendo la propria costitutiva tendenza a «presentarsi come un assoluto», assume necessariamente «una dimensione conforme all'inserzione nel mondo naturale e umano», accettando di «porre dei problemi concreti e attuali» (MEOT 223). Come Simondon tiene a chiarire, non si tratta di ipotizzare un determinismo strutturale della base tecnica, ma di concepirla come determinante le condizioni di possibilità di un'inserzione efficace del pensiero politico e sociale nelle relazioni tra gli uomini e nel loro mutato *milieu* sociale e naturale. La condizione prima di tale "inserzione" è «una certa rinuncia all'universalità» che permette al pensiero politico di divenire compatibile con le «tecniche del mondo umano», ma al prezzo di una semplificazione molto rischiosa. Perdendo di vista un orizzonte di "totalità", le politiche rischiano infatti di «applicare un pensiero elementare a delle realtà globali» costituendo un'unità che potremmo definire "immaginaria", in quanto finisce per proiettare una mitologia elaborata in un contesto comunitario sulla scala di un universalità astratta («è la mitologia di un gruppo che è elevata a dottrina universalizzabile») la cui forza costitutiva dell'identità e del

legame sociale è delegata a tecniche di manipolazione del mondo u-
mano nelle quali rientrano a pieno titolo la pubblicità e la propaganda
(cfr. MEOT 225). Ma, come precisa Simondon, «l'alleanza di un insieme di procedure e di una mitologia non costituisce affatto l'incontro
della tecnicità e del rispetto della totalità» (MEOT 225).

Così, in *Psycho-sociologie de la technicité*, egli afferma che, mentre negli anni 1935-'44 la celebrazione "tecnofanica" della rete di onde her-
tziane - con i relativi investimenti a sfondo bellico e la sua funzione
identitaria - produceva degli effetti sulla scala della nazione, dopo la
seconda guerra mondiale la funzione tecnofanica si sarebbe spostata
sul lancio di "missili" e "satelliti", ovvero su "gesti tecnici" la cui distanza dalla vita quotidiana è tale da assolvere ad una funzione analoga a quella costitutiva dell'ordine del sacro ("come una ierofania"), ma
con il vantaggio e la forza di un gesto che, non essendo rivolto verso il
passato e dunque verso l'identità stabilita di un gruppo, si indirizza
direttamente al gruppo in quanto preso in un movimento di apertura:
«la tecnofania non suppone niente, non si riferisce né ad una tradizione, né ad una rivelazione anteriori; è autogiustificativa, e diviene il
simbolo più adeguato di un gruppo che scopre il proprio potere di e-
spansione e il suo dinamismo» (PST 344). Rimane però fortemente
problematico il modo in cui la presunta forza autogiustificativa di una
manifestazione dell'universo tecnico dovrebbe necessariamente resistere alla cattura simbolica da parte di un gruppo sociale. In particolare
desta molte perplessità l'ipotesi di saper gestire la "forza ipnotica" della macchina mitologica[40], proprio quando essa sia estesa al mito della
tecnica, visto che la storia del '900 sembra essere precisamente la testimonianza delle ripetute falsificazioni di questa ipotesi ottimistica. Nonostante questo, Simondon ritiene di dover coltivare il "mito" dell'evoluzione tecnica, intesa come trasmissione di "schemi tecnici" la cui
funzione archetipica ne fa la possibile base di un nuovo legame sociale,
di scala mondiale (anzi "cosmica", cfr. PST 342), secondo l'ispirazione,
dettata dalla cibernetica, di un nuovo "enciclopedismo" finalmente capace di conciliare l'intellettualismo del sogno illuminista con l'esperienza diretta dell'attività tecnica[41]. Ora, per Simondon le tecniche sono
ciò che, costituendo un'eccedenza rispetto all'omeostasi comunitaria,
tiene aperto e vitale il legame sociale, ma *non* sono di per sé *il* legame
sociale[42]. Lo sono solo a condizione che l'operare da esse veicolato non
sia oggetto di una cattura di tipo "comunitario", a qualunque scala
quest'ultima avvenga: locale, nazionale o globale. Ebbene, a questa
prospettiva Simondon ritiene sia sufficiente opporre, a partire da *Du
mode* e almeno fino a *Culture et technique*, l'efficacia pedagogico-politica
della filosofia.

In *Du mode* tutto il progetto di formazione di una cultura tecnica è
infatti funzionale a quel processo di universalizzazione in cui consiste
la "cultura" come «totalità vissuta [...] attraverso la quale l'uomo regola la sua relazione al mondo e la sua relazione a se stesso» (MEOT 226),

processo la cui possibilità è strettamente legata all'efficacia del pensiero filosofico nel «mantenere la continuità tra le tappe successive del pensiero tecnico e del pensiero religioso, poi sociale e politico» (MEOT 225), ovvero nel supportare la costitutiva mobilità del pensiero tecnico tra mondo naturale e umano, e la prospettiva di "totalità virtuale" aperta dal pensiero politico e sociale (cfr. MEOT 229), nella quale l'universalità si declina come processo demistificando ogni tentativo di "cattura" mitologica. Che cosa può essere in questa prospettiva la filosofia? Una tradizione costituita dalla trasduzione (dunque la storia singolare) di un certo numero di schemi operativi, "archetipici", che possono continuare, come "germi strutturali", la loro storia a condizione di essere sempre ri-attivati collettivamente e re-integrati nella cultura di un gruppo. Così in *Imagination et invention*, Simondon fa riferimento ad una tradizione, che andrebbe da Platone a Bergson e Teilhard de Chardin, in cui l'intuizione quale «conoscenza di ciò che è misto, della diade indefinita» sarebbe operazione collettiva all'interno della quale la filosofia si configura come invenzione (scoperta-produzione) di schemi, archetipi, "immagini *a priori*" che sono le fonti dell'attività politica: «le immagini *a priori* sono feconde, anche e soprattutto quando si reinseriscono nel mondo come anticipazioni a lungo termine, dopo la lunga via - *tèn makran hodon* - del pensiero filosofico» (IMI 62)[43]. Solo in questa prospettiva può essere compreso il senso politico dell'avventura intellettuale in cui consiste l'*Individuation*, la sua dimensione etica, che postula la possibilità per la filosofia di divenire effettuale attraverso l'invenzione analogica. Allora non solo "lo studio dell'individuazione" sarà una modalità del pensiero (filosofico) che può divenire «fonte di paradigmi» (I 324), ma anche e soprattutto esso costituirà un processo che «non concentra tutto il proprio divenire nelle sue origini» (I 327) ma continua, si propaga, si espande - attraverso la progressiva strutturazione a cui dà luogo - in campi dei quali determina una radicale riconfigurazione (cfr. FIP 549). Così, se l'invenzione tecnica e simbolica (tecnica, sacra o linguistica) da sempre fornisce paradigmi al pensiero filosofico, ciò è possibile proprio perché quest'ultimo è caratterizzato da una particolare modalità di funzionamento, che gli permette di "amplificare" in generale gli schemi impliciti in altre forme di individuazione. La filosofia è, nei termini di Simondon, un vero e proprio «dispositivo a selezione di regimi» (CT16), una "tecnica" di risoluzione di problemi, capace di operare "trasduttivamente" - ovvero pedagogicamente e storicamente - convergenze dinamiche tra "fasi" in stato di disparazione (cfr. CT 16). La sua tradizione è fatta non tanto di contenuti, quanto di modalità operative, di schemi ed esempi della loro attivazione, della loro ripresa, della loro invenzione e importazione da diversi domini della cultura, in particolare, secondo Simondon, dalle tecniche (cfr. MEOT 256)[44]. L'operatività, l'efficacia della filosofia non è dunque acquisita una volta per tutte, ma ha essa stessa una storia trasduttiva, discontinua, che dipende dal *milieu* nel quale si propaga, del quale la "cultura tecnica" è oggi sia componente decisiva che posta in gioco politica.

ETICA DEL RECUPERO, ESTETICA E TERATOLOGIA SOCIALE

Nel 1983 Simondon pubblica il suo ultimo articolo, dal titolo *Trois perspectives pour une réflexion sur l'éthique et la technique*, dove espone, attraverso la breve analisi dello stato dell'arte delle tecnologie di produzione energetica, le implicazioni politiche su scala mondiale di quelli che sono sostanzialmente i tre problemi posti da Bergson nella conclusione delle *Due fonti*: il problema demografico, il problema della gestione della risorse e quello dei consumi (cfr. Bergson 1932, p. 222). Simondon affronta la questione dell'energia nucleare e si interroga sull'effettiva portata innovativa del movimento ecologista, difendendo - in piena coerenza con tutto lo sviluppo del suo pensiero - la potenziale incidenza etico-politica dell'apporto normativo delle tecniche, sotto la condizione di quella forma di pensiero riflessivo su di esse in cui consiste la "tecnologia".

È interessante notare innanzitutto la struttura del testo che, suddiviso in tre parti, segue chiaramente un andamento dialettico, articolando in relazione al problema del nucleare il rapporto tra "civiltà" e mondo naturale, secondo uno schema del progresso tecnico che si presume universale: «l'essenziale è il movimento attraverso il quale uno strato di civiltà ha innanzitutto la tendenza a liberarsi da ciò che è vecchio in favore di ciò che è moderno [...] e a riscoprire solamente più tardi il valore e le virtù di alcuni esemplari di questi oggetti sfuggiti al massacro generale» (ET 114). Si tratta di una scansione che procede dalla riflessione sugli *schemi* che governano la configurazione di problemi in cui consiste il presente (*Etica e tecnica di distruzione*), alla formulazione di un'antitesi che, emergendo dall'adozione di una prospettiva - ecologica - sull'avvenire, svela le *tendenze* in atto (*Etica e tecnica di costruzione*), fino a culminare in una vera e propria *Dialettica del recupero* rivolta al passato come "fonte" di schemi, vettore di tendenze e dunque di possibili soluzioni. La sequenza presente-futuro-passato mette in gioco una dinamica che abbiamo visto svolgere una funzione dominante in tutto il lavoro di Simondon: un sistema metastabile rivela schemi e tendenze la cui integrazione costituisce un problema la soluzione del quale consiste di volta in volta nell'integrazione riflessiva delle tendenze in atto tramite l'invenzione di nuovi schemi, in particolare gli schemi tecnici. Ma la novità sta nella chiarezza con cui l'elemento della tradizione viene valorizzato in questo frangente: all'altezza di questo saggio è infatti evidente come l'invenzione si configuri in modo eminente quale recupero, riattivazione di schemi operatori che il passato consegna al presente specialmente sotto forma di cultura materiale: «questa dialettica è rivolta al passato *come fonte* e spinge per reinserirne gli schemi principali nel presente sostenendosi sulle tendenze orientate verso l'avvenire» (ET 113). Naturalmente non si tratta di una «restaurazione, necessariamente prigioniera di norme», ma di un "recupero" che si configura come un «vero e proprio riciclaggio amplificante» (ET 116), valido tanto per le tecniche quanto per le funzioni sociali[45].

L'evoluzione tecnica tende infatti alla progressiva "naturalizzazione" dell'oggetto tecnico (cfr. ET 108) e *contemporaneamente* all'integrazione dei gruppi sociali, attivando così quel processo di individuazione transindividuale in cui ciò che è umano si costituirebbe in una stabilizzazione armonica del sistema composto dai gruppi e dal loro *milieu* naturale. La "tecnologia approfondita", attività riflessiva capace di fare da base all'invenzione, può in questo senso secondo Simondon salvare la tecnica dalla sua deriva tecnocratica, in cui sono colpevolmente coinvolte tanto l'adesione cieca al nucleare quanto l'opposizione oltranzista di un ecologismo bloccato dal mito di ciò che sarebbe "naturale". Grazie alla "tecnologia approfondita" la tecnica converge così verso l'etica: un'etica immanente alle tecniche che, come detto, si manifesta sotto forma di una vera e propria "dialettica di recupero" (cfr. ET 109-10) che, non essendo soltanto normativo-conservativa, ma anche normativo-inventiva, può divenire fattore decisivo di produzione sociale in quanto «principio di individuazione per mezzo di riverberazione interna» (ET 116). Vi è una infatti una normatività etica implicita nella tecnica, che è per Simondon dell'ordine della regolazione sociale secondo una dinamica di (ri)apertura continua: ciò che, abbiamo visto, se pone costantemente un problema di integrazione e simbolizzazione tanto quanto la discontinuità costituita dal (ri)emergere dell'istinto biologico, costituisce anche la possibilità dell'invenzione. Così, la conclusione ottimista e forse esaltata del testo[46] risulta congruente con una visione, sebbene non destinale, almeno potenzialmente trionfale del pensiero riflessivo sulle tecniche, ovvero della filosofia declinata come "tecnologia approfondita":

> la tecnica è insufficiente a supportare un'etica, ma con l'aiuto della tecnologia approfondita, essa apporta tuttavia una autonormatività che è dell'ordine della gaia scienza (ET 118).

Nella sua sconcertante semplicità (che confina talvolta con la banalità) il testo, pur prodotto in un'epoca in cui Simondon ha già abbandonato la sua attività d'insegnamento a causa della malattia mentale, risulta in ogni caso rivelatore di alcuni problemi che abitano tutto lo sviluppo del suo pensiero. Se ci sembra quantomeno superfluo sottolineare come *la* dinamica delle civiltà rimanga sempre per Simondon calibrata su di una non meglio indagata e quasi ovvia concezione della civiltà occidentale, va ribadito come egli parta dal presupposto che «il progresso tecnico nasconde in sé essenzialmente un bene potenziale e in ultima istanza un bene attuale» (ET 109). Così non compaiono più nel testo i consueti riferimenti a "cultura" e "sacralità", e la riflessione sulla tecnicità sembra finalmente in grado, nella sua visione, di farsi carico dell'impresa di costituire una nuova mistica a partire dagli schematismi di azione e di pensiero che nella sua "tradizione" sarebbero impliciti.

Rimane tuttavia aperto il problema dello statuto proprio di un "pensiero riflessivo" in grado di operare in questo senso: pensiero che, capace di autonormatività, svelerebbe così la propria ispirazione nietzscheana nel presentarsi appunto come "gaia scienza". Si tratta di un pensiero sia tecnicamente che eticamente inventivo, ma la cui origine rimane sospesa tra l'individuo eccezionale e l'incrocio virtuoso nell'orizzonte collettivo delle diverse normatività che lo rendono possibile. Un pensiero politicamente efficace che di per sé la tecnica non contiene ma che essa soltanto è in grado di suscitare, poiché soltanto la tecnica, per le ragioni già ampiamente esposte, opera sulla scala dell'umanità intera. Questa prospettiva conserva la caratterizzazione della scelta etica come elemento di rottura rispetto alla causalità circolare dell'economia di mercato, in particolare contro quel "codice del lavoro" (ET 117) che organizza l'esclusione della tecnicità quanto l'esclusione dei gruppi sociali ponendoli "al passato", ovvero escludendoli dall'organizzazione attuale della produzione secondo quel criterio del "rendimento" già evocato in *Culture et technique*. Ma tutto il discorso sulla funzione e le promesse della normatività tecnica si regge su di un presupposto implicito nella posizione di Simondon: l'identificazione di civiltà industriale e storia, o perlomeno l'ipotesi di una tendenza inesorabile caratterizzante le società "fredde"[47], non solo destinate a scomparire con l'espandersi delle civiltà di tipo industriale, ma in sé dotate per così dire di un basso "tasso di storicità", così come insegnava Bergson: «il civilizzato differisce dal primitivo soprattutto per la massa di conoscenze e d'abitudini che ha attinto, a partire dal primo risveglio della sua coscienza, nel *milieu* sociale dove esse si conservavano» (Bergson 1932, p. 27). Non solo è lecito dubitare del senso di una distinzione così netta il cui etnocentrismo risulta ormai oggi evidente, ma per un altro verso va sottolineato che, su di una scala più ampia, anche le civiltà industriali si possono considerare "senza storia", in quanto prese in un processo di tipo periodico il cui modello - il pendolo - ancora una volta va rintracciato in Bergson attraverso Canguilhem (cfr. Id. 1955, p. 63). Si avrebbe piuttosto a che fare, nell'ottica di Simondon, con una circolarità tanto delle "società calde" quanto delle "società fredde", che però veicola, nel caso delle società industriali, un fattore di progressione lineare: la scienza e le tecniche. Nella sua funzione di sintesi, la "cultura" produce infatti invariabilmente una civiltà sempre caratterizzata da un intreccio di causalità circolare e di progresso tendenzialmente lineare delle conoscenze, ma senza che quest'ultimo risulti determinante in relazione all'assetto dell'intero edificio sociale, al contrario di quanto accadeva invece nell'ipotesi positivista: «la terza tappa non è quella che Comte scopre nella legge dei tre stadi; il sapere è progressivo e continuo, mentre dopo ogni ciclo le culture si disorganizzano, cambiano di struttura, e rinascono secondo nuovi principi» (IMI

28). Tale doppia processualità definisce la modalità evolutiva tipica dei gruppi umani nei quali, ad una tendenza cumulativa e progressiva si aggiunge, attraverso lo sviluppo delle tecniche - in particolare a partire dalla seconda rivoluzione industriale (cfr. PST 229) - un'accelerazione inedita e un'efficacia di scala tale da produrre effetti che risultano irreversibili e istituiscono una differenza storicamente determinante: «le forme di cultura sottomesse a un divenire ciclico sono quelle che implicano una forte carica d'immagini mentali: le scienze pure hanno certo una nascita, ma sono più progressive, più cumulative» (IMI 26-27)[48].

Il limite più evidente di questo esito del pensiero di Simondon sta tutto nel rischio di risolvere l'intervento politico in un progetto pedagogico (la formazione di una "cultura tecnica") del quale egli non sente minimamente la necessità di determinare le condizioni di emergenza, come se il potenziale di inventività transindividuale dovesse comunque rimanere intatto sotto qualsivoglia condizione. Una sorta di delega incondizionata, dunque, che si fonda su di una fiducia "bergsoniana" nell'emergenza evenemenziale della vita nonostante tutto[49], e su di una fiducia tutta "durkheimiana" nelle istituzioni in quanto espressioni di quella vita e della sua "saggezza" regolatrice. Simondon si dichiara infatti consapevole che la "conservazione", dunque la potenziale riattivazione del patrimonio di sistemi ed oggetti veicolanti lo schematismo tecnico, è maggiore se «stabilizzata dalle istituzioni che li fissano e li perpetuano installandoli», mentre nelle civiltà prive di sviluppo industriale - essendo gli individui e gli insiemi tecnici occasionali e temporanei - soltanto gli elementi possono diffondersi, dunque passare «da un'operazione tecnica all'altra» fino ad essere, a volte, «i soli ad avere il potere di sopravvivere alla rovina di una civiltà» (MEOT 76).

Come in Bergson, anche nella prospettiva di Simondon non vi è «una legge storica ineluttabile» e, la scala del problema da risolvere essendo globale, risulta necessario che l'umanità si faccia carico del proprio avvenire, sia in termini di sopravvivenza, sia in termini di qualità della vita (cfr. Bergson 1932, p. 225). Ma Simondon - come sempre incapace di pensare l'invenzione in relazione allo spreco, e dunque fondamentalmente orientato al "recupero" dei processi antiomeostatici - in fin dei conti finisce per fare dell'etica una sorta di economia politica della tecnica, il cui differire sostanziale da quest'ultima è limitato al riferimento implicito, di volta in volta differente, ad un ambito di individuazione "istituito" che chiude ma anche garantisce la "tenuta" del sociale (cultura, sacralità). Così, quando nella *Nota complementare* egli si chiede «quali valori sono implicati nella relazione dell'individuo con l'essere tecnico» (NC 519), abbiamo a che fare con una domanda eminentemente politica che non oltrepassa i limiti del progetto positivista, perché rimane ancorata all'idea del ruolo determinante "in ultima istanza" del progresso tecnico e scientifico, senza che sia messa in gioco la necessità di delineare, programmare e perseguire strategicamente le modalità di una regolazione sociale di tipo omeostatico rispetto ad esso compatibili. Di conseguenza ogni questione politica è sempre posta da Simondon, da una parte in relazione alle determinazioni dell'eccedenza tecnica, e dall'altra nei termini di un riequilibrio della cultura, o addirittura di una ristrutturazione della sacralità, senza che sia però mai posta in questione l'effettiva opportunità dell'intervento tecnico in relazione alla particolare configurazione della cultura con la quale esso si confronta: senza insomma che sia in questione la misura della possibile incidenza catastrofica di un'opportunità tecnica su di un sistema sociale che non risulti in grado di accoglierla.

Nonostante riconosca apertamente dei limiti teorici e politici all'enciclopedismo (cfr. MEOT 86-95) Simondon ricostruisce l'appartenenza del proprio progetto sociale e politico ad una tradizione (tutta moderna) che va dal meccanicismo cartesiano al positivismo, passando appunto attraverso l'enciclopedismo illuminista (cfr. PST 338-39), in una progressione di scala della tecnicità che giunge infine a cogliere nella rete tecnica globale la dimensione propria del problema politico e sociale contemporaneo. Perciò, sebbene sembri porre a volte il problema davvero politico della mediazione tra tradizione e innovazione, Simondon tende a risolverlo nei termini di una difesa ad oltranza dell'opportunità offerta dall'apertura tecnica, nell'ottica di una forzata "integrazione" sociale dell'invenzione tecnica[50] che a tratti assume toni quasi escatologici:

> il primato della sacralità come sistema di riferimento non è dovuto alla sacralità in quanto tale [...] questa supremazia è legata al suo carattere di sistema di riferimento, al suo carattere di cosmicità. Se la tecnicità fornisse una cosmicità più perfetta e più alta di quella della sacralità, si produrrebbe verso di essa uno spostamento di valori e di significazioni: è la tecnicità che si sovradetermina, mentre la sacralità si semplifica e diviene minore nel suo potere dimensionale (PST 339).

Questo orizzonte "escatologico", costante in tutta la produzione di Simondon seppur denegato attraverso una concettualità tutta costruita attorno a fattori evenemenziali, determina una concezione cumulativa dell'evoluzione culturale che ne fa un processo di "capitalizzazione" di pratiche e saperi nell'ottica di una "conservazione culturale" (cfr. MEOT 231) che, sebbene non costituisca un destino, sembra l'unica via percorribile da un'umanità giunta di fronte a scelte che necessariamente la coinvolgono nella sua interezza[51].

La stessa "legge di *relaxation*" che regola il progresso tecnico è «una legge di conservazione della tecnicità attraverso la successione degli elementi, degli individui e degli insiemi» (PR 265) e sembra veicolare tutto un apparato normativo in grado di sostenere un sistema sociale di scala ampia quanto l'umanità intera. Nel *Prospectus* del *Du mode* Simondon mostra insomma chiaramente come lo "schema di *relaxation*" descriva un movimento discontinuo che è in ultima analisi un progresso, una paradossale evoluzione ciclica di tipo "conservativo", in cui ciò che conta è la «conservazione della tecnicità come informazione attraverso i cicli successivi» (MEC2 266). Tale processualità, trasposta sul piano sociale e politico, manifesta la sua costitutiva ambiguità: il politico, già parte dalla "fase" religiosa in *Du mode*[52], non è chiaramente dell'ordine dell'innovazione, ma dell'integrazione. Così, sebbene ciò che si tratta di integrare sia proprio l'invenzione tecnica, che in questo modo può esplicare la sua capacità di innovazione sociale, tuttavia la politica rimane pur sempre dell'ordine del recupero, di un'integrazione senza la quale l'invenzione (anche normativa) brucerebbe un istante sparendo subito nel nulla, rimanendo ineffettuale. Ma proprio per questa ragione l'esercizio dell'attività politica pone inevitabilmente il problema di un rapporto tra integrazione e normalizzazione che Simondon tenta, a tratti, di risolvere attraverso l'inquietante ipotesi di una "teratologia sociale".

Negli scritti successivi a *Du mode* assistiamo ad un progressivo sviluppo e a una sostanziale riconfigurazione di filosofia ed estetica che però ne mantiene tesa e problematica la relazione. Già in *Psychosociologie de la technicité* l'estetica abbandona il ruolo marginale di fase intermedia ormai inefficace all'altezza della seconda ondata di sfasature tra le tecniche sull'uomo e il pensiero politico-sociale[53]. Nel corso del 1960-61 l'estetica si propone come la modalità centrale a cui fa riferimento il progetto politico di riforma del rapporto tra lavoro e tempo libero che Simondon riprende da Friedmann. Secondo Simondon il tempo libero è il "luogo" del manifestarsi dell'incompatibilità tra tecnicità e sacralità che caratterizza la contemporaneità, poiché in esso il riposo funzionale al rendimento si oppone al riposo celebrativo. L'obiettivo di un intervento politico è dunque fare del "tempo libero" il momento di integrazione di queste due "fasi" alla cultura, sul modello della *scholé*: «secondo la dottrina che presentiamo, il tempo libero deve essere colto come termine medio tra tecnicità e sacralità, come forma centrale d'azione a partire dalla quale si sfasano il gesto tecnico e il gesto di sacralizzazione» (PST 333). Ebbene, proprio l'estetica è qui convocata da Simondon come "termine medio" che consente di porre in relazione sacralità e tecnicità, in quanto nell'arte «si realizza e si concretizza l'isomorfismo di sacralità e tecnicità», essa ha una «funzione di mediazione e di comunicazione eminentemente utile per l'unità della Cultura» (PST 334).

Un'estetica così concepita si concretizza nella funzione politica di un' "estetica negativa", capace di individuare i casi aberranti di intervento tecnico distinguendoli dagli elementi normativi nuovi, emergenti, in modo da costituire un discrimine tra novità apparente, sterile o regressiva e invenzione propriamente evolutiva[54]. Si tratta di un'estetica la cui applicazione al campo sociale non tarda a rivelare la sua funzione di "ottimizzazione funzionale" e di evitamento della "mostruosità" (cfr. PST 350), ovvero un'estetica tutta rivolta contro lo "spreco" e verso l'ottimizzazione delle energie vitali, in ragione della quale va evitata la rottamazione degli oggetti tecnici desueti quanto l'emarginazione di gruppi sociali minoritari[55], così come va negata la sensatezza della pena di morte. In questa medesima direzione Simondon tenta di coniugare "difesa" dell'umano e ingegneria genetica (ET 116-17). Le biotecnologie sono infatti la forma più evidente dell'ambiguità costitutiva della tecnica in quanto parte determinante del meccanismo di retroazione della vita su se stessa attraverso l'azione sul *milieu* o direttamente sul corpo umano. Si tratta di una riflessione che intende evidentemente innestarsi su quella di Canguilhem riguardo la medicina[56], ma che ci sembra configurata nel pensiero di Simondon secondo uno schema all'interno del quale la funzione teratologica dell'estetica o, al limite, del pensiero filosofico risultava in qualche misura già implicita. Ciò che solo rare eccezioni rendono evidente è come l'opera di Simondon funzioni secondo un'economia di tipo ossessivo che non ammette lo spreco se non, potremmo dire, come momento dialettico. Nei casi in cui, come ad esempio in *Psycho-sociologie de la technicité* è esplicitamente tematizzata la funzione socialmente costitutiva dello "spreco", tale "gesto", pur capace di mettere fortemente in crisi la prospettiva di un' "economia del rendimento"[57], non trova la propria giustificazione nel suo effetto se non al prezzo di una ripresa all'interno di un apparato normativo capace - in seguito - di valorizzarlo. L'esempio ricorrente della *Tour Eiffel* è molto chiaro al riguardo: si tratta di un'invenzione tecnica il cui valore non sta tanto nelle soluzioni da essa offerte nell'immediato, ma nella sua apertura, ovvero nella sua capacità di integrarsi ad un sistema ancora a venire (nell'esempio, la rete delle telecomunicazioni) nel quale risolvere problemi non ancora presenti al momento della sua costruzione (cfr. LTE). Ma in ogni caso l'invenzione, pur opponendosi all'ottica di un' "economia del rendimento", acquista valore solamente quando lo "spreco" che momentaneamente la caratterizza sia considerato reintegrabile sul lungo termine come fattore evolutivo: se «l'utilità di tali imprese non appare chiaramente e non sarebbe difficile di trovare, volendo, delle ragioni per mostrare l'assurdità di questi grandi atti tecnici», tuttavia si tratta di un'inutilità relativa, simile all'apparente inutilità di una specie recente rispetto ad una specie ben adattata, ma il "giudizio" sulla quale è sospeso al modo in cui avrà effettivamente seguito la "serie evolutiva" (cfr. CT 11).

Simondon rifiuta insomma in generale un valore socialmente fondativo allo spreco in quanto tale, al gesto eccedente[58], sebbene veda molto bene (e critichi) la funzione conservativo - omeostatica dell'organizzazione sociale che tende ad impedire o perlomeno a esorcizzare la funzione innovativa dell'invenzione. Per questo lo sfondo del suo pensiero politico rimane sostanzialmente quello del rifiuto di una funzione socialmente costitutiva al gesto istituente in quanto tale, perché il sistema sociale è concepito comunque come un sistema organico ad autoregolazione, il cui funzionamento ideale prevede un'etica e una politica del recupero, dell'integrazione e della conciliazione dei contenuti culturali, secondo l'unico criterio della loro funzionalità a mantenere l'apertura, ovvero il funzionamento del sistema. Possiamo anzi affermare che Simondon giunge a proporre una vera e propria "economia del funzionamento", contrapponendo ad un criterio di valutazione "chiuso" di tipo binario-biologico ricavato dal rapporto mezzi-fini, un criterio tecnico-analogico ricavato dal concetto di integrazione in vista del funzionamento "aperto" di un sistema:

> tentare di limitare il gesto tecnico in relazione alla normatività culturale significa voler arrestare l'evoluzione possibile considerando che lo stato già raggiunto ci permetta di definire un regno dei fini, codice definitivo dei valori. Significa considerare la nozione di fine come ultima, come la più alta, mentre essa non è forse che un concetto provvisorio che permette di cogliere certi processi vitali, trascurandone altri (CT 11).

Come abbiamo visto il gesto tecnico risponde invece ad una logica diversa, che non segue dinamiche binarie di inclusione ed esclusione, ma punta per così dire al massimo di integrazione nel funzionamento di un sistema. In tutto *Du mode* è ampiamente ribadito come la prospettiva del "funzionamento" costituisca la condizione per comprendere il processo di concretizzazione di un sistema tecnico quanto di un sistema assiologico il cui funzionamento autonormativo non è che l'operare stesso della sua apertura al di là di qualunque costituita dinamica di correlazione tra mezzi e fini. È sotto questa forma di mediazione tecnica e politica che si può concretizzare oggi, secondo Simondon, il processo di umanizzazione del mondo, la "nuova magia" cibernetica che non cerca i mezzi per realizzare l'uomo, ma ne pone i fini:

> l'uomo si libera della sua situazione di asservimento alla finalità del tutto, apprendendo a produrre della finalità [*faire de la finalité*], a organizzare un tutto finalizzato che egli giudica e apprezza, per non dover subire passivamente un'integrazione di fatto (MEOT 103).

Su questo sfondo non sembra allora esservi spazio che per politiche di tipo istituzionale e regolativo, la cui matrice ci è sembrata decisamente orientata secondo la medesima prospettiva a partire dalla quale Durkheim definisce «l'organizzazione economica attuale un fatto di teratologia sociale» (Durkheim 1895, p. 64). Durkheim intende con ciò determinare la funzione politica di una scienza strutturale e storica; il sociologo avrebbe infatti il compito di definire il "tipo normale" di un fatto sociale non rispetto ad un modello statico, puramente "adattivo", ma in base ad un modello dinamico per mezzo del quale sia possibile valutare se un fatto sociale come normale o patologico in base alla congruenza delle condizioni della sua ontogenesi con lo stato attuale di sviluppo del sistema:

> dopo aver stabilito mediante l'osservazione che il fatto è generale, egli risalirà alle condizioni che hanno determinato tale generalità nel passato, e cer-

cherà quindi se tali condizioni siano ancora date nel presente o se, al contrario, esse risultino mutate. Egli avrà il diritto nel primo caso di considerare il fenomeno come normale, e nel secondo caso di rifiutargli questo carattere (*Ivi*, p. 69).

Sulla base della scienza sociologica, secondo Durkheim, l'uomo di stato avrà dunque, «come il medico» (cfr. p. 79), il compito di ritrovare le condizioni dello stato normale anche se non è così che «la società appare a se stessa» (Id. 1924, p. 168).

In modo non dissimile, la "scommessa" politica di Simondon sta nell'ipotesi di una riconversione dell'apparato valoriale sociale: si tratta di trasformare un sistema fondato sulla valutazione dei mezzi adeguati ai fini posti dalla comunità, in un sistema fondato sul valore "in sé" del "funzionamento" metastabile. Con i concetti di metastabilità di sistema e di invenzione normativa Simondon, pur rifiutando in linea di principio l'ipotesi di una soluzione definitiva al problema sociale, non smette mai di pensare la sfasatura costituente la società in relazione ad una relazionalità preindividuale fisico-biologica dalle potenzialità mai esaurite (in modo simile a Bergson) *e* nell'ottica di una sintesi la cui possibilità è data *a priori* (come in Durkheim) dall'orizzonte comune alle diverse fasi, sebbene tale sintesi non sia ovviamente *necessaria*, perché dipende dalla giusta scala alla quale si colloca di volta in volta quella "ricerca di compatibilità" che può essere operata solamente dal pensiero riflessivo. Come abbiamo visto, Simondon segue fino in fondo il suggerimento maussiano di cercare nella magia e non nella religione la modalità originaria della relazione uomo-mondo, ma segue ancora Durkheim nel tenere distinte normatività sociale e normatività tecnica, caratterizzate da un diverso grado di relazione al reale. A partire dalla sfasatura contemporanea tra cultura e tecnica egli intende infatti mostrare la particolare valenza dell'innesto degli "schemi" fondamentali della tecnicità nel *milieu* della società tecnologica avanzata. Simondon crede di poter trovare in simili schemi anche i germi di una nuova fondazione della società. Da qui il suo costante tentativo di "assiomatizzare" ogni ambito del sapere (non solo fisica e biologia, ma anche e soprattutto le scienze umane) e il ricorrente civettare con gli archetipi junghiani. Insomma, in Simondon l'ipotesi di una riforma delle scienze umane scorre parallela a quella di una fondazione etica della tecnica, perché hanno entrambe il medesimo legame particolare con la promessa di una soluzione del problema politico. La normatività tecnica può funzionare come normatività culturale in quanto offre gli elementi a partire dai quali è possibile costituire un ordine sociale (chiuso) *ma anche* strutturare i valori su cui fondare la forza trasduttiva di ogni ulteriore invenzione normativa. Integrando lo studio delle tecniche nelle scienze umane si aprirebbe così finalmente il campo di una scienza (politica) non fondata su di un'antropologia, e finalmente all'altezza di un intervento (politico) la cui sfida, secondo Le Cœur, costituiva lo scopo della sociologia, rispetto alla quale «non c'è scienza più paradossale e più rivoluzionaria» (Le Cœur 1939, p. 10).

Una politica concepita al di fuori di ogni antropologia non può avere infatti il compito di regolare la convivenza tra uomini e tra gruppi sociali secondo modelli valoriali depositati dall'uno o l'altra tradizione "comunitaria", ma di tenere aperto il funzionamento (trasduttivo) di un sistema (metastabile) di relazioni transindividuale nel quale si incrociano e si compongono componenti di tipo biologico, materiale e culturale. Un sistema di valori legato al concetto di "funzionamento" può essere costituito, secondo Simondon, grazie alla formazione di una "cultura tecnica", nella convinzione che la "tecnicità" sia depositaria di schemi che veicolano precisamente un apparato valoriale universale, la cui relazione con le diverse culture è ambigua: parzialmente costitutiva ma anche eccedente ogni loro formalizzazione e determinazione normativa. La proposta pedagogico-politica di Simondon è fondata sull'ipotesi di un intervento istituzionale dall'esito né scontato né definitivo, nel quale la posta in gioco propriamente politica si coglie sulla scala dell'umanità intera. Ma, in realtà, in questa prospettiva l'umanità risulta in questione soltanto per quanto riguarda la sopravvivenza della specie, mentre la "sopravvivenza" della diversità culturale non è mai tematizzata, come se si trattasse di un dato scontato o addirittura come se la diversità potesse essere pienamente integrata nell'ipotetico "differire interno" di un'unica Cultura globale vissuta come l'esito ineluttabile di un processo evolutivo di ampia scala. Si tratta in effetti di una declinazione del problema politico in un'ottica di universalismo tecnologico che sembra costituire se non l'unica via, l'unica davvero potenzialmente efficace su scala globale, ma che non si preoccupa affatto di analizzare gli evidenti elementi di etnocentrismo implicati una tale presa di posizione.

Ma se si guarda alle linee fondamentali della filosofia di Simondon, e in particolare all'operare del processo di individuazione così com'è tematizzato nella sua opera maggiore, sembra che tutta la tematica relativa ai limiti costitutivi delle diverse forme di regolazione di sistema, pur non giungendo mai a configurare una vera e propria teoria politica, ne reclami la necessità. Ecco che risulta allora evidente come i concetti elaborati nell'*Individuation* eccedano irrimediabilmente lo sfondo filosofico-politico accolto da Simondon, proprio perché in essi si manifesta la dimensione genuinamente politica della prestazione teoretica della sua filosofia. Per questa ragione a molti è sembrato che una filosofia politica dovesse essere rintracciata precisamente nella concettualizzazione rigorosa dei processi fisici, biologici e sociali: della loro conoscibilità scientifica e del loro parziale ma costitutivo statuto evenemenziale.

9. FUNZIONE SIMBOLICA

[1] Si tratta di corsi di *psychologie générale* destinati ad un pubblico misto di psicologi e filosofi. Nell'organizzazione degli studi in vigore fino al 1966-67 i corsi per il *certificat de psychologie générale* erano sia la base del diploma di psicologia che uno dei quattro insegnamenti obbligatori per l'abilitazione all'insegnamento di filosofia. Favez-Boutonier è della generazione di D. Lagache, fondatore con Lacan della *Société française de psychanalyse* nel 1953, con il quale fonda a sua volta l'*Association Psychanalytique de France* nel 1964, in occasione della scissione dalla quale nasce anche l'*École freudienne de Paris* di Lacan. È sufficiente un rapido sguardo alla galleria degli autori presentati nel suo corso per rilevare l'evidente continuità con il lavoro di Simondon che, in particolare nella terza parte di *Imagination et invention*, riprende il problema della relazione tra immagine e simbolo posto da Favez-Boutonier. Ma ci soffermeremo innanzitutto alla comune critica a Sartre, ai riferimenti a Bachelard, a Jung e ad Eliade: a riferimenti insomma, come avremo modo di vedere, presenti anche in precedenza nell'opera di Simondon. La distanza di questo corso dalle due tesi di dottorato permette di considerare lo scarto concettuale che separa i due momenti dal punto di vista delle scelte linguistiche. In particolare sembrano interamente scomparsi i concetti chiave dell'*Individuation*: i termini "transindividuale" e "trasduzione" non vi sono mai utilizzati (per trasduzione Simondon utilizza "amplificazione"), mentre altri, come "individuazione" e "analogia", sebbene possano contare qualche sporadica occorrenza (si parla di numeri ad una sola cifra per un testo di quasi 200 pagine) perdono, come peraltro accade al concetto di significazione, la loro centralità teorica. Permane invece il parziale utilizzo del termine "metastabile" per indicare uno stato lontano dall'equilibrio e denso di potenziali (cfr. IMI 84 per la percezione; cfr. invece IMI 92, dove Simondon esprime il concetto senza utilizzare il termine). Tutto questo deriva forse in parte da una riconfigurazione retorica della terminologia pensata da Simondon in funzione dell'insegnamento, ma implica anche una parziale rielaborazione concettuale (piuttosto uno slittamento che una radicale fuoriuscita dall'orizzonte teorico dell'*Individuation*, con tutta la tensione già in essa implicita tra approccio epistemologico e fenomenologico).

[2] «*Terza realtà* né pienamente percettibile né interamente concettualizzabile» (IMI 18).

[3] «È necessario notare che il ciclo dell'immagine è una genesi marcata in ciascuna delle sue tappe da una decantazione, una riduzione del numero di elementi conservati e proposti infine come materia d'invenzione; non tutte le tendenze motrici ricevono la conferma di un'esperienza percettiva, sussistono solamente quelle fissate dalla traccia di una situazione intensa; e tra le immagini-ricordo così raccolte, solamente alcune si formalizzano in simboli per organizzare il mondo dell'immaginario che serve da base per l'invenzione» (IMI 138). Come è un elemento casuale [*hasard*] a rendere possibile la relazione percettivo-motoria tra organismo e *milieu* (IMI 30), così soltanto «l'incontro raro, teso» (IMI 88) garantisce la "struttura di singolarità" dell'immagine "intra-percettiva", la cui (meta)stabilità istituisce un sistema a partire dal «*couplage* di due sistemi, soggetto e mondo» (IMI 92).

[4] Cfr. il riferimento ad Espinas da parte di Canguilhem (1952), pp. 176-77.

[5] Programma anche Bergsoniano se si è disposti a seguire quest'ultimo nel dare «al termine biologia il senso ampio che dovrebbe avere, e che esso forse acquisirà un giorno» (Bergson 1932, p. 103).

[6] «Nella terza parte della sua opera (*L'imaginaire*, p. 128) dice che la funzione dell'immagine è simbolica. E critica la psicoanalisi che, dice, sovrappone i simboli alle immagini come una combinazione di pezzi degli scacchi [...] afferma che "non si può sopprimere la funzione simbolica di un'immagine senza fare scomparire l'immagine stessa"» (*Ibidem*).

[7] Pubblicato nel volume VIII dell'*Encyclopédie Française* intitolato *La vie mentale*. In esso Lacan riformula il concetto di matrice junghiana di "complesso familiare" nei

termini dello stadio dello specchio, anticipando gli sviluppi strutturalisti del suo pensiero negli anni '50, ma conservando ancora un approccio "genetico" o "genealogico" al problema della legge e dell'istituzione dell'ordine simbolico. Per la complessa vicenda delle successive stesure del testo cfr. Roudinesco (1993), pp. 152 segg., dove l'autrice si sofferma anche sul debito di Lacan nei confronti di Uexküll (concetto di *Umwelt*).

[8] «I complessi più arcaici si esprimono in una forma in cui ci sono due termini: un oggetto e l'essere dipendente da tale oggetto. A livello del complesso di Edipo troviamo necessariamente il simbolo, con tre termini [...] Si può pensare già costituito il mondo delle immagini a livello del complesso di svezzamento, a livello delle espressioni più arcaiche del desiderio, mentre il simbolo si situa ad un livello più evoluto, cioè a livello del complesso di Edipo» (*Ibidem*).

[9] «L'Imago è simbolo in quanto fa passare dallo spettro discontinuo dell'esperienza storica allo spettro continuo dei possibili contenuti tra termini estremi antitetici; essa condensa e riordina l'esperienza per farne un modo di accesso universale a una realtà data. Essa formalizza la serie aleatoria delle tracce [*empreintes*]» (IMI 128).

[10] Si tratta del passaggio dal rapporto immaginario con la madre al rapporto simbolico con il padre e dunque con la realtà: tale passaggio è appunto determinato dalla relazione Edipica che, in quanto introduce un terzo termine, rompe il meccanismo di rispecchiamento reciproco tra madre e bambino (cfr. IMI 127-28).

[11] «Un punto importante di terminologia merita di essere chiarito per evitare confusioni: quello del rapporto tra segno e simbolo» (IMI 4). Favez-Boutonier distingue il "segnale" - esprimibile in termini di riflesso condizionato; il "segno" - che disgiungendo mette in relazione i due ordini del significante e del significato; e il "simbolo" - che costituisce un legame reciproco, una legge, un obbligo di relazione, un ordine "anteriore" agli elementi separati a partire dal quale si definiscono i termini in quanto sue "parti" (secondo la classica etimologia del *syn-ballein*): solo Il simbolo (come in Eliade) è dell'ordine del collettivo (cfr. *Ivi*, pp. 92-93). Il suo ragionamento prende le mosse da Ortigues (1962). Per Ortigues, mentre l'immagine cerca di dare la presenza dell'oggetto, il segno ne accetta l'assenza. Invece il simbolo è appunto un'immagine impiegata come segno (Ortigues 1962, p. 203), ovvero, potremmo dire con Derrida, un'immagine che non pretende di restituire la "presenza".

[12] Nelle sue conclusioni l'autrice ribadisce la distinzione ma anche la continuità "naturale" tra immagine e simbolo (cfr. *Ivi*, pp. 107-19).

[13] Nel medesimo punto del testo in cui si trova la critica di Simondon alla distinzione sartriana tra immaginazione e funzione simbolica, troviamo anche il riferimento ad Ortigues, per tentare di pensare, questa volta nettamente contro Lacan, l'anteriorità della funzione simbolica, intesa come processo, rispetto al linguaggio, che di tale processualità è solo un esito «stabilizzato attraverso convenzioni» (IMI 131). Anche per Favez-Boutonier, che pure riprende Ortigues, «il simbolo si colloca ad un livello anteriore al linguaggio, ma dove il linguaggio ha origine» (Favez-Boutonier 1962-63, p. 100). A dire il vero la psicoanalista sembra ritenere che Ortigues, "*avec*" Lacan, ritenga la funzione simbolica "precondizione del linguaggio" (cfr. *Ivi*, pp. 92-102).

[14] Cfr. a questo proposito il "suggerimento" di Favez-Boutonier (1962-63) p. 94, a sua volta ricavato da Ortigues: «si noterà che questi criteri formali sono applicabili ad ogni specie di simbolo, sia a quelli derivanti da una convenzione precedente come i simboli matematici, sia a quelli che al contrario generano la possibilità, l'idea stessa di convenzione, come gli elementi che formano una lingua, sia quelli infine che arrivano a produrre o sancire un legame qualunque di solidarietà come i valori fiduciari in un sistema di scambi di tipo economico, una regola di fede come il Simbolo degli Apostoli o i libri simbolici come la Confessione d'Augusta, un pegno di comunione con Dio come il simbolo mistico, un rito d'iniziazione o un simbolo mi-

tico che consacra un legame di appartenenza spirituale e sociale» (Ortigues 1962, p. 61-62).

[15] Cfr. *supra*, cap. 8.

[16] «La tecnicità al livello dell'elemento è la concretizzazione: è ciò che fa sì che l'elemento sia realmente elemento prodotto da un insieme, ma non esso stesso insieme o individuo; questa caratteristica lo rende staccabile dall'insieme [nel testo *"de l'élément"*, si tratta di un evidente errore di redazione, n.d.a.] e lo libera affinché dei nuovi individui si possano costituire» (MEOT 73).

[17] Di cui IT, dove è presente anche una parte di IMI, costituisce una considerevole ma parziale raccolta.

[18] Simondon sottolinea come, risultanti «dall'assimilazione del reale all'io [*moi*]» (IMI 131), solo in quanto non cessano di «aderire ai simboli» (IMI 132) le significazioni possano circolare, legate alla loro origine e *perciò* davvero partecipi della produttività caratterizzante la funzione simbolica.

[19] L'oscillazione tra la funzione trasduttiva dell'individuo e la dimensione trasduttiva del collettivo come sistema riflette forse nel pensiero di Simondon quella più profonda tra il paradigma biologico ricavato dall'epistemologia canguilhemiana e quello fenomenologico di stampo merleau-pontiano. In ogni caso l'adesione esplicita ad una visione "sistemica" della società rimane un rischio per una teoria che si vuole radicalmente antideterminista, equidistante sia da un determinismo di tipo fisico-biologico quanto da un determinismo di tipo strutturale: ciò che all'altezza del collettivo lega tra di loro gli individui, se non può essere ridotto ad una semplice dinamica di interazioni tra organismi, secondo Simondon neppure trova la sua determinazione ultima in quanto lo precederebbe come istituzione sociale.

[20] «Il processo di crescita, di maturazione, poi di declino, corrispondono direttamente al fondo comune d'immagini costituenti le culture, norme per la conoscenza e l'azione individuali» (IMI 27).

[21] Secondo la lezione di Canguilhem, l'invenzione è possibile per il vivente *in quanto* «essere individuale che porta con sé il proprio *milieu* associato: questa capacità di condizionare se stesso è al principio della capacità di produrre degli oggetti che condizionino se stessi» (MEOT 58). Qui Simondon parla di "omeostasi" intendendo la causalità ricorrente che caratterizza il *milieu* associato che attiva le forme-strutture mettendole in relazione, ma la causalità ricorrente "tra" *milieu* e forme non è di tipo omeostatico: «tale ricorrenza non è simmetrica. Il *milieu* vi gioca una funzione d'informazione [...] sebbene il *milieu* associato sia omeostatico, le strutture sono animate da una causalità non ricorrente; esse procedono ciascuna nella loro propria tendenza» (MEOT 59). È l'incontro tra il *milieu* inventato (omeostatico secondo una causalità ricorrente) e le forme (indipendenti in quanto ognuna segue il proprio regime di causalità lineare) ad attivare queste ultime, costituendo tra i due poli una relazione causale ricorrente *asimmetrica*, ovvero produttiva di informazione.

[22] *Hommage à Gilbert Simondon*, il lungo saggio dedicato alla memoria di Simondon, pubblicato nel *Bulletin de psychologie* da Denise van Caneghem, sua ex allieva e collega, all'indomani della sua morte, costituisce il primo tentativo di fornire una visione d'insieme sul suo pensiero, ricco d'informazioni e forte di una conoscenza diretta della sua attività d'insegnamento.

[23] Si tratta di «immagini mobili, staccate, obbedienti a linee di forza di un campo di finalità» (IMI 153).

[24] Con *Aspetti del vitalismo* e *Macchina e organismo* è parte di un ciclo di tre conferenze tenute da Canguilhem nel 1946-47 al *Collège philosophique*, successivamente raccolte in *La conoscenza della vita* (1952).

[25] Cfr. Uexküll (1934). A questo proposito vale la pena ricordare la faziosità tutta impregnata di "heideggerismo" della stessa traduzione francese del titolo: l'originale tedesco, *Streifzüge durch die Umwellen von Tieren und Menschen*, non sottende infatti in alcun modo la differenza ontologica cui accenna, nel francese *Mondes animaux*

et monde humain, la distinzione tra il plurale "mondi" riferito agli animali e il singolare "mondo" riferito all'uomo. Com'è noto Heidegger stesso dichiara di essersi ispirato ad Uexküll per il proprio concetto di "Umwelt", ma non manca di sottolineare l'insufficienza dell'approccio biologico nel rilevare l'abisso che separa la vita dell'animale "senza mondo" dall' "esistenza" propria solamente dell'uomo (cfr. Bassanese 2004, p. 37).

[26] La scienza, come ogni «reazione umana [diversificata] alla provocazione dell'ambiente», dipende dall'uomo, ma - nota Canguilhem - «si tratta, naturalmente, dell'uomo collettivo» (*Ivi*, p. 201).

[27] Anche nei testi di Canguilhem sono presenti riferimenti alla percezione che forse potrebbero permettere di forzarne la lettura in questa direzione. Si osservi ad esempio la centralità del "mondo della percezione" nel determinare il concetto di *milieu* in relazione al vivente, in questo passaggio: «d'altra parte, in quanto vivente, l'uomo non sfugge ad una legge generale dei viventi. Il *milieu* proprio dell'uomo è il mondo della sua percezione, cioè il campo della sua esperienza pragmatica in cui le sue azioni, orientate e regolate da valori immanenti alle tendenze, ritagliano degli oggetti determinati, li situano gli uni in rapporto agli altri e tutti in rapporto a lui» (Canguilhem 1952, p. 215). Egli chiude infine il saggio *L'essere vivente e il suo ambiente* affermando che «se la scienza è un fatto nel mondo oltre ad essere una visione del mondo, il rapporto che la lega alla percezione sarà un rapporto permanente e necessario» (*Ivi*, p. 217).

[28] «Si intende per istituzione l'insieme degli avvenimenti di un'esperienza che la dotano di dimensioni durature in rapporto alle quali tutta una serie d'altre esperienze avranno senso, formeranno una serie pensabile o una storia, - o ancora gli avvenimenti che depositano in me un senso non a titolo di sopravvivenza e di residuo, ma come richiamo ad un seguito, esigenza di un avvenire» (*Ibidem*).

[29] Merleau-Ponty non manca di sottolineare come ciò che fa davvero la differenza per l'istituzione umana sia la «messa in serbo [*mise en réserve*] di ciò che è storico» (*Ibidem*).

[30] Sebbene, come abbiamo visto, la natura sia concepita come attività, come "autoproduzione di un senso", essa rimane in ultima analisi una sorta di limite noumenico del campo simbolico, in quanto è il "non-istituito" (Id. 1956-60, p. 4).

[31] Merleau-Ponty chiude le note del corso citando proprio *Le strutture elementari della parentela* sul concetto di campo: «il *milieu* sociale non deve essere concepito come un quadro vuoto nel seno del quale gli esseri e le cose possono venire legati o semplicemente giustapposti. Il *milieu* è inseparabile dalle cose che lo popolano; insieme costituiscono un campo di gravitazione dove le cariche e le distanze formano un insieme coordinato, e dove ogni elemento, modificandosi, provoca un cambiamento nell'equilibrio totale del sistema» (Merleau-Ponty 1954-55, p. 154, n. 121).

[32] Come intende dimostrare Karsenti, «l'intersoggettività, pur criticando la sostanzializzazione dei soggetti relazionati, non può fare a meno di una forma originaria di relazione, e tale forma rimane la relazione specifica dall'io all'altro. Essa fornisce in qualche modo la matrice della socialità, che soltanto su questo piano è pensata nella sua purezza. Affermare che il fondamento del sociale è intersoggettivo, significa dire che è sempre e soltanto il prodotto di una relazione a due termini, per quanto l'accento sia posto sulla relazione e non sui termini» (Karsenti 1997, p. 316). Ma si veda in generale tutta la critica all'interpretazione fenomenologica del *Saggio* di Mauss, in particolare *Ivi*, pp. 310-25.

[33] Occorrerebbe in questo senso guardare nella direzione lungo la quale Merleau-Ponty in *La natura* (1956-60) riconosce i meriti di Bergson (cfr. *Ivi*, p. 80 e pp. 86-88). Questa sarebbe forse una lettura coerente con l'ipotesi di Mancini (1987) di uno sviluppo ontologico del pensiero di Merleau-Ponty, oppure con quella indirettamente suggerita dall'osservazione di Balibar secondo cui «dialettica è una parola che Canguilhem (a differenza di Bachelard) utilizza poco, ma che non rifiuta» (Bali-

bar 1993c, p. 71). Per alcune suggestioni legate al concetto di "situazione dialettica" in Simondon, cfr. *infra*, p. 304 segg.

[34] Secondo Canguilhem «il solo filosofo che abbia posto delle questioni di questo tipo è Alfred Espinas in *Les origines de la tecnologie*» (*Ivi*, pp. 176-77).

[35] «L'*Evoluzione creatrice* è, in qualche modo, un trattato di organologia generale» (*Ivi*, p. 180, n. 34). Va notato che il significato attribuito da Simondon all'espressione "organologia generale", come osserva Stiegler (2006), è limitato allo studio degli elementi tecnici (cfr. MEOT 65). Pur sottolineando che qui in ogni caso è il concetto e non l'espressione ad essere in gioco, va ribadito tuttavia che la tecnicità per Simondon è contenuta proprio nell'elemento in quanto esso risulta staccabile dall'insieme e perciò capace di trasduzione (cfr. MEOT 73).

10. MAGIA, TECNICITÀ E SACRALITÀ

[1] "Fanere" è termine che in zoologia designa tutte le strutture generate da un'iper-produzione di cheratina, come unghie, artigli, corna, becchi, peli e penne.

[2] È interessante notare come nella caratterizzazione magico-religiosa del "pensiero selvaggio" secondo Lévi-Strauss si abbia a che fare - nelle società "primitive" *quanto* nella nostra - con oggetti, come i *churinga* o i documenti d'archivio, il cui valore simbolico consiste nel mettere in contatto diretto con la diacronia, non ridotta alla sua sistemazione e riproduzione sincronica, *proprio perché* tali oggetti presentano nella loro consistenza fisica la contingenza e la forza affettiva della "pura storicità" (Lévi-Strauss 1962, pp. 262-64).

[3] In Merleau-Ponty (1956-60), pp. 183-292.

[4] Secondo lo stesso principio di asimmetria va letta anche la seguente affermazione: «l'animalità e l'uomo sono dati solo insieme, all'interno di un tutto dell'Essere che sarebbe stato leggibile nel primo animale *se ci fosse stato qualcuno per leggerlo*» (*Ivi*, p. 388, *sott. ns.*). Forse, come sostiene Mancini, ciò rivela in Merleau-Ponty «una sensibilità animalista *ante litteram*», in ogni caso, a nostro parere, rivela una concezione ancora interamente fenomenologica del corpo.

[5] Poco tempo dopo questa concezione del corpo umano come "simbolizzato" gli costerà la critica di Lacan: «la fenomenologia contemporanea ha tentato di sottolineare in modo fecondo e suggestivo, ricordandoci che la totalità della funzione e della presenza corporee - struttura dell'organismo in Goldstein, struttura del comportamento in Maurice Merleau-Ponty - è coinvolta in ogni percezione [...] il corpo - così com'è articolato, anzi, messo al bando dall'esperienza dell'esplorazione inaugurata dalla fenomenologia contemporanea - diventa qualcosa di irriducibile ai meccanismi materiali. Dopo che per secoli e secoli ci avevano presentato l'anima come un corpo spiritualizzato, la fenomenologia contemporanea fa del corpo un'anima corporizzata» (Lacan 1962-63, pp. 237-38).

[6] Cfr. il cap. XIII intitolato *Les milieux magiques*. Riguardo l'animale Uexküll distingue l'"entourage" visto oggettivamente, dai *milieux* che sono «prodotto dei segnali percettivi attivati da stimoli esterni», ma anche da "immagini di ricerca" elaborate liberamente durante esperienze personali ripetute a partire dalle quali si costituiscono dei "*milieux* magici" (Uexküll 1934, p. 73). Anche gli animali dunque vivono dei *milieux* magici, ciò che spiegherebbe tutta una serie di comportamenti istintivi complessi. Coerentemente con questi assunti, e al contrario di Merleau-Ponty, Uexküll è fortemente continuista riguardo all'ipotesi di un'estensione del concetto di significazione a tutto il mondo naturale, uomo compreso: «la significazione interviene ovunque come fattore naturale decisivo, secondo modalità sempre nuove e sorprendenti [...] ciò si applica agli animali tanto quanto agli uomini per la ragione profonda che il medesimo fattore naturale si manifesta nei due casi» (*Ivi*, p. 153). Anche in questo senso Simondon sembra rifarsi piuttosto a Uexküll che a Merleau-Ponty.

[7] Data la strumentazione concettuale utilizzata nella terza parte, che costituisce un tentativo di esplicitare i fondamenti teorici delle prime due parti in termini gestaltici, l'impianto di *Du mode* sembrerebbe risalire ad un'epoca precedente la stesura dell'*Individuation*. I riferimenti diretti alla tesi principale, che appaiono solo in spazi ben determinati nell'introduzione alla terza parte e nelle conclusioni, potrebbero costituire aggiunte successive, finalizzate a giustificare la relazione tra i due testi (ricordiamo che *Du mode* è la "tesi complementare" dell'*Individuation*). Tuttavia le scelte concettuali e lessicali delle prime due parti (Simondon parla di "individualizzazione" dell'oggetto tecnico) e, soprattutto, i riferimenti alla cibernetica, lasciano pensare che le due tesi siano state scritte o comunque ampiamente riformulate a stretto contatto. D'altra parte Simondon ringrazia Canguilhem per avergli consentito «con le sue indicazioni, di trovare la forma definitiva del [suo] lavoro», aggiungendo che in particolare «la terza parte deve molto ai suoi suggerimenti» (MEOT 7): tutto ciò lascia presumere che il lavoro si sia svolto in fasi successive. In ogni caso la collocazione "teoretica" di *Du mode* rispetto all'*Individuation* costituisce problema quanto la collocazione di una *Fenomenologia dello spirito* all'interno dell'*Enciclopedia*: si tratta della parte di un sistema che ne costituisce le condizioni di possibilità in quanto il sistema stesso è espressione del movimento che la parte descrive. La nostra ipotesi è che *Du mode* sia stato ripensato e in parte riscritto alla luce dell'*Individuation*, ma senza che il suo impianto originario ne sia risultato stravolto. L'esito è un libro teoricamente spaccato in due (ne è chiaro indizio il fatto che la prima traduzione inglese comprenda solo le parti I e II) la terza parte del quale - propriamente speculativa - è stata raramente presa in considerazione dalla critica, come lamenta Hottois (1994) ricordando una testimonianza di Michel Simondon (figlio di Gilbert) secondo la quale si tratterebbe della sezione del libro a cui l'autore teneva di più (cfr. *Ivi*, p. 118). In ogni caso la terza parte risulta, in una prospettiva filosofico-politica, la più interessante: sia perché feconda di ulteriori sviluppi nel lavoro successivo di Simondon, sia perché in *Du mode* lo statuto ontologico dell'agire e del pensiero politico si ricava proprio da questa "filogenesi" del sistema uomo-mondo, la cui configurazione originaria è la rete di relazioni che Simondon chiama appunto "unità magica primitiva".
[8] Come già accennato si tratta, con Bergson, di una delle più certe fonti simondoniane: cosa confermata sia dalla presenza eccezionalmente costante di *L'uomo e la materia* e di *Ambiente e tecniche* nelle sue bibliografie (dalla tesi complementare a *Psycho-sociologie de la technicité*, fino a *Imagination et invention*), sia da una sorta di implicito e reciproco "riconoscimento" da parte dello stesso Leroi-Gourhan, come sembrerebbe testimoniare la sorprendente presenza di *Psycho-sociologie de la technicité* nella bibliografia de *Il gesto e la parola*.
[9] «Le scienze e le tecniche non sono collettive in tutte le loro parti essenziali e, pur essendo funzioni sociali, pur avendo come beneficiaria e come veicolo la società, hanno per promotori solo individui. Ci riesce difficile tuttavia, assimilare la magia alle scienze e alle arti, dal momento che abbiamo potuto descriverla senza mai constatarvi una simile attività critica o creativa degli individui» (*Ivi*, p. 90).
[10] In quanto «l'invenzione si produce in essa solo sotto la forma della rivelazione» (*Ibidem*).
[11] Per questo nella magia «non è presente una nozione precisa delle cose sacre, che è il contrassegno dello stato religioso» (*Ivi*, p. 140), e d'altra parte «tende al concreto come la religione tende all'astratto» (*Ivi*, p. 145).
[12] «È lecito supporre, come abbiamo fatto prima per ciò che riguarda le tecniche, che altre scienze, più semplici, abbiano avuto gli stessi rapporti genealogici con la magia» (*Ivi*, p. 148).
[13] «Per poter insegnare la magia a degli individui era necessario renderla loro intelligibile. Fu elaborata allora la teoria sperimentale o dialettica [...] la parte riservata alla collettività si è ridotta, così, sempre di più, via via che la magia si spogliava essa

stessa di tutto ciò che poteva abbandonare di *a priori* e di irrazionale. In tal modo, essa si è accostata alle scienze, alle quali, in definitiva, somiglia, in quanto afferma di derivare da ricerche sperimentali e da deduzioni logiche effettuate da individui. La magia somiglia ugualmente, e sempre di più, alle tecniche, che rispondono, peraltro, agli stessi bisogni positivi e individuali, e si sforza di conservare, di ciò che è collettivo, solo il carattere tradizionale. Tutto quello che fa come lavoro teorico e pratico è opera di individui, i quali, ormai, sono i soli a sfruttarla» (*Ivi*, p. 144). Tale formalizzazione teorica avviene progressivamente attraverso «procedimenti del tutto razionali e individuali» che permettono così la trasmissione dei contenuti dottrinali e rituali. Cfr. anche *Ivi*, p. 129 per lo sviluppo "kantiano" di questo discorso.

[14] «Non vi è, si può dire, nessun rito religioso che non abbia i suoi equivalenti nella magia» (*Ivi*, pp. 86-87).

[15] Il *mana* è «categoria incosciente della mente [il cui ruolo] è, appunto, espresso dai fatti» (*Ivi*, p. 121) (categoria che ha per così dire delle potenzialità di individualizzazione che solo lo sviluppo delle tecniche sembra rendere manifeste).

[16] Si tratta di uno scritto redatto da Mauss in occasione della sua candidatura al *Collége de France*, pubblicato con il titolo *L'œuvre de Mauss par lui même* (1930).

[17] Proprio Durkheim, nelle *Forme elementari della vita religiosa* (1912), esponendo la propria concezione dell'origine dell'istituzione, avrebbe tentato di "espellere" la magia dal religioso (cfr. Karsenti 1997, p. 255).

[18] Naturalmente ciò è possibile in quanto, conformemente a quanto sostenuto nell'*Individuation*, «per fase non si intende un momento temporale rimpiazzato da un altro [...] vi è in un sistema di fasi un rapporto di equilibrio e di tensioni reciproche; è il sistema attuale di tutte le fasi prese insieme a costituire la realtà completa, non ogni fase per se stessa» (MEOT 159).

[19] Cfr. MEOT 156 e 161, e anche MEOT 196, dove parla di "pensiero magico primitivo".

[20] «I fatti che spiegano le origini e che sono di natura collettiva vanno cercati nelle società primitive» (*Ivi*, p. 134).

[21] «Perché la magia esista, dunque, è necessario che la società sia presente» (*Ivi*, p. 130); «la magia, nella sua parte negativa [...] ci appare come l'opera stessa della collettività. Solo quest'ultima è in grado di legiferare, di porre i divieti e di perpetuare le avversioni dietro cui la magia si ripara» (*Ivi*, p. 132).

[22] La credenza genera infatti «stati mentali collettivi» (*Ivi*, p. 135) attraverso l' «esaltazione reciproca degli individui associati» (*Ivi*, p. 132). Cfr. anche p. 128 segg. Va notato come i "fenomeni di folla" nella descrizione di Mauss non sembrano indicare esclusivamente il rischio di una dissoluzione del legame sociale, ma anche il suo momento di possibile strutturazione.

[23] In *Du mode* è occasione e spinta all'invenzione di nuove compatibilità tra le sfasature che seguiranno, a partire - come ora vedremo - dall' «opposizione primitiva tra tecnica e religione» (MEOT 212). Anche secondo Hubert e Mauss attraverso la società le forze collettive giungono a manifestazioni sempre più complesse, senza modificare tuttavia la propria natura: «producono manifestazioni che sono sempre, *in parte*, razionali o intellettuali» (*Ivi*, p. 130, sott. ns.)

[24] Come affermerà lo stesso Simondon tre anni dopo in *Psycho-sociologie de la technicité*, l'ipotesi sull'originaria "rete" magica esposta in *Du mode* «suppone un'analisi delle strutture della percezione e dell'azione che scopra nel mondo un certo numero di punti-chiave, analisi che prosegue le ultime acquisizioni della teoria della Forma» (PST 327). Il termine francese "*fond*" vale sia per l'italiano "fondo", sia per il termine tecnico che in psicologia della percezione si oppone a "figura" e in italiano si traduce "sfondo": abbiamo tradotto con "sfondo" solamente dove era opportuno sottolineare la valenza tecnica del termine.

[25] La funzione simbolica, il linguaggio nel senso più ampio, distingue in generale raggruppamenti basati sull'istinto (specie) da altri basati sul linguaggio (etnia): ma

è proprio l'esteriorizzazione della memoria a fare anche del linguaggio in quanto «forma particolare di memoria» ciò che differenzia gli antropiani dagli altri animali (cfr. *Ivi*, p. 258-59). Su questa strada, aperta da Leroi-Gourhan, insisterà anche l'analisi derridiana del fenomeno della scrittura come "liberazione della memoria" (Derrida 1967, pp. 124-25).

[26] «Vi sono dunque degli "attardati", dei "primitivi" e dei "selvaggi". In linguistica, tale problema può essere eliminato, giacché le nostre lingue non presentano caratteri decisamente superiori alle "loro" lingue; lo stesso accade in antropologia, poiché certe forme del cranio sono comuni tanto a perfetti primitivi quanto a bravi civilizzati, ed anche in storia dell'arte, in storia delle religioni e in sociologia, poiché "loro" mostrano di possedere, in relazione a questi campi, le nostre stesse reazioni. Nell'ambito della tecnologia comparata, siamo invece costretti ad ammettere quest'altro universo, e siccome, in definitiva, è la disponibilità di strumenti tecnici a risolvere le questioni politiche, ci risulta anche chiaro il punto di vista degli storici: la storia generale è la storia dei popoli che possiedono buoni utensili per rivoltare la terra e forgiare le spade» (*Ivi*, p. 222).

[27] O "un popolo" (cfr. *Ivi*, *Il divenire etnico*, pp. 215-22). Sul particolare statuto del *Gruppo etnico*, cfr. *Ivi*, pp. 238-41.

[28] «A partire dall'*homo sapiens* la costituzione di un apparato della memoria sociale domina tutti i problemi dell'evoluzione umana» (Id. 1965, p. 270).

[29] Opzione senz'altro coerente con quanto enunciato dallo stesso Canguilhem: «il problema dell'origine dello strumento, il problema dell'origine delle società, il problema dell'origine in generale, sono problemi insolubili; i problemi d'origine non sono problemi della storia. Risalire ad uno stato anteriore non risulta particolarmente chiarificatore» (Canguilhem 1955, p. 78) In questo passo Canguilhem sembra ammettere implicitamente una relazione diretta tra origine dell'*outil* e origine della società. Va notato anche che per Simondon «la vera natura dell'uomo non è quella di un essere che porta strumenti - dunque concorrente della macchina -, ma di inventore di oggetti tecnici e vivente capace di risolvere dei problemi di compatibilità tra le macchine in un insieme; al livello delle macchine, tra le macchine, egli le coordina e organizza la loro relazione reciproca» (PR 266).

[30] Certamente l'espressione "fasi di pensiero" presente nel *Du mode*, rispetto all'opera di Simondon risulta un'eccezione per comprendere la quale sarebbe necessario tener conto non solo del suo debito verso la scuola fenomenologica, ma forse anche dell'invito di Canguilhem ad uno studio del *milieu* del soggetto-organismo umano. Ipotesi parzialmente corroborata da ciò che Simondon stesso afferma nei ringraziamenti: «M. Canguilhem, attraverso le sue indicazioni, mi ha permesso di trovare la forma definitiva di questo lavoro; la terza parte deve molto alle sue suggestioni» (MEOT 7). Il problema richiederebbe una ricostruzione accurata delle modalità e dei tempi di stesura del testo che non ci è possibile, ma in ogni caso proprio il Leroi-Gourhan di *Evoluzione e tecniche* funge nel nostro discorso da fattore di convergenza delle due "linee evolutive" in Simondon.

[31] Il modo "selvaggio" di percezione e azione esprime appunto la relazione organismo-*milieu* in quel momento "sospeso" tra natura e cultura che corrisponde nel corso al passaggio dall'immaginario al simbolico e dunque al collettivo, ma si tratta perciò anche di un'estrazione di simboli dal *milieu*, ovvero di «pseudo-oggetti carichi di tutta l'energia potenziale di un sistema metastabile», che determina un vero e proprio passaggio al pensiero: «astrazione significa estrazione a partire da» (IMI 136). Non va dimenticato che era apparso da poco, e con notevole clamore, *Il pensiero selvaggio* (1962), e che la presenza, appunto con questo testo, di Lévi-Strauss nella bibliografia di *Imagination et invention* è caso tanto significativo quanto unico.

[32] È soprattutto in relazione all'attività tecnica che Simondon sembra chiarire come il concetto di "pensiero" funga nel suo discorso da indicatore dell'unità sistematica concreta dei due modi in cui consistono la teoria e la prassi: «l'apparizione di que-

ste due modalità, l'una teorica, l'altra pratica, esprime la rottura di un'unità prima, che era sia di conoscenza che d'azione, il pensiero tecnico completo e concreto» (MEOT 203). Perciò la magia è il modello e la risorsa permanente alla quale ritornano, come vedremo, a diversi livelli a) il pensiero per cogliersi in quanto azione e b) l'azione per cogliersi in quanto pensiero: il luogo mitico della loro identità, ma anche il nome del riemergere di ogni loro esigenza di compatibilizzazione coerente, nell'estetica come nella filosofia. In realtà il "pensiero magico primitivo" non è in alcun modo legato in maniera privilegiata alla categoria di soggetto. A rigore infatti soltanto a partire dalla sfasatura dell'unità magica originaria nelle fasi tecnica e religiosa sarà possibile concepire rispettivamente la realtà come dato oggettivo e il pensiero come un'attività di tipo soggettivo (cfr. MEOT 163 e168). Il taglio di *Du mode* in effetti non è facilmente caratterizzabile come una fenomenologia, ma in ogni caso non si tratta di un approccio ontogenetico.

[33] Di cui si trova schematizzazione esauriente in Hottois (1994), p. 72. L'utilizzo dell'opposizione gestaltica figura/sfondo per spiegare dinamiche processuali risale ai primissimi scritti di Simondon.

[34] Perciò anche le esplicite affermazioni riguardanti la costituzione tecnica del transindividuale - così ben sottolineate da Stiegler - vanno lette con molta cautela, in quanto in *Du mode* non la tecnicità, ma soltanto la magia è "fase originaria". Infatti, sebbene ne costituisca "il modello", l'attività tecnica non diviene mai per Simondon *l'unica* spiegazione dell'individuazione transindividuale: «tecniche e religione sono l'organizzazione di due mediazioni simmetriche e opposte; ma esse formano una coppia, poiché non sono ciascuna che una fase della mediazione primitiva. In questo senso esse non possiedono un'autonomia definitiva» (MEOT 169).

[35] «Ogni realtà separata è simbolo dell'altra, come una fase è simbolo dell'altra o delle altre; nessuna fase, in quanto fase, è equilibrata in rapporto a se stessa né detiene verità o realtà completa [...] solo il sistema di fasi è in equilibrio nel suo punto neutro; la sua verità e la sua realtà sono questo punto neutro, la processione e la conversione in rapporto a questo punto neutro» (MEOT 159-60).

[36] Che, come vedremo, supera di gran lunga qualunque ordinaria difesa del "valore" del progresso tecnico contro l'atteggiamento genericamente tecnofobico della filosofia nella congiuntura degli anni '50 sulla scia del pensiero heideggeriano.

[37] Corso tenuto all'università di Lione da Simondon allora Professore alla Facoltà di lettere e scienze umane di Poitiers.

[38] Si tratta di un testo di etnografia che intende «riassumere la lezione di dieci anni di vita africana [in Marocco, n.d.a.]» (cfr. Le Cœur 1939, pp. 1 segg.), ma anche una riflessione sul metodo e sulla funzione etico-politica di quella che oggi chiameremmo antropologia culturale, attraverso la critica in particolare di due teorie: la teoria della mentalità primitiva di Lévy-Bruhl e una "teoria del razionalismo economico" di cui Le Cœur stigmatizza l'aspetto tecnocratico e progressista che accomuna, nella sua visione, teorie liberali classiche e marxismo.

[39] L'esplicito riferimento al concetto maussiano di "fatto sociale totale" arriva puntualmente a p. 19. D'altra parte anche Le Cœur compare tra i riferimenti dello stesso Mauss (ad es. cfr. in Mauss 1902-03, p. 351).

[40] «Bene o male, siamo ricondotti all'opposizione del carattere rituale della società e dell'utilitarismo degli uomini che la compongono» (*Ivi*, p. 32).

[41] Per una sintetica lettura del pensiero di Durkheim incentrata sulla tematica dell'*homo duplex*, cfr. Poggi (2008), pp. 35-59. Così Durkheim: «l'antica formula *Homo duplex* è dunque verificata con i fatti. Ben lungi dall'essere noi semplici, la nostra vita interiore ha una sorta di doppio centro di gravità. Ci sono, da una parte la nostra individualità, e più precisamente il nostro corpo che la fonda, e dall'altra tutto ciò che, in noi, esprime altra cosa da noi stessi» (Durkheim 1914, p. 215). Ma anche in Durkheim, sebbene tale duplicità sia leggibile nei termini biologici del rapporto tra l'uomo e il suo particolare *milieu* sociale, ciò non implica un'assoluta continuità

tra vita animale e umana, in quanto quest'ultima è dovuta ad una specie di continua "rifondazione" della natura animale (cfr. Lévi-Strauss 1960, p. 38 segg.).

[42] Già Mauss (1948) dichiarava di accogliere il concetto di *homo faber* solo previa una fondamentale revisione del concetto di invenzione, che non è creazione ma trasformazione e il cui soggetto non è l'individuo: «le tecniche sono dunque, allo stesso tempo che umane per natura, caratteristiche di ogni stato sociale [...] *Homo faber*, sia pure. Ma l'idea bergsoniana della creazione è esattamente il contrario della tecnicità, della creazione a partire da una materia che l'uomo non ha creato, ma che si adatta, trasforma e che è digerita dallo sforzo comune che è alimentato in ogni istante e in ogni luogo da nuovi apporti» (*Ivi*, p. 81).

[43] Intervento al *Centre international de synthèse*. In nota Leroi-Gourhan aggiunge: «l'oggetto di questa esposizione era stato trattato inizialmente nel 1948-49 all'*École des Hautes Études*, e in seguito, nello stesso anno, in due corsi tenuti all'Università di Lione» (*Ivi*, p. 89, n. 1).

[44] «Lo scopo che mi propongo, piuttosto che di produrre una dimostrazione, è di stabilire il valore probante dei materiali di cui disponiamo per confrontare in seguito l'ipotesi filosofica con le testimonianze della storia» (*Ivi*, p. 76), in quanto «la distinzione tra l'*homo faber* e l'*homo sapiens* non avrebbe senso che se si dimostrasse attraverso la preistoria che c'è stato, ad un certo punto dell'evoluzione dei primati superiori, il superamento di una soglia al di là della quale degli esseri che sapevano soltanto fabbricare avrebbero acquisito la prerogativa del pensatore» (*Ivi*, pp. 75-76). Tra le "molte preistorie", Leroi-Gourhan si occupa di quella relativa al passaggio dal Paleantropo al Neantropo, l'unica riguardo alla quale «la filosofia costruisce una barriera tra loro e noi» (mentre riguardo il Cro-Magnon siamo certamente ancora «giudice e parte nel dibattito» perché si tratta «di un uomo fisicamente e mentalmente sapiens») (*Ivi*, p. 77).

[45] Nella sua analisi circostanziata, Leroi-Gourhan afferma che né le tecniche né l'arte possono costituire validi fattori di discrimine tra *faber* e *sapiens*: «nulla, seguendo le vie della tecnologia, permette di distinguere un *homo* che sarebbe *faber* da un *homo* che sarebbe *sapiens* [...] Il solo criterio sensibile sarebbe l'apparizione dell'arte, ma si sa ora che dei veri musteriani collezionavano dei fossili curiosi e non si saprà mai se i sinantropi avessero dei grandi slanci lirici» (*Ivi*, pp. 88-89). Il processo evolutivo sotteso a tale distinzione andrà inteso in modo molto più articolato, come egli tenterà di fare molti anni dopo in *Il gesto e la parola*, sostenendo che l'utilizzo della mano e del linguaggio crescono in stretta connessione reciproca dal momento in cui l'acquisizione della posizione eretta determina una liberazione dello spazio endocranico che permette una crescita volumetrica del cervello e *contemporaneamente* libera la mano e l'apparato fonatorio per quelle operazioni elementari dell'uomo sul suo *milieu* che sono, appunto, il gesto e la parola.

[46] Come abbiamo visto, soprattutto nell'*Individuation* e nella *Nota complementare* Simondon tende ad accogliere il valore operativo di tale distinzione per indagare la sfasatura costitutiva dell'individuo e del sistema sociale tra una normatività di tipo tecnico-inventivo ed una normatività simbolica sostanzialmente conservativa, ma senza ricadere nella semplice opposizione di individuo e società (perché ciò che risulta davvero in questione è il rapporto tra le diverse dinamiche nelle quali i due termini entrano in gioco). Fin da subito egli pensa infatti l'invenzione come attività radicata in un regime di individuazione transindividuale, dunque né riferibile al singolo individuo separato né al sistema sociale nella sua totalità. Così in *Milieu et techniques*, Leroi-Gourhan, secondo le sue stesse parole, aveva «messo in evidenza l'importanza del *milieu* favorevole nel fenomeno dell'invenzione, e anche *il carattere in genere impersonale di questa*» (Id. 1964, p. 187, sott. ns.).

[47] Per indicare tale irriducibilità Simondon utilizza il termine "surdeterminazione". Ritorneremo su questi temi nel prossimo capitolo.

[48] «Vale per gli oggetti tecnici ciò che vale per i monumenti: sono plurivalenti e surdeterminati. Voler spiegare le piramidi come dei monumenti utili, o presentarle come espressione dell'orgoglio dei faraoni, è imboccare la strada sbagliata. Mircea Eliade li presenta più profondamente e più essenzialmente come dei *centri* che mettono in comunicazione le tre regioni fondamentali dello spazio secondo la struttura della sacralità. È lo stesso metodo che va utilizzato per analizzare realmente gli oggetti tecnici» (PST 129).

[49] «A partire dalle strutture di ritualizzazione dell'azione, una genesi comune di reti spaziali e di reti temporali del tecnico e del sacro ha potuto realizzarsi» (PST 328). Il passaggio dall'azione alla ritualizzazione è determinato da una causalità riflessa dell'azione: «è quando l'azione ritorna su se stessa, si controlla, ricopre se stessa, si condensa surdeterminandosi per rinascere da sé, che appare la ritualizzazione, condizione comune di tecnicità e sacralità» (PST 329).

[50] «Spesso dei sacrifici animali o umani hanno segnato questi punti-chiave e questi momenti fondamentali delle tecniche primitive, altrettanto importanti, *mutatis mutandis*, dell'invio, entro qualche settimana o qualche mese, del primo uomo nel cosmo: si tratterà di una specie di sacrificio, che susciterà il medesimo tipo di emozione» (PST 327).

[51] In particolare garantisce la tecnicità dal divenire una modificazione o addirittura una "deviazione" rispetto ad una sacralità concepita come originaria. Così per Eliade è solo il religioso ad essere originario, secondo le medesime modalità secondo cui Simondon descrive invece la magia come originario: «per l'uomo religioso lo spazio non è omogeneo: vi sono tagli, spaccature, fratture, vi sono settori dello spazio qualitativamente differenti fra di loro» (Eliade 1956b, p. 19).

[52] Cfr. ad esempio MEOT 86. A volte la sfasatura tecnica viene presentata addirittura, come in questo passo, con un'aura di "eternità" o perlomeno di ricorsività quasi costitutiva dell'inevitabile parzialità delle culture: «i fenomeni di dominanza tecnica, che fanno sì che ad ogni epoca vi sia una parte del mondo tecnico riconosciuta dalla cultura mentre l'altra parte è da essa rifiutata, mantengono un rapporto inadeguato tra la realtà umana e la realtà tecnica» (MEOT 87).

[53] Ovviamente non è escluso che l'agricoltura possa, come accade oggi in modo massiccio, adottare modalità operative tipiche dell'allevamento, così come accade nel caso del giardinaggio secondo l'esempio fornito da Simondon: il giardiniere "costruisce" rose il cui adattamento ipertelico ne determina la fragilità e la dipendenza diretta dal *milieu* artificiale da lui stesso approntato (cfr. CT 3).

[54] Un sistema di controllo a circuito chiuso è la modalità di regolazione di un sistema che integra dei *feedback* nel suo funzionamento (ad es. un regolatore di velocità).

[55] Qui Simondon sembra ancora una volta molto vicino ad Allport: «qualcuno ha detto che la cultura è un complesso di risposte già pronte ai problemi della vita. Nella misura in cui i problemi vitali hanno a che fare con le relazioni di gruppo, le risposte saranno quasi sempre in chiave etnocentrica» (Allport 1954, p. 393).

[56] Miglioramento delle possibilità di stoccaggio delle risorse e aumento demografico, maggiore disponibilità di tempo e aumento dei bisogni collettivi, determinano un costante "invito all'innovazione": base sulla quale «si innesca la palla di neve del progresso accelerato delle tecniche in un dispositivo sociale costituito da unità territoriali dense che comunicano tra di loro attraverso una rete di scambi pacifici o bellici» (*Ivi*, p. 241).

[57] «L'opposizione tra il lato materiale e il lato morale riappare. Il tema dell' "uomo superato dalle tecniche" mette in evidenza la disparità tra l'evoluzione delle tecniche e l'evoluzione morale della società» (Id. 1965, p. 270).

[58] Destinate anch'esse, in quest'ottica, a fare i conti con una storicità che pure, da parte loro, risulta subìta piuttosto che inventata.

11. POLITICA E CULTURA TECNICA

[1] Come abbiamo visto, la funzione di chiusura non risulta incompatibile con l'operazione di individuazione transindividuale, anzi ne è la condizione necessaria sebbene non sufficiente: si tratta di quell'elemento di stabilità costitutivo senza il quale non si produce personalità di gruppo, dunque quel lato del processo di *in-group* sul quale si innesta l'apertura propriamente transindividuale, che *nella contemporaneità* è propria della tecnicità. I questo senso un minimo di "normatività elementare subita" è ciò che, determinando un'incompatibilità strutturale della vita di gruppo, dispone alla ricerca di una soluzione collettiva al problema così posto (cfr. NC 506).

[2] È in questo senso che Simondon può concepire credenza e mito come "proiezioni amplificanti" (cfr. IMI 44).

[3] Cfr. *supra*, Intermezzo I.

[4] Naturalmente non vi è passaggio dialettico tra le due fasi: si tratta di fasi logicamente "successive" in quanto la seconda implica la prima come sua condizione, ma di fatto contemporanee in quanto coesistono nelle dinamiche sfasate dei sistemi sociali. Come abbiamo già visto a partire dalla complicata configurazione del transindividuale nell'*Individuation*, il concetto di fase serve infatti a Simondon per esprimere nel campo sociale una contraddizione che costituisce un sistema *non* dialettico, in quanto abbisogna di un innesco contingente per mettere in moto un processo di riconfigurazione che non implica alcuna necessità.

[5] «Una teoria energetica della presa di forma in un campo metastabile ci è sembrata applicabile a fenomeni ad un tempo complessi, rapidi, omogenei, sebbene progressivi, come la *Grande Peur*» (FIP 550, n. 5).

[6] Cfr. *supra*, cap. 1.

[7] Ovvero senza mai utilizzare i termini preindividuale e transindividuale, come abbiamo visto assenti nel corpo di *Du mode*. Cfr. *supra*, p. 338, n. 7.

[8] L'elenco andrebbe forse esteso allo schema ilomorfico inteso in un altro passo del *Du mode* come «intuizione di una struttura dell'universo per l'uomo anteriore alla nascita della tecniche» (MEOT 171).

[9] L'opera d'arte è l'innesco di un movimento piuttosto che un'opera compiuta, dà senso ad un gesto umano in quanto lo mette in relazione con una realtà (cfr. MEOT 191).

[10] *Père* De Solages, rettore dell'*Institut Catholique de Toulouse* fornisce la "libera trascrizione" di una serie di incontri tenuti nel periodo tra Gennaio e Marzo 1943 alla *Société toulousaine de philosophie*, dei quali egli, allora presidente, aveva proposto il tema: "l'analogia". Il *Dialogo* ha vocazione eminentemente transdisciplinare: si susseguono in esso gli interventi di Deltheil sull'analogia in matematica, di Dupouy sull'analogia in fisica, di Vandel sull'analogia in biologia, di Calmette sull'analogia nella storia e nella sociologia, e infine di Solages stesso sull'analogia in metafisica. Introducendo i lavori Solages dichiara di essersi stupito nel notare come in alcuni scritti di Luis De Broglie apparisse frequentemente il termine "analogia" (*Ivi*, p. 10), ma la prima definizione di "analogia" da lui offerta è (quantomeno) deludente: «l'analogia consiste nel rapporto tra due oggetti che, pur essendo differenti, hanno una certa somiglianza. Tale rapporto presenta un doppio aspetto: c'è l'aspetto somiglianza e l'aspetto differenza». È invece Cazals a fornire una definizione in piena consonanza con ciò che Simondon intende per analogia (e che in MEOT 189 attribuisce a Solages), e in particolare con l'estensione (definita da Canguilhem con buone ragioni "aristotelica") assunta dal concetto nell'*Individuation*: «ciò che fa l'originalità dell'analogia [...] è che anziché essere un *rapporto di somiglianza* essa è una *somiglianza di rapporto*. E non si tratta di un semplice gioco di parole, il tipo più puro di analogia si trova nella *proporzione matematica*, In questo caso, in effetti, vi è identità di *rapporto* attraverso termini differenti. In biologia l'analogia degli organi

consisterà in un'identità di *funzione* (la funzione è ancora un rapporto: il rapporto di un organo con altri o con il *milieu*) [...] Più in generale, e tradotto in linguaggio aristotelico, l'analogia è una somiglianza di *forma* in una differenza di *materia*, se *forma* significa *atto*, cioè funzione. E infine, se l'atto è l'essenziale dell'*essere*, si coglie la portata metafisica di questa nozione di analogia» (*Ivi*, pp. 15-16).

[11] Così De Solages conclude il suo *Dialogo*: «la stessa nozione di conoscenza implica l'analogia, in quanto la conoscenza «non esaurisce il reale di cui si sforza di penetrare il mistero. C'è dunque sempre un elemento differenziale tra l'essere e la sua rappresentazione. Pertanto [...] c'è qualche somiglianza tra ciò che conosciamo e la conoscenza che ne abbiamo» (*Ivi*, p. 152); «la conoscenza è un'analogia. Questa analogia della conoscenza suppone l'analogia dell'essere» (*Ivi*, p. 153).

[12] L'analogia ha valore euristico grazie al trasferimento di paradigmi in diversi ambiti della conoscenza: «utili suggestioni sono possibili per trasposizione da un dominio all'altro, e non in un unico senso. Per troppo tempo si sono voluti solamente spiegare i piani superiori per mezzo dei piani inferiori. Vi sono, certo, per esempio, degli aspetti fisici della vita, ma non vi sono anche, oserei dire, degli aspetti biologici della materia, e il fisico non può ricevere un'illuminazione dallo studio della biologia?» (*Ivi*, p. 168).

[13] Dobbiamo in parte questa formulazione del concetto di "riflessività" a quanto esposto da Guchet in un intervento su *Ontologie sociale et tecnologie*, tenuto in occasione del convegno *Between Deleuze and Simondon*, sede veneziana della *Warwick University*, il 18/09/2009.

[14] Lo statuto analogico del passaggio consente il permanere della "fase" estetica, poiché nell'incontro analogico le fasi conservano la propria autonomia (cfr. MEOT 231).

[15] È molto interessante osservare come tale ipotesi sia apparentemente formulata da Simondon *contro* Bergson per mezzo di argomenti bergsoniani più o meno volontariamente misconosciuti come tali: «non è scontato che vi possano essere realmente delle religioni aperte, né che l'opposizione tra religioni chiuse e religioni aperte sia netta quanto quella stabilita da Bergson; ma l'apertura delle religioni è una funzione comune alle differenti religioni, ciascuna delle quali risulta in una certa misura chiusa» (MEOT 232).

[16] Si tratta di un testo redatto dal giovane Simondon, allora professore di filosofia al liceo *Descartes* di *Tours*, con lo scopo di inscrivere in un progetto di (forse troppo) ampio respiro pedagogico la sperimentazione didattica da lui condotta grazie all'istituzione di un piccolo laboratorio di tecnologia (nel quale comparivano tra l'altro, come nota il curatore, «un trapano, un radar e una fucina»). Cfr. PIT 115.

[17] Secondo la cosiddetta "legge di Haeckel" l'ontogenesi ricapitola la filogenesi.

[18] Cfr. *supra*, cap. 6, pp. 153 segg.

[19] Nella bibliografia di *Du mode* troviamo questo testo chiaramente ispirato ad un'ottica di ingegneria sociale oggi ampiamente sedimentata in molte forme di psicologia del lavoro, dove gli autori intendono il lavoro come «un comportamento *acquisito tramite apprendimento*» da un organismo al fine di potersi *adattare* alle esigenze di uno scopo» (*Ivi*, p. 138). Ora, la costatazione degli aspetti è che il processo produttivo, all'interno di un'economia di mercato, finisce per assumere una configurazione caratterizzata dalla netta «sproporzione [...] tra le cure riservate alla concezione, alla fabbricazione, all'uso della macchina e l'attenzione rivolta a colui che la utilizza». Ciò rende necessario un intervento atto a "ristabilire" una condizione di equilibrio nelle condizioni di lavoro. Gli autori ipotizzano dunque la programmazione di un intervento istituzionale rivolto «all'uomo che fa il lavoro e alle comunicazioni dell'uomo con la macchina» al fine di ristabilire un equilibrio «per il bene del lavoratore e dell'impresa» (*Ivi*, p. 1). Si tratterebbe di orientare la formazione degli ingegneri verso lo sviluppo di una cultura umanistica, in particolare di una psicologia del lavoro che consentirebbe di intervenire a tutti i livelli del processo pro-

duttivo. Tale intervento viene pianificato dagli autori in un'ottica psico-sociologica attraverso l'utilizzo del concetto cibernetico di comunicazione: l'utilizzo del concetto di informazione permetterebbe infatti di codificare l'attività lavorativa e i possibili interventi in base a criteri oggettivi (cfr. *Ivi*, pp. 113 segg.). Per un tentativo di giustificazione della presenza del testo nella bibliografia di *Du mode*, cfr. *infra*, n. 23.

[20] Oltre a comparire nella bibliografia di *Du mode*, al testo di Friedmann fa riferimento Simondon in relazione al problema del tempo libero (cfr. PST 333). Georges Philippe Friedmann, sociologo marxista francese, fu il fondatore negli anni '50 di una sociologia umanista del lavoro.

[21] Durkheim fa riferimento ad una società dotata di una normatività interna perfettamente funzionante a condizione che non intervenga qualche cosa dall'esterno a perturbarne l'equilibrio. Come abbiamo visto in riferimento a Canguilhem la normatività sociale non è invece per Simondon solamente regolazione omeostatica di tendenze, ma anche apertura all'invenzione, sebbene tale apertura non stia nel lavoro bensì nella tecnicità. Richiamandosi a Freud, anche Friedmann afferma che la funzione sociale del lavoro è eminentemente omeostatica: «Freud ha ben visto che il lavoro reintegra l'individuo alla comunità umana [...] costituisce in molti casi una specie d'indispensabile cemento in mancanza del quale talvolta il gruppo e l'individuo perdono il loro equilibrio e si disgregano» (Friedmann 1956, p. 241).

[22] Friedmann fornisce una particolare lettura storico-dialettica di tali tendenze attraverso i concetti cibernetici di feedback ed equilibrio. Nello studio di quel sistema che è la "civiltà tecnica" a partire da paradigmi di tipo fisico-chimico, Friedmann ritiene si debba tentare di formulare una «grande legge di spostamento dell'equilibrio» con la quale spiegare le manifestazioni che Durkheim riteneva "normali" come "tendenze nuove" volte ad attenuare il disequilibrio provocato dal frazionamento eccessivo del lavoro. Lo schema è il seguente: «c'è così, senza interruzione, evoluzione contrastata attraverso azioni e reazioni "secondo un ritmo triadico"» (*Ivi*, p. 232).

[23] Cfr. Chateau (1994). Simondon semmai si dimostra più vicino ad un'ottica di ingegneria sociale simile a quella, di matrice durkheimiana, che caratterizza l'utopia politica di Le Cœur (1939) (cfr. *supra*, pp. 254 segg.). Tuttavia bisogna pur rendere conto della presenza del testo di Ombredane - Faverge, *L'analyse du travail* (1955) (cfr. *supra*, n. 19) nella bibliografia di *Du mode*, visto che non una parola è spesa da Simondon per contestarne la prospettiva e visto che, anzi, molti dei suoi contenuti "risuonano" e sono addirittura valorizzati all'interno del suo lavoro. Va ammesso che anche per Simondon si tratta di sviluppare, con un intervento di tipo istituzionale, una "cultura tecnica" che risolva il problema dell'alienazione nel processo produttivo come si risolve un problema di comunicazione. E sebbene tale soluzione non possa risultare di tipo esclusivamente adattivo ma inventivo, tuttavia non si può negare che il registro dominante all'interno di *Du mode* sia quello di una funzione di regolazione della cultura, incarnata nella figura del filosofo - meccanologo. Tutto l'apparato retorico delle tesi complementare - in una progressione che secondo Chateau (2005) va dalla tecnologia, attraverso la cultura tecnica, alla filosofia - sembra infatti convergere nella promozione dell'inquietante figura del "tecnologo" o "meccanologo" e della sua funzione "filosofica" che, secondo quanto stabilito nell'*Individuation*, riprenderebbe in qualche modo quella dei tecnici-filosofi ionici: «Talete, Anassimandro e Anassimene sono innanzitutto dei tecnici; non va dimenticato che l'apparire iniziale di un pensiero libero e di una riflessione disinteressata è dovuto a dei tecnici, ossia a uomini che hanno saputo staccarsi dalla comunità verso un dialogo diretto con il mondo» (cfr. NC 511-13). Secondo Hottois «l'ingegnere d'organizzazione, sociologo, psicologo delle macchine, tecnico, tecnologo, meccanologo» giocherebbe nel pensiero di Simondon il ruolo di vero e proprio "*homo ex machina*": in particolare, ma non solo, all'interno di *Du mode* (cfr. Id. 1994, p. 63). E in effetti è in questa figura o, in alternativa, nell'immagine della comunità scientifica degli uomini "in camice bianco" (cfr. PST 345) che il progetto di una "cul-

tura tecnica" svela la sua ambiguità costitutiva, senz'altro dovuta all'abbozzo tut-t'affatto approssimativo del "personaggio" in questione, ma soprattutto al solo parziale questionamento delle condizioni politiche e socio-economiche (di organizzazione della riproduzione sociale e del lavoro) a partire dalle quali una simile pedagogia potrebbe produrre tali figure, e queste ultime assumere una funzione sociale davvero efficace.

[24] Simondon, all'epoca *maître de conférences* à la facoltà di Lettere a Poitiers, vi presenta le direttive e i primi risultati di una ricerca in corso sul fenomeno dell'esodo rurale nelle città di Beruges e Chardonchamp. Condotta dal Dr. Lutier (Service de Psycho-sociologie de l'*Institut National de médecine agricole*) la ricerca si basa su dati raccolti per mezzo di interviste a giovani che hanno appena cessato l'attività contadina. Simondon spiega come ha inserito nel questionario del Dr. Lutier alcune domande relative a 1) contenuti psicosociali riguardanti gli oggetti tecnici; 2) stima del livello di meccanizzazione dei lavori lasciati dai giovani rurali per un'altra professione. L'oggetto dell'intervento in questione è il rapporto dei contadini con gli oggetti tecnici: Simondon si propone di comprendere, al di là della scontata "stereotipia mitologica" che considera il mondo rurale come inadeguato alla civiltà contemporanea, le cause del rapporto ambivalente della cultura contadina nei confronti dell'oggetto tecnico (in questo caso il trattore): rapporto di ostinato rifiuto o di adesione incondizionata. Il mondo rurale sarebbe caratterizzato da un forte conservatorismo (che rende prevenuti gli anziani rispetto alla novità tecnica) cui fa da contraltare il facile entusiasmo che porta soprattutto i giovani all'acquisto sconsiderato a causa di un'attribuzione all'oggetto di "valori" ad esso estranei (cfr. APM 13). Dato che lo studio non mostra nei contadini alcuno dei pregiudizi ipotizzati, ma soltanto preoccupazione economica rispetto ai costi (del noleggio) degli oggetti tecnici, secondo Simondon il problema è principalmente dovuto all'inadeguatezza degli oggetti prodotti dall'industria rispetto alle condizioni di lavoro in ambiente rurale.

[25] È in questo senso paradigmatico secondo Simondon il successo del trattore: «non è la vana ricerca di prestigio, ma il carattere di *macchina aperta concreta* indefinitamente utilizzabile che determina il successo del trattore in un *milieu* agricolo» (APM 16).

[26] Secondo Simondon il prezzo pagato per tale integrazione sarebbe la disgiunzione, effettuata dal cristianesimo, dell'aspetto operatorio del lavoro dal suo aspetto contemplativo: «non si può concepire adeguatamente la tecnicità se si conserva il presupposto dualista che oppone contemplazione e operazione. Lo sforzo tecnico è sia contemplativo che operatorio» (PST 332). Nonostante tale accusa, Simondon smussa decisamente l'attacco nietzscheano alla "morale degli schiavi": «il cristianesimo, considerato come cultura [...] è dotato di un potere di universalità» tale da permettere l'integrazione del lavoro, ovvero di quel lato della tecnicità che in epoca romana, «non essendo annoverato tra le tecniche del cittadino» (al contrario di quanto accadeva per la guerra e l'amministrazione della *res publica*), risultava relegato ai margini della città (cfr. NC 504-5).

[27] «Moderno significa magico» (PST 321).

[28] Ci sembra questa la prospettiva corretta anche per leggere in *Du mode* l'accenno di Simondon a quelle «vaste istituzioni concernenti il pensiero magico [...] nascoste da concetti utilitari che le giustificano indirettamente», delle quali farebbero parte tutte le forme di sospensione del lavoro «che compensano con la loro carica magica la perdita di potere magico che la vita urbana civile impone» : «le ferie, le feste, le vacanze» (MEOT 167). In Simondon vi è piuttosto l'idea di una politica del "tempo libero" [*loisir*] come "luogo" di compatibilità di sacralità e tecnicità, che egli ricava ancora una volta da Friedmann, ma rielaborandola nella direzione di un'estetica. Cfr. *infra*, pp. 328 segg.

[29] Nelle prime due parti del saggio Simondon tratta degli *Aspetti psicosociali della genesi dell'oggetto d'uso* e in seguito della *Storicità dell'oggetto tecnico*, mentre la terza parte si occupa, come abbiamo visto, dello studio comparato di tecnicità e sacralità per stabilirne le condizioni di possibilità ed indagarne la possibile convergenza (ritorneremo su questo punto nel cap. successivo). La prima parte del corso critica la "riduzione" dei prodotti della tecnicità ad oggetti d'uso a discapito del loro valore normativo e simbolico; né l'uso né la funzione sociale possono infatti esaurire il senso della tecnicità presente nell'oggetto, come afferma Simondon liquidando rapidamente Heidegger: «al di là dell'utilità che farebbe degli oggetti degli utensili [*ustensiles*] (termine impiegato da Heidegger), al di là del simbolismo facile e superficiale legato all'appartenenza ad una casta o ad una classe, ci si deve sforzare di scoprire un senso della tecnicità» (PST 129). In seguito, trattando appunto della *Storicità dell'oggetto tecnico*, Simondon conclude che soltanto una produzione industriale *avanzata* può superare l'alienazione tipica della produzione industriale *di massa*, reintegrando alcune caratteristiche di apertura della produzione artigianale e reintroducendo così nella "Cultura" l'apertura e la tendenza evolutiva veicolate dalla normatività tecnica, verso un ordine di grandezza non solo antropocentrato: quello delle reti tecniche isomorfe alla struttura di sacralità. Si tratta di una triplice caratterizzazione dell'oggetto tecnico, come "oggetto d'uso", come "realtà storica" e come "realtà culturale" trasduttiva attraverso la quale Simondon intende stabilire le basi teoriche e le strategie di un'*action research* che dovrebbe reintrodurre la normatività implicita negli oggetti tecnici all'interno della "Cultura" (con l'iniziale maiuscola in quanto dovrebbe ricomprendere in sé "cultura" e tecnica), cogliendo la storicità propriamente tecnica, ovvero la tendenza evolutiva veicolata dallo "schema tecnico" implicito in ogni oggetto tecnico, indipendentemente dalla "storicità psicosociale" e "storicità d'uso" che la nascondono (cfr. PST 128-29).

[30] Come potrebbero essere forse oggi, assumendo funzione politica, le associazioni dei consumatori.

[31] Secondo Simondon dopo la seconda rivoluzione industriale l'economia di mercato determina la produzione di «una *sovrastoricità* dell'oggetto tecnico che è l'equivalente, in quanto processo di alienazione, del plus-valore marxista»: tale *sovrastoricità* fa sì che la produzione tecnica, dipendendo sempre più «da norme ed esigenze extra tecniche», devii progressivamente rispetto alla sua potenziale tendenza universalizzante, contribuendo a creare barriere sociali che complicano la semplicistica contrapposizione per classi e rendono vana una prospettiva rivoluzionaria fondata su tale schema. Si ha infatti a che fare con «un tipo di alienazione [...] che si avvicina più a quello teorizzato da Feuerbach (alienazione a causa della sacralizzazione) che a quello descritto da Marx (alienazione a causa del plus-valore)»: un'alienazione per cui «*nello stesso uomo*, la funzione di acquirente aliena la funzione di produttore» (cfr. PST 229).

[32] Scritto di incerta collocazione, probabilmente risalente ai primi anni '70.

[33] Per una pedagogia dell'oggetto tecnico "aperto", cfr. in particolare NC 520 21, ED 186 segg.

[34] «Gli schemi d'azione circolare e i loro diversi regimi non sono la proprietà di alcuna tecnica particolare» (MEOT 218).

[35] A cui apparterrebbero ad esempio gli "schemi di causalità ricorrente" e lo "schema di *relaxation*".

12. MISTICA DELL'EVOLUZIONE TECNICA

[1] La nozione di "campo" è in realtà la vera frontiera delle scienze umane secondo il Simondon di FIP (si tratta del noto «regalo che le scienze della natura hanno fatto alle scienze umane» FIP 538, cfr. *supra*, p. 16).

[2] Interessante in questo senso l'eccezione costituita dall'opera d'arte surrealista, più vicina ad essere veicolo di una normatività eccedente la realtà comunitaria in quanto radicalmente autonoma (cfr. NC 515). Cfr. Bontems (2007).

[3] La distinzione tra oggetto aperto e chiuso è ripresa e tematizzata da Simondon in un'intervista del 1966: «si tratta di un'opposizione molto importante. È forse il punto essenziale di ciò che si potrebbe chiamare la crociata per la salvezza delle tecniche. Soltanto così si può dar loro una dimensione culturale e presentare il loro parallelismo, per esempio, con gli oggetti estetici. Dire che un oggetto è chiuso significa dire che è una cosa, ma una cosa completamente nuova e valida solo nel momento in cui esce dalla fabbrica. Esso subisce una sorta di invecchiamento, di spostamento, si svilisce, anche se non si logora. Si svilisce perché, a causa della sua chiusura, ha perso il contatto con la realtà contemporanea e con l'umanità che l'ha prodotto. Al contrario, se l'oggetto è aperto, se cioè, da un lato, il gesto del fruitore può essere perfettamente adeguato e consapevole delle strutture, e se, dall'altro, il riparatore, che può anche essere il fruitore, è in grado di rinnovare i pezzi che si logorano, si forma una base di perennità o almeno di grande solidità, per cui non c'è possibilità di invecchiamento. Si tratterà a volte di installare pezzi che dovranno essere sostituiti, ma in ogni caso essi lasceranno intatto lo schema fondamentale [...] Ecco ciò che chiamo oggetto aperto» (ED 185-86).

[4] Riportiamo la parte della discussione relativa a quanto detto: - Simondon: «[...] quanto al secondo punto, ovvero riguardo l'origine dei germi strutturali, è evidentemente un problema estremamente delicato, ma non credo che una teoria del linguaggio possa risolverlo». - Hyppolite: «Ma allora come comprendere il rapporto tra il linguaggio figurato e il linguaggio naturale?». - Simondon: «Che cosa sarebbe il linguaggio naturale? È ancora un linguaggio?». - Hyppolite: «Il tutto diviene complicato e abbiamo già discusso troppo...». - Simondon: «Non ho ricercato l'origine degli schemi archetipici, l'origine delle forme. Forse si potrebbe...». - Hyppolite: «Se le fornite allora... cosa? Ci mostrate solamente come essi si trasmettono e si amplificano?». - Simondon: «Come essi strutturano un dominio, *senza* essere degli archetipi che ricoprono il tutto, e *senza* essere implicati in una relazione ilomorfica, ovvero già immanenti nel *sinolo*, nell'individuo» (DFIP 186).

[5] Il concetto di "proteticità", fondamentale in Stiegler per indicare l'esteriorizzazione della memoria, condizione di ogni processo di individuazione collettiva, è evocato anche da Hyppolite durante la discussione a Royaumont. Hyppolite, dopo aver sottolineato quanto sia stato apprezzabile nella discussione l'uso di un linguaggio senza riferimenti alla coscienza per «vedere almeno fino a dove si possa arrivare in questa direzione», indica nella "proteticità" il punto di convergenza di cibernetica e filosofia dell'esistenza (RO 418). Anche nell'intervento di Wiener (1962) emerge la centralità della questione della protesi per concepire un "sistema umano-tecnico" (cfr. *Ivi*, pp. 103-12). Le significazioni transindividualmente integrate nel collettivo sono, secondo Stiegler, il pre-individuale che "sopravvive" all'individuo (cfr. Barthélémy 2005a, p. 232). Quando, a partire da Simondon, Stiegler (1994) fonda la produzione simbolica sulle tecniche di esteriorizzazione della memoria (*hypomnèmata*), sorta di *archiscrittura* che aprirebbe il campo alla metafisica della presenza secondo il modello della *Grammatologia* derridiana, l'oggetto-scrittura così prodotto diviene nel suo discorso, attraverso un processo di "naturalizzazione", supporto della (trans)individuazione dei soggetti coinvolti, ovvero interviene come informazione strutturante i codici, dunque la relazione, di emittente e produttore. Per una parziale esposizione del pensiero di Stiegler sotto l'angolatura prospettica offerta dalla sua interpretazione di Simondon, cfr. *infra*, Intermezzo III.

[6] Ricordiamo che il concetto di "spazio odologico" è la generalizzazione della nozione gestaltica di "détour" sviluppata da Lewin a partire dal 1934. In modo simile all'applicazione della geometria di Riemann alla fisica relativista, il concetto di *détour* implica la concezione di dinamiche intersoggettive che si muovono in un cam-

po organizzato secondo rapporti topologici nei quali linee curve di contatto, appunto, rappresentano i percorsi più economici per gli attori sociali.

[7] Ma non della teoria: «Qui, ancora, la psicoanalisi ha agito correttamente pur senza impiegare una teoria sempre all'altezza alla sua efficacia operativa» (I 248). Simondon dichiara apertamente di rifiutare la psicoanalisi come teoria dell' «inconscio come psichismo completo, sul modello del conscio che può essere osservato» (*Ibidem*).

[8] Purtroppo nella letteratura critica gli unici a prendere su serio il riferimento junghiano di Simondon sono Chabot (2003) e Carrozzini (2005).

[9] «Il concetto di individuazione ha nella nostra psicologia una parte tutt'altro che trascurabile. L'individuazione è in generale il processo di formazione e di caratterizzazione dei singoli individui, e in particolare lo sviluppo dell'individuo psicologico come essere distinto dalla generalità, dalla psicologia collettiva. L'individuazione è quindi un *processo di differenziazione* che ha per meta lo sviluppo della personalità individuale [...] Per il fatto stesso che l'individuo non è soltanto un essere singolo, ma presuppone anche dei rapporti collettivi per poter esistere, il processo di individuazione non porta *all'isolamento*, bensì a una coesione collettiva più intensa e più generale [...] L'individuazione coincide con l'evoluzione della coscienza dall'originario *stato d'identità*; l'individuazione rappresenta quindi un ampliamento della sfera della coscienza e della vita psicologica cosciente» (Jung 1921, pp. 419-21 *passim*).

[10] È questo il significato della "perpetua *nekuia*" evocata da Simondon in I 250.

[11] Da qui l'importanza per Simondon della figura romana dell'*erede* (cfr. I 250) e la concezione dell'individuo costruito come «"parallasse temporale" nell'organizzazione della zona intermedia tra la nostra azione presente e l'orizzonte culturale, lontano, stabile e collettivo» (IPM 1451). È infine esemplare in questo senso il riferimento a Péguy, che Simondon eredita dal Merleau-Ponty del corso sull'*Institution* (cfr. Id. 1954-55, pp. 37-48) e che lo stesso Merleau-Ponty riprenderà nel 1959 in *Divenire di Bergson* (in Id. 1960, pp. 239-50): «Si può anche concepire una perfezione assoluta e non comunitaria, come quella di Péguy, che rappresenta uno sforzo d'integrazione che oltrepassa tutti i pensieri astratti precedenti» (NC 503).

[12] Ecco come Simondon caratterizza in *Du mode* le tre forme di pensiero politico ritenute pericolose proprio in quanto capaci di costituire un pensiero sulla scala dei sistemi tecnici e di proporre dei modelli di inserzione dell'attività politica nella rete tecnica contemporanea: «il pensiero nazional-socialista fa riferimento ad una concezione che lega il destino di un popolo alla sua espansione tecnica, pensando anche il ruolo dei popoli vicini in funzione di questa espansione dominante; la dottrina democratica americana comporta una certa definizione del progresso tecnico e della sua incorporazione alla civiltà, la nozione di livello di vita, che è sociale e costituisce una realtà culturale, possiede un contenuto i cui termini rilevanti sono tecnologici (non solamente il possesso del tale o talaltro strumento o attrezzo, ma il fatto di sapersi servire di una certa rete tecnica, di essere funzionalmente raccordati ad essa). Infine, la dottrina del comunismo marxista, nei suoi aspetti vissuti e realizzati, considera lo sviluppo tecnico come un aspetto essenziale dello sforzo sociale e politico da compiere; essa prende coscienza di sé attraverso l'utilizzo di trattori, la fondazione di fabbriche» (MEOT 223).

[13] Il tono celebrativo non cessa fino al termine del saggio: «fonte di pensiero e strumento d'azione, mezzo, per l'uomo, di conoscenza di sé nelle proprie opere e di superamento di sé al di là di ogni opera possibile, la riflessione sulle tecniche presiede allo schiudersi dei grandi sistemi intellettuali» (HU 54).

[14] Testo pubblicato postumo. Si tratta di alcune note di lavoro che, secondo Carrozzini, sarebbero state redatte con il titolo *La dialectique* in vista di un intervento al *Colloque de Royaumont* del 18-23 settembre 1960, a cui Simondon però non prese parte (cfr. Carrozzini 2005, p. 107).

[15] È possibile utilizzare, dice Simondon, «modelli concettuali altri rispetto a quelli linguistici e indipendenti da questi ultimi», necessari in quanto «il formalismo strutturalista generalizza un pensiero classificatorio e categoriale che non è che uno degli aspetti delle relazioni interumane» (IT 84-85).

[16] Secondo Simondon la "logica dialettica" produce (nel suo terzo tempo) una sintesi che è logicamente e ontologicamente superiore ai termini che riunisce, mente solo la trasduzione produce una relazione che mantiene l'asimmetria caratteristica dei termini e perciò non si fissa in una identità gerarchica, ma può "continuare": «nel pensiero trasduttivo *non si dà risultato della sintesi, ma solamente una relazione sintetica complementare* [...] non vi è ritmo sintetico poiché, non essendo l'operazione di sintesi mai effettuata, essa non può divenire il fondamento di una nuova tesi» (I 111).

[17] La nozione di "fasi dell'essere" è irriducibile al divenire inteso in senso dialettico (cfr. I 322-23).

[18] Sul concetto di *physis* in Merleau-Ponty cfr. *supra*, cap. 3. Come nota Guchet (2005) nonostante Simondon passi da un'esplicita negazione della dialettica all' "evocazione" di un'evoluzione tecnica di tipo dialettico, «un esame dei testi dimostra che la rottura è meno profonda del previsto» (*Ivi*, p. 251) in quanto, nel corso del 1968-70, il termine dialettica ancora «designa un movimento generale, un'evoluzione globale dei rapporti tra natura e tecnica» (*Ivi*, p. 253). In ultima analisi la nozione di dialettica in Simondon risulta slegata anche secondo Guchet da ogni funzione costitutiva del negativo (*Ivi*, p. 257) in quanto relativa alla «condizione di possibilità di una nuova invenzione» (*Ivi*, p. 255). Qui Guchet si basa su un corso inedito di Simondon, intitolato *La résolution des problèmes* (1974), di cui riportiamo la citazione: «la condizione di possibilità di una nuova invenzione non è solamente la mano e il cervello [il riferimento è ovviamente a Leroi-Gourhan, n.d.a.] ma la conservazione di tutto ciò che è servito ad una produzione anteriore, tanto nella sua materialità che nella cultura che porta in sé le rappresentazioni relative alla produzione, e il saper-fare necessario» (in *Ibidem*).

[19] L'esempio di un sistema fisico macroscopico che funzionerebbe secondo questa legge è quello della fonte sotterranea con emissioni cicliche del getto d'acqua, presente anche in Ruyer (1954) ed schematicamente disegnata dallo stesso Simondon in MEC 140; ma hanno in generale un tale andamento discontinuo tutti i fenomeni di amplificazione trasduttiva.

[20] In modo molto simile al ruolo attivo e mutante del *milieu* nell'embriogenesi; ruolo ignoto, appunto, al neodarwinismo: «la Sintesi Moderna, soprattutto nella sua fase di "indurimento" teorico degli anni '50 e '60, ha tuttavia sottovalutato l'incidenza evolutiva delle estinzioni di massa» (Pievani 2005, p. 53). Sembra a volte che Simondon giochi Lamarck contro Darwin («è uno dei maggiori meriti di Lamarck l'aver considerato l'evoluzione come un'incorporazione all'individuo di effetti aleatoriamente apportati dal *milieu* [...] ciò che realizza un'amplificazione della superficie del vivente» I 213, n. 23), in modo da opporre al continuismo neodarwiniano un'ipotesi discontinuista meglio compatibile con il suo modello generale dell'ontogenesi, finendo per assumere così una posizione forse non del tutto incoerente con la teoria degli "equilibri punteggiati" di Gould, che tratta di «cambiamento apparentemente direzionale, ma le cui variazioni iniziali sono in realtà contingenti rispetto al cambiamento visto nella sua interezza» (Pievani 2005, p. 26). D'altra parte lo stesso Gould, contro Dennet, nega l'esportabilità di un paradigma di tipo darwinista per spiegare il cambiamento dei sistemi culturali, sottolineando in questo senso la maggior fecondità della prospettiva lamarckiana: «il cambiamento culturale umano opera fondamentalmente in modo lamarckiano, mentre l'evoluzione genetica rimane fermamente darwiniana [...] i processi di tipo lamarckiano [...] sopravanzano il ritmo del cambiamento darwiniano. Dato il modo così differente in cui funzionano i sistemi lamarckiani e darwiniani, il cambiamento culturale riceve solo limitata (e metaforica) illuminazione dal darwinismo» (Gould 1997).

[21] Leroi-Gourhan rimanda nel testo ad *Ambiente e tecniche*, come ad un riferimento per questo tipo di approccio all'evoluzione tecnica. A tratti per Leroi-Gourhan il modello sembra essere addirittura di tipo "geologico" «ciò che caratterizza dappertutto il corpo sociale è il fatto che, pur seguendo nella forma il modello dell'evoluzione, nel ritmo di sviluppo se ne allontana [...] le tecniche, staccate dal corpo dell'uomo fin dal primo *chopper* del primo australantropo, imitano a un ritmo vertiginoso lo svolgimento dei milioni di secoli dell'evoluzione geologica, al punto di fabbricare sistemi nervosi artificiali e pensieri elettronici» (*Ivi*, pp. 205-6). Tema ampiamente ripreso nella *Geologia della morale*, terzo capitolo dei *Millepiani* di Deleuze e Guattari.

[22] Interessante qui la doppia prognosi - convergente - su capitalismo ed economia pianificata: da una parte «anziché relativamente continuo, il progresso si farà per crisi sempre più rare, ma più ampie. In luogo della micro concorrenza di piccole imprese, vi sarà la concorrenza di fabbriche giganti o addirittura di Stati industriali di tipo differente»; e dall'altra: «il regno dei piani a lungo termine è dunque, fin d'oggi, il primo sintomo, ancora poco apparente, del rallentamento del progresso» che, sebbene «sembri implicare, a torto, un progresso ancora accelerato, contiene l'annuncio, al contrario, d'una cristallizzazione sociale» (*Ibidem*).

[23] Ruyer, in modo piuttosto inquietante, parla di "giochi di società" come «il cinema, la radio e la televisione, la stampa per il tempo libero» ed altre «invenzioni recenti [che] hanno un rendimento più organico, o psico-organico, che meccanico», e che avrebbero la funzione di offrire del "nutrimento psichico" (cfr. *Ivi*, p. 422).

[24] Secondo Simondon ogni fase del "progresso umano" procede secondo le medesime modalità: crescita, saturazione, ipertrofia di automatismo, apertura ad un'altra modalità di concretizzazione.

[25] Durkheim non utilizza il termine soggetto in riferimento alla società, ma non manca tuttavia di attribuire ad essa una coscienza, un'individualità dotata di personalità e, soprattutto, capace di produrre rappresentazioni: «riassumendo, la società non è affatto l'essere illogico o alogico, incoerente e fantastico che ci si compiace troppo spesso di vedere in essa. Al contrario, la coscienza collettiva è la forma più alta della vita psichica, poiché è una coscienza di coscienze. Collocata al di fuori e al di sopra delle contingenze individuali e locali, essa considera le cose nel loro aspetto permanente e essenziale che fissa in nozioni comunicabili [...] se la società è qualcosa di universale rispetto all'individuo, essa non cessa però di essere anche un'individualità che ha la propria fisionomia personale e la propria idiosincrasia; è un soggetto particolare e che, di conseguenza, particolarizza ciò che pensa» (*Ivi*, pp. 507-8).

[26] Come d'altra parte a quella "discontinuista" di Lévy-Bruhl, che asserisce una radicale disgiunzione tra scienza e religione in quanto quest'ultima sarebbe riferibile alla "mentalità primitiva".

[27] «L'uomo è duplice. In lui, vi sono due esseri: un essere individuale che ha la sua base nell'organismo e il cui ambito di azione risulta, di conseguenza, strettamente limitato, e un essere sociale che rappresenta in noi la realtà più alta, nell'ordine intellettuale e morale, che possiamo conoscere mediante l'osservazione, cioè la società. Questa dualità della nostra natura ha per conseguenza, nell'ordine pratico, l'irriducibilità dell'idea morale al movente utilitario, e, nell'ordine del pensiero, l'irriducibilità della ragione all'esperienza individuale. Nella misura in cui è partecipe della società, l'individuo trascende naturalmente se stesso, sia quando pensa sia quando agisce» (*Ivi*, p. 66).

[28] Il concetto di individuazione transindividuale rende insomma inadeguate perché parziali, insufficienti, tanto una scienza del vivente quanto una storia della cultura, come si evince dalla domanda, senza risposta, di Merleau-Ponty: «ciò che vi è di comune a storia e natura è il fatto che sono delle individuazioni - ma esattamente per questa ragione sono irriducibili - L'individuazione storica è irriducibile -. Si-

mondon la concepisce come ripresa del preindividuale, - dello stesso preindividuale da cui deriva l'individuo fisico o vivente - È lo stesso? Non occorre che l'essere al quale lo apre il collettivo e lo stesso psichico sia altro rispetto a quello da cui derivano gli individui fisici?» (Merleau-Ponty 1959b, p. 44, trad. mod.). Secondo la nostra lettura tale irriducibilità di storia e natura è per Simondon "sfasatura", dunque *compresenza* di fasi la relazione tra le quali è parzialmente regolata dal regime di individuazione a cui essa si riferisce, ma senza che il preindividuale in questione possa divenire indifferenziato o, all'opposto, interamente determinato in relazione ad una di tali fasi. Vi è un potenziale preindividuale fisico-biologico che certo non può rimanere "lo stesso" nel regime di individuazione psichico-collettivo, ma neppure viene mai assorbito in qualche cosa che sia radicalmente "altro" rispetto ad esso: nel regime transindividuale le "fasi" fisica e biologica sono infatti rese compatibili, *"enveloppées"* di significazioni, ma non esaurite, tantomeno interamente integrate e risolte nel funzionamento del sistema sociale, la cui storicità è dunque irriducibile in quanto di esso costitutiva: è storicità del sistema teso *tra* individuo *e* collettivo, non "dell'uomo".

[29] «Si comprende così che ciò che è stato fatto in nome della religione non potrebbe essere stato fatto invano: perché è necessariamente la società degli uomini, cioè l'umanità, che ne ha raccolto i frutti» (*Ivi*, p. 484).

[30] «Il pensiero veramente e propriamente umano non è un dato primitivo; è un prodotto della storia; è un limite ideale al quale ci avviciniamo sempre più, ma che, con tutta probabilità, non arriveremo mai a raggiungere» (*Ibidem*).

[31] «Come potrebbe diffondersi, anche diluito e attenuato, come necessariamente sarà, in una umanità dominata dal terrore di non mangiare a sufficienza?» (*Ivi*, p. 237).

[32] Così come i gruppi professionali finiscono per ostentare il presunto monopolio di un settore della tecnicità, allo stesso modo i gruppi religiosi rischiano di reclamare per sé il possesso esclusivo del sacro, «come se la sacralità del mondo intero si fosse incarnata e concretizzata nell'unica forma di cui essi sono i rappresentanti attuali e locali» (PST 331).

[33] Simondon, lamentando l'avvenuta sacralizzazione del lavoro anziché della tecnicità, ironizza, ma non troppo, sulla necessità non tanto del "prete operaio", quanto del "prete tecnico" (PST 332). Su questo punto del suo pensiero si potrebbe forse far leva per estrarre una formula critica della distinzione tra lavoro materiale e lavoro immateriale.

[34] Perciò la decisione "etica" conforme allo statuto della tecnicità permane sfasata (NC 504-5), in quanto continua a dipendere da quel *milieu* che la rende possibile (la cultura come operazione di compatibilizzazione di norme), e radicalmente disgiunta da una scelta intesa come "arbitrio", adesione ad uno «schema intellettuale o attitudine vitale» già dati (NC 506-7). I due casi limite possono forse essere formalizzati in relazione ai due tipi di configurazione del rapporto tra valori e scelta (e dell'esercizio del potere: gerarchia-tutto e conflitto-individui) proposti da Dumont (1983) pp. 290-95 e p. 298.

[35] Sacralità e tecnicità si degradano secondo traiettorie regressive parallele, dominate da un desiderio di tipo magico che ricerca soddisfazione nel rapporto immediato con il proprio oggetto anziché con la rete di cui è parte. Quando lo spazio e il tempo sacri, reticolati rispettivamente secondo coordinate simboliche di tipo cosmico e attraverso la ripetizione rituale, si frammentano in oggetti, allora si ricade nella magia che scambia il singolo oggetto per la relazione sistemica che esso implica. E allo stesso modo, poiché anche «la tecnicità è una caratteristica dell'insieme funzionale che copre il mondo e nel quale l'oggetto acquista un significato», la sua degradazione si produce «quando l'oggetto è isolato nel tempo (nel taglio costituito dalla fine della produzione e dalla condizione di venialità), e nello spazio (nel distacco che isola l'oggetto fabbricato dalle condizioni nelle quali poteva ricevere una perpetua rigenerazione che lo mantenesse al livello del suo pieno significato funzionale)»

(PST 324). Per questo «trattare la tecnicità come una pura materialità e la sua ricerca come un tratto di materialismo, è accettare implicitamente lo stesso pregiudizio di coloro che non vogliono vedere negli oggetti della sacralità che delle prove di superstizione» (PST 327).

[36] Si tratta di quell'ottica di una filosofia della storia annunciata in chiusura del *résumé* del corso sull'*Institution*: «è questo sviluppo della fenomenologia in metafisica della storia che si voleva qui preparare» (Id. 1952-60, p. 65). In *Da Mauss a Lévi-Strauss* - ancora una volta contro il rischio di "surplomb" insito nell'antropologia strutturalista - Merleau-Ponty declina in questo modo il concetto di "storia strutturale": «non la storia che vorrebbe comporre tutto il campo umano di eventi situati e datati nel tempo seriale e delle decisioni istantanee, ma questa storia consapevole in cui il mito e il tempo leggendario abitano sempre, sotto altre forme, le imprese umane, che cerca al di là o al di qua degli eventi particolari e che si chiama precisamente storia strutturale» (Id. 1959a, p. 199).

[37] Il testo citato da Durkheim si trova in Guyau (1886) p. 439. Per i rimandi ai numeri di pagina del testo di Durkheim ci riferiamo all'edizione *online* disponibile gratuitamente presso il sito dell'*Université du Québec*.

[38] Come già detto Durkheim nelle *Forme elementari* negherà esplicitamente tale possibilità. Ma già in questo breve saggio si dimostra fortemente critico riguardo tale ipotesi: «per dimostrare che essa [la religione] non ha più un avvenire, bisognerebbe dimostrare che le ragion d'essere che la rendevano necessaria fossero scomparse; e, poiché queste ragioni sono di ordine sociologico, si dovrebbe scoprire quale cambiamento prodottosi nella natura delle società renda ormai la religione inutile e impossibile» (*Ivi*, p. 16).

[39] Nella rete tecnica si ripropone insomma quel rapporto creativo con la realtà che già caratterizzava la potenzialità inventiva della magia (cfr. MEOT 221). È questa l'universale «risonanza interna dell'universo tecnico» (NC 515) cui introdurrebbe la cibernetica, celebrata come "nuovo simbolismo universale" (MEOT 100) o come "nuova magia" (MEOT 103) che, istituendo una pedagogia filosofica della tecnica (cfr. MEOT 106-12) contribuirebbe a formare una società conforme «ai valori pluralisti della morale pratica» (MEOT 207).

[40] Per il concetto di macchina mitologica cfr. Jesi (1973). Jesi intende rifiutare la (falsa) alternativa tra sostanzialità o illusorietà del mito, tra sacrificio al dio oscuro e razionalismo positivista e storicista (insomma i due lati dell'illuminismo), non in quanto scelte ideologiche, ma in quanto scelte ideologiche *oggi* illegittime (*Ivi*, p. 151) in quanto, comunque, alimentano la "forza ipnotica" della macchina mitologica. Cfr. Manera (2010).

[41] Secondo Simondon tra XVIII e XIX secolo si situa emblematicamente il passaggio da un progresso concreto, sperimentato attraverso l'attività artigianale e la tradizione, al concetto astratto di un progresso «pensato in maniera cosmica», dottrinale, dagli intellettuali, che sfocia necessariamente in un atteggiamento di tipo tecnocratico (l'esempio scelto da Simondon è quello dei saint-simoniani: «un'idea del progresso pensato e voluto si sostituisce all'impressione del progresso come provato»). Una ripresa dell'enciclopedismo si affaccia invece come la possibilità propria del secolo XX, nella coniugazione di tecnologia e "cultura tecnica" operative sulla scala dei "sistemi tecnici" (cfr. MEOT 116-17) nell'orizzonte aperto dalla nuova forma cibernetica assunta dall'enciclopedismo.

[42] Come sembra invece sostenere Guchet (2001a) affermando che «le tecniche costituiscono» - grazie all'universalità degli schemi di funzionamento dell'oggetto tecnico - «ciò che Merleau-Ponty ricercava come carne del sociale» (*Ivi*, p.236).

[43] Secondo Simondon «il carattere primordiale del contenuto motorio di ogni immagine di anticipazione *a priori*, nonostante la "fissità" degli archetipi, era latente in Platone [...] così, questa dottrina filosofica ricca di immagini *a priori* è potuta dive-

nire l'ispiratrice della più importante scuola di filosofia politica del mondo antico, e il modello più audace dei riformisti» (IMI 61-62).

[44] Si tratta soprattutto degli schemi veicolati dall'operazione tecnica, in quanto la normatività propria della tecnicità ha una funzione "demistificatoria" che ne segna la particolare valenza politica (cfr. CT 15).

[45] Simondon non solo espone alcune delle sue proposte tecniche relative allo sviluppo del nucleare verso la fusione e all'integrazione di tecnologie ritenute obsolete in nuove proposte di fonti energetiche alternative, ma non manca di richiamarsi emblematicamente al problema della funzione sociale degli anziani, per spiegare il modo in cui vengono prodotti dei "gruppi sociali chiusi" in una «società solo apparentemente aperta» e progressista (cfr. ET 117), ma in realtà chiusa proprio nei confronti del passato, ovvero di quella tradizione fatta di schemi operativi che costituisce il patrimonio culturale, la base dell'invenzione e delle possibili soluzioni di problemi per i gruppi umani.

[46] Ma forse non del tutto priva di ironia, visto che Simondon cita in chiusura *The world is rich* di Paul Rotha, film-documentario del 1947 sul tema della fame nel mondo.

[47] Con tale espressione Lévi-Strauss distingue tra «società che potremmo chiamare "fredde", perché il loro clima interno è vicino allo zero di temperatura storica, [ovvero] sono caratterizzate dal ridotto numero di componenti e da un funzionamento meccanico» e «società "calde", apparse in diversi punti del mondo in seguito alla rivoluzione neolitica, e in cui il differenziarsi fra caste e fra classi, senza tregua sollecitato, produce energia e divenire» (Lévi-Strauss 1960, p. 45).

[48] Come sottolinea Clastres (1974) l'etnocentrismo etnologico si concentra prevalentemente sulla distinzione tra società (primitive) senza storia e società la cui storicità è legata innanzitutto al processo di industrializzazione ed al concetto di progresso, mente è forse più opportuno parlare di diverse storicità. D'altra parte una separazione così netta non fa che riproporre sul piano sociale il modello di una distinzione uomo-animale già tipica dell'approccio positivista: «Comte, fedele alla sua concezione filosofica della storia, ammette che, attraverso l'azione collettiva, l'umanità modifica il suo *milieu*. Ma, per il vivente in genere, Auguste Comte rifiuta di considerare - ritenendola semplicemente trascurabile - questa reazione dell'organismo sul *milieu*» (Canguilhem 1952, p. 133).

[49] Che a nostro parere è *davvero* antiumanista, poiché non considera tra le sue priorità l'esigenza di difendere il *milieu* umano, dunque le condizioni di esistenza dell'uomo.

[50] Come ad esempio della funzione svolta dalla macchina nel finale della *Nota complementare* (cfr. NC 519-23; 527).

[51] Così Bergson, quando parla della creazione letteraria, ne caratterizza il successo "mai assicurato": «se raggiungerà il suo fine, avrà arricchito l'umanità di un pensiero capace di assumere un aspetto nuovo per ogni nuova generazione, di un capitale indefinitamente produttivo di interessi, e non più di una somma da spender tutta d'un colpo» (Bergson 1932, p. 194-95).

[52] Cfr. *supra*, cap. 11, *Il luogo (religioso) del politico*.

[53] Cfr. *supra*, cap. 11, *Effettualità politica della riflessione filosofica*.

[54] Tra gli esempi di mostruosità riferiti da Simondon un caso di vendita d'organi (cfr. PST 347-48).

[55] In *Psycho-sociologie de la technicité* Simondon parlava di bambini, donne ed anziani quali gruppi la cui condizione di minorità implicava tanto la necessità di un'integrazione sociale quanto l'occasione di un'invenzione normativa, che essi rendevano possibile per il sistema sociale proprio perché, in quanto non pienamente integrati, parzialmente autonomi.

[56] Cfr. *La mostruosità e il portentoso*: conferenza del 1962 aggiunta soltanto nella seconda edizione, del 1965, di Canguilhem (1952).

[57] Nell'esempio di Simondon si tratta del lancio di un satellite.

[58] Nello stesso modo in cui, a livello biologico-psichico, nega la funzione irriducibile, non integrabile, della pulsione di morte, riconducendone l'operare ad un "istinto di morte" il cui recupero a livello simbolico sarebbe in fin dei conti sempre possibile: «"l'istinto di morte" non può essere considerato come simmetrico all'istinto di vita; esso è, in effetti, il limite dinamico dell'esercizio di tale istinto, e non un altro istinto» (I 171). Nulla a che vedere dunque con "l'altra" lettura della lezione maussiana in Georges Bataille, in cui la pratica dello "spreco" è proprio ciò che costituisce (gerarchicamente) il legame sociale (cfr. Id. 1949).

III INTERMEZZO

(politiche del transindividuale)

POLITICHE DELLA VITA E POLITICHE DELLA MEMORIA

I tentativi più coerenti di ricavare una filosofia politica dai testi di Simondon sono passati innanzitutto attraverso la sua teoria dell'individuazione, ma senza naturalmente evitare di porre la "questione della tecnica". Le due operazioni più ampie e conseguenti in questo senso sono senz'altro quelle di M. Combes e B. Stiegler, le cui analisi intendiamo qui articolare con la nostra interpretazione. I due critici del Simondon "politico" legano la loro lettura a prospettive che, seguendo l'espressione con la quale Combes (1999) si oppone a Stiegler, definiremo rispettivamente "politiche della vita" e "politiche della memoria" (*Ivi*, p. 113). La polemica di Combes nei confronti di Stiegler è tutta fondata sul peso relativo attribuito alla tecnica rispetto all'operazione di individuazione transindividuale, ovvero alla costruzione del sociale. Mentre secondo Stiegler è innanzitutto la normatività tecnica che, secondo quanto sembrano suggerire in particolare alcune affermazioni del *Du mode*, chiama alla sociogenesi, per Combes, che legge il processo di individuazione transindividuale prevalentemente a partire dall'*Individuation*, è innanzitutto l'immersione nel *milieu* preindividuale attraverso l'emozione a costituire la premessa - già di per sé più che individuale - del sociale (cfr. *Ivi*, p. 110-14). Insomma, per entrambi l'ontogenesi sociale è legata ad un'operazione che eccede le relazioni tra individui, ma, se in un caso tale eccedenza è peculiare della tecnica, nell'altro è dovuta alla "potenza" inventiva della vita stessa intesa in senso nietzscheano e assolutamente non identificabile con la tecnica (cfr. *Ivi*, p. 112). Così Combes può affermare che «sembra illegittimo fare dell'invenzione tecnica la base di ogni produzione di novità nell'essere e in particolare la base di ogni trasformazione sociale» (*Ibidem*). In realtà ciò che sta a cuore a Combes è evitare fin da subito l'abbattimento della tematica della trasformazione sociale su quella dell'evoluzione culturale, in particolare tecnica, con il rischio di escludere qualunque forma di lotta politica: da una parte per la mancanza di modelli di cambiamento diversi da quello offerto dalla tecnica occidentale, e dall'altra per l'impossibilità di ricavare uno spazio teorico all'invenzione politica collettiva in un divenire sociale che si supponga dominato dalle tendenze evolutive della tecnica asservita al mercato capitalistico del lavoro. In un recente saggio Combes sembra aver definitivamente accolto da Stiegler l'ipotesi di una valenza determinante della tecnica rispetto all'individuazione transindividuale, legando però strettamente tecnicità e "forma di vita": «approcciare le tecniche nel loro insieme come "biotecnologia" ovvero "equipaggiamento dell'uomo per la vita", significa vedere nelle tecniche ciò in relazione a cui degli uomini si trasformano in soggetti, ovvero inscrivono delle verità nella loro vita per trasformarsi» (Combes 2006, p. 97). A questo punto la critica di Combes a Stiegler finisce per coinvolgere indirettamente anche Simondon. La filosofia di Simondon, quanto quella di Heidegger, renderebbe infatti impossibile pensare la molteplicità della tecniche, in particolare le tecniche "immateriali" il cui valore strategico si misura nella capacità di produrre processi di soggettivazione alternativi a quello dominante l'occidentale "regno della tecnica": «l'installazione e il culto delle tecniche meccaniche è un mezzo, tra altri, d'una guerra civile mondiale, guerra totale, anche se caratterizzata in occidente da intensità medie» (*Ivi*, p. 98). La funzione del*la* tecnica sarebbe dunque parte della grande narrazione chiusa e stabilita dall'orizzonte - coloniale e postcoloniale - capitalista, mentre la rottura di questa narrazione prelude ad un'epoca di "guerre asimmetriche" che colgono il punto debole delle "democrazie altamente tecnicizzate" nello stretto e paradossale legame tra tecnologia avanzata e limite strutturale di processi di soggettivazione fondati sul valore della sopravvivenza ad ogni costo. L'ipotesi di tecniche "ibride" aprirebbe così, rischiosamente, a forme di resistenza che sfociano tanto nel terrore quanto in forme di lotta (dunque di vita) che Combes indica come «miste di strumenti meccanici e d'ascesi» in grado di produrre processi di individuazione collettiva (cfr. *Ivi*, p. 99).

Perciò, sebbene Simondon abbia ben colto il legame tra tecnicità e vita, sottolineando come quest'ultima non consista in un insieme di mezzi, ma in «un insieme di condizionamenti dell'azione e di spinte ad agire» (MEOT 221), secondo Combes egli non ha tuttavia compreso come le diverse tecniche siano legate a differenti forme di vita (in particolare non ha colto il legame delle tecniche occidentali con le forme di vita nate nel *milieu* capitalista) sottovalutando le possibili alternative offerte in particolare da tecniche immateriali cui corrispondono concezioni della funzione governamentale alternative al modello occidentale, nel quale «la presa in carico della funzione governamentale attraverso procedure oggettivate dà corpo, oggi, ad una "questione della tecnica"» (*Ivi*, p. 93). Insomma forse la "questione della tecnica" è posta da una forma di vita che alimenta la propria supremazia anche grazie all'immagine di una tecnica planetaria, che nasconde la molteplicità delle forme di vita sottese alla molteplicità delle tecniche, di cui organizza congiuntamente lo sterminio. Simondon ed Heidegger (e in parte Stiegler), a causa del loro riferimento costante alla tecnica, sarebbero complici di questo processo in quanto partecipi della grande narrazione del "regno della tecnica". Questo rimane il peccato originale di Simondon che, secondo Combes, ne rende il pensiero della tecnica non all'altezza della sua teoria dell'individuazione collettiva.

Sebbene Combes colga certamente nel segno rilevando la mancata problematizzazione in Simondon del rapporto tra tecnica e "forma di vita" occidentale, non sembra considerare la funzione differenziale svolta dalla tecnicità nel suo discorso, dove egli non parla di tecnica ma di "tecnicità" come "fase", funzione eccedente l'omeostasi sociale. Il che significa che non vi è *una* tecnica, ma una *potenza* della tecnicità rispetto ad *ogni* forma di vita collettiva: in questo senso sì la tecnica è legata alla vita, ma non come sua espressione, piuttosto come suo momento di rilancio all'altezza della normatività collettiva. Il che non significa naturalmente che le tecniche non possano essere catturate e rese omogenee ad un progetto politico-religioso di conservazione della stabilità sociale (appunto questo è quanto, nella diagnosi di Simondon, accade a causa della degradazione della tecnicità a lavoro), ma non è escluso che altre forme di cattura siano oggi altrettanto potenti e mortali, per comprendere le quali gli strumenti offerti in particolare dall'*Individuation* possono rivelarsi efficaci.

Così, ad esempio, Esposito (2004) intuisce molto bene la fecondità del pensiero di Simondon nella lotta contro il "dispositivo di chiusura" dagli esiti autoimmunitari del nazismo (cfr. *Ivi*, pp. 171-73), e tuttavia finisce per sciogliere l'intreccio virtuoso di vita e "politico" in una generica "potenza" creativa e normativa, ogni evocazione della quale corre però immancabilmente il rischio dell'indeterminatezza. La spia di questo esito è l'identificazione di preindividuale e transindividuale, errore in cui Esposito incorre proprio nel momento in cui avvicina Simondon a Deleuze (1995) attraverso Nietzsche (*Ivi*, p. 213), ma finendo per fare di questo pasticcio indifferenziato il - francamente deludente - presupposto di una biopolitica a venire (cfr *Ivi*, p. 215). In questo modo infatti il politico diverrebbe attributo non solo della vita, ma dell'essere stesso, con la conseguenza teorica di rendere il suo concetto inservibile e con la conseguenza pratica - e ben più grave - di lasciare alla vita la responsabilità della decisione politica, ovvero il campo del politico interamente nelle mani di qualunque agire che, capace di organizzarlo, risulterebbe giustificato dal solo fatto della propria esistenza. Perciò è importante sottolineare come invece Simondon distingua diversi regimi di individuazione, e non lasci spazio ad una concezione generica del transindividuale, il cui statuto processuale va sempre determinato a partire dalle singole strutture nelle quali si determina. Questo spiega come mai l'individuo non scompaia mai nel suo pensiero come momento strutturato che assolve una funzione determinante nella formazione del collettivo. Ciò che distingue il collettivo dalla "comunità" è infatti proprio il mancato assorbimento integrale dell'individuo, il suo statuto irriducibile alla normatività collettiva ma, proprio per questo, singolare e funzionale alla sua continuazione inventiva. Questo spiega altresì l'uso effettivo del termine "singolarità", in Simondon in genere piuttosto ristretto e lontano dalle formule di ispirazione deleuziana. Per Simondon è l'individuo stesso ad essere considerato una "singolarità", ma *solo* in quanto innesco o esito di un processo risultante da un incontro casuale. Data l'importanza strategica del termine anche nel pensiero di Deleuze, è il caso di sottolineare come per entrambi i filosofi il concetto di "singolarità" introduca una funzione di discontinuità utile a pensare il reale e la soggettività in modo processuale e lontano da ogni sostanzialismo. Tuttavia per Deleuze l'individuo si colloca su di un'altra scala (molare) rispetto al regime preindividuale (molecolare) entro il quale agiscono le singolarità-eventi delle quali deve occuparsi il suo "empirismo trascendentale", mentre per Simondon si tratta piuttosto, nella prospettiva di una "filosofia dell'individuazione", di conoscere l'individuo stesso come processo singolare ma senza, per così dire, dissolverlo nelle sue componenti molecolari. Incrociando le due prospettive, è allora forse corretto affermare che in Simondon «l'individuo [...] si presenta come una transizione di fase, una singolarità si potrebbe dire utilizzando il linguaggio deleuziano, interna a un campo di forze, a un coefficiente potenziale preindividuale» (Guareschi 2001, p. 275). Ci sembra insomma che la maggiore distanza tra i due, pur nella comune opposizione ad ogni sostanzialismo, sia segnata proprio dalla nozione di individuo.

Anche Combes (2004), riconosce l'importanza e la funzione politica determinante dell'individuo nella filosofia Simondon, proprio mentre critica l'inefficacia della prospettiva culturalista e della pedagogia in essa implicite[1]. La lettura di Combes sottolinea infatti la "neutralità" della cultura e dunque la sua dipendenza, per un'efficacia politica, dalla realtà transindividuale nella quale entra in gioco il collettivo, che è di un ordine diverso dalla cultura[2]. Ma appunto tale ordine è quello dell'invenzione transindividuale che, se pure non può ridursi alla cultura come a nessuna struttura stabile, tuttavia risulta impensabile senza di essa, e in particolare senza quella forma di cultura in cui il distacco dell'individuo dal gruppo, come non manca di notare la stessa Combes, costituisce un passaggio decisivo: «la vera relazione transindividuale non comincia che al di là della solitudine; essa è costituita dall'individuo che si è messo in questione e non dalla somma convergente dei rapporti interindividuali» (I 280).

Dunque, sebbene non riduca il transindividuale al simbolico, Simondon neppure lo intende come una generica potenza dei gruppi, che anzi rischia di esserne la negazione. Perlomeno ha tentato di descriverlo attraverso la determinatezza di operazioni di eccedenza e innovazione che richiedono di esercitarsi su strutture stabilite, rifiutando l'ipotesi che «far esistere un mondo transindividuale di relazioni, significa aprire una serie di questioni che concernono i mezzi di un'ascesi materiale, affettiva, intellettuale, suscettibile di produrre un accrescimento *comune* di potenza» (Combes 2004). Il punto per Simondon non sta tanto nell'accrescere la potenza "comune", ma nel configurarne l'esercizio in conformità con un'eccedenza sempre singolare. Solo in questo modo - a condizione di non spegnersi lentamente in ciò che è comune - il collettivo può "continuare", sotto forma d'invenzione che passa necessariamente attraverso l'individuo per andare oltre di esso, verso un nuovo collettivo[3]. Accrescere la potenza di un gruppo non può essere un'operazione *in sé* inventiva allora, ma solamente propedeutica ad un'invenzione che diviene possibile solo quando tale accrescimento avvenga in modo determinato e compatibile con il sistema. E poiché le basi del sistema in questione sono fisiche e biologiche, vanno analizzate nella loro determinatezza come tali, senza che ciò implichi alcun determinismo sociale, ma garantendo così all'azione filosofico-politica un ancoraggio alla realtà, dunque un'efficacia "tecnica" con la quale non può evitare di fare i conti.

In questo senso ci sembra particolarmente apprezzabile, anche se difficilmente compatibile con il testo di Simondon, il tentativo di Virno di offrire una concretizzazione biologica del transindividuale. Virno (2003) riprende il concetto di transindividuale come "soluzione" al problema dell'individuazione e lo fonda sulla struttura biologica neotenica della natura umana. Leggendo Simondon attraverso il Marx del *general intellect*, coglie benissimo «il contrasto tra tecnica e lavoro» presente in *Du mode* e il processo di alienazione "virtuosa" in cui consiste la produzione dell'oggetto tecnico (cfr. *Ivi*, p. 122). Ma lungo questa strada incorre nell'errore di interpretare i processi di produzione collettiva come determinati dall'appartenenza specifica, fino a identificare "collettivo" e "specie-specifico": «la macchina procura sembianze spazio-temporali a quanto vi è di collettivo, ossia specie-specifico, nel pensiero umano» (*Ivi*, p. 121). A questo punto si è soltanto ad un passo dal fare del "preindividuale" il collettivo stesso, sostanzializzandolo come oggettivazione tecnica dell'invariante biologica: «la realtà preindividuale presente nel soggetto, non potendo trovare un adeguato corrispettivo nelle rappresentazioni della coscienza individuale, si proietta all'esterno come complesso di segni universalmente fruibili, dispositivi intelligenti, schemi logici diventati *res* […] in virtù della tecnica, ciò che è *anteriore* all'individuo si dà a vedere *al di fuori* dell'individuo» (*Ibidem*). Virno si spinge così fino al punto di leggere il linguaggio stesso come "oggetto tecnico" (cfr. *Ivi*, pp. 122 segg.), individuando nella funzione simbolica ciò che, proprio dell'uomo ("facoltà del linguaggio"), ne definirebbe l'essenza politica come capacità inventiva, *dynamis* la cui efficacia sta proprio nell'indeterminatezza di una potenza sempre attuale e mai esaurita:

> a dirla tutta in un fiato, ecco la mia convinzione: l'esistenza di una generica facoltà, distinta dalla miriade di lingue ben definite, attesta limpidamente l'indole non specializzata dell'animale umano, ovvero la sua innata familiarità con una *dynamis*, potenza, mai passibile di esauriente realizzazione. Sprovvedutezza istintuale e cronica potenzialità: questi due aspetti invarianti della natura umana, desumibili dalla facoltà di linguaggio, implicano l'illimitata variabilità dei rapporti di produzione e delle forme di vita, senza però suggerire alcun modello di società giusta. In esse mette radici, dal Cro-Magnon in poi, l'estrema contingenza della prassi politica (*Ivi*, p. 158).

Tale lettura sembra in questo senso più vicina ad un progetto come quello di Portmann, altro riferimento di Simondon che, con Eliade e Jung, appartiene al gruppo *Eranos*[4]. Come recita il titolo di un suo articolo, Portmann intende scoprire *Les bases biologiques d'un nouvel huma-*

nisme (1951). Nonostante la sostanziale continuità testimoniata dalla biologia riguardo i comportamenti sociali dell'uomo e delle altre specie, la caratterizzazione "neotenica"[5] dell'uomo, consentirebbe di «provare tanto l'unità del genere umano quanto la sua diversità fondamentale» (*Ivi*, p. 60). Se allora il compito della biologia è di natura eminentemente "politica" («agli studi biologici oggi si chiedono nuovamente degli argomenti per la battaglia politica» *Ivi*, p. 60), la chiave della sua battaglia sta proprio nell'affermazione di una "storicità" costitutiva, che l'*homo sapiens* deve appunto alla sua particolare configurazione biologica:

> la stabilità del patrimonio ereditario può sembrare un fattore rassicurante per l'avvenire; tuttavia la formazione individuale [...] gioca nell'uomo un ruolo eminente e dovrebbe metterci in guardia contro una fede troppo ingenua nell'immutabilità di ciò che si chiama 'natura' umana. Questa natura ingloba la cultura, la civiltà, come un fattore decisivo per la formazione dell'individuo e della società. Questo è un punto fondamentale sul quale il biologo deve attirare l'attenzione [...] tale influenza storica sullo sviluppo di ogni individuo la ritroviamo in tutti i gruppi umani che conosciamo, sia nel presente che nel passato. Questa uniformità del modo di vita sociale e della formazione dell'individuo è il fatto che più colpisce. Tali fattori, che noi chiamiamo talvolta la spiritualità e lo spirito, ci obbligano a pensare, prima di qualunque ricerca sulle origini, all'unità fondamentale dell'umanità (*Ivi*, p. 76-77).

Secondo Portmann la biologia non si occupa dunque dell'origine quanto dell'originalità costitutiva dell'uomo, ne fa «una *forma di vita*» dipendente dalla «particolarità di ogni esistenza» e per così dire ontologicamente vincolata a un'etica della responsabilità: «questa responsabilità esige una tavola di valori che la biologia può certo contribuire a stabilire, ma di cui l'essenziale deve derivare da una visione ben più vasta della nostra esistenza, visione che fornirà i principi atti ad orientare la condotta umana e che la sola biologia non potrà mai apportare» (*Ivi*, p. 79, sott. ns.).

Se è fondamentale il modo in cui Virno sottolinea l'elemento di contingenza caratterizzante la prassi politica, tuttavia il suo discorso, in quanto colloca integralmente tale contingenza nella "fase" biologica, finisce per attribuirla *ab ovo* una volta per tutte e, contemporaneamente, per non situarla affatto nel processo. In tal modo le forme in cui si esprime la pratica politica rischiano di essere a priori equivalenti, a patto che non costituiscano operazioni di conservazione: ciò che pone il problema dell'impossibilità di giustificare qualunque pratica politica innovativa perché risulta già in quanto tale giustificata. Invece l'invenzione per Simondon non è affatto scontata, e la sua emergenza è data da condizioni di soglia che sono ben al di là dell'uomo come specie, addirittura al di là dell'uomo in contesto sociale: richiedono innanzitutto la dimensione della sacralità e quella della tecnicità. In un certo modo anche in Simondon è presente una componente biologica - forse anche "presociale" - del sacro, e in un senso vicino a quello ipotizzato da Cimatti (2009): «l'origine del sacro non è tutta nella società; il sacro si alimenta del sentimento di perpetuità dell'essere, perpetuità vacillante e precaria a carico dei viventi» (I 250). Come abbiamo visto nella *Nota complementare* la categoria di sacro svela infatti un radicamento biologico che rende conto della sua costitutiva binarietà. Tuttavia la sacralità si costituisce come tale solo in quanto "fase" della cultura (intendendo quest'ultima come l'insieme delle diverse modalità di relazione tra uomo e mondo e tra uomini), e perciò non ha senso spiegarla esclusivamente come funzione biologica, ciò che vale anche per la funzione politica che da essa, come fase, deriva. Così anche il tentativo di attribuire alla vita una "politicità" intrinseca finisce per mostrare i propri limiti, soprattutto nell'ottica dell'estensione da parte di Simondon, grazie ai concetti di metastabilità e trasduzione, della potenza inventiva alla materia stessa. Simondon eredita infatti da Canguilhem il problema di legare norma e vita, con tutte le questioni che sorgono appunto dal concepire la vita non come sostanza, ma come attività (normatività), e di pensare le istituzioni a questa altezza. Ma a partire da Simondon a questa altezza non si è autorizzati a pensare nulla. Se occorre desostanzializzare l'ambito del politico, non si può fondarlo neppure sulla vita in quanto attività normativa, perché anche la materia è attività normativa: allora tutto, dunque nulla, sarebbe politico. Piuttosto, bisogna differenziare i regimi di attività inventiva e normativa, cosicché il problema diventa: qual è il regime di attività normativa che definisce il politico? Questo equivale a definire il regime di attività normativa che definisce l'umano? La risposta può essere affermativa solamente se l'umano non viene caratterizzato né in relazione alla specie, né in relazione ad un'appartenenza di qualche altro genere (spirituale, storica, religiosa o "razziale", ecc.) che sia assoluta, binaria: all'umano inteso nella sua prestazione transindividuale, infatti, non si appartiene che "analogicamente", sotto certe condizioni di sistema (a tratti e in parte). Uomini non si nasce, ma si (ri)diventa continuamente, *anche* attraverso il *milieu* degli oggetti tecnici.

Certo il collettivo è in Simondon vettore di individuazione transindividuale proprio grazie alla sua corrispondenza con *schemi* di tipo biologico dei quali si fa trasduttore. Ma il collettivo non è affatto *la condizione* del processo di individuazione transindividuale: il collettivo è l'esito e la continuazione di un processo di cui più organismi entrati in relazione attraverso un *milieu* preindividuale associato sono la condizione necessaria ma non sufficiente. Quello transindividuale è un processo la cui condizione prima è l'individuazione bio-tecnica, ma appunto in quanto ad essa *non si riduce* l'individuazione collettiva: perché quest'ultima né può risultare interamente risolta in quella, né, tantomeno, può essere con essa arbitrariamente identificata. La cosa è di estrema importanza poiché in questo modo - ovviamente ci riferiamo a Simondon - non è possibile stabilire alcuna relazione necessaria tra costituzione bio-tecnica dell'*homo sapiens* e produzione del collettivo senza far riferimento ad una tradizione e ad un universo simbolico determinati: al sistema metastabile e transindividuale che dell'esplicarsi di quella potenza (tutta biologica) stabilisce le condizioni di soglia e di possibilità.

Anche Stiegler tenta di fornire determinatezza al concetto di transindividuale, ma lo fa traducendo l'ipotesi heideggeriana della "finitezza" dell'umano nella sua costituzione tecnica. Egli rileva il principale limite della posizione di Simondon nella sua adozione dell'ancora troppo "probabilistica"[6] teoria cibernetica dell'informazione, a cui dovrebbe rimediare invece l'appello «all'indeterminato nel senso heideggeriano e alla *différance* in senso derridiano», ovvero una rilettura fenomenologica del concetto di metastabilità come ulteriore riproposizione dell'orizzonte di una finitezza di heideggeriana memoria: «*modo d'esistenza della dinamica del sistema che costituisce il processo d'individuazione*, a partire dalla *proteticità* come *mancanza d'origine*, cioè come *disequilibrio originario*» (Stiegler 2006b, p. 71). L'operazione di Stiegler si richiama infatti esplicitamente ad Heidegger ed alla fenomenologia husserliana riletta attraverso Leroi-Gourhan e Derrida. La finitezza vi si traduce come strutturale "proteticità" dell'uomo in quanto costituito da una tecnicità che consiste essenzialmente nella produzione di "*hypomnemata*": strumenti di supporto dell'individuazione collettiva attraverso i quali gli uomini entrano in relazione con il mondo. Il transindividuale è infatti il regime di individuazione in cui, grazie alle "protesi" tecniche, non va perduta «la somma degli eventi» attraverso i quali si costituiscono *contemporaneamente* lo psichico e il collettivo a partire da un «già-là non-vissuto tecnico e preindividuale»: l'individuo nasce cioè in un *milieu* misto, fatto di tracce che costituiscono la memoria collettiva e di potenziale energetico preindividuale, che insieme attivano processi di individuazione tecnica (cfr. Id. 1998, pp. 251-52). Per Stiegler, insomma, il transindividuale procede sulla base di un preindividuale pensato nell'uomo come strutturalmente associato ad una «effettività della tecnicità [...] in quanto individuazione tecnica» (*Ivi*, p. 256) che definisce per così dire il "destino" dell'uomo. Tale posizione, già ampiamente espressa in Stiegler (1994), costituisce un punto di riferimento immancabile per tutto le successive letture "politiche" di Simondon, ed ha l'indiscutibile merito di criticare un'interpretazione unilaterale del testo di Simondon, quella di Hottois (1994), che rischia di schiacciare l'aspetto della produzione simbolica nella direzione esclusiva della dimensione ecumenica (cfr. Combes 1999, pp. 103-4).

Ma a che cosa serve dunque Simondon a Stiegler? Gli serve per costituire le basi di una teoria della "tecnicità" come margine di indeterminazione costitutivo tanto della natura, quanto dell'individuo transindividualmente costituito, e produrre così una teoria dell'individuazione collettiva sempre aperta alla contingenza dell'(inter)evento attraverso la tecnica, perché un intervento tecnico è un intervento sull'uomo *in quanto* intervento sul *milieu* storico culturale entro il quale l'uomo si costituisce. Per questa ragione il punto chiave dell'opera di Simondon è per Stiegler l'accenno presente in *Du mode*, e da Simondon mai definitivamente preso in carico, all'ipotesi che l'attività tecnica possa essere «il modello della relazione collettiva» (MEOT 245). Ma il concetto di transindividuale non è affatto centrale in *Du mode*. Le poche pagine della *Conclusione*, come abbiamo visto, sono le sole in cui compare nel testo la parola "transindividuale", e Simondon vi sostiene abbastanza chiaramente che l'attività tecnica non è il solo modo della relazione transindividuale: «l'attività tecnica [...] non è il solo modo e il solo contenuto del collettivo, essa è del collettivo [*du collectif*], e, *in alcuni casi*, è attorno all'attività tecnica che può nascere il gruppo collettivo» (*Ibidem*, sott. ns.). Tutto ciò ci sembra confermato dalla direzione assunta dalla sua ricerca a partire dal corso *Psycho-sociologie de la technicité*, dove tenta di definire la tecnicità e l'oggetto tecnico a partire dalla loro funzione "culturale", ponendo la questione in termini critici ma compatibili con il linguaggio marxiano quando afferma che oltre al valore d'uso e il valore di scambio legato alla sua funzione sociale, l'oggetto ha un valore propriamente "culturale" (cfr. PST 65-66). Ebbene, in questo contesto Simondon ribadisce che la tecnicità appartiene, come modo o "fase", ad un sistema collettivo che la supera e che non si può ritenere dipenda integralmente da essa, neppure relativamente al versante inventivo: «la tecnicità è una caratteristica dell'insieme funzionale che ricopre il mondo e nel quale l'oggetto tecnico prende una significazione, gioca un ruolo con degli altri oggetti» (PST 324).

Contro Stiegler va dunque rimarcato da un lato quanto sia problematico leggere il "preindividuale associato" come "già-là" protetico, dall'altro che l'individuazione tecnica, il cui ruolo è pure centrale, non esaurisce affatto secondo Simondon la fenomenologia delle "condizioni associate" all'individuazione psichica e collettiva. In realtà non ci sembra affatto evidente l'incapacità di Simondon di cogliere la "miseria simbolica" come rischio proprio della contemporaneità, quanto piuttosto ci sembrano evidenti tanto la sua cecità di fronte a fenomeni regressivi la cui portata e scala è all'altezza di competere con il *trend* dell'individuazione tecnica su scala mondiale, quanto, ciò che forse ne è la causa, la sua cieca fiducia nelle istituzioni. La critica di Stiegler a Simondon punta invece sul fatto che questi mancherebbe l'articolazione di individuazione tecnica e individuazione sociale; incapace di cogliere la valenza antropogeneticamente e fenomenologicamente determinante della materialità del "supporto mnestico" e del suo monopolio, egli non riuscirebbe a cogliere il rischio proprio della contemporaneità: «la perdita d'individuazione come *possibilità d'un blocco del processo d'individuazione psichica e collettiva occidentale*» (Stiegler 2006b, p. 71). Tale blocco sarebbe la vera posta in gioco politica che Simondon non è in grado di focalizzare in quanto non assume né la funzione determinante della tecnica nei processi di individuazione collettiva, né l'entropia caratterizzante la tendenza alla digitalizzazione dell'amministrazione sociale (cfr. *Ivi*, p. 66). La diagnosi politica di Stiegler (2006b) condividerebbe dunque con Simondon il proprio oggetto, la società tecnologica avanzata, ma introducendo una maggiore accentuazione del fattore marxista di critica al modello di produzione capitalista e strumenti di tipo psicoanalitico utili a leggere il processo di soggettivazione in atto[7].

Ora, ci sembra necessario evidenziare come sia proprio il lavoro di Simondon sugli elementi di indeterminazione sistemica, a permettere a Stiegler di cogliere la posta in gioco politica di un intervento tecnico nel processo di ominizzazione chiamando in ballo quella "doppia economia" di cui egli parla (cfr. Id. 2006b p. 73), mentre invece è proprio il riferimento heideggeriano a rischiare di far scadere il suo discorso in un'antropologia e in una concezione "destinale" della tecnica. Nel suo lavoro Stiegler muove in una direzione in cui non solo, come giustamente sottolinea Combes, «la tecnica *come rete* costituisce oramai un *milieu* che condiziona l'agire umano» (Combes 1999, p. 128), ma dove la tecnica risulta all'origine stessa dell'umano in quanto generato collettivamente, e in questo senso costituisce, si potrebbe dire - sebbene in senso per nulla heideggeriano[8] - il suo destino. Ecco che allora, quando Combes schematizza l'opposizione tra "politiche della vita" e "politiche della memoria" chiedendosi, attraverso Agamben (1995) «se la vita non sia in se stessa sempre-già politica» (Combes 1999, p. 113), pur opponendosi a Stiegler finisce per aderire, in modo complementare, ad una prospettiva che in fin dei conti schiude l'ennesima antropologia politica sul "destino" di una natura che, sia pure "trasduttiva", richiede di «inventare nuove forme di fedeltà» (*Ivi*, p. 128)[9].

Ecco il punto. Entrambe le prospettive non riconoscono la funzione diagnostica della ricostruzione ontogenetica operata da Simondon, perché la confondono con una metafisica relazionale, rispettivamente della vita o della tecnica, che offre le basi di un'antropologia che, sebbene relazionale e processuale, si dovrebbe occupare di un uomo la cui originaria inventività (vitale o tecnica) garantirebbe comunque lo spazio dell'azione politica (contro-istituzionale o istituzionale). Invece per Simondon "l'origine" va sempre indagata con atteggiamento misto, per così dire empirico-filosofico, e clinico: il problema dell'origine è di volta in volta un problema che va declinato come problema dell'operazione che genera una struttura, un sistema, un individuo che non appartengono ad alcun genere o specie, perché sono singolari, ma non per questo inconoscibili. *Questa* origine, di *questo* campo dell'umano è ciò di cui la filosofia "politica" di Simondon autorizza ad occuparsi. Non ha senso in tale ottica opporre e tantomeno scegliere tra "politiche della vita" e "politiche della memoria", ciò che porterebbe ad intendere - in senso astratto e ristretto - la vita come pura capacità creativa o la memoria come pura capacità conservativa, ma, *in ogni caso*, a fondare l'umano come "apertura" piuttosto che indagarne la configurazione strutturale come "campo". Se Stiegler rischia di non vedere la continuità di ciò che è biologico, il suo persistere come "fase" il cui riassorbimento è impossibile nell'orizzonte fenomenologico aperto dalla "proteticità tecnica" propria dell'uomo, Combes dal suo canto non sembra cogliere la storicità sedimentata nelle normatività tecniche, il loro aspetto non inventivo ma trasduttivo, la loro appartenenza ad una tradizione senza la quale lo schematismo biologico da esse veicolato sarebbe per così dire disincarnato. Aderire ad una concezione del politico come pura invenzione vitale o sposare l'ottica di una politica come organizzazione tecnica della riproduzione sociale tramite le istituzioni sono, nella prospettiva sviluppata da Simondon, operazioni ugualmente limitate e in fin dei conti complementari. Ovviamente la vita può creare solo a partire da ciò che la memoria collettiva mette a disposizione, e la memoria può conservare solo ciò che la vita-tecnica ha creato ed ha la forza di riattivare. Ma soltanto in questa dinamica - all'interno della quale il sistema sociale è il campo in cui è sempre attivo il passaggio natura-cultura e in cui *a volte* si costituisce ciò che è umano - consiste, per Simondon, l'operare del transindividuale.

[1] «Lasceremo ad altri il compito di valutare la portata, il valore e la riuscita della riforma pedagogica di Simondon. Ciò che importa è che questa prospettiva culturale non gli permette di svolgere il problema che la sua opera tuttavia pone» (Combes 2004).

[2] «È necessario distinguere cultura e realtà transindividuale; la cultura è in qualche modo neutra; essa chiede di essere polarizzata dal soggetto che si mette in questione» (I 279).

[3] Va ricordato che solamente l'individuo «si traduce nel collettivo [...] si converte in significazione, si perpetua in informazione, implicita o esplicita, vitale o culturale» (I 217).

[4] Il circolo *Eranos* (i cui convegni avevano sede in Svizzera, sul Lago Maggiore) a partire dagli anni '30 fino alla fine degli anni '70 accolse intellettuali di diversa estrazione (dalla biologia, alla psicologia, all'antropologia, allo studio delle religioni) tra i quali anche Kerényi, Jung ed Eliade, riferimenti spesso utilizzati da Simondon. Portmann è un'altro degli autori presenti nella galleria bibliografica dell'*Individuation*, con il testo di zoologia *Animal forms and patterns* (1952), nel quale sono presenti anche riferimenti a Merleau-Ponty e Ruyer. Secondo Portmann, contro ogni opposizione irrazionalista al dominio della ragione, «per un occidentale la soluzione consiste da un lato nello spingere al massimo lo studio dei fenomeni naturali, e dall'altro nell'approfondire la conoscenza della realtà più vasta della nostra esperienza» (*Ivi*, p. 221).

[5] Portmann osserva come la singolarità dell'*homo sapiens* derivi dall'anomala durata e configurazione del suo "periodo di gestazione", che risulta diviso in due parti: i 266 giorni dalla concezione alla nascita e il periodo extra-uterino che dura almeno altri tredici mesi (cfr. *Ibidem*).

[6] Ipotesi negata da tutta la prima parte del nostro lavoro. Semmai Simondon si trova in difficoltà a maneggiare il concetto cibernetico di informazione, proprio a causa del fatto che *contro di esso* egli intende proporre una teoria non-probabilistica dell'informazione (cfr. FIP 549).

[7] Se in generale nella relazione sociale il soggetto apprende a sublimare ovvero a deviare l'investimento libidico dai piaceri verso altro rispetto alla soddisfazione immediata, legata al principio del piacere, secondo Stiegler tale sublimazione produce necessariamente dipendenza, "adozione" (*Ivi*, pp. 76-77). Si tratta di una dipendenza che priva parzialmente l'individuo della sua libertà, ma è tuttavia "necessaria" per il costituirsi del legame sociale: «la possibilità di produrre transindividuazione (un NOI, un'identità collettiva) presuppone la sublimazione» (*Ivi*, p. 29). La libertà è in questo senso l'effetto del principio di realtà: la capacità di sublimare, di spostare il desiderio. Ogni forma di società conosce così differenti modalità di sublimazione, di organizzazione della libido infantile e dunque di libertà. Ebbene, «il capitalismo iperindustriale» per Stiegler funziona secondo un meccanismo inedito: «sposta la libido infantile verso gli oggetti di consumo» (*Ivi*, p. 76). Si tratta di un meccanismo particolarmente rischioso in quanto mina le basi stesse del legame sociale, perché in questo modo il desiderio non può più essere condiviso: la *libido* non è più investita nella costituzione di un *noi*, di un collettivo, ma chiusa in individualità separate, in rapporto diretto con la loro pulsione, senza alcuna mediazione sociale. I singoli consumatori sono in rapporto diretto, autistico, con i propri oggetti di consumo, e il desiderio ripiega sull'immediatezza della pulsione: diviene "pura *jouissance*". Tutto ciò è legato al meccanismo dell'economia di mercato: «questo nuovo processo di adozione [dipendenza], governato dal management e il marketing, consiste nell'eleggere oggetti di sublimazione selezionati in vista della rendita migliore, NON in vista di processi di individuazione collettiva» (*Ivi*, p. 79). Ebbene, secondo Stiegler, il "calo tendenziale dell'energia libidica" è "destino" del capitalismo iperindustriale. La «pulsionalizzazione del desiderio» tramite i mezzi

di persuasione di massa determina infatti l'incapacità di sublimare e porta perciò alla distruzione del legame sociale. Ma non solo. Poiché anche il lavoro salariato è possibile soltanto grazie ad una forte capacità di sublimazione, il capitalismo iperindustriale, che produce generazioni di consumatori, non è in grado di riprodurre generazioni di lavoratori ed è dunque caratterizzato da un movimento autodistruttivo che Stiegler, parafrasando Marx, chiama «calo tendenziale del tasso libidico». Secondo Stiegler si tratta perciò non tanto di salvare il capitalismo, ma di organizzarne la scomparsa nel migliore dei modi possibili, evitando che ad esso subentri di peggio. Così la politica, intesa come la «cura di una società per se stessa» assume il suo compito di lotta - istituzionale e non - *contro* il governo (di sé e *dunque* degli altri) da parte del marketing della produzione di soggettività-desiderio, e tale lotta non può che essere produttiva di modalità di individuazione collettiva alternative a quelle che passano attraverso il mercato: «la politica [...] deve essere pensata, contro questa incuria che è divenuto il capitalismo iperindustriale, come *economia libidica*» (*Ivi*, p. 14). E l'unico modo per competere con il mercato a questo livello è produrre processi di individuazione a forte impatto libidico, ma capaci anche di determinare sublimazione, *dunque* individuazione collettiva. Le alternative, in un'ottica fortemente ispirata a Simondon sembrano allora essere due: l'una regressiva, di chiusura identitaria, bisognosa di un nemico "altro" rispetto al quale convogliare l'energia libidica; l'altra progressiva, di apertura sperimentale, politica in quanto tecnica, ovvero legata a nuove protesi tecniche dell'individuazione collettiva.

[8] In quanto non solo l'essenza della tecnica, ma la stessa essenza dell'umano è, secondo Stiegler, davvero "tecnica". Si tratta della direzione contemporaneamente indicata proprio da Michel Simondon, figlio di Gilbert, nel suo saggio intitolato *L'ambiguïté de l'opération technique. Le geste technique et la vie* (1994), dove, richiamandosi esplicitamente al padre, egli colloca la tecnica «alle soglie dell'antropogenesi» (*Ivi*, p. 112), legandola all'istituzione di una temporalità da cui sorge anche la funzione simbolica, ma negando che di essa si dia un destino. Secondo M. Simondon infatti le tecniche (e le scienze, che da esse derivano) vanno comprese, sulla scorta di Canguilhem, come «innanzitutto delle risposte a problemi vitali. La tecnica regola l'attività attraverso la mobilizzazione e l'arrangiamento compatibile dei mezzi in vista di un'efficacia operatoria che è soluzione di un problema» (*Ivi*, p. 100). M. Simondon cita proprio il saggio di Canguilhem *Macchina e organismo* (in Id. 1952), per affermare che l'analisi della finalità operatoria propria all'ordine tecnologico rinvia sempre alla vita (*Ivi*, p. 105). Ora, la tecnica assume nell'uomo una particolare consistenza in quanto produce effetti di ritorno determinanti sul soggetto dell'azione: «attraverso la tecnica, terzo termine intermedio, il mondo diviene, per il vivente umano *singolarmente*, campo evolutivo d'azione» (*Ivi*, p. 96). L'espansione evolutiva di quell'azione vitale in cui consiste il gesto tecnico avviene grazie alla costituzione di una temporalità propriamente umana e collettiva, generata in un "distacco" dagli utensili e dal mondo (cfr. *Ivi*, p. 97). La modalità relazionale così generata tra uomo e mondo non ha nulla della sintesi dialettica, ma descrive la determinazione del campo dell'umano: «se l'operazione tecnica è profondamente mediatrice, lo è nel senso di una relazione ambigua, tesa tra l'espressione dei potenziali della vita e la decostruzione delle norme naturalmente date, in uno sgorgare di modalità operatorie disegnanti il differire dei possibili. La mediazione del processo tecnico non acquista così il carattere di una dialettica di distruzione della natura che procede solamente da una negazione, non più di quello di un'imposizione a priori dei tratti essenziali di un'umanità che sigilla i suoi progetti nell'efficacia grazie alla mediazione delle sue opere» (*Ivi*, p. 112). Né il destino della realizzazione dei "tratti essenziali" dell'umanità, né la pura apertura dell'agire, ma una serie di vincoli che però non determinano un'essenza, ma un campo, appunto, la cui configurazione e i cui divenire tendenziali sono, per M. Simondon, l'oggetto di una scienza del vivente i cui limiti e le cui condizioni rimangono sempre da definire.

[9] Secondo Barthélémy (2006) invece la non-antropologia di Simondon conserverebbe un carattere "destinale" a causa della sua incapacità di riconoscere l'ontologia genetica come parte di una problematica più ampia, di stampo fenomenologico, che altrove egli chiama "ermeneutica riflessiva" (cfr. *Ivi*, pp. 129-32). Per la nostra discussione della posizione di Barthélémy, cfr. *supra*, p. 84, n. 24.

CONCLUSIONE

> Pourquoi la science, fille de la peur de la vie, ne pourrait-elle pas être, comme détermination des limites de la vie, acceptée par la vie et utilisée courageusement par la vie? Qu'est-ce qu'un pouvoir sans lucidité sur ses limites?
>
> Canguilhem, *De la science et de la contre-science*

NATURA UMANA

Dunque il problema della natura umana può essere il problema filosofico-politico per eccellenza? Stabilire la norma di ciò che è umano e da essa ricavare la normalità del funzionamento sociale, è operazione davvero legata a un modello di società rigido e fortemente gerarchizzato? Sostenere invece l'essenziale indeterminatezza della natura umana richiamandosi all'inesauribile forza d'invenzione della vita, costituisce una reale alternativa alla fissazione dell'origine di tale capacità inventiva in un particolare aspetto che, designato una volta per tutte come *la* natura umana, diverrebbe *il* valore etico e politico per eccellenza? Si tratta in ogni caso di ipotesi che partecipano del problema filosofico, scientifico e teologico di una natura umana quale posta in gioco politica.

Grazie a Simondon siamo invece spinti a chiederci se sia possibile evitare di assumere questa prospettiva. È possibile pensare una politica che non abbia a che fare (e tantomeno si fondi) sull'ipotesi di una determinata concezione della natura umana o, *specularmente*, sull'assioma della sua impossibile fissazione? Simondon non si occupa - direttamente - di filosofia politica, forse perché, non avendo alcuna "natura umana" da mettere in gioco, alcuna antropologia da ostentare, non può formulare in relazione ad essa un pensiero politico in senso classico. Eppure alcune prospettive politiche si aprono proprio a partire dalla sua non-antropologia, nella quale individui, strumenti tecnici, simboli e processi collettivi sono condizione gli uni degli altri, in un divenire le cui aperture sono sempre parziali e determinate, e gli interventi possibili non sono mai garantiti. In questa prospettiva filosofia, scienze e politica procedono a stretto contatto. Nella "filosofia della natura" di Simondon non si dà un'infrastruttura fatta di relazioni causali complesse. La fisica classica non è il piano della spiegazione ultima dei fenomeni, ma *un* piano della formalizzazione simbolica intrecciato ad altri piani rispetto ai quali la termodinamica, la fisica quantistica, la biologia, le scienze sociali forniscono differenti modelli. Le diverse scienze appartengono così ad una sequenza progressiva la cui origine sta nella sfasatura tra operazione e azione, e la cui tendenza verso l'universalità permane sfasata, dunque definibile in relazione ad un'altra tendenza normativa, rispetto ad essa divergente: l'assiologia etico-politica. Proprio a partire da questi presupposti ci interrogheremo per concludere sul rapporto tra l'universale nella scienza e l'universale in politica.

FORMALIZZAZIONE SIMBOLICA

In *Imagination et invention* Simondon mostra chiaramente come all'altezza della relazione collettiva si diano due tipologie di formalizzazione simbolica, tra loro sfasate, e tendenti a due diversi tipi di universalità. Si tratta, nei termini di Simondon, rispettivamente di una "formalizzazione oggettiva dell'operazione" e di una "formalizzazione soggettiva dell'azione". La "formalizzazione delle operazioni" è una formalizzazione «il più indipendente possibile da riferimenti ad un soggetto», che tende a divenire la base per lo sviluppo di un sapere scientifico che funge da «sistema universale di compatibilità» (IMI 157). Tale forma della produzione simbolica prende avvio dalla riflessione sui «procedimenti operatori delle tecniche», in particolare di quelle tecniche che richiedono l'impiego di esseri viventi in grado di ricevere ed elaborare informazioni (mammiferi e schiavi). La formalizzazione dei procedimenti tecnici nasce così in vista di una programmazione sistematica del lavoro e rende l'attività tecnica massimamente disponibile all'apprendimento:

> il ricorso alla rappresentazione astratta comincia con l'uso degli animali domestici ed acquista la sua piena estensione con la schiavitù o con forme di lavoro implicanti subordinazione, dunque formulazione dello scopo in modo univoco attraverso un sistema di ordini (IMI 154).

Per questo la scienza si costituisce tendenzialmente come una «simbolica universale e omogenea [...] che offre un più elevato livello di espansione, fuori delle situazioni concrete, all'attività di invenzione» (IMI 156), e che dunque non smette di recare in sé l'impronta della propria origine: nel "mondo" della scienza «sapere e potere sono reciprocamente convertibili l'uno nell'altro» (IMI 157) e al limite coincidono.

Al complesso tecniche-scienza e alla formalizzazione simbolica di tutto ciò che è operatorio, fa da controparte la formalizzazione simbolica di ciò che essendo "affettivo-emotivo" riguarda l'azione: «l'azione, individuale e collettiva, si distingue dall'operazione; essa ha i suoi modi di compatibilità, che sono delle norme e delle ritualizzazioni ma non dei procedimenti» (*Ibidem*). Le arti, le religioni, il pensiero giuridico e politico, stabiliscono i ritmi e gli spazi, i punti chiave e le soglie, del tempo vissuto individuale e collettivo (cfr. IMI 158). Si tratta ancora di processi di formalizzazione che hanno il carattere dell'invenzione normativa, ma che in questo caso costituiscono "sistemi di conversione" dell'agire sociale grazie ai quali è possibile comparare e valutare decisioni, azioni ed attività differenti, costituendo delle «simboliche dell'azione che possono essere insegnate e propagate» (*Ibidem*). In questo senso Simondon può affermare che «l'invenzione, anche nel dominio normativo, tende verso l'universale» (IMI 159). La formalizzazione assiologica si sviluppa come una "catena d'invenzioni" fatta di integrazioni e amplificazioni successive a partire da strutture elementari, vere e proprie "fonti di normatività" che, grazie alla loro semplicità paradigmatica (e in questo senso "archetipica"), possono modulare e rendere compatibili differenti sistemi normativi: «in questo modo una morale recentemente inventata s'installa, grazie alla sua normatività più fine, nell'intervallo d'indifferenza che resta al di sotto della soglia delle morali precedenti» (IMI 162). Così Simondon arriva a delineare un vettore di amplificazione progressiva anche nella "storia" della formalizzazione assiologica: «si tratta di strutture sempre più semplici che servono da base alla formalizzazione normativa, costituendo altrettante invenzioni» (Ibidem)[1].

Ebbene, è ancora una volta un modello biologico a rendere comprensibile, per Simondon, l'operazione (teorico-pratica) di formalizzazione, in relazione alla quale l'invenzione è definita appunto come ciò che attiva una struttura catalizzatrice di potenziali diffusi nel campo in cui essa opera innescando così il processo di costituzione di un nuovo sistema:

> in questa forma l'invenzione, pratica o simbolica (formalizzazione), è il risultato di un'interazione tra un campo attuale di finalità e un campo d'esperienza accumulata. L'atto d'invenzione non è essenzialmente differente dai modi di crescita organizzata che caratterizzano gli organismi: durante la crescita una struttura recluta e ripartisce per un risultato amplificante delle risorse fornite dal milieu; la realtà endogena debole e minima governa e distribuisce la realtà esogena (IMI 162).

A questo livello l'invenzione tecnico-scientifica scorre insomma parallela all'invenzione etico-politica: entrambe invenzioni di tipo teorico-pratico, hanno come condizione una formalizzazione simbolica che è a sua volta l'esito avanzato dell'incrocio di processi di tipo biologico e transindividuale, e tendono ad uno sviluppo progressivo, regolato dall'emergere incalcolabile dell'invenzione. Tuttavia, in quanto caratterizzati da differenti forme di storicità, veicolano anche due diversi generi di universalità. Le formalizzazioni assiologiche si accompagnano infatti sempre - afferma Simondon - a delle "dominanze": «nel dominio normativo, furono tanto il pensiero religioso, quanto la teoria politica e la ricerca giuridica ad offrire ai "valori" una sistematizzazione compatibile costituente un sistema completo» (IMI 160). Tale "sistema completo" diviene il paradigma dominante di un'epoca, quello in rapporto al quale i gruppi umani costituiscono e tentano di risolvere i problemi. Così, oggi, abbiamo a che fare con «un sistema economico-sociale che incorpora gli altri aspetti della normatività situandoli in relazione alle proprie categorie».

Ma se in generale, a causa della loro costitutiva "relatività storica", la capacità sintetica delle simboliche dell'azione non può essere quella di una "universalità assoluta" (cfr. IMI 160), d'altra parte invece le scienze pure sono caratterizzate da una forma di universalità la cui assolutezza ne rende la peculiare storicità - secondo Simondon - «più progressiva, più cumulativa» (IMI 27). In questa direzione va letta la disgiunzione radicale tra la storicità circolare propria delle culture e la storicità tendenzialmente lineare del sapere: «il sapere è progressivo e continuo, mentre dopo ogni ciclo le culture si disorganizzano, cambiano di struttura, e rinascono secondo nuovi principi» (IMI 28). Ciò che ribadisce come le due formalizzazioni simboliche, tecnico-scientifica e normativa, costituiscano il campo dell'umano, con la sua storia fatta di eredità ed invenzione, di aspetti strutturali e dinamici il cui intreccio lega indissolubilmente scienza e politica. Se da una parte, grazie al progresso della formalizzazione simbolica scientifica - possibile grazie a determinati presupposti socio-politici - la tecnica può risolvere problemi di un altro ordine di grandezza rispetto al campo della propria applicazione ordinaria, d'altra parte ed allo stesso modo anche l'invenzione sociale risulta continuamente rilanciata in un processo di formalizzazione simbolica normativa - possibile grazie a determinati presupposti tecnico-scientifici - verso la risoluzione di problemi di tipo etico e politico.

Ma come formalizzare la pratica dell'invenzione assiologica senza costituire un sistema chiuso, senza disinnescare l'aspetto aleatorio dell'invenzione e ridurre la pratica etico-politica ad una sua rappresentazione schiacciata su modalità operative che appartengono all'altro tipo di formalizzazione? D'altra parte, come integrare l'universalità "radicale" della formalizzazione tecnico-scientifica rigettandone le basi materiali, il peccato originale, ovvero il radicamento in una relazione operativa di comando, se mai sia possibile svincolare il sapere dalla presunzione di potere che gli è coessenziale? Come ricavare insomma dalla normatività assiologica il massimo di universalizzazione possibile attraverso l'innesto della normatività tecnico-scientifica senza che ciò porti con sé la riduzione di quest'ultima a strumento di dominio al servizio di un'assiologia chiusa della quale contribuirebbe a consolidare la gerarchia? Ebbene, data la prospettiva aperta dal pensiero di Simondon, la combinatoria degli interventi possibili e degli effetti dell'invenzione normativa opera sullo sfondo indiscutibile di processi evolutivi certo non valutabili secondo una normatività costituita una volta per tutte, ma il cui andamento cumulativo delinea soglie di irreversibilità e traiettorie parzialmente calcolabili che incidono, oggi, direttamente sul campo del "transindividuale".

INVENZIONE SOCIALE E ATTO DI GOVERNO

Il concetto di transindividuale implica una sorta di "intermittenza" dell'umano, che non è mai dato, ma "avviene" solamente sotto certe condizioni di stato ed evenemenziali. L'individuazione transindividuale è dell'ordine del collettivo, ma è molto più e molto meno di una società: è il suo fattore energetico ma anche sempre, e proprio per questo, fattore di crisi strutturale per il sistema sociale. Tale fattore non può essere interamente regolato senza venire depotenziato, non può essere liberato senza che ciò lo renda ingovernabile; la sua neutralizzazione innesca processi regressivi, il suo potenziamento rende insostenibile il sistema. Sociale e transindividuale, sebbene radicalmente differenziati, sono dunque strettamente vincolati. Il sociale è dell'ordine del continuo ed ha a che fare con le istituzioni e con tutto ciò che determina l'omeostasi di un sistema, il transindividuale invece è dell'ordine del discontinuo e ha a che fare con l'innesco di processi che possono avvenire solo in sistemi metastabili, secondo condizioni di stato e di soglia "date" e calcolabili. Il problema politico ha dunque due aspetti: è il problema dell'invenzione collettiva, ma è anche il problema della compatibilità dell'invenzione con le condizioni di stato del sistema sociale. Proprio per questo una politica reale si gioca sempre, rispetto a un sistema sociale, *tra* il rischio della sua dissoluzione e un destino di morte per eccesso di stabilità, e consiste nelle preparazione (essendone impossibile la semplice "programmazione") e nella gestione degli effetti (essendone impossibile la semplice "regolazione") dell'invenzione. Per differenziare l'aspetto istituzionale, regolatore, normale della relazione sociale dal suo versante inventivo, normativo, Simondon codifica nel rapporto tra "sacralità" e "tecnicità" i termini che caratterizzerebbero la modalità contemporanea di tale opposizione. Sebbene storicamente ambiti diversi del sistema socioculturale (fasi) abbiano determinato diverse modalità dei processi di innovazione sociale, nella contemporaneità il *milieu* privilegiato di operazioni di tipo inventivo è la "tecnicità". Sebbene la storia delle culture abbia in generale andamento ciclico, questo fa della nostra un'epoca decisiva, perché la tecnica è, tra le "fasi" della cultura, la più vicina ai bisogni fondamentali dell'uomo in quanto individuo biologico, e dunque l'invenzione tecnica è in linea di principio la più universalizzabile, e di fatto la più universale. Oggi, data l'estensione planetaria della tecnica, e proprio in ragione del suo radicamento biologico, la sua forza destabilizzante rispetto qualunque sistema sociale è tale da suscitare fenomeni di "cattura" del suo tendenziale universalismo in chiusure reattive, di tipo comunitario, o in forme di apertura indefinita come l'economia di mercato, ugualmente volte a deviare il potenziale evolutivo della tecnicità sul piano sociale-normativo verso forme di regolazione regressive. "Filosofia" è il nome dato da Simondon alla pratica riflessiva che operando pedagogicamente, ovvero su quel *milieu* dei gruppi umani che è la cultura, potrebbe essere in grado di disinnescare tali apparati di cattura, sottraendo loro il materiale umano di cui necessitano ma di cui necessita anche la società per produrre invenzione.

Il pensiero di Simondon permette in questo senso di riformulare il rapporto sociale/politico in termini di "eccedenza interna", per cui se è vero che ogni società è stabilizzata da un intreccio di apparati normativi, è anche vero che il suo funzionamento non è tuttavia interamente determinato dalla struttura di compatibilità del loro sistema. Vi è - nei termini di Simondon - un'eccedenza dell'operazione sulla struttura che è ineliminabile perché costitutiva della struttura stessa. Il politico va letto così come l'eccedenza del sociale in quanto operazione (di invenzione normativa) sul legame sociale in quanto strutturato, ovvero come insieme degli apparati di regolazione omeostatica: credenze, miti, norme, giurisprudenza, istituzioni. Se il sociale è all'origine della norma e la norma sta alla base del sociale, se cioè attraverso la norma il sociale struttura se stesso, il politico si situa nei margini di non-tenuta della normatività costituita, quale emergenza inevitabile - entro le figure del sociale - del problema della "natura umana": proprio quella natura umana "evenemenziale" insomma (come d'altra parte ogni "natura") che il pensiero filosofico-politico moderno aveva voluto formalizzare nei termini del determinismo meccanicista ed aveva perciò cancellato e perduto nella sua teoria della macchina-stato. Così, una volta compreso che la stabilità omeostatica tende all'entropia, si rivela necessario un intervento che miri a "interrompere" il processo di stabilizzazione strutturale, l'inerzia entropica appunto del sistema sociale. Tale intervento è sempre rischioso perché rompe con un ordine costituito, ma è necessario affinché quell'ordine non si risolva nella propria lenta dissoluzione. Si tratta di un intervento che emerge dall'interno della situazione come costruzione di relazioni tra omeostasi differenti, processi già in atto, che di per sé non entrano in contatto perché funzionano su ordini di grandezza differenti. Tale intervento è l'atto di governo:

> come il vivente si fonda sulle omeostasi per svilupparsi e divenire anziché rimanere perennemente nello stesso stato, così nell'atto di governo vi è una forza di avvenimento assoluto, che fa leva su delle omeostasi ma le supera e impiega (MEOT 151).

Dire che non si dà atto di governo se non sulla base di processi omeostatici significa dire che non c'è governo senza società, nel senso di una società costituita da meccanismi di regolazione "sfasati" che funzionano già, contemporaneamente e su scale differenti, senza la necessità di alcun governo. Dunque a rigore la società non esiste mai come *una*, e tuttavia le condizioni di possibilità di un atto di governo sono determinate proprio dal campo configurato dalle singole omeostasi sociali che ne delimitano i margini d'intervento. L'atto di governo non è insomma ciò che istituisce la società, ma ciò che, a partire da processualità di differenti ordini di grandezza (da un campo del sociale già strutturato e attivo) istituisce una relazione che tenta di renderle compatibili in un sistema più o meno "metastabile", cioè più o meno capace di ulteriori trasformazioni. Non solo. Situare l'emergenza dell'atto di governo in relazione differenziale interna rispetto alla società significa riconoscere la sua origine nella stessa relazione tra le differenti omeostasi sociali, per così dire nel loro attrito. Il che significa anche che a partire da una scienza del sociale così inteso si possono stabilire non solamente le condizioni di esercizio, ma anche le condizioni di emergenza dell'atto di governo. Vi sono infatti, in generale, condizioni di sistema e condizioni evenemenziali che definiscono la possibilità di un atto d'invenzione: le diverse omeostasi che costituiscono il sociale devono avere un grado di "disparazione" sufficiente perché la loro unione generi tensione; ed è d'altra parte necessario l'incontro con uno schema funzionale compatibile con il sistema, che funga da germe operante una nuova strutturazione. Questa prospettiva spiega il progetto di Simondon di unificazione delle scienze umane e ne svela la valenza politica. Si tratta di costruire una scienza delle società che può essere predittiva rispetto ai processi omeostatici, pur non essendolo rispetto all'emergenza e agli esiti degli interventi propriamente politici in quanto sono evenemenziali e innescano processi di tipo discontinuo (il governo, dunque, non in quanto regolazione del funzionamento dell'esistente, ma in quanto "invenzione" di compatibilità). L'operare del vivente si definisce così attraverso due aspetti dell'attività normativa altrettanto necessari, l'uno di apertura, mutazione, invenzione di nuove opportunità, l'altro di chiusura, ordinamento, regolazione. Entrambi si manifestano nei gruppi umani in forma di desiderio, come richiesta di libertà o di sicurezza. Questa polarità biologicamente fondata, tra normatività e normalità, è l'orizzonte insuperabile delle dinamiche entro le quali i gruppi umani organizzano e mettono a rischio le proprie configurazioni strutturali. Non si dà *soluzione* politica, né d'altro genere, ad una dinamica che è costitutiva dunque irrinunciabile, ma si dà politica delle soluzioni possibili: politica che solamente da una riflessione sulle scienze può ricavare il proprio orientamento. Ecco che ritorna l'insegnamento di Canguilhem:

> se la vita non fosse che vita, forza, volontà di potenza, la sua caduta di tensione sarebbe inimmaginabile. Se la vita ha in sé il proprio limite, perché la scienza che facendone la teoria la prende ad oggetto non sarebbe che un "errore" della vita? Perché la scienza, figlia della paura della vita, non potrebbe, in quanto determinazione dei limiti della vita, essere accettata e coraggiosamente utilizzata dalla vita? Che cos'è un potere senza lucidità riguardo i suoi limiti? (Canguilhem 1971, p. 180)[2].

Ma, appunto, di quale scienza si tratta? E in che cosa consiste una tale "riflessione"? Le scienze, secondo Canguilhem, stabiliscono delle verità, provvisorie ma coerenti, legando il dato empirico alla formalizzazione logica o matematica, garantendo così al contempo l'universalità interculturale e la congruenza con il reale (cfr. Canguilhem 1965). Per Simondon la riflessione è operazione con la quale le verità stabilite dalle scienze naturali vengono trasferite analogicamente al campo delle scienze umane, per mezzo di una filosofia dell'individuazione che ne comprende la struttura attraverso l'ontogenesi del loro conflitto o, come forse direbbero altri, per mezzo di un'archeologia. Ma non solo. La riflessione è l'operazione che stabilisce e decide di sperimentare (politicamente) la compatibilità della normatività tecnico-scientifica con la normatività sociale, con le soglie di accettazione, con la capacità di elaborazione, con le potenzialità innovative e con il bisogno di regolazione che il campo sociale possiede e manifesta. La riflessione è politica in quanto media l'innovazione con la regolazione, l'amministrazione è tecnica in quanto si fonda su quell'operazione di riflessione. Una politica ridotta a sola tecnica, ovvero *governance*, è cieca rispetto alla direzione dell'innovazione sociale, dunque tendenzialmente entropica; una politica d'innovazione ridotta a *movimento spontaneo* è invece incapace di organizzare la propria inserzione nel campo sociale, e può al massimo porre in atto una rottura che richiama discontinuità di scala geologica piuttosto che biologica, le cui conseguenze riguardano la sopravvivenza del campo sociale stesso. Ma in genere si limita a fornire armi per il trionfo della regolazione repressiva.

SCIENZE UMANE E GIUSTIZIA

Rimane da stabilire se sia possibile organizzare attraverso le istituzioni una pedagogia non puramente riproduttiva e regolatrice, capace di non respingere l'innovazione, di non cancellare e segregare la mutazione in quanto non adattiva. Nella prospettiva aperta da Simondon il problema della regolazione tecnico-politica del campo dell'umano è il problema della regolazione di un campo privo di un'essenza e di un fine, quindi di *una* norma, di una supposta "normalità" di funzionamento. La regolazione dovrà essere allora operazione riflessiva perché essa stessa parte del sistema da cui emerge e in cui interviene; la decisione politica dovrà confrontarsi con quanto essa implica non solo come effetto, ma anche come complesso di cause. Ci si dovrà chiedere, rispetto all'intervento politico, quali effetti produrrà e di quali strategie necessita per essere efficace, ma *soprattutto* che cosa diventerà a partire da ciò che lo ha autorizzato nel sistema; ovvero si dovrà rispondere alla domanda: qual è la sua ontogenesi? Da questa domanda si ricaverà il complesso mezzi-fini messo in gioco da quella che si pretende un'innovazione: in quest'ottica il "funzionamento" non sarà la disposizione dei mezzi per un fine, ma il mantenimento dell'apertura del sistema a future configurazioni di rapporti tra mezzi e fini. In questo senso per il sistema sociale lo studio del funzionamento è fondamentale e non si può ridurre al calcolo dei meccanismi di tipo omeostatico implicati dal concetto di regolazione.

Un sapere all'altezza del rapporto tra struttura e operazione (che Simondon definisce *allagmatico*) è dunque un sapere scientifico e storico, cioè strutturale ed evenemenziale: scienza di stati metastabili di sistema e *dunque* di condizioni di soglia e di scala, storia di singolarità che sono l'esito di processi e possibili inneschi di ulteriori processualità a partire dal loro incontro con sistemi metastabili. Il rapporto tra scienze (di strutture) e storie (di operazioni) costituisce la forma dei saperi secondo Simondon: è la sua "filosofia dell'individuazione"[3]. Si estende a tutti i livelli e su tutte le scale: vi sono scienze e storie dei sistemi fisici (micro o macro), scienze e storie dei sistemi biologici (organismi o specie), scienze e storie dei sistemi sociali (gruppi o società). Si tratta di scienze la cui struttura varia a seconda del campo e a seconda dell'estensione a situazioni che sono sempre singolari: solo nei punti di intersezione tra fenomeni di scala differente è infatti possibile un sapere che fondi da un lato la sua universalità sulle condizioni strutturali e di soglia stabilite dalle scienze, e dall'altro la propria concretezza su spiegazioni di tipo storico-genetico. Le scienze dell'uomo sono così programmaticamente elevate al livello delle scienze naturali in quanto, ammettendo una pluralità di piani e di scale di intelligibilità, si costituiscono a sapere il cui campo è in un certo senso "compiuto" non perché se ne siano criticamente stabiliti i limiti una volta per tutte, ma in quanto è possibile generalizzarne alcuni schemi operatori, evidenti in particolare nel funzionamento degli oggetti tecnici, privilegiato *melange* di natura e cultura. È un sapere che implica dunque un'etica della conoscenza senza rinunciare alle solide basi che consentono di equilibrare giustificazione scientifica e intervento politico: gli schemi tecnici orientano infatti la prassi collettiva, ne sollecitano una modificazione, mobilitando la normatività ad essi collegata in senso progressivo, in ambito giuridico, etico, politico.

Ricostruendo l'ontogenesi del sistema sociale, secondo Simondon, una scienza radicata nello schematismo tecnico dovrebbe essere in grado di determinare le tendenze in atto, le condizioni di stato e di emergenza di quell'operazione di sintesi il cui rischio è costitutivo e necessario per tenere aperta la società alla tensione che caratterizza l'agire collettivo: tensione propria di un "campo" irriducibile al dominio tecnocratico quanto allo spontaneismo, ovvero ai due volti di un unico mito, quello di un'essenza netta dell'uomo, inteso come macchina oppure come vita. Sarà il caso allora di ritornare ancora una volta al problema presentato da Canguilhem nella conferenza sul *Problema della regolazione nell'organismo e nella società*: se una società è una macchina composta da uomini, si tratterà di «un misto di vita e macchina» necessariamente privo di un apparato di regolazione. Ma allora: da dove viene la giustizia? Canguilhem, che aveva a sua volta ereditato tale problema dal Bergson delle *Due fonti della morale e della religione*, si richiamava anch'egli alla figura dell'eroe che viene "da altrove", ennesima immagine del legislatore. In Simondon il problema, che pure conserva un'impostazione bergsoniana[4], cambia di scala e assume un'altra forma: il sistema sociale - stabilizzato dal suo apparato normativo - è attraversato da uno slancio transindividuale costituito sulla base di una relazione diretta con la natura per mezzo della tecnicità: è insomma necessariamente "aperto" al di là di qualunque "chiusura" comunitaria. Perciò la giustizia è contemporaneamente un problema di stabilità strutturale e d'innovazione operativa, che comporta «sia tecnicità che sacralità» (PST 349): ovvero tendenze omeostatiche, di chiusura e stabilizzazione, e capacità d'invenzione, apertura e metastabilizzazione. È una giustizia che eccede l'oscillare delle istituzioni tra gli atteggiamenti opposti ma complementari di una sacralità «sacrificale e mitologica» e di una tecnicità puramente «operatoria», lasciando aperto precisamente lo spazio della loro compatibilità: lo spazio di un'azione politica capace di operare attraverso la rifondazione di «categorie istituzionali comportanti sia tecnicità che sacralità, come la giustizia», in quell'apertura *tra* sacralità e tecnicità dove appunto *può* trovar posto *della* giustizia (cfr. PST 349)[5]. Ma se l'agire politico opera una metastabilizzazione che "conserva" la surdeterminazione del sistema, cioè ne evita la "stabilizzazione" formale, ciò non significa che il politico lavori essenzialmente contro l'ordine, quanto piuttosto per un ordine che è "equilibrio metastabile", assolutamente *non* arbitrario (perché dipendente da variabili sistemiche) e valutabile in base ai suoi effetti (la capacità di produrre "invenzione"). L'invenzione politica non è perciò in Simondon necessariamente contro-istituzionale, così come il movimento non è necessariamente inventivo[6]. Piuttosto, sullo sfondo di una radicale deantropologizzazione del collettivo, si tratta per Simondon di riformulare il concetto cibernetico di "regolazione" in quanto, in un regime di individuazione transindividuale, esso si esprime necessariamente anche nell'ordine del sacro, rivelando infine la necessità di politiche dell' "invenzione collettiva": formula nella quale l'aggettivo "collettivo" indica non solo la matrice dell'invenzione, ma anche tutta l'estensione del suo effetto, appunto di ciò che Simondon chiama, sulla scorta di Bergson, "giustizia". Il vero problema politico sta dunque per Simondon nella giustizia in quanto apparato di regolazione del sistema sociale ma anche in quanto eccedenza che lo rende possibile.

L'operazione teoretica con cui Simondon nega un'antropologia essenzialista quale fondamento della decisione e dell'azione politica sposta infatti queste ultime, come abbiamo visto, dal piano dell'organizzazione dei rapporti tra interessi, mezzi e fini a quello del funzionamento del sistema. Così, sebbene la "natura umana" non sia in sé un problema politico, lo diviene tuttavia nella lotta che si innesca, a livello di immaginario, nel campo di cui il suo questionamento costituisce l'apertura. Si tratta di un campo di lotta tra diversi modelli della regolazione sociale, della natura e opportunità, degli obblighi e limiti, cui deve sottostare e rispondere la pianificazione di un intervento politico. A tale lotta partecipano necessariamente le scienze, le religioni e la filosofia: quest'ultima seguendo ciò che, nella sua tradizione, ne costituisce il destino. Ed è chiaro che un tale progetto, che punta in Simondon (forse troppo ingenuamente) sull'efficacia politica della formazione di una "cultura tecnica", sottende una concezione del potere simbolico di cui vanno esplicitati i presupposti epistemologici e, soprattutto, implica una modalità di esercizio della lotta politica di cui vanno tracciate le condizioni di possibilità. Si tratta della possibilità di un contropotere simbolico che passi attraverso una prassi politica di "presa di coscienza" possibile solo sulla base materiale del pieno dispiegarsi del simbolismo tecnico-scientifico: «la distruzione di questo potere di imposizione simbolica fondata sul disconoscimento suppone la *presa di coscienza* dell'arbitrario, cioè lo svelamento della verità oggettiva e l'annientamento della credenza: è nella misura in cui esso distrugge le false evidenze dell'ortodossia, restaurazione fittizia della *doxa*, e ne neutralizza il potere di smobilitazione, che il discorso eterodosso veicola un potere simbolico di mobilitazione e di sovversione, potere di attualizzare la forza potenziale delle classi dominate» (Bourdieu 1982, p. 211, n. 7)[7].

POLITICHE DI SCALA E FILOSOFIA

Al termine del nostro studio possiamo ritenere valido per Simondon quanto P. Soulez affermava di Bergson: «nulla di tutto ciò che abbiamo potuto apprendere [...] ci fa ritenere che egli abbia mai preferito il disordine all'ingiustizia» (Soulez 1989, p. 298). Per Simondon, come per Bergson, vale infatti l'esigenza di pensare l'aspetto tecnico di una politica il cui valore utopico *si misura* precisamente nell'effettualità delle proprie realizzazioni, una politica che, dunque, fa sempre necessariamente i conti con le proprie condizioni di possibilità. Ecco che allora la sfasatura aperto/chiuso, ben lontana dall'indicare un'alternativa, avrebbe invece la funzione di situare la politica *tra* la dimensione biologica dell'animale politico e l'apertura al nuovo attraverso la tecnica: le due dimensioni di cui necessariamente ogni politica deve tener conto per non nascondere al proprio sguardo i pericoli veicolati dalla loro libera interferenza rivoluzionaria, «l'interferenza della ferocia e dell'entusiasmo» (*Ivi*, p. 302). Per Simondon va dunque coltivata una politica la cui mistica implica una meccanica scaltrita, organizzata, anche parzialmente pianificata, di fronte alla quale la vera figura del terrore, di cui l'hegeliana libertà assoluta sarebbe un esempio ancora parziale, è proprio l' "uomo nuovo" quando, data *anche* la dimensione religiosa del politico, una parte significativa della massa non *può* seguire l'innovazione sociale (cfr. *Ivi*, p. 302, n. 139). Per Simondon non si tratta affatto di paventare il destino regressivo delle rivoluzioni, ma di sottolineare come l'integrazione al sistema normativo sia il "giusto" prezzo che l'invenzione deve pagare - il parziale "sacrificio" della sua apertura - per costituire davvero un'innovazione che continui, prolungandolo nel tempo e amplificandolo, il *milieu* dal quale era sorta, anziché esaurirsi con esso. Secondo questa prospettiva l'attività politica consiste in un intervento "clinico", determinato nelle proprie condizioni di possibilità, il cui supporto non può essere che un sapere altrettanto analitico, che per questa ragione non esclude ma implica l'invenzione; un sapere la cui sola vera efficacia sta proprio, a discapito di ogni immaginaria completezza, nella sua progressione singolare:

> né il pensiero teorico né il pensiero pratico arrivano a scoprire completamente un contenuto che si collocherebbe veramente al punto d'incontro di queste due direzioni di base. Ma le due direzioni agiscono come forze normative, definendo delle modalità uniche che possono esistere giudizio per giudizio, atto per atto (MEOT 211).

La filosofia politica di Simondon, senz'altro incapace di uscire dall'orizzonte della forma-costituzione, apre tuttavia alla prospettiva di una rifondazione categoriale della politica[8] che passi attraverso la riscoperta decisiva di ciò che è umano in quanto sempre immancabilmente emergente ai limiti della comunità, *tra* gli individui ma irriducibile ad essi: «c'è nell'invenzione qualcosa che va al di là della comunità e istituisce una relazione transindividuale che va da individuo a individuo senza passare per l'integrazione comunitaria» (NC 514). In questo sistema di relazioni il problema della regolazione sociale, intrecciato da Simondon a quello dell'accelerazione ed espansione planetaria dello sviluppo tecnologico, implica l'elaborazione di una normatività scalare che non può non considerare decisiva una prospettiva di tipo ecologista e, di conseguenza, interventi pensati su tempi lunghi e sulla scala dell'umanità intera. Che una prospettiva di stampo universalista possa risultare pienamente congruente con lo sviluppo del capitalismo (ammesso che sia così) non significa per Simondon che essa debba rimanervi legata: la sovrastruttura, una volta innescata, possiede infatti una capacità di *"auto-entretien"* energetico che le permette di retroagire sulla struttura; e la retroazione delle ideologie universaliste ed ecologiste, la loro capacità "riflessiva", effettuale, nei confronti della base materiale dei rapporti di sfruttamento, può essere stabilizzante, dinamizzante, ma anche distruttiva o evolutiva[9]. Il rapporto complesso dei gruppi sociali tra loro e con il *milieu* tecnico-naturale mette dunque in gioco, su scale diverse, l'universo simbolico di ognuno di essi e lo sviluppo tecnologico che tutti li investe, secondo «due processi, modi estremi che permettono di cogliere i limiti di ogni dominio complesso di realtà» (CT 16). Sebbene parzialmente disinnescata da un umanismo che accarezza l'utopia della riconversione ecologista della produzione capitalistica, la complessa epistemologia di Simondon pone tuttavia al pensiero alcune questioni decisive che incrinano la prospettiva solo apparentemente irenica di chi vorrebbe trovare ancora una volta nell'esercizio della filosofia la soluzione del problema politico. Lungo tutta l'opera di Simondon l'invenzione filosofica rimane di tipo interstiziale, liminare, si mantiene strettamente vincolata a condizioni di esercizio prescritte dalla ricerca scientifica (che indaga processualità da essa indipendenti), ma non per questo rinuncia alla propria efficacia. Si tratta di una modalità del pensiero che, all'interno di una cultura, crea compatibilità inedite attraversando, chiamando in causa e mettendo in relazione diversi regimi di attività tecnica e simbolica in un costante processo di universalizzazione. Salvo che il pensiero filosofico sembra qui, per definizione, non solo rifiutarsi a qualunque universalità immaginaria, ma fare di questo stesso rifiuto la propria essenza e la condizione della propria efficacia, operando «secondo un regime di funzionamento nel quale l'appropriazione di ogni singolo problema risulta forse lo scopo più alto cui possa dedicarsi la filosofia» (CT 16).

[1] Naturalmente, nell'invenzione della norma sociale, la "fonte archetipica" non sarà un simbolo, un mito, ma necessariamente un'operazione, e per la precisione un'operazione di «amplificazione, di reclutamento, attraverso la quale una struttura semplice governa e modula delle realtà più vaste, più complesse, più potenti» (IMI 161): operazione in grado di fornire essa stessa, potremmo dire, la misura della propria efficacia simbolica. «Le differenti formalizzazioni apportano la compatibilità sotto forma d'interazione tra differenti ordini di grandezza di una realtà che si dispone in scala (famiglia, città, tutta la terra abitata); l'invenzione d'una nuova formalizzazione torna a scoprire un modello più piccolo, più semplice, più vicino al soggetto, che serva da paradigma per gli altri ordini di grandezza; la formalizzazione dona così valore assiologico esemplare ad un atto sempre più puramente incoativo, ciò che va ad aumentare allo stesso tempo la sensibilità e l'universalità della formalizzazione, grazie alla struttura interna di amplificazione» (IMI 162).

[2] Canguilhem definisce la propria posizione *tra* Cartesio e Nietzsche : «Cartesio non poteva produrre una teoria della creazione, Nietzsche non riesce a produrre una teoria della scienza, che è anche una teoria dell'apparenza» (*Ivi*, p. 180).

[3] Ciò che ha forse qualche attinenza con la prospettiva alla quale si riferisce Lévi-Strauss (1960) augurandosi che l'antropologia possa «nell'ora del giudizio finale, risvegliarsi fra le scienze naturali» (*Ivi*, p. 29) poche pagine dopo aver evocato alcune parole di Durkheim attraverso il filtro di Saussure: «la struttura si incontra anche nel divenire... Essa si forma e si decompone senza posa; è la vita giunta a un certo grado di consolidamento; e distinguerla dalla vita da cui deriva, o dalla vita che determina, equivale a dissociare cose inseparabili» (*Ivi*, p. 27).

[4] Va ricordato che Simondon costruisce il concetto di transindividuale a partire dal paradigma aperto/chiuso elaborato da Bergson nelle *Due fonti*. Cfr. in particolare *supra*, pp. 159 segg.

[5] Per questa ragione «una delle nozioni più importanti del settore normativo [...] è quella di *costruttività*», che opera nella «*no man's land*» (*Ibidem*).

[6] Sarebbe un'attestazione di fedeltà al concetto di transindividuale elaborato da Simondon, ogni tentativo di trattenerlo da una ricaduta nel mito dello spontaneismo di massa per legarlo al concetto di istituzione. ma allargando quest'ultimo a forme di organizzazione collettiva di scala diversa rispetto a quelle statali: locali o internazionali.

[7] I presupposti epistemologici dell'esercizio di un tale potere simbolico sono così sintetizzati in Bourdieu, secondo una modellizzazione che non ci sembra del tutto incompatibile con quella simondoniana: «il potere simbolico, potere subordinato, è una forma trasformata, cioè irriconoscibile, trasfigurata e legittimata delle altre forme di potere [Per Simondon è forse la forma di potere che determina la soglia delle relazioni propriamente umane, n.d.a.]: non è possibile superare l'alternativa dei modelli energetici che descrivono le relazioni sociali come dei rapporti di forza e dei modelli cibernetici che ne fanno delle relazioni di comunicazione, se non a condizione di descrivere le leggi di trasformazione che reggono la trasmutazione delle differenti specie di capitale in capitale simbolico e in particolare il lavoro di dissimulazione e di trasfigurazione (in una parola di *eufemizzazione*) che assicura una vera transustanziazione dei rapporti di forza facendo disconoscere-riconoscere la violenza che essi veicolano oggettivamente e trasformandoli così in potere simbolico, capace di produrre degli effetti reali senza spreco apparente di energia» (*Ivi*, pp. 210-11).

[8] Nel senso indicato da Brandalise (2003).

[9] Il sistema di sfruttamento che regge il capitalismo sarebbe il grado di ristrutturarsi adeguandosi ad un'economia riconvertita ad esercizio della "tecnicità" in vista del funzionamento del sistema terra? O le politiche elicitate da una tale economia, di necessità fortemente pianificata, si rivelerebbero sul lungo termine incompatibili

con l'organizzazione planetaria dello sfruttamento? In ciascun caso, a quale prezzo? Ogni considerazione di ordine filosofico-politico al riguardo ha comunque l'obbligo di tenere conto di un fattore di scala che determina sempre necessariamente la configurazione del "campo": se una scala troppo ristretta rischia di relegare la politica a strumento di esercizio di un'economia degli interessi a breve termine, una scala troppo ampia sfuma il politico all'interno della storia naturale, facendo dimenticare che la politica opera sempre e solamente nella fase di transizione o, per dirla con Simondon, in un processo di individuazione transindividuale.

BIBLIOGRAFIA

OPERE DI GILBERT SIMONDON

Le opere sono disposte in ordine cronologico secondo la data della prima edizione o, per le opere pubblicate postume, secondo la data di stesura originaria (presentiamo di seguito una "Breve nota sulle complicate vicissitudini editoriali dell'*Individuation*"). Per conferenze e interviste si è indicato l'anno del loro svolgimento effettivo. Si sono inseriti infine alcuni inediti citati dai commentatori, riportando di volta in volta la fonte. Per i testi non datati le nostre ipotesi sono seguite dal simbolo *.

1953   *Humanisme culturel, humanisme négatif, humanisme nouveau,* in "Actes du Congres de Tours et Poitiers, 3-9 Septembre 1953", Association G. Budé, Les Belles Lettres, Paris 1954 pp. 51-54.

1953*   *Cybernétique et Philosophie* (inedito), estratti in X. Guchet, *Simondon, la cybernétique et les sciences humaines,* "Chiasmi International n°7" (2005), *Merleau-Ponty. Vie et Individuation,* Vrin / Mimesis / Memphis U.P, pp. 187-206.

1953*   *Epistémologie de la Cybernétique* (inedito), estratti in X. Guchet, *Simondon, la cybernétique et les sciences humaines* cit.

1953-54   *Place d'une initiation technique dans une formation humaine complète,* "Cahiers pédagogiques pour l'enseignement du second degré", ANECNES, Lyon, IX, n°2, Nov 1953, pp. 115-20; (avec Zadou-Naïsky), IX, n°7, Mar 1954, pp. 429-34; IX, n°8, Mai 1954, p. 581.

1954   *Note sur l'objet technique,* "Les Papiers du Collège International de Philosophie" cit., pp. non numerate (1ª ed. "Cahiers pédagogiques pour l'enseignement du second degré", ANECNES, Lyon, xx, n°2 Oct 1954, pp. 89-90).

1954   *Réflexions préalables à une refonte de l'enseignement,* "Les Papiers du Collège International de Philosophie" cit., pp. non numerate (1ª ed. "Cahiers pédagogiques pour l'enseignement du second degré", ANECNES, Lyon, xx, n°2 Oct 1954, pp. 83-89).

1955-57*   *Histoire de la notion d'individu,* in I, pp. 339-502.

1957   *La psychologie moderne* (con F. Le Terrier), in *Encyclopédie de la Pléiade - Histoire de la science,* M. Daumas (dir.), Gallimard, Paris 1957, pp. 1668-703.

1957*   *Allagmatique,* in I, pp. 559-61.

1957*   *Analyse des critères de l'individualité,* in I, pp. 553-58.

1957*   *Théorie de l'acte analogique*, in I, pp. 562-66.

1958   *L'individuation à la lumière des notions de forme et d'information*, Millon, Grenoble 2005.

1958*   *Note complémentaire sur les conséquences de la notion d'individuation*, in I, pp. 503-27 (1ª ed. in IPC, 1989), (trad. it. *Nota complementare*, in PC, pp. 233-71).

1958   *Du mode d'existence des objets techniques*, Aubier, Paris 1958.

1958*   *"Prospectus". Du mode d'existence des objets techniques*, in Aa.Vv. (1994), pp. 265-67 (trad. it. in *Caosmos* cit., pp. 7-11).

1959   *Aspect psychologique du machinisme agricole*, in Aa.Vv. *Premier symposium national de médecine agricole. Colloque de psycho-sociologie agricole*, Institut national de médicine agricole, Tours 14 juin 1959, II fasc., pp.13-17.

1959   *Les limites du progrès humain*, in Aa.Vv. (1994), pp. 268-75 (1ª ed. in "Revue de métaphysique et de morale", 1959) (trad. it. in *Caosmos. Filosofia e tecnica nelle società di controllo*, "Millepiani", 31, Milano 2006, pp. 13-21).

1959*   *Pour une notion de situation dialectique*, "Il Protagora", XXXIII, n°5, 2005, pp. 110-19.

1960   *Forme, information, potentiels*, in I, pp. 531-51 (1ª ed. "Bulletin de la Société française de Philosophie", 1960) (trad. it. *Concetti guida per una ricerca di soluzione: forma, informazione, potenziali, metastabilità*, in PC, pp. 44-77).

1960   *Débat* seguente *Forme, information, potentiels* cit., "Bulletin de la Société française de Philosophie", t. 54, 1960, pp. 174-88.

1960   *L'effet de halo en matière technique : vers une stratégie de la publicité*, "Cahiers philosophiques", n°43, juin 1990 (1ª ed. "Cahiers de l'Institut de Science Economique et Appliquée I.S.E.A.", Collection *Recherches et dialogues philosophiques et économiques*, n°99, mars 1960).

1960-61   *Psycho-sociologie de la technicité. Aspects psycho-sociaux de la genèse de l'objet d'usage*, "Bulletin de l'école pratique de Psychologie et de Pédagogie", Université de Lyon, n°2, nov-déc 1960, pp. 127-40; n°3, jan-fév 1961, pp. 227-38; n°3, jan-fév 1961, p. 263; n°4-5, mar-juin 1961, pp. 319-50.

1962   *Présentation* della conferenza di R. Wiener, *L'homme et la machine*, in Aa.Vv., *Le concept d'information* cit., pp. 99-100.

1962   *Discussion* sulla conferenza di R. De Possel, *Transformation de l'information sous forme de texte imprimé en information codée sur ruban magnétique*, in Aa.Vv., *Le concept d'information* cit., pp. 153-172.

1962   *Résumé de la séance de travail sur "L'amplification dans le processus d'information"* (1962), in Aa.Vv., *Le concept d'information, 5ème colloque philosophique de Royaumont,* "Cahiers de Royaumount. Philosophie", n°5, Minuit, Paris 1965, p. 417.

1963-64   *Deux leçons sur l'animal et l'homme,* Ellipses, Paris 2004.

1964   *L'Instinct. Plan du cours. Première partie: chapitres a, b, c, d,* "Bulletin de Psychologie", 1-2, n°235, Oct 1964, pp. 75-104.

1964   *L'individuation et sa genèse physico-biologique,* Million, Grenoble 1995 (1ª ed. PUF, Paris 1964).

1964*   *Introduction au projet d'encyclopédie génétique* (inedito), estratti in V. Bontems, *Encyclopédisme et crise de la culture,* "Revue philosophique de la France et de l'Étranger", 196, n°3/131, 2006, p. 311-24.

1964-65   *Cours sur la perception (1964-65),* La Transparence, Chatou 2005.

1965   *Culture et technique,* "Bulletin de l'institut de philosophie morale et enseignement", Université libre de Bruxelles, n°55-56, 1965, pp. 3-16.

1965-66   *Imagination et invention (1965-66),* La Transparence, Chatou 2008.

1966-67   *Initiation à la psychologie moderne. Première partie,* "Bulletin de Psychologie", 5, n°254, 1966, pp. 288-98; 8-9, n°256, 1967, pp. 479-90; 23-24, n°262, 1967, pp. 1449-59.

1966   *Entretien avec Yves Deforge,* in Deforge Y., *Dix entretiens sur a technologie,* Institut Pédagogique National (trad. it. Deforge Y., *Educazione tecnologica,* Torino, Loescher, 1969, pp. 184-188).

1966-67   *La sensibilité. Plan du cours,* "Bulletin de Psychologie", 5, n°254, 1966, pp. 276-87; 6-7, n°255, 1967, pp. 388-97; 20-21, n°260, 1967, pp. 1280-305; 23-24, n°262, 1967, pp. 1475-78.

1968   *Entretien sur la mécanologie* (con J. Le Moyne), télévision canadienne, Agosto 1968 (video-intervista), testo disponibile in "Révue de synthèse", n° 1, 2009, pp. 103-32.

1968-69   *L'invention et le développement des techniques,* (corso) in IT, pp. 75-226 (in Aa.Vv., *Ethique de l'intervention,* "Les cahiers du CERFEE", n° 8-9, 1992, pp. 27-41).

1969   *Revue critique* ad A. I. Oparin, *L'origine de la vie sur la terre,* "Revue philosophique de la France et de l'Étranger", n°46/1969, pp. 71-90.

1969-70   *La perception de longue durée. Plan du cours,* "Journal de Psychologie normal et pathologique", n°4, 1969, pp. 397-419 ; n°2, 1969, pp.153-70; n°4, pp. 403-22, 1970.

1970*   *Mentalité technique*, "Revue philosophique de la France et de l'Étranger", *Gilbert Simondon*, n°3/2006, pp. 343-57.

1970   *Préface a Sophia. Recueil de textes philosophiques pour la classe terminal A avec présentations, notes et questions. Tome I : La connaissance*, (a cura di C. Rabaudy - B. Rolland), Hatiers, Paris 1970, p. 3.

1970-71 *Formes et niveaux de la communication* (corso inedito del 1970-71, testo ciclostilato di 64 pp.), estratti in *Gilbert Simondon*, "Revue philosophique de la France et de l'étranger", Tome 196, n°3/131, 2006, p. 323.

1971   *L'invention dans les techniques. Cours et conférences*, Seuil, Paris 2005 (1ª ed. in AaVv., *Mécanologie (colloque)*, "Les cahiers du centre culturel canadien", n° 2, 18-20 mars 1971, pp. 41-66).

1971   *Discussion* sull'intervento di H. Jones *Implications conceptuelles de la mécanologie*, in Aa.Vv., *Mécanologie* cit., pp. 29-40.

1971   *Entretien sur « Les sciences et les techniques »* (par G. Charbonnier), su France Culture, 30 Aprile 1971 (audio-intervista).

1974   *La résolution des problèmes*, estratti in IT, pp 305-25.

1974-75 *L'homme et l'objet* (riassunto del corso di *Psychologie générale* tenuto nel 1974-75, testo ciclostilato di 32 pp.). Per gentile concessione di Michel Simondon.

1976   *Invention et créativité*, estratti in IT, pp. 327-43.

1976   *Le relais amplificateur* (intervento e discussione), in Aa.Vv., *Mécanologie 2 (colloque)*, "Les cahiers du centre culturel canadien", n° 4, 21-22 mars 1976, pp. 135-43.

1976   *Discussion* sull'intervento di H. Jones *Machines, être, concrétude*, in Aa.Vv., *Mécanologie 2 (colloque)*, "Les cahiers du centre culturel canadien", n° 4, 21-22 mars 1976, pp. 75-87.

1982   *Sur la technoesthétique* (lettera a Derrida del 3 Luglio 1982), "Les Papiers du Collège International de Philosophie", n°12, 1992, pp. non numerate.

1983   *Sauver l'objet technique* (intervista), "Esprit. Changer la culture et la politique", n°76, avril 1983, pp. 147-52.

1983   *Trois perspectives pour une réflexion sur l'éthique et la technique*, in Aa.Vv., *Ethique et technique*, "Annales de l'Institut de philosophie et sciences morales", ed. Univ. Bruxelles 1983.

1989   *L'individuation psychique et collective. À la lumière des notions de forme, information, potentiel et métastabilité*, Aubier, Paris 1989 (trad. it. Id., *L'individuazione psichica e collettiva*, a cura di P. Virno, DeriveApprodi, Roma 2001).

Breve nota sulle vicissitudini editoriali dell'*Individuation*

Nel 1958 Simondon presenta le sue due opere principali, *L'individuation à la lumière des notions de forme et d'information* e *Du mode d'existence des objets techniques*, rispettivamente come tesi di dottorato e come tesi complementare. Mentre *Du mode* esce immediatamente, *L'individuation* sarà pubblicata in fasi successive. Nel 1964 Simondon pubblica IPB, che contiene l'introduzione, la conclusione e le prime due sezioni dedicate all'individuazione fisica e biologica, eccetto gran parte del capitolo I, 3. Nel 1989, anno della sua morte, pubblica invece IPC, la sezione riguardante l'individuazione psichica e collettiva, da lui stesso rivista e corretta, che contiene l'introduzione, composta dall'introduzione originale della tesi più FIP, la conclusione e la *Nota complementare*. Nell'edizione IPB del 1995 compaiono i tre scritti programmatici A, AI e TA. Infine nel 2005 viene ristabilito e pubblicato il testo originario della tesi, che comprende la *Nota complementare*, la conferenza FIP senza il dibattito, l'inedito saggio HI, pensato da Simondon come introduzione storico-filosofica all'opera principale, e i tre scritti programmatici. In italiano è disponibile solamente la traduzione di IPC, uscita nel 2001 [PC].

BIBLIOGRAFIA CRITICA (tra parentesi la data della 1ª ed.)

«Cahiers philosophiques» (1990), *Gilbert Simondon*, n°43.

«Cahiers Simondon» (2009), n°1, l'Harmattan.

«Chiasmi International n°7» (2005), *Merleau-Ponty. Vie et Individuation*, Vrin/Mimesis/Memphis U.P.

«Multitudes» (2004), *Politiques de l' individuation. Penser avec Simondon*, n°18; http://multitudes.samizdat.net/-Multitudes-18-Automne-2004-

«Revue philosophique de la France et de l'étranger» (2006), *Gilbert Simondon*, n°3.

Aa.Vv. (1994), *Gilbert Simondon, Une pensée de l'individuation et de la technique*, Bibliothèque du Collège international de philosophie, Albin Michel, Paris.

Aa.Vv. (2002a), *Gilbert Simondon: une pensée opérative* (éd. J. Roux), Publications de l'Université de Saint-Etienne, Saint-Etienne.

Aa.Vv. (2002b), *Simondon* (éd. P. Chabot), Annales de l'Institut de philosophie de l'Université de Bruxelles, Vrin, Paris.

Aa.Vv. (2006), *Technique, monde, individuation : Heidegger, Simondon, Deleuze* (éd. J.-M. Vaysse), Olms, Hildesheim - Zurich - New York.

Agamben G. (2000), *Une biopolitique mineure*, intervista a Giorgio Agamben di Stany Grelet & Mathieu Potte-Bonneville, "Vacarme", n°10; http://www.vacarme.org/article255.html

Aspe B. (2002), *La pathologie au lieu du transindividuel*, in Aa.Vv. (2002), pp. 19-34.

Balibar F. (1995), *Note sur le Chapitre III, I Partie*, in IPB, pp. 249-52.

Barbaras R. (2005), *Préface* a PC, pp. IX - XVI.

Bardin A. (2008a), *Gilbert Simondon: trascendentale e filosofia dell'individuazione*, in G. Rametta (a cura di), *Metamorfosi del trascendentale. Percorsi filosofici tra Kant e Deleuze*, CLEUP, Padova, pp. 301-39 (trad. fr. *Simondon: transcendantal et individuation*, in Id., *Les métamorphoses du transcendantal. Parcours multiples de Kant à Deleuze*, Olms, Hildesheim - Zurich - New York, pp. 189-215).

- Id. (2008b), *Gilbert Simondon. Studio della nozione di animalità: note per un'antropologia politica*, "Kath'autón", II, n°2, pp. 40-45; http://kathauton.iconomaquia.com/k2.html

- Id. - S. Pellarin - D. Vicenzutto (2010), *Creencia y fundación de la identidad comunitaria: Simondon, Nancy y Lacan*, "Kath'autón", II, n°2, pp. 38-45; http://kathauton.iconomaquia.com/k3.html

Barthélémy J.-H. (2004), *Husserl et l'autotranscendance du sens*, "Revue philosophique", n° 2, pp. 181-97.

- Id. (2005a), *Penser la connaissance et la technique après Simondon*, L'Harmattan, Paris.

- Id. (2005b), *Penser l'individuation : Simondon et la philosophie de la nature*, L'Harmattan, Paris.

- Id. (2006a), *Deux points d'actualité de Simondon*, in "Revue philosophique de la France et de l'étranger" cit., pp. 299-310.

- Id. (2006b), *La question de la non-anthropologie*, in Aa.Vv. (2006), pp. 117-32.

- Id. (2007), *L'individuation de Simondon : réformer l'idée de système philosophique*, intervento alla *journée d'étude* "L'individuation de Simondon", 15/12/2007, ENS, Paris.

- Id. (2008a), *Simondon ou l'encyclopédisme génétique*, PUF, Paris.

- Id. (2008b), *Quel nouvel humanisme aujourd'hui?*, conferenza (19/10/08), http://www.canalu.tv/producteurs/universite_de_tous les savoirs/dossier_programmes/les_conferences_de_l_annee_2008 /quels_humanismes_pour_quelle_humanite_aujourd_hui/quel_nou vel_humanisme_aujourd_hui_jean_hugues_barthelemy

- Id. (2009), *D'une rencontre fertile de Bergson et Bachelard: l'ontologie génétique de Simondon*, in Aa.Vv., *Bachelard & Bergson, continuité et discontinuité?*, PUF, Paris, pp. 223-38.

Barthélémy J.-H. - Bontems V. (2001), *Relativité e Réalité. Nottale, Simondon et le réalisme des relations*, "Revue de synthèse", n°1, pp. 27-54.

Bontems V. (2006), *Encyclopédisme et crise de la culture*, in "Revue philosophique de la France et de l'Étranger" cit., pp. 311-24.

- Id. (2007), *Aura artistique et halo technique. Le cas de l'objet surréaliste*, "Alliage", n° 59.

- Id. (2008), *Quelques éléments pour une épistémologie des relations d'échelle chez Gilbert Simondon. Individuation, Technique, et Histoire*, "Appareils", n° 2.

Carrozzini G. (2005), *Nota* a Pour une notion de situation dialectique, "Il Protagora", XXXIII, n° 5, gen-giu 2005, pp. 105-9.

- Id. (2006), *Gilbert Simondon: per un'assiomatica dei saperi. Dall' "ontologia dell'individuo" alla filosofia della tecnologia*, Manni, Lecce.

Chabot P. (2003), *La philosophie de Simondon*, Vrin, Paris.

Chateau, J.-Y. (1994), *Technophobie et optimisme technologique modernes et contemporains, suivi de La question de l'évolution de la technique*, in Aa.Vv. (1994), pp. 115-72.

- Id. (2005), *L'invention dans les techniques selon Gilbert Simondon*, in IT, pp. 11-72.

Combes M. (1999), *Simondon. Individu et collectivité, pour une philosophie du transindividuel*, PUF, Paris.

- Id. (2001a), *Prefazione* a G. Simondon, *L'individuazione psichica e collettiva* cit., trad. it. di IPC, pp. 5-22.

- Id. (2001b), *Stato nascente: fra oggetti tecnici e collettivo. Il contributo di Simondon*, in Aa.Vv., *Desiderio del mostro. Dal circo al laboratorio alla politica* (a cura di U. Fadini - A. Negri - C.T. Wolfe), Manifestolibri, Roma pp. 133-39.

- Id. (2002), *Une vie à naître*, in Aa.Vv. (2002b), pp. 31-51.

- Id. (2004), *L'acte fou*, "Multitudes" (2004) cit., privo di numerazione.

- Id. (2006), *Tentative d'ouverture d'une boîte noire. Ce que renferme la "question de la technique"*, in Aa.Vv. (2006), pp. 75-98.

Deleuze G. (1966a), *Gilbert Simondon:* l'individuo e la sua genesi fisico-biologica, in Id., *L'isola deserta e altri scritti*, Einaudi, Torino 2007, pp. 106-10 (ed. or. *Gilbert Simondon, L'individu et sa genèse physico-biologique*, in Id., *L'île déserte et autres textes*, Les Éditions de Minuit, Paris 2002, pp. 120-24).

Duhem L. (2008), *L'idée d' "individu pur" dans la pensée de Simondon*, "Revue Appareil" [En ligne], n° 2, 2008, http://revues.mshparisnord.org/appareil/index.php?id=583.

Gambazzi P. (2005), *La forma come sintomo e l'idea come costellazione problematica. Sul preindividuale e il trascendentale nella critica all'ilomorfismo: Merleau-Ponty, Simondon, Deleuze (ma anche Plotino, Bruno, e Ruyer)*, "Chiasmi International n°7" cit., pp. 92-123.

Garelli J. (2003), *Perplexité de Saussure*, "Archives de philosophie", n°1, pp. 98-117.

- Id. (2004) *De l'entité à l'événement*, Mimesis, Paris - Milano.

- Id. (2005), *La remise en cause de l'inconscient freudien par Merleau-Ponty et Simondon, selon deux notes inédites de Merleau-Ponty*, in "Chiasmi International n°7" cit., pp. 75-87.

Guareschi M. (2001), *Singolarità/singolarizzazione*, in U. Fadini e A. Zanini (a cura di), *Lessico postfordista. Dizionario di idee della mutazione*, Milano, Feltrinelli, pp. 273-78.

Guchet X. (2001a), *Théorie du lien social, technologie et philosophie : Simondon lecteur de Merleau-Ponty*, "Les études philosophiques", L, n°2, Paris, pp. 219-37.

- Id. (2001b), *Merleau-Ponty, Simondon et le problème d'une "axiomatique des sciences humaines". L'exemple de l'histoire et de la sociologie*, "Chiasmi International n°3", *Merleau-Ponty. Non-philosophie et philosophie*, Vrin/Mimesis/Memphis U.P., pp. 103-29.

- Id. (2003), *Pensée technique et philosophie transcendantale*, "Archives de philosophie", n°1, pp. 119-44.

- Id. (2005), *Simondon, la cybernétique et les sciences humaines. Genèse de l'ontologie simondonienne dans deux manuscrits sur la cybernétique*, in "Chiasmi International n°7" cit., pp. 187-206.

Hottois G. (1993), *Simondon et la philosophie de la "culture technique"*, Bruxelles, De Boeck Univ.

- Id. (1994), *Gilbert Simondon entre les interfaces techniques et symboliques*, in Aa.Vv. *Ordre biologique. Ordre technologique*, F. Tinland (éd.), Seyssel, Champ Vallon, pp. 72-95.

Laloy E. (1971), *Pour arraisonner le devenir: des nouveaux concepts forgés par Gilbert Simondon*, "L'einseignement philosophique", LIII, n°1, 2002, pp. 47-62 (ed. or. in *Travaux et jours*, Beyrouth: Université Saint Joseph, n°39, avril-juin 1971).

Montebello P. (1992), *Axiomatique de l'individuation*, "Cahiers philosophiques", n°52, pp. 59-91.

Morfino V. (2008), *Simondon e il transindividuale*, in "Il Protagora", XXXVI, n° 12, pp. 395-400.

Petitot J. (2004), *Elogio della modernità. Il reincanto tecnico-scientifico del mondo nel pensiero di Gilbert Simondon*, in F. Minazzi (a cura di), *Realismo, illuminismo ed ermeneutica: percorsi della ricerca filosofica attuale*, FrancoAngeli, Milano, pp. 89-107.

Stengers I. (2002), *Comment hériter de Simondon?*, in Aa.Vv. (2002a), pp. 300-23.

Stiegler B. (1998), *Temps et individuations technique, psychique et collective dans l'œuvre de Simondon*, "Intellectica", n°26-27, pp. 241-56.

- Id. (2006a), *Chute et élévation. L'apolitique de Simondon*, "Revue philosophique de la France et de l'étranger" cit., pp. 325-41.

- Id. (2006b), *Le théâtre de l'individuation. Déphasage et résolution chez Simondon et Heidegger*, in Aa.Vv. (2006), pp. 57-73.

- Id. (2007), *L'inquiétante étrangeté de la pensée et la métaphysique de Pénélope*, prefazione a IPC, 2007², pp. I-XVI.

Thom R. (1994), *Morphologie et individuation*, in Av.Vv. (1994), pp. 100-12.

Toscano A. (2002), *L'essere interattivo. Appunti "simondoniani" su informazione e intelligenza sociale*, "DeriveApprodi", n° 21/2002, pp. 88-91.

- Id. (2007), *Technical Culture and the Limits of Interaction: a Note on Simondon*, in Brouwer J. and Mulder A. (eds.), *Interact or Die!*, NAi, Rotterdam.

Van Caneghem D. (1989), *Hommage à Gilbert Simondon*, XLII, 17-18, n° 392, sept-oct 1989, pp. 815-36.

Virno P. (2001), *Moltitudine e principio d'individuazione*, in IPC (2001), pp. 231-34 (trad. fr. Id., *Multitude et principe d'individuation*, in "Multitudes" cit., pp. 103-17; poi in Aa.Vv., *Singolarità e moltitudine*, DeriveApprodi, n°21/2002, pp. 50-54).

- Id. (2006), *Reading Gilbert Simondon: Transindividuality, Technical Activity and Reification* (intervista di J. F. Hirose), "Radical-Philosophy", n°136, pp. 34-43.

ALTRE OPERE (in grassetto le fonti di Simondon)

Aa. Vv. (1949), *Polarisation de la matière* (Colloque International du CNRS), Paris.

Aa. Vv. (2009), *Théorie quantique et sciences humaines* (éd M. Bitbol), CNRS éditions, Paris.

Agamben G. (1995), *Homo sacer. Il potere sovrano e la nuda vita*, Einaudi, Torino.

Allport G. W. (1954), *La natura del pregiudizio*, La Nuova Italia, Firenze 1973 (ed. or. Id., *The Nature of Prejudice*, Addison-Wesley, Cambridge Mass.).

Althusser L. (1963), *Marx et la science; la coupure marxiste* (R.T.F. 16 février 1963), in Aa.Vv. *Anthologie sonore de la pensée française*, Frémeaux & associés, Vincennes.

- Id. (1965), *Leggere il capitale*, Mimesis, Milano 2006 (ed. or. Id., *Lire le capital*, PUF, Paris).

Anderson B. (1983), *Comunità immaginate: origini e fortuna dei nazionalismi*, Manifestolibri, Roma, 2005 (ed. or. Id., *Imagined communities: reflections on the origin and spread of nationalisms*, Verso, New York - London).

Bachelard G. (1934), *Le nouvel esprit scientifique*, PUF, Paris 2006.

- Id. (1938), *La psychanalyse du feu*, Gallimard, Paris, 2006.

Badiou A. (1989), *L'essere e l'evento*, Il Melangolo, Genova 1995.

- Id. (1993), *L'etica. Saggio sulla conoscenza del male*, Cronopio, Napoli 2006.

- Id. (2005), *The Adventure of French Philosophy*, "New Left Review", n° 35, Sept-Oct, pp. 67-77.

Balibar É. (1993a), *Dall'individualità alla transindividualità* (conferenza del 15/05/1993), in Id., *Spinoza. Il transindividuale*, Ghibli, Milano 2002, pp. 103-47.

- Id. (1993b), *Che cos'è una politica dei diritti dell'uomo?*, in *Le frontiere della democrazia*, Manifestolibri, Roma, pp. 183-207.

- Id. (1993c), *Science et vérité dans la philosophie de Georges Canguilhem*, in Aa.Vv. *Georges Canguilhem. Philosophe, historien des sciences*, Albin Michel, Paris, pp. 58-76.

Bassanese M. (2004), *Heidegger e von Uexküll. Filosofia e biologia a confronto*, Quaderni di Verifiche, Trento.

Bataille G. (1949), *La parte maledetta*, Bollati Boringhieri, Torino 1992 (ed. or. Id., *La part maudite, essai d'économie générale*, Minuit, Paris).

Baudrillard J. (1968), *Il sistema degli oggetti*, Bompiani, Milano 1972 (ed. or. Id., *Le Système des objets*, Gallimard, Paris).

Benoist J. - Karsenti B. (éd.) (2001), *Phénoménologie et sociologie*, PUF, Paris.

Bergson H. (1907), *L'evoluzione creatrice*, Raffaello Cortina, Milano 2002 (ed. or. Id., *L'évolution créatrice*, Félix Alcan, Paris).

- Id. (1932), *Le due fonti della morale e della religione*, SE, Milano 2006 (ed. or. Id., *Les deux sources de la morale et de la religion*, Félix Alcan, Paris).

- Id. (1934), *Il pensiero e il movente*, Olschki, Firenze 2001 (ed. or. Id. *La pensée et le mouvant*, Félix Alcan, Paris).

Bourdieu P. (1982), *Langage et pouvoir symbolique*, Seuil, Paris, 2001.

Brandalise A. (2003), *Dopo la costituzione. Ordine politico e singolarità*, in Id. *Categorie e figure. Metafore e scrittura nel pensiero politico*, Unipress, Padova.

Canguilhem G. (1943), *Il normale e il patologico*, Einaudi, Torino 1998 (ed. or. Id., *Essai sur quelques problèmes concernant le normal et le pathologique*, Les Belles Lettres, Paris; Id., *Le normal et le pathologique*, PUF, Paris 1966).

- Id. (1952), *La conoscenza della vita*, il Mulino, Bologna, 1976 (ed. or. Id., *La connaissance de la vie*, Vrin, Paris).

- Id. (1955), *Il problema della regolazione nell'organismo e nella società*, in Id., *Sulla medicina. Scritti 1955-1989*, Einaudi, Torino 2007 (ed. or. Id., *Le problème des régulations dans l'organisme et dans la société*, "Les Cahiers de l'Alliance Israélite Universelle", n° 92, pp. 64-81, completa di *Discussion*).

- Id. (1965), *Philosophie et science* (entretien entre G. Canguilhem et A. Badiou), "Cahiers philosophiques", n° 55, juin 1993, pp. 19-32.
- Id. (1971), *De la science et de la contre-science*, in Aa.Vv., *Hommage à Jean Hyppolite*, PUF, Paris, pp. 173-80.
- Id. (1972), *"Régulation"*, voce dell'*Encyclopaedia Universalis*, t. 14, Paris.
- Id. (1977), *Ideologia e razionalità nella storia delle scienze e della vita*, La Nuova Italia, Firenze 1992 (ed. or. Id., *Idéologie et rationalité dans l'histoire des sciences et de la vie*, Vrin, Paris).

Cannon W. (1932), *The Wisdom of the Body*, Norton, New York.

Cimatti F. (2006), *Vergogna e individuazione. Per una storia naturale del soggetto*, in *Il rito tra natura e cultura*, Forme di vita, DeriveApprodi, n°5/2006 pp. 181-92.
- Id. (2009), *Il possibile e il reale. Il sacro dopo la morte di Dio*, Codice, Torino.

Clastres P. (1974), *La società contro lo stato*, Ombre Corte, Verona, 2003 (ed. or. Id., *La société contre l'État*, Minuit, Paris).

Coser L. (1956), *The Functions of Social Conflict*, The Free Press, New York.

De Broglie L. (1947), *Physique et microphysique*, Albin Michel, Paris.
- Id. (1951), *La cybernétique. Théorie du signal et de l'information* (préf. J. Loeb), "Revue d'optique théorique et instrumental", Paris.

De Chardin T. (1956), *La place de l'homme dans la nature*, Albin Michel, Paris.

De Solages P. (1946), *Dialogue sur l'analogie à la société toulousaine de philosophie*, Aubier, Paris.

Deleuze G. (1966b), *Il bergsonismo*, in Id. *Il bergsonismo e altri saggi*, Einaudi, Torino 2001 (ed. or. Id., *Le bergsonisme*, PUF, Paris).
- Id. (1967), *Il metodo della drammatizzazione*, in Id., *L'isola deserta e altri scritti* cit., pp. 116-44. (ed. or. *La méthode de la dramatisation*, « Bulletin de la société française de philosophie, LXI, n° 3, 1967, pp. 89-118, ora in Id., *L'île déserte et autres écrits*, Minuit, Paris 2002)
- Id. (1969), *Logica del senso*, Feltrinelli, Milano 2007[4] (ed. or. Id., *Logique du sens*, Paris).
- Id. (1995), *L'immanenza: una vita...*, "Aut aut", n° 271-272, 1996, pp. 4-7 (ed. or. Id., *L'immanence: une vie...*, "Philosophie", n° 47, pp. 3-7).

De Mauro T. (1967), Commento e note a F. de Saussure, *Corso di linguistica generale*, a cura di T. De Mauro, Laterza, Bari 1983.

Derrida J. (1967), *Della grammatologia*, JacaBook, Milano 1969 (ed. or. Id., *De la Grammatologie*, Minuit, Paris).

Derrida J. - Roudinesco É. (2001), *De quoi demain...Dialogue*, Flammarion, Paris.

Descombes V. (1979), *Le même et l'autre. Quarante-cinq ans de philosophie française (1933-1978)*, Minuit, Paris.

Dufrenne M. (1953), *La personnalité de base*, PUF, Paris 1972⁴.

- Id. (1959), *La notion d'«a priori»*, PUF, Paris.

Dumont L. (1983), *Essais sur l'individualisme. Une perspective anthropologique sur l'idéologie moderne*, Le Seuil, Paris.

Durkheim É. (1887), *De l'irréligion de l'avenir*, "Revue philosophique", 23, pp. 299-311; http://classiques.uqac.ca/classiques/Durkheim_emile/textes_2/textes_2_03/irreligion_avenir.html

- Id. (1893), *La divisione del lavoro sociale*, Ed. Comunità, Torino 1999 (ed. or. Id., *De la division du travail social*, Félix Alcan, Paris).

- Id. (1895), *Le regole del metodo sociologico*, in Id., *Le regole del metodo sociologico. Sociologia e filosofia*, Einaudi, Torino 2008 (ed. or. Id. *Les règles de la méthode sociologique*, Alcan, Paris).

- Id. (1912), *Le forme elementari della vita religiosa*, Meltemi, Roma 2005 (ed. or. Id., *Les formes élémentaires de la vie religieuse*, Alcan, Paris).

- Id. (1914), *Le dualisme de la nature humaine et ses conditions sociales*, "Scientia", XV, pp. 206-221.

- Id. (1924), *Sociologia e filosofia*, in Id. *Le regole del metodo sociologico. Sociologia e filosofia* cit. (ed. or. Id., *Sociologie et philosophie*, Alcan, Paris)

Einstein A. (1933), *On the Method of Theoretical Physics*, Oxford Univ. Press, New York.

Eliade M. (1952), *Immagini e simboli*, JacaBook, Milano 2007 (ed. or. Id., *Images et symboles*, Gallimard, Paris).

- Id. (1956a), *Arti del metallo e alchimia*, Bollati Boringhieri, Torino 2004 (ed. or. Id., *Forgerons et alchimistes*, Flammarion, Paris).

- Id. (1956b), *Il sacro e il profano*, Bollati Boringhieri, Torino 1973 (ed. or. Id., *Le sacré et le profane*, Gallimard, Paris).

Esposito R. (2004), *Bíos. Biopolitica e filosofia*, Einaudi, Torino.

Favez-Boutonier J. (1962-63), *L'imagination*, "Les cours de la Sorbonne", Centre de Documentation Universitaire.

Foucault M. (1966), *Le parole e le cose*, Rizzoli, Milano 1967 (ed. or. Id., *Les mots et les choses*, Gallimard, Paris).

Freud S. (1920), *Al di là del principio del piacere*, Mondadori, Milano 1995.

Friedmann G. (1946), Problemi umani del macchinismo industriale, Einaudi, Torino 1949 (ed. or. Id., *Problèmes Humains Du Machinisme Industriel*, Gallimard, Paris).

- Id. (1956), *Il lavoro in frantumi. Specializzazione e tempo libero*, Edizioni Comunità, Milano 1960 (ed. or. Id., *Le travail en miettes*, Gallimard, Paris).

Gesell A. (1946), *The Ontogenesis of Infant Behavior,* in *Manual of Child Psychology* (L. Carmichael ed.), Wiley & Sons, New York-London, cap. 6, pp. 295-331 (trad. francese *L'ontogénèse du comportement de l'enfant,* in *Manuel de psychologie de l'enfant* PUF, Paris, 1952, vol. I, cap. 6, pp. 470-527).

Girod R. (1952), *Attitudes collectives et relations humaines. Tendances actuelles des sciences sociales américaines* (pref. J. Piaget), PUF, Paris.

Goldstein K. (1934), *La structure de l'organisme,* Gallimard, Paris 1951 (ed. or. Id., *Der Aufbau des Organismus,* Nijhoff, Den Haag).

- Id. (1951), *Le emozioni: considerazioni dal punto di vista organismico,* in Id., *Il concetto di salute, malattia e terapia. Idee fondamentali per una psicoterapia organistica,* ETS, Pisa 2007, pp. 19-45 (ed. or. Id., *On Emotions: Considerations from the Organismic Point of View,* "Journal of Psychology", 31, pp. 37-39).

- Id. (1954), *Il concetto di salute, malattia e terapia. Idee fondamentali per una psicoterapia organistica,* in *Ibidem* cit. (ed. or. Id., *The Concept of Health, Disease and Therapy. Basic Ideas for an Organismic Psychotherapy,* "American journal of Psychotherapy", 8, pp. 745-64).

Gould S. J. (1989), *La vita meravigliosa,* Feltrinelli, Milano 2008.

- Id. (1997), *Evolution: The Pleasures of Pluralism,* "New York Review of Books", XLIV (11), June 26, pp. 47-52.

Groenen M. (1996), *Leroi-Gourhan. Essence et contingence dans la nature humaine,* Bruxelles, De Boeck Univ.

Guchet X. (2005), *Les Sens de l'évolution technique,* Léo Scheer, Paris.

Guyau J.-M. (1887), *L'irréligion de l'avenir, étude de sociologie,* Paris.

Horney K. (1937), *La personnalité névrotique de notre temps,* L'arche, Paris 1953 (ed. or. Id., *The Neurotic Personality of our Time,* Norton, New York).

Izard M. - Smith P. (1979), *La fonction symbolique,* Gallimard, Paris.

Janet P. (1903), *Les obsessions et la psychasthénie,* Félix Alcan, Paris.

Jesi F. (1973), *Mito,* Aragno, Torino 2008.

Jung C. G. (1921), *Tipi psicologici,* Bollati Boringhieri, Torino, 1968.

Kardiner A. (1939), *L'individuo e la sua società,* Bompiani, Milano 1965 (ed. or. Id., *The Individual and its Society. The Psychodynamics of Primitive Social Organization,* Columbia U. P., New York).

Karsenti B. (1997), *L'uomo totale. Sociologia, antropologia e filosofia in Marcel Mauss,* Il Ponte, Bologna 2005 (ed. or. Id., *L'homme total. Sociologie, antropologie et philosophie chez Marcel Mauss,* PUF, Paris).

Kubie L. S. (1949), *The Neurotic Potential et Human Adaptation*, in Transactions of the sixth Conference on Cybernetics - 1949, New-York 1950.

Lacan J. (1938), *I complessi familiari nella formazione dell'individuo*, Einaudi, Torino 2005 (ed. or. Id., *Les complexes familiaux dans la formation de l'individu*, in *Autres écrits*, Seuil, Paris 2001).

- Id. (1954-55), *Il seminario. Libro II. L'io nella teoria di Freud e nella tecnica della psicoanalisi (1954-1955)*, Einaudi, Torino 2006 (ed. or. Id., *Le séminaire de Jacques Lacan. Livre II. Le moi dans la théorie de Freud et dans la technique de la psychanalyse*, Seuil, Paris 1978).

- Id. (1959-60), *Il seminario. Libro VII. L'etica della psicoanalisi (1959-1960)*, Einaudi, Torino 1994 (ed. or. Id., *Le séminaire de Jacques Lacan. Livre VII. L'éthique de la psychanalyse*, Seuil, Paris 1986).

- Id. (1962-63), *Il seminario. Libro X. L'angoscia (1962-63)*, Einaudi, Torino 2007 (ed or. Id., *Le séminaire de Jacques Lacan. Livre X. L'angoisse*, Seuil, Paris 2004).

Le Cœur J. (1939), *Le rite et l'outil*, PUF, Paris 1969.

Lecourt D. (1969), *L'epistemologia di Gaston Bachelard*, JacaBook, Milano.

Lefort C. (1951), *L'échange et la lutte des hommes*, in Id. (1978), *Les formes de l'historie*, Gallimard, Paris.

- Id. (1978), *Les formes de l'historie*, Gallimard, Paris.

- Id. (1979), *Sur une colonne absente*, Gallimard, Paris.

Leroi-Gourhan A. (1943), *Evoluzione e tecniche I. L'uomo e la materia*, JacaBook, Milano1993 (ed. or. Id., *L'homme et la matière*, Albin Michel, Paris).

- Id. (1945), *Evoluzione e tecniche II. Ambiente e tecniche*, JacaBook, Milano 1994 (ed. or. Id., *Milieu et techniques*, Albin Michel, Paris).

- Id. (1950), *L'Homo faber: la main*, in Aa.Vv., *A la recherche de la mentalité préhistorique*, Albin Michel, Paris 1953, pp. 75-98.

- Id. (1957), *Technique et société chez l'animal et chez l'homme*, in *Le fil du temps. Ethnologie et préhistoire*, Fayard, Paris 1983, pp. 68-84.

- Id. (1964), *Il gesto e la parola I. Linguaggio e tecniche*, Einaudi, Torino 1977 (ed. or. Id., *Le geste et la parole. Technique et langage*, Albin Michel, Paris).

- Id. (1965), *Il gesto e la parola II. Ritmi e mondi*, Einaudi, Torino 1977 (ed. or. Id., *Le geste et la parole. La mémoire et les rythmes*, Albin Michel, Paris).

Le Roux R. (2007), *L'homéostasie sociale selon Norbert Wiener*, "Revue d'histoire des sciences humaines", 2007/1, n° 16, pp. 113-35.

Lévi-Strauss C. (1947), *Le strutture elementari della parentela*, Feltrinelli, Milano 2003 (ed. or. Id., *Les structures élémentaires de la parenté*, PUF, Paris).

- Id. (1950), *Introduzione all'opera di Marcel Mauss*, in Mauss (1902-03) cit., pp. XV - LIV (ed. or. Id., *Introduction à l'œuvre de Marcel Mauss*, in Mauss, *Sociologie et antropologie*, PUF, Paris).
- Id. (1958), *Antropologia strutturale*, Il Saggiatore, Milano 1980 (ed. or. Id., *Anthropologie structurale*, Plon, Paris).
- Id. (1960), *Elogio dell'antropologia* (lezione inaugurale al *Collège de France*), Einaudi, Torino 2008 (ed. or. Id., *Éloge de l'anthropologie*, in Id., *Anthropologie structurale deux*, Plon, Paris, 1973).
- Id. (1962), *Il pensiero selvaggio*, Il saggiatore, Milano 1996 (ed. or. Id., *La pensée sauvage*, Plon, Paris).
- Id. (1971), *De quelques rencontres*, "L'Arc", n° 46, 1971, pp. 43-47.

Lewin K. (1935), *Principles of Topological Psychology*, McGraw-Hill, New York.

- Id. (1946), *Behavior and Development as a Function of the Total Situation*, in *Manual of Child Psychology* cit., cap. 16, pp. 791-844 (trad. francese *Le comportement et le développement comme fonction de la situation totale*, in *Manuel de psychologie de l'enfant* cit., vol. III, cap. 16, pp. 1254-337).
- Id. (1948), *I conflitti sociali. Saggi di dinamica di gruppo*, Franco Angeli, Milano 1972 (ed. or. Id., *Resolving Social Conflicts: Selected Papers on Group Dynamics*, Souvenir Press, London).

Lorenz K. (1937), *Sur la formation du concept d'instinct*, in Id., *Trois essais sur le comportement animale et humain*, Seuil, Paris 1970 (ed. or. Id., *Über tierisches und menschliches Veralten. Aus dem Werdegang der Verhaltenslehre*, Piper & Co., München, 1965).

Mancini S. (1987), *Sempre di nuovo. Merleau-Ponty e la dialettica dell'espressione*, Mimesis, Milano 2001.

Manera E. (2010), *Memoria e violenza. La "macchina mitologica" in Furio Jesi*, Tesi di dottorato in Filosofia teoretica, morale ed ermeneutica filosofica, Università di Torino.

Marcuse H. (1964), *L'uomo a una dimensione*, Einaudi, Torino 1999 (ed. or. Id., *One-Dimensional Man*, Beacon, Boston).

Marx K. (1847-49), *Lavoro salariato e capitale*, Laboratorio Politico, Napoli 1996.

Marx K. - Engels F. (1845), *L'ideologia tedesca*, Editori Riuniti, Roma 2000.

Mauss M. (1902-03), (con H. Hubert) *Saggio di una teoria generale della magia* in *Teoria generale della magia e altri saggi*, Einaudi, Torino 2000, pp. 1-152 (ed. or. *Esquisse d'une théorie générale de la magie*, in Id., *Sociologie et anthropologie*, PUF, Paris, 1950).

- Id. (1923-24), *Saggio sul dono*, in Id., *Teoria generale della magia e altri saggi* cit., pp. 153-292 (ed. or. *Essai sur le don*, in Id., *Sociologie et anthropologie* cit.).

- Id. (1930), *L'œuvre de Mauss par lui même*, "Revue française de sociologie", 20 (1), 1930, pp. 209-20.

- Id. (1948), *Le tecniche e la tecnologia*, in Id., *I fondamenti di un'antropologia storica*, Einaudi, Torino 1998, pp. 77-83 (ed. or. Id., *Les techniques et la technologie*, "Journal de psychologie normale et pathologique", XLI, pp. 71-79).

Merleau-Ponty M. (1942), *La struttura del comportamento*, Bompiani, Milano 1963 (ed. or. Id., *La structure du comportement*, PUF, Paris).

- Id. (1945), *Fenomenologia della percezione*, Il Saggiatore, Milano 1965 (ed. or. Id. *Phénoménologie de la perception*, Gallimard, Paris).

- Id. (1949-52), *Maurice Merleau-Ponty alla Sorbonne. Résumé des cours établi par des étudiants et approuvé par lui-même*, in "Bulletin de psychologie", X-VIII, 236, 1964.

- Id. (1952-60), *Résumés de cours (Collège de France, 1952-1960)*, Gallimard, Paris 1968.

- Id. (1954-55), *L'institution. La passivité. Notes de cours au Collège de France (1954-55)*, Belin, Tours 2003.

- Id. (1955), *Le avventure della dialettica*, Mimesis, Milano 2008 (ed. or. Id., *Les aventures de la dialectique*, Gallimard, Paris).

- Id. (1956-60), *La natura*, Raffaello Cortina, Milano 1966 (ed. or. Id., *La Nature. Notes. Cours du Collège de France*, éd D. Sèglard, Seuil, Paris 1995).

- Id. (1959a), *Da Mauss a Lévi-Strauss*, in Merleau-Ponty (1960), pp. 154-68.

- Id. (1959b), *Notes de travail inédites, Cours 1959* [318-318v], Vol. VIII, Bibl. Nat. de France (trad. it. *Note di lavoro inedite*, in "Chiasmi International n°7" cit., pp. 44-45).

- Id. (1960), *Segni*, Il Saggiatore, Milano 2003 (ed. or. Id., *Signes*, Gallimard, Paris).

Miller J.-A. (2003), *La experiencia de lo real en la cura psicoanalítica*, Paidós, Buenos Aires - Barcelona - México.

Milner J.-C. (2002), *Le périple structural*, Seuil, Paris.

Myrdal G. (1944), *An American Dilemma. The Negro Problem and Modern Democracy*, Harper & Bros, New York.

Nietzsche F. W. (1887), *Genealogia della morale*, Adelphi, Milano 1984.

Ombredane A. - Faverge J.M. (1955), *L'analyse du travail*, PUF, Paris.

Ortigues E. (1962), *Le discours et le symbole*, Aubier, Paris.

Petitot J. (1975), *Identité et catastrophes (Topologie de la différence)*, in C. Lévi-Strauss, *L'identité*, PUF, Paris 1983, pp. 109-56.

Pievani T. (2005), *Introduzione alla filosofia della biologia*, Laterza, Bari.

Poggi G. (2008), *Incontri con il pensiero sociologico*, il Mulino, Bologna.

Portmann A. (1948), *Animal Forms and Patterns*, Faber and Faber, London, 1952 (ed. or. Id., *Tiergestalt*, Rhein-Verlag, Zürich).

- Id. (1951), *Les bases biologiques d'un nouvel humanisme*, "Cahiers de philosophie", n° 32, *Le problème de la vie*, Éditions de la Baconnière, Neuchatel, pp. 59-79.

Prigogine I. - Stengers I. (1981), *La nuova alleanza. Metamorfosi della scienza*, Einaudi, Torino.

Rabaud É. (1951), *Sociétés humaines et sociétés animales*, "Année psychologique", 1951 (50), pp. 263-72.

Rametta G. (2006), *Biopolitica e coscienza. Riflessioni sull'ultimo Deleuze*, "Filosofia politica", XX, n° 1, aprile 2006.

- Id. (2008), *Il trascendentale di Gilles Deleuze*, in Id. (a cura di) *Metamorfosi del trascendentale* cit., pp. 341-76.

Rancière J. (1995), *Il disaccordo*, Meltemi, Roma 2007 (ed. or. Id., *La mésentente. Politique et philosophie*, Galilée, Paris).

Redondi P. (1978), *Epistemologia e storia della scienza. Le svolte teoriche da Duhem a Bachelard*, Feltrinelli, Milano.

Roudinesco E. (1993), *Jacques Lacan. Profilo di una vita, storia di un sistema di pensiero*, Raffaello Cortina, Milano 1995 (ed. or. Id., *Jacques Lacan - Esquisse d'une vie, histoire d'un système de pensée*, Fayard, Paris).

- Id. (2005), *Philosophes dans la tourmente*, Fayard, Paris.

Ruyer R. (1930), *Esquisse d'une théorie de la structure*, Felix Alcan, Paris.

- Id. (1953), *Les conceptions nouvelles de l'instinct*, "Les Temps modernes", n° 96, Nov 1953.

- Id. (1954), *La cybernétique et l'origine de l'information*, Flammarion, Paris.

- Id. (1958), *Les limites du progrès humain*, "Revue de métaphysique et de morale", pp. 412-27.

Sartre J. P. (1939), *Idee per una teoria delle emozioni*, in Id., *L'immaginazione. Idee per una teoria delle emozioni*, Bompiani, Milano 1962, pp. 143-98 (ed. or. Id., *Ésquisse d'une théorie des émotions*, Hermann, Paris).

Simondon M. (1994), in Aa.Vv., *Ordre biologique. Ordre technologique* cit., pp. 72-95.

Sinding C. (1991), *Du milieu intérieur à l'homéostasie : une généalogie contestée*, in Michel J. (éd.), *La nécessité de Claude Bernard*, Mèridiens Klincksieck, Paris, pp. 65-81.

Soulez P. (1989), *Bergson politique*, PUF, Paris.

Stiegler B. (1994), *La technique et le temps. 1. La faute d'Épiméthée*, Paris, Galilée.

- Id. (2006), *Mécréance et Discrédit 3. L'esprit perdu du capitalisme*, Galilée, Paris.

Tétry A. (1948), *Les outils chez les êtres vivants*, Gallimard, Paris.

Thom R. (1968), *Topologia e significazione*, in Id., *Morfologia del semiotico*, Meltemi, Roma 2006.

Toscano A. (2006), *The Theatre of Production: Philosophy and Individuation between Kant and Deleuze*, Palgrave Macmillan, New York.

Virno P. (1999), *Il ricordo del presente: Saggio sul tempo storico*, Bollati Boringhieri, Milano.

- Id. (2003), *Quando il verbo si fa carne. Linguaggio e natura umana*, Bollati Boringhieri, Torino.

- Id. (2007), *Antropologia e teoria delle istituzioni*, "transversal", EIPCP multilingual webjournal, http://eipcp.net/transversal/0407/virno/it

Von Uexküll J. (1934), *Mondes animaux et monde humain. Suivi de La théorie de la signification*, Denoël, Paris 1965 (ed. or. Id., *Streifzüge durch die Umwellen von Tieren und Menschen - Bedeutungslehre*, Springer, Berlin).

Wiener N. (1946), *Time, communication and the nervous system*, in Id., *Collected works - Vol. IV*, Cambridge, MIT Press.

- Id. (1948), *La cibernetica: controllo e comunicazione nell'uomo e nella macchina*, Bollati Boringhieri, Milano 1968 (ed. or. Id., *Cybernetics and Control of Communication in the Animal and the Machine*, Hermann & Cie, Paris and MIT Press, Cambridge).

- Id. (1950), *Introduzione alla cibernetica. L'uso umano degli esseri umani*, Bollati Boringhieri, Milano 1966 (ed. or. Id., *Cybernetics and Society. The Human use of Human Beings*, The Riverside Press, Boston).

- Id. (1956), *Pure Patterns in a Natural World*, in Id., *Collected works - Vol. IV* cit.

- Id. (1962), *L'homme et la machine*, in Aa.Vv., *Le concept d'information, 5ème colloque philosophique de Royaumont*, "Cahiers de Royaumount. Philosophie", n° 5, Minuit, Paris 1965, pp. 99-100.

Žižek S. (2006), *Contro i diritti umani*, Il Saggiatore, Milano.

INDICE DEI NOMI

EDIZIONI FUORIREGISTRO srl
Via Dalmazia, 41
36078 VALDAGNO (Vicenza)
Tel. 0445 430999 - Fax 0445 431200

Finito di stampare da lulu.com
nel mese di ottobre 2010

www.ingramcontent.com/pod-product-compliance
Lightning Source LLC
Chambersburg PA
CBHW020905100426

42737CB00043B/132